pas de m. m.

(il s'agit d'une chronique
très connue).

PUBLICATIONS

DE

L'ÉCOLE DES LANGUES ORIENTALES VIVANTES

IIe SÉRIE. — VOL. XIII.

CHRONIQUE DITE DE NESTOR

ANGERS, IMPRIMERIE BURDIN ET Cⁱᵉ, 4, RUE GARNIER.

CHRONIQUE

DITE *178*

DE NESTOR

(Несторова или первоначальная лѣтопись)

TRADUITE SUR LE TEXTE SLAVON-RUSSE

AVEC INTRODUCTION ET COMMENTAIRE CRITIQUE

PAR

LOUIS LEGER

PROFESSEUR A L'ÉCOLE DES LANGUES ORIENTALES VIVANTES

PARIS

ERNEST LEROUX, ÉDITEUR

LIBRAIRE DE LA SOCIÉTÉ ASIATIQUE

DE L'ÉCOLE DES LANGUES ORIENTALES VIVANTES, ETC.

28, RUE BONAPARTE, 28

1884

INTRODUCTION

Il y aura bientôt vingt ans que j'ai commencé à m'occuper de la Chronique de Nestor. J'annonçais déjà la publication prochaine de ma traduction sur la couverture
d'un volume publié en 1866 (1). En 1868 je présentais à
la Sorbonne comme thèse latine pour le doctorat ès lettres une dissertation : *De Nestore rerum russicarum
scriptore* (2) où je citais quelques fragments de ma traduction inédite et où je m'engageais à la faire paraître pro-
chainement.

En laissant de côté les anciennes versions allemandes
Scherer, Schlœtzer, Müller) et la version française de
M. Louis Paris qui ne comptent plus depuis longtemps (3), la
Chronique n'avait encore été traduite sérieusement en aucune langue de l'Occident. La traduction polonaise de M. Bielowski, publiée en 1864, la traduction tchèque de M. Erben
éditée en 1866 n'étaient guère plus accessibles à nos compa-

(1) *Chants héroïques et chansons populaires des Slaves de Bohême.* (Paris,
1866, Librairie Internationale.)
(2) Brochure in-8. Paris, Vieweg, éditeur.
(3) Sur ces travaux voy. la Bibliographie.

triotes que l'original slavon-russe dont elles reproduisaient,
trop fidèlement peut-être, les idiotismes et les obscurités.

En 1869 parut à Copenhague la version danoise de
M. Smith ; elle me donna lieu de réfléchir sérieusement
sur la valeur de la mienne, sur la nécessité de la reviser,
sur la nature du commentaire qu'il fallait y joindre. Les
textes slavons ne sont pas faciles ; on peut les traduire
mot à mot dans une langue slave moderne, en calquant
la phrase, en remplaçant tout simplement le mot original
par son équivalent russe, tchèque ou polonais. Le procédé
est commode, mais il ne donne pas toujours un sens. C'est
là un phénomène que les humanistes ont pu constater
dans les traductions latines des classiques grecs.

Je remis donc ma version en portefeuille, bien résolu
à la collationner sur celle de M. Smith. J'appris le danois
pour me mettre en état de profiter de son commentaire.
Il est tel point sur lequel je ne puis être d'accord avec lui
et où je crois avoir raison. Son œuvre n'en est pas moins
digne d'une haute estime. J'ai été pendant plusieurs
années en relations avec mon savant collègue de Copenhague. Une mort prématurée l'a ravi à la science
l'année dernière ; c'est pour moi un vif chagrin de ne
pouvoir lui soumettre une publication à laquelle il s'inté-
ressait vivement et pour laquelle son travail a été dans
une certaine mesure mis à profit.

En 1872 je fus chargé d'une première mission en Russie
à l'effet d'étudier l'état actuel de la philologie, de l'histoire et de l'archéologie slave dans ce pays. M. Bestoujev
Rioumine venait d'éditer le premier volume de sa magis-

trale histoire de Russie ; la *Commission archéographique* (1), renonçant au système suivi dans ses premières publications, donnait en 1871 et en 1872 deux excellents textes de la Chronique ; la question des origines normandes de la Russie, la *Varangomachie,* comme on dit là-bas, divisait en deux camps le monde des historiens ; Nestor faisait généralement tous les frais de cette controverse. Je réunis de nombreux matériaux pour le commentaire dont je songeais à accompagner ma traduction et sur lequel je reviendrai tout à l'heure. Peu de temps après ma seconde mission en Russie (congrès archéologique de Kiev, 1874) je fus chargé de l'enseignement du russe à l'école des langues orientales ; j'y joignis celui du slavon sans lequel le russe manque de base linguistique ; j'eus occasion d'expliquer avec mes élèves quelques fragments de la Chronique. L'école me fit l'honneur de prendre ma traduction parmi les travaux qu'elle publie dans sa bibliothèque ; l'impression de ce volume a duré près de quatre ans ; toutes les épreuves ont été revues soigneusement sur le texte original. J'ose espérer que ce volume ne fera point mauvaise figure dans la remarquable collection dirigée par M. Schefer. La Chronique n'intéresse pas seulement l'histoire de la Russie ; elle met en lumière plus d'un côté de l'Orient européen ; elle complète les annales byzantines, les récits des géographes arabes ; elle y ajoute des indications que l'on chercherait vainement ailleurs et qui ont été jusqu'ici, faute d'une traduction sérieuse, à peu près inaccessibles aux savants de l'Occident.

(1) Voy. la Bibliographie.

I

La chronique dite de Nestor renferme l'histoire de la
Russie et des pays voisins depuis la seconde moitié du
IXe siècle jusqu'aux premières années du XIIe. Elle n'est pas,
comme on le croit volontiers, le premier monument historique de la littérature slavonne russe. Cette littérature
nous offre quelques documents antérieurs, d'une importance d'ailleurs assez secondaire. Tels sont par exemple
les récits du moine Jacob sur les commencements de l'É-
glise russe au temps d'Olga et de Vladimir et sur ses
premiers martyrs Boris et Gleb (1). Ces deux récits sont
assez vagues et noyés dans les amplifications d'une rhé-
torique pieuse. L'auteur avait avant tout pour objet l'é-
dification du lecteur. Ils sont écrits d'une façon naïve
et enfantine. Dans le récit de la mort de Boris et de Gleb,
l'hagiographe prête aux deux martyrs de longs et invrai-
semblables discours. Ces documents ont été rédigés vers
la seconde moitié du XIe siècle.

Après le moine Jacob apparaît le moine Nestor, le
même qui a depuis longtemps l'honneur, immérité d'ailleurs, de donner son nom à notre Chronique. Il composa
avant 1091, — car on a des éléments précis pour fixer cette
date, (2) — un *Récit sur Boris et Gleb* et une vie de Théo-

(1) Voy. l'INDEX au mot *Jacob*.
(2) Voy. Goloubinsky, *Histoire de l'église russe*, tome I, p. 620. J'ai apprécié
cet excellent ouvrage dans la *Revue critique*, n° du 10 septembre 1883.

dose Petchersky, l'hégoumène (Voy. l'INDEX). Jacob n'a-
vait raconté que le meurtre des deux princes; Nestor
expose leur vie tout entière. C'est le premier essai de
biographie dans la littérature slavonne russe. Ces bio-
graphies ont d'ailleurs le caractère vague propre aux
ouvrages d'édification; elles apportent peu de chose à
l'histoire proprement dite. On y sent l'imitation des vies
des saints telles qu'on les écrivait chez les Grecs. La vie
de saint Théodose est un document purement monastique.

On a longtemps considéré comme appartenant à ce
moine Nestor, et j'ai moi-même soutenu cette opinion il
y a quinze ans dans ma dissertation latine, le recueil appelé *Paterik* (πατερικόν) comprenant la vie des Saints du monastère Petchersky. Il est aujourd'hui démontré que ce
recueil, dont on trouve les premiers éléments dans notre
Chronique, n'a pas été rédigé avant le xiiiᵉ siècle. C'est
par une fausse interprétation de la tradition que le *Paterik* a été attribué à l'auteur de notre Chronique (1).

Cette Chronique a été évidemment écrite vers la fin du
xiᵉ siècle et le début du xiiᵉ par un moine du monastère
Petchersky. Elle est anonyme comme presque toutes

_____

(1) Goloubinsky, *id.*, p. 629. A propos du *Paterik*, l'encyclopédie Larousse
commet une assez plaisante erreur. Elle fait venir ce mot de Petchersky. C'est
ainsi que le dictionnaire de Feller prend pour un nom d'homme les mots russes
Nestorova lietopis (Chronique Nestorienne)! Voici une erreur encore plus sin-
gulière qu'on regrette de trouver dans un manuel d'ailleurs intéressant : « Nestor
écrivait en latin sa chronique, où il imite admirablement le style biblique. » (*Histoire des littératures étrangères*, par Halberg, Paris, Lemerre, t. II, p. 285.)
Si le latin avait pénétré à Kiev dès le xiᵉ siècle, toute la marche de l'histoire
dans ces contrées aurait été changée.

celles que nous ont léguées les couvents russes et rien
n'indique que l'auteur se soit appelé Nestor. D'où vient
donc l'attribution généralement adoptée? Le moine Nestor avait écrit, comme nous l'avons vu plus haut, une
vie des saints Boris et Gleb, et de saint Théodose l'hégoumène. La Chronique renferme de longs détails sur
ces trois personnages, et dans le *Paterik* Nestor figure
dès le xiii° siècle avec l'épithète de льтописець (*liéto-
pisets*), chroniqueur, annaliste (1). Or le *Paterik* a été pendant longtemps pour les Russes orthodoxes l'objet d'une
croyance aussi docile que celle qu'ils prêtent à l'Écriture.
Personne, sous peine de se voir taxé d'incrédulité, n'aurait
osé mettre en doute cette assertion. On l'ose aujourd'hui,
même dans des livres écrits par des ecclésiastiques, et
c'est là une des preuves les plus remarquables des progrès de l'esprit critique en Russie.

Entre les récits du moine Nestor dans la vie de Théodose et de Boris et Gleb, et les récits parallèles de notre
Chronique, il y a de flagrantes contradictions. L'auteur
de la *Vie de Théodose* dit nettement qu'il vint au monastère Petchersky après la mort de Théodose sous son
successeur Étienne ; l'auteur de la Chronique dit non moins
nettement qu'il vint trouver Théodose encore vivant (Cf.
p. 136 de ma traduction). Ce sont là deux assertions absolument inconciliables et les inventions postérieures du
Paterik ne prouvent rien contre cet irrécusable argument.

_____

(1) Quand on donne Nestor pour auteur à la Chronique et au *Paterik*, on
admet, bien entendu, que ce dernier ouvrage a été continué après sa mort.

Nous n'avons sur la biographie de notre chroniqueur anonyme que les renseignements qu'il nous fournit lui-même; il vint trouver Théodose à l'âge de dix-sept ans; en 1091 il fut chargé de déterrer ses reliques; en 1096 il assista à une invasion des Polovtses qui mit le monastère en grand péril. M. Goloubinsky, s'appuyant sur un passage de la Chronique, a essayé de déterminer avec une certaine précision l'époque où il serait entré au monastère. On lit à l'année 1065 (voir. p. 139) : « Vers cette époque un enfant fut jeté dans la Sitoml; des pêcheurs le retirèrent de l'eau avec un filet; nous le regardâmes jusqu'au soir, puis ils le rejetèrent dans l'eau; il avait les parties honteuses sur le visage; la pudeur ne permet pas d'en dire plus.» La rivière Sitoml, fait remarquer M. Goloubinsky, était située fort loin du couvent. D'autre part peut-on admettre que des moines aient passé toute la journée à contempler un objet indécent? Donc le chroniqueur raconte ici un fait antérieur à l'entrée de l'auteur dans le monastère; donc il s'y est présenté après l'année 1065. Il avait dix-sept ans, on peut par suite placer sa naissance vers 1050; il aurait eu soixante à soixante-dix ans à l'époque où il termina ses annales.

Tout ce raisonnement est fort ingénieux; mais il n'est pas irréfutable. La découverte d'un enfant monstrueux jeté dans la Sitoml fut évidemment pour les habitants de Kiev un événement miraculeux, c'est-à-dire diabolique. « De tels phénomènes ne présagent rien de bon, » dit la Chronique. Il est tout naturel qu'on ait immédiatement prévenu les pieux cénobites du monastère Petchersky; ils se rendirent auprès de l'enfant monstrueux, le contemplèrent toute la journée et le firent rejeter à l'eau après avoir perdu devant ce bizarre phénomène leur latin ou plutôt leur slavon.

Si l'auteur de notre Chronique n'est plus le moine Nestor, qui donc est-il? Plusieurs hypothèses ont été émises; aucune n'est complètement satisfaisante. On a supposé par exemple que c'était ce Basile qui intervient brusquement dans le récit de la mort de Vasilko (voy. p. 207 de la traduction). Mais ce récit détaillé paraît tout simplement interpolé dans notre Chronique, comme un certain nombre d'autres hors-d'œuvre. On ne sait d'ailleurs rien sur ce Basile.

A l'année 1110 le manuscrit dit Laurentin (voy. plus bas) porte la mention suivante que j'ai reproduite page 225 : « Moi Sylvestre, hégoumène du monastère de Saint-Michel, j'ai écrit ces livres d'annales, l'an 6624 (1116), la neuvième année de l'indiction. Que ceux qui liront ces livres prient pour moi. » Tant que Nestor a été considéré comme l'auteur incontestable de la Chronique, on a tout simplement regardé Sylvestre comme un copiste. Aujourd'hui on incline à supposer qu'il pourrait bien être le compilateur et non le copiste du texte qu'il a signé. Le verbe russe написахъ veut bien dire : « j'ai écrit » ; « j'ai copié » serait преписахъ. D'ailleurs peut-on admettre qu'un hégoumène passe son temps à copier des manuscrits? Il a bien autre chose à faire. L'argument est évidemment d'une certaine valeur. Il perd une partie de sa force si l'on admet, avec un certain nombre d'éditeurs, que la Chroni-

que va jusqu'à l'année 1113. Sous aucune date elle n'est
terminée; elle est brusquement interrompue. A l'exemple
de Bielowski et d'Erben je la prolonge jusqu'à l'année
1113. Il me paraît difficile de l'arrêter à l'année 1110. A
la date de 1111 la Chronique rappelle un miracle arrivé
l'année précédente et ajoute « comme nous l'avons dit,
якоже рекохомъ » (cf. p. 230). D'autre part, au chapitre
XIII, l'auteur établit la chronologie jusqu'à la mort de
Sviatopolk qui arriva en 1113; enfin, à l'année 1107, il
parle de ce prince comme un homme qui lui aurait survécu : « Sviatopolk avait l'habitude, quand il partait pour
la guerre, de venir s'agenouiller au tombeau de Théodose, etc... » (cf. p. 222).

En somme la paternité de la Chronique reste douteuse :
je lui ai gardé le nom de Nestor pour ne pas désorienter
le lecteur accoutumé à la voir citer sous ce nom; mais il
ne représente aujourd'hui qu'une tradition erronée et ne
répond pas à la sévère réalité (1). Les historiens russes
l'appellent volontiers aujourd'hui la Chronique initiale ou
fondamentale d'un mot assez difficile à traduire littéralement en notre langue (первоначальная лѣтопись.)

---

(1) Il existe depuis plusieurs années à Kiev une société historique qui s'inti-
tule *Société de l'annaliste Nestor* (Общество Нестора Лѣтописца).
On montre toujours dans les cryptes ou catacombes du couvent Petchersky le
tombeau du prétendu chroniqueur. Il porte une inscription spéciale apposée en
1826 par la Société d'histoire et d'antiquités de Moscou. Il est vrai que les
cryptes renferment aussi le cercueil du fameux héros des *byliny* (ou épopées
populaires) russes, Ilia Mouromets.

II

L'auteur de la Chronique songeait peu à la gloire littéraire. Son œuvre n'est qu'une compilation sans art. Il n'a-
vait point de modèle dans la littérature nationale, sauf
peut-être dans des agendas monastiques, dans des éphé-
mérides officielles dont il n'est resté aucune trace ; mais
il en avait dans la littérature byzantine et ils lui étaient
accessibles par des traductions slavonnes écrites en Bulgarie. Tels étaient les Chroniques ou chronographes de
Jean Malala et de Georges Hamartolos ou Georges le
pécheur (1). Il y a encore dans ces œuvres d'une assez

(1) Malala d'Antioche vivait au commencement du vi° siècle. Il a écrit entre
autres une chronique depuis la création du monde jusqu'au règne de Justinien.
Cette chronique avait été traduite en bulgare sous le règne du tsar Siméon par
le pope Grégoire qui la compléta en y ajoutant des fragments de l'histoire sainte
d'après l'Écriture, des extraits du Roman d'Alexandre, etc. On ne connaît qu'un
seul ms. incomplet de Malala. Il a été publié dans la collection Migne, tome
XLVII, p. 35-717. Le manuscrit de la traduction slavonne se trouve à Moscou, aux archives des affaires étrangères. Il a été l'objet en Russie de plusieurs
dissertations; mais il n'a pas encore donné lieu à une édition critique. On sait
cependant que l'étude de ce document donnerait lieu à d'importantes corrections
du texte original.

Georges Hamartolos (Γεώργιος Ἁμαρτωλὸς μοναχός), c'est-à-dire le pécheur, vivait
vers la fin du ix° siècle. Sa chronique va de la création du monde au règne
de l'empereur Michel III. Elle avait été traduite en bulgare sous le titre de
Временникъ впростъ (χρονικὸν σύντομον). L'original a été publié par
Muralt aux frais de l'Académie des sciences de St-Pétersbourg (1 vol. in-8, Pe-
tersb., 1859).

Voir pour ses autres œuvres, Migne, tome CIX.

Outre la traduction bulgare, il existe une traduction postérieure en slavon
serbe. Un fac-similé du ms. de Moscou a été publié par la Société des anciens

piètre littérature quelque art historique, un certain soin
de composition qui fait complètement défaut dans notre
Chronique; elle ne cherche en aucune façon à grouper les
événements, elle suit tout simplement l'ordre des années,
quitte à donner sur certains événements des commentaires
moraux ou religieux. Il est possible que certains de ces
commentaires soient le fait d'un copiste postérieur. Ils
sont, la plupart du temps, fort ennuyeux; j'ai cru cependant devoir les traduire tout entiers ; ils donnent une idée
de l'influence que la religion exerçait alors sur les âmes
et sur la littérature; ils renferment des allusions à des
textes apocryphes qui ont un intérêt scientifique; je les ai
soigneusement relevées dans mon *Index alphabétique* (1).

L'histoire des Russes et des peuples voisins occupe
dans notre Chronique une période d'environ deux siècles
et demi (de la moitié du ix⁰ siècle à 1110 suivant les uns,
1113 suivant les autres). L'auteur a été témoin oculaire
ou immédiat des événements qui se sont produits autour
de Kiev dans les quarante dernières années ; pour les pé-
riodes précédentes on peut, dans une certaine mesure,
déterminer quels ont été ses moyens d'information.

Aussi il invoque le témoignage des vieillards ; tel est
ce moine Jérémie qui mourut en 1074 (LXVIII) et qui se

textes russes. Лѣтоиись... отъ Георгія грѣшина инока, Saint-
Pétersbourg, 1870. Une édition critique manque encore; elle apporterait d'im-
portantes corrections au texte grec. Sur ces deux auteurs consulter Jagich,
Archiv für slavische Philologie, tome II, p. 4 et suiv.

(1) « Si ces passages ne sont point divertissants à lire, je puis, pour consoler le
lecteur, l'assurer qu'ils le sont encore moins à traduire, » dit M. Smith dans sa
préface de sa traduction danoise, p. IV.

rappelait encore la conversion de la Russie (1) ; tel est ce
boïar de Kiev, Jean Vychata, qui mourut en 1106, âgé de
quatre-vingt-dix ans et dont l'annaliste avait entendu
« maints récits » qu'il a fait entrer dans sa Chronique. Trois
générations à peine séparaient ces vieillards de l'époque
où « commença la terre russe. » Certains événements importants avaient probablement donné lieu à des relations
détaillées qui ont été tout simplement copiées dans notre
récit. Tels sont les récits du meurtre des saints Boris et
Gleb (XLVII) et de l'attentat commis par Vasilko, à
moins que l'auteur de la Chronique ne soit ce Basile dont
le nom a donné lieu à tant de conjectures (voy. plus
haut). L'auteur avait en outre en main des documents
officiels, probablement conservés dans le couvent, par
exemple les traités conclus avec les Grecs dont aujour-
d'hui l'authenticité est absolument hors de doute. (Voir
l'INDEX, art. *Traités.*) Il avait consulté des chroniques
grecques ou bulgares dont on n'a pas retrouvé la trace
(par exemple chap. XIV, XVII). L'éclipse du soleil relatée
en 911 est attestée par les calculs astronomiques. Certains
hors-d'œuvre sont empruntés à des textes connus, par
exemple les détails sur Cyrille et Méthode à la légende dite
pannonienne (voy. l'INDEX, art. *Méthode*) ; l'exposé de la foi
chrétienne à une *Palæa* ou résumé de l'Ancien Testament
(Палея, παλαιὰ διαθήκη). Enfin les poèmes et légendes populaires, les uns d'origine slave, les autres d'origine varè-

_____

(1) Il devait être fort vieux, car la conversion officielle remonte à 988 ; évidemment elle n'eut pas lieu d'un seul coup et le paganisme subsista encore de
longues années après le baptême de Vladimir.

gue, ont dû entrer également pour une certaine part dans
la constitution de notre récit. (Voy. par exemple les chapitres sur le cheval d'Oleg (XXIII); sur la vengeance
d'Olga (XXX); sur la merveilleuse délivrance de Bielgorod (XLVI).

D'ailleurs il est bien évident que la Chronique ne nous
est pas arrivée sous la forme même où elle a été écrite ;
le texte primitif a été augmenté ou défiguré par des interpolations postérieures. Ainsi j'admettrais volontiers
avec M. Goloubinsky que le récit de la conversion de
Vladimir a été fabriqué après coup par des Grecs désireux de soumettre la Russie à l'hégémonie spirituelle de
leur patrie.

Les historiens russes, disais-je plus haut, donnent à
notre Chronique le titre de fondamentale. Elle ne figure
isolée et sans continuation dans aucun manuscrit. Sur
cent soixante-huit manuscrits examinés par la Commission archéographique de Pétersbourg (1), cinquante-trois
commencent par le texte ou le résumé du texte attribué
à Nestor. A dater de l'année 1111 les rédactions se mettent à diverger. On distingue deux grandes familles de
textes greffées sur les deux manuscrits les plus anciens
que l'on connaisse de la Chronique. Ces deux manuscrits
sont : le ms. Laurentin (Лаврентьевскій) ainsi nommé
par ce qu'il a été écrit en 1377 à Souzdal, par un moine
nommé Laurent, le ms. hypatien (Ипатьевскій) ainsi
nommé du monastère de Saint Hypate à Kostroma (2) où

(1) Pour cette commission voy. la BIBLIOGRAPHIE.
(2) Chef lieu du gouvernement de ce nom sur le Volga.

il a été compilé vers la fin du xive siècle. En ce qui concerne notre Chronique proprement dite, les textes présentent quelques variantes dont j'ai profité, ou que j'ai signalées lorsqu'elles avaient un réel intérêt pour l'histoire.

III

L'extrême importance de notre Chronique au point de vue des origines de la Russie n'est plus à prouver aujourd'hui ; les historiens allemands, russes, slaves et scandinaves l'ont suffisamment démontrée (1). Je n'ai pas à entrer ici dans un examen critique qui pourrait excéder les proportions du texte lui-même. On trouvera les observations de détail qu'il m'a paru utile de présenter dans l'Index raisonné que j'ai joint à ma traduction. Elle pourra, je l'espère, rendre quelques services à nos historiens ; c'est un document précieux, non seulement pour l'étude des événements dont l'Europe orientale a été le théâtre pendant trois siècles, mais aussi et surtout pour l'examen d'un problème qui passionne depuis un siècle les esprits : la question des origines normandes de la Russie novgorodienne et kievienne.

Le moine inconnu qui nous a conservé les noms scandi-

(1) Une bibliographie détaillée nous entraînerait fort loin ; elle n'aurait d'ailleurs d'intérêt que pour les lecteurs familiers avec le russe et le slavon. On trouvera plus loin l'indication des principaux ouvrages que j'ai consultés.

naves des compagnons de Rurik et de ses successeurs, le
copiste des traités avec Byzance ne se doutait guère des
polémiques auxquelles il donnerait lieu un jour. Malgré l'évidence qui ressort de son texte, et de bien d'autres, il s'est trouvé en Russie toute une école d'historiens
slavophiles qui par patriotisme ont voulu démontrer que
les Varègues de Nestor étaient des Slaves, des Lithuaniens, etc. Cette école met malheureusement l'amour-
propre national au-dessus de la critique. Je n'ai pas cru
devoir discuter ses assertions; je me suis contenté de
donner dans mon Index les résultats les plus récents de
la science historique et de la linguistique.

Ai-je besoin de dire ici que la langue dans laquelle la
Chronique est écrite n'est point le russe actuel, mais le
slavon ou slave ecclésiastique? On appelle ainsi l'idiome,
bulgare suivant les uns, paléo-slovène suivant les autres,
qui a été élevé au rang de langue littéraire par les apôtres
Cyrille et Méthode et qui joue chez les Slaves orthodoxes
un rôle analogue à celui du latin chez les catholiques. La
plus ancienne rédaction que nous ayions est du xive
siècle et la langue de l'original a dû subir plus d'une
mutation en passant de la Russie kiévienne à la Russie
du Volga. Le slavon est d'ailleurs manié assez mal
par les mains inexpérimentées de l'annaliste; il n'est pas
toujours aisé de saisir sa pensée; le texte, malgré les
longs efforts de la critique, n'est pas partout solidement
établi et les Russes eux-mêmes ne sont pas absolument
sûrs d'en comprendre (1) toutes les nuances. A l'époque où

(1) Съ Несторомъ шутить нельзя « On ne peut pas plaisanter

j'ai commencé mon travail le meilleur texte était celui de
M. Miklosich (voir plus loin la Bibliographie). Je l'ai pris
pour base; depuis ont paru les éditions ou traductions de
MM. Bielowski, Erben, Smith, Basistov et de la Commission archéographique. J'ai amélioré mon travail en profi-
tant de tout ce que m'apportaient ces nouveaux éditeurs
ou interprètes. J'ai conservé la division en chapitres telle
que l'avait donnée M. Miklosich; j'y ai ajouté des titres et
des dates qui rendront les recherches plus faciles. Quant
à l'Index qui accompagne ma traduction, aucun de mes
prédécesseurs n'en avait eu l'idée; il m'a donné beaucoup
de peine; je serais heureux s'il pouvait rendre quelques
services (1). Les Russes eux-mêmes ne le consulteront pas,
je pense, sans intérêt. Certains articles auraient certainement gagné à être plus développés; tel d'entre eux peut
donner matière à une monographie considérable. Pour
moi il m'a semblé que le principal mérite d'un travail de
ce genre devait être avant tout la clarté, l'exactitude et
la précision. J'ai certainement commis quelque péché
d'erreur ou d'omission; le lecteur les excusera en songeant
à la nouveauté de ce travail, à la difficulté qu'il y a encore
de se procurer en France les produits de la littérature
russe, de conférer par correspondance avec des confrè-

---

avec Nestor » écrivait une jeune Russe qui avait entrepris vers 1860 de traduire
notre Chronique en russe moderne. (Notice sur Maria Victorova en tête de son
édition du *Paterik*, Kiev, 1870). Le mot est encore vrai aujourd'hui.

(1) J'aurais désiré pouvoir pour chaque nom renvoyer à la page même où il
est cité; mais l'Index ayant été rédigé pendant l'impression du volume, ce procédé était à peu près impossible. On me saura gré, je pense, d'avoir donné tous les
noms importants sous la forme slavonne (en caractères russes). Cette addition
rendra les recherches plus aisées dans le texte original.

res dispersés au loin dans les villes universitaires d'un grand empire, et parfois un peu négligents à répondre aux questions qui peuvent leur être posées.

J'ai tenu compte des traductions antérieures à la mienne, j'entends des versions sérieuses faites sur un texte suffisant et par des érudits compétents. Il n'en est que trois que je reconnaisse comme telles, la version polonaise de l'édition Bielowski, la version tchèque d'Erben, la version danoise de M. Smith. Tout en n'adoptant pas toujours l'interprétation de mon confrère danois, j'ai trouvé dans son commentaire plus d'une indication utile.

A côté de ces trois versions fort sérieuses, mais aussi peu accessibles que le texte original, il en est d'autres auxquelles on a encore recours faute de mieux, mais qui doivent aujourd'hui être absolument rejetées. Telles sont en allemand celles de Scherer, de Schlœzer et de Müller (1), en français celle de M. Louis Paris (2). Le lecteur pourra se faire une idée de la valeur de cette dernière en prenant au hasard quelques passages et en les comparant à ma traduction.

---

(1) *Des heiligen Nestors... Ælteste Jahrbücher der Russischen geschichte übersetzt und mit Anmerkungen versehen von* J. B. Scherer, Leipzig, Breitkopf, 1774.

Нестор. *Russische Annalen in ihrer slawonischen Grundsprache verglichen, übersetzt und erklært* von A. L. Schlœzer, Gœttingen, 1802-1809, (5 vol, textes, variantes, traductions, commentaire détaillé). Ce travail s'arrête à 980. Fort estimé autrefois, il est aujourd'hui à peu près inutile.

Altrussiche Geschichte nach Nestor von Joseph Müller, Berlin, 1812.

(2) *La Chronique de Nestor* traduite en français d'après l'édition impériale (?) de Pétersbourg par Louis Paris, 2 vol. in-8, Paris, Heideloff et Campe, 1834. M. Paris semble avoir pris pour base la traduction allemande de Scherer.

**⁎⁎

Ce n'est pas sans un certain serrement de cœur que je me sépare d'un travail auquel tant d'années de ma vie ont été consacrées. Comme toute œuvre humaine il renferme évidemment des fautes et des lacunes ; néanmoins il rendra des services et je ne désespère pas de pouvoir quelque jour l'améliorer et l'augmenter en vue d'une nouvelle édition. En attendant je le recommande à l'attention des lecteurs studieux. J'ai peut-être le droit de prendre congé de mon auteur par les paroles que Dante adressait naguère à Virgile :

« Vagliami 'l lungo studio e 'l grande amore
Che m'han fatto cercar lo tuo volume...

Puisse-t-on, me savoir gré de la longue étude et du grand amour qui m'ont fait rechercher ton volume. »

Janvier 1884.

BIBLIOGRAPHIE

Je ne comprends dans cette bibliographie que les ouvrages qui peuvent être d'une sérieuse utilité pour l'étude de la Chronique; la plupart de ces ouvrages renferment eux-mêmes des indications bibliographiques.

1. — *Éditions russes.*

Полное Собрание русскихъ лѣтописей, изданное археографическою коммиссіею. Tomes I et II, Saint-Pétersbourg, 1846. (Collection complète des chroniques russes publiée par la commission archéographique.) Le tome I renferme le texte dit Laurentin, le tome II le texte hypatique.

La commission archéographique existe à Pétersbourg depuis 1838; elle est chargée de recueillir et de publier les documents les plus importants de l'histoire nationale; elle a compté parmi ses membres des savants illustres (M. Vostokov, Bytchkov, Kunik). Les premières éditions de la commission ont donné lieu à des critiques assez graves; celles qu'elle a publiées dans ces derniers temps sont fort remarquables; malheureusement elles se bornent à donner les textes sans commentaires.

Лѣтопись по Ипатскому списку, Saint-Pétersbourg, in-8, 1871. (Chronique d'après le manuscrit hypatique.)

Лѣтопись по Лаврентіевскому списку, Saint-Pétersbourg, 1872. (Chronique d'après le ms. laurentin.)

Ces deux éditions font partie des publications de la société archéographique; le ms. laurentin a été édité par M. Bytch-kov. La commission archéographique a en outre publié deux fac-similés photolithographiques des mss. laurentin et hypa-thique.

Несторова Лѣтопись и поученіе Владиміра Мономаха, изданіе для учащихся... составленное П. Басистовымъ, Moscou, Salaïev, éditeur, 1874. (Chronique de Nestor, et Ins-truction de Vladimir Monomaque, édition à l'usage des classes, publiée par Basistov.)

2. — Éditions étrangères et traductions.

Chronica Nestoris. Textum russico-slovenicum, edidit Fr. Mik-losich, in-8, Vienne, Braumüller, 1860. L'édition est précédée d'une introduction de xix pp. et de divers appendices, p. 183-223. (Loci chronicorum Nestoris deprompti e scriptoribus græcis. — Nomina propria scandicæ originis. — Notæ criticæ et exegi-ticæ.)

Cette édition a été jusqu'à 1871 la plus commode et la plus soignée du texte de la Chronique. L'auteur avait promis une tra-duction latine et un index qui n'ont jamais été publiés. On sait quel rang éminent M. Miklosich occupe dans la philologie slave.

Bielowski, *Monumenta Poloniæ historica (Pomniki dziejowe Polski*, tome I), in-4, Lwow (Lemberg), 1864.

La Chronique de Nestor occupe dans cette remarquable col-lection les pp. 522-886. Le texte slavon russe est accompagné

d'une traduction polonaise. Il est précédé d'une introduction de
29 pages et accompagné d'une trentaine de pages de commentaires. Bielowski a été aidé pour l'établissement du texte et
pour la traduction par un savant petit-russien, feu Wagilewicz.
En le mettant à profit j'ai eu occasion de signaler parfois les
points sur lesquels les opinions de l'auteur ne sauraient plus
être admises. C'est un travail des plus intéressants, et il est
regrettable qu'il n'ait pas été publié en dehors de l'importante
collection dont il fait partie.

Nestoruv Letopis rusky prelozil K. J. Erben, 1 vol. in-8, Prague, 1867.

Cette traduction tchèque a été publiée par la *Matice* ou société
littéraire de Prague. Elle est accompagnée d'une introduction,
(XVIII pp.) de notes (p. 244-270), et d'un index malheureusement
trop peu détaillé. Erben a proposé quelques corrections ingé-
nieuses.

Nestors Russiske Kronike oversat og forklaret af C. W. Smith,
1 vol. in-8. Copenhague, H. Hagerup, 1869.

Cette traduction danoise est certainement l'un des meilleurs
travaux auxquels Nestor ait donné lieu. M. Smith, professeur à
l'Université de Copenhague, mort récemment, était un slaviste
fort distingué. Sa traduction est précédée d'un avant-propos,
d'une introduction (16 pp.), d'un commentaire de 180 pp. qui
renferme plusieurs *excursus* considérables. M. Smith était particulièrement compétent pour toutes les questions qui concernent
l'origine scandinave des Varègues.

3. — *Travaux auxiliaires.*

Pogodine, *Nestor, eine historisch-critische untersuchung* über-
setz von F. Lœwe, Saint-Pétesbourg, 1844.

Miklosich, *Die sprache Nestors, Sitzunsberichte der philologisch-historischen classe der Kais. Academie der Wissenschaften,* tome XIV (Vienne).

Safarik, *Slovanske Starozitnosti (Antiquités slaves,* en tchèque), deuxième édition, Prague, 1864.

Cette édition, augmentée de plusieurs additions, est préférable à l'édition allemande de von Æhrenfeld, Leipzig, 1843-44.

II. Порфирьевъ, Исторія русской словесности (J. Porfiriev, *Histoire de la littérature russe*). Tome I, Kazan, 1870.

Бестужевъ Рюминъ, О составѣ русскихъ лѣтописей до конца XIV вѣка (Bestoujev Rioumine, *De la composition des chroniques russes jusqu'à la fin du* xive *siècle*), Saint-Pétersbourg, 1869.

Le même, Русская Исторія (*Histoire de Russie*), tome I, Saint-Pétersbourg, 1872.

Ce travail excellent renferme des indications bibliographiques très détaillées.

Е. Голубинскій, Исторія Русской Церкви (E. Goloubinsky, *Histoire de l'Église Russe*), 2 volumes in-8, Moscou, 1880-1881. Voy. plus haut p. viii.

E. Kunik. *Die Berufung der schwedischen Rodsen durch die Finnen und Slawen,* 2 vol. Saint-Pétersbourg, 1844.

Voir aussi divers travaux du même savant dans les Mémoires de l'Académie impériale de Saint-Pétersbourg, notamment VIIe série, t. XXIII.

Thomsen, *The relations between ancient Russia and Scandinavia and the origin of the russian state.* Oxford and London, 1877.

Cet ouvrage est jusqu'ici le résumé le plus clair et le plus scientifique des controverses soulevées par la question des origines varègues. On y trouvera de nombreuses indications bibliographiques. Il a été traduit en allemand sous ce titre :

Wilh. Thomsen, *Der Ursprung des Russischen Staates. Vom Verfasser durchgeschen deutsche Ausgabe* von Dr Bornemann. Leipzig, 1879.

Voir sur cette traduction un article de M. V. R-v dans la *Revue critique russe* (Критическое Обозрѣніе, année 1879, n° 20). Une édition suédoise a récemment paru sous ce titre :

Ryska Rikets grundläggning genom Skandinaverna... med forfatterens tillstand ofversatt af Dr. Sven Soderberg, Stockholm-Samson et Wallin (1883).

C'est sur cette dernière édition suédoise que j'ai relevé l'interprétation des noms scandinaves qui se rencontrent dans notre Chronique.

Archiv für Slavische Philologie herausgegeben von Jagic (Berlin, Weidmannsche Buchandlung), 6 vol. in-8, 1876-1882. (Nombreuses dissertations sur des points de détail et renseignements bibliographiques.)

La plupart des ouvrages de l'école anti-normande sont indiqués dans l'ouvrage de M. Thomsen. J'en signale deux pour mémoire :

С. Гедеоновъ, Варяги и Русь. (Gédéonov, *Varègues et Russes*), 2 vol. in-8, Saint-Pétersbourg, 1876.

Иловайскій, Разысканія о началѣ Руси. (Ilovaïsky, *Recherches sur les origines de la Russie*), un vol. Moscou, 1876.

M. Ilovaïsky est un écrivain de talent, malheureusement peu au courant des méthodes critiques. Il ne se contente pas de vouloir démontrer que les Varègues normands étaient des Slaves ; il a publié des mémoires qui revendiquent le même honneur pour les Bulgares du Volga et les Huns.

On trouvera dans l'Index raisonné qui accompagne ma traduction le titre d'un certain nombre de monographies que je n'ai pas mentionnées ici. Une bibliographie complète de tous les travaux suscités par notre Chronique formerait la matière d'un volume plus considérable que la Chronique elle-même.

Je ne veux point terminer cette introduction sans remercier deux de mes élèves, MM. P. David et P. d'Alheim qui m'ont obligeamment aidé à revoir les épreuves de cet ouvrage. Je tiens aussi à remercier l'imprimeur, M. Burdin, qui s'est procuré les caractères russes indispensables à mon travail, et qui m'a secondé avec un dévouement des plus louables.

CHRONIQUE DE NESTOR

Voici les récits des temps anciens du moine du monastère de Théodose des Cryptes :

Comment s'est formée la Russie ; qui régna le premier à Kiev, et où la Russie a pris son commencement.

Commençons ce récit.

I. — Partage de la terre après le déluge. Division des peuples.

Après le déluge les trois fils de Noé : Sem, Cham et Japhet, se partagèrent la terre. Sem eut l'orient : la Perse, la Bactriane, en longueur jusqu'à l'Inde, en largeur jusqu'à Rhinokouroura — c'est-à-dire, de l'orient au midi ; — la Syrie, la Médie, le fleuve de l'Euphrate, Babylone, Kordouna, l'Assyrie, la Mésopotamie, l'Arabie ancienne, l'Elymaïde, l'Inde, l'Arabie heureuse, la Cœlesyrie, la Comagène, toute la Phénicie. Cham eut le midi : l'Égypte, l'Éthiopie qui touche à l'Inde, l'autre Éthiopie où prend sa source le fleuve éthiopien Tchermna (Rouge), qui coule vers l'orient, la Thébaïde, la Lybie qui touche à la Cyrénaïque, la Marmarie, les Syrtes, l'autre Lybie, la Numidie, la Massyrie, la Mauritanie qui est en face de Gadès. Parmi les pays de l'orient, il eut la Cilicie,

1

la Pamphylie, la Pisidie, la Mysie, la Lycaonie, la Phrygie, la Camalie, la Lycie, la Carie, la Lydie, la deuxième Mysie, la Troade, l'Æolide, la Bithynie, la vieille Phrygie. Il eut aussi quelques îles : la Sardaigne, la Crète, Chypre et le fleuve Gion appelé Nil.

Japhet eut les pays du nord et de l'occident : la Médie, l'Albanie, la grande et la petite Arménie, la Cappadoce, la Paphlagonie, la Galatie, la Colchide, le Bosphore, la Méotide, le pays des Derbices, la Sarmatie, la Tauride, la Scythie, la Thrace, la Macédoine, la Dalmatie, le pays des Molosses, la Thessalie, la Locride, la Pélénie qui s'appelle aussi Péloponnèse, l'Arcadie, l'Épire, l'Illyrie, la Slovénie, la Lichnitie, l'Andriatie d'où vient le nom de la mer Adriatique; il eut aussi les îles de Bretagne, de Sicile, d'Eubée, de Rhodes, de Chio, de Lesbos, de Cythère, de Zacynthe, de Céphalonie, d'Ithaque, de Corcyre et la partie de l'Asie appelée Ionie, et le fleuve du Tigre qui coule entre les Mèdes et le Babyloniens.

Vers la mer du Pont, il eut au nord le Danube, le Dniester, les monts du Caucase ou de Hongrie, et de là jusqu'au Dniéper; et les autres rivières la Desna, la Pripet, la Dvina, le Volkhov, le Volga qui coule vers l'orient, vers l'héritage de Sem. Or, dans l'héritage de Japhet habitent les Russes, les Tchoudes, et les peuples suivants : les Meriens, les Mouromiens, les Ves, les Mordvines, les Tchoudes d'au delà du portage, les Permiens, Petchera, Iam, Ougra, la Lithuanie, la Semigallie, Kors, les Lettes, les Lives, les Lekhs, les Prussiens. Les Tchoudes sont établis sur la mer des Varègues : près de cette mer habitent les Varègues jusqu'à l'orient vers l'héritage de Sem, et au couchant ils s'étendent jusqu'au pays des Anglais et des Vlakhs. A la race de Japhet appartiennent encore les Varègues, les Suédois, les Normands, les Goths, les Russes, les Anglais, les Galiciens, les Vlakhs, les Romains, les Allemands, les Korliazes, les Vénédes, les Francs et d'autres peuples : ils habitent entre l'occident et le midi et sont voisins de la race de Cham.

II. — La Tour de Babel; dispersion des peuples.

Donc Sem, Cham et Japhet, après avoir partagé la terre en la tirant au sort, décidèrent que nul n'envahirait la part de son frère, et chacun vécut dans la sienne, et il n'y avait qu'une langue : mais quand les hommes se multiplièrent sur la terre, ils imaginèrent de bâtir une tour qui s'élevât jusqu'au ciel, au temps de Nektan et de Phaleg : et ils se rassemblèrent dans la plaine de Sennaar pour élever une tour jusqu'au ciel et, autour d'elle, la ville de Babylone ; et ils bâtirent cette tour pendant quarante ans sans la finir ; et le Seigneur Dieu descendit pour voir la ville et la tour, et le Seigneur dit : Voilà une seule race et une seule langue ; et Dieu confondit les langues et il les divisa en soixante-douze langues, et il les dispersa par toute la terre.

Après avoir confondu les langues, Dieu détruisit la tour par une grande tempête. On en voit les ruines entre l'Assyrie et Babylone, et elles ont cinq mille quatre cent trois coudées de haut et autant de large, et ces ruines se sont conservées pendant bien des années. Après la destruction de la tour et la division des langues, les fils de Sem occupèrent les contrées orientales; les fils de Cham, les contrées méridionales; et les fils de Japhet l'occident et les contrées septentrionales. Parmi ces soixante-douze nations était la nation slave de la race de Japhet et le peuple des Noriciens qui est slave.

III. — Enumération des peuples slaves.

Après bien des années, les Slaves s'établirent sur le Danube, là où est aujourd'hui le pays des Hongrois et des Bulgares. C'est de là que les Slaves se sont répandus sur la terre, et ils ont pris des noms particuliers à mesure qu'ils se sont établis dans différents pays : ainsi ils allèrent s'établir sur une rivière appelée Morava et s'appelèrent Moraves, et d'autres s'appelèrent Tchèques. Sont encore Slaves les Croates blancs, les Serbes, les Khoroutanes. Les Vlakhs étant venus chez les Slaves du Danube, s'étant établis au milieu d'eux et les ayant opprimés, ces Slaves allèrent s'établir sur la Vistule et s'appelèrent Lekhs, et de ces Lekhs les uns s'appelèrent Polianes, d'autres Loutitches, d'autres Mazoviens, d'autres Pomoriens.

Et ces Slaves s'étant fixés près du Dniepr s'appelèrent aussi Polanes et d'autres Drevlianes, parce qu'ils habitaient au milieu des bois : d'autres s'établirent entre la Pripet et la Dvina et s'appelèrent Drégovitches ; d'autres s'établirent sur la Dvina et s'appelèrent Polotchanes, du nom d'une petite rivière appelée Polota qui se jette dans la Dvina. Les Slaves qui s'établirent autour du lac Ilmen gardèrent leur nom, bâtirent une ville et l'appelèrent Novogorod ; et d'autres s'étant établis sur la Desna, sur la Sem et sur la Soula l'appelèrent Sévériens : c'est ainsi que s'est répandue la race slave, et son écriture s'appelle slave.

IV. — Description du chemin qui va de Russie à Rome.

Du temps où les Polianes vivaient isolés dans leurs montagnes, il y avait une route qui allait du pays des Varègues en Grèce et du pays des Grecs chez les Varègues, le long du Dnieper ; et au-dessus du Dnieper il y avait un portage pour les bateaux jusqu'à la Lovot ; par la Lovot on entrait dans le grand lac Ilmen. De ce lac sort le Volkhov qui tombe dans le grand lac Nevo, d'où il coule dans la mer des Varègues. Par cette mer on peut aller à Rome, de Rome par la mer à Constantinople, et de Constantinople à la mer du Pont où se jette le fleuve Dnieper. Car le Dnieper sort de la forêt d'Okov et se dirige vers le midi ; la Dvina sort de la même forêt et se dirige vers le nord où elle se jette dans la mer des Varègues ; le Volga qui prend aussi sa source dans cette forêt, se dirige vers l'orient et se jette par soixante-dix bouches dans la mer Khvalisienne. On peut donc ainsi aller par le Volga de la Russie à la Bulgarie et chez les Khvalis, à l'orient jusqu'au pays des Sémites ; par la Dvina chez les Varègues, du pays des Varègues à Rome, de Rome chez la race de Cham. Le Dnieper se jette dans la mer du Pont par trois bouches : cette mer s'appelle Russe, et c'est sur ses bords que prêcha, suivant la tradition, saint André, frère de Pierre.

V. — Tradition relative à l'apôtre Saint-André. Description des bains russes.

Lorsqu'André prêchait à Sinope, il vint jusqu'à Kherson, et là il apprit qu'auprès de Kherson se trouvent les bouches du Dnieper. Voulant aller à Rome, il s'embarqua aux bouches du Dnieper, remonta le fleuve et s'arrêta par hasard au pied des montagnes sur le rivage.

Le lendemain en se levant, il dit aux disciples qui étaient avec lui : « Voyez-vous ces montagnes ; la bénédiction du Seigneur resplendira sur elles ; une grande ville s'y élèvera

et Dieu y bâtira beaucoup d'églises. » Puis montant sur
les montagnes, il les bénit, y planta une croix, et après
avoir prié le Seigneur, il descendit de la montagne où fut
Kiev par la suite et remonta le Dnieper. Il alla chez les
Slaves, là où est aujourd'hui Novogorod ; il vit ces peuples
et leurs coutumes, comme ils se baignent et se frappent
en se baignant, et s'en étonna. Puis il alla chez les Varègues
et se rendit à Rome, et il raconta comme il avait prêché
et ce qu'il avait vu, et il dit : « J'ai vu des choses étonnantes
dans la terre des Slaves en venant ici ; j'ai vu des bains
de bois et on les chauffe très fort, puis les hommes se
mettent tout nus, et ils se jettent sur le corps de l'eau de
tan, puis ils prennent une verge flexible et s'en frappent
eux-mêmes, et ils se battent si fort qu'ils en sortent à
peine en vie ; alors ils se versent de l'eau froide sur le
corps et reviennent ainsi à la vie ; et ils font cela tous
les jours ; nul ne leur inflige cette torture ; ils se la donnent
eux-mêmes ; et ils font cela pour se baigner, non pour se
torturer. » Et ceux qui entendirent ce récit en furent étonnés.
André, après avoir séjourné à Rome, retourna à Sinope.

VI. — Les trois frères Kiï, Schtchek et Khoriv. Kiï fonde Kiev.

Les Polianes donc vivaient en groupes séparés, et chacun
gouvernait sa famille ; ils vivaient entre eux chacun avec
sa famille dans sa résidence, gouvernant chacun leur famille.
Il y avait trois frères qui vivaient chacun avec leur famille,
dans leur demeure ; et ces frères étaient au nombre de trois :
l'un s'appelait Kiï, l'autre Schtchek, le troisième Khoriv ; et
ils avaient une sœur appelée Lybed ; et Kiï s'établit sur la
montagne là où est aujourd'hui le défilé de Borytch ; et
Schtchek s'établit sur la montagne qui maintenant s'appelle

Schtchekovitsa, et Khoriv sur la troisième montagne qui de lui s'est appelée Khorivitsa ; et ils firent une ville qui prit le nom de leur frère aîné ; car ils l'appelèrent Kiev ; et il y avait autour de la ville une forêt et un grand bois, et ils faisaient la chasse aux bêtes : ils étaient sages et industrieux et ils s'appelaient Polianes ; et c'est d'eux que viennent les Polianes qui sont encore aujourd'hui à Kiev. D'autres ne connaissant pas cela ont dit que Kii fut un passeur ; car il y avait en face de Kiev un bac de l'autre côté du Dnieper ; de là vient qu'on disait : le bac de Kii ; mais si Kii avait été passeur, il ne serait pas allé à Constantinople. Or Kii régna sur sa tribu, et étant allé voir l'empereur, il reçut de grands honneurs de cet empereur chez lequel il était allé ; en revenant il traversa le Danube ; un endroit lui plut et il bâtit une petite ville et voulut s'y établir avec sa famille ; mais les habitants du pays ne le lui permirent pas. Maintenant encore les riverains du Danube appellent cette ville Kievets. Kii revint donc à sa ville de Kiev et y termina sa vie. Ses frères Schtchek et Khoriv et sa sœur Lybed y moururent.

VII. — Énumération des peuples qui habitent la Russie.

Et après la mort de ses frères, leur race commença à régner sur les Polianes ; les Drevlianes eurent leurs princes ainsi que les Dregovitches, les Slaves de Novogorod et les Polotchanes de la Polota. Au delà des Polotchanes se trouvent les Krivitches, qui sont établis auprès des sources du Volga, de la Dvina et du Dnieper, et dont la capitale est Smolensk : là sont les Krivitches et près d'eux les Sévériens. Au nord, sur le lac Blanc, se trouvent les Ves, et sur le lac de Rostov les

Mériens, et ils sont aussi sur le lac de Klechtchino ; et sur la rivière d'Oka, qui tombe dans le Volga, se trouvent les Mouromiens, les Tchérémisses, les Mordvines, nations qui ont chacune leur langue ; car il n'y a de langues slaves dans la Russie que les Polianes, les Drevlianes, les Novogorodiens, les Polotchanes, les Dregovitches, les Sévériens, les Boujanes établis sur les bords du Boug, plus tard appelés les Volhyniens ; et les peuples étrangers qui payent tribut à la Russie sont les Tchoudes, les Mériens, les Ves, les Mouromiens, les Tchérémisses, les Mordvines, les Permiens, les Petchériens, Iam, les Lithuaniens, les Sémigalles, les Kors, les Noroviens et les Lives. Ces peuples qui ont leur langue à eux sont de la race de Japhet et vivent dans les pays du Nord.

VIII. — Invasion des Bulgares, des Ougres et des Obres.

Quand les Slaves, comme nous l'avons dit, vivaient sur le Danube, de la Scythie, c'est-à-dire, de la Kozarie arrivèrent les peuples appelés Bulgares : ils s'établirent sur le Danube et opprimèrent les Slaves ; puis vinrent les Ougres blancs qui s'emparèrent de la terre slave, après avoir chassé les Vlakhs qui avaient occupé cette terre avant eux. Ces Ougres se montrèrent sous l'empereur Héraclius, qui attaqua le roi de Perse Chosroès. Dans le même temps parurent aussi les Obres, qui marchèrent contre l'empereur Héraclius et faillirent le faire prisonnier. Ces Obres firent la guerre aux Slaves, vainquirent les Doulèbes, qui sont de race slave, et firent violence à leurs femmes. Quand un Obre voulait aller quelque part, il ne faisait pas atteler à sa voiture un cheval ou un bœuf ; mais il ordonnait qu'on attelât trois, quatre ou cinq femmes pour le traîner : c'est ainsi qu'ils opprimèrent les Doulèbes. Les Obres étaient hauts de taille et orgueilleux d'esprit ; et Dieu les anéantit, et ils moururent tous et pas un d'entre eux ne survécut ; et il y a un proverbe en Russie encore aujourd'hui : ils ont péri comme les Obres ; car ils n'ont laissé ni descendants ni héritiers. Après eux survinrent les Petchénègues ; puis les Ougres noirs s'avancèrent au delà de Kiev, plus tard sous Oleg.

IX. — Suite des migrations des peuples.

Or, les Polianes vivant à part, comme nous l'avons dit, étaient de la race slave et s'appelaient Polianes ; il y avait aussi les Drevlianes ; ils étaient aussi de race slave et s'appelaient Drevlianes. Les Radimitches et les Viatitches viennent des Lekhs : car il y avait deux frères dans le pays des Lekhs ; Radim et Viatko. Radim s'établit sur la Soj et son peuple s'appela Radimitches ; Viatko s'établit sur l'Oka et de lui vient le nom des Viatitches ; et les Polianes, les Drevlianes, les Sévériens, les Radimitches vivaient en paix. Les Doulèbes vivaient sur Boug, là où sont aujoud'hui les Volhyniens ; les Ouglitches et les Tivertsiens étaient établis sur le Dniester et confinaient au Danube : et ils étaient fort nombreux, car ils s'étendaient jusqu'à la mer, et leurs villes subsistent encore aujoud'hui. Les Grecs appelaient ce pays la Grande Scythie.

X. — Tableau de leurs mœurs.

Ils avaient chacun leurs coutumes, les lois de leurs ancêtres, leurs traditions et leurs mœurs. Les Polianes ont les mœurs douces et modestes de leurs ancêtres : ils avaient un grand respect pour leurs brus, leurs sœurs, leurs mères, leurs parents, pour leurs belles-mères et pour leurs beaux-frères. Voici comment ils se mariaient : le fiancé n'allait point chercher sa fiancée; mais on la lui amenait le soir, et le lendemain on lui apportait la dot. Quant aux Drevlianes ils vivaient brutalement, commes des bêtes féroces : ils se tuaient les uns les autres; ils mangeaient toutes sortes d'immondices; ils ne connaissaient point le mariage et enlevaient les jeunes filles qui allaient puiser de l'eau. Les Radimitches, les Viatitches et les Sévériens avaient les mêmes mœurs; ils vivaient dans les bois comme des bêtes fauves, se nourrissaient de choses immondes et tenaient des propos obscènes devant leurs pères et leurs brus; le mariage n'existait point chez eux; seulement il y avait des jeux entre les villages. Ils allaient à ces jeux : on y dansait, on y jouait des jeux diaboliques, et là chacun enlevait la femme avec laquelle il s'était déjà entendu : ils avaient jusqu'à deux et trois femmes, et quand l'un d'entre eux mourait, ils célébraient une fête (trizna) autour du cadavre, puis ils faisaient un grand bûcher, posaient le mort sur le bûcher, y mettaient le feu; ensuite ils rassemblaient les os, les mettaient dans un petit vase et plaçaient ce vase sur une colonne au bord de la route. Ainsi font encore aujourd'hui les Viatitches. Telles étaient aussi les coutumes des Krivitches et des autres païens, qui ne connaissaient pas les lois de Dieu et se faisaient des lois à eux-mêmes.

XI. — Extrait de Georges Hamartolos relatif aux mœurs des différents peuples.

Georges dit dans ses Annales : « Parmi les nations, les unes ont des lois écrites, les autres des coutumes; pour celles qui n'ont pas de lois écrites, ces coutumes des ancêtres sont regardées comme une loi. Parmi les peuples, les Sères, d'abord, vivant aux extrémités de la terre, ont pour loi les coutumes de leurs ancêtres : s'abstenir du libertinage et de l'adultère, du vol, de la calomnie, du meurtre, en un mot de tout mal. La loi des Bactriens autrement nommés Brahmanes et insulaires, leur a été donnée par leurs ancêtres avec leur religion : elle consiste à ne point manger de viande, à ne pas boire de vin, à ne pas se livrer au libertinage, à ne faire aucune mauvaise action, par crainte de Dieu. Mais leurs voisins les Indiens sont homicides, obscènes, colères au delà de toute expression : dans la partie la plus reculée du pays ils mangent des hommes, ils tuent les voyageurs et les dévorent comme des chiens. Les Chaldéens et les Babyloniens ont d'autres coutumes : ils se marient avec leurs mères, ils se livrent à la débauche avec leurs nièces, ils tuent, ils commettent sans honte toutes sortes d'infamies et les considèrent comme de bonnes actions, même lorsqu'ils se trouvent loin de leur pays. Les Gélæens ont une autre loi : chez eux les femmes labourent, bâtissent les maisons et font les travaux des hommes : aussi peuvent-elles se livrer au libertinage autant qu'il leur plaît ; les hommes ne le leur défendent pas et ne s'en occupent pas. Il y a chez eux des femmes guerrières qui aiment les combats, font la chasse aux bêtes féroces ; elles commandent aux hommes et s'en font obéir. En Bretagne plusieurs hommes dorment avec une seule femme, et plusieurs femmes ont commerce avec un seul homme, et cet usage coupable que leur ont légué leurs ancêtres ils s'y livrent sans obstacle et sans jalousie. Les Amazones n'ont point de maris ; mais, comme les bêtes brutes, elles vont une fois par an au printemps s'accoupler aux hommes des pays voisins, lorsque le désir les prend, et cette époque est pour elles une époque de fête et une grande solennité. Dès

qu'elles ont conçu, elles s'en vont toutes, et quand elles
accouchent, si c'est un enfant mâle qui naît, elles le tuent ;
si c'est une fille, elles la nourrissent et l'élèvent avec soin.
» De même les Polovtses nos voisins gardent encore aujour-
d'hui les coutumes de leurs ancêtres : c'est une gloire chez
eux de verser le sang ; ils mangent la chair des animaux morts
et toutes sortes d'impuretés, des rats et des marmottes ; ils
prennent pour femmes leurs belles-mères et leurs belles-
sœurs, et observent d'autres usages qu'ils tiennent de leurs
ancêtres. Et nous chrétiens, dans tous les pays qui croient
en la Sainte Trinité, qui ne reconnaissent qu'un baptême et
qu'une foi, nous n'avons qu'une loi, c'est que nous avons
été baptisés dans le Christ et revêtus du Christ.

XII. — Lutte des Polianes avec les Kozares. Soumission des Kozares.

A cette époque, après la mort de ces frères, les Polianes
furent opprimés par les Drevlianes et d'autres peuples voisins : ils furent attaqués par les Kozares alors qu'ils étaient
établis dans les bois, sur les montagnes ; et les Kozares leur
dirent : « Payez-nous tribut. » Les Polianes s'étant consultés
donnèrent une épée par feu. Les Kozares portèrent ces
épées à leur prince et à leurs anciens et dirent : « Nous avons
trouvé un nouveau tribut. » On leur demanda : « Où donc ? »
Ils répondirent : « Dans ces montagnes boisées qui sont sur
le Dnieper. » Puis on demanda : « Que vous a-t-on donné ? »
Ils montrèrent les épées. Et les anciens dirent : « Prince,
ceci est un mauvais tribut ! nous avons gagné ce tribut
avec une arme à un seul tranchant qu'on appelle sabre, et
ils ont une arme à deux tranchants qu'ils appellent épée.
Un jour viendra où nous et d'autres pays paierons tribut à
ce peuple. » Et tout cela s'est réalisé ; car ils ne le disaient

point par eux-mêmes, mais par une inspiration divine. De même sous Pharaon, roi d'Egypte, quand on conduisit Moïse devant Pharaon, le conseil des Anciens dit à Pharaon : « Cet homme humiliera l'Égypte.» Et il en fut ainsi. Moïse anéantit les Egyptiens, dont les Israélites étaient auparavant les esclaves. Ainsi les Kozares commandaient autrefois ; plus tard on leur a commandé en effet. Les Kozares encore aujourd'hui obéissent aux princes russes.

XIII. — Apparition des Russes. L'auteur établit sa chronologie (852).

L'an 6360, dans la quinzième indiction, à l'avènement de l'empereur Michel, on commença à nommer la terre russe. Nous savons cela, parce que c'est sous cet empereur que la Russie attaqua Constantinople, comme l'écrivent les Annales grecques. C'est par là que je commencerai et je donnerai les dates.

D'Adam au déluge, 2242 ans.

Du déluge à Abraham, 1082 ans.

D'Abraham à la sortie d'Égypte, 430 ans.

De la sortie d'Égypte à David, 601 ans.

De David et de l'avènement de Salomon à la captivité de Babylone, 448 ans.

De la captivité de Babylone au règne d'Alexandre, 318 ans.

D'Alexandre à la naissance du Christ, 333 ans

De la naissance du Christ à Constantin, 318 ans

De Constantin à ce Michel, 542 ans.

Et depuis l'avènement de Michel jusqu'à l'avènement d'Oleg, prince de Russie, 29 ans.

Et depuis l'époque où Oleg s'établit à Kiev jusqu'à l'avènement d'Igor, 31 ans.

Et depuis l'avènement d'Igor jusqu'à l'avènement de Sviatoslav, 33 ans.

Et depuis l'avènement de Sviatoslav jusqu'à l'avènement de
Iaropolk, 28 ans.

Et Iaropolk régna 8 ans et Vladimir régna 37 ans ; Iaroslav
régna 40 ans. Il y a donc de la mort de Sviatoslav à celle
d'Iaroslav, 85 ans ; et de la mort d'Iaroslav à la mort de Sviatopolk, 60 ans.

Mais revenons au point où nous étions restés et disons ce
qui s'accomplit dans ces années, à partir de l'avènement de
Michel, et comptons les années l'une après l'autre.

XIV. — Les Bulgares et les Varègues (853-858).

Années 6361, 6362, 6363, 6364, 6365, 6366. L'empereur fit
une expédition par terre et par mer en Bulgarie. Les Bulgares
ayant considéré qu'ils ne pouvaient résister demandèrent le
baptême et se soumirent aux Grecs. L'empereur baptisa leurs
princes et tous leurs boiars et conclut la paix avec les Bulgares.

6367. Les Varègues d'outre-mer se firent payer tribut par
les Tchoudes et les Slaves, par les Mériens, les Ves et les
Krivitches ; les Kozares se firent payer tribut par les Polianes, les Sévériens et les Viatitches, à raison d'une peau de
d'hermine par feu (859).

XV. — Établissement des Varègues russes. Kiev, Askold et Dir (860-862)

Années 6368, 6369, 6370. Ils chassèrent les Varègues au
delà de la mer et ne leur payèrent plus tribut, et ils se
mirent à se gouverner eux-mêmes, et il n'y avait plus de

justice chez eux : les familles se disputaient contre les familles,
et il y avait des discordes et ils se faisaient la guerre entre
eux. Alors ils se dirent : « Cherchons un prince qui règne sur
nous et nous juge suivant le droit. » Et ils allèrent au delà de
la mer des Varègues chez les Russes ; car ces Varègues
s'appelaient Russes ; d'autres s'appellent Suédois, d'autres
Normands, d'autres Angles, d'autres Goths. Ceux-là s'appelaient ainsi. Or les Tchoudes, les Slaves, les Krivitches, les
Ves dirent aux Russes : « Notre pays est grand et riche ; mais
il n'y a point d'ordre parmi nous ; venez donc nous régir
et nous gouverner. » Et trois frères se réunirent avec leurs
familles, et emmenèrent avec eux tous les Russes : ils
allèrent d'abord chez les Slaves, bâtirent la ville de Ladoga,
et Rurik l'aîné s'établit à Ladoga : le second Sinéous sur les
bords du lac Blanc, et le troisième Trouvor à Isborsk. C'est de
ces Varègues que les Novogorodiens ont été appelés Russes,
et aujourd'hui les Novogorodiens appartiennent à la race
varègue, et ils étaient d'abord slaves.

Au bout de deux ans moururent Sinéous et son frère Trou-
vor et Rurik s'empara de tout le pays ; il s'avança jusqu'à
l'Ilmen, fortifia une petite ville sur le Volkhov et l'appela
Novogorod ; il s'y établit comme prince, et partagea entre
ses compagnons les terres et les villes, donnant à celui-ci
Polotsk, à celui-là Rostov, à un troisième Bieloozero (le lac
Blanc). Et dans ces villes les Varègues ne sont que des colons :
les premiers habitants à Novogorod étaient les Slaves, à
Polotsk les Krivitches, à Rostov les Mériens, à Bieloozero les
Ves, à Mourom les Mouromiens : et Rurik commandait à
tous ces peuples. Et il y avait chez lui deux hommes qui
n'étaient pas de sa race, mais de ses boïars ; et ils le quittèrent
pour aller à Constantinople ainsi que leur famille : et ils
traversèrent le Dnieper, et au delà de ce fleuve, ils virent

sur une montagne un château ; et ils demandèrent : « Quel est
ce château ? » On leur répondit : « Il y avait trois frères : Kiï,
Schtchek, Khoriv ; ils ont bâti ce château et sont morts ; et nous
qui sommes leurs descendants, nous restons ici payant tribut
aux Kozares. » Or, Askold et Dir s'établirent dans cette ville
et rassemblèrent un grand nombre de Varègues et se mirent
à commander à la terre des Polianes alors que Rurik commandait à Novogorod.

XVI. — Askold et Dir attaquent Constantinople (863-866).

Années 6371, 6372, 6373, 6374.

Askold et Dir marchèrent contre les Grecs : c'était la
quatorzième année du règne de l'empereur Michel. L'empereur était parti contre les Agaréens et quand il arriva à
la rivière Noire, l'éparque envoya lui annoncer que les Russes
marchaient contre Constantinople : l'empereur revint. Les
ennemis pénétrant dans le golfe, firent un grand massacre
des chrétiens, et assiégèrent Constantinople avec deux cents
navires. L'empereur pénétra à grand'peine dans la ville, et
alla avec le patriarche Photius à l'église de la mère de Dieu
des Blaquernes : ils prièrent toute la nuit, puis ils apportèrent
en chantant le manteau divin de la mère de Dieu et le
trempèrent dans l'eau. Il faisait calme, la mer était unie :
soudain, la tempête s'éleva avec le vent : de grandes vagues
s'élevèrent aussitôt, bouleversèrent les navires des païens
russes, les jetèrent contre le rivage et les brisèrent, de sorte
que peu échappèrent à ce désastre ; ils retournèrent dans
leur pays.

XVII. — Mort de Rurik (867-79).

Années 6375, 6376. Basile commença à régner.

Année 6377. Toute la Bulgarie fut baptisée.

Années 6378, 6379, 6380, 6381, 6382, 6383, 6384, 6385, 6386, 6387. Rurik mourut après avoir légué le principat à Oleg qui était de sa famille, et lui avoir confié la tutelle de son fils Igor qui était très jeune.

XVIII. — Oleg marche contre Askold et Dir. Leur mort. Oleg s'établit à Kiev (880-881).

Années 6388, 6389. Oleg fit une expédition, ayant emmené beaucoup de guerriers Varègues, Tchoudes, Slaves, Mériens, Ves et Krivitches, et il alla à Smolensk dans le pays des Krivitches, et il prit la ville et il y mit garnison. De là il descendit vers Loubetch, la prit et y mit garnison. Oleg étant venu vers les montagnes de Kiev, apprit qu'Askold et Dir y régnaient. Il cacha ses soldats dans des bateaux, en laissa d'autres en arrière, puis il vint lui-même amenant avec lui le jeune Igor. Puis s'étant avancé jusqu'au mont des Ougres, il cacha son armée et envoya à Dir et à Askold des députés qui dirent : « Nous sommes des étrangers, nous allons en Grèce de la part des princes Oleg et Igor : venez donc au-devant de nous qui sommes de votre race. » Askold et Dir vinrent ; alors toute l'armée s'élança des bateaux, et Oleg dit à Askold et à Dir : « Vous n'êtes ni princes, ni de la famille du prince, c'est moi qui suis de la famille du prince. » Puis faisant amener Igor, il ajouta : « Voici le fils de Rurik. » Et Askold et Dir furent mis à mort, et on alla les enterrer sur la montagne qui s'appelle encore aujourd'hui la montagne des Ougres où se trouve encore aujourd'hui Olmin Dvor (la maison d'Olma). Sur cette

2

tombe a été bâtie l'église de Saint-Nicolas et le tombeau de
Dir est derrière Sainte-Irène. Et Oleg s'établit comme prince
à Kiev et dit : « Cette ville sera la mère des villes russes. » Il y
avait autour de lui des Slaves, des Varègues et d'autres peuples, et ils s'appelèrent Russes. Alors Oleg commença à
bâtir des villes fortifiées, et il imposa tribut aux Slaves, aux Krivitches, aux Mériens, et il ordonna que Novogorod payât aux
Varègues trois cents grivènes par an pour avoir la paix, et on
les paya aux Varègues jusqu'à la mort d'Iaroslav.

XIX. — Guerres d'Oleg avec les peuples voisins. Lutte contre les Ougres (883-898).

Année 6391. Oleg commença à faire la guerre aux Drevlianes, les battit et leur imposa le tribut d'une martre noire (881).

Année 6392. Il alla chez les Séveriens, il les vainquit et leur
imposa un léger tribut ; et il leur défendit de payer tribut aux
Kozares, disant : « Je suis leur ennemi, et cela ne vous sert à
rien (884). »

Année 6393. Oleg envoya des ambassadeurs aux Radimitches pour leur demander : « A qui payez-vous tribut ? » Ils
répondirent : « Aux Kozares. » Oleg leur dit : « Ne le payez pas
aux Kozares ; ne le payez qu'à moi. » Et ils payèrent à Oleg un
schtiling (1) par tête comme ils payaient aux Kozares. Et Oleg
soumit les Polianes, les Drevlianes, les Sévériens, les Radimitches, et il fit la guerre aux Ouglitches et aux Tivertsiens (885).

Années 6394, 6395. Léon, fils de Basile, appelé Lev chez
nous, fut empereur avec son frère Alexandre qui régna 26
ans (886-87).

Années 6396, 6397, 6398, 6399, 6400, 6401, 6402, 6403,
6404, 6405, 6406.

(1) Schelling.

Les Ougres passèrent auprès de Kiev, près de la montagne qui s'appelle encore aujourd'hui la montagne des Ougres. Arrivés aux bords du Dnieper, ils y établirent leurs tentes ; car ils étaient nomades, comme sont encore aujourd'hui les Polovtses. Ils venaient de l'Orient ; ils franchirent de grandes montagnes qu'on a appelées montagnes des Ougres et se mirent à combattre avec les Vlokhs et les Slaves qui vivaient dans ces contrées : car les Slaves s'y étaient d'abord établis ; puis vinrent les Vlokhs qui soumirent la terre slave ; puis les Ougres ayant chassé les Vlokhs, et ayant conquis cette terre s'y établirent avec les Slaves après les avoir soumis : de là vint au pays le nom de Ougrie (Hongrie). Et les Ougres se mirent à faire la guerre aux Grecs, et ils ravagèrent la Thrace et la Macédoine jusqu'à Thessalonique. Puis ils se mirent à faire la guerre aux Moraves et aux Tchèques ; car il n'y avait qu'une seule race slave, à savoir : les Slaves établis aux bords du Danube et que soumirent les Ougres, les Moraves, les Tchèques, les Lekhs et les Polianes appelés aujourd'hui Russes. C'est pour eux qu'ont été d'abord écrits des livres en Moravie. avec des caractère slaves qui subsistent en Russie et chez les Bulgares danubiens (888-98).

XX. — Histoire de Cyrille et Méthode.

Quand les Slaves [de Moravie] furent baptisés ainsi que leur prince, Rostislav, Sviatopolk et Kotsel s'adressèrent à l'empereur Michel en disant : « Notre pays est baptisé et nous n'avons pas de maître pour nous prêcher, nous instruire et nous expliquer les livres saints. Nous ne comprenons ni la langue grecque, ni la langue latine : les uns nous instruisent d'une façon et les autres de l'autre ; aussi ne comprenons-nous pas le sens des livres sacrés et

leur énergie. Envoyez-nous donc des maîtres qui soient
capables de nous expliquer la lettre des livres sacrés et leur
esprit. » Ayant entendu cela l'empereur Michel rassembla
tous ses philosophes et leur répéta tout ce que disaient
les princes slaves ; et les philosophes dirent : « Il y a à
Thessalonique un homme appelé Léon : il a des fils qui
savent bien la langue slave, deux fils versés dans les sciences, et philosophes. » Entendant cela l'empereur envoya à
Thessalonique chez Léon, lui disant : « Envoie-moi vite tes fils
Méthode et Constantin. » Léon entendant cela les lui envoya
vite, et ils vinrent auprès de l'empereur qui leur dit : « Voici
que les Slaves m'ont demandé un maître pour leur expliquer les livres saints ; tel est leur désir. » Il les décida à
partir et il les envoya dans le pays des Slaves à Rostislav,
à Sviatopolk et à Kotsel : et dès leur arrivée ils établirent
les lettres de l'alphabet slave, et ils traduisirent les actes
des apôtres et l'évangile. Les Slaves se réjouirent d'entendre les grandeurs de Dieu en leur langue ; puis ils traduisirent le Psautier, l'Octoïc et d'autres livres. Or quelques-
uns se mirent à blâmer les livres slaves, disant : « Aucun
peuple n'a le droit d'avoir son alphabet si ce n'est les
Hébreux, les Grecs et les Latins, comme le prouve ce que
Pilate écrivit sur la croix du Sauveur (1). » Le pape de Rome
entendant cela, blâma ceux qui murmuraient contre les
livres slaves, disant : « Que les paroles de l'Écriture sainte
s'accomplissent ; que toutes les langues louent Dieu. » Et
encore : « Tous se mirent à proclamer en des langues diverses
les grandeurs de Dieu, comme l'Esprit Saint les inspirait. »
Et si quelqu'un blâme l'écriture slave, qu'il soit retranché
de l'Église jusqu'à ce qu'il se soit corrigé ; car de tels hommes

(1) *Luc.*, 23, 38 ; *Joh.*, 19, 20.

sont des loups et non des brebis : vous les connaîtrez à leurs fruits, défiez-vous d'eux. Pour vous, enfants de Dieu, écoutez ses enseignements, et ne vous éloignez pas des enseignements de l'Église, tels que vous les a expliqués Méthode votre maître. »

Constantin revint donc, et alla instruire la nation bulgare et Méthode resta en Moravie. Ensuite le prince Kotsel établit Méthode évêque en Pannonie, dans le siège de saint Andronique, apôtre, l'un des soixante-dix disciples de l'apôtre Saint Paul. Méthode établit deux prêtres très habiles sténographes, et ils traduisirent tous les livres saints, du grec en slave, dans l'espace de six mois, de mars au 26 octobre. Ayant terminé, il rendit grâce et gloire à Dieu qui avait ainsi béni l'évêque Méthode, successeur d'Andronique ; car l'apôtre Andronique est l'instituteur de la nation slave, et il est venu en Moravie. De même l'apôtre Paul a enseigné là ; car là est l'Illyrie où est venu l'apôtre saint Paul ; et là se trouvaient les Slaves avant que saint Paul y vînt. C'est pourquoi saint Paul est l'instituteur du peuple slave auquel nous appartenons aussi, nous Russes ; donc saint Paul est aussi notre maître à nous Russes, parce qu'il a instruit le peuple slave et a laissé comme évêque son successeur saint Andronique au peuple slave. Or la nation slave et la nation russe est une ; car c'est des Varègues que le peuple s'est appelé russe, et il était auparavent slave : et quoique les Polianes eussent un nom particulier, ils parlaient aussi le slave ; or ils s'appelaient Polianes parce qu'ils demeuraient dans les champs (polie), et ils parlaient la même langue que les Slaves.

Années 6407, 6408, 6409, 6410.

L'empereur Léon soudoya les Ougres contre les Bulgares :
les Ougres firent une incursion et ravagèrent tous le pays des
Bulgares. Quand Siméon [roi de Bulgarie] apprit cela, il marcha contre les Ougres. Les Ougres étant venus aux mains avec
lui défirent les Bulgares ; si bien que Siméon put à peine
s'enfuir à Derester.

Année 6411. Igor parvint à l'âge d'homme ; il continua de
suivre les conseils d'Oleg : il épousa une femme de Pskov
appelée Olga (903).

Années 6412, 6413, 6414, 6415. Oleg marcha contre les
Grecs, après avoir laissé Igor à Kiev ; il emmena un grand
nombre de Varègues et de Slaves, de Tchoudes et de Krivitches,
de Mériens, de Polianes, de Sévériens, de Drevlianes, de Radimitches, de Croates, de Doulèbes et de Tivertsiens dont nous
avons parlé. Tous ces peuples étaient appelés par les Grecs
la grande Scythie. Oleg partit avec tous ces hommes. Les uns
étaient à cheval, les autres en bateau, et il y avait en tout deux
mille bateaux. Et il vint auprès de Constantinople, et les Grecs
fermèrent leur détroit et la ville. Oleg débarqua sur le rivage,
ordonna à l'armée de tirer les vaisseaux à terre, de ravager les
alentours de la ville ; ils tuèrent un grand nombre de Grecs,
pillèrent beaucoup de palais, et brûlèrent les églises ; quant
aux prisonniers, on coupa la tête aux uns, on livra les autres à
la torture, on les tua à coup de flèches, ou on les noya dans la
mer ; et les Russes firent aux Grecs beaucoup d'autres maux,
comme c'est l'habitude à la guerre. Et Oleg ordonna à son
armée de faire des rouleaux et de mettre les navires sur ces

rouleaux ; puis lorsque les vents furent favorables, ils étendirent les voiles et les navires descendirent vers la ville. Les Grecs voyant cela furent épouvantés et ils envoyèrent à Oleg des députés qui dirent : « Ne détruis pas notre ville, nous te donnerons le tribut que tu voudras. » Et Oleg arrêta son armée, et on lui apporta des aliments et du vin ; mais il n'en voulut pas, car ils étaient empoisonnés. Et les Grecs étaient épouvantés et ils disaient : « Ce n'est pas Oleg, mais saint Démétrius que Dieu a envoyé contre nous. » Et Oleg leur ordonna de donner pour ses deux mille bateaux douze grivènes par homme ; or il y avait quarante hommes dans chaque bateau : et les Grecs consentirent et ils demandèrent la paix, le priant de ne point ravager l'empire grec. Oleg s'étant un peu éloigné de la ville se mit à traiter de la paix avec les empereurs Léon et Alexandre. Il envoya vers eux à la ville Karl, Farlof, Vermoud, Roulav et Stemid, disant : « Recueillez les tributs pour moi. » Et les Grecs dirent : « Nous vous donnerons ce que vous voudrez. » Et Oleg ordonna qu'on lui payât pour ses deux mille bateaux douze grivènes par équipage et en outre des tributs pour les villes russes, d'abord pour Kiev, puis pour Tchernigov et Pereiaslav, pour Polotsk, et pour Rostov, et pour Loubetch et pour d'autres villes où résidaient les princes soumis à Oleg. Et il demanda ce qui suit :

« Quand les Russes viennent [en ambassade] qu'ils reçoivent ce qui leur est dû (1). Quand viennent des marchands qu'ils reçoivent pendant six mois du pain et du vin, des poissons et des fruits et des bains autant qu'ils le voudront. Quand un Russe retournera chez lui, notre empereur lui donnera des vivres pour sa route ; et des ancres et des cordes et des voiles et tout ce dont il aura besoin (904-07). »

(1) Var. Tout ce qu'ils veulent.

Telles furent les conditions qu'acceptèrent les Grecs : et les empereurs et tous les seigneurs dirent :

« Si un Russe vient sans marchandise, il ne recevra pas de subside mensuel ; le prince russe défendra aux Russes qui viennent ici de faire aucun tort dans les villages de notre pays. Les Russes qui viendront resteront auprès de Saint-Mama, et l'empereur enverra des gens pour inscrire leurs noms, puis ils recevront un subside (mensuel) d'abord ceux de Kiev, puis de Tchernigov, puis de Pereïaslav et des autres villes. Ils rentreront à la ville par une seule porte, avec un agent de l'empereur, sans armes, par détachements de cinquante hommes, et feront ensuite leur commerce, à leur gré, sans payer aucun droit. »

Les empereurs Léon et Alexandre ayant conclu la paix avec Oleg, convinrent du tribut à payer et se lièrent par serment ; ils baisèrent la croix puis invitèrent Oleg et les siens à jurer. Ceux-ci suivant l'usage russe jurèrent sur leurs épées par Peroun leur dieu, par Volos, dieu des troupeaux, et la paix fut conclue. Et Oleg dit : « Faites des voiles de soie pour les Russes et des voiles de lin fin pour les Slaves. » Et on fit ainsi : puis il pendit son bouclier à la porte en signe de victoire et partit de Constantinople. Et les Russes déployèrent leurs voiles de soie et les Slaves leurs voiles de lin que le vent déchira. Et les Slaves dirent : « Revenons à nos voiles de toile, car les voiles de lin fin ne sont pas faites pour nous. » Et Oleg vint à Kiev, apportant de l'or, de la soie, des fruits, du vin et toutes sortes d'étoffes ; et on le surnomma le Magicien : car ces gens étaient païens et ignorants.

Années 6416, 6417, 6418, 6419. Une grande étoile en forme de lance se montra vers l'Occident.

XXII. — Traité avec les Grecs (912).

Année 6420. Oleg envoya ses ambassadeurs pour conclure la paix et poser les conditions entre les Grecs et les Russes et il leur recommanda de prendre pour base, la convention qu'il avait conclue avec les empereurs Léon et Alexandre.

« Nous, de la nation russe Karl, Ingeld, Farlof, Vermoud, Roulav, Goudy, Rouald, Karn, Frilof, Rouar, Aktevou, Trouan, Lidoul, Fost, Stemid, au nom d'Oleg, grand prince de la Russie et de tous ses sujets princes illustres et grands boïars, nous sommes envoyés vers vous, Léon, Alexandre et Constantin, grands potentats devant Dieu, empereurs grecs, pour le maintien et la publication de l'amitié qui subsiste depuis plusieurs années entre les chrétiens et la Russie, par la volonté de nos grands princes et conformément à leurs ordres, et de la part de tous les Russes qui sont soumis à leur autorité :

« Notre sérénité désirant par-dessus tout maintenir, avec l'aide de Dieu, et faire connaître l'amitié entre les chrétiens et la Russie ; nous avons plus d'une fois reconnu comme chose juste de la proclamer non seulement par de simples paroles, mais aussi par un écrit et un serment efficace, en jurant sur nos armes suivant notre foi et notre coutume. Or les articles de la convention que nous avons arrêtée au nom de la loi de Dieu et de l'amitié sont les suivants :

« D'abord nous faisons la paix avec vous, Grecs, pour nous aimer les uns les autres de toute notre âme et de toute notre volonté, et nous ne permettrons point, autant qu'il sera en notre puissance, qu'aucun de ceux qui sont soumis à nos illustres princes commette contre vous, à dessein ou non, quelque scandale ou quelque tort ; mais nous nous efforcerons suivant nos forces, de garder désormais et à jamais, Grecs, une amitié parfaite et inébranlable telle que nous l'avons conclue, écrite et sanctionnée par le serment. De même vous, Grecs, observez cette amitié pour nos illustres princes russes et pour tous ceux qui dépendent de notre illustre prince russe, entière et inébranlable dans tous les siècles. Et en ce qui touche les dommages nous convenons de ce qui suit :

« S'il y a des preuves évidentes [de dommage] il faut en faire un rapport fidèle, et celui à qui on ne prêtera pas créance qu'il jure, et dès qu'il aura fait serment suivant sa religion, que la peine suive en raison de l'injure. Si un Russe tue un chrétien, ou un chrétien un Russe, qu'il périsse là où il a accompli le meurtre. S'il s'enfuit après avoir accompli le meurtre et qu'il soit riche, alors que son plus proche parent prenne une part de ses biens et que celui qui s'emparera du meurtrier reçoive autant suivant la loi. Si l'auteur du meurtre est pauvre, et qu'il se soit enfui, qu'on l'assigne jusqu'à ce qu'il soit de retour et alors qu'il meure. Si quelqu'un frappe avec une épée ou avec quelque instrument, pour le coup ou la blessure, il paiera cinq livres d'argent suivant la loi russe : et si c'est un pauvre qui est coupable, qu'il donne ce qu'il pourra, qu'il soit même dépouillé de ses habits ordinaires, et en outre qu'il jure, suivant sa foi, qu'il n'y a personne qui puisse lui venir en aide et alors qu'on cesse de le poursuivre.

« Si un Russe vole un chrétien, ou un chrétien un Russe et que le volé saisisse le voleur en flagrant délit, et que celui-ci résiste et soit tué, ni les Russes ni les chrétiens ne poursuivront le meurtre et la partie lésée reprendra ce qu'elle a perdu ou si le voleur se livre, que le volé le prenne et le lie ; et il rendra le triple de ce qu'il a volé. Si un Russe a fait quelque violence à un chrétien ou un chrétien à un Russe, et prend quelque objet par force ouvertement, qu'il en paie trois fois la valeur.

« Si une tempête jette un bateau grec sur un rivage étranger
et qu'il s'y trouve quelqu'un de nous Russes, qu'on vienne au
secours du bâtiment et de sa cargaison, qu'on l'envoie ensuite
dans un pays chrétien et qu'on le conduise à travers tous les
endroits dangereux jusqu'à ce qu'il soit en sûreté ; si le vaisseau
retenu par la tempête ou par quelque obstacle venant de la
terre, ne peut arriver à sa destination, nous Russes donnerons
secours aux rameurs de ce bâtiment et l'amènerons avec
sa cargaison tout entière, si cela arrive auprès de la terre
grecque ; si un pareil accident arrive à un bâtiment auprès de
la terre russe, nous le conduirons à la terre russe ; puis on
vendra tout ce qui peut se vendre de la cargaison de ce vaisseau
après que nous Russes l'aurons tirée du vaisseau ; puis quand
nous irons en Grèce soit pour faire commerce, soit en ambassade auprès de votre empereur, nous rendrons avec honneur
le prix de la cargaison. Mais s'il arrivait que quelqu'un d'un
vaisseau grec ait été tué ou frappé par nous Russes ou qu'on
lui ait pris quelque chose, alors ceux qui auraient accompli
cet acte doivent encourir la peine ci-dessus énoncée. Si un prisonnier russe ou grec se trouve vendu dans un pays étranger, et
qu'il se rencontre un Russe ou un Grec, qu'il le rachète et le renvoie dans son pays, et qu'on lui rende le prix du rachat, ou qu'on
lui compte dans ce prix celui du travail [que le prisonnier
racheté a fait] chaque jour. Si quelqu'un à la guerre devient
prisonnier des Grecs, on le renverra dans sa patrie, et on paiera
pour lui, ainsi qu'il a été dit, suivant sa valeur. Si l'empereur
va à la guerre quand vous faites une expédition et que les Russes veuillent honorer votre empereur [en se mettant à son
service] (1) que tous ceux qui voudront aller avec lui, et y

---

(1) Les passages entre crochets ne se trouvent pas dans le texte, fort altéré
en cet endroit.

rester, le puissent librement. Si un Russe, d'où qu'il vienne, est fait esclave et vendu en Grèce ; si un Grec, d'où qu'il vienne, est vendu en Russie, il peut être racheté pour vingt livres d'or et retourner en Grèce [ou en Russie]. Si un esclave russe est volé ou s'enfuit ou s'il est vendu par force, et que le Russe le réclame et que la justesse de sa déclaration soit démontrée, qu'on le reprenne en Russie. Et si des marchands perdent un esclave et le réclament, qu'ils le cherchent et le prennent après l'avoir trouvé : si quelqu'un ne laisse pas faire cette recherche au représentant du marchand, qu'il perde lui-même son esclave. Si quelqu'un des Russes qui servent en Grèce chez l'empereur chrétien meurt, sans avoir disposé de son bien, et s'il n'a pas de parents en Grèce, que son bien soit rendu à ses parents en Russie. S'il a fait quelque disposition, celui-là recevra son bien qu'il a institué par écrit pour son héritier, et qu'il prenne cet héritage des Russes qui font commerce [en Grèce] ou d'autres personnes qui vont en Grèce et qui y ont des comptes. Si un malfaiteur passe de Russie en Grèce, que les Russes le réclament à l'empereur chrétien, qu'il soit pris et reconduit même malgré lui en Russie. Que les Russes fassent de même pour les Grecs s'il arrive quelque chose de pareil. Et pour confirmer de façon inébranlable cette paix entre vous, chrétiens, et nous Russes, nous avons fait écrire ce traité par Ivan sur une double feuille qui a été signée par votre empereur de sa propre main : en présence de la croix sainte et de la sainte et indivisible Trinité de votre vrai Dieu il a été sanctionné et remis à nos ambassadeurs. Et nous, nous avons juré à votre empereur qui règne sur vous par la volonté de Dieu, et d'après la loi et les usages de notre peuple que nous ne nous écarterons pas, nous ni aucun des nôtres, des conditions de paix et d'amour arrêtées entre nous.

« Et nous avons donné cet écrit à votre gouvernement pour

être confirmé, par une entente commune, à l'effet de confirmer et d'annoncer la paix conclue entre nous, la deuxième
semaine du mois de septembre, indiction XV, l'année de la
fondation du monde 6420. (912.)

XXIII. — Histoire du cheval d'Oleg. Sa mort.

L'empereur Léon combla les ambassadeurs russes de dons.
d'or, de soie, de vêtements, et mit à leur disposition ses officiers pour qu'ils leur montrassent les beautés des églises et les
palais d'or et les richesses qui s'y trouvaient, l'or, la soie,
les pierres précieuses et les instruments de la passion du
Seigneur : la couronne et les clous, le manteau de pourpre,
les reliques des saints, leur apprenant la foi chrétienne et
leur expliquant la vraie religion ; puis il les fit conduire
avec de grands honneurs jusqu'à leur pays. Alors les ambassadeurs envoyés par Oleg retournèrent auprès d'Oleg et racontèrent ce qu'ils avaient entendu chez les deux empereurs ;
comment ils avaient conclu la paix ; quelles conditions ils
avaient établies entre les deux nations, avec serment que
ni les Grecs ni les Russes ne les transgresseraient. Et Oleg
vivait en paix avec tous ses voisins, et Kiev était sa capitale. Et l'automne vint et Oleg se souvint de son cheval
qu'il faisait nourrir et qu'il ne montait jamais ; car un jour
qu'il demandait aux devins et aux enchanteurs : « De quoi
est-ce que je mourrai ? » un devin lui répondit : « Prince, le
cheval que tu aimes et que tu montes sera cause de ta mort. »
Oleg ayant réfléchi à cela se dit : « Je ne le monterai jamais
et je ne veux plus le voir. » Il ordonna donc qu'on nourrît
ce cheval et qu'on ne l'amenât point devant lui. Et quelques années s'écoulèrent, et il ne s'en servit pas jusqu'au
moment de son expédition en Grèce. Quand il revint à Kiev,

quatre années étaient passées, et dans la cinquième année
il se rappela son cheval qui devait causer sa mort d'après
la prédiction des devins. Et il appela l'écuyer en chef
disant : « Où est mon cheval que j'avais ordonné de nourrir
et de soigner ? » L'écuyer répondit : « Il est mort. » Oleg se mit
à rire et à se moquer des devins, disant : « Croyez donc aux
magiciens ! Tout cela n'est que mensonge : le cheval est
mort et je suis vivant. » Et il ordonna de seller son cheval : « Que
je voie ses os, dit-il. » Et il vint à l'endroit où gisaient les os
nus et la tête dépouillée de l'animal. Et il sauta du cheval
sur lequel il était monté et se mit à rire en disant : « C'est
peut-être cette tête qui me fera périr. » Et il mit le pied sur
cette tête ; et une vipère s'élança de cette tête et le mordit
au pied. Il tomba malade et mourut. Tous le peuple le
pleura plein de douleur et on l'enterra sur la colline qui
s'appelle Stchekovitsa. Sa tombe existe encore aujourd'hui
et on l'appelle la tombe d'Oleg. Et son règne fut de trente
trois ans (912).

XXIV. — Digression sur les magiciens.

C'est une chose étonnante que les enchantements
des magiciens. Sous le règne de Domitien, il y avait un
magicien appelé Apollonius de Tyane : il était fort célèbre ;
il parcourait les villes et les villages faisant partout des miracles diaboliques. Il vint de Rome à Byzance à la prière
des habitants de cette ville ; il fit ceci : il chassa de la ville un
grand nombre de couleuvres et de scorpions, de sorte qu'ils
ne firent plus de mal aux gens. Il dompta des chevaux fougueux
dans les réunions des seigneurs ; il vint aussi à Antioche sur
l'invitation des habitants ; ils étaient tourmentés par les scorpions et les cousins ; il fit un scorpion de cuivre et l'enterra

dans la terre et il mit dessus une petite colonne de marbre, et il ordonna à des hommes d'aller par la ville un roseau à la main, et d'agiter ce roseau en disant : « Que la ville soit sans cousins. » Ainsi s'enfuirent de cette ville les cousins et les scorpions. Interrogé sur les tremblements qui menaçaient la ville, il soupira puis écrivit sur une planchette ces mots : « Malheur à toi, ville infortunée : tu verras beaucoup de tremblements, le feu t'engloutira, et ton fleuve l'Oronte pleurera dans ses rives. » A propos de quoi le grand Anastase de la ville de Dieu dit : « Les enchantements accomplis par Apollonius de Tyane produisent leur effet encore aujourd'hui en certains lieux, soit en écartant certains quadrupèdes ou volatiles qui peuvent nuire aux hommes, soit en contenant le cours irrégulier des rivières, soit en empêchant des maux qui détruisent les hommes ou leur portent dommage.

« Car non seulement pendant sa vie les démons par son intermédiaire firent ces choses et d'autres semblables ; mais depuis sa mort, ils fréquentent sa tombe et ont fait des prestiges en son nom pour tromper les pauvres humains très portés à ces choses diaboliques. »

Que dire des actes magiques de Manéthon ? Il était si habile dans l'art de la magie qu'il raillait sans cesse Apollonius, disant qu'il ne possédait pas la vraie sagesse philosophique ; car il devrait, disait-il, faire ce qu'il voulait par la seule parole et ne pas employer des moyens matériels. Or tout cela arrive par la permission de Dieu et la puissance du démon. C'est ainsi qu'il éprouve l'orthodoxie de notre foi, si elle est ferme et s'attache avec zèle au Seigneur, si elle ne se laisse pas séduire par les ennemis à la faveur de miracles trompeurs, et d'artifices de Satan accomplis par les esclaves et les serviteurs de sa malice. Et même quelques-uns ont prophétisé au nom du Seigneur, comme Balaam, Saul et Caïphe, et ils ont chassé les démons comme Judas et les fils de Sceva (1) : car la grâce opère souvent par l'intermédiaire de personnes indignes pour profiter à d'autres. Balaam était bien loin de la bonne vie et de la foi, et cependant la grâce se montra en lui pour le bien des autres. Tel était encore Pharaon, et on lui prédit l'avenir. Et Nabuchodonosor avait violé la loi et cependant il lui fut dévoilé ce qui devait arriver après beaucoup de générations.

Ainsi beaucoup de gens opposés au Seigneur font des miracles sous le signe du Christ et abusent par leurs artifices ceux qui ne comprennent pas le bien ; tel a été Simon le Magicien, Ménandre et d'autres. C'est pour de tels gens qu'il a été dit : « Ne vous laissez pas tromper par les prodiges. »

XXV. — Igor (913).

Année 6421. Igor commença à régner après Oleg. A ce moment monta sur le trône impérial Constantin fils de Léon gendre de Romain, et les Drevlianes marchèrent contre Igor après la mort d'Oleg.

Année 6422. Igor marcha contre les Drevlianes, et après les avoir vaincus, il leur imposa un tribut plus fort que celui d'Oleg. Cette année Siméon de Bulgarie s'avança sous Constantinople et après avoir conclu la paix il revint dans son pays (914).

XXVI. — Igor. Première invasion des Petchénègues. Guerres diverses. Expéditions contre Constantinople. Le feu grégeois (915).

Année 6423. Les Petchénègues vinrent pour la première fois en Russie, et après avoir conclu la paix avec Igor, ils poussèrent jusqu'au Danube. A ce moment Siméon survint

(1) *Act. Apost.*, XIX, v. 14. 15.

ravageant la Thrace. Les Grecs appelèrent contre lui les Petchénègues. Les Petchénègues étant venus voulurent attaquer Siméon, mais la discorde éclata parmi les chefs grecs. Les Petchénègues voyant qu'ils se disputaient entre eux, retournèrent chez eux, et les Bulgares tombèrent sur les Grecs et les taillèrent en pièces.

Siméon prit Ondrien (1) qui s'appelait d'abord la ville d'Oreste, fils d'Agamemnon, qui jadis après s'être baigné dans trois rivières fut guéri d'une maladie et donna son nom à cette ville en souvenir de cet événement. Enfin l'empereur Adrien la rebâtit et l'appela de son nom Andrinople. Nous, nous l'appelons la ville d'Adrien.

Années 6424, 6425, 6426, 6427, 6428. Romain devint empereur en Grèce. Igor fit la guerre aux Petchénègues (916-920).

Années 6429, 6430, 6431, 6432, 6433, 6434, 6435, 6436, 6437. Siméon marcha sur Constantinople et ravagea la Thrace et la Macédoine, puis il s'avança sous Constantinople avec de grandes forces, plein d'orgueil, et conclut la paix avec l'empereur Roman, puis il revint dans son pays (921-929).

Années 6438, 6439, 6440, 6441, 6442. Les Ougres (Hongrois) marchèrent pour la première fois contre Constantinople et ravagèrent toute la Thrace. Roman conclut la paix avec eux (930-934).

Années 6443, 6444, 6445, 6446, 6447, 6448, 6449. Igor marcha contre les Grecs. Les Bulgares annoncèrent à l'empereur que les Russes s'avançaient contre Constantinople avec dix mille vaisseaux. Ils partirent, traversèrent la mer, se mirent à ravager la Bithynie, à ravager les rivages du Pont jusqu'à Héraclée et à la Paphlagonie, et tout le pays de

---

(1) Andrinople.

Nicomédie, et brûlèrent tous les bords du golfe. Ils coupèrent une partie des prisonniers en morceaux, prirent les autres pour but et tirèrent dessus, brisèrent leurs membres ou leur attachèrent les mains derrière le dos et leur enfoncèrent des clous de fer dans la tête ; ils brulèrent beaucoup d'églises saintes, brûlèrent des monastères et des villages et prirent beaucoup de butin sur les deux côtes de la mer. Ensuite l'armée arriva d'Orient. Pamphile le domestique était à la tête de 40,000 hommes, avec lui étaient Phocas le patrice, commandant les Macédoniens, Théodose chef des Thraces et d'autres nobles illustres ; ils entourèrent les Russes. Ceux-ci ayant tenu conseil marchèrent en armes contre les Grecs ; le combat fut acharné, et les Grecs ne vainquirent qu'avec peine. Les Russes retournèrent donc le soir vers leur camp ; puis la nuit ils montèrent sur leurs vaisseaux et s'enfuirent. Théophane se mit à les poursuivre sur des vaisseaux avec du feu, et à lancer avec des tubes du feu sur les bateaux russes, et l'on vit un terrible prodige. Les Russes ayant vu la flamme se jetèrent à la mer pour échapper à la nage et ceux qui survécurent revinrent ainsi dans leur pays. Quand ils furent revenus dans leur pays, chacun d'entre eux racontait aux siens ce qui s'était passé et parlait du feu des vaisseaux. « Les Grecs ont un feu semblable à celui du ciel, disaient-ils, et en le lançant contre nous, ils nous ont brûlés : c'est pourquoi nous n'avons pu les vaincre. » Igor se mit alors à rassembler une grande armée, et envoya chez les Varègues au delà de la mer pour les exciter contre les Grecs qu'il voulait aller attaquer de nouveau (935-941.)

Année 6450. Siméon marcha contre les Croates et les Croates le battirent, et il mourut laissant son fils le prince Pierre qui régna sur la Bulgarie (942).

Cette année naquit à Igor un fils appelé Sviatoslav.

XXVII. — Nouvelle expédition contre Constantinople. Soumission des Grecs. Nouveau traité (943).

Année 6451. Les Hongrois marchèrent contre Constantinople et retournèrent dans leur pays après avoir conclu la paix avec Roman.

Année 6452. Igor rassembla une armée considérable de Varègues, de Russes, de Polianes, de Slaves, de Krivitches, de Tivertsiens, et prit des Petchénègues à sa solde et après avoir exigé d'eux des otages, il marcha contre les Grecs avec des bateaux et des chevaux, voulant se venger. Les Khersonésiens ayant entendu parler de cela envoyèrent des messagers à Roman, disant : « Voici les Russes, ils ont couvert la mer de leurs vaisseaux innombrables. » Les Bulgares aussi firent annoncer cette nouvelle disant : « Les Russes viennent, ils ont les Petchénègues à leur service. » L'empereur ayant entendu cela envoya à Igor ses boïars les plus illustres, le priant et disant : « Ne viens pas, mais prends le tribut que prenait Oleg : j'ajouterai encore à ce tribut. » Il envoya aussi aux Petchénègues des étoffes et beaucoup d'or. Igor vint au Danube, appela ses officiers et se mit à délibérer après avoir répété ce qu'avait dit l'empereur. Les officiers d'Igor dirent : « Si l'empereur parle ainsi, qu'avons-nous à faire, si non de prendre l'or, l'argent et la soie sans combattre ? Qui sait qui sera vainqueur eux ou nous ? Qui est-ce qui a la mer pour alliée ? car nous ne marcherons pas sur terre, mais sur les profondeurs de la mer : la mort nous menace tous. » Igor les écouta, et ordonna aux Petchénègues de ravager la Bulgarie, puis il prit chez les Grecs de l'or et des étoffes pour toute l'armée et revint chez lui à Kiev (944).

Année 6453. Roman Constantin et Stéphane envoyèrent des ambassadeurs à Igor pour renouveler l'ancien traité. Igor s'entendit avec eux sur la paix. Igor envoya ses hommes à Roman. Roman appela ses boïars et ses dignitaires. On introduisit les ambassadeurs russes et on leur ordonna de dire et d'écrire les deux conventions sur du papier, ainsi qu'on avait fait pour la convention antérieure conclue par les empereurs Roman Constantin et Stéphane, princes très-chrétiens (945).

« Nous de la race russe, ambassadeurs et marchands, Ivor ambassadeur d'Igor, grand prince de Russie, et les ambassadeurs ordinaires : Bouiefast pour Sviatoslav fils d'Igor, Iskousev pour la princesse Olga, Sloudy pour Igor neveu d'Igor, Oulb pour Volodislav, Kanimar pour Peredslav, Schikhbern pour Sfanda femme d'Oulb, Prastien pour Tourd. Libi pour Arfast, Grim pour Sfirk, Prastien pour Akoun, neveu d'Igor, Kary pour Stoudek, Barchev pour Tourd, Egri pour Evlisk, Voïst pour Voïk, Istr pour Amound, Prastien pour Bern, Iastiag pour Gounar, Schibrid pour Aldan, Kol pour Klek, Steggi pour Eton, Sfirka... Alvad pour Goudy, Froudi pour Trouad, Moutour pour Ousti ; les marchands Adoun, Adoulb, Iggivlad, Olieb, Froutan, Gomol, Koutsi, Emig, Tourbid, Fourstien, Brouny, Roald, Gounastr, Frastien, Igeld, Tourbern, Mony, Rouald, Svien, Stir, Aldan, Tireï, Aspoubran, Vouzliev, Sin Koborytch, envoyés par Igor, grand prince de Russie et par toutes les principautés et tous les peuples de la terre russe qui nous ont ordonné de renouveler l'ancienne paix et de détruire le démon ennemi du bien et ami de la discorde, et de confirmer l'antique amitié entre les Grecs et la Russie : notre grand prince Igor et ses princes et boïars, et tous les peuples russes, nous ont envoyés à Roman, à Constantin et à Etienne, grands empereurs de la Grèce, pour lier amitié avec ces empereurs, avec tous leurs officiers, avec tout le peuple grec à jamais, tant que le soleil brillera et que le monde subsistera. S'il en est du côté des Russes qui cherchent à troubler cette amitié, que ceux qui ont reçu le baptême soient punis par Dieu tout-puissant et condamnés à la perdition dans cette vie et dans l'autre. S'il en est de non baptisés, qu'ils ne reçoivent de secours ni de Dieu, ni de Peroun. Qu'ils ne soient pas couverts par leurs boucliers, qu'ils soient égorgés par leurs épées, par leurs flèches, par leurs autres armes, et qu'il soient esclaves durant tout le siècle à venir.

« Le grand prince de Russie et ses boïars peuvent envoyer en Grèce aux grands empereurs grecs autant de vaisseaux qu'il leur plaira avec des ambassadeurs et des marchands. Jusqu'ici les députés portaient un cachet d'or et les marchands un cachet d'argent. Aujourd'hui votre (1) prince a déclaré qu'il enverrait un écrit à notre empereur. Si les ambassadeurs et les marchands sont envoyés par lui, ils doivent apporter un écrit dans lequel sera exprimé combien de vaisseaux il a envoyés, afin que nous apprenions d'eux qu'ils viennent avec la paix : mais s'ils viennent sans écrit, on nous les livrera pour que nous les gardions et retenions, et nous avertirons votre prince. S'ils ne veulent pas se rendre et se défendent, ils seront tués et leur mort ne donnera lieu à aucune réclamation de la part de votre prince. S'ils s'enfuient et s'en vont en Russie, nous écrirons à votre prince et il les traitera comme il lui plaira.

« Si un Russe vient sans marchandises, il ne recevra pas de pension mensuelle. Le prince donnera des ordres à ses envoyés et aux Russes qui viennent ici, pour qu'ils ne commettent aucun excès dans les villages et dans notre pays. A leur arrivée ils iront à Saint-Mama, et notre empereur enverra quelqu'un pour écrire leurs noms. Alors ils recevront leur subside : les

(1) Plusieurs mss. disent : *notre*.

ambassadeurs, celui d'ambassadeurs, et les marchands le subside ordinaire : d'abord ceux de Kiev, puis ceux de Tchernigov
et de Pereïaslav et des autres villes. Ils doivent entrer dans la
ville par une seule porte avec un homme de l'empereur, sans
armes, par cinquante hommes, s'occuper de leur commerce
suivant leurs intérêts et s'en aller. L'officier impérial les protégera, et si quelque Russe ou quelque Grec commet quelque
tort, ils le redressera. Un Russe en entrant dans la ville ne peut
acheter de soie pour plus de cinquante pièces d'or, et cette
étoffe qu'il achète, il doit la montrer à l'officier impérial et
celui-ci la scellera et la lui rendra. Et les Russes en partant
recevront de nous des vivres pour la route, autant qu'il est
besoin et ce qui leur est nécessaire pour les vaisseaux ainsi
qu'on l'a établi autrefois. Ensuite qu'ils retournent heureusement dans leur pays, mais ils n'ont pas le droit de passer
l'hiver à Saint-Mama. Si un esclave s'enfuit de la Russie et
qu'on vienne le chercher dans notre empire, ou s'il s'enfuit de
Saint-Mama, qu'on le saisisse ; mais si on ne le trouve pas,
alors les Russes chrétiens feront serment suivant leur foi
et les non chrétiens suivant leur coutume et alors ils recevront le prix déjà fixé : deux pièces de soie pour un
esclave. Si dans le peuple de notre empire ou de notre
capitale ou des autres villes un esclave s'enfuit chez vous
et emporte quelque chose, renvoyez-nous le et si ce qu'il
aura emporté se retrouve dans son intégrité, retenez dessus
deux pièces d'or. Si un Russe essaie de prendre quelque chose
chez le peuple de notre empereur, il sera puni fortement et
paiera le double de ce qu'il aura pris. Et si un Grec fait cela à
un Russe, il subira la même punition. Si un Russe vole quelque chose à un Grec, ou un Grec à un Russe, il est juste qu'il
rende non seulement la chose elle-même, mais aussi le prix
de cette chose. Si la chose volée a été vendue, il paiera le

double du prix et il sera puni suivant la loi grecque et suivant
la coutume et la loi russe. Si un Russe nous amène des prisonniers chrétiens de notre pays, si c'est un jeune homme ou
une jeune fille adulte, on paiera dix pièces d'or pour leur ran-
çon ; si ce sont des gens d'âge moyen on paiera huit pièces
d'or pour leur rachat ; si c'est un enfant ou un vieillard, on
donnera cinq pièces d'or. S'il se trouve chez les Grecs des
Russes réduits en esclavage, les Russes pourront les racheter
pour dix pièces d'or. Si un Grec les a achetés et qu'il en fasse
le serment sur la croix, il faut lui rendre le prix qn'il a donné
pour eux. En ce qui concerne la Khersonèse et ses villes, le
prince russe n'y fera pas la guerre ; il ne ravagera pas ce
pays et ce pays ne lui sera pas soumis. Si le prince russe
nous demande des soldats pour la guerre, nous lui en donnerons autant que besoin sera. Si les Russes trouvent un
vaisseau grec jeté quelque part par la tempête, ils ne lui
feront aucun tort : celui qui enlèvera quelque chose de ce
vaisseau, qui emmènera un homme en captivité ou le tuera,
sera jugé suivant la loi russe et grecque. Si les Russes trouvent des Khersonésiens pêchant à l'entrée du Dnieper,
qu'ils ne leur fassent aucun mal. Les Russes ne pourront
passer l'hiver à l'entrée du Dnieper à Bialobereg ni à Saint-
Ethérius , mais quand viendra l'automne, ils devront retourner chez eux en Russie. Quant aux Bulgares noirs qui
viennent ravager la Khersonèse, nous invitons le prince de
Russie à ne pas leur permettre de faire tort à cette contrée.
S'il arrive que quelque crime soit commis par les Grecs
sujets de notre empire, vous n'avez pas le droit de le punir,
mais chacun sera puni par l'ordre de notre souverain en raison de ses délits. Si un chrétien tue un Russe ou un Russe
un chrétien, alors le meurtrier sera retenu par les parents
qui le tueront. Si le meurtrier s'enfuit et qu'il soit riche, les

parents de la victime prendront ses biens. Si le meurtrier est pauvre et s'enfuit, qu'on le cherche jusqu'à ce qu'on le trouve et quand on l'aura trouvé, qu'il soit mis à mort. Si un Russe frappe un Grec ou un Grec un Russe avec une épée, une lance ou une arme quelconque, il paiera pour ce fait cinq livres d'argent suivant la loi russe : s'il est pauvre, que tout ce qu'il a soit vendu et qu'on lui ôte même les habits avec lesquels il marche ; enfin qu'on lui fasse jurer suivant sa foi qu'il n'a rien et alors qu'on le relâche. Si notre empereur a besoin de soldats pour combattre nos ennemis, nous écrirons à votre grand prince, et il nous enverra autant de soldats que nous voudrons, et les autres pays apprendront ainsi quelle amitié existe entre les Grecs et les Russes. Nous avons écrit tous ces articles sur deux feuilles, et l'une de ces deux feuilles est chez notre gouvernement ; il y a dessus une croix et nos noms écrits et sur l'autre le nom de vos ambassadeurs et de vos marchands. Et en s'en allant avec l'ambassadeur de notre empire ils doivent le conduire au grand prince russe Igor et à son peuple qui, après avoir reçu la feuille, jureront qu'ils observeront exactement tout ce que nous avons fixé et écrit sur cette feuille où nos noms sont mis. Nous donc, chrétiens, nous avons juré en la chapelle de Saint-Elias dans l'église cathédrale, sur la croix sainte qui se trouvait devant nous, et sur cette feuille, d'observer tout ce qui est écrit dessus et de ne nous en écarter en rien, et quiconque de nous s'en écartera, prince au autre, baptisé ou non, qu'il ne reçoive aucun secours de Dieu, qu'il soit esclave dans cette vie et dans la vie future, qu'il périsse par ses propres armes. Et les Russes non chrétiens déposeront leurs boucliers et leurs épées nues, leurs brassards et leurs autres armes, et ils jureront que tout ce qui est écrit sur cette feuille sera observé par Igor et par tout ses boïars et par tout le peuple

russe dans tous les temps et à jamais. Si donc quelque prince
ou quelqu'un du peuple russe viole ce qui est écrit sur cette
feuille, qu'il périsse par ses propres armes, qu'il soit maudit
de Dieu et de Peroun, comme ayant violé son serment. Tant
que le bon Igor grand prince sera vivant, il veillera à ce que
cette amitié juste soit inébranlable et se maintienne tant que
le soleil brillera, tant que le monde durera maintenant et à
jamais. »

Les envoyés d'Igor vinrent le trouver avec les ambassadeurs
grecs, disant tout ce qu'avait dit l'empereur Roman. Igor ayant
appelé les ambassadeurs grecs leur dit : « Dites-moi ce que
vous a ordonné l'empereur. » Et les ambassadeurs de l'empereur dirent : « L'empereur nous a envoyés; il aime la paix; il
veut entretenir paix et amitié avec le prince de Russie. Tes
ambassadeurs ont reçu le serment de nos empereurs qui nous
ont envoyés pour recevoir ton serment et celui de tes hommes. » Igor promit de faire cela. Le lendemain matin Igor
appela les ambassadeurs et alla vers la colline où se dressait
Péroun : ils déposèrent leurs boucliers, leurs armes et leur
or, et Igor fit le serment ainsi que ceux de ses officiers qui
étaient païens ; et les Russes chrétiens firent le serment dans
la chapelle de Saint-Elie qui est sur le ruisseau près de la
place Pasinetch et du faubourg des Kozares ; c'était une
église cathédrale ; car beaucoup de Varègues étaient chrétiens. Quand Igor eut confirmé la paix avec les Grecs, au
moment de congédier les ambassadeurs, il leur fit cadeau de
peaux, d'esclaves, de cire et les congédia. Les ambassadeurs
retournèrent vers l'empereur, lui rapportèrent tout ce qu'avait
dit Igor et quelle amitié il avait pour les Grecs.

XXVIII. — Guerre d'Igor contre les Drevlianes. Mort d'Igor (945).

Igor commença à régner à Kiev et il vivait en paix avec toutes les contrées. Et quand vint l'automne, il se mit à songer aux Drevlianes, voulant leur imposer un plus grand tribut.

Année 6453. Cette année la droujina d'Igor lui dit : « Les serviteurs de Svienald sont revêtus d'armes et de vêtements, et nous, nous sommes nus ; viens, prince, avec nous imposer un tribut ; toi et nous en profiterons. » Igor les écouta, marcha contre Dereva pour réclamer le tribut ; il exigea l'ancien tribut, l'obtint par la force lui et son peuple, le prit et revint dans sa ville. En revenant, il réfléchit et dit à sa droujina : « Portez le tribut à Kiev ; moi, je retourne faire encore une expédition. » Puis ayant renvoyé son armée, il revint avec une petite troupe, voulant encore plus de butin. Quand les Drevlianes apprirent qu'il revenait, ils délibérèrent avec leur prince Mal et dirent : « Si le loup prend l'habitude d'aller au bercail, il emportera l'une après l'autre toutes les brebis, à moins qu'on ne le tue ; il en est de même maintenant : si nous ne le tuons pas, il nous ruinera tous. » Ils envoyèrent vers lui disant : « Pourquoi reviens-tu ? Nous t'avons payé tout le tribut. » Igor ne les écouta pas. Alors les Drevlianes sortirent de la ville d'Iskorostène, tuèrent Igor et sa troupe, car elle était peu nombreuse. Et l'on ensevelit Igor : sa tombe se voit encore aujourd'hui près d'Iskorostène dans le pays des Drevlianes (945).

XXIX. — Olga et Sviatoslav. Olga fait périr les ambassadeurs des Drevlianes.

Olga était à Kiev avec son fils le jeune Sviatoslav ; son gouverneur était Asmoud et le voïévode était Svienald, père de

Msticha et les Drevlianes dirent : « Nous avons tué le prince russe, donnons sa veuve en mariage à notre prince Mal, puis nous prendrons Sviatoslav et nous en ferons ce que nous voudrons. Et les Drevlianes envoyèrent vingt hommes des plus vaillants en bateau vers Olga ; ils arrivèrent auprès de Boritchev, car alors l'eau coulait au pied de Kiev, et on n'habitait pas dans la vallée, mais seulement sur la hauteur : la ville de Kiev était là où est aujourd'hui la maison de Gordiat et de Nicéphore ; et le palais du prince était dans l'endroit où est aujourd'hui la maison de Vratislav et de Tchoud et les poids publics étaient hors la ville. Il y avait hors la ville une autre maison où est la maison des Domestiques (1) et derrière le temple de la mère de Dieu, le palais du Donjon : car il était surmonté d'un donjon de pierre. Et on dit à Olga que les Drevlianes étaient arrivés, et Olga les appela à elle et leur dit : « De bons hôtes sont venus ; » et les Drevlianes dirent : « Princesse, nous sommes venus. » Et Olga leur dit : « Dites-moi qui vous amène. » Les Drevlianes dirent : « Les Drevlianes nous ont envoyés disant : « Nous avons tué ton mari, car il était comme un loup pillard et ravisseur ; mais nos princes sont bons, ils font prospérer la terre des Drevlianes ; épouse donc Mal notre prince. » Car tel était le nom du prince des Drevlianes. Olga leur dit : « Ce que vous me dites m'est agréable ; je ne puis pas ressusciter mon mari ; mais je veux vous honorer demain en présence de mon peuple. Allez maintenant à votre bateau ; et faites les fiers. Et quand demain je vous enverrai chercher, alors dites : Nous n'irons point à pied, nous n'irons point à cheval ; mais qu'on nous porte dans notre bateau. Et on vous portera dans votre bateau. » Et elle les renvoya à leur bateau. Et Olga ordonna de creuser une fosse grande et profonde dans la cour du Donjon,

(1) Des chantres.

hors de la ville. Le lendemain Olga siégeant dans le donjon
envoya chercher les ambassadeurs et on leur dit : « Olga vous
invite et veut vous rendre de grands honneurs. » Ils dirent :
« Nous n'irons point à cheval, ni en voiture ni à pied : portez-
nous dans notre bateau. » Les gens de Kiev dirent : « Il nous
faut obéir : notre prince a péri, et notre princesse veut épouser
votre prince. » Et on les porta dans le bateau : ils s'assirent
enveloppés dans leurs grandes robes et pleins d'orgueil, et
on les apporta au palais d'Olga ; en les apportant, on les jeta
dans le fossé avec leur bateau. Olga se pencha et leur dit :
« Cet honneur est-il bon? » Ils répondirent : « Pire que la mort
d'Igor. » Et elle ordonna qu'on les enterrât vivants, et on les
enterra. Olga ayant envoyé chez les Drevlianes leur dit : « Si
vous me voulez réellement, envoyez-moi des hommes distingués afin que je puisse aller vers votre prince avec grand
honneur, sinon les habitants de Kiev ne me laisseront pas
partir. » Les Drevlianes entendant cela choisirent les hommes
les meilleurs qui gouvernaient leur pays et les lui envoyèrent.
Quand ils furent arrivés, Olga ordonna de préparer un bain
disant : « Quand vous vous serez baignés, vous viendrez me
trouver. » On chauffa le bain et les Drevlianes entrèrent et se
mirent à se laver. On ferma les portes derrière eux et Olga
ordonna de mettre le feu au bain et ils furent tous brûlés (1).
Et Olga envoya chez les Drevlianes disant : « Voici que je vais
aller chez vous; préparez beaucoup d'hydromel dans la ville
où vous avez tué mon mari ; je veux pleurer sur sa tombe et
faire une cérémonie funèbre en l'honneur de mon époux. »
Ceux-ci ayant entendu ces paroles brassèrent une grand quantité d'hydromel. Olga suivie d'une petite escorte vint, s'avança
sans appareil vers la tombe de son mari, le pleura et ordonna

---

(1) Il s'agit évidemment d'un bain de vapeur. (Voir plus haut, § V.)

à ses gens d'élever un grand tumulus, puis quand ils eurent
fini de célébrer la fête, les Drevlianes s'assirent pour boire et
Olga ordonna à ses gens de les servir. Les Drevlianes dirent à
Olga : « Où sont nos compagnons que nous t'avons envoyés? »
Elle répondit : « Ils viennent avec moi, avec les officiers de mon
mari. » Et quand les Drevlianes se furent enivrés elle ordonna
à ses gens de s'élancer contre eux et partit en ordonnant de les
massacrer. Et ils en massacrèrent cinq mille, et Olga retourna
à Kiev et prépara son armée contre ce qui restait de Drevlianes.

XXX. — Olga marche contre les Drevlianes et brûle leur ville (946).

Année 6454. Olga avec son fils Sviatoslav rassembla une
armée nombreuse et vaillante et marcha contre les Drevlianes ;
les Drevlianes allèrent au devant d'elle, et les deux armées
étant prêtes à combattre, Sviatoslav jeta sa lance contre les
Drevlianes, et la lance passant à travers les oreilles de son
cheval vint frapper les pieds de l'animal ; car Sviatoslav n'était
qu'un enfant. Et Svienald et Asmoud dirent : « Le prince a déjà
commencé la bataille : que sa droujina s'élance derrière lui. »
Et ils vainquirent les Drevlianes. Les Drevlianes s'enfuirent et
se renfermèrent dans leurs forteresses. Olga attaqua avec son
fils celle d'Isko rostène : car c'est là que son époux avait été
tué. Et elle s'avança sous la ville, et les Drevlianes s'enfermèrent dans la ville et s'y défendirent énergiquement ; car
ils savaient qu'ils avaient tué le prince et ce qui les attendait
s'ils se rendaient. Et Olga resta pendant un an sans pouvoir
s'emparer de la ville. Elle imagina alors la ruse suivante :
elle envoya à la ville disant : « Sur quoi comptez-vous ?
Toutes vos forteresses se sont soumises et payent le tribut ;
les paysans labourent leurs champs et leurs terres et vous,

refusant le tribut, voulez-vous mourir de faim ? » Les Drevlianes répondirent : « Nous accorderions volontiers le tribut;
mais tu veux venger ton mari. » Et Olga leur dit : « J'ai déjà
vengé mon mari deux fois quand vous êtes venus à Kiev et
la troisième fois quand j'ai fait une fête funèbre en son honneur. Je ne veux plus me venger, mais je veux recevoir de vous
un petit tribut, et après avoir conclu la paix avec vous, je m'en
irai. » Les Drevlianes dirent : « Que veux-tu de nous? » Nous te
donnerons volontiers du miel et des peaux. Elle leur répondit :
« Il n'y a maintenant chez vous ni miel ni peaux; je vous de-
manderai une petite chose : donnez-moi trois pigeons et trois
moineaux par maison ; car je ne veux pas vous imposer de lourd
tribut, comme avait fait mon mari ; je ne vous demande que
cette petite chose, parce que vous vous êtes appauvris pendant le siège ; je ne veux que cela. » Les Drevlianes joyeux
prirent par maison trois pigeons et trois moineaux et les
envoyèrent humblement à Olga. Olga leur dit : « Puisque vous
vous êtes humiliés devant moi et devant mon fils, retournez
à votre ville, et moi, je m'en irai demain et retournerai à la
mienne. » Les Drevlianes joyeux rentrèrent à la ville et dirent
cela au peuple et le peuple se réjouit dans la ville. Olga donna
à tous ses soldats un pigeon et un moineau par tête et
ordonna à chacun d'attacher aux oiseaux avec un fil une
mèche soufrée enveloppée dans de petits morceaux de toile;
et quand vint le crépuscule, Olga ordonna à ses soldats de lâ-
cher les pigeons et les moineaux.

Les pigeons et les moineaux volèrent vers leurs nids,
les uns à leurs pigeonniers, les autres sous les toits ; et ainsi
le feu se mit aux colombiers, aux cabanes, aux tours, aux
étables, et il n'y eut pas de maison qui pût y échapper;
et il était impossible de l'éteindre, car toutes les maisons
brûlaient en même temps. Et les habitants de la ville s'en-

fuirent et Olga ordonna à son armée de les saisir. Ainsi elle prit la ville et y mit le feu ; elle prit les anciens de la ville, en fit tuer quelques-uns, en donna d'autres comme esclaves à ses officiers et fit payer tribut aux autres. Et elle leur imposa un lourd tribut. Les deux tiers du tribut furent envoyés à Kiev, l'autre tiers à Vychegorod pour Olga ; car Vychegorod était la ville d'Olga. Et Olga parcourut le pays des Drevlianes avec son fils et sa famille, établissant des lois et des impôts. On voit encore ses résidences et des chasses princières. Et elle vint dans sa ville de Kiev avec son fils Sviatoslav et y resta toute une année.

Année 6455. Olga alla à Novogorod, établit sur la Msta des abris pour les commerçants, et établit des impôts et des redevances sur la Louga. On voit encore ses chasses, ses bornes, ses villes et ses hôtelleries. On voit encore aujourd'hui ses traîneaux à Pleskov, et le poids public sur le Dnieper et sur la Desna, et son village Oljitchi subsiste encore aujourd'hui. Après avoir arrangé tout cela, elle retourna près de son fils à Kiev, vivant avec lui dans un amour maternel (947).

XXXI. — Baptême d'Olga (948-955).

Années 6456, 6457, 6458, 6459, 6460, 6461, 6462, 6463. Olga s'en alla chez les Grecs et vint à Constantinople. L'empereur était alors Constantin, fils de Léon (1) ; et Olga vint à lui et voyant qu'elle était parfaitement belle de visage et très prudente, l'empereur admira son intelligence, s'entretint avec elle et dit : « Tu es digne de régner avec nous dans cette ville. » Ayant entendu ces paroles elle dit à l'empereur : « Je suis païenne : si tu veux me baptiser baptise-moi toi-même ; sinon

(1) Tsimiscès suivant un autre ms.

je ne me ferai pas baptiser. » Et l'empereur la baptisa avec le
patriarche. Une fois éclairée, elle se réjouit dans son âme et
dans son corps, et le patriarche l'instruisit de la foi et lui dit :
« Tu es bénie parmi les femmes russes, car tu as aimé la
lumière et rejeté les ténèbres. Les fils de la Russie te béniront
jusqu'à la dernière génération. » Et il l'instruisit sur le dogme
de l'Église, la prière, le jeûne, l'aumône, l'obligation de
maintenir le corps chaste ; et elle restait la tête baissée et,
comme une éponge, qui absorbe l'eau, elle recevait ces instructions ; puis elle s'agenouilla devant le patriarche disant :
« Que par tes prières, ô évêque, je sois préservée des embûches du démon. » Et on lui donna au baptême le nom d'Hélène
qui avait été autrefois la mère de Constantin le Grand. Et le
patriarche la bénit et la laissa aller. Après le baptême, l'empereur l'appela et lui dit : « Je veux te prendre pour ma
femme. » Elle dit : « Quoi ! tu veux te marier avec moi. Et
cependant tu m'as baptisée et tu m'as appelée ta fille : et chez
les chrétiens cela est contre la loi, tu le sais toi-même. »
Et l'empereur lui dit : « Olga, tu m'as trompé. » Et il lui donna
beaucoup de présents, de l'or et de l'argent, de la soie, des
vases, et il la congédia l'ayant appelée sa fille. Elle retourna
chez elle, vint auprès du patriarche demander sa bénédiction
pour sa maison et lui dit : « Mon peuple est païen et mon fils
aussi : que Dieu me préserve de tout mal. » Et le patriarche
lui dit : « Ma fidèle fille, tu as été baptisée dans la croix, tu t'es
revêtue de la croix ; le Christ te préservera, comme il a préservé
Enoch dans les premiers âges et Noé dans l'arche, comme
il a préservé Abraham d'Abimélech, Loth des Sodomites,
Moïse de Pharaon, David de Saül, les trois jeunes hommes
dans la fournaise, Daniel des bêtes féroces ; il te préservera ainsi de l'ennemi et de ses embûches ! » Le patriarche
la bénit et elle s'en alla en paix dans sa patrie et arriva à Kiev.

Ce fut comme au temps de Salomon. La reine d'Ethiopie vint à Salomon, voulant entendre la sagesse de Salomon et elle vit beaucoup de sagesse et de choses remarquables. Ainsi Olga, cette princesse bénie, cherchait la sagesse de Dieu ; l'une cherchait la sagesse humaine, l'autre la sagesse divine. Car ceux qui cherchent la sagesse la trouveront. La sagesse est célébrée devant les portes des maisons ; sa voix dans les rues crie au milieu des grandes assemblées, élève la parole à la porte des villes ; tant que les justes aimeront la vérité, ils ne seront pas confondus (1). Or, Olga, cette femme bénie, cherchait dès l'enfance dans ce monde la sagesse qui est meilleure que tout, et elle trouva une perle précieuse qui est le Christ. Car Salomon a dit : « Le désir accompli est doux à l'âme des fidèles (2) ; » et encore : « Incline ton âme vers la connaissance de la sagesse (3) ; j'aime ceux qui m'aiment et ceux qui me cherchent me trouveront (4). » Le Seigneur a dit : « Je ne repousserai pas celui qui vient à moi (5). »

Et Olga retourna à Kiev ; et l'empereur grec envoya vers elle, disant : « Je t'ai fait de beaux présents ; et toi tu m'as dit : Quand je serai revenue en Russie, je t'enverrai beaucoup de présents, des esclaves, de la cire, des peaux et des soldats auxiliaires. » Olga répondit aux envoyés : « Dites à l'empereur : Si tu restes avec moi sur la Potchaïna aussi longtemps que je suis restée dans le Bosphore, je te ferai ces cadeaux. » Ayant dit cela, elle congédia les ambassadeurs. Or, Olga vivait avec son fils Sviatoslav et elle l'invitait à se faire baptiser, et il ne voulait pas en entendre parler ; et quand quelqu'un voulait être baptisé, on ne le lui défendait pas, mais on se moquait de lui. Car pour les infidèles la foi chrétienne est une folie ; car

(1) Salom. *Prov.* I. 20-22. (2) ¡Sal. XIII. 19. (3) . ib. II 2. (4) VIII. 17. (5) Joh. VI. 37.

ils ne sentent ni ne comprennent, marchant dans les ténèbres et ils ne voient pas la gloire de Dieu ; leurs cœurs sont endurcis, leurs oreilles ont peine à entendre et leurs yeux à voir. Car Salomon dit : « Les actes des impies sont loin de la raison ; je vous ai appelés et vous ne m'avez pas entendus, je vous ai avertis par des paroles et vous n'avez pas compris, et vous avez rejeté mes conseils ; vous avez dédaigné mes reproches ; car ils ont haï la sagesse, ils n'ont point accepté la crainte de Dieu, ils n'ont pas voulu entendre mes conseils et ils se sont moqués de mes avertissements (1). » Or Olga disait souvent : « Mon fils j'ai connu la sagesse et je me réjouis, si tu la connaissais tu te réjouirais. » Il ne faisait pas attention à cela disant : « Comment, je recevrais une foi étrangère ! mais ma droujina rirait de moi. » Elle lui disait : « Si tu te fais baptiser, tous feront la même chose ; » mais il n'écoutait pas sa mère et persévérait dans les coutumes païennes, ne sachant pas que celui qui n'écoute pas sa mère tombera dans la détresse ; car il est écrit : « Que celui qui n'écoute pas son père ou sa mère soit puni de mort (2). » Et il se fâchait contre sa mère. Car Salomon dit : « Celui qui instruit un méchant appelle l'outrage sur lui ; celui qui reprend un impie recueille des injures ; car en reprenant les impies on provoque les tourments. Ne reprends pas les méchants pour qu'ils ne te haïssent pas. (3) » Cependant Olga aimait son fils et disait : « Que la volonté de Dieu s'accomplisse ! Si Dieu a pitié de ma race et de la terre russe, il leur inspirera de se convertir à lui comme il me l'a accordé. » Et ayant dit cela, elle se mit à prier pour son fils et pour le peuple nuit et jour, et elle éleva son fils jusqu'à ce qu'il fût grand et homme fait.

---

(1) *Prov.* I. 24. 25. 29. 31. (2) *Exod.* XXI, 17. (3) *Prov.* IX. 7, 8.

XXXII. — Majorité de Sviatoslav. Ses guerres (965-967).

Années 6464, 6465, 6466, 6467, 6468, 6469, 6470, 6471, 6472. Quand le prince Sviatoslav fut grand et homme fait, il se mit à rassembler une armée nombreuse et vaillante, car il était lui-même vaillant et fougueux, et il fit beaucoup de guerres, marchant comme une panthère à la tête de sa nombreuse armée ; il ne prenait avec lui ni voiture, ni marmite et ne faisait pas bouillir la viande, mais il mangeait des tranches minces de viande de cheval, de gibier ou de bœuf, après les avoir mises sur des charbons. Il n'avait pas de tente, mais il étendait sous lui un vêtement et mettait une selle sous sa tête. Tous ses guerriers faisaient comme lui. Il envoyait dans les contrées voisines disant : « Je vais marcher contre vous. » Et il alla sur l'Oka et le Volga et il rencontra les Viatitches et leur dit : « A qui payez-vous tribut ? » Ils répondirent : « Aux Kozares ; nous leur donnons une pièce d'argent par charrue (965). »

Année 6473. Sviatoslav marcha contre les Kozares. Ces Kozares ayant appris cela marchèrent contre lui avec leur Khan qui est leur prince ; il les rencontra et les battit et prit leur ville de Biélaviéja. Il vainquit les Iases et les Kassogues et retourna à Kiev (965).

Année 6474. Sviatoslav vainquit les Viatitches et leur imposa tribut (966).

Année 6475. Sviatoslav marcha au delà du Danube contre les Bulgares. Il les rencontra, les battit et prit quatre-vingts villes au delà du Danube ; il s'établit comme prince à Péréïaslavets et se fit payer tribut par les Grecs (967).

XXXIII. — Les Petchénègues assiègent Kiev. Retour de Sviatoslav (968).

Année 6476. Les Petchénègues vinrent pour la première

fois en Russie et Sviatoslav était à Péréïaslavets ; et Olga s'enferma avec ses petits-fils Iaropolk, Oleg, Vladimir dans la ville de Kiev. Et les Petchénègues entourèrent la ville avec des forces supérieures. Ils formaient autour d'elle une multitude innombrable ; on ne pouvait sortir, ni envoyer de message. Le peuple était épuisé de faim et de soif. Les gens qui s'étaient rassemblés sur l'autre rive du Dniéper avec leurs bateaux restaient sur cette rive, et il n'était possible à aucun d'entre eux d'aller à Kiev, ni à la ville de communiquer avec eux. Le peuple s'affligeait et disait : « N'y a-t-il personne qui puisse aller sur l'autre rive et leur dire : « Si vous n'arrivez pas demain sous les murs de la ville, nous nous rendrons aux Petchénègues ? » Et un jeune homme dit : « J'irai ; » et ils lui dirent : « Va. » Il sortit donc de la ville avec une bride, et courant parmi les Petchénègues s'écria : « Quelqu'un de vous n'a-t-il pas vu un cheval ? » car il savait la langue des Petchénègues, et ils pensèrent que c'était un des leurs ; s'étant approché du fleuve, il jeta son vêtement, sauta dans le Dniéper et se mit à nager. Les Petchénègues voyant cela s'élancèrent après lui et décochèrent sur lui leurs flèches, mais ils ne purent rien lui faire. Ceux de l'autre rive au contraire l'ayant aperçu vinrent au-devant de lui en bateau, et l'ayant pris sur le bateau le conduisirent à leurs chefs. Et il leur dit : « Si demain matin, vous n'arrivez pas sous la ville, le peuple se rendra aux Petchénègues. » Leur chef qui s'appelait Priétitch dit : « Nous viendrons demain en bateau et après avoir pris la princesse et les jeunes princes, nous nous enfuirons sur cette rive. Si nous ne faisons pas cela, que Sviatoslav nous fasse mettre à mort. » Le lendemain dès l'aurore, ils montèrent en bateau, sonnèrent bruyamment de la trompette et le peuple de la ville poussa des cris ; les Petchénègues pensant que le prince était arrivé s'enfuirent de divers côtés. Et Olga sortit avec ses petits-fils et son peuple vers les vaisseaux. Voyant cela le prince des Petchénègues retourna seul auprès du voïévode Priétitch et dit : « Qui est venu ? » Et l'autre lui répondit : « Des gens de l'autre rive. » Et le prince des Petchénègues dit : « Et toi, est-ce que tu es le prince ? » Il dit : « Je suis son voïévode, et je suis venu comme avant-garde, et après moi vient avec le prince une armée innombrable. » Il dit cela d'un ton menaçant. Et le prince des Petchénègues dit à Priétitch : « Sois mon ami. » Et il lui répondit : « J'y consens. » Et ils se donnèrent la main. Le prince des Petchénègues donna un cheval, un sabre, des flèches à Priétitch ; celui-ci lui donna une armure, un bouclier, une épée. Les Petchénègues s'éloignèrent de la ville. Et ils ne purent plus faire boire les chevaux dans la Lybed. Et les habitants de Kiev envoyèrent vers Sviatoslav, disant : « Prince, tu cherches des pays étrangers, et tu négliges le tien ; peu s'en est fallu que les Petchénègues ne nous prissent, nous et ta mère et tes enfants. Si tu ne viens pas et si tu ne nous défends pas, ils nous envahiront encore. N'as-tu point souci de ta patrie, de ta vieille mère et de tes enfants ? » Sviatoslav entendant cela monta aussitôt à cheval avec ses soldats, vint à Kiev, embrassa sa mère et ses enfants, déplorant ce qui leur était arrivé de la part des Petchénègues ; puis il rassembla son armée, et refoula les Petchénègues dans les steppes et la paix régna.

XXXIV. — Mort d'Olga (969).

Année 6477. Sviatoslav dit à sa mère et aux boïars : « Je ne me plais point à Kiev ; je veux vivre à Péréïaslavets sur le Danube ; car c'est là qu'est le centre de mes terres. Toutes les richesses y arrivent : de la Grèce, l'argent, les étoffes, les fruits, les différents vins ; de la Bohême, de la Hongrie,

l'argentetleschevaux ; delaRussie, les peaux, la cire, le miel,
les esclaves. » Sa mère lui dit : « Tu vois que je suis malade ;
où veux-tu aller loin de moi ? » Car elle était déjà malade. Elle
lui dit encore : « Quand tu m'auras enterrée, après tu iras où
tu voudras. » Au bout de trois jours Olga mourut. Son fils, ses
petits-fils et le peuple la pleurèrent amèrement. On l'emporta
et on l'enterra. Elle avait ordonné qu'on ne lui fît pas de
tryzna (fête funèbre) ; car elle avait un prêtre et ce fut lui qui
ensevelit la bienheureuse Olga. Elle fut le précurseur du
christianisme en Russie, comme l'aurore est le précurseur
du soleil, comme l'aube est le précurseur de l'aurore. Comme
brille la lune au milieu de la nuit, elle brilla au milieu d'un
peuple païen. Elle était comme une perle au milieu de la
fange ; car le peuple était dans la fange de ses péchés et n'était
pas encore purifié par le baptême. Elle se purifia dans un
bain sacré et dépouilla le vêtement de péché de l'ancien
homme Adam et revêtit celui du nouvel Adam qui est le Christ.
Aussi nous lui disons : « Réjouis-toi d'avoir fait connaître Dieu
à la Russie, car tu as été le principe de l'alliance de la Russie
avec lui. » C'est elle qui la première est montée de la Russie au
royaume céleste. Les fils de la Russie la célèbrent comme
leur guide parce que après sa mort elle a prié Dieu pour la
Russie. Or les âmes des justes ne meurent pas (1). Comme l'a
dit Salomon : « Les peuples se réjouissent de la gloire du
juste (2) : car sa mémoire est immortelle (3), elle dure auprès
de Dieu et chez les peuples. » Tous les hommes célèbrent cette
princesse voyant ses reliques intactes (4) depuis de longues
années. Car le prophète a dit : « Je glorifierai ceux qui me
glorifient (5). » David a dit également : « Le juste sera dans une

---

(1) *Sap.* III, 1. (2) *Prov.*, XXIX, 2. (3) *Sap.*, III, 4. (4) Ce mot qui paraît
manquer au texte est restitué par Erben et par Smith. (5) *Prov.*, XXVIII, 12.

mémoire éternelle, il ne craindra pas les mauvaises paroles ;
son cœur est prêt à espérer en Dieu ; son cœur est affermi et
il ne sera pas ébranlé (1). » Salomon a encore dit : « Les justes
vivent éternellement, et ils sont récompensés et glorifiés auprès du tout-puissant ; ils recevront le royaume de beauté et
la couronne de bonté des mains du Seigneur : il les couvrira
de sa droite, et il les protégera de son bras (2). Or il a protégé la bienheureuse Olga contre le diable son ennemi et son
adversaire.

XXXV. — Guerres de Sviatoslav avec les Grecs. Traité avec les Grecs (970).

Année 6478. Sviatoslav établit Iaropolk à Kiev et Oleg chez
les Drevlianes. En ce temps les gens de Novogorod vinrent
demander un prince, disant : « Si vous ne venez pas chez nous,
nous nous trouverons un prince. » Et Sviatoslav leur dit :
« Quelqu'un ira chez vous. » Iaropolk et Oleg refusèrent d'y
aller. Et Dobrynia dit : « Demandez Vladimir. » Or Vladimir
était fils de Maloucha, intendante d'Olga et sœur de Dobrynia,
et leur père était Malek de Loubetch. Dobrynia était l'oncle de
Vladimir. Et les Novogorodiens dirent à Sviatoslav : « Donne-
nous Vladimir. » Il leur dit : « Le voici. » Et les Novogorodiens prirent Vladimir et Vladimir partit à Novogorod avec
son oncle Dobrynia et Sviatoslav alla à Péréïaslavets.

XXXVI. — Guerre de Sviatoslav avec les Grecs. Traité (971).

Année 6479. Sviatoslav marcha sur Péréïaslavets et les Bulgares s'enfermèrent dans la ville. Et les Bulgares sortirent pour
combattre contre Sviatoslav, et il y eut un grand combat et
les Bulgares allaient vaincre. Et Sviatoslav dit à ses soldats :

(1) *Ps.* CXI, 7, 8. (2) *Sap.* V, 16-17.

« Quoi, nous serions vaincus ici! Frappons bravement, frères
et compagnons. » Et le soir Sviatoslav fut vainqueur et prit la
ville d'assaut disant : « La ville est à moi. » Et il envoya vers les
Grecs disant : « Je veux aller chez vous et prendre votre ville
comme j'ai pris celle-ci. » Et les Grecs dirent : « Nous ne sommes pas capables de vous résister, mais reçois de nous un tribut pour toi et tes compagnons. Dites-nous combien vous êtes
afin que nous puissions vous donner tant par tête. » Les Grecs
dirent cela trompant les Russes; car ils sont rusés encore
aujourd'hui. Et Sviatoslav leur dit : « Nous sommes au nombre
de vingt mille. » Or il ajoutait dix mille, car il n'y avait que dix
mille Russes. Et les Grecs armèrent cent mille hommes contre
Sviatoslav et ne payèrent point le tribut. Et Sviatoslav marcha
contre les Grecs et ils s'avancèrent contre lui. Les Russes à la
vue de l'armée furent très effrayés de cette multitude, et Sviatoslav dit : « Nous n'avons pas où fuir; bon gré, mal gré il faut
livrer bataille. Ne faisons pas honte à la Russie ; tombons ici ;
car en mourant nous ne nous déshonorerons pas, et si nous
fuyons nous serons déshonorés. Ne fuyons pas, mais tenons
ferme! Je marcherai devant vous; si ma tête tombe, songez à
vous-mêmes. » Et les soldats dirent : « Si ta tête tombe, nous
succomberons avec toi. » Et les Russes se mirent en bataille, et
les deux armées se heurtèrent, et il y eut un grand combat, et
Sviatoslav fut vainqueur et les Grecs s'enfuirent. Et Sviatoslav
s'avança contre la capitale ravageant tout, et détruisant les
villes; aujourd'hui encore elles sont désertes. Et l'empereur
convoqua ses boïars au palais et dit : « Qu'avons-nous à faire?
nous ne pouvons leur résister. » Et les boïars lui dirent : « Envoie-lui des présents. Voyons s'il aime l'or et les étoffes. » Et il
lui envoya de l'or, des étoffes et un homme sage auquel il dit :
« Observe ses yeux, son visage et sa pensée. » Cet homme prit
les présents et alla chez Sviatoslav. On dit à Sviatoslav qu'il était

venu des Grecs avec des présents ; il dit : « Faites-les entrer ici. »
Ils vinrent, s'inclinèrent devant lui, déposèrent devant lui de
l'or et des étoffes, et Sviatoslav, sans même regarder ces
présents, dit à ses serviteurs : « Gardez cela. » Les serviteurs
de Sviatoslav prirent ces présents et les mirent de côté,
et les envoyés de l'empereur revinrent auprès de lui. Et
l'empereur appela son conseil, et les envoyés dirent : « Quand
nous sommes venus auprès de lui et que nous avons déposé
nos présents, il ne les a même pas regardés : il a seulement
ordonné de les mettre de côté. » Et l'un des conseillers lui dit :
« Essaye encore et envoie-lui des armes. » Il l'écouta et lui
envoya une épée et d'autres armes et on les lui apporta. Il les
prit, les loua, les contempla avec satisfaction et ordonna de
saluer l'empereur. Les envoyés revinrent auprès de l'empereur et lui dirent ce qui s'était passé ; et les conseillers dirent :
« Cet homme est farouche ; il ne fait pas attention aux richesses et prend les armes ; paie-lui tribut. » Et l'empereur envoya
dire : « Ne viens pas dans ma capitale, prends le tribut que tu
voudras. » Car il était sur le point de marcher contre Constantinople. Et on lui paya tribut ; et il le prit aussi pour ceux
qui avaient été tués disant que leurs familles le recevraient. Il
prit donc beaucoup de présents et retourna à Péréïaslavets
avec beaucoup de gloire. Voyant combien son armée était peu
nombreuse, il se dit en lui-même : « S'ils venaient me surpren-
dre, ils me tueraient moi et mes soldats. » Car beaucoup avaient
péri dans l'expédition. Et il dit : « J'irai en Russie et je ramène-
rai une armée plus nombreuse ; » puis il envoya des messagers
à l'empereur à Déréster (Silistrie) — car l'empereur était alors
dans cette ville — disant : « Je veux avoir avec toi une alliance
et une amitié durable. » L'empereur entendant cela se réjouit
et lui envoya des présents plus considérables qu'auparavant.
Sviatoslav reçut les présents, et se mit à délibérer avec les

siens disant : « Si nous ne concluons pas la paix avec l'empereur et qu'il apprenne combien nous sommes peu nombreux,
il viendra et nous assiègera dans cette ville, et la Russie est loin
et les Petchénègues sont en guerre avec nous ; qui nous secou-
rera ? Concluons donc la paix avec l'empereur ! Ils nous ont
offert un tribut, que cela nous suffise ; et s'ils venaient à nous
le refuser, alors nous rassemblerions une armée plus considérable que la première, et nous marcherions sur Constantinople. » Ces paroles plurent à ses compagnons. Et on envoya les
principaux officiers à l'empereur et ils vinrent à Déréster, et
ils se firent annoncer à l'empereur. L'empereur les fit venir
devant lui le lendemain et dit : « Que les envoyés russes parlent. » Ils dirent : « Voici ce que dit notre prince : « Je veux
« être en intime amitié avec l'empereur grec pendant tous les
« siècles à venir. » L'empereur se réjouit et il ordonna à l'écrivain d'écrire sur des feuilles tout ce qu'avait dit Sviatoslav.
L'envoyé commença à parler et l'écrivain à écrire :

« Conformément au précédent traité conclu entre Sviatoslav,
grand prince de Russie, et Sviénald et Jean surnommé Zimiscès,
empereur des Grecs, traité écrit par Théophile le syncelle (1), à
Déréster au mois de juillet, la 14e indiction, année 6479 (971),
moi Sviatoslav, prince russe, ai juré et par la présente convention je confirme mon serment. Je veux avoir paix et amitié
constante avec tous les grands empereurs grecs, avec Basile
et Constantin, avec les empereurs inspirés de Dieu et avec
tous vos peuples, et de même tous les Russes qui me sont
soumis, boïars et autres à jamais. Jamais je ne m'attaquerai
à votre pays, je ne rassemblerai point d'armée, je ne condui-
rai pas de peuple étranger contre vous ni contre ceux qui sont
soumis au gouvernement grec, ni contre la Khersonnèse et

_____

(1) Secrétaire, voy. l'Index.

ses villes, ni contre le pays des Bulgares. Et si quelque autre s'attaque à votre pays, je marcherai contre lui et je le combattrai. Comme je l'ai juré aux empereurs grecs ainsi l'ont juré les boïars et toute la Russie, et nous garderons les conventions présentes. Si donc nous n'observons pas ce que nous avons énoncé plus haut, moi et tous ceux qui sont sous ma puissance soyons maudits par le Dieu en qui nous croyons, par Peroun et Volos, dieu des troupeaux; puissions-nous devenir jaunes comme l'or (1) et périr par nos propres armes. Regardez comme la vérité ce que nous avons dit aujourd'hui avec vous et ce que nous avons écrit sur ces feuilles et scellé de nos sceaux. »

Sviatoslav ayant conclu la paix avec les Grecs s'en alla en bateau jusqu'aux cataractes du Dnieper, et le voïévode de son père, Sviénald lui dit : « Prince, tourne les cataractes à cheval, car les Petchénègues t'attendent aux cataractes. » Et il ne l'écouta pas et il vint en bateau. Et les habitants de Péréïaslavets envoyèrent vers les Petchénègues disant : « Voici que Sviatoslav revient en Russie après avoir pris aux Grecs beaucoup de richesses et fait beaucoup de butin, et il n'a que peu de compagnons. » Les Petchénègues ayant entendu cela, se mirent en embuscade aux cataractes; et Sviatoslav vint aux cataractes, et il ne lui fut pas possible de les franchir. Il passa l'hiver à Biélo-Béréjié et les vivres commencèrent à lui manquer, et il y eut une grande famine; on payait une tête de cheval la moitié d'une grivna. Et Sviatoslav passa l'hiver là. Quand le printemps arriva,

Année 6480. Sviatoslav alla aux cataractes et il fut attaqué par Kouria, prince des Petchénègues, et ils tuèrent Sviatoslav;

_____

(1) C'est-à-dire avoir la jaunisse d'après l'interprétation d'Erben (p. 258) ; être desséchés, brûlés par le feu du ciel, d'après M. Bouslaïev.

et lui coupèrent la tête. De sa tête ils firent une coupe qu'ils garnirent de métal et dans laquelle ils burent. Sviénald vint à Kiev auprès d'Iaropolk. Or le règne de Sviatoslav avait duré en tout vingt-huit ans (972).

Année 6481. Iaropolk commença à régner (973).

Années 6482, 6483. Le fils de Sviénald appelé Liout, était à la chasse ; il était sorti de Kiev et poursuivait les animaux dans la forêt. Oleg le vit et demanda : « Qui est cet homme ? » et on lui dit que c'était le fils de Sviénald ; il s'élança à cheval sur lui et le tua, car il était lui-même à la chasse. Et de là vint une haine entre Iaropolk et Oleg. Et Sviénald disait toujours à Iaropolk : « Marche contre ton frère et empare-toi de son domaine ; » car il voulait venger son fils (974-75).

Années 6484-6485. Iaropolk marcha contre son frère Oleg dans le pays des Drevlianes et Oleg s'avança à sa rencontre ; ils rangèrent leurs armées en bataille. Le combat s'engagea et Iaropolk fut vainqueur. Oleg s'enfuit avec son armée dans une ville appelée Vroutchié, et il y avait sur le fossé un pont pour aller à la porte de la ville. Les soldats se poussant sur le pont se firent tomber dans le fossé et ils précipitèrent Oleg du pont dans le fossé. Beaucoup de soldats tombèrent du pont et les chevaux étouffèrent les hommes. Et Iaropolk entra dans la ville d'Oleg et s'empara de ses biens. Et il envoya chercher son frère. On le chercha, on ne le trouva pas. Et un Drevliane dit : « J'ai vu qu'hier on l'a poussé du haut du pont. » Et Iaropolk envoya chercher son frère et on tira des cadavres du fossé du matin jusqu'à midi, et on trouva Oleg tout au fond sous les cadavres ; on l'apporta et on le mit sur un tapis. Et Iaropolk vint près de lui et pleura et il dit à Sviénald : « Regarde, voilà

ce que tu voulais. » Et l'on enterra Oleg auprès de la ville de
Vroutchié et son tombeau existe encore aujourd'hui près de
Vroutchié. Et Iaropolk prit son domaine. Or Iaropolk avait
pour femme une Grecque ; elle avait été religieuse ; mais
Sviatoslav l'avait retirée du couvent et donnée à Iaropolk en
raison de sa beauté. Vladimir ayant appris à Novogorod
que Iaropolk avait tué Oleg eut peur et s'enfuit au delà de la
mer. Iaropolk établit à Novogorod ses *posadniks* et régna seul
en Russie (976-77).

**XXXVIII. – Vladimir épouse Rogniéda. Il règne seul à Kiev, ses débauches
(978-988).**

Année 6486, 6487, 6488. Vladimir vint avec les Varègues à
Novogorod et dit aux posadniks de Iaropolk : « Allez chez mon
frère et dites-lui : Vladimir viendra t'attaquer ; apprête-toi à le
combattre. » Et il s'établit à Novogorod. Et il envoya chez
Rogvold à Polotsk, disant : « Je veux prendre ta fille pour
femme. » Rogvold demanda à sa fille : « Veux-tu épouser
Vladimir ? » Elle répondit : « Je ne veux point déchausser
Vladimir, fils d'une servante (1) ; je veux Iaropolk. » Rogvold
était venu d'au delà de la mer, et il régnait à Polotsk, et
Toury à Tourov. C'est de lui que les Tourovtsy ont pris
leur nom. Et les serviteurs de Vladimir vinrent et lui dirent
tout ce qu'avait dit Rogniéda, fille de Rogvold, prince de
Polotsk. Vladimir alors rassembla une nombreuse armée de
Varègues et de Slaves, de Tchoudes et de Krivitches, et mar-
cha contre Rogvold. A ce moment on voulut marier Rogniéda à
Iaropolk ; et Vladimir vint à Polotsk et tua Rogvold et deux de
ses fils et prit sa fille pour femme et marcha contre Iaropolk.

(1) La mère de Vladimir avait été chambrière chez Olga. Dans certaines parties de la Russie, chez le peuple des campagnes, la jeune femme est tenue de
déchausser son mari en signe de soumission.

Et Vladimir vint à Kiev avec une armée nombreuse, et Iaropolk ne put lui résister, et il s'enferma à Kiev avec son peuple et avec Bloud. Vladimir s'établit à Dorogojytch, se fortifia entre Dorogojytch et Kapitch et l'on voit encore aujourd'hui le fossé (qu'il fit). Vladimir envoya donc des messagers à Bloud, voïévode de Iaropolk, et il lui adressa ces paroles perfides : « Sois mon ami : si je tue mon frère, je te prendrai comme père et tu seras près de moi en grand honneur ; ce n'est pas moi qui ai commencé à tuer mes frères, mais lui ; et moi le redoutant, j'ai fait cette expédition contre lui. » Et Bloud répondit aux messagers de Vladimir : « Je serai ton ami de tout cœur. » O maudite ruse des hommes, comme dit David : « Celui qui mangeait mon pain m'a tendu un piège (1) ; » car cet homme tendit un piège perfide à son prince ; et encore : « Leurs langues ont trompé ; juge-les, Seigneur. Qu'ils tombent du haut de leur pensée ; chasse-les en raison de leurs impiétés ; car ils t'ont irrité, Seigneur (2). » Et David dit de même : « Les hommes de sang et de trahison n'arriveront pas à la moitié de leur carrière (3). » C'est un mauvais conseil que celui qui conseille l'effusion du sang. Ce sont des insensés ceux qui, ayant reçu de leur seigneur ou maître de l'honneur ou des présents, méditent la perte de leur prince ; ces hommes sont pires que des démons. Ainsi Bloud trahit son prince après avoir reçu de lui beaucoup d'honneurs ; il fut coupable du sang versé. Bloud s'enferma donc avec Iaropolk ; il le flattait et envoyait souvent des messagers à Vladimir, l'invitant à donner l'assaut à la ville. Il voulait tuer Iaropolk ; mais il ne lui était pas possible de le tuer à cause des habitants. Bloud ne pouvant le tuer, imagina une ruse, lui conseillant de ne pas sortir de la ville pour combattre, et il dit à Iaropolk : « Les habitants de Kiev envoient des messagers à

_____

(1) *Psalm.* XL, 9. (2) *Ps.* V, 10. (3) *Ps.* LIV, 23.

Vladimir et lui disent : « Approche-toi de la ville et nous te livrerons Iaropolk. — Fuis donc de la ville. »

Iaropolk l'écouta, s'enfuit avant lui de la ville et s'enferma dans la ville de Rodnia à l'embouchure de la Ros. Et Vladimir vint à Kiev ; et il assiégea Iaropolk à Rodnia, et grande fut la famine dans cette ville. Aujourd'hui encore il y a un proverbe : misère comme à Rodnia. Et Bloud dit à Iaropolk : « Tu vois combien l'armée de ton frère est nombreuse ; nous ne pouvons le vaincre ; conclus la paix avec ton frère. » Il disait cela par ruse. Et Iaropolk dit : « Qu'il en soit ainsi. » Et Bloud envoya des messagers vers Vladimir, disant : « Voici que ton désir est accompli ; je t'amènerai Iaropolk ; apprête-toi à le tuer. » Vladimir, ayant entendu cela, vint au palais du Donjon, ce palais de son père dont nous avons déjà parlé et s'y établit avec sa droujina. Et Bloud dit à Iaropolk : « Va trouver ton frère et dis lui : Tout ce que tu me donneras, je l'accepterai. » Alors Iaropolk sortit, et Variajko lui dit : « Ne va pas, prince : ils te tueront ; sauve-toi chez les Petchénègues et tu ramèneras une armée. » Mais il ne l'écouta pas, et Iaropolk vint auprès de Vladimir. Comme il entrait, deux Varègues le frappèrent de leurs épées sous les aisselles. Bloud ferma la porte et ne permit à aucun des siens d'entrer après lui. C'est ainsi que périt Iaropolk. Variajko voyant qu'Iaropolk était tué s'enfuit du palais chez les Petchénègues, et avec eux il combattit fréquemment contre Vladimir. Vladimir eut grand peine à le faire revenir sous la foi du serment. Or Vladimir eut commerce avec la femme de son frère, une femme grecque ; elle devint enceinte et donna le jour à Sviatopolk. Or d'une racine infectée par le péché viennent de mauvais fruits ; car la mère de Sviatopolk était religieuse et Vladimir eut commerce avec elle sans l'avoir épousée. Sviatopolk fut donc un fils adultérin : aussi son père ne l'aima-t-il point ; car il avait deux pères,

Iaropolk et Vladimir. Alors les Varègues dirent à Vladimir :
« Cette ville nous appartient, nous l'avons conquise, nous
voulons qu'elle se rachète à raison de deux grivnas par
homme. » Et Vladimir leur dit : « Attendez un mois qu'on ait
recueilli les peaux de martre. » Ils attendirent un mois, et il ne
leur donna rien. Et les Varègues dirent : « Tu nous as trompés ;
montre-nous le chemin de la Grèce. » Il leur dit : « Allez, » et il
choisit parmi eux des hommes bons, sages et vaillants et il
leur distribua les villes ; les autres allèrent à Constantinople en
Grèce. Et il envoya devant eux des ambassadeurs à l'empereur
disant : « Voici que les Varègues vont chez toi ; ne les garde
pas dans la ville ; car ils feront du mal comme ils en ont fait
ici ; mais disperse-les de divers côtés et n'en laisse pas un
seul revenir par ici (978-80). »

Et Vladimir commença à régner seul dans Kiev ; puis il
établit en dehors du palais du Donjon sur une éminence plusieurs idoles : Péroun en bois, avec une tête d'argent et une
barbe d'or, et aussi Khors, Dajbog, Strybog, Simargl et Mokoch. On leur offrit des sacrifices ; le peuple offrit ses fils, ses
filles comme victimes aux démons : ils souillèrent la terre de
leurs sacrifices, et la terre russe et cette hauteur furent souil-
lées de sang. Mais le Dieu très bon ne voulut pas la mort des
pécheurs ; sur cette éminence est aujourd'hui l'église de Saint
Basile dont nous parlerons plus bas. Mais revenons à notre
récit. Vladimir établit alors Dobrynia son oncle à Novogorod ;
Dobrynia vint à Novogorod et il éleva une idole de Peroun sur
le fleuve Volkhov. Les Novogorodiens lui offrirent des victimes comme à Dieu. Or Vladimir se laissa aller à l'amour des
femmes ; sa femme légitime était Rogniéda qu'il établit à
Lybed où est maintenaut le village de Predslavino. Il en eut
quatre fils : Isiaslav, Mstivslav, Iaroslav, Vsevolod et deux filles ;
de la Grecque il eut Sviatopolk ; d'une Tchèque Vycheslav,

d'une autre Sviatoslav, Mstislav et Stanislav ; d'une bulgare Boris
et Gleb. Et il avait trois cents concubines à Vychégorod, trois
cents à Bialogorod, deux cents à Bérestovo, dans un château
que l'on appelle encore aujourd'hui Bérestovoié. Insatiable
de débauche, il séduisait les femmes mariées et faisait violence aux jeunes filles ; car il était débauché comme Salomon.
Car il est dit de Salomon au livre des Rois qu'il avait sept
cents femmes et trois cents concubines. Il était sage et, à la
fin de sa vie, il s'égara ; l'autre était insensé, et à la fin de sa
vie il trouva le salut. « Le Seigneur est grand, et sa puissance est grande : et sa sagesse est incommensurable (1). » Car
l'attrait de la femme est une mauvaise chose, comme l'a dit
des femmes Salomon repentant : « N'écoute pas les mauvaises
femmes ; car le miel coule des lèvres de la femme débauchée ;
il réjouit un instant ton palais ; ensuite il devient plus amer
que le fiel. Celui qui s'attache à elle ira en enfer ; car elle ne
marche pas dans la voie de la vie, mais dans l'erreur et la
folie (2). » Voilà ce que Salomon dit de la femme débauchée ;
voici ce qu'il dit de la femme vertueuse : « Elle est plus précieuse qu'une pierre précieuse ; son mari se réjouit d'elle ;
car elle fait son bonheur pendant toute sa vie ; elle recherche
la laine et le lin, et ses mains en font des choses utiles ; elle
est semblable à un vaisseau qui va chercher sa cargaison et
rassemble des richesses ; elle se lève la nuit, et distribue les
aliments à sa maison et le travail à ses servantes ; elle a vu
un champ et l'a acheté ; du travail de ses mains, elle a planté
une vigne ; elle a ceint ses reins de force et elle a fortifié ses
bras au travail ; elle a montré combien l'activité est une bonne
chose. Sa lumière ne s'éteint pas de la nuit entière ; elle applique sa main à des choses utiles, et ses doigts tiennent le

(1) Cf. *Ps.* CXLIV, 3. (2) *Prov.*, 3-6.

fuseau. Elle a ouvert ses mains aux pauvres et donne ses biens aux misérables. Son mari n'a point à s'occuper de la maison; partout où elle sera, les siens sont vêtus ; elle a fait un double vêtement à son époux; le brocart et l'écarlate sont sa parure ; on distingue son mari aux portes de la ville quand il s'assied avec les anciens et les citoyens ; elle a fait des étoffes et les a vendues ; elle ouvre ses lèvres avec sagesse; elle parle à propos ; elle s'est revêtue de force et de grâce ; ses aumônes ont élevé et ont enrichi ses enfants ; et son mari l'a louée, car une femme sage est bénie. Qu'elle loue la crainte de Dieu. Donnez lui les fruits de ses lèvres, et que ses œuvres la louent devant les portes de son époux (1). »

Année 6489. Vladimir marcha contre les Lekhs et leur prit les villes de Prémysl, Tcherven et d'autres qui sont encore aujourd'hui soumises à la Russie. Cette même année il vainquit les Viatitches et établit sur eux un tribut par charrue, comme son père avait fait (981).

Année 6490. Les Viatitches firent la guerre; et Vladimir marcha contre eux et il les vainquit une seconde fois (982).

XXXIX. — Sacrifices humains. Histoire du Varègue chrétien (983).

Année 6491. Vladimir marcha contre les Iatviagues, et il vainquit les Iatviagues et il prit leur pays. Et il alla à Kiev et il offrit des sacrifices aux idoles avec son peuple, et les anciens et les boïars dirent : « Tirons au sort un jeune homme et une jeune fille, et celui sur qui le sort tombera sera immolé aux dieux. » Il y avait un certain Varègue ; sa maison était là où se trouve le temple de la sainte mère de Dieu, fondé par Vladimir. Ce Varègue était venu de la Grèce, il était chrétien;

(1) *Prov.*, XXXI, 10-32.

et il avait un fils beau de visage et d'âme. Le sort tomba sur lui par la haine du démon ; car le démon ne pouvait le souffrir, lui qui a pouvoir sur tout ; et cet enfant lui était comme une épine dans le cœur. Il s'efforça donc, le maudit, de le faire périr et il excita le peuple. Des gens furent envoyés au père et lui dirent : « Le sort est tombé sur ton fils ; les dieux l'ont réclamé, nous allons le leur sacrifier. » Et le Varègue dit : « Ce ne sont pas des dieux ; ce n'est que du bois qui est aujourd'hui et se pourrira demain ; ils ne mangent pas, ils ne boivent pas, ils ne parlent pas ; c'est la main de l'homme qui les a taillés dans le bois. Il n'y a qu'un Dieu unique que servent les Grecs et à qui ils rendent hommage ; il a créé le ciel et la terre, les étoiles et la lune, le soleil et l'homme qu'il fait vivre sur la terre. Et ces dieux qu'ont-ils fait? On les a faits eux-mêmes. Je ne donnerai pas mon fils aux démons. » Les envoyés revinrent et rapportèrent ces propos aux païens. Ceux-ci prirent les armes, marchèrent contre lui et brisèrent les barrières de sa maison. Le Varègue était avec son fils dans le vestibule. Ils lui dirent : « Donne-nous ton fils, que nous le livrions aux dieux. » Il répondit : « Si ce sont des dieux, ils enverront l'un d'entre eux et prendront mon fils. Qu'avez-vous besoin de lui ? » Et poussant de grands cris ils brisèrent le plancher sous eux et les tuèrent (1). Nul ne sait où on les enterra. Or ces gens étaient grossiers et païens. Le diable se réjouit de cet événement, ne sachant pas combien sa ruine était proche. Il s'efforçait d'anéantir la race chrétienne. Dans d'autres pays il avait été chassé par la croix sainte. Il pensait en lui-même : « Ceci est ma demeure ; car ni les apôtres n'ont enseigné, ni les

---

(1) La maison était sans doute élevée sur pilotis comme les habitations lacustres. Nestor raconte ailleurs que les compagnons de Vladimir, après sa mort, firent un trou dans les planches, et descendirent son corps enveloppé dans une couverture. (Voir chap. XLVII.)

prophètes n'ont prophétisé ici. » Il ne savait pas que le prophète
a dit : « J'appellerai miens des peuples qui ne sont pas miens. »
Au sujet des Apôtres il a dit : « Leur voix s'est répandue par
toute la terre et leurs paroles jusqu'au bout du monde (1). »
Quoique les Apôtres n'y aient point été en personne, cependant leurs enseignements résonnent comme des trompettes
par tout le monde dans les églises et c'est par ces enseignements que nous triomphons de l'ennemi et le foulons aux
pieds ; ainsi ont fait ces saints précurseurs qui ont reçu la
couronne céleste avec les saints martyrs et les justes.

XL. — Guerres de Vladimir. Controverses religieuses (984.)

Année 6492. Vladimir marcha contre les Radimitches. Il
avait pour général Voltchy Khvost (queue de loup), et Vladimir l'envoya en avant. Voltchy Khvost rencontra et battit les
Radimitches sur la rivière Piestchana. Aussi les Russes se
moquent-ils des Radimitches, disant : les Piestchaniens s'enfuient devant une queue de loup. Or les Radimitches, qui
étaient de la race des Lekhs, s'étaient établis dans ces contrées et ils paient tribut aux Russes ; aujourd'hui encore ils
nous voiturent un chariot.

Année 6493. Vladimir partit contre les Bulgares avec
Dobrynia son oncle ; ils étaient sur des bateaux et Vladimir fit
venir par terre des Torks à cheval et il vainquit les Bulgares.
Dobrynia dit à Vladimir : « J'ai vu les prisonniers ; ils ont tous
des bottes ; ils ne nous paieront pas tribut ; allons chercher
des ennemis chaussés d'écorce. » Et Vladimir conclut la paix
avec les Bulgares ; les deux partis la jurèrent et les Bulgares
dirent : « La paix sera rompue entre nous quand les pierres

---

(1) *Osée*, 11-28.

nageront, quand le houblon coulera au fond de l'eau. » Et
Vladimir revint à Kiev (985).

Année 6494. Il vint des Bulgares de la foi mahométane
disant : « Prince, tu es sage et prudent et tu n'as point de religion. Prends notre religion et rends hommage à Mahomet. » Et
Vladimir dit : « Quelle est votre foi ? » Ils dirent : « Nous croyons
en Dieu, et Mahomet nous apprend à circoncire les membres honteux, à ne point manger de porc, à ne point boire de
vin et à faire débauche après la mort avec des femmes.
Mahomet donne à chaque homme soixante-dix belles femmes : il en choisit une belle ; il rassemble sur elle la beauté
de toutes les autres et elle devient sa femme. Et là on peut,
dit-il, se livrer à toute espèce de débauche. Celui qui est pauvre en ce monde le sera dans l'autre. » Et une foule de mensonges pareils que la honte m'empêche de reproduire (986).

Vladimir les écouta, car il aimait les femmes et la débauche ; il les écouta avec plaisir ; seulement ce qui lui déplaisait,
c'était la circoncision et l'abstinence de porc et de vin. Il répondit : « Boire est une joie pour les Russes et nous ne pouvons
vivre sans boire. » Puis vinrent des Niemtsy (1) de Rome
disant : « Nous sommes venus envoyés par le Pape. » Et ils par-
lèrent ainsi : « Le Pape nous a ordonné de te dire : Ton pays
est comme notre pays ; mais votre foi n'est pas comme notre
foi car notre foi est la lumière ; nous adorons le Dieu qui a fait
le ciel et la terre, les étoiles, la lune et toutes les créatures et
vos Dieux sont de bois. » Vladimir dit : « Quels sont vos commandements ? — Jeuner suivant ses forces ; manger ou boire
toujours à la plus grande gloire de Dieu ; c'est ce que dit notre
maître Paul (2). » Vladimir dit aux Allemands : « Allez-vous
en, car nos aïeux n'ont point admis cela. » Ayant appris ces

(1) Allemands (voy. l'Index).
(2) *Cor.*, X, 31.

choses des Juifs Kozares vinrent et dirent : « Nous avons appris que des Bulgares et des Chrétiens sont venus pour vous enseigner leur foi. Les Chrétiens croient en celui que nous avons crucifié; pour nous, nous croyons en un Dieu unique, le Dieu d'Abraham, d'Isaac et de Jacob. » Et Vladimir dit : « Quelles sont vos observances? » Il répondit : « La circoncision, l'abstinence de la chair de porc et de lièvre, la célébration du sabbat. » Il leur dit : « Et où est votre pays? » Ils répliquèrent : « A Jérusalem. » Il leur dit : « Est-ce que vous y habitez maintenant? » Ils répondirent : « Dieu s'est irrité contre nos pères et il nous a dispersés par le monde pour nos péchés, et notre pays a été livré aux Chrétiens. » Il leur dit : « Et comment enseignez-vous les autres étant vous-même rejetés de Dieu et dispersés par lui? Si Dieu vous aimait vous et votre loi, vous ne seriez pas dispersés dans les pays étrangers; voulez-vous que ce mal nous arrive aussi? » Ensuite les Grecs envoyèrent un philosophe à Vladimir, disant : « Nous avons appris que des Bulgares sont venus pour vous inviter à recevoir leur foi, cette foi qui souille le ciel et la terre; ils sont maudits plus que toute nation, semblables à Sodome et à Gomorrhe sur lesquelles le Seigneur a laissé tomber des pierres brûlantes et qu'il a englouties et submergées. Aussi à ces gens est reservée la ruine quand le Seigneur viendra juger la terre et perdre tous ceux qui ont commis l'injustice et l'abomination; car ils lavent leurs excréments, se mettent cette eau dans leur bouche, l'avalent et en oignent leur barbe en souvenir de Mahomet. Leurs femmes font des choses aussi infâmes et encore pires (1). » Quand Vladimir entendit cela, il cracha par terre en disant : « C'est une abomination. » Le philo-

---

(1) Il y a ici une phrase intraduisible en français : *Et de coitu virili et fœmineo gustant.*

sophe dit : « Nous avons appris que des gens sont venus de
Rome pour vous enseigner leur foi. Or il n'y a pas une
grande différence entre leur foi et la nôtre. Dans le service divin
il se servent d'hosties que Dieu ne leur a pas données, car il a
ordonné de se servir de pain et il en a donné aux Apôtres.
Après avoir pris le pain il a dit : « Prenez et mangez : c'est mon
« corps rompu pour vous. » Et de même ayant pris le calice,
il a dit : « Prenez-en tous voici mon sang, le sang du Nouveau
« Testament répandu pour vous et pour beaucoup, pour la ré-
« mission des péchés. » Or ils ne font pas cela et ils altèrent la
foi. » Vladimir leur dit : « Des Juifs sont venus à moi et ils
m'ont dit : « Les Allemands et les Grecs croient en celui que
« nous avons crucifié. » Le philosophe répondit : « Il est vrai que
nous croyons en lui ; car des prophètes ont prédit qu'un Dieu
naîtra, et d'autres qu'il sera crucifié, enseveli, qu'il ressuscitera
le troisième jour et montera aux cieux. Ils ont tué ces prophètes ou les ont sciés en deux. Et quand le temps prédit est arrivé,
il est venu au monde, il s'est fait crucifier, il est ressuscité et il
est monté aux ciel. Il a attendu quarante-six ans qu'ils se repen-
tissent, et ils ne se sont pas repentis. Il a donc envoyé contre
eux les Romains qui ont détruit leurs villes et les ont dispersés
par le monde où ils servent les étrangers. » Vladimir demanda :
« Et pourquoi Dieu est-il descendu sur la terre, et a-t-il supporté un tel martyre ? » Le philosophe répondit : « Si tu veux m'é-
couter, je te dirai à partir du commencement pourquoi Dieu est
descendu sur la terre. » Vladimir dit : « Je t'écouterai volontiers. » Et le philosophe se mit à parler ainsi : « Au commencement Dieu le premier jour créa le ciel et la terre. Le second
jour, il fit le continent qui est au milieu des eaux ; ce jour là les
eaux se divisèrent : une partie s'éleva au-dessus du continent,
et l'autre descendit au-dessous. Le troisième jour il fit la mer,
les fleuves et les sources et les semences. Le quatrième jour,

il fit le soleil, la lune et les étoiles et il en orna le ciel. Voyant cela, le premier des anges, le chef du chœur des anges réfléchit en lui-même et dit : « J'irai sur la terre, je m'emparerai de la terre et je serai semblable à Dieu et j'établirai mon trône sur les nuages du septentrion (1). » Et aussitôt Dieu le précipita du ciel et après lui tombèrent ceux qui lui étaient soumis, le dixième chœur des anges. Or le nom de cet adversaire était Satanael, et Dieu mit à sa place Michel. Satan ayant péché dans ses desseins et ayant perdu sa gloire première s'appela l'ennemi de Dieu. Ensuite le cinquième jour Dieu fit les baleines et les poissons et les reptiles et les oiseaux ailés. Le sixième jour Dieu fit les bêtes et le bétail et les reptiles terrestres ; il fit aussi l'homme. Le septième Dieu se reposa après son travail et ce fut le sabbat. Et Dieu fit le paradis à l'Orient dans l'Eden. Il y mit l'homme qu'il avait fait et lui permit de manger de tout arbre, sauf d'un seul, celui de l'intelligence du bien et du mal. Et Adam était dans le paradis ; il contemplait Dieu et le louait et s'unissait aux anges quand ils le louaient. Et Dieu envoya un sommeil à Adam et Adam s'endormit ; et Dieu prit une côte à Adam et il en fit une femme, et il l'amena à Adam dans le paradis. Et Adam dit : «Voici l'os de mes os, la chair de ma chair (2) ; » elle s'appella la femme. Adam donna des noms aux bêtes et aux oiseaux, aux animaux féroces et aux reptiles et un ange le nomma lui et sa femme. Et Dieu soumit à Adam les bêtes féroces et domestiques et il leur commandait et elles lui obéissaient. Le diable voyant combien Dieu avait honoré l'homme en fut jaloux et il se changea en serpent et il alla auprès d'Ève et lui dit: « Pourquoi ne mangez-vous pas des fruits de l'arbre qui est au milieu du jardin? » La femme dit au serpent: « Dieu a dit: Vous

_____

(1) *Isaïe*, XIV, 13-14. (2) *Genèse*, 11-23.

n'en mangerez pas et si vous en mangez, vous mourrez. » Et le
serpent dit à la femme : «Vous ne mourrez pas ; mais Dieu sait
que le jour où vous mangerez de ce fruit, vos yeux s'ouvriront
et vous serez comme Dieu, sachant le bien et le mal. » Et la
femme vit combien ce fruit était bon à manger et elle le
prit, le donna à son mari, ils en mangèrent et leurs yeux
s'ouvrirent, et ils reconnurent qu'ils étaient nus et ils
cousirent des feuilles de figuier pour en faire des cein-
tures. Et Dieu dit : « La terre est maudite dans tes œuvres et tu mangeras dans la tristesse tous les jours de ta
vie. » Et Dieu dit : « Si vous étendez la main et cueillez le fruit
de l'arbre de vie, vous vivrez à jamais. » Et le Seigneur chassa
Adam du paradis, et il s'assit en face du paradis pleurant et
labourant la terre. Et Satan se réjouit de la malédiction de la
terre. Voilà la première chute et le châtiment amer : la perte
de la vie angélique. Adam engendra Caïn et Abel. Caïn fut
laboureur et Abel fut pasteur. Et Caïn offrit les fruits de la
terre à Dieu et Dieu ne reçut pas ses présents ; Abel offrit les
premiers-nés de ses agneaux et Dieu reçut les présents d'Abel.
Satan pénétra l'âme de Caïn et l'excita à tuer Abel. Et Caïn dit
à Abel : «Allons dans les champs. » Quand ils furent sortis Caïn
se dressa et voulut le tuer ; mais il ne savait comment faire et
Satan lui dit : « Prends une pierre et frappe-le. » Il prit une
pierre et le tua ; et Dieu dit à Caïn : « Où est ton frère. » Il répondit : « Est-ce que je suis le gardien de mon frère ? » Et Dieu
dit : « Le sang de ton frère crie vers moi ; tu gémiras et tu
trembleras pendant le cours de ta vie. » Adam et Ève pleurèrent et le diable se réjouit disant : « Celui que Dieu a honoré,
moi je l'ai fait tomber loin de Dieu, et maintenant je l'ai réduit
à pleurer. » Et ils pleurèrent Abel pendant trente ans, et son
corps ne pourrit pas. Et ils ne savaient pas l'ensevelir. Et par
ordre de Dieu survinrent deux oiseaux. L'un des deux creva ;

l'autre creusa une fosse, y mit l'oiseau mort et l'enterra (1).
Voyant cela Adam et Ève creusèrent une fosse, y déposèrent Abel et l'ensevelirent en pleurant. Adam, à l'âge de deux
cent trente ans, engendra Seth et deux filles, et Caïn se maria
avec l'une d'elle, Seth avec l'autre, et par ces unions la race
humaine se propagea et se répandit sur la terre. Et ils méconnurent leur Créateur, se livrèrent au libertinage et à tous
les crimes, au meurtre, à la haine et vécurent comme des bêtes. Noé fut le seul juste de cette race et il engendra trois fils,
Sem, Cham, Japhet. Et Dieu dit : « Mon esprit ne sera plus
sur ce peuple ; » et il dit : « J'anéantirai ce que j'ai fait depuis
l'homme jusqu'aux animaux. » Et le Seigneur Dieu dit à Noé :
« Bâtis une arche longue de trois cents coudées, large de cinquante et haute de trente ; — car en Egypte une sajène s'appelle
une coudée. — Noé bâtit l'arche pendant cent ans, annonçant
qu'il y aurait un déluge, et on se moquait de lui. Quand il eut
bâti l'arche, Dieu dit à Noé : « Fais entrer dans l'arche ta femme,
tes enfants, tes brus, un couple de tous les animaux, de tous
les oiseaux, de tous les reptiles. » Noé fit ce que Dieu lui avait
ordonné. Et Dieu lâcha le déluge sur la terre, engloutit tous
les êtres et l'arche flotta sur l'eau. Et quand l'eau se fut retirée Noé sortit avec ses fils, ainsi que sa femme et les femmes
de ses fils ; et c'est par eux que s'est multiplié le genre humain.
Il y avait un grand nombre d'hommes, et ils parlaient une
même langue, et ils se dirent l'un à l'autre : « Bâtissons une
tour jusqu'au ciel. » Ils se mirent à la bâtir et leur chef fut
Nemrod ; et Dieu dit : « Voici que les hommes se sont multipliés et leurs pensées sont pleines de vanité ; » et Dieu vint et
il divisa leurs langues en soixante-douze langues. Mais la lan-

_____

(1) Ces détails ne sont pas dans la Genèse ; le chroniqueur les emprunte à
quelque texte apocryphe.

gue d'Adam ne fut pas ôtée à Heber; car lui seul n'avait pas
pris part à leur folie, disant : « Si Dieu avait dit aux hommes
de bâtir une tour jusqu'aux ciel, lui-même l'aurait créée par
sa parole, comme il a créé le ciel, la terre, toutes les choses vi-
sibles et invisibles. » C'est pour cela que sa langue ne fut pas
changée. C'est de lui que viennent les Hébreux (1).

Les hommes se divisèrent en soixante-douze nations et ils
se répandirent parmi divers pays; et chaque nation prit des
mœurs particulières : suivant les leçons du diable les uns sacrifièrent aux arbres, les autres aux sources, les autres aux
rivières et ils méconnurent Dieu. Or, d'Adam au déluge, il y a
2242 ans et du déluge à la division des langues 529 ans. Ensuite le diable jeta l'homme dans de plus grandes erreurs ; et
ils se mirent à faire des idoles, les unes en bois, les autres en
cuivre, les autres en marbre, les autres en or ou en argent.
Ils s'agenouillèrent devant elles, amenèrent leurs fils et leurs
filles et les sacrifièrent et toute la terre fut souillée. L'auteur
de l'idolâtrie fut Seroukh ; car il faisait des idoles en l'honneur des morts : des empereurs, des héros, des magiciens,
des femmes débauchées. Ce Seroukh engendra Tara et Tara
engendra trois fils : Abraham, Nachor, Aran. Tara faisait des
idoles s'y étant habitué chez son père. Mais Abraham, arrivé à
l'âge de raison, regarda le ciel orné du soleil, de la lune, des
étoiles, et dit : « En vérité ; c'est Dieu qui a créé le ciel et la
terre et mon père induit les gens en erreur. » Et Abraham dit :
« J'éprouverai les dieux de mon père. » Et il dit : « Père, pourquoi induis-tu les hommes en erreur, fabriquant des dieux de
bois? C'est Dieu qui a créé le ciel et la terre. » Abraham ayant
pris du feu brûla les dieux dans leur temple. Voyant cela Aran,
frère d'Abraham, emporté par son zèle voulut enlever les ido-

---

(1) Ceci n'est pas non plus dans la Genèse.

les et lui-même fut consumé par le feu et mourut avant son père. Jusque là aucun fils n'était mort avant son père, mais les pères mouraient avant leurs enfants : et à partir de lui on vit les fils mourir avant leurs pères.

Abraham plut à Dieu, et il lui dit : « Va de ta maison dans la terre que je te montrerai; je multiplierai ta famille en un grand peuple et les peuples de la terre te béniront. Et Abraham fit ce que Dieu lui avait ordonné. » Et Abraham prit son neveu Loth : car Loth était son beau-frère et son neveu, Abraham ayant épousé la fille de son frère Aran, Sara : et il vint dans la terre de Chanaan auprès d'un chêne et Dieu dit à Abraham : « Je donnerai ce pays à ta race. » Et Abraham adora Dieu. Or, Abraham avait 75 ans quand il sortit de Caran. Et Sara était stérile. Sara affligée de sa stérilité dit à Abraham : « Aie commerce avec mon esclave. » Et Sara prit Agar et elle la donna à son mari ; et quand Abraham eut eu commerce avec Agar, elle conçut et mit au monde un fils qu'Abraham appela Ismaël. Abraham avait 80 ans quand Ismaël naquit. Ensuite Sara conçut et enfanta un fils et lui donna le nom d'Isaac. Et Dieu ordonna à Abraham de circoncire cet enfant et il le circoncit le troisième jour. Dieu aimait Abraham et sa race et il l'appela son peuple, et il les distingua des païens et l'appela sa nation. Et quand Isaac fut devenu grand, Abraham mourut âgé de 175 ans et on l'ensevelit. Isaac à l'âge de 60 ans engendra deux fils Esaü et Jacob. Esaü était méchant et Jacob était juste. Jacob servit sept années chez son oncle pour obtenir sa plus jeune fille, et Laban son oncle ne la lui donna pas disant : « Epouse la plus âgée ; » et il lui donna Lia l'aînée. Quant à la seconde il lui dit : « Sers-moi encore sept ans. » Il servit sept nouvelles années pour obtenir Rachel, et il eut pour femmes les deux sœurs qui lui donnèrent huit fils : Ruben, Siméon, Lévi, Juda, Isachar et Zabulon, Joseph et Benjamin ;

et de deux esclaves il eut Dan, Nephtali, Gad et Asser : et
c'est d'eux que viennent les Juifs. Jacob, à l'âge de 130 ans
partit pour l'Égypte avec sa famille, comptant soixante-cinq
personnes. Il vécut 17 ans en Égypte et mourut, et sa race fut
en captivité pendant quatre cents ans. Pendant ce temps le
peuple juif s'accrut et quand il fut devenu plus nombreux,
les Égyptiens l'accablèrent de travaux. Vers ces temps naquit
parmi les Juifs Moïse et les magiciens d'Égypte dirent au roi :
« Voici qu'est né parmi les Juifs un enfant qui perdra l'Égypte. »
Le roi aussitôt ordonna de jeter le nouveaux-nés des Juifs dans
le Nil. La mère de Moïse ayant peur de perdre son fils le prit
et le mit dans une corbeille, l'emporta et le déposa sur l'eau.
A ce moment la fille de Pharaon Fermoufi vint se baigner.
Voyant l'enfant pleurer, elle le prit, le garda, lui donna le
nom de Moïse et le nourrit. L'enfant était beau et quand il eut
quatre ans la fille de Pharaon l'amena à son père. Pharaon
voyant Moïse aima cet enfant et Moïse saisissant le roi par le
cou, jeta sa couronne et la foula aux pieds (1). Voyant cela,
un magicien dit au roi : « Roi, anéantis cet enfant, sinon il
perdra toute l'Égypte. » Et le roi ne l'écouta pas, mais il
ordonna au contraire qu'on ne fît plus périr les enfants des
Juifs. Quand Moïse fut homme, il acquit une grande importance à la cour de Pharaon et les grands lui portèrent envie.
Moïse alors ayant tué un Egyptien qui faisait tort à un Hébreu
s'enfuit d'Egypte et vint dans la terre de Madian. En passant
dans le désert il apprit de l'ange Gabriel tout ce qui concerne
la création du monde, le premier homme, ce qui arriva après
lui, et, après le déluge, la confusion des langues, combien
chaque homme avait vécu d'années, le cours et le nombre des
étoiles, la mesure de la terre et toute la sagesse. Ensuite

(1) Ces détails ne sont point dans la Genèse.

Dieu lui apparut comme un feu dans un buisson et lui dit : « J'ai vu la misère de mon peuple en Egypte, et je suis descendu pour l'arracher aux mains des Egyptiens et l'emmener de cette terre. Va donc trouver Pharaon roi d'Egypte, et dis-lui : Laisse partir Israël dans trois jours afin qu'il puisse offrir ses sacrifices à Dieu. S'il ne t'écoute pas, je l'écraserai par tous mes miracles. » Moïse alla ; Pharaon ne l'écouta pas et Dieu envoya dix plaies sur Pharaon ; pour la première les ruisseaux furent changés en sang ; pour la deuxième les grenouilles ; pour la troisième les moucherons ; pour la quatrième les mouches à chien ; pour la cinquième la peste sur les animaux ; pour la sixième les pustules brûlantes ; pour la septième la grêle ; pour la huitième les sauterelles ; pour la neuvième une obscurité de trois jours ; pour la dixième la peste sur les hommes. Ils furent frappés de dix plaies parce qu'ils avaient noyé les enfants des Juifs pendant dix mois. Et quand la peste survint en Egypte, Pharaon dit à Moïse et à Aaron son frère : « Allez-vous en le plus tôt possible. » Moïse rassembla le peuple juif et sortit de l'Egypte. Et Dieu le conduisit à travers le désert jusqu'à la mer Rouge et il les précédait le jour sous la forme d'un nuage, la nuit sous celle d'une colonne de feu. Pharaon apprenant que le peuple s'enfuyait le poursuivit et l'accula au bord de la mer. Voyant cela, le peuple juif murmura contre Moïse, disant : « Pourquoi nous conduit-il à la mer ? » Et Moïse appela Dieu et Dieu dit : « Pourquoi m'appelles-tu ? Frappe la mer avec ta verge. » Moïse obéit ; et l'eau se divisa en deux, et les fils d'Israël entrèrent dans la mer. Voyant cela Pharaon les poursuivit. Les fils d'Israël passèrent à sec. Quand ils furent arrivés au rivage, la mer se referma sur Pharaon et son armée. Or Dieu aimait Israël. Et ils passèrent ensuite trois jours dans le désert, et ils arrivèrent à Moren ; il y avait là de l'eau amère, et le peuple murmura

contre Dieu, et Dieu leur montra un certain bois, et Moïse en
mit dans l'eau et l'eau s'adoucit ; ensuite il murmurèrent encore
contre Moïse et Aaron, disant : « Nous étions mieux en Égypte,
où nous mangions de la viande, de l'oignon et du pain à volonté. » Et Dieu dit : « J'ai entendu le murmure des fils d'Israël »
et il leur donna de la manne à manger. Ensuite il leur donna
sa loi sur le mont Sinaï. Tandis que Moïse était sur la montagne ils fondirent une tête de veau et se prosternèrent devant
elle comme devant Dieu. Moïse en fit périr trois mille. Et ensuite ils murmurèrent de nouveau contre Moïse et Aaron parce
qu'il n'y avait pas d'eau. Et Dieu dit à Moïse : « Frappe le
rocher avec un bâton. » Il dit : « Et si l'eau ne jaillit pas de ce
rocher ? » Et Dieu s'irrita contre Moïse parce qu'il ne l'avait pas
glorifié : et, à cause de cela et des murmures du peuple, il
n'entra point dans la terre promise ; mais il mena seulement
les Hébreux sur la montagne de Vam et leur montra la
terre promise ; et Moïse mourut sur la montagne. Et Josué fils
de Nun prit le commandement ; il entra dans la terre promise,
détruisit la race de Chanaan et établit à sa place le peuple
d'Israël. Quand Josué mourut, Juda fut juge à sa place ; et il
y eut quatorze autres juges. Sous leur commandement, ils se
mirent à oublier le Dieu qui les avait tirés de l'Egypte et à
adorer les idoles. Et Dieu irrité les livra aux mauvais traite-
ments des étrangers. Quand ils se repentirent, il eut pitié
d'eux. Lorsqu'il les eut délivrés, ils recommencèrent à adorer
les idoles. Ensuite furent juges le prêtre Héli et le prophète
Samuel. Et le peuple dit à Samuel : « Donne-nous un roi » et
Dieu s'irrita contre Israël et il établit comme roi Saül. Saül ne
voulut pas marcher dans la loi du Seigneur, et Dieu choisit
David et il le mit à la tête d'Israël ; et David plut à Dieu. C'est
à ce David que Dieu promit qu'un Dieu naîtrait de sa race. Il
commença à prophétiser l'incarnation divine, disant : « Je t'ai

engendré de mon sein avant l'étoile du matin (1). » Il prophétisa quarante ans et mourut. Après lui régna et prophétisa
son fils Salomon qui bâtit un temple au Seigneur et l'appela le
Saint des Saints. Il était sage, mais à la fin il s'égara. Il mourut après avoir régné quarante ans. Après Salomon régna
son fils Roboam. Après lui, la royauté se divisa en deux
parties, l'une à Jérusalem et l'autre à Samarie.

A Samarie régna Jéroboam, serviteur de Salomon, qui fit
deux vaches d'or, l'une à Bethel sur la hauteur, l'autre à Dan
disant : « Voici tes dieux, Israël. » Et le peuple les adora et
oublia Dieu. De même à Jérusalem le peuple se mit à oublier
Dieu et à adorer Baal, c'est-à-dire le dieu de la guerre qui est
Arès et il oublia le Dieu de ses pères. Et Dieu se mit à lui
envoyer des prophètes et les prophètes commencèrent à lui
reprocher son impiété et son idôlatrie. Ils tuèrent les prophètes, Dieu s'irrita contre Israël et dit : « Je le rejetterai ; je
prendrai d'autres peuples qui m'écouteront. S'ils pèchent,
je ne me rappellerai pas leurs iniquités. » Et il se mit à envoyer des prophètes, disant : « Prophétisez le rejet des Juifs et
la vocation des Gentils. » Alors Osée commença à prophétiser
disant : « Je ferai cesser le règne de la maison d'Israël : je briserai l'arc d'Israël ; je ne veux plus avoir pitié de la maison
d'Israël ; je les rejetterai, je les désavouerai, dit le Seigneur, et
ils seront errants au milieu des nations (2). » Jérémie dit :
« Quand même Samuel et Moïse intercéderaient, je n'aurai pas
pitié d'eux. » Et Jérémie dit encore : « Le Seigneur parle ainsi :
j'ai juré par mon grand nom, qu'il ne sera plus invoqué par les
lèvres des Juifs (3). » Ezéchiel a dit : « Le Seigneur Adonaï
parle ainsi : » je disperserai vous et vos restes à tous les vents ;
car vous avez souillé mes sanctuaires par toutes vos abomina-

(1) *Ps.* XC, 3. (2) *Osée,* I, 4-6. (3) *Jérémie,* XV, 1 ; XLIV, 26.

tions : Je vous rejetterai donc et je n'aurai plus pitié de vous. »
Malachie dit : « Le Seigneur parle ainsi : Je n'ai plus de
complaisance pour vous, car de l'orient à l'occident mon nom
sera glorifié chez les peuples ; dans tous les lieux on offre à
mon nom de l'encens et des offrandes pures ; car mon nom
sera grand chez les nations : aussi vous livrerai-je à l'exil et
au mépris de toutes les nations (1). » Le grand Isaïe dit : « Le
Seigneur parle ainsi : J'étendrai ma main sur toi, je t'anéantirai, je te disperserai et je ne te rétablirai pas. » Et ailleurs :
« Je hais vos solennités et vos fêtes à la nouvelle lune, et je
n'agrée pas vos sabbats (2). » Le prophète Amos a dit : « Écoutez la voix du Seigneur : J'enverrai sur vous des pleurs ; la
maison d'Israël tombera et ne se relèvera plus (3). » Malachie a dit : « Le Seigneur parle ainsi : Je jetterai sur vous
mon anathème ; je maudirai votre culte, je l'anéantirai et
je ne serai plus au milieu de vous (4). » Beaucoup ont
prophétisé qu'ils seraient rejetés et Dieu a ordonné à ces prophètes de prêcher la vocation d'autres nations appelées à leur
place. Isaïe s'est mis à dire : « Voici que ma loi sortira de moi,
et mon jugement éclairera les peuples ; ma justice approche ;
mon salut apparaîtra comme une lumière et les nations
espéreront dans mon bras (5). » Jérémie a dit : « Le Seigneur
parle ainsi : Je donnerai une nouvelle loi au peuple juif ;
je mettrai la loi dans sa conscience ; je serai son Dieu et il
sera mon peuple (6). » Isaïe dit : « Les choses anciennes sont
passées, et je vous en annonce de nouvelles, et, avant qu'elles
n'arrivent, elles vous sont révélées. Chantez à Dieu un cantique nouveau : à ceux qui me servent sera révélé un nom
nouveau qui sera béni sur toute la terre. Ma maison sera

---

(1) *Ezéch.*, V, X; *Malach.*, I, 10, 11. (2) *Is.*, I, 13, 14. (3) *Amos*, (?).
(4) *Malach.*, II, 2. (5) *Is.*, XLII, 9. (6) *Jér.*, XXXI, 31-34.

appelée maison de prière pour tous les peuples (1). » Il dit encore : « Le Seigneur montrera son bras saint à toutes les nations, et toutes les limites de la terre verront le salut qui vient de notre Dieu (2). » David dit : « Louez le Seigneur, vous toutes, ô nations, louez-le vous tous, ô peuples (3). » Dieu dans son amour pour les nouvelles nations leur a dit qu'il viendrait lui-même à elles, qu'il se ferait homme et chair, qu'il souffrirait pour la faute d'Adam ; et ils ont prophétisé l'incarnation divine. David d'abord a dit : « Le Seigneur a dit à mon Seigneur : Asseyez-vous à ma droite jusqu'à ce que je réduise mes ennemis à vous servir de marchepied (4). » Et ailleurs : « Le Seigneur m'a dit : Tu es mon fils, je t'ai engendré aujourd'hui (5). » Isaïe a dit : « Ce n'est pas un envoyé, ni un messager, mais Dieu lui-même qui viendra nous sauver. » Et encore : « Voici qu'un enfant nous est né dont la puissance est dans son bras ; et on l'a surnommé le grand conseiller des anges ; sa puissance est grande, et sa paix n'a point de fin. » Et encore : « Voici qu'une vierge concevra et enfantera un fils et son nom sera Emmanuel (6). » Michée a dit : « Toi, Bethléem, maison d'Ephrat ! tu es petite parmi les milliers des Juifs ; mais c'est de toi que naîtra celui qui sera l'ancien parmi les princes d'Israël ; son origine date des jours de l'éternité. Il les livrera jusqu'au jour où la mère enfantera et le reste de ses frères reviendra avec les fils d'Israël (7). » Jérémie a dit : « Voici notre Dieu, et aucun autre ne lui sera comparé ; il a trouvé toutes les voies de la science, il les a données à Jacob son serviteur, puis il s'est manifesté sur la terre et il a vécu avec les hommes. » Et encore : « L'homme existe : qui devinera ce qu'est Dieu, comment l'homme meurt (8) ? »

---

(1) *Is.*, XLII, 9-10 ; LVI, 5, 7, (2) *Is.*, LII, 10. (3) *Ps.* CXVII, 1. (4) *Ps.* CIX, 1. (5) *Ps.*, II, 7. (6) *Is.*, XXXV, 4 ; IX, 5 ; VII, 14. (7) *Mich.*, V, 2-3. (8) *Jér.* (?)

Zacharie dit : « Ils n'ont point écouté mon fils et je ne les écouterai pas, dit le Seigneur (1). » Osée dit : « Le Seigneur parle ainsi : Mon corps viendra d'eux (2). » Ils ont prédit aussi sa passion. Ainsi Isaïe dit : « Malheur à leur âme parce qu'ils ont conçu de mauvais desseins disant : Tuons le juste. » Et il dit encore : « Le Seigneur dit : Je ne résiste pas ; je ne m'oppose point en paroles ; j'ai tendu mon dos aux coups, mon visage aux soufflets, et je n'ai point détourné mon visage des crachats (3). » Jérémie dit : « Allons, mettons du bois dans son pain : effaçons-le de la terre des vivants (4). » Moïse dit au sujet de son crucifiement : « Vous verrez votre vie suspendue devant vos yeux (5). » Et David a dit : « Pourquoi les nations se sont-elles troublées (6)? » Isaïe a dit : « Il sera conduit à la mort comme une brebis (7). » Esdras dit : « Que Dieu soit béni : en étendant ses bras, il a sauvé Jérusalem. » Et ils ont parlé de sa résurrection. David dit : « Lève-toi, Seigneur, juge la terre, car tu es l'héritier de toutes les nations. » Et encore : « Le Seigneur s'est levé comme d'un sommeil. » Et encore : « Que Dieu se lève et que ses ennemis soient dispersés. » Et de nouveau : « Lève-toi, Seigneur Dieu ; que ta main se lève (8). » Isaïe a dit : « Vous qui demeurez dans l'ombre de la mort, la lumière brillera sur vous (9). » Zacharie : « Par le sang de ton testament, tu as fait sortir des prisonniers du fossé où il n'y a pas d'eau (10). » Beaucoup ont prophétisé sur lui et tout s'est accompli.

Vladimir dit alors : « En quel temps cela s'est-il accompli? Cela est-il déjà arrivé, ou doit-il seulement arriver? »

Le philosophe répondit : « Tout cela s'est accompli quand Dieu s'est incarné : car d'abord, comme je l'ai déjà dit, quand

(1) *Zach.*, VII, 13. (2) *Osée*, (??). (3) *Is.*, L, 5-6. (4) *Jér.*, XI, 19. (5) *Deut.*, LXVIII, 66. (6) *Ps.* II, 1. (7) *Is.*, LIII, 7. (8) *Ps.* LXXXII, 8; LXVIII, 65; X, 12. (9) *Is.*, IX, 2. (10) *Zach.*, IX, 11.

les Juifs tuèrent les prophètes et que leurs rois transgressè-
rent la loi, il les livra à l'esclavage, et ils furent amenés en
captivité en Assyrie à cause de leurs péchés ; ils y furent
esclaves pendant soixante-dix ans. Ensuite ils retournèrent
dans leur pays, et il n'y avait pas chez eux de roi ; mais ce
furent des prêtres qui les gouvernèrent jusqu'au règne de
l'étranger Hérode qui les gouverna. Sous son règne, en
l'année 5500, Gabriel fut envoyé à Nazareth, à la vierge Marie,
de la race de David et lui dit : « Réjouis-toi bienheureuse,
le Seigneur est avec toi. » Et à la suite de cette parole, elle
conçut dans son sein le verbe de Dieu, et ayant enfanté
un fils, elle l'appela Jésus. Et des Sages vinrent de l'Orient
disant : « Où est le roi des Juifs qui vient de naître ? car
nous avons vu son étoile dans l'Orient et nous sommes venus
l'adorer. » Quand Hérode eut entendu cela, il eut peur et
tout Jérusalem avec lui. Il appela des gens instruits dans la
loi et des anciens du peuple, demandant : « Où le Christ
est-il né ? » Ils lui dirent : « A Bethléem, ville de Juda. »
Hérode ayant appris cela envoya des messagers disant :
« Tuez tous les enfants mâles jusqu'à l'âge de deux ans. »
Ils allèrent et tuèrent quatorze mille (1) enfants. Marie eut
peur et cacha son enfant. Joseph prit l'enfant ; ils s'enfuirent
en Égypte et y restèrent jusqu'à la mort d'Hérode. En Égypte,
un ange se montra à Joseph disant : « Lève-toi, prends
l'enfant et sa mère, et va-t-en dans la terre d'Israël. » Il partit
et s'établit à Nazareth. Quand il fut homme et arrivé à l'âge
de trente ans, il commença à faire des miracles et à prêcher
le royaume du ciel, et il choisit douze hommes qu'il appela
ses disciples ; et il se mit à faire de grands miracles : à ressusciter les morts, à purifier les lépreux, à rendre les jambes

---

(1) Ce nombre n'est donné que dans un seul manuscrit. (*Hip.*)

aux boiteux et la vue aux aveugles, et à faire beaucoup
d'autres miracles, ainsi que l'avaient prédit les prophètes
disant : « Il a guéri nos maladies et porté nos douleurs (1). »
Et il fut baptisé dans le Jourdain par Jean, montrant aux hommes nouveaux leur régénération. Et quand il fut baptisé, les
cieux s'ouvrirent et l'Esprit plana au-dessus d'eux sous la
forme d'une colombe, et une voix se fit entendre disant :
« Voici mon fils chéri en qui j'ai mis toute ma complaisance. »
Il envoya ses disciples prêcher le royaume des cieux, et la
contrition des péchés. Voulant accomplir la prophétie, il se mit
à prêcher comment le fils de l'homme doit être martyrisé, crucifié et ressusciter le troisième jour. Comme il enseignait dans
le temple, les prêtres et les savants, pénétrés d'envie, cher-
chèrent à le faire périr, et l'ayant saisi le conduisirent au
gouverneur Pilate. Pilate ayant reconnu qu'il avait été arrêté
quoique innocent, voulut le relâcher ; mais ils lui dirent : « Si
tu le relâches, tu n'es pas ami de l'empereur. » Pilate alors
ordonna qu'on le crucifiât. Ils saisirent Jésus, le conduisirent
sur la montagne du crâne (Golgotha) et l'y crucifièrent. La
terre s'obscurcit de la sixième heure à la neuvième, et, à la
neuvième heure, Jésus rendit l'âme ; le voile du temple se
déchira ; beaucoup de morts ressuscitèrent et il leur ordonna
d'aller au Paradis (2). On détacha Jésus de la croix, on le mit
dans le tombeau ; on scella le tombeau et on y mit des gardes
de peur que ses disciples ne l'enlevassent pendant la nuit.
Le troisième jour il ressuscita ; après sa résurrection, il se
montra à ses disciples leur disant : « Allez chez toutes les
nations, enseignez-les, baptisez-les au nom du Père, du Fils
et du Saint-Esprit. » Il passa avec eux quarante jours, se faisant
voir après sa résurrection. Quand les quarante jours furent

_____

(1) *Is.*, LIII, 4. (2) Ce détail ne figure pas dans l'Évangile.

passés, il leur ordonna d'aller sur le mont des Oliviers et là il
se montra à eux, les bénit et leur dit : « Restez dans la ville
de Jérusalem jusqu'à ce que je vous aie envoyé la promesse
de mon père. » A ces mots il s'éleva vers le ciel. Ils l'adorè-
rent, retournèrent à Jérusalem et restèrent dans le temple.
Quand cinquante jours se furent écoulés, l'Esprit-Saint descendit sur les apôtres. Après avoir reçu le don de l'Esprit-
Saint, ils se répandirent par toute la terre, enseignant et
baptisant avec l'eau. »

Vladimir dit alors au philosophe : « Pourquoi est-il né d'une
femme, a-t-il été crucifié sur le bois et baptisé dans l'eau? »

Le philosophe lui répondit : « Parce que, au commencement, le genre humain pécha par une femme ; car le diable
trompa Adam par l'entremise d'Ève ; et il perdit le paradis ;
mais Dieu s'est vengé du démon ; et c'est par une femme
qu'il a été vaincu pour la première fois, parce qu'Adam a été
chassé du paradis par la femme. Dieu s'est donc incarné
dans une femme pour faire entrer les croyants dans le
paradis. Et il a été crucifié sur le bois, parce que c'est après
avoir mangé le fruit du bois que l'homme a perdu le paradis.
Dieu a subi la mort sur le bois afin que le démon fût vaincu
par le bois, et que les justes fussent sauvés par le bois vivifiant.
Il a été régénéré par l'eau, parce que sous Noé, quand les
péchés des hommes redoublèrent, Dieu envoya le déluge
sur la terre et engloutit le monde sous l'eau. En effet le
Seigneur a dit : « Parce que j'ai d'abord châtié avec l'eau
les hommes, à cause de leurs péchés, maintenant je purifierai
avec l'eau ces péchés, et je les régénérerai avec l'eau. » Ainsi
le peuple juif se purifia dans la mer des mauvaises coutumes
des Égyptiens, parce que l'eau fut la première chose
existante ; car il a été dit : « L'Esprit de Dieu planait sur la
face des eaux ; » or maintenant on est baptisé avec l'eau

et avec l'Esprit. La première figure eut lieu par l'eau, comme le démontre l'exemple de Gédéon ; quand un ange vint lui ordonner de marcher contre les Madianites, il étendit, pour l'éprouver, une toison sur le sol et dit à Dieu : « S'il y a de la rosée sur toute la terre et que la toison soit sèche, je croirai en lui, » et il en fut ainsi. Or cela signifie que les nations étrangères étaient d'abord à sec et les Juifs humides, et ensuite la rosée vint chez les étrangers, c'est-à-dire le baptême leur fut donné et les Juifs restèrent dans la sécheresse. Et les prophètes ont prédit que la régénération viendrait par l'eau. Les apôtres ont enseigné dans le monde la foi divine, et nous Grecs, nous avons reçu leurs enseignements. Le monde entier croit conformément à leur foi. Or Dieu a fixé un jour dans lequel, venant du ciel, il jugera les vivants et les morts, et rendra à chacun suivant ses actes : aux justes. le royaume du ciel, une beauté ineffable, une joie sans fin et la vie éternelle : aux pécheurs, les tourments du feu, un ver qui ne sommeille jamais et des tortures sans fin. Tels sont les tourments qu'éprouveront ceux qui ne croient pas en Jésus-Christ Notre Seigneur : ceux qui ne sont pas baptisés brûleront dans le feu. »

En disant ces paroles il montra à Vladimir une toile sur laquelle était peint le jugement dernier ; il lui montra à droite les justes allant joyeusement au paradis, à gauche les pécheurs allant aux tourments. Vladimir soupira et dit : « Heureux ceux qui sont à la droite, malheur à ceux qui sont à la gauche ! » Le philosophe dit : « Si tu veux être à la droite avec les justes, fais-toi baptiser (1). » Vladimir, réfléchissant à cela, lui dit : « J'attendrai encore un instant ; car je voudrais

(1) La légende a placé un trait analogue dans la vie de Méthode, l'apôtre des Slaves. Voyez mon livre *Cyrille et Méthode*, étude sur la Conversion des Slaves au christianisme, p. 85.

méditer sur toutes les croyances. » Et Vladimir, après lui
avoir fait beaucoup de présents, le congédia avec grand
honneur.

XLI. — Ambassade de Vladimir chez les Bulgares, les Allemands et les Grecs (987).

Année 6495. Vladimir appela ses boïars et le conseil de
la ville et dit : « Voici que les Bulgares sont venus à moi en
disant : Reçois notre loi. Ensuite sont venus les Allemands
et ils ont fait l'éloge de leur loi. Après eux les Juifs sont
venus. Et enfin les Grecs sont venus, blâmant toutes les
religions, mais louant la leur, et ils ont longuement parlé de
la création du monde, de l'histoire du monde entier, et ils
parlent avec esprit ; c'est merveille et plaisir de les entendre ;
et ils disent qu'il y a un autre monde. Ils disent : Celui qui
reçoit notre foi, ne mourra jamais pour l'éternité ; mais s'il
reçoit une autre foi, il brûlera dans l'autre monde au milieu
des flammes. Quel est votre avis et que dites-vous de cela? »
Les boïars et le conseil dirent : « Tu sais, prince, que personne
ne blâme ce qui est à lui, mais qu'au contraire chacun le loue.
Si tu veux t'éclairer avec soin, envoie quelques-uns de tes
hommes étudier les différents cultes et voir comment chacun
honore Dieu. » Et ce discours plut au prince et à tout le
monde ; on choisit des hommes sages et éclairés au nombre
de dix et on leur dit : « Allez d'abord chez les Bulgares et
étudiez leur foi et leur culte. » Ils partirent et virent des
actions infâmes et le culte comme ils le font dans leurs
mosquées (1), et ils retournèrent dans leur pays. Vladimir
leur dit : « Allez maintenant chez les Allemands, et observez

---

(1) Il s'agit ici des Bulgares mahométans dont il a été question plus haut,
§ XL.

de même, et ensuite vous irez chez les Grecs. » Ils allèrent donc chez les Allemands et, après avoir observé chez eux le service divin, ils allèrent à Constantinople et vinrent trouver l'empereur. L'empereur leur demanda ce qui les amenait ; ils lui racontèrent tout ce qui s'était passé. L'empereur apprenant cela fut joyeux et il leur fit beaucoup d'honneur ce jour-là. Le lendemain il envoya un message au patriarche disant : « Il est venu des Russes pour étudier notre foi ; prépare l'église et ton clergé, revêts ton costume pontifical afin qu'ils voient la gloire de notre Dieu. » Alors le patriarche appela son clergé ; on célébra les solennités suivant l'usage, on brûla de l'encens, et on chanta des chœurs. Et l'empereur alla avec les Russes à l'église, et on les fit placer dans un endroit spacieux (1) ; puis on leur montra les beautés de l'église, les chants et le service de l'archiérée, le ministère des diacres, en leur expliquant l'office divin (947).

Pleins d'étonnement ils admirèrent et louèrent ce service. Et les empereurs Basile et Constantin les appelèrent et leur dirent : « Allez dans votre pays, » et ils les congédièrent avec de grands présents et avec honneur. Quand ils revinrent dans leur pays, le prince appela les boïars et les anciens. « Voici que les hommes envoyés par nous sont revenus : écoutons ce qu'ils ont appris. » Et il leur dit : « Dites devant nous où vous avez été et ce que vous avez vu. » Ils dirent : « Nous avons été d'abord chez les Bulgares et nous avons observé comment ils adorent dans leurs temples ; ils se tiennent debout sans ceinture ; ils s'inclinent, s'asseoient, regardent çà et là comme des possédés, et il n'y a pas de joie parmi eux, mais une tristesse et une puanteur affreuses. Leur religion n'est pas bonne. Et nous sommes allés chez les Alle-

_____

(1) D'où l'on pouvait bien voir.

mands, et nous les avons vus célébrer leur service dans l'église et nous n'avons rien vu de beau. Et nous sommes allés en Grèce et on nous a conduits là où ils adorent leur Dieu, et nous ne savions plus si nous étions dans le ciel ou sur la terre ; car il n'y a pas de tel spectacle sur la terre, ni de telle beauté. Nous ne sommes pas capables de le raconter ; mais nous savons seulement que c'est là que Dieu habite au milieu des hommes ; et leur office est plus merveilleux que dans les autres pays. Nous n'oublierons jamais sa beauté ; car tout homme, lorsqu'il a goûté quelque chose de doux, ne peut ensuite supporter l'amertume. Aussi nous ne pouvons plus vivre ici. » Les boïars répliquèrent : « Si la religion grecque était mauvaise, ta grand'mère Olga, qui était la plus sage de tous les hommes, ne l'aurait point reçue. » Vladimir répondit : « Où donc recevrons-nous le baptême? » Ils répondirent : « Où il te plaira. »

XLII. — Siège de Kherson. — Mariage de Vladimir. — Exposé de la foi chrétienne (988).

Année 6496. Quand une année se fut écoulée, Vladimir marcha avec son armée contre Kherson, ville grecque ; et les Khersonésiens s'enfermèrent dans la ville. Et Vladimir s'établit de l'autre côté de la ville, dans la baie, à une portée de trait de la ville. Et les habitants combattirent énergiquement contre lui. Vladimir bloqua la ville et le peuple était épuisé, et Vladimir dit aux habitants : « Si vous ne vous rendez pas, je resterai ici trois ans s'il le faut. » Ils ne l'écoutèrent pas. Vladimir alors rangea son armée en bataille et ordonna de faire une chaussée vers la ville. Tandis qu'ils la faisaient les Khersonésiens, ayant miné les murs de la ville, enlevèrent les terres amoncelées, les apportèrent à la ville et les entassèrent au milieu de la ville ; mais les soldats con-

tinuèrent leurs travaux et Vladimir persista. Or, un homme
de Kherson, du nom d'Anastase, lança une flèche sur
laquelle il avait écrit : « Il y a derrière toi des sources à
l'Orient dont l'eau arrive par des tuyaux ; creuse là et tu
intercepteras l'eau. » Vladimir apprenant cela regarda le ciel
et dit : « Si cela s'accomplit je me ferai baptiser. » Et il
ordonna aussitôt de creuser au-dessus des tuyaux et il
coupa l'eau ; et le peuple épuisé par la soif se rendit. Vladimir entra dans la ville avec sa droujina. Et Vladimir envoya
des messagers aux empereurs Basile et Constantin, disant :
« Voici que j'ai conquis votre célèbre ville ; j'ai appris que
vous avez une sœur vierge ; si vous ne me la donnez pas,
je traiterai votre capitale, comme j'ai traité cette ville. » Les
empereurs s'affligèrent de ce message et lui envoyèrent cette
réponse : « Il n'est pas convenable que les chrétiens se
marient avec les païens. Si tu te fais baptiser, tu obtiendras ce
que tu demandes et, en outre, le royaume du ciel, et tu auras
la même foi que nous ; mais si tu ne veux pas te faire baptiser,
nous ne pouvons te donner notre sœur. » Ayant entendu cela,
Vladimir dit aux députés des empereurs : « Dites aux empereurs que je me ferai baptiser ; on m'a déjà enseigné votre
religion, et j'aime vos croyances et vos rites tels que me les
ont exposés des hommes envoyés par vous. » Les empereurs,
ayant entendu cela, se réjouirent, décidèrent leur sœur, nommée Anne, à ce mariage et envoyèrent des messagers à
Vladimir, disant : « Fais-toi baptiser et nous t'enverrons notre
sœur. » Vladimir dit : « Que l'on vienne avec votre sœur
me baptiser. » Les empereurs, ayant entendu cela, envoyèrent
leur sœur avec quelques prêtres et quelques dignitaires. Elle
ne voulait point partir : « Je vais aller, disait-elle, comme en
esclavage chez les païens : mieux vaudrait mourir ici. » Ses
frères lui dirent : « C'est par toi que Dieu amènera la nation

russe à la pénitence et sauvera l'empire grec d'une guerre
cruelle ; tu vois combien la Russie a déjà fait de mal aux
Grecs, et elle en fera encore maintenant si tu ne pars pas ; »
et ils la décidèrent avec peine. Elle monta donc sur un vaisseau, embrassa ses parents en pleurant, et s'en alla par la
mer. Quand elle arriva à Kherson, les Khersonésiens sortirent
pour la saluer, l'amenèrent dans la ville et l'établirent dans le
palais. Or, par la permission de Dieu, Vladimir à ce moment
eut les yeux malades, et, privé de la vue, il était dans une
grande inquiétude et ne savait que faire. Et la princesse
envoya lui dire : « Si tu veux guérir de ce mal, fais-toi baptiser
le plus tôt possible ; sinon, tu ne guériras point. » Vladimir
entendant cela dit : « Si ceci s'accomplit, en vérité le Dieu des
chrétiens sera un grand Dieu ; » et il se fit baptiser. L'évêque
de Kherson, après avoir annoncé la nouvelle au peuple, le baptisa, avec les prêtres de la princesse, et dès qu'il mit la main sur
lui, il vit aussitôt. Vladimir, se voyant si subitement guéri, loua
Dieu, disant : « C'est maintenant seulement que je connais le
vrai Dieu. » Quand donc sa droujina eut vu cela, beaucoup se
firent baptiser. Il fut baptisé dans l'église de Saint-Basile, et
cette église se trouve à Kherson, au milieu de la ville, à l'endroit où les Khersonésiens tiennent leur marché. Le palais
de Vladimir existe encore aujourd'hui près de l'église, et le
palais de la princesse est derrière l'autel. Après le baptême,
Vladimir épousa la princesse. Des gens mal informés disent
qu'il fut baptisé à Kiev, d'autres à Vasiliev, d'autres encore
ailleurs. Quand donc Vladimir eut été baptisé à Kherson, les
prêtres lui exposèrent la foi chrétienne parlant ainsi : « Ne
te laisse pas entraîner par les hérétiques, mais crois ainsi
disant : Je crois en un seul Dieu, le Père tout puissant,
créateur du ciel et de la terre, etc... et ensuite : Je crois en un
seul Dieu, le Père, qui n'est pas né, en un Fils unique qui est

né, en un Saint-Esprit qui procède : trois personnes complètes, pensantes, distinctes par le nombre et la personnalité, non par la divinité ; car elle se sépare sans se diviser, et elle s'associe sans se confondre. Dieu le Père non engendré est toujours, dans sa paternité sans commencement, principe et cause de toute chose, plus âgé, parce qu'il n'est pas engendré, que le Fils et l'Esprit ; car de lui est né le Fils avant tous les siècles ; l'Esprit Saint procède sans temps et sans corps. Il est tout ensemble Père, Fils et Esprit. Le Fils qui est une personne pareille au Père, sans commencement, ne se distingue du Père et de l'Esprit que parce qu'il a été engendré. L'Esprit est très saint : par son essence il ressemble au Père et au Fils, et il existe toujours. Le Père a la paternité, le Fils a la filialité, l'Esprit la procession : car ni le Père ne passe dans le Fils ou dans l'Esprit ; ni le Fils dans le Père ou l'Esprit ; ni l'Esprit dans le Père ou le Fils ; leurs propriétés sont incommutables. Il n'y a pas trois divinités ; il n'y a qu'un Dieu ; car la divinité est une en trois personnes. Le Fils est sorti, par la volonté du Père et de l'Esprit, pour le salut de la créature, du sein du Père sans pourtant le quitter, pour descendre, comme une semence divine, sur la chaste couche d'une vierge ; il a reçu ensuite un corps animé de vie, doué de parole et de raison, et il est devenu le Dieu incarné ; il est né merveilleusement sans que la virginité de sa mère en souffrît. Il n'a subi ni trouble, ni altération, ni transformation ; mais il est resté ce qu'il était. Il est devenu ce qu'il n'était pas ; il a pris la forme d'un esclave réellement et non en apparence, semblable à nous en tout, hormis par le péché : car c'est par sa volonté qu'il est né, par sa volonté qu'il a désiré, par sa volonté qu'il a eu soif, par sa volonté qu'il a souffert, qu'il a eu peur, par sa volonté qu'il est mort réellement et non en apparence. Toutes ses souffrances ont été réelles et l'humanité ne peut même les soupçonner. Il s'est laissé crucifier ; il a souffert la mort quoique innocent ; il est ressuscité dans son corps, il est monté aux cieux sans que ce corps se corrompît ; il s'est assis à la droite du Père, et il viendra de nouveau avec gloire juger les vivants et les morts. Comme il est monté avec son corps, il viendra de même avec son corps. En outre, reconnais un seul baptême par l'eau et par l'esprit ; approche-toi du très saint sacrement ; crois dans le vrai corps et le vrai sang ; reçois les traditions de l'Église, et honore les vénérables images ; honore le vénérable bois de la croix, toutes les croix ainsi que les saintes reliques et les vases sacrés. Crois aussi dans les sept conciles dont le premier a eu lieu à Nicée, composé de trois cent dix-huit Pères qui ont maudit Arius et proclamé la foi pure et sans tache. Le second a eu lieu à Constantinople ; il était composé de cent cinquante Pères qui ont maudit Macédonius qui niait la divinité du Saint-Esprit, et ont proclamé l'unité de la Trinité. Le troisième a eu lieu à Éphèse ; il était composé de deux cents Pères : ils ont anathématisé Nestor et proclamé la sainteté de la mère de Dieu. Le quatrième concile a eu lieu à Chalcédoine ; il était composé de six cent trente Pères ; il ont maudit Eutychès et Dioscore, et ont proclamé vrai Dieu et vrai homme Notre Seigneur Jésus-Christ. Le cinquième concile a eu lieu à Constantinople ; il était composé de cent soixante-cinq Pères ; ils ont anathématisé Origène et Évagre. Le sixième concile a eu lieu à Constantinople ; il était composé de cent soixante-dix Pères ; ils ont anathématisé Sergius et Cyr. Le septième concile a eu lieu à Nicée ; trois cent cinquante Pères ont maudit ceux qui n'honorent pas les images. Ne reçois pas l'enseignement des Latins ; leur science est vicieuse, car ils entrent à l'église sans s'agenouiller devant les images ; ils restent debout, s'inclinent, après s'être incli-

nés, tracent une croix sur la terre, la baisent et, après s'être
levés, se tiennent debout dessus ; ils baisent donc la croix en
s'inclinant, ensuite ils la foulent aux pieds. Or les apôtres
n'ont pas donné cette tradition, mais d'après leur tradition
on doit baiser la croix qui est debout, et l'on doit aussi baiser
les images ; car Luc, l'évangéliste, en peignit le premier et les
envoya à Rome, et, comme nous l'apprend Basile, l'image
rappelle à la forme originale. En outre ils appellent la terre
leur mère : or, si la terre est leur mère, le ciel est leur père ;
car au commencement Dieu créa le ciel et la terre. Pourquoi
dit-on : « Notre père, qui es aux cieux ? » Si donc dans leur
idée la terre est une mère, pourquoi cracher sur votre mère?
Vous l'embrassez donc d'abord, puis vous la souillez ensuite.
Auparavant les Romains ne faisaient pas cela ; mais ils prenaient part à tous les conciles où l'on se réunissait de Rome et
de tous les diocèses. Ainsi au premier concile contre Arius à
Nicée, Silvestre envoya de Rome des évêques et des prêtres ;
Athanase en envoya d'Alexandrie ; Métrophane en envoya de
Constantinople : c'est ainsi qu'ils purifièrent la foi. Au second
concile, Damase vint de Rome, Timothée d'Alexandrie,
Mélèce d'Antioche, Cyrille de Jérusalem et [de Constantinople]
Grégoire le théologien. Au troisième concile vinrent Célestin
de Rome, Cyrille d'Alexandrie, Juvénal de Jérusalem ; au
quatrième, Léonce de Rome, Anatole de Constantinople, Juvénal de Jérusalem ; au cinquième, Vigile de Rome, Eutychius
de Constantinople, Apollinaire d'Alexandrie, Domnus d'Antioche. Au sixième concile vinrent Agathon de Rome, Georges
de Constantinople, Théophane d'Antioche, Pierre le moine
d'Alexandrie ; au septième concile, Adrien de Rome, Tarasius de
Constantinople, Politien d'Alexandrie, Théodoret d'Antioche,
Élias de Jérusalem. Tous ces prélats se réunissant avec leurs
évêques ont redressé la foi. Après le septième concile Pierre

le Bègue vint à Rome avec d'autres, s'empara du siège de
Rome et corrompit la foi. Il se détacha des sièges de Jérusalem, d'Alexandrie, de Constantinople et d'Antioche. Ils trou-
blèrent toute l'Italie, répandant diverses doctrines. Ils ne
professent pas une seule confession de foi, mais plusieurs ;
car parmi les prêtres les uns servent n'ayant qu'une femme,
les autres en ayant sept : ils se séparent les uns des autres en
beaucoup de points. Défie-toi de leur doctrine. Ils absolvent
des péchés pour de l'argent et il n'y a rien de pire que cela.
Dieu te préserve de ces choses là ! » (988).

XLIII. — Les idoles sont détruites. — Baptême du peuple russe (988).

Ensuite Vladimir, avec l'impératrice (1), Anastase et les prêtres de Kherson prit les reliques de saint Clément et de Théba,
son disciple, ainsi que les vases sacrés et les images du culte.
Il bâtit à Kherson l'église de Saint-Jean-Baptiste sur une
éminence qu'on avait élevée au milieu de la ville avec la terre
de sa chaussée, et cette église dure encore aujourd'hui. Il prit
aussi deux statues de cuivre et quatre chevaux de cuivre qui
maintenant encore sont devant la sainte Mère de Dieu ; les ignorants les croient en marbre. Comme présent nuptial pour la princesse, il rendit Kherson aux Grecs et revint lui-même à Kiev.
Quand il arriva il ordonna de renverser les idoles. Il fit brûler
les unes et jeter les autres au feu. Il ordonna d'attacher Péroun
à la queue d'un cheval et de le traîner du haut en bas au-
dessous de Borytchev jusqu'au ruisseau; et il enjoignit à douze
hommes de le battre avec des bâtons, non pas qu'il estimât
que le bois eût quelque sentiment ; mais pour faire affront au
démon qui, sous cette forme, avait trompé les hommes, et

(1) Dans le texte *Tsaritsa* ; Nestor appelle ainsi la sœur des empereurs.

pour le punir de ses tromperies. « Tu es grand, Seigneur, et tes actions sont merveilleuses (1). » Hier il était honoré par les hommes, aujourd'hui le voici insulté. Tandis qu'on le traînait le long du ruisseau jusqu'au Dniéper, les païens pleuraient sur lui ; car ils n'avaient pas encore reçu le saint baptême. Or, après l'avoir traîné, ils le jetèrent dans le Dniéper. Vladimir disait à ses serviteurs : « S'il s'arrêtait quelque part, repoussez-le du rivage jusqu'à ce qu'il ait passé les cataractes, alors vous le laisserez. » Le vent le jeta sur une grève qui depuis a été appelée la grève de Péroun, nom qu'elle porte encore aujourd'hui. Ensuite Vladimir fit répandre l'annonce suivante par toute la ville : « Quiconque demain, riche ou pauvre, misérable ou artisan, ne viendra pas au fleuve pour se faire baptiser tombera en disgrâce auprès de moi. » Entendant ces paroles le peuple vint avec joie, se réjouissant et disant : « Si cette religion n'était pas bonne, le prince et les boïars ne l'auraient pas reçue. » Le lendemain Vladimir vint avec les prêtres de la princesse et ceux de Kherson sur le bord du Dniéper, et un peuple innombrable se rassembla, et entra dans l'eau : les uns en avaient jusqu'au cou, les autres jusqu'à la poitrine ; les plus jeunes étaient sur le rivage, les hommes tenaient leurs enfants, les adultes étaient tout à fait dans l'eau, et les prêtres debout disaient les prières. Et c'était une joie dans le ciel et sur la terre de voir tant d'âmes sauvées. Or le démon gémissant disait : « Malheur à moi, me voilà chassé d'ici ; je pensais établir ma résidence ici parce que les apôtres n'y ont point enseigné, et que ce peuple ne savait rien de Dieu ; je jouissais du culte qu'on m'offrait ; et me voilà vaincu par des ignorants, non par les apôtres ou par les martyrs ; je ne régnerai plus dans ce pays. » Quand le peuple fut baptisé,

(1) *Ps.* CXLIV.

7

ils retournèrent chacun à leur maison. Vladimir se réjouit de
ce qu'il avait connu Dieu, lui et son peuple, leva les yeux au
ciel et dit : « Dieu, créateur du ciel et de la terre, regarde ce
peuple nouveau, et donne-lui de te reconnaître comme le vrai
Dieu, ainsi qu'ont fait les pays chrétiens. Fortifie en lui la
vraie foi, rends-la inébranlable ; sois-moi en aide contre
l'ennemi : puissé-je, confiant en toi et en ton royaume, triom-
pher de sa malice. » Il dit cela et ordonna de bâtir des églises
et de les établir aux endroits mêmes où se trouvaient les
idoles. Il bâtit l'église de Saint-Basile sur l'éminence où se
trouvait l'idole de Péroun et d'autres, et où le prince et le
peuple leur faisaient des sacrifices. Il ordonna d'établir dans
les villes des églises et des prêtres, et d'inviter tout le peuple à
se faire baptiser dans toutes les villes et dans tous les villages ;
puis il envoya chercher les enfants des familles les plus élevées,
et les fit instruire dans les livres. Les mères de ces enfants pleurèrent sur eux, car elles n'étaient pas encore affermies dans la
foi ; aussi pleurèrent-elles sur eux comme sur des morts. Or
par cet enseignement s'accomplit en Russie la prophétie qui
dit : « En ce temps les sourds entendront la voix des Écritures
et la langue des bègues se déliera (1). » Car ce peuple d'abord
ne connaissait pas les paroles de l'Esprit Saint ; aussi Dieu
dans sa puissance et dans sa grâce en eut pitié, comme a
dit le prophète : « J'aurai pitié de qui je voudrai. » Or il
a eu pitié de nous en nous donnant le baptême de la régénération et de la rénovation spirituelle par sa miséricorde divine et
non par nos mérites. Béni soit le Seigneur Jésus-Christ qui aime
les peuples nouveaux et les éclaire par le saint baptême. Aussi
nous tombons devant lui, disant: « Seigneur Jésus-Christ,
que te donnerons-nous pour tous les biens que nous pécheurs

(1) *Isaïe*, XIX, 18; XXXIII, 19.

avons reçus de toi ? Nous ne sommes pas en état de répondre
dignement à tes bienfaits : car tu es grand et tes actes sont ad-
mirables ; tes grand eurs n'ont pas de fin ; tes œuvres te loue-
ront de génération en génération (1). » Je dis donc avec David : « Venez, réjouissons-nous dans le Seigneur, crions vers
le Seigneur notre Sauveur; marchons devant lui en chantant,
en confessant combien il est grand, combien son amour est
éternel, comment il nous a sauvés de nos ennemis, c'est-à-dire
des vaines idoles (2). » Et nous dirons encore avec David :
« Chantez au Seigneur un chant nouveau, chantez-le, vous
toutes ô nations, chantez le Seigneur, bénissez son nom : prê-
chez de jour en jour le salut qui vient de lui; proclamez sa
gloire parmi les nations, ses miracles parmi tous les peuples;
comme le Seigneur est grand et glorieux et comme sa grandeur
n'a pas de fin (3). »

Quelle grande joie ! Ce n'est pas seulement une âme, ni
deux qui ont été sauvées, car le Seigneur a dit: « Quelle joie
il y a dans le ciel lorsqu'un seul pécheur se repent (4) ! » Non,
ce n'est pas un ni deux, mais une multitude innombrable qui
est revenue au Seigneur, éclairée par le saint baptême.
Comme dit le prophète : « Je verserai sur vous l'eau pure, et
vous vous purifierez de vos idoles et de vos péchés (5). » Un
autre prophète a dit: « Qui, comme Dieu, pardonne les
péchés et remet les fautes ? car il se plaît dans la miséricorde
et tourne ses regards sur nous; il a pitié de nous, il engloutit
nos fautes dans l'abîme (6). » Saint Paul a dit : « Frères,
nous tous qui sommes baptisés dans le Christ, nous sommes
baptisés et ensevelis dans sa mort par le baptême, afin que,
comme le Christ est ressuscité d'entre les morts dans la gloire

---

(1) *Ps.* XXLIV, 3, 4. (2) *Ps.* XCII, 12; CXXXV. (3) *Ps.* XCV, 1, 4;
CXLIV, 3. (4) *Math.*, XV, 10. (5) *Ezéch.*, XXXVI, 25. (6) *Mich.*, VII, 18, 19.

de son père, nous puissions entrer dans la rénovation de la
vie (1). » Et plus loin : « Les choses anciennes sont passées
et les nouvelles se sont élevées : maintenant notre salut s'est
approché : la nuit est passée, et le jour s'est approché (2). »
Grâce à la foi de notre prince Vladimir, nous avons gagné la
grâce dont nous sommes fiers et par laquelle nous vivons ;
maintenant délivrés du péché et devenus serviteurs du Seigneur, vous avez recueilli pour fruit la sainteté (3). Nous
sommes donc obligés de servir le Seigneur, nous réjouissant
en lui ; car David a dit : « Servez le Seigneur avec crainte et
réjouissez-vous avec tremblement (4). » Nous élevons donc
notre voix vers le Seigneur notre Dieu, disant : « Béni soit le
Seigneur qui ne nous donne pas en proie à leurs dents. Le
filet a été rompu et nous avons échappé aux ruses du diable ;
et sa gloire a péri bruyamment, et le Seigneur dure loué par
les fils de la Russie qui célèbrent la Trinité, et les démons
sont maudits par les hommes fidèles et les femmes pieuses
qui ont reçu le baptême et la pénitence pour la rémission des
péchés, par le nouveau peuple chrétien élu de Dieu. »

Vladimir fut éclairé, lui et ses fils et son peuple ; car il avait
douze fils : Vycheslav, Iziaslav, Iaroslav, Sviatopolk, Vsevolod,
Sviatoslav, Mstislav, Boris, Gleb, Stanislav, Pozvizd, Soudislav. Il établit Vycheslav à Novogorod, Iziaslav à Polotsk, Sviatopolk à Tourov, Iaroslav à Rostov. Quand l'aîné Vycheslav
mourut à Novogorod, il établit Iaroslav à Novogorod, Boris à
Rostov, Gleb à Mourom, Sviatoslav chez les Drevlianes, Vsevolod à Vladimir, Mstislav à Tmoutorakan, et Vladimir dit : « Il
n'est pas bien qu'il y ait si peu de villes autour de Kiev ; » et il
établit des villes fortifiées sur la Desna et sur l'Oster, sur le

_____

(1) *Rom.*; VI, 3, 7. (2) *Ib.*, XIII, 12 ; *Saint Paul II° ép. ad Corinth.*, V,
17. (3) *Saint Paul ad Rom.*, V, 20. (4) *Ps.* II, 11.

Troubèje et la Soula, sur la Stougna, et il se mit à rassembler des hommes vaillants parmi les Slaves, les Krivitches, les Tchoudes, les Viatitches, et il en peupla ces villes. Car il avait la guerre avec les Petchénègues, et il combattit avec eux, et il les vainquit.

XLIV. — Expédition de Vladimir contre les Petchénègues. — Fondation de Bielgorod (991).

Années 6497-6498-6499. Ensuite Vladimir vécut dans la religion chrétienne. Il conçut le projet de bâtir une église de pierre à la très sainte Vierge ; il envoya chercher des architectes en Grèce et se mit à la bâtir. Quand l'église fut achevée, il l'orna de tableaux, et confia cette église à Anastase de Kherson et désigna des prêtres de Kherson pour y célébrer les offices : il donna tout ce qu'il avait recueilli à Kherson, des images, des vases d'église, des croix (989-992).

Année 6500. Vladimir fonda la ville de Bielgorod et la peupla avec des habitants des autres villes et y amena un grand nombre de peuple, car il aimait cette ville (991).

XLV. — Guerre avec les Petchénègues. — Duel d'un Russe et d'un géant petchénègue. —Fondations pieuses et libéralité de Vladimir (991-96).

Année 6501. Vladimir marcha contre les Croates ; et quand il revint de la guerre contre les Croates, voilà que les Petchénègues arrivèrent de l'autre côté de la Soula. Vladimir marcha contre eux et les rencontra sur la Troubèje, près du gué où est aujourd'hui Péréïaslav. Vladimir était d'un côté et les Petchénègues de l'autre, et aucune des deux armées n'osait franchir la rivière, et le prince des Petchénègues vint jusque sur la rive, appela Vladimir et lui dit : « Envoie un de tes hommes, j'enverrai un des miens : ils lutteront ensemble ; si c'est le tien qui est vainqueur je ne te ferai pas la guerre pendant trois ans ; si le mien est vainqueur, alors nous ferons la guerre pendant trois ans. » Et ils retournèrent chacun de leur côté. Vladimir revint au camp et envoya des hérauts disant : « N'y a-t-il pas ici un homme qui veuille se battre avec les Petchénègues? » Et on n'en trouva nulle part. Le lendemain les Petchénègues vinrent et amenèrent leur homme, et aucun des nôtres ne se présentait. Vladimir commença à s'affliger et envoya par toute l'armée. Et un vieillard vint auprès du prince et lui dit : « Prince, j'ai mon fils cadet à la maison ; je suis venu ici avec les quatre autres, et lui est resté ; depuis son enfance personne ne l'a jamais vaincu. Un jour je le réprimandais tandis qu'il tannait un morceau de cuir, il s'emporta contre moi et avec ses mains déchira le cuir en lambeaux. » Le prince entendant cela se réjouit et envoya aussitôt chercher le jeune homme. On l'amena au prince et le prince lui dit tout. Il répondit : « Prince, je ne sais si je peux me mesurer avec lui ; qu'on m'essaye ; n'y a-t-il pas ici un taureau grand et fort? » On trouva un taureau grand et fort, et il ordonna qu'on l'irritât ; on mit sur ce taureau des fers rouges, on le lâcha, l'animal passa à côté du jeune homme qui lui saisit le flanc et en arracha la peau et la chair autant que sa main en pouvait contenir. Et Vladimir lui dit : « Tu peux combattre avec ce Petchénègue. » Le lendemain les Petchénègues vinrent et se mirent à crier : « N'avez-vous point d'homme? Voici le nôtre. » Vladimir ordonna aux soldats de s'armer pour la nuit, et les deux hommes avancèrent pour lutter. Les Petchénègues avaient envoyé le leur qui était extraordinairement fort et terrible. L'homme de Vladimir marcha à sa rencontre, et le Petchénègue à son aspect se mit à rire ; car il était d'une taille moyenne. On mesura un espace entre les deux armées ; ils en vinrent aux mains et s'enlacèrent ; le Russe serra le Petchénegue dans ses bras au point de l'étouffer et le jeta contre terre. Les Russes se mirent à crier et les Petchénègues s'enfuirent. Les Russes se mirent à les poursuivre en les massacrant et les chassèrent. Vladimir se réjouit, bâtit une ville sur le gué et l'appela Péréïaslav parce que ce jeune homme y avait acquis de la gloire (pereïa-slavu). Vladimir fit de lui et de son père deux grands dignitaires. Vladimir retourna à Kiev victorieux et avec une grande gloire (993).

Années 6502, 6503, 6504. Vladimir voyant l'église achevée y alla et pria Dieu disant : « Seigneur Dieu, regarde du haut du ciel, contemple-nous et viens visiter ta vigne, et termine ce qu'a commencé ta main droite ; que ces peuples dont tu as éclairé le cœur te reconnaissent comme le Dieu juste ; regarde ton église que j'ai bâtie, moi ton esclave indigne, sous l'invocation de la Vierge qui t'a enfanté. Si quelqu'un prie dans cette église, écoute sa prière, et remets tous ses péchés par l'intercession de ta sainte mère. » Et après avoir prié, il parla ainsi : « Je donne à cette église de la sainte mère de Dieu la dixième partie de mon bien et de mes villes. » Puis il écrivit une malédiction et la déposa dans l'église disant : « Si quelqu'un viole ce serment, qu'il soit maudit. » Et il donna cette dîme à Anastase de Kherson, et il offrit ce jour-là une grande fête à ses boïars et aux anciens de la ville et fit beaucoup d'aumônes aux pauvres.

Ensuite les Petchénègues vinrent vers Vasiliev et Vladimir sortit contre eux avec une petite troupe, et quand ils se rencontrèrent ne pouvant leur tenir tête il s'enfuit, se cacha sous un pont et eut peine à se dérober aux ennemis. Alors Vladimir fit vœu d'établir à Vasiliev l'église de la Transfiguration du Seigneur ; car c'était le jour de la Transfiguration du Seigneur qu'eut lieu cette rencontre. Vladimir ayant ainsi échappé bâtit une église et célébra une grande fête : il fi

brasser trois cents mesures d'hydromel, appela les boïars,
les posadniks et les anciens de toutes les villes, une grande
multitude de peuple et distribua aux pauvres trois cents grivènes. La fête dura huit jours et il revint à Kiev le jour de
l'Assomption de la sainte mère de Dieu, et là il célébra une
nouvelle fête ayant convoqué un peuple innombrable. Voyant
que son peuple était chrétien, il se réjouit dans son corps et
dans son âme et célébra ces fêtes chaque année. Or il aimait
les paroles de l'Écriture : un jour il entendit lire dans l'évangile : « Bienheureux les miséricordieux; car ils trouveront
miséricorde, » et ailleurs : « Vendez vos biens et donnez-les
aux pauvres, » et encore : « Ne gardez pas de trésors sous
la terre où la pourriture les détruit et où les voleurs les
enlèvent ; mais recueillez des trésors dans le ciel où ni la
rouille ne les corrompt, ni les voleurs ne les enlèvent (1); »
et David qui dit: « Heureux l'homme qui aime et qui
donne (2). » Il entendit aussi Salomon qui dit : « Celui qui
donne aux pauvres prête à Dieu (3). » Ayant entendu cela,
il ordonna à tous les pauvres et à tous les misérables de venir
au palais du prince et de prendre tout ce dont ils auraient
besoin : à boire, à manger et des peaux de martre du trésor du
prince. Il donna encore l'ordre suivant, disant : « Les faibles
et les souffrants ne peuvent venir jusqu'à mon palais. » Il
donna donc l'ordre d'amener des voitures et d'y mettre du
pain, de la viande, du poisson, des fruits divers, de l'hydromel
dans des tonneaux, du kvas dans d'autres et voulut qu'on le
promenât par la ville en s'informant où il y avait des malades
ou des pauvres incapables de marcher; on donna à ces malheureux tout ce dont ils avaient besoin. En outre, toutes les
semaines voici ce qu'il faisait à ses gens : chaque jour il leur

(1) *Mat.*, V, 7; XIX, 20; VI, 9. (2) *Ps.* XL, 2. (3) *Prov.*, XIX, 17.

offrait dans la grande salle du palais un festin où venaient les boïars, les officiers de la cour, les centurions, les décurions et les hommes les plus distingués, soit sous les yeux du prince, soit en son absence ; à ce festin il y avait beaucoup de viande de bétail et de gibier; il y avait de tout en abondance. Or, un jour qu'ils avaient largement bu, ils se mirent à murmurer contre le prince en disant : « On nous traite mal, nous mangeons avec des cuillers de bois et non d'argent. » Vladimir ayant appris ces paroles ordonna de fondre pour sa droujina des cuillers d'argent, disant : « Avec de l'or et de l'argent je ne trouverai pas une droujina et avec ma droujina je trouverai de l'or et de l'argent : car mon aïeul et mon père ont gagné de l'or et de l'argent avec leur droujina. » Car Vladimir aimait sa droujina ; il délibérait avec elle sur l'administration du pays, sur les guerres à entreprendre, sur les institutions du pays. Et il vécut en paix avec les souverains voisins, avec Boleslav le Lekh, avec Étienne de Hongrie, avec Oldrich de Bohême ; et il y avait entre eux paix et amitié. Vladimir vivait dans la crainte de Dieu : cependant le nombre des brigands augmentait et les évêques dirent à Vladimir : « Le nombre des brigands augmente, pourquoi ne les punis-tu pas? » Il leur dit : « J'ai peur de pécher. » Ils lui répliquèrent : « Tu es établi par Dieu pour punir les méchants et favoriser les bons; il faut punir les brigands, mais après les avoir convaincus de leur crime. » Vladimir supprima la vira (wehrgeld) et se mit à punir les brigands. Et les évêques et les anciens dirent : « Nos guerres sont nombreuses; s'il y a une vira qu'elle serve pour acheter des armes et des chevaux (1). » Vladimir dit : « Qu'il

---

(1) Ce passage est un peu obscur. Vladimir veut supprimer la *vira*, ou compensation pécuniaire pour le rachat des crimes commis contre les personnes, et infliger aux coupables des peines corporelles. On l'engage à maintenir la *vira*, et à l'appliquer à l'achat d'armes et de chevaux.

soit ainsi: » Et il vécut suivant les prescriptions de son père et
de son aïeul (994-96).

Année 6505. Vladimir alla à Novogorod chercher de la ca-
valerie pour combattre les Petchénègues : car la guerre durait
avec acharnement et sans relâche. Cependant les Petchéné-
gues s'étant aperçus que le prince était absent, vinrent et s'é-
tablirent autour de Bielgorod. Ils bloquèrent la ville et il y eut
une grande famine dans le château, où il était impossible à
Vladimir d'apporter quelque secours ; car il n'avait pas d'armée, et les Petchénègues étaient fort nombreux. Et le siège
de la ville continuait, et il y avait une grande famine et ils se
rassemblèrent et dirent : « Voici que nous allons mourir de
faim et nous n'avons pas de secours du prince : ne vaut-il pas
mieux mourir tout de suite? Rendons-nous aux Petchénègues ;
ils donneront la vie à quelques-uns d'entre nous, ils tueront
les autres; mais d'un autre côté nous mourrions de faim. »
Telle fut leur décision. Or, un certain vieillard qui n'était pas
de l'assemblée demanda ce qu'on avait décidé, et le peuple lui
dit que le lendemain on devait se rendre aux Petchénègues.
Ayant entendu cela, il envoya dire aux anciens de la ville :
« J'ai appris que vous vouliez vous rendre aux Petchénègues. »
Ils répondirent : « Le peuple ne peut pas supporter la famine. » Ils leur dit : « Écoutez-moi, différez votre reddition de
trois jours et faites ce que je vous ordonnerai. » Ils consentirent volontiers à l'écouter. Et il leur dit : « Prenez une mesure
d'avoine, de blé ou de son. » Ils allèrent chercher ce qu'il avait
dit. Il ordonna aux femmes de préparer le liquide avec lequel
on fait du *kisel* et il ordonna de creuser un puits, d'y mettre une

cuve et de verser le liquide dans cette cuve. Puis il ordonna de creuser un second puits et d'y établir une seconde cuve. Ensuite il ordonna de chercher du miel; et on lui apporta une corbeille de miel que l'on conservait dans l'office du prince : il le fit délayer dans de l'eau et le fit verser dans la cuve qui était au-dessus de ce puits. Le lendemain, il envoya une députation aux Petchénègues : des gens de la ville allèrent les trouver et leur dirent : « Prenez-nous des otages et que dix des vôtres viennent dans notre ville pour voir ce qui s'y passe. » Les Petchénègues se réjouirent pensant qu'ils voulaient se rendre, prirent leurs otages et choisirent eux-mêmes les hommes les plus considérés et les envoyèrent à la ville afin qu'ils examinassent ce qui se passait. Et ils vinrent dans la ville et le peuple leur dit : « Pourquoi vous épuisez-vous contre nous? Croyez-vous nous vaincre? Quand même vous resteriez ici dix ans que pouvez-vous nous faire? La terre nous fournit des vivres; si vous ne le croyez pas, voyez-le de vos propres yeux. » Et ils les conduisirent au puits où se trouvait la cuve, et ils y puisèrent de la bouillie avec un seau, la versèrent dans des marmites et la firent bouillir en leur présence. Puis après avoir fait du kisel, ils vinrent avec eux à l'autre puits, y puisèrent de l'hydromel, et se mirent à manger : les Petchénègues mangèrent ensuite; et ils s'étonnèrent et dirent : « Nos princes ne croiront pas cela s'ils ne goûtent pas eux-mêmes. » Le peuple ayant tiré une jatte de bouillie et une jatte d'hydromel la donna aux Petchénègues. Ceux-ci à leur retour dirent tout ce qui s'était passé et les princes Petchénègues prirent le kisel, le firent cuire et furent émerveillés. Ils reprirent leurs otages, rendirent ceux de la ville et retournèrent dans leur pays. (998).

XLVII. — Fin du règne de Vladimir. — Sa mort (998-1015). — Sviatopolk. — Meurtre de Boris et de Gleb (1015).

Années 6506, 6507, 6508. Malfrid mourut. Cette même année mourut Roguiéda, mère d'Iaroslav.

Année 6509. Iziaslav, père de Briatchislav, fils de Vladimir, mourut.

Années 6510, 6511. Vycheslav, fils d'Iziaslav, petit-fils de Vladimir, mourut.

Années 6512, 6513, 6514, 6515. On apporta des saints à l'église de la mère de Dieu.

Années 6516, 6517, 6518, 6519. Anna, femme de Vladimir et fille de l'empereur, mourut.

Années 6520, 6521, 6522. Quand Iaroslav était à Novgorod, il payait à Kiev un tribut annuel de deux mille grivènes, et donnait mille grivènes à ses grides (1), à Novgorod. Tous les posadniks de Novgorod en donnaient autant. Iaroslav cessa de payer cette somme à Kiev. Et Vladimir dit : « Réparez la route et bâtissez un pont. » Car il voulait marcher contre son fils Iaroslav ; mais il tomba malade.

Année 6523. Lorsque Vladimir voulut marcher contre Iaroslav, Iaroslav envoya au delà de la mer appeler les Varègues par crainte de son père. Mais Dieu ne donna pas au diable cette satisfaction Or au moment où Vladimir tomba malade, il avait auprès de lui son fils Boris. Les Petchénègues marchèrent contre la Russie : il envoya Boris contre eux étant lui-même bien malade ; et il mourut de cette maladie le 15 juillet. Le prince Vladimir mourut à Bérestovo, et l'on cacha sa mort ; car Sviatopolk était à Kiev. On fit, la nuit, entre deux chambres, un trou au milieu du plancher (2) ; on enveloppa le

(1) Gardes, voy. l'Index. (2) La demeure de Vladimir était probablement construite sur des pilotis élevés. Cf. l'histoire des Varègues à l'année 1015.

corps dans une couverture ; on le descendit à terre avec des
cordes, on le mit sur un traîneau, puis on alla l'ensevelir dans
l'église de la Mère de Dieu qu'il avait bâtie lui-même. Quand
le peuple eut appris cela, une foule innombrable se répandit
par la ville et le pleura, les boïars comme le défenseur du
pays, les malheureux comme leur défenseur et leur bienfai-
teur : puis ils le mirent dans un cercueil de marbre et enterrèrent avec de grands gémissements le corps du bienheureux
prince. C'est un nouveau Constantin de la grande Rome qui
s'est converti lui et les siens. Vladimir a fait comme Constantin. Il était d'abord livré aux mauvaises passions ; il s'est
plus tard repenti, comme dit l'apôtre : « Quand les péchés
augmentent, la grâce devient plus abondante (1). » Si donc il
a d'abord péché quelquefois vivant dans l'ignorance, plus tard
cependant il s'est distingué par son repentir et ses aumônes
ainsi qu'il est écrit : « Je te jugerai dans l'état où je te trouverai (2). » Le prophète dit de même : « Je suis le Dieu vivant
Adonaï, et je ne veux pas la mort du pécheur, mais qu'il se
convertisse et vive : convertissez-vous et revenez dans la bonne
voie (3). » Car beaucoup de gens justes et vivant suivant la loi
de Dieu retournent de la bonne voie à la mort et périssent ; et
d'autres vivant d'une manière injuste viennent à résipiscence
au moment de la mort et se purifient par une contrition convenable, suivant ce que dit le prophète : « Le juste ne peut
trouver de salut au jour de son péché ; si je dis au juste : tu
vivras, qu'il se fie en sa justice et accomplisse l'iniquité ; toute
sa justice sera oubliée dans l'injustice qu'il a commise, et il
mourra dans cette injustice. Et si je dis au méchant : tu péri-
ras à jamais, et qu'il revienne de la voie où il marche et se
conduise avec équité et justice, qu'il rende ce qu'il a reçu et

(1) *Paul al Rom.*, V, 20. (2) *Prov.*, XI, 7. (3) *Ezech*, XXXIII, 11.

ce qu'il a pillé, tous les péchés qu'il a commis seront oubliés dès qu'il aura commencé ; parce qu'il vit avec justice et équité, il vivra dans cette justice et cette équité. Je jugerai chacun de vous suivant sa voie, ô maison d'Israël (1). » Or, cet homme est mort dans la bonne religion ; il a effacé ses péchés par la contrition, par les aumônes qui valent mieux que toute chose ; car il est écrit : « Je veux des aumônes et non des victimes ; car l'aumône est meilleure que toute chose, plus haute que toute chose ; elle conduit aux cieux mêmes, devant Dieu, comme dit l'ange à Cornélius : tes prières et tes aumônes sont rappelées devant Dieu (2). » C'est chose merveilleuse combien il a fait de bien à la Russie en la baptisant. Mais nous devenus chrétiens, nous ne lui rendons pas un honneur digne du bien que nous en avons reçu. S'il ne nous avait pas baptisés, nous serions maintenant dans les embûches du diable où ont péri nos ancêtres. Si nous avions eu soin de lui et que nous eussions prié Dieu pour lui au moment de sa mort, sans doute Dieu voyant notre zèle l'aurait glorifié : nous devons donc prier Dieu pour lui ; car c'est par lui que nous avons connu Dieu. Puisse donc le Seigneur te récompenser suivant ton cœur et exaucer toutes tes prières ; puisse-t-il te donner le royaume des cieux que tu désirais, la couronne des justes, le rafraîchissement et les joies du paradis ; puisse-t-il t'associer à Abraham et aux autres patriarches, suivant ce qu'a dit Salomon : quand l'homme juste meurt, l'espérance n'est pas perdue (3). Les Russes se le rappellent quand ils songent à leur conversion : ils louent Dieu dans leurs prières, dans leurs chants, dans leurs psaumes, et célèbrent Dieu : peuple nouveau éclairé par l'Esprit Saint, ils espèrent dans le grand

_____

(1) *Ezech.*, XXXIII, 12, 16, 20. (2) *Act. apost.*, X, 31. Ces citations ne figurent pas dans tous les manuscrits (3) *Prov.*, XI, 7.

Dieu, dans notre Seigneur Jésus-Christ, qu'il donnera à chacun, suivant ses travaux, une joie ineffable. Puisse cette joie être le partage de tous les chrétiens! (1015.)

Sviatopolk s'établit à Kiev après son père et appela les Kieviens et il se mit à leur distribuer des biens; ils les acceptèrent, mais leur cœur n'était pas disposé pour lui, car leurs frères étaient avec Boris. Quand Boris revint avec l'armée sans avoir rencontré les Petchénègues, la nouvelle que son père était mort arriva jusqu'à lui. Il pleura beaucoup son père; car son père l'aimait par dessus tout, et il arriva sur l'Alta et s'y arrêta : la droujina de son père lui dit : « Tu as auprès de toi la droujina de ton père et son armée, va t'établir à Kiev sur le trône de tes pères. » Il répondit : « A Dieu ne plaise que je lève la main sur mon frère aîné ; car, puisque mon père est mort, c'est lui qui en tiendra la place. » L'armée entendant ces paroles le quitta et Boris resta seul avec ses serviteurs. Sviatopolk plein d'injustice conçut un dessein digne de Caïn, et envoya dire à Boris : « Je veux vivre en amitié avec toi, et augmenter les biens que tu tiens de notre père. » Il disait cela par ruse, cherchant une occasion de le faire périr. Puis Sviatopolk alla de nuit à Vychégrad et appela secrètement Pouticha et les autres boïars de Vychégrad et leur dit : « M'êtes-vous dévoués de cœur? » Pouticha et les autres répondirent : « Nous sommes prêts à mourir pour toi. » Il leur dit: « Ne dites rien à personne : allez et tuez mon frère Boris. » Ils lui promirent de faire cela immédiatement. C'est de tels hommes que Salomon a dit : « Ils sont prompts à verser le sang injustement; ils se mettent en embuscade contre leur sang; ils amassent le mal, leur voie est celle de ceux qui commettent l'iniquité, ils perdent leur âme par l'injustice (1). » Les

(1) *Prov.*, I, 16, 19.

envoyés arrivèrent donc de nuit près de l'Alta, et s'approchant,
ils entendirent le bienheureux Boris qui chantait matines ;
car il savait déjà qu'on voulait le tuer. Il se leva et commença
à chanter en disant : « Seigneur, pourquoi le nombre de
ceux qui me persécutent a-t-il augmenté? Beaucoup se sont
levés contre moi (1). » Et encore : « Tes flèches sont entrées
dans ma chair. Je suis prêt aux coups, et ma douleur est devant moi (2). » Et encore : « Seigneur, écoute ma prière et
ne juge pas ton serviteur, car aucun être vivant ne se justifiera
devant toi ; car l'ennemi poursuit mon âme (3). » Puis après
avoir fini les six psaumes, s'apercevant que les envoyés allaient le frapper, ils se mit à chanter le psautier disant : « De
forts taureaux m'ont entouré et l'assemblée des méchants m'a
environné. Seigneur Dieu, j'ai espéré en toi : Sauve-moi et
délivre-moi de tous les persécuteurs (4). » Puis il se mit à
chanter le canon. Puis après avoir fini les matines, il se mit
à prier regardant une image qui représentait le Seigneur et
dit : « Seigneur Jésus-Christ qui t'es montré sur la terre, sous
cette forme, pour notre salut et as laissé volontairement clouer
tes mains sur la croix, et as souffert ta passion pour nos péchés,
donne-moi aussi de supporter la mienne. Je la reçois non pas
de mes ennemis, mais de mon frère : Seigneur, ne lui en fais
pas un péché. » Puis après avoir prié, il se jeta sur son lit :
et alors les assassins se précipitèrent comme des bêtes féroces
autour de la tente et percèrent Boris de leurs lances : son serviteur tomba sur lui, et fut tué en même temps que lui. Boris
l'aimait beaucoup. C'était un jeune homme de race hongroise
du nom de Georges, et Boris l'aimait beaucoup. Il lui avait
fait don d'un grand collier d'or et il le portait à son cou quand
il servait le prince. Ils tuèrent aussi un grand nombre des

(1) *Ps.* III, 1. (2) *Ps.* XXVII, 3, 18. (3) *Ps.* VII, 1. (4) *Ps.* XXI, 13, 17.

autres serviteurs de Boris. Ne pouvant enlever vite à Georges le collier qu'il portait au cou, ils lui coupèrent la tête et après avoir enlevé le collier ils jetèrent la tête ; aussi plus tard on ne reconnut pas son corps parmi les cadavres. Les impies après avoir égorgé Boris l'enveloppèrent dans une toile de tente, le mirent sur un chariot et l'emportèrent encore respirant. Quand l'impie Sviatopolk eut appris qu'il respirait encore, il envoya deux Varègues pour l'achever. Ils vinrent et virent qu'il était encore en vie. L'un deux tira son épée et lui perça le cœur. Ainsi mourut le bienheureux Boris. Il a reçu avec les justes la couronne de Notre Seigneur Jésus-Christ ; il est allé se joindre aux apôtres et aux prophètes, il est mêlé aux chœurs des martyrs, il repose dans le sein d'Abraham, contemplant la joie ineffable, chantant avec les anges et se réjouissant avec le chœur des saints. On emporta secrètement son corps à Vychégrad et on l'enterra dans l'église de Saint-Basile. Or ces impies meurtriers allèrent trouver Sviatopolk, comme s'ils avaient fait quelque chose de glorieux, les misérables! Les noms de ces criminels sont : Poutcha et Talets, Iélovit et Liachko, et leur père est Satan. Les démons remplissent de tels ministères ici-bas ; car les démons sont envoyés pour faire le mal, et les anges pour le bien ; car l'ange ne fait pas de mal à l'homme, mais il pense toujours à son bien ; il aide tous les chrétiens et les protège contre le diable leur ennemi; mais les démons ne cherchent que le mal, ils sont jaloux de l'homme parce qu'ils le voient honoré de Dieu, et étant jaloux de l'homme, ils sont prompts quand Dieu les envoie faire le mal. En effet Dieu dit : « Qui perdra Achab? » Et un démon dit : « C'est moi qui irai (1) » Or l'homme méchant qui se livre au mal est pire que le démon : car les démons

(1) *Chron.*, XVIII, 19, 20.

redoutent Dieu, et l'homme méchant n'a ni peur de Dieu, ni honte devant les hommes. Les démons ont peur de la croix du Seigneur, et l'homme méchant n'a pas peur de la croix du Seigneur. Aussi David dit : « Vous tenez des propos justes : vous jugez avec justice, ô fils des hommes ; mais dans votre cœur vous faites des injustices ; vos mains font peser l'injustice sur la terre ; les hommes sont pervers au sortir du sein de leur mère ; ils sont errants dès qu'ils sont nés disant des mensonges ; leur poison est comme le poison du serpent (1). »

L'impie Sviatopolk pensa alors en lui-même : « J'ai tué Boris, comment tuerais-je bien Gleb ? » Et il conçut une pensée digne de Caïn. Il envoya un message artificieux à Gleb, disant : « Viens vite ; notre père t'appelle ; car il est très malade. » Gleb monta aussitôt à cheval et partit avec une petite droujina ; car il était très obéissant envers son père. Quand il arriva au Volga, son cheval rencontra dans la plaine un fossé et lui fit une petite fracture au pied. Ensuite Gleb vint à Smolensk, en repartit à l'aube et prit un bateau à Smiadin. A ce moment Iaroslav ayant appris de Predslava, fille de Vladimir, la mort de son père, envoya vers Gleb disant : « Ne viens pas : ton père est mort et ton frère a été tué par Sviatopolk. » Gleb entendant ces paroles éclata en larmes et en sanglots, pleurant son père et son frère plus encore ; et il se mit à prier avec larmes, disant : « Malheur à moi, Seigneur : il vaudrait mieux que je fusse mort avec mon frère que de vivre dans ce monde. Si j'avais vu, mon frère, ton visage angélique, je serais mort avec toi. Maintenant pourquoi suis-je resté seul ? Où sont ces paroles que tu me disais, mon frère bien-aimé ? Maintenant je n'entendrai plus tes doux conseils. Si tu as reçu ta récompense du Seigneur, prie pour moi, afin que je supporte ce

(1) *Ps.* LVIII, 1, 5.

martyre ; j'aimerais mieux mourir avec toi que de vivre dans
ce monde plein d'artifice. » Tandis qu'il priait ainsi avec larmes, soudain arrivèrent les envoyés de Sviatopolk pour tuer
Gleb, et ces envoyés s'emparèrent du bateau de Gleb et tirèrent leurs épées. Les serviteurs de Gleb furent frappés de terreur ; l'un des envoyés, le misérable Goriaser, ordonna d'é-
gorger aussitôt Gleb ; le cuisinier de Gleb, appelé Tortchin, prit
un couteau et l'égorgea. Comme un agneau innocent, il se
donna en sacrifice à Dieu, dans un parfum agréable, comme
une victime éloquente ; il reçut la couronne, et entré dans le
ciel il y vit son frère tant regretté et se réjouit avec lui d'une
joie ineffable dans son amour fraternel. O qu'il est beau, qu'il
est bon quand des frères vivent ensemble ! (1) Et les misérables
retournèrent chez eux. Car, comme dit David : « Que les maudits
aillent en enfer (2). » Et encore : « Les pécheurs ont tiré l'épée,
ils ont tendu leur arc pour frapper le faible et le pauvre, et
percer les gens qui ont le cœur droit ; que leur épée entre
dans leur cœur, que leurs arcs se brisent, et que les pécheurs
périssent et se dissipent comme de la fumée (3). » Quand ils
furent venus, ils dirent à Sviatopolk : « Nous avons accompli
tes ordres. » A ces mots il fut transporté d'orgueil, ne sachant
pas ce que dit David : « Pourquoi, prince, es-tu fier de ta
méchanceté ? ta langue a médité l'injustice toute la journée ;
comme une lame aiguë, elle a fait le mal ; tu as aimé la méchanceté plus que la bonté ; tu dis le mensonge plutôt que la
vérité, tu as aimé tous les propos superbes et la langue
trompeuse ; aussi Dieu te détruira de fond en comble,
t'arrachera à ta demeure et te déracinera de la terre des vivants (4). » De même Salomon a dit : « Je rirai de votre perte,

(1) *Ps.* CXXXIV, 1. (2) *Ps.* IX, 18. (3) B. XXXVII, passim. (4) R. LI, 3,
4. Ces citations ne figurent pas dans tous les manuscrits.

et je me réjouirai quand votre ruine arrivera. Ils mangeront
les fruits de leur voie et se rassasieront de leur infamie (1). »

Gleb fut donc tué et jeté sur la rive entre deux troncs
d'arbre, ensuite on l'enleva et on le mit auprès de son frère
dans l'église de Saint-Basile ; unis dans leur corps et plus
encore dans leur âme, ils demeurent auprès du Roi des rois
dans une joie infinie, dans un éclat ineffable ; ils donnent les
dons du salut aux Russes et, à ceux qui viennent, ayant la foi,
des autres pays, la guérison ; ils donnent la faculté de marcher
aux boiteux, la vue aux aveugles, la santé aux malades, la
liberté aux captifs ; ils ouvrent les cachots aux prisonniers,
consolent les opprimés, sauvent ceux qui sont en danger ; ils
sont les défenseurs de la Russie, ses flambeaux éblouissants à
jamais, et ils prient le Seigneur pour leurs compatriotes. Aussi
nous devons louer dignement ces martyrs du Christ et les
prier avec ferveur en disant : « Réjouissez-vous, martyrs du
Christ, patrons de la Russie, vous qui soulagez ceux qui
viennent à vous avec foi et amour ; réjouissez-vous, habitants
des cieux ; vous avez été des anges, des serviteurs animés des
mêmes pensées, des frères remplis du même esprit, du même
cœur que les saints ; aussi donnez-vous le salut à tous ceux
qui souffrent. Réjouissez-vous, Boris et Gleb, pleins de la
sagesse divine ; vous jaillissez comme des ruisseaux, comme
des sources de l'eau qui donne la vie et verse le soulagement
sur les fidèles ; réjouissez-vous, vous avez foulé aux pieds le
serpent cruel, vous vous êtes montrés entourés de brillants
rayons comme des flambeaux illuminant toute la terre russe,
chassant toutes ténèbres ; vous vous êtes montrés dans une
foi inébranlable. Réjouissez-vous, vous qui avez acquis un œil
qui ne s'endort pas, un cœur pénétré des commandements du

(1) Salom., *Prov.* I, 26, 31.

Seigneur, des âmes bénies pour les accomplir : réjouissez-vous, frères, tous deux dans la demeure du bonheur, dans le séjour du ciel, dans la gloire qui ne se flétrit pas, où vous êtes entrés en raison de vos mérites ; réjouissez-vous, vous qui avez été illuminés de la lumière du Seigneur ; parcourez le monde entier, chassant les démons, guérissant les malades, flambeaux excellents, patrons zélés vivants auprès de Dieu, toujours éclairés des flammes divines, vaillants martyrs qui éclairez les âmes des fidèles. Vous avez été élevés par la grâce brillante du Seigneur ; vous avez reçu en partage toutes les beautés de la vie céleste, la gloire et le rafraîchissement du paradis, la lumière de la raison, la joie de la reconnaissance ; réjouissez-vous, vous qui rafraîchissez tous les cœurs, chassez les douleurs et les peines, guérissez les souffrances les plus terribles ; des gouttes sacrées de votre sang, vous vous êtes fait une parure de pourpre ; vous régnez à jamais avec le Christ ; vous priez pour les nouveaux peuples chrétiens, pour vos compatriotes, car la terre russe a été bénie par votre sang, par vos reliques déposées dans l'église que vous éclairez de l'esprit divin, dans laquelle vous priez pour votre peuple, martyrs avec les martyrs. Réjouissez-vous, vous qui êtes devenus le brillant soleil de l'Église ; l'Orient s'illumine en votre honneur, ô martyrs. Réjouissez-vous, brillantes étoiles qui vous levez à l'aurore ; martyrs fidèles au Christ, ô vous, nos patrons, mettez les païens aux pieds de nos princes ; priez le Dieu tout-puissant qu'ils vivent dans la concorde et en santé ; défendez-les des guerres intestines et des artifices du diable ; permettez-nous, à nous qui vous chantons et vous honorons, de célébrer votre fête dans tous les âges jusqu'à la mort.

XLVIII. — Iaroslav de Novgorod déclare la guerre à Sviatopolk (1015).

L'impie et méchant Sviatopolk tua ensuite Sviatoslav, l'ayant fait poursuivre dans les montagnes de la Hongrie où il s'était réfugié ; et il pensait en lui-même : « Je tuerai tous mes frères et je m'emparerai de toute la Russie. » C'est ainsi qu'il pensait dans son orgueil, ne sachant pas que Dieu donne la royauté à qui il veut, que le Tout-Puissant établit les empereurs et les rois. Si un peuple est justifié devant le Seigneur, il lui donne un roi ou un prince juste, aimant la justice et l'équité, un gouverneur et juge qui rend bien la justice. Quand les princes sont justes dans un pays, maints péchés lui sont pardonnés ; quand les princes sont méchants et iniques, Dieu fait peser beaucoup de mal sur le pays, parce que le prince en est la tête. Or Isaïe a dit : « Ils ont péché depuis la tête jusqu'aux pieds (1), » c'est-à-dire depuis le prince jusqu'au bas peuple. Malheur donc à la ville dont le prince est jeune, aimant à boire du vin au son des instruments avec de jeunes conseillers ; car Dieu donne de tels princes pour les péchés du peuple et il retire les anciens sages, comme dit Isaïe : « Dieu enlèvera de Jérusalem le fort géant, le vaillant, le juge, le prophète, le vieillard modéré, l'excellent conseiller, l'industrieux artiste, le sage serviteur. J'établirai comme chef un jeune prince insolent pour la gouverner (2). »

L'impie Sviatopolk commença donc à régner à Kiev ; il convoqua le peuple et se mit à distribuer aux uns des pelisses, aux autres des fourrures et une grande partie des richesses de son père. Or Iaroslav ignorait encore la mort de son père et il

(1) *Is.*, I, 6. (2) *Is.*, XII, 1, 4.

avait avec lui beaucoup de Varègues : ils faisaient violence aux
Novogorodiens et à leurs femmes, et les ¡Novogorodiens se
soulevèrent et tuèrent les Varègues dans la maison de Poromon. Iaroslav irrité vint à Rokom, s'établir dans le palais, et
envoya chez les Novogorodiens, disant : « Il ne m'est pas
possible de les ressusciter. » Et il appela auprès de lui les
hommes les plus considérables qui avaient tué les Varègues,
et il les tua par la ruse. Cette même nuit il reçut un message
de sa sœur de Kiev Predslava : « Ton père est mort ; Sviatopolk s'est établi à Kiev après avoir tué Boris et à envoyé à la
recherche de Gleb : prends bien garde à lui. » Iaroslav à cette
nouvelle pleura sur son père et sur sa droujina. Le lendemain
il rassembla le reste des Novogorodiens et dit : « O ma chère
droujina, je t'ai tuée hier et aujourd'hui tu me serais bien
utile. » Et il essuya ses larmes et leur dit dans l'assemblée :
« Mon père est mort et Sviatopolk trône à Kiev et massacre
ses frères. » Les Novogorodiens dirent : « Prince, quoique nos
frères soient tués, nous pouvons cependant combattre pour
toi. » Et Iaroslav prit mille Varègues et quarante mille autres
soldats et marcha contre Sviatopolk. Il invoqua Dieu et dit :
« Ce n'est pas moi qui ai commencé à tuer mes frères, mais
bien lui : que Dieu soit le vengeur du sang de mes frères ; car il
a versé le sang innocent des justes Boris et Gleb. Qui sait s'il ne
m'en fera pas autant ? Mais juge-moi, Seigneur, dans ta justice ;
que la méchanceté du pécheur prenne fin. » Et il marcha
contre Sviatopolk. Quand Sviatopolk eut appris que Iaroslav
marchait contre lui, il rassembla une armée innombrable de
Russes et de Petchénègues et il marcha en avant vers Loubetch, venant d'un côté du Dniéper et Iaroslav venant de
l'autre.

XLIX. — Iaroslav s'établit à Kiev. Boleslav marche contre lui (1016).

Année 6524. Iaroslav marcha contre Sviatopolk ; ils se trouvèrent en face l'un de l'autre des deux côtés du Dniéper, n'osant attaquer ni les uns ni les autres : ils restèrent en face l'un de l'autre trois mois. Le voïévode de Sviatopolk marchant le long du rivage se mit à railler les Novogorodiens, disant : « Pourquoi êtes-vous venus avec ce boiteux, charpentiers ? Nous vous ferons bâtir nos maisons. » Les Novogorodiens entendant cela dirent à Iaroslav : « Demain nous marcherons contre eux, et celui qui ne viendra pas nous le tuerons nous-mêmes. » Or il commençait à geler. Sviatopolk était campé entre deux lacs ; il but toute la nuit avec sa droujina. Iaroslav rassembla la sienne et se mit en marche avec elle au lever de l'aurore. Ils descendirent sur la rive, détachèrent les bateaux du rivage et marchèrent aussitôt les uns contre les autres. Le combat fut terrible et il fut impossible aux Petchénègues de porter secours à cause du lac. Ils acculèrent Sviatopolk et sa droujina au lac ; ils s'avancèrent sur la glace, la glace se brisa et Iaroslav commença à remporter l'avantage. Voyant cela Sviatopolk s'enfuit et Iaroslav fut vainqueur.

Sviatopolk s'enfuit chez les Lekhs et Iaroslav s'établit à Kiev sur le trône de ses pères. Iaroslav de Novgorod avait alors vingt-huit ans.

L. — Guerre avec Boleslav (1018).

Année 6525. Iaroslav vint à Kiev et des églises brûlèrent (1017.)

Année 6526. Boleslav marcha avec Sviatopolk et les Lekhs

contre Iaroslav. Iaroslav ayant rassemblé les Russes, les Varègues et les Slaves, marcha contre Boleslav et Sviatopolk et vint en Volhynie et ils campèrent sur les deux rives du fleuve le Boug. Iaroslav avait auprès de lui son père nourricier, un voïévode appelé Boudy, et il se mit à injurier Boleslav disant : « Nous percerons ton gros ventre avec un bâton ? » Car Boleslav était grand et lourd tellement qu'il pouvait à peine se tenir à cheval ; mais il était intelligent. Et Boleslav dit à sa droujina : « Si cette injure ne vous fait pas honte, je périrai seul. » Il s'élança à cheval à travers le fleuve et son armée le suivit. Iaroslav ne put mettre son armée en bataille et fut vaincu par Boleslav. Iaroslav s'enfuit lui cinquième à Novogorod et Boleslav vint à Kiev avec Sviatopolk. Et Boleslav dit : « Dispersez ma droujina dans les villes pour qu'elle y prenne sa nourriture. » Cet ordre s'accomplit.

Iaroslav, s'étant enfui à Novogorod, voulait s'échapper au delà de la mer ; mais le posadnik Kosniatin, fils de Dobrynia et les habitants de Novogorod brisèrent les vaisseaux d'Iaroslav disant : « Nous voulons encore nous battre avec Boleslav et Sviatopolk. » Ils se mirent à rassembler de l'argent (1) à raison de quatre peaux de martre par homme, de dix grivènes par staroste et de dix-huit grivènes par boïar ; ils appelèrent les Varègues et leur donnèrent de l'argent ; et Iaroslav rassembla une grande armée. Boleslav était à Kiev, et l'impie Sviatopolk dit : « Tuez tout ce qu'il y de Lekhs dans la ville. » Et ils tuèrent les Lekhs. Boleslav s'enfuit donc de Kiev emportant le trésor, emmenant les boïars et les deux sœurs d'Iaroslav ; et il établit Anastase désiatnik (décurion) du trésor ; car il avait gagné sa confiance par ses artifices ; et il emmena beaucoup d'habitants avec lui, et il prit les villes du

---

(1) Dans le texte « skot, » proprement des troupeaux. Cf. latin *pecunia* et *pecus*. Comme on le voit ici, les fourrures tiennent lieu de monnaie.

pays de Tchervensk et il revint dans son pays. Sviatopolk se mit à régner à Kiev. Et Iaroslav marcha contre Sviatopolk et Sviatopolk s'enfuit chez les Petchénègues (1018).

LI. — Suite de la guerre (1020). — Défaite et fuite de Sviatopolk.

Année 6527. Sviatopolk vint avec les Petchénègues à la tête d'une forte armée, et Iaroslav rassembla une armée considérable et marcha contre lui sur l'Alta. Iaroslav s'arrêta à l'endroit où Boris avait été tué ; il leva les mains au ciel et dit : « Le sang de mon frère crie vers toi, Seigneur : venge le sang de ce juste, comme tu as vengé le sang d'Abel en infligeant à Caïn les gémissements et la terreur ; qu'il en soit de même de Sviatopolk. » Après avoir prié, il dit : « Mes frères, quoique vous ne soyez point ici présents de corps, aidez-moi de votre prière contre cet adversaire, cet assassin, cet orgueilleux. » Après cette prière, les deux frères marchèrent l'un contre l'autre, et les plaines de l'Alta furent couvertes d'une multitude infinie de soldats des deux partis. C'était un vendredi au lever du soleil, et il y eut un combat terrible et tel qu'il n'y en avait pas encore eu en Russie : les soldats se prirent corps à corps et se mirent en pièces; trois fois ils recommencèrent le combat et le sang coula par ruisseaux dans les ravins. Sur le soir Iaroslav fut vainqueur, et Sviatopolk s'enfuit, et, comme il s'enfuyait, le démon s'empara de lui ; ses os s'affaiblirent, il ne pouvait plus se tenir à cheval, et ses soldats le mirent sur une civière, et ils le portèrent jusqu'à Bérestié fuyant avec lui ; il leur disait : « Fuyez avec moi; car on nous poursuit. » Ses serviteurs envoyèrent voir si quelqu'un les poursuivait, et il n'y avait personne qui les poursuivît, et ils continuèrent de fuir avec lui. Il s'évanouit, et revenant à lui s'écria : « Ils nous poursuivent; fuyez. » Il ne pouvait rester en place, et il traversa le pays des Lekhs poursuivi par la colère de Dieu; et il arriva dans un désert entre le pays des Lekhs et celui des Tchèques, et il y finit sa vie d'une façon lamentable. Sans doute, comme il était injuste, le jugement de Dieu est tombé sur lui. Après être sorti de ce monde, il a trouvé les supplices des damnés, ainsi que le prouve le coup terrible qui l'a sans pitié conduit à la mort; et après sa mort, il a été livré aux tourments éternels. Son tombeau se trouve encore aujourd'hui dans le désert et il en sort une puanteur horrible. Ceci est un avertissement que Dieu a envoyé aux princes russes : si jamais ils commettaient des crimes analogues, qu'ils se rappellent qu'ils recevront un châtiment pareil ou plus grand encore, parce que sachant ce qui est arrivé ils commettent des meurtres aussi affreux. Car Caïn fut sept fois puni pour avoir tué Abel et Lamech soixante-dix fois ; Caïn ne savait pas que la punition de Dieu l'attendait, et Lamech sachant quelle punition avait subi son aïeul commit un meurtre; car Lamech dit à ses femmes : « J'ai tué un homme pour mon malheur, et un jeune homme pour ma perte ; c'est pourquoi une punition soixante-dix fois répétée m'a été infligée, parce que j'ai fait cela avec connaissance. » Car Lamech avait tué les deux fils d'Enoch et pris leurs femmes. Or Sviatopolk est un nouvel Abimelech, fils de l'adultère qui tua ses frères les fils de Gédéon. Quant à Iaroslav, il s'établit à Kiev, et il essuya ses sueurs avec sa droujina, après avoir gagné la victoire à force de fatigues.

Année 6528. Un fils naquit à Iaroslav et on lui donna le nom de Vladimir (1020).

Année 6529. Briatchislav, fils d'Iziaslav, petit-fils de Vladimir, marcha contre Novogorod, s'empara de cette ville, et ayant pris un grand nombre de Novogorodiens ainsi que leurs fortunes il retourna à Polotsk; et quand il arriva sur le fleuve Soudomir, Iaroslav étant sorti de Kiev l'atteignit le septième jour; il le vainquit et ramena les Novogorodiens à Novogorod et Briatchislav s'enfuit à Polotsk (1021).

LII. — Lutte de Mstislav et de Rédédia (1022).

En 6530, Iaroslav vint à Bérestié. A ce moment Mstislav, qui était à Tmoutorakan, marcha contre les Kasogues. Le prince des Kasogues, Rédédia, à cette nouvelle s'avança contre lui : quand les deux armées furent en face l'une de l'autre Rédédia dit à Mstislav : « Pourquoi faire périr nos deux armées dans notre lutte ? Venons-en nous-mêmes aux mains : si tu es vainqueur, tu prendras mes biens, ma femme, mes enfants et mon pays. Si je suis vainqueur je prendrai tous tes biens. » Et Mstislav dit : « Qu'il en soit ainsi! » Et Rédédia dit à Mstislav : « Ne nous battons pas avec des armes; mais luttons ensemble. » Et ils se mirent à lutter énergiquement, et ils luttèrent longtemps. Mstislav commença à faiblir; car Rédédia était grand et fort et Mstislav dit : « O très pure Mère de Dieu! secours-moi. Si je triomphe de lui, je bâtirai une église en ton honneur. » A ces mots il le jeta contre terre, tira son couteau, l'en frappa à la gorge; ainsi périt Rédédia. Mstislav entra dans son pays et prit tous ses biens, sa femme, ses enfants et imposa tribut aux Kasogues ; puis de retour à Tmoutorakan, il fonda l'église de la sainte Mère de Dieu et la construisit ; elle existe encore aujourd'hui à Tmoutorakan.

Année 6531. Mstislav marcha contre Iaroslav avec les Khozares et les Kasogues (1023).

LIII. — Guerres civiles (1024-1026).

Année 6532. Tandis que Iaroslav était à Novogorod, Mstislav vint de Tmoutorakan à Kiev, et les habitants de Kiev ne le
reçurent pas. Il s'en alla alors et s'établit à Tchernigov, tandis
que Iaroslav restait à Novogorod. Cette même année parurent
des magiciens à Souzdal; ils tuèrent des vieillards par leur
science diabolique et l'influence des démons disant qu'ils
empêcheraient les récoltes ; et il y eut un grand trouble et
une grande famine dans toutes ces contrées ; tout le peuple
alla le long du Volga, chez les Bulgares, amena du blé et eut
ainsi de quoi vivre. Iaroslav, entendant parler de ces devins,
alla à Souzdal, saisit ces magiciens, les dispersa, en punit
quelques-uns, disant : « Dieu pour nos péchés envoie dans
chaque contrée la famine, la peste ou la sécheresse, ou quelque autre châtiment, et l'homme ne sait rien. » Ensuite
Iaroslav revint à Novogorod, envoya au delà de la mer
chercher les Varègues ; et Iakoun vint avec les Varègues.
Iakoun était fort beau et il avait un vêtement tissu d'or, et il
vint auprès d'Iaroslav. Iaroslav vint avec Iakoun contre Mstislav : Mstislav à cette nouvelle marcha contre lui auprès de
Listven. Mstislav rangea le soir son armée en bataille, mit les
Sévériens en face des Varègues et s'établit aux ailes avec sa
droujina. Quand la nuit arriva, survint l'obscurité avec des
éclairs, du tonnerre et de la pluie : et Mstislav dit à sa droujina : « Marchons maintenant contre eux. » Et Mstislav et
Iaroslav marchèrent l'un contre l'autre ; les Sévériens qui
occupaient le centre fondirent sur les Varègues. Les Varègues s'épuisèrent à combattre les Sévériens ; alors Mstislav
s'avança avec sa droujina et il se mit à tailler les Varègues en

pièces : le combat fut acharné ; à la lueur des éclairs se mêlait
le reflet des armes ; la tempête était formidable, la lutte terrible. Iaroslav se voyant vaincu s'enfuit avec Iakoun, prince
des Varègues, et Iakoun en s'enfuyant perdit son vêtement
tissu d'or. Iaroslav alla alors à Novogorod. Iakoun passa la
mer. Le surlendemain matin Mstislav contemplant les cadavres
des Varègues de Iaroslav tués par ses Sévériens dit : « Qui
ne se réjouirait de ceci ? Ici gît un Sévérien, là un Varègue ; et
ma droujina est intacte. » Et Mstislav envoya dire à Iaroslav : « Établis-toi à Kiev ; car tu es le frère aîné et ce pays-ci
m'appartiendra. » Et Iaroslav n'osa pas aller à Kiev tant
qu'ils ne se furent pas réconciliés. Et Mstislav s'établit à
Tchernigov, Iaroslav à Novogorod, et les hommes d'Iaroslav à
Kiev. Cette même année naquit à Iaroslav un second fils, et
il l'appela Iziaslav.

Année 6533-6534. Iaroslav rassembla une nombreuse
armée, vint à Kiev et conclut la paix avec son frère Mstislav
à Gorodets. Et ils partagèrent la terre russe d'après le cours
du Dniéper. Iaroslav occupa une rive et Mstislav obtint l'autre.
Puis ils se mirent à vivre d'accord, s'aimant comme des frères
et cette guerre de famille cessa et une grande paix régna dans
le pays (1025-26).

Année 6535. Un troisième fils naquit à Iaroslav et il lui
donna le nom de Sviatoslav (1027).

Année 6536. Un signe en forme de serpent parut dans le
ciel et fut visible dans toute la contrée (1028).

Année 6537. Il y eut la paix (1029).

Année 6538. Iaroslav prit Belz et il lui naquit un quatrième
fils et il l'appela Vsévolod. Cette année Iaroslav marcha contre
les Tchoudes, les vainquit et fonda la ville de Iouriev. Vers ce
temps mourut Boleslav le Grand chez les Lekhs, et il y eut de
grands troubles dans le pays des Lekhs ; le peuple se souleva,

tua les évêques, les prêtres, les seigneurs, et il y eut des désordres chez eux (1030).

Année 6539. Iaroslav et Mstislav rassemblèrent une armée considérable, allèrent chez les Lekhs, prirent en revenant les villes du pays de Tchervensk et ravagèrent le pays des Lekhs ; ils emmenèrent beaucoup de Lekhs et se les partagèrent. Iaroslav établit ses prisonniers le long de la Ros et ils y sont encore (1031).

Année 6550. Iaroslav se mit à bâtir des villes le long de la Ros (1032).

Année 6541. Eustache, fils de Mstislav, mourut (1033).

LIV. — Mort de Mstislav (1034-36).

Année 6542, 6543, 6544. Mstislav, étant allé à la chasse, tomba malade et mourut. On l'enterra dans l'église du Sauveur qu'il avait fondée : sous lui elle s'éleva au-dessus de la hauteur que pouvait atteindre un homme à cheval en tendant la main. Mstislav était de forte corpulence, rouge de visage ; ses yeux étaient grands ; il était brave à la guerre, affable, aimait beaucoup sa droujina et ne lui ménageait ni la fortune, ni la boisson, ni la nourriture. Après lui Iaroslav prit tout le pays et fut seul maître de la terre russe. Iaroslav alla à Novogorod et il y établit son fils Vladimir et il mit Jidiata pour évêque. En ce temps-là un fils naquit à Iaroslav, on l'appela Viatcheslav. Iaroslav, étant à Novogorod, apprit que les Petchénègues assiégeaient Kiev. Iaroslav prit une armée nombreuse de Varègues et de Slaves et entra dans sa capitale. Les Petchénègues étaient innombrables. Iaroslav sortit de la ville et rangea son armée en bataille ; il mit les Varègues au milieu, les Kieviens à l'aile droite et les Novogorodiens à l'aile gauche. Ils se rangèrent devant la ville. Les Petchénègues s'avan-

cèrent et rencontrèrent les Russes à l'endroit où est aujour-
d'hui Sainte-Sophie, métropole de la Russie ; car en ce temps
il y avait un champ en dehors de la ville. Le combat fut
acharné et Iaroslav ne fut vainqueur que sur le soir. Les
Petchénègues s'enfuirent de différents côtés, et ils ne savaient
où fuir ; les uns en fuyant se noyèrent dans la Sitoml, les
autres dans d'autres rivières ; les autres s'enfuirent et ne sont
depuis jamais revenus. Cette année-là Iaroslav mit son frère
Soudislav en prison à Pskov : car on l'avait accusé auprès
de lui.

LV. — Iaroslav, son goût pour les livres. Ses fondations pieuses (1037).

En l'année 6545, Iaroslav bâtit à Kiev le château fortifié
où est la Porte d'or. Il fonda aussi l'église métropolitaine de
Sainte-Sophie, c'est-à-dire la Sagesse de Dieu ; puis une autre
église en pierre à la Porte d'or, celle de l'Annonciation. Le
sage prince Iaroslav bâtit l'église de l'Annonciation à la porte
pour que la ville se réjouit toujours de la sainte Annonciation,
et de la prière de la sainte Mère de Dieu et de l'archange
Gabriel. Ensuite il fonda le monastère de Saint-Georges et de
Sainte-Irène. Et sous son règne la religion chrétienne commença à se répandre et à fleurir en Russie et les religieux à se
multiplier et les monastères à s'élever. Iaroslav aimait les
établissements religieux, les prêtres et surtout les moines.
Il s'appliquait aux livres et les lisait souvent nuit et jour. Il
rassembla beaucoup d'écrivains ; il fit des traductions du grec
dans la langue et l'écriture slave. Il écrivit et rassembla beaucoup de livres au moyen desquels les fidèles s'instruisent et
trouvent du plaisir dans l'enseignement de Dieu. Quand un
homme laboure et qu'un autre sème, les autres récoltent et
ils ont des vivres en abondance : il en fut de même pour Iaros-

lav. Son père Vladimir laboura la terre et la prépara, c'est-à-dire nous éclaira par le baptême : Iaroslav son fils ensemença les cœurs des fidèles par les paroles de l'Écriture Sainte, et nous, nous moissonnons, recevant la science des livres ; car il résulte un grand avantage de la science des livres : les livres nous édifient et nous montrent la route de la contrition ; nous acquérons la sagesse et la tempérance dans les livres ; ce sont des fleuves qui arrosent le monde entier ; ce sont des sources de sagesse. Il y a dans les livres une profondeur incommensurable ; ils sont la consolation de la douleur, le frein de la tempérance. Car la sagesse est une grande chose, comme le dit Salomon la louant : « Moi la sagesse j'habite avec le conseil, la prudence, la raison ; c'est moi qui ai donné la crainte du Seigneur ; à moi appartient le conseil, à moi l'adresse, à moi la constance, à moi la force ; c'est par moi que les rois règnent et que les puissants écrivent les lois ; c'est par moi que les puissants croissent en force et que les conquérants possèdent la terre. J'aime ceux qui m'aiment ; ceux qui me cherchent me trouvent (1). »

Si donc vous cherchez la sagesse, avec soin, dans les livres, vous trouverez un grand profit pour votre âme ; car celui qui lit souvent les livres converse avec Dieu ou avec les saints. Celui qui lit les discours des prophètes et les leçons des évangélistes et des apôtres, les vies des saints pères, trouvera pour son âme de grands avantages. Iaroslav donc, comme nous l'avons dit, aimait les livres : il en écrivit un grand nombre et les déposa dans l'église de Sainte-Sophie qu'il avait lui-même fondée ; il l'orna d'images précieuses d'or et d'argent et de vases sacrés : et l'on y chante aux fêtes les hymnes du Seigneur. Et il fonda d'autres églises dans les villes et les bourgs et il établit des

(1) Salom. *Prov.* VII, 12, 14, 17.

prêtres qu'il défraya sur son revenu, leur ordonnant d'instruire le peuple comme il est prescrit par Dieu et de venir fréquemment à l'église ; car un prêtre doit souvent instruire le peuple, parce que Dieu lui a donné cette mission. Et le nombre des prêtres et des chrétiens augmenta. Iaroslav se réjouit en voyant beaucoup d'églises et de chrétiens, et le démon s'affligea en se voyant vaincu par de nouveaux chrétiens.

Année 6546. Iaroslav marcha contre les Iatviagues. (1038.)

Année 6547. L'église de la sainte Mère Dieu, qu'avait bâtie Vladimir, père de Iaroslav, fut consacrée par le métropolitain Théompompte. (1039.)

Année 6548. Iaroslav fit une expédition en Lithuanie. (1040.)

Année 6549. Iaroslav fit sur des bateaux une expédition contre les Mazoviens. (1041.)

Année 6550. Vladimir, fils de Iaroslav, marcha contre les Iams et les vainquit : et les chevaux de l'armée de Vladimir mouraient ; on arrachait la peau des chevaux encore vivants, tant était terrible cette peste des chevaux. (1042.)

LVI. — Expédition malheureuse contre les Grecs (1043).

Année 6551. Iaroslav envoya son fils Vladimir contre les Grecs, lui donna une armée considérable et nomma voïévode Vychata, père de Jean ; et Vladimir partit pour Constantinople sur des vaisseaux, et ils arrivèrent au Danube et du Danube à Constantinople ; et il s'éleva une grande tempête qui brisa les vaisseaux des Russes ; le vent brisa celui du prince que recueillit sur son vaisseau Ivan, fils de Tvorimir, voïévode d'Iaroslav. Le reste de l'armée de Vladimir fut jeté sur le rivage au nombre de six mille hommes. Ils voulurent retourner en Russie, et personne de la droujina du prince n'alla avec eux. Vychata dit : « J'irai avec eux. » Et il les rejoignit sur la terre ferme, disant : « Si je survis ce sera avec eux, si je meurs ce sera avec la droujina. » Et ils partirent dans la direction de la Russie. Et les Grecs apprirent comment la mer avait dispersé les Russes : et l'empereur Monomaque envoya contre la Russie quatorze vaisseaux. Vladimir et sa droujina se voyant poursuivis revinrent en arrière, repoussèrent les vaisseaux grecs, puis sur les leurs retournèrent en Russie. Vychata et beaucoup de ceux qui avaient été jetés sur le rivage furent pris et emmenés à Constantinople : beaucoup de Russes eurent les yeux crevés. Trois ans après, quand la paix fut conclue, on renvoya Vychata en Russie auprès d'Iaroslav. En ce temps-là Iaroslav donna sa sœur à Kazimir, et Kazimir rendit comme présent de noces huit cents Russes que Boleslav avait faits prisonniers après avoir vaincu Iaroslav.

Année 6552. On déterra les corps de deux princes, Iaropolk et Oleg, fils de Sviatoslav : on baptisa leurs ossements et on les ensevelit dans l'église de la sainte Mère de Dieu. Cette année mourut Briatchislav, fils d'Iziaslav, petit-fils de Vladimir, père de Vseslav, et son fils Vseslav monta sur le trône. Ce Vseslav était venu au monde par des enchantements. Quand sa mère lui donna le jour il avait une blessure sur la tête ; les magiciens dirent à sa mère : « Voici une blessure, lie-la, qu'il la porte toute sa vie. » Vseslav porte encore aujourd'hui cette blessure ; aussi il n'aime pas l'effusion du sang (1044) (1).

Année 6553. Vladimir bâtit Sainte-Sophie à Novogorod. (1045.)

_____

(1) Vseslav mourut en 1101 ; ce passage fournit donc une date intéressante pour la biographie de l'annaliste.

Année 6554. Cette année fut complètement paisible.
(1046.)

Année 6555. Iaroslav marcha contre les Mazoviens et les
vainquit, tua leur prince Moïslav et les soumit à Kazimir.
(1047.)

Années 6556-6557-6558. La princesse femme d'Iaroslav
mourut. (1048-50.)

LVII.— Histoire du monastère des Cryptes (1051).

Année 6559. Iaroslav ayant rassemblé les évêques établit
Hilarion métropolitain de la Russie à Sainte-Sophie. Et nous
dirons à ce propos pourquoi le monastère des Cryptes s'appelle
ainsi. Le pieux prince Iaroslav aimait Bérestovo et l'église
des Saints Apôtres qui se trouve dans cette ville, et il rassembla un grand nombre de prêtres parmi lesquels se trouvait un
certain Hilarion, homme vertueux, instruit et austère : il allait
souvent de Bérestovo au delà du Dniéper sur la colline où est
maintenant l'ancien monastère des Cryptes et y priait ;
car il y avait là un grand bois. Il creusa une petite grotte
de deux sajènes de profondeur ; puis il venait de Bérestovo
et là il chantait les heures et priait Dieu en secret. Ensuite
Dieu inspira le cœur du prince, qui le fit métropolitain à
Sainte-Sophie et cette grotte resta ainsi. Quelque temps
après il y avait un laïque de la ville de Loubetch, appelé Antipa.
Dieu lui inspira le désir d'aller voyager. Il alla à la Sainte-
Montagne (1), vit les monastères qui s'y trouvaient, les exa-
mina avec soin et s'éprit de l'état monastique. Il vint donc à
l'un de ces monastères et pria l'hégoumène de le consacrer
moine. L'hégoumène écouta sa prière, le tondit et lui donna

_____

(1) Le mont Athos.

le nom d'Antoine ; il l'instruisit, lui enseigna la vie monastique et lui dit : « Retourne en Russie ; avec toi sera la bénédiction de la Sainte-Montagne ; de toi sortira une foule de religieux. » Il le bénit et le renvoya disant : « Va en paix. » Antoine donc vint à Kiev et se demanda où il vivrait ; et il alla dans divers monastères et il ne s'y plut pas ; car Dieu ne le voulait pas ; et il se mit à parcourir les vallées et les montagnes, cherchant l'endroit que Dieu lui indiquerait, et il vint sur la montagne où Hilarion avait creusé une grotte : cet endroit lui plut et il s'y établit ; et il se mit à prier Dieu avec larmes, disant : « Seigneur, fortifie-moi dans cet endroit, et puisse être sur ce lieu la bénédiction de la Sainte-Montagne et de l'hégoumène qui m'a tondu. » Et il se mit à vivre en cet endroit, priant Dieu, ne mangeant que son pain sec toute la journée et buvant un peu d'eau, creusant sa grotte, passant la nuit et le jour à travailler, à veiller et à prier. Des hommes de bien apprirent cela et vinrent à lui, lui apportèrent ce dont il pouvait avoir besoin et il devint célèbre sous le nom du grand Antoine. On venait auprès de lui lui demander sa bénédiction. Plus tard quand mourut le grand prince Iaroslav, son fils Iziaslav prit le pouvoir et s'établit à Kiev. Antoine devint célèbre dans la terre russe. Iziaslav ayant appris comme il vivait vint avec sa droujina réclamer sa bénédiction et ses prières. Le grand Antoine fut connu et honoré de tout le monde. Des frères vinrent à lui, il les reçut et leur donna la tonsure : et douze se trouvèrent réunis autour de lui. Et ils creusèrent une grande crypte, une église et les cellules qui se voient encore aujourd'hui dans la crypte sous le vieux monastère. Les frères s'étant rassemblés, Antoine leur dit : « Voici, mes frères, que Dieu vous a rassemblés : et vous avez la bénédiction de la Sainte-Montagne avec laquelle l'hégoumène de la Sainte-Montagne m'a tondu et avec laquelle je vous ai tondus. Puisse donc être sur vous la bénédiction de Dieu et de la Sainte-Montagne. » Et il leur dit : « Vivez sans moi, je vous donnerai un hégoumène et j'irai seul vers cette montagne ; car je me suis habitué dès ma jeunesse à vivre dans la solitude. » Et il leur donna un hégoumène appelé Barlaam, et il s'en alla vers la montagne et il creusa une crypte qui est sous le nouveau monastère, et il y termina sa vie ayant vécu pieusement sans en sortir pendant de longues années. Ses reliques y reposent encore aujourd'hui. Ses frères et l'hégoumène vécurent de leur côté dans la crypte. Et quand le nombre des frères augmenta dans la crypte et qu'ils ne purent plus y habiter, ils songèrent à bâtir un monastère en dehors de la crypte. Et l'hégoumène et les frères vinrent trouver Antoine et lui dirent : « Père, nous ne pouvons plus tenir dans la crypte : si la grâce de Dieu et les prières nous étaient favorables, nous bâtirions une petite église en dehors de la crypte. » Et Antoine le leur permit. Ils s'inclinèrent devant lui, et bâtirent sur la grotte une petite église en l'honneur de l'Assomption de la Mère de Dieu. Et Dieu commença à augmenter le nombre des religieux, grâce aux prières de la Mère de Dieu. Et les frères tinrent conseil avec l'hégoumène, désirant bâtir un monastère. Et les frères vinrent trouver Antoine et dirent : « Père, le nombre des frères augmente et nous voudrions bâtir un monastère. » Antoine se réjouit et dit : « Que Dieu soit béni en tout et que la prière de la Mère de Dieu et des Pères de la Sainte-Montagne soit avec vous ! » Ayant dit cela, il envoya un de ses frères au prince Iziaslav, disant : « Prince, Dieu augmente le nombre des frères, et la place est petite : donne-nous la colline qui est au-dessus de la crypte. » Iziaslav ayant entendu cela se réjouit, envoya un de ses hommes et donna la colline. Alors l'hégoumène et les frères fondèrent une grande église et entourèrent

le monastère de palissades ; ils y établirent un grand nombre
de cellules, achevèrent l'église, l'ornèrent d'images : on lui
donna le nom de Monastère des Cryptes, parce que les religieux vivaient d'abord dans une Crypte et depuis ce temps,
il s'est appelé le Monastère des Cryptes (Petchersky). Le monastère fut donc commencé avec la bénédiction de la Sainte-
Montagne. Quand il fut achevé, Barlaam étant hégoumène,
Iziaslav établit le monastère de Saint-Dmitri et nomma Barlaam hégoumène de Saint-Dmitri, car il voulait rendre ce
monastère plus illustre, se fiant aux richesses qu'il y avait
consacrées. Car beaucoup de monastères ont été fondés avec
des rois, des boïars et des gens riches ; mais ils ne valent pas
ceux qui ont été fondés avec les larmes, le jeûne, la prière et
les veilles. Antoine n'avait ni or, ni argent et il fonda son monastère avec ses larmes et ses jeûnes, comme je l'ai dit.
Quand donc Barlaam s'en alla à Saint-Dmitri les frères tinrent
conseil, allèrent trouver le vieux Antoine et lui dirent :
« Donne-nous un hégoumène. » Il leur dit : «. Qui voulez-
vous ? » Ils répondirent : « Celui que vous voudrez, Dieu et
toi. » Il leur dit : « Qui parmi vous est plus grand que Théodose ? Il est obéissant, modeste, humble ; qu'il soit votre
hégoumène. » Les frères se réjouirent et s'inclinèrent devant
le vieillard et établirent Théodose comme hégoumène sur les
frères qui étaient au nombre de vingt. Théodose, devenu supérieur du monastère, vécut dans l'abstinence, jeûnant et priant
avec larmes ; puis il se mit à rassembler un grand nombre de
frères et réunit jusqu'à cent moines ; puis il se mit à rechercher les règles de la vie religieuse. Il y avait alors un moine
du monastère de Stoudion qui était venu de Grèce avec le métropolitain Georges ; il chercha donc chez lui les règlements du
monastère des Stoudites ; il les copia et les introduisit dans son
monastère. Les chants des hymnes religieux, les saluts, la

lecture des leçons, la tenue dans l'église, l'ordre des offices,
la manière de s'asseoir au réfectoire, les aliments de chaque
jour, tout était réglé. Théodose ayant trouvé tout ce règle-
ment le donna à son monastère. C'est de ce monastère que
sont venus tous les règlements des autres monastères. Aussi le
monastère Petchersky est-il honoré comme le plus ancien de
tous. Théodose resta alors dans le monastère, menant une
vie vertueuse, suivant les règles, et recevant tous ceux qui
venaient à lui ; je vins moi-même le trouver, pauvre et indigne
serviteur, et il me reçut à l'âge de dix-sept ans. J'ai donc écrit
et raconté en quelle année a commencé le monastère, et
pourquoi il s'appelle Petchersky. Nous reparlerons plus tard
de la vie de Théodose.

En l'année 6560 mourut Vladimir, fils aîné d'Iaroslav, à
Novogorod, et on l'enterra dans l'église de Sainte-Sophie, qu'il
avait bâtie lui-même (1052).

Année 6561. Un fils naquit à Vsévolod de l'impératrice (1)
grecque et on lui donna le nom de Vladimir (1053).

LVIII. — Mort d'Iaroslav (1054).

En l'année 6562 mourut le grand prince russe Iaroslav, et
avant de mourir il donna des conseils à ses fils, disant :
« Voici, mes fils, que je m'en vais de ce monde, aimez-vous
réciproquement ; car vous êtes des frères nés du même père
et de la même mère. Si vous vous aimez réciproquement,
Dieu sera avec vous et il vous soumettra vos adversaires, et
vous vivrez en paix ; mais si vous vivez dans la haine, les querelles et les divisions, vous périrez vous-mêmes, vous perdrez
la terre de vos pères et de vos ancêtres, qu'ils ont acquise à

---

(1) *Tsaritsa*, nous avons déjà expliqué ce mot.

grand'peine. Vivez donc en paix, vous écoutant l'un l'autre. Je lègue ma résidence de Kiev à Iziaslav, l'aîné d'entre vous, mon fils et votre frère : écoutez-le, comme vous m'avez écouté, car il tiendra ma place ; à Sviatoslav je donne Tchernigov, à Vsévolod Péreïaslav, à Igor Vladimir, à Viatcheslav Smolensk. » C'est ainsi qu'il divisa entre eux les villes, leur défendant de diminuer mutuellement leur part et de se dépouiller les uns les autres. Il dit à Iziaslav : « Si quelqu'un veut faire tort à son frère, secours celui qui est attaqué. » C'est ainsi qu'il recommanda à ses enfants de s'aimer réciproquement. Déjà faible il tomba très malade en arrivant à Vychégorod. Iziaslav était alors à Novogorod, Sviatoslav à Vladimir, Vsévolod était auprès de son père ; car son père l'aimait plus que tous ses frères et l'avait toujours auprès de lui. Iaroslav termina alors sa vie : il rendit l'âme un samedi, le 20 février, le premier samedi du jeûne de saint Théodose. Vsévolod prit le corps de son père, le mit sur un traîneau et l'emmena à Kiev : les prêtres chantèrent les chants accoutumés, et le peuple le pleura. On l'enferma dans un cercueil de marbre, dans l'église de Sainte-Sophie ; Vsévolod et tout le peuple le pleurèrent. Iaroslav vécut en tout soixante-seize ans.

LIX. — Guerres contre les Torks et les Polovtses (1055).

Commencement du règne d'Iziaslav à Kiev. En l'année 6563 Iziaslav vint s'établir à Kiev, Sviatoslav à Tchernigov, Vsévolod à Péréïaslav, Igor à Vladimir, Viatcheslav à Smolensk. Cette année Vsévolod marcha pendant l'hiver contre les Torks et les vainquit. Cette année Bolouch vint avec les Polovtses et Vsévolod conclut la paix avec eux, et ils s'en retournèrent d'où ils étaient venus.

Année 6564, 6565. Viatcheslav, fils d'Iaroslav, mourut à

Smolensk, et on établit Igor à Smolensk après lui avoir fait quitter Vladimir (1056-57).

Année 6566. Iziaslav vainquit les Goliades (1058).

Année 6567. Iziaslav, Sviatoslav et Vsévolod mirent en liberté leur oncle [Soudislav] (1) qui était en prison depuis vingt-quatre ans, après avoir exigé de lui un serment, et il devint moine (1059).

Année 6568. Igor, fils d'Iaroslav, mourut. Cette même année, Iziaslav, Sviatoslav et Vsévolod réunirent une armée immense et se dirigèrent, à cheval et en bateau, avec des troupes innombrables, contre les Torks. Ayant appris cela les Torks eurent peur et s'enfuirent : ils ne sont jamais revenus ; les uns moururent en fuyant accablés par la colère divine ; les autres périrent de froid, les autres de faim, d'autres par la peste et le jugement de Dieu. C'est ainsi que Dieu sauva les chrétiens des païens (1060).

Année 6569. Les Polovtses vinrent pour la première fois attaquer la Russie. Vsévolod marcha contre eux le 2 du mois de février, et le combat s'engagea ; ils vainquirent Vsévolod, ravagèrent le pays et s'en allèrent : ce fut la première défaite que la Russie essuya de la part de ces païens, de ces ennemis impies ; leur prince s'appelait Sokal (2) (1061).

Année 6570-6571. Soudislav, frère d'Iaroslav, mourut et on l'enterra dans l'église de Saint-Georges. Cette année, pendant cinq jours, le Volkhov coula à Novgorod en arrière, et ce fut un mauvais présage ; car quatre ans après Vseslav brûla la ville (1062-63).

----

(1) Ce nom ne figure que dans un seul manuscrit. (2) Iskal d'après un manuscrit.

LX. — Sviatoslav. — Digression sur les présages (1064).

Année 6572. Rostislav, fils de Vladimir, s'enfuit à Tmoutorakan et avec lui s'enfuirent Poreï et Vychata, fils d'Ostromir,
voïévode de Novogorod; arrivé à Tmoutorakan il en chassa
Gleb et s'établit à sa place (1).

Année 6573. Sviatoslav marcha sur Tmoutorakan contre
Rostislav, Rostislav se retira de la ville, non qu'il eût peur
de lui, mais parce qu'il ne voulait pas prendre les armes
contre son oncle. Sviatoslav vint alors à Tmoutorakan, établit
son fils Gleb et retourna chez lui. Rostislav revint, chassa
Gleb qui alla retrouver son père et Rostislav s'établit à Tmoutorakan. Cette année Vseslav commença la guerre. Vers
cette époque un signe parut à l'Orient, une étoile immense
dont les rayons étaient comme sanglants; elle se levait le
soir après le coucher du soleil, et on la vit pendant sept
jours. C'était un mauvais présage, car après ce temps il y
eut de nombreuses guerres intestines et des invasions de
païens dans la terre russe : car cette étoile, avec sa lueur
sanglante, signifiait l'effusion du sang. Vers cette époque un
enfant fut jeté dans la Sitoml; des pêcheurs le retirèrent de
l'eau avec leur filet ; nous le regardâmes jusqu'au soir, puis
ils le rejetèrent dans l'eau ; il avait les parties honteuses
sur le visage : la pudeur ne permet pas d'en dire plus. Avant
ce temps il y avait eu un changement dans le soleil, et il ne
donnait de lumière que comme la lune. Les ignorants pré-
tendent que le soleil est mangé. De tels phénomènes ne sont
pas signes de bien. C'est ainsi que jadis, au temps d'Antiochus, il arriva tout à coup à Jérusalem que, pendant quarante

(1) Cette phrase ne se trouve que dans un seul manuscrit.

jours, on vit sur toute la ville, dans les airs, des cavaliers armés revêtus d'or, et des escadrons brandissant leurs armes ; ils annonçaient l'invasion d'Antiochus à Jérusalem. Ensuite du temps de Néron, dans cette même Jérusalem, se montra une étoile, en forme de lance, au-dessus de la ville : elle annonçait la guerre avec les Romains. Il en fut de même sous l'empereur Justinien, une étoile parut à l'Occident, répandant des rayons. On l'appela la Brillante, et elle brilla vingt jours ; ensuite, il y eut des étoiles qui coururent du soir au matin, et il sembla à tous que les étoiles tombaient et que le soleil brillait sans rayons : cela présageait des troubles, des maladies qui apportent la mort. Sous l'empereur Maurice, voici ce qui arriva : Une femme accoucha d'un enfant sans yeux et sans mains ; ses reins se terminaient par une queue de poisson. Un chien naquit aussi qui avait six pieds. Deux enfants naquirent en Afrique : l'un ayant quatre pieds, l'autre ayant deux têtes. Plus tard, du temps de Constantin l'Iconoclaste, fils de Léon, on vit courir des étoiles dans le ciel, elles tombèrent sur la terre ; à les voir on crut que c'était la fin du monde ; il y eut aussi de grands troubles dans l'air. En Syrie il y eut de grands tremblements. Il y eut dans la terre une ouverture de trois stades, et il sortit un monstre de la terre, une mule qui parlait avec une voix humaine et annonçait l'invasion des païens ; et cela arriva, car les Sarrasins envahirent la Palestine ; car les signes célestes qu'offrent le ciel, les étoiles ou le soleil, les oiseaux, etc... n'annoncent rien de bon, mais toujours du mal : ils annoncent la guerre, la famine ou la mort (1065).

LXI. — Le Katapan chez Rostislav (1066).

Année 6574. Alors que Rostislav se tenait à Tmoutorakan et recevait les tributs des Kasogues et d'autres peuples, les

Grecs ayant peur de lui lui envoyèrent artificieusement un katapan. Il alla trouver Rostislav, gagna sa confiance et Rostislav le traita avec honneur. Une fois que Rostislav buvait avec sa droujina, le katapan dit : « Prince, je veux boire à ta santé. » L'autre lui dit : « Bois. » Il but donc la moitié de la coupe, et donna l'autre moitié à boire au prince, après avoir serré son doigt contre la coupe, — or il avait sous l'ongle un poison mortel, — puis il la remit au prince, fixant sa mort à huit jours. Quand le prince eut bu, le katapan alla à Kherson et annonça que tel jour Rostislav mourrait : cela arriva. Les habitants de Kherson lapidèrent ce katapan. Rostislav était un homme vaillant au combat, de belle taille et beau de visage, compatissant envers les pauvres; il mourut au mois de février le troisième jour, et on l'enterra dans l'église de la Mère de Dieu.

LXII. — Guerres intestines (1067).

Année 6575. Vseslav, fils de Briatchislav, prince de Polotsk, recommença la guerre et prit Novogorod. Trois fils d'Iaroslav : Iziaslav, Sviatoslav, Vsévolod réunirent des troupes et marchèrent contre Vseslav, malgré la rigueur de l'hiver. Ils vinrent à Minsk et les habitants de Minsk se fortifièrent dans la ville. Ses frères s'emparèrent de Minsk, passèrent les hommes au fil de l'épée, emmenèrent les femmes et les enfants en captivité et allèrent sur la Némiza. Vseslav marcha contre eux, et les deux armées se rencontrèrent sur la Némiza, le 3 mars : la neige tombait avec abondance; ils s'attaquèrent; la bataille fut sanglante, beaucoup d'hommes périrent : Iziaslav, Sviatoslav et Vsévolod furent vainqueurs, et Vseslav s'enfuit; puis le 10 juin Iziaslav, Sviatoslav et Vsévolod baisant la croix firent dire à Vseslav : « Viens à nous,

nous ne le ferons aucun mal. » Il eut foi dans leur serment
et passa le Dniéper en bateau. Comme il entrait dans sa
tente, Iziaslav le saisit en violant son serment, et Vseslav fut
ainsi pris sur la Rcha, auprès de Smolensk. Iziaslav emmena
Vseslav à Kiev et le mit en prison lui et ses deux fils.

LXIII. — Invasion des Polovtses. — Réflexions pieuses (1068).

Année 6576. Des étrangers envahirent la Russie. C'était
une multitude de Polovtses : Iziaslav, Sviatoslav et Vsévolod
marchèrent contre eux sur l'Alta. A la nuit, ils en vinrent aux
mains : Dieu pour nos péchés avait déchaîné ces païens contre
nous ; les princes de Russie s'enfuirent et les Polovtses furent
vainqueurs ; car Dieu au gré de sa colère envoie les étrangers
contre les pays, et alors humiliés les hommes reviennent au
Seigneur. Mais la guerre civile est excitée par les artifices
du diable, car Dieu ne veut pas le malheur, mais le bien des
hommes ; et le diable se réjouit du mal, du meurtre, de l'effusion du sang ; c'est lui qui excite les querelles, les jalousies,
la haine des frères, les calomnies. Si quelque nation pèche,
Dieu la punit par la mort, par la famine, par l'invasion des
païens, par la sécheresse, par les chenilles ou par d'autres
châtiments jusqu'à ce que nous nous repentions et vivions
comme Dieu le veut. Car il a dit par son prophète : « Tournez-
vous vers moi de tout votre cœur dans le jeûne et les larmes (1). » Si nous agissons ainsi, tous nos péchés nous seront
remis ; mais nous nous tournons vers le mal, nous vautrant
sans cesse comme des porcs dans la fange de nos péchés et
nous restons en cet état. Aussi nous dit-il par son prophète :
« J'ai compris combien tu es dur et que ton cou est de

(1) *Joël*, II, 12.

fer (1) : aussi j'ai retenu la pluie, j'ai arrosé un champ et je n'ai pas arrosé l'autre ; j'ai desséché la terre, je vous ai fait souffrir la chaleur, je vous ai accablés de divers châtiments et vous n'êtes pas revenus à moi (2). Et j'ai frappé vos vignes et vos figuiers, vos champs et vos forêts, dit le Seigneur, et je n'ai pas extirpé vos iniquités. J'ai envoyé contre vous diverses maladies, des morts terribles ; j'ai appesanti ma colère sur vos troupeaux, et alors vous ne vous êtes pas convertis ; mais seulement vous avez dit : Fortifions-nous. Quand donc serez-vous rassasiés de vos iniquités? Vous êtes sortis de ma voie, dit le Seigneur, vous avez scandalisé beaucoup d'hommes; aussi serai-je un témoin prompt contre mes ennemis, contre les libertins, contre ceux qui invoquent faussement mon nom, contre ceux qui retiennent le paiement des mercenaires, ceux qui oppriment les veuves et les orphelins et ceux qui rendent mal la justice. Pourquoi ne vous êtes-vous pas retenus dans vos péchés, mais avez-vous violé ma loi, au lieu de l'observer? Revenez à moi et je reviendrai à vous, dit le Seigneur (3) : je vous ouvrirai les cataractes des cieux et je détournerai de vous ma colère, si bien que vous abonderez en toutes choses, et je ne détruirai plus vos vignes et vos champs. Mais vous m'avez blasphémé dans vos discours, disant : Celui-là est vain qui sert Dieu. Ils m'honorent des lèvres, mais leurs cœurs sont loin de moi, dit le Seigneur (4). C'est pour cela que nous n'obtenons pas ce que nous demandons; car il arrivera, dit-il, que lorsque vous, méchants, vous m'appellerez, je ne vous écouterai pas. Vous me chercherez et ne me trouverez pas : car vous n'avez pas voulu marcher dans ma voie. C'est pour cela que le ciel se ferme ou ne s'ouvre que

(1) *Exod*, XXXII, 9. (2) *Amos*, IV, 7, 8. (3) *Ezech.*, XVIII, 53. (4) *Isaïe*, XIII, 19.

pour votre malheur, envoyant la grêle à la place de la pluie ;
ou bien, il détruit les moissons par la gelée, et dessèche la
terre à cause de nos péchés. Mais si nous nous repentons de
nos iniquités, alors il nous donne, comme à ses enfants, tout
ce que nous lui demandons ; il nous prodigue la rosée du soir et
du matin ; nos greniers se remplissent de froment, nos cuves sont
pleines de raisins et d'olives, et Dieu nous dédommage des années où les blés ont été dévorés par les sauterelles, les charen-
çons et les chenilles. Ma force est grande, la force que j'ai en-
voyée contre vous, dit le Seigneur, le tout-puissant. Entendant
cela, appliquons-nous au bien. Cherchons la justice, sauvons
l'opprimé, faisons pénitence, ne rendons pas le mal pour le
bien, ni injure pour injure, mais attachons-nous à Dieu par
l'amour, le jeûne et les pleurs ; lavons tous nos péchés dans nos
larmes ; ne nous appelons pas chrétiens en paroles, vivant en
païens. Or ne vivons-nous pas en païens, quand nous croyons
à l'influence des rencontres ? Car si quelqu'un rencontre un
moine, un sanglier ou un pourceau, il retourne sur ses pas ;
n'est-ce pas agir en païen ? C'est vraiment suivre les doctrines
du diable que tenir à de tels préjugés. D'autres croient à l'é-
ternuement, qui est tout simplement sain pour la tête. Ainsi
le diable se manifeste dans ces habitudes et dans d'autres,
nous éloignant de Dieu par toute espèce d'artifice, avec des
trompettes et des baladins, des lyres et des *Rousalia* (1) ; car
nous voyons les lieux de plaisir encombrés d'une foule qui s'y
presse, au point de ne pouvoir plus bouger, pour contempler
les spectacles inventés par le démon, et les églises demeurent
vides, et quand vient l'heure des offices on trouve peu de
fidèles dans le temple. Aussi toutes sortes de châtiments nous
attendent de la part de Dieu, et les ennemis nous envahissent

---

(1) Fêtes païennes. Voyez l'Index.

en punition de nos péchés. Mais revenons à notre récit.

Quand Iziaslav se fut enfui avec Vsévolod à Kiev et Sviatoslav à Tchernigov, le peuple de Kiev revint à Kiev, se réunit
sur le marché et envoya dire au prince : « Voilà que les
Polovtses se sont répandus sur le pays ; donne-nous, prince,
des chevaux et des armes, et nous nous battrons encore
avec eux. » Iziaslav n'exauça pas cette prière. Alors le peuple
commença à murmurer contre le voïévode Kosniatchek, monta
sur la colline, arriva à la maison de Kosniatchek et ne l'ayant
pas trouvé, s'arrêta devant celle de Briatchislav en disant :
« Allons délivrer nos amis de la prison. » Et ils se divisèrent
en deux parties : une moitié alla à la prison, et l'autre passa
le pont et vint au palais du prince. Iziaslav était assis avec sa
droujina dans le vestibule ; et d'en bas ils se mirent à se que-
reller avec le prince. Comme le prince regardait par une petite
fenêtre et que sa droujina était avec lui, Touky, frère de
Tchoudine, dit à Iziaslav : « Tu vois, prince, l'irritation du peuple, envoie garder Vseslav. » Et comme il disait cela, l'autre
moitié du peuple revint de la prison dont elle avait ouvert les
portes. Et la droujina dit au prince : « Cela va mal ; envoie
chercher Vseslav ; qu'on l'attire par la ruse auprès de la fenêtre et qu'on le tue avec une épée. » Le prince ne voulut pas
écouter cela. Le peuple s'en alla en criant vers la prison de
Vseslav. Iziaslav voyant cela s'enfuit de son palais avec Vsévolod. Le peuple tira Vseslav de sa prison le 15 septembre et
l'établit au palais du prince ; puis il pilla le palais et s'empara
d'une immense quantité d'or, d'argent, de fourrures et de
peaux de martre. Iziaslav s'enfuit chez les Lekhs. Ensuite les
Polovtses ravagèrent la Russie. Sviatoslav était à Tchernigov.
Tandis que les Polovtses ravageaient les environs de Tchernigov, Sviatoslav rassembla une petite droujina et marcha
contre eux vers Snovsk. Les Polovtses voyant l'armée en

10

marche se rangèrent en bataille. Sviatoslav voyant leur grand
nombre dit à sa droujina : « Élançons-nous contre eux ; il ne
nous est pas possible de leur échapper. » Ils éperonnèrent
leurs chevaux et Sviatoslav fut vainqueur avec trois mille
hommes : les Polovtses en avaient douze mille ; les uns furent
tués, les autres se noyèrent dans la Snova ; et leur prince fut
fait prisonnier le 1er novembre. Et Sviatoslav victorieux retourna dans sa ville de Tchernigov. Vseslav s'établit à Kiev.
Dieu fit ainsi voir la vertu de la croix ; Iziaslav après avoir
baisé la croix (1) avait fait Vseslav prisonnier. C'est pour cela
que Dieu amena les païens. Puis ensuite la croix sainte en
délivra : car le jour de l'Exaltation de la croix, Vseslav dit en
soupirant : « O croix vénérable, puisque je me suis fié à toi,
sauve-moi de cet abîme. » Dieu donc montra la vertu de la
croix, comme une leçon pour la Russie, afin que désormais
nul après avoir baisé la croix ne violât son serment. Car si
quelqu'un le viole, il sera puni ici-bas et dans la vie future il
sera puni à jamais. Car la force de la croix est grande : c'est
par la force de la croix que Dieu aide les princes à obtenir la
victoire dans la guerre ; les fidèles qui s'arment de la croix
sont vainqueurs de leurs ennemis. La croix sauve aussitôt du
danger ceux qui l'invoquent avec foi : les démons n'ont peur
que de la croix. Si les démons tentent quelqu'un, un signe de
croix suffit pour les chasser.

Or Vseslav demeura sept mois à Kiev.

LXIV. — Guerres intestines (1069).

Année 6577. Iziaslav alla avec Boleslav contre Vseslav.
Vseslav marcha contre [lui, et vint à Biélogorod. Quand la

_____

(1) Fait un serment.

nuit arriva, se cachant des Kieviens, il s'enfuit de Biélogorod
à Polotsk. Le lendemain le peuple voyant que le prince s'était
enfui retourna à Kiev, y fit une assemblée et envoya auprès
de Sviatoslav et de Vsévolod, disant : « Nous avons mal fait
de chasser notre prince ; voici maintenant qu'il arme les Lekhs
contre nous ; venez donc dans la maison de votre père ; si
vous refusez, il ne nous restera qu'à brûler notre ville et à
nous en aller en Grèce. » Et Sviatoslav leur dit : « Nous enverrons auprès de notre frère et s'il marche contre vous avec les
Lekhs pour vous détruire nous prendrons les armes contre
lui et nous ne laisserons pas détruire la ville de notre père.
S'il veut la paix, il viendra avec une petite droujina. » Les
habitants de Kiev se réjouirent ; Sviatoslav alors et Vsévolod
envoyèrent auprès d'Iziaslav, disant : « Vseslav a fui devant
toi ; n'amène pas les Lekhs à Kiev : car tu n'as pas d'ennemis
dans cette ville ; si tu persévères dans ta colère, si tu détruis
la ville, sache que nous pleurerons la ville de notre père. »
Iziaslav entendant cela laissa l'armée lekhe et s'avançant
avec Boleslav n'ayant près de lui que peu de Lekhs. Il envoya
en avant à Kiev son fils Mstislav. Mstislav étant venu fit périr
ceux des habitants qui avaient délivré Vseslav, au nombre de
soixante-dix et il fit crever les yeux aux autres : il en fit périr
d'autres quoique innocents, sans avoir fait aucune enquête.
Quand Iziaslav arriva à la ville, le peuple alla humblement au-
devant de lui et les Kieviens reçurent leur prince. Iziaslav
s'établit sur son trône le 2 mai. Et il mit les Lekhs dans leurs
cantonnements ; on les tua secrètement et Boleslav revint chez
les Lekhs dans son pays. Iziaslav transporta le marché sur la
colline. Il chassa Vseslav de Polotsk ; et y établit son fils
Mstislav : ce prince mourut bientôt ; il mit à sa place son fils
Sviatopolk, quand Vseslav se fut enfui.

Année 6578. Un fils naquit à Vsévolod : on l'appela Ras-

tislav. Cette année fut fondée l'église de Saint-Michel dans le
monastère de Vsévolod à Vydobitch (1070).

Année 6579. Les Polovtses firent la guerre autour de
Rostovets et de Néïatin. Cette année Vseslav chassa Sviatopolk
de Polotsk. Cette année Iaropolk vainquit Vseslav près de
Golotitchesk. En ce temps vint un magicien inspiré par le
démon ; il vint à Kiev et dit : « Dans cinq ans le Dniéper re-
montera son cours, les pays changeront de place, la Grèce
prendra la place de la Russie, la Russie de la Grèce ; tous
les autres pays changeront de place. » Les simples le
crurent ; les fidèles rirent et lui dirent : « Le démon se
joue de toi pour te perdre. » Et il en fut ainsi ; car une
nuit il disparut sans qu'on sût ce qu'il était devenu. Car les
démons, quand ils excitent un homme, le conduisent au mal
et se divertissent de lui. Ils le jettent dans un précipice
mortel, après lui avoir appris à parler [leur langage]. Nous
citerons donc quelques-uns des enseignements et des actes
du démon. Comme il y avait disette dans le pays de Rostov,
deux magiciens d'Iaroslavl se montrèrent disant : « Nous savons
bien qui retient les denrées. » Et ils descendirent le Volga
et, arrivés dans un pays, ils désignèrent les femmes les plus
distinguées, disant : « Celle-ci retient le blé, celle-là le miel,
celle-là le poisson, celle-là les cuirs. » Les habitants leur
amenèrent donc leurs sœurs, leurs mères, leurs femmes ;
dans leur aveuglement ils leur coupèrent les épaules, et en
retirèrent du blé, du poisson ou du cuir. Ils tuèrent ainsi
beaucoup de femmes et prirent leurs richesses. Puis ils vinrent
au lac Blanc et il y avait auprès d'eux environ trois cents

personnes. En ce temps-là il arriva que Jean, fils de Vychata, vint de la part de Sviatoslav recevoir les impôts. Les habitants du lac Blanc lui dirent que deux magiciens avaient déjà tué beaucoup de femmes sur le Volga et la Scheksna, et comme ils étaient venus en ce pays. Jean rechercha alors de qui ils étaient les sujets, et voyant que c'était de son prince, il envoya vers ceux qui étaient avec eux, disant : « Livrez ces magiciens, car ce sont des sujets de mon prince. » Mais on ne l'écouta point. Jean alors s'avança lui-même sans armes et ses serviteurs lui dirent : « Ne va pas sans armes : ils t'insulteront. » Il ordonne alors à ses serviteurs de prendre des armes et ils étaient au nombre de douze. Il rencontra ces gens auprès d'un bois. Ils se rangèrent en bataille pour lui résister. Jean s'avança avec une hachette ; trois de ces hommes s'avancèrent en disant : « Tu vois bien que tu marches à la mort. N'avance pas. » Il ordonna de les frapper et marcha vers les autres. On s'élança sur eux. Un d'entre eux brandit sur Jean une hache. Jean détourna la hache, frappa l'ennemi de son arme et ordonna de les massacrer. Ils s'enfuirent alors dans le bois. Ils tuèrent le prêtre qui accompagnait Jean. Jean vint à la ville du lac Blanc et dit aux habitants : « Si vous ne saisissez pas ces magiciens je ne vous quitterai pas d'un an. » Les habitants allèrent alors les saisir et les lui amenèrent. Il leur dit : « Pourquoi avez-vous fait périr tant de personnes ? » Ils répondirent : « C'étaient des personnes qui retenaient les denrées. En les faisant périr l'abondance viendra. Si tu le veux, nous tirerons en ta présence du blé, des poissons ou quelque autre chose. » Jean leur dit : « Certainement vous mentez. Dieu a créé l'homme de la terre. Il se compose d'os et de veines, il n'y a rien en lui, il ne sait rien. Dieu seul sait. » Ils lui dirent : « Nous savons comment l'homme a été créé. » Il demanda : « Comment ? » Ils répondirent : « Dieu se baignait dans son bain (1) ; étant en sueur il s'essuya avec un bouchon de paille, puis le jeta du ciel sur la terre. Satan se disputa avec Dieu à qui ferait un homme avec ce bouchon de paille. Le diable fit l'homme et Dieu y mit une âme. Aussi quand l'homme meurt, son corps va à la terre et son âme au ciel. » Jean leur dit : « Vous êtes sans doute possédés du démon. En quel Dieu croyez-vous? » Ils répondirent : « En l'Antechrist. » Il dit : « Où est-il? » Ils répondirent : « Dans l'abîme. » Jean demanda : « Quel est ce Dieu qui siège dans l'abîme? C'est le démon qui y siège. Dieu est dans le ciel, assis sur un trône entouré des anges qui se tiennent devant lui avec crainte, ne pouvant le regarder. Or il a été précipité du séjour des anges, celui que vous appelez l'Antechrist, il a été précipité à cause de son orgueil, et il gît dans l'abîme jusqu'au moment où Dieu viendra du ciel pour l'enchaîner et le jeter dans le feu éternel, avec ses serviteurs et ceux qui croient en lui. Pour vous, vous serez livrés aux tourments par moi dans cette vie, et vous souffrirez aussi dans l'autre. » Ils répondirent : « Les dieux nous disent que tu ne peux rien nous faire. » Il leur dit : « Vos dieux mentent. » Ils répondirent : « Nous devons nous présenter à Sviatoslav ; pour toi, tu ne peux rien nous faire. » Jean ordonna de les battre et de leur arracher la barbe. Quand on les eut battus, et qu'on leur eut arraché la barbe avec une pince, Jean leur demanda : « Que vous disent vos dieux? » Ils répondirent : « De nous présenter à Sviatoslav. » Jean ordonna de leur mettre un morceau de bois dans la bouche et de les attacher à un attelage. Il les envoya en avant dans un bateau, et il les suivit. Quand ils furent à l'embouchure de la Scheksna Jean leur demanda : « Que vous disent vos dieux? » Ils répondirent : « Les dieux nous disent

(1) Il s'agit d'un bain de vapeur.

que tu ne nous laisseras pas en vie. » Jean leur répondit :
« En ceci les dieux vous disent la vérité. » Ils répliquèrent :
« Si tu nous renvoies, il t'arrivera beaucoup de bien. Sinon tu
éprouveras beaucoup d'affliction et de mal. » Il leur répondit :
« Si je vous renvoie, alors Dieu me punira ; si je vous fais
périr, il me récompensera. » Et Jean dit aux bateliers : « Y en
a-t-il parmi vous à qui ces hommes aient tué quelque
parent ? » Ils répondirent : « A moi ils ont tué ma mère, à
moi ma sœur, à moi mon enfant. » Il leur dit : « Vengez les
vôtres. » Ils les saisirent donc, les tuèrent et les pendirent à
un arbre. La vengeance de Dieu tomba sur eux comme ils le
méritaient. Tandis que Jean retournait chez lui, la nuit suivante, un ours grimpa, se mit à ronger les cadavres et les
dévora. C'est ainsi qu'ils périrent grâce au démon, eux qui
savaient l'avenir pour les autres et ne le savaient pas pour eux-
mêmes. S'ils l'avaient su, ils ne seraient pas venus dans l'endroit où on les prit. Et quand ils furent arrêtés comment ont-
ils pu dire : « Nous ne périrons pas, » alors que Jean songeait
à les faire mourir ? Telle est l'inspiration des démons ! Les
démons ne savent pas les pensées des hommes. Ils donnent
seulement des pensées aux hommes, sans connaître eux-
mêmes leurs secrets. Dieu seul sait les pensées des hommes.
Mais les démons ne savent rien : car ils sont impuissants et
aveugles.

Nous dirons encore quelque chose de leur vue et de leur
ignorance. Vers cette époque il arriva qu'un Novogorodien
alla chez les Tchoudes et il vint chez un magicien pour voir
des sortilèges. Celui-ci, suivant sa coutume, se mit à appeler
les démons dans sa demeure. Le Novogorodien était assis sur
le seuil ; le magicien était couché tout engourdi et le démon le
fouettait. Le magicien se leva et dit au Novogorodien : « Nos
dieux n'osent pas venir parce que tu as sur toi quelque chose

dont ils ont peur. » Il se rappela alors qu'il avait sur lui une croix, sortit et la suspendit en dehors de cette demeure. Il se mit donc à appeler de nouveau les démons. Les démons en le fouettant lui dirent pourquoi il était venu. Puis il demanda au démon : « Pourquoi aviez-vous peur de ce que je porte sur moi? » Il répondit : « C'est le signe du Dieu du ciel dont nos dieux ont peur. » Il dit : « Qui sont vos dieux? Où vivent-ils? — Dans les abîmes, répondit-il. Ils sont noirs, ailés, pourvus d'une queue, ils s'élancent parfois sous le ciel, obéissant à vos dieux ; car vos dieux sont dans le ciel. Quand un des vôtres meurt, il est emporté dans le ciel ; quand un des nôtres meurt, nous l'emportons à nos dieux dans l'abîme. » Il en est ainsi : les pécheurs sont dans l'abîme où ils attendent les tourments éternels, les justes au contraire demeurent au ciel et vivent avec les Anges. Telle est la force des démons, leur beauté, leur faiblesse ! C'est ainsi qu'ils égarent les hommes, leur ordonnant de raconter les visions qui se manifestent à ceux dont la foi faiblit ; ils leur apparaissent dans le sommeil, dans des hallucinations, et ils font des prodiges par ces enseignements diaboliques. C'est surtout par les femmes que s'opèrent les enchantements diaboliques. Car au commencement le diable tenta la femme, puis elle tenta l'homme. Aussi à travers toutes les générations les femmes ensorcèlent par la magie, par le poison, par d'autres ruses diaboliques. Les hommes infidèles sont aussi visités par les démons, comme cela s'est vu autrefois au temps des apôtres. Il y eut un nommé Simon qui, par ses enchantements, faisait parler les chiens d'une voix humaine, et se changeait tantôt en vieillard, tantôt en jeune homme. Il changeait même les autres, leur donnant une forme nouvelle, et il faisait cela par le prestige de son art. Jannès et Mambrès firent par la magie des miracles contre Moïse, mais ils ne purent résister à Moïse. Kou-

nop aussi fit des prodiges par un art diabolique ; il marcha
même sur les eaux et accomplit d'autres prestiges, abusé par
le démon pour son malheur et celui des autres. Un magicien
se montra aussi du temps de Gleb à Novogorod ; il parlait aux
hommes et se faisait passer pour Dieu. Il trompa beaucoup de
gens, presque toute la ville, car il disait : « Je sais tout. » Et il
blasphémait la foi chrétienne, disant : « Je passerai le Volkhov
en présence de tout le monde. » Et il y eut une émeute dans
la ville ; tous croyaient en lui et voulaient tuer leur évêque ;
l'évêque prit la croix, revêtit les habits sacerdotaux et dit :
« Que ceux qui croient au magicien aillent près de lui. Que
ceux qui ont la foi viennent près de la croix. » Et ils se partagèrent en deux troupes. Le prince Gleb avec sa droujina
passa auprès de l'évêque et tout le peuple suivit le magicien.
Et il y eut de grands troubles parmi eux. Gleb ayant pris une
hache sous son vêtement alla trouver le magicien et lui dit :
« Sais-tu ce qui arrivera demain et aujourd'hui avant le soir ? »
Il dit : « Je sais tout. » Et Gleb dit : « Tu sais donc ce qui doit
arriver aujourd'hui ? » Il dit : « Je ferai de grands miracles. »
Gleb tira sa hache et le tua : il tomba mort et le peuple se dispersa. Il périt ainsi, corps et âme, s'étant livré au démon.

LXVI. — Translation des saints Boris et Gleb (1072).

Année 6580. On rapporta les saints martyrs Boris et Gleb.
Alors se rassemblèrent les fils d'Iaroslav, Iziaslav, Sviatoslav,
Vsévolod. Puis le métropolitain d'alors Georges, puis les évêques Pierre de Péréïaslav, Michel de Iouriev ; Théodose, hégoumène du monastère Petchersky, Sophroni, hégoumène de Saint-
Michel ; Germain, hégoumène de Saint-Sauveur et tous les
hégoumènes. Ils firent une fête et une cérémonie solennelle,
puis ils déposèrent les saints dans une nouvelle église fondée

par Iziaslav qui subsiste encore aujourd'hui. D'abord Iziaslav, Sviatoslav, Vsévolod prirent Boris dans un cercueil de bois, le portèrent sur leurs épaules. En avant venaient des religieux qui portaient des cierges. Après eux des diacres avec des encensoirs, puis les prêtres, puis les évêques et le métropolitain, enfin les princes portant le cercueil. Après l'avoir apporté dans la nouvelle église, ils ouvrirent le cercueil et l'église se remplit d'un parfum très agréable. Voyant cela, ils louèrent Dieu. Le métropolitain fut saisi de terreur : car il n'avait que peu de foi en ces saints. Il tomba le visage contre terre implorant son pardon. On baisa les reliques de Boris puis on les déposa dans un cercueil de pierre. Puis on prit Gleb dans le cercueil de pierre où il reposait, on le mit sur un traîneau et on le tira avec des cordes. Comme on arrivait à la porte de l'église, le cercueil s'arrêta et n'avança plus. On ordonna au peuple de dire : « Seigneur, aie pitié. » Et il entra. On l'ensevelit le 2 mai (1072). Et après avoir chanté la liturgie, tous les frères dînèrent ensemble, chacun avec ses boïars, dans une grande affection. En ce temps-là Tchoudine était commandant de Vychégorod, et Lazare chef de l'église. Puis ils se dispersèrent et retournèrent chez eux.

LXVII. — Discorde parmi les fils d'Iaroslav (1073).

Année 6581. Le diable excita la discorde parmi les fils d'Iaroslav. Quand cette discorde éclata entre eux, Sviatoslav se mit avec Vsévolod contre Iziaslav. Iziaslav quitta Kiev et Sviatoslav avec Vsévolod allèrent à Kiev : le 22 mars ils s'établirent au palais de Bérestovo, ayant enfreint les ordres de leur père. Ce fut Sviatoslav qui fut cause du départ de son frère par suite de son avidité. Il trompa Vsévolod, disant : « Voici qu'Iziaslav s'entend contre nous avec Vseslav. Si nous ne le prévenons pas, il nous chassera. » Il irrita ainsi Vsévolod contre Iziaslav. Iziaslav alla chez les Lekhs avec sa femme, emmenant beaucoup de richesses ; il espérait en ses grandes richesses et disait : « Je trouverai là-bas une armée. » Les Lekhs lui prirent tout et le chassèrent. Sviatoslav s'établit à Kiev ayant chassé son frère, transgressé les commandements de son père, et plus encore ceux de Dieu. Car c'est un grand péché de violer les commandements de son père. Ainsi les fils de Cham envahirent la terre de Seth et au bout de quatre cents ans ils furent punis de Dieu. Car c'est à la race de Seth que se rattachent les Hébreux, qui, après avoir détruit le peuple de Chanaan, conquirent leur héritage et leur pays. Ensuite Ésaü transgressa les ordres de son père et fut tué : car il est mal de violer les biens d'autrui. Cette même année fut fondée l'église du monastère Petchersky par l'hégoumène Théodose, l'évêque Michel, le métropolitain de Kiev Georges étant alors en Grèce et Sviatoslav résidant à Kiev.

LXVIII. — Mort de Théodose. Son panégyrique. Histoire du monastère Petchersky (1074).

Année 6582. Théodose, hégoumène du monastère des Cryptes, mourut. Nous dirons quelques mots de sa mort. Ce Théodose avait l'habitude, quand venait le temps du carême, le dimanche gras, après avoir embrassé le soir tous les frères suivant l'usage, de leur enseigner comment ils doivent passer ce temps, priant nuit et jour et se gardant des pensées impures et des tentations du démon. Car les démons, disait-il, inspirent aux moines des pensées et des désirs mauvais, enflamment leur imagination et par là empêchent leurs prières. Quand de telles pensées surviennent, il faut les conjurer par le signe de la croix en disant : « Seigneur Jésus-Christ, notre

Dieu, aie pitié de nous, amen. » Outre cela il faut s'abstenir
de manger beaucoup : car boire et manger sans mesure produit de mauvaises pensées. Et quand il se produit de mauvaises pensées, le péché arrive. Ainsi, disait-il, le religieux
pour résister aux efforts et à la méchanceté des démons, doit
se mettre en garde contre la paresse, contre les longs som-
meils, être exact aux chants de l'église, aux institutions des
pères, à la lecture des écritures, et par-dessus tout avoir sur
les lèvres les psautier de David, et repousser par lui l'assou-
pissement qu'inspire le démon. Mais avant tout, disait-il, il
faut que les plus jeunes aiment leur prochain, écoutent les
anciens avec humilité et obéissance ; les anciens doivent pro-
diguer aux jeunes l'amour et l'enseignement et donner par
eux-mêmes l'exemple de la tempérance, de la vigilance, de
l'humilité ! ils doivent enseigner les jeunes et les consoler.
C'est ainsi qu'il faut passer le carême. Car, disait-il, Dieu nous
a donné ces quarante jours pour purifier notre âme ; c'est
une dîme de l'année payée à Dieu : en effet il y a dans l'année
trois cent soixante-cinq jours et en donnant à Dieu le dixième
jour comme dîme, on a le carême de quarante jours. C'est
pendant ces jours que l'âme se purifie ; puis après, elle célèbre la résurrection du Seigneur, et se réjouit en Dieu. Le
temps du carême purifie l'âme de l'homme. Car le jeûne a
été au début imposé à Adam : il consistait à ne pas manger
du fruit d'un arbre. Moïse en jeûnant quarante jours se rendit digne de recevoir la loi sur le mont Sinaï après avoir vu
la gloire de Dieu. C'est en jeûnant que la mère de Samuel
le mit au monde. C'est en jeûnant que les Ninivites conju-
rèrent la colère du Seigneur. C'est par le jeûne que Daniel devint digne de grandes révélations, qu'Élie fut enlevé
au ciel à la table céleste. C'est pour avoir jeûné que les trois
jeunes hommes éteignirent la force du feu. Le Seigneur lui-

même a jeûné quarante jours, nous indiquant ainsi le temps
du jeûne. C'est par le jeûne que les Apôtres ont ruiné les enseignements du démon. C'est par le jeûne que nos pères sont
devenus les flambeaux du monde, flambeaux qui brillent
encore après leur mort : ils nous ont donné l'exemple de
grands travaux et de la tempérance comme Antoine le Grand,
Euthyme, Sava et d'autres Pères que nous, frères, nous imi-
tons. Ayant ainsi parlé il embrassait les frères l'un après
l'autre en les saluant par leurs noms, puis il sortait du monastère, n'ayant pris que quelques pains. Puis il entrait dans une
crypte, en fermait la porte, se couvrait de poussière et ne
parlait à personne ; quand il avait besoin de quelque chose
indispensable, il disait quelques mots par une fenêtre, seulement le samedi et le dimanche ; les autres jours il vivait dans
un jeûne austère et dans la prière. Et il venait au monastère
le vendredi de la veille de la Saint-Lazare : car c'est en ce jour
que se termine le jeûne de quarante jours, qui commence au
premier lundi après la semaine de Saint-Théodore et se termine
au vendredi de Saint-Lazare. La Semaine sainte on jeûne en
l'honneur de la Passion du Seigneur. Théodose vint donc,
embrassa ses frères suivant sa coutume et passa avec eux le
dimanche des Rameaux. Et quand vint le grand jour de la
résurrection du Seigneur, il le célébra solennellement suivant
sa coutume et tomba malade. Il fut malade pendant cinq jours,
puis le soir il ordonna qu'on l'apportât dans la cour : ses frères
le mirent sur un traîneau et l'amenèrent en face de l'église.
Il ordonna alors d'appeler tous les frères, et les frères sonnèrent la cloche et tous se rassemblèrent. Il leur dit alors :
« Mes pères, mes frères, mes enfants, voici que je vous
quitte. Dieu m'a manifesté dans le temps du jeûne, alors que
j'étais dans ma grotte, que je dois vous quitter. Qui voulez-
vous établir hégoumène à votre tête? Que je lui donne ma

bénédiction. » Ils lui dirent : « Tu es notre père à tous ; celui que tu choisiras sera notre père et notre hégoumène et nous lui obéirons comme à toi. » Notre père Théodose dit alors : « Allez-vous-en et désignez qui vous voudrez, hormis les deux frères Nicolas et Ignace ; choisissez des plus vieux aux plus jeunes. » Ils lui obéirent et se retirèrent vers l'église. Puis après avoir délibéré, ils envoyèrent deux frères, disant : « Celui que choisira Dieu et sa sainte prière, celui qui te conviendra, désigne-le. » Théodose leur répondit : « Si vous voulez recevoir de moi un hégoumène, je vous en donnerai un, non pas suivant mon caprice, mais d'après la volonté de Dieu. » Et il leur désigna le prêtre Jacob. Cela ne plut pas aux frères et ils dirent : « Il n'a point été tondu (1) ici. » Car Jacob était venu de Létets avec son frère Paul. Et ils se mirent à demander Étienne, le domestique (2), qui était alors l'élève de Théodose, disant : « Il a grandi sous ta main, il t'a servi : donne-nous-le. » Théodose leur dit : « Je vous ai désigné Jacob suivant l'ordre de Dieu, et vous voulez avoir un hégoumène à votre gré. » Et se prêtant à leurs vœux, il leur donna Étienne comme hégoumène, et il bénit Étienne, lui disant : « Mon fils, je te confie ce monastère, garde-le avec soin ; maintiens ce que j'ai établi dans les offices ; ne change pas les traditions ni les règlements du monastère, mais fais tout suivant la loi et l'ordre du monastère. » Puis les frères le prirent, l'apportèrent à sa cellule et le déposèrent sur son lit. Le sixième jour il devint très malade. Sviatoslav vint le voir avec son fils Gleb et, quand ils furent assis près de lui, Théodose leur dit : « Je m'en vais de ce monde et je confie ce monastère à ta protection, dans le cas où il y surviendrait quelque désordre. Je donne le titre d'hégoumène à Étienne ;

(1) Fait moine. (2) C'est-à-dire le Chantre.

ne permets pas qu'il lui soit fait de tort. » Le prince l'embrassa, lui promit de protéger le monastère et le quitta. Et quand vint le septième jour, Théodose, devenant de plus en plus faible, appela Étienne et ses frères et se mit à leur parler en ces termes : « Après ma sortie de ce monde, si j'ai été agréable à Dieu et qu'il me reçoive, le monastère commencera à se développer et à se remplir de plus en plus. Alors sachez que Dieu m'aura reçu. Si après ma mort les religieux et les revenus diminuent au monastère, alors vous saurez que je n'ai pas été agréable à Dieu. Il parla ainsi et les frères pleuraient, disant : « Père, prie pour nous auprès de Dieu, car nous savons que Dieu ne rejettera pas ton œuvre. » Les frères passèrent cette nuit auprès de lui, et quand vint le huitième jour, le deuxième samedi après Pâques, à la deuxième heure du jour, il rendit son âme entre les mains de Dieu, le troisième jour du mois de mai, dans la onzième indiction (1074). Les frères le pleurèrent. Or Théodose avait ordonné qu'on l'enterrât dans la crypte où il avait accompli un grand nombre de travaux, disant : « Ensevelissez mon corps pendant la nuit. » Ainsi fut fait. Quand vint le soir, les frères ayant pris son corps le déposèrent dans la crypte, et ils l'y menèrent avec des hymnes et des cierges, louant notre Seigneur Jésus-Christ, et Étienne administra le monastère et le troupeau béni qu'avait rassemblé Théodose. De pareils religieux brillent en Russie comme des flambeaux : c'étaient des hommes qui savaient les uns observer un jeûne austère, les autres veiller, les autres prier à genoux, d'autres jeûner un jour entier ou même deux jours de suite ; d'autres vivaient seulement d'eau et de pain ; d'autres de légumes crus ou cuits. Ils s'aimaient entre eux ; les plus jeunes s'humiliaient devant les plus anciens et n'osaient parler en leur présence qu'avec humilité et obéissance ; les anciens étaient pleins d'amour pour les plus jeunes, ils les corrigeaient et les consolaient comme leurs enfants chéris. Si quelque frère tombait en faute, ils le consolaient et partageaient à trois ou quatre la pénitence d'un seul avec un grand amour : tant était grande la charité et la tempérance qui régnaient parmi eux. Si quelque frère sortait du monastère, tous s'en affligeaient vivement, envoyaient après lui et le ramenaient au monastère, puis ils allaient se mettre à genoux devant l'hégoumène, le priaient et accueillaient le frère avec joie au monastère. Telles étaient leur charité, leurs jeûnes, leurs austérités. Je rappellerai parmi eux les noms de quelques hommes prodigieux. Le premier, le prêtre Damien, était si austère et si tempérant qu'il ne vécut que de pain et d'eau jusqu'à sa mort. Quand on apportait au monastère quelque enfant malade d'une maladie quelconque, ou qu'un homme souffrant de quelque mal venait trouver le bienheureux Théodose, il ordonnait à ce Damien de dire des prières sur ce malade. Dès que les prières avaient été dites et qu'il l'avait frotté d'un certain onguent, le malade était guéri. Une fois que Damien était malade et prêt à mourir, un ange, sous la forme de Théodose, vint auprès de sa couche et lui promit le royaume du ciel en récompense de ses travaux. Puis Théodose vint avec ses frères et ils s'assirent près de lui ; au milieu de son agonie il regarda l'hégoumène et dit : « N'oublie pas, hégoumène, ce que tu m'as promis cette nuit. » Le grand Théodose comprit qu'il avait eu une vision et dit : « Frère Damien, ce que je t'ai promis s'accomplira. » Puis Damien ferma les yeux et rendit son âme entre les mains de Dieu ; l'hégoumène et les frères ensevelirent son corps. Il y avait un autre frère du nom de Jérémie, qui se rappelait la conversion de la Russie. Dieu lui avait fait un don, celui de prédire l'avenir. Et quand il voyait quelque frère absorbé par ses pensées, il le reprenait en secret et lui enseignait à se défier du démon. Si quelque frère songeait à quitter le monastère et qu'il le vît, il allait le trouver, le réprimandait de son dessein et le consolait. S'il annonçait à quelqu'un quelque chose de bien ou de mal, ses paroles s'accomplissaient. Il y avait un autre vieillard du nom de Mathieu ; il avait le don de double vue. Une fois qu'il se tenait dans l'église à sa place, il leva les yeux et, regardant les frères qui chantaient des deux côtés, il vit un démon sous la forme d'un Lekh qui portait dans son vêtement des fleurs appelées *lepok* (1), il passait auprès des frères, prenait des fleurs dans sa ceinture et les jétait sur eux ; si la fleur s'attachait à quelqu'un des frères qui chantaient, il ne restait pas longtemps, sa pensée se troublait, il prenait quelque prétexte, sortait de l'église, allait à sa cellule et s'endormait et ne revenait pas à l'église avant la fin des chants. Si la fleur tombait sur un moine et ne s'attachait pas après lui, il restait inébranlable jusqu'à ce que l'on eût fini de chanter les matines et, alors seulement, il s'en allait dans sa cellule.

Le frère vit cela et le dit à ses frères. Ensuite voici ce qu'il vit : D'ordinaire quand ce vieillard entendait les matines et que ses frères les ayant finies se retiraient dans leurs cellules avant l'aurore, le vieillard sortait le dernier de l'église. Une fois, comme il sortait, il s'assit pour se reposer sous le clocher, car sa cellule était loin de l'église ; il vit une troupe sortir par

---

(1) « Planta quædam » traduit le Dictionnaire de Miklosich. M. Smith traduit par mistel (gui), qui n'est pas exact ; Erben traduit par *lepik ;* le verbe *liepiti* en slavon veut dire coller, il s'agit évidemment de la plante appelée *chez* nous bardane (*Arctium lappa*), vulg. glouteron, herbe aux teigneux, dont les fleurs contenues dans un calice formé d'écailles s'accrochent, se collent pour ainsi dire aux poils des animaux et aux vêtements de laine. Ce qui a induit Smith en erreur c'est le mot *liep* traduit par *viscum* dans le Dictionnaire slavon de M. Miklosich. *Viscum* ici veut dire glu ; gui se dit en slavon *omelnik.*

11

la porte, il leva les yeux et vit un homme qui chevauchait sur un pourceau, et d'autres qui marchaient derrière lui. Le vieillard demanda : « Où allez-vous? » et le démon qui était sur le porc répondit : « Nous allons chercher Michel Tolbékovitch. » Le vieillard fit le signe de la croix et alla à sa cellule. Quand l'aube arriva le vieillard, après avoir réfléchi, dit au frère portier : « Va demander si Michel est dans sa cellule. » Et on lui dit : « Tout à l'heure, aussitôt après les matines, il a sauté par-dessus la palissade. » Et le vieillard dit sa vision à l'hégoumène et aux frères. Du temps de ce vieillard mourut Théodose, et Étienne devint hégoumène; après Étienne, Nikon encore du vivant de ce vieillard. Une fois qu'il était à matines, il leva les yeux voulant voir l'hégoumène Nikon et il aperçut un âne à la place de l'hégoumène et il comprit que l'hégoumène ne s'était pas levé. Ce vieillard eut bien d'autres visions de ce genre et il mourut au monastère dans une extrême vieillesse.

Il y eut aussi un moine appelé Isaac. Quand il vivait encore dans le monde de la vie des laïques, il était riche ; car il était marchand, né à Toropets; il résolut de se faire moine et partagea son bien entre les pauvres et les monastères, puis il alla trouver le grand Antoine dans la grotte, le priant de le faire moine. Antoine le reçut, le revêtit de l'habit religieux et lui donna le nom d'Isaac ; car dans le monde il s'appelait Tcherny ; or il se revêtit d'une haire ; puis il ordonna qu'on lui achetât un bouc, détacha la peau avec un soufflet, puis il la mit sur sa haire et cette peau fraîche se dessécha sur lui, et il s'enferma dans une rue souterraine dans une petite cellule de quatre coudées. Là, sans relâche, il priait Dieu en pleurant ; il n'avait pour nourriture toute la journée qu'une hostie ; il ne buvait qu'un peu d'eau ; c'était le grand Antoine qui la lui apportait et la lui passait par une petite fenêtre où la main pouvait s'introduire (1). C'est ainsi qu'il recevait sa nourriture. Il fit cela pendant sept ans ne sortant jamais, il ne se couchait pas même sur le flanc, mais il dormait un peu restant assis. Un soir, suivant son habitude, il se mit à genoux chantant les psaumes jusqu'à minuit, et quand il fut fatigué il s'assit sur son siège. Or comme il était assis, ayant éteint sa lumière, soudain une lueur pareille à celle du soleil éclata dans la crypte, au point de l'éblouir ; et deux beaux jeunes gens parurent devant lui : leurs yeux brillaient comme le soleil et ils lui dirent : « Isaac, nous sommes des anges et voici que le Christ vient à toi ; tombe à genoux devant lui. » Il ne reconnut pas l'artifice des démons et, oubliant de se signer, s'agenouilla comme devant le Christ, devant cette œuvre du démon. Les démons alors s'écrièrent : « Isaac tu es à nous ! » Ils entrèrent dans la cellule, le firent asseoir et s'assirent autour de lui. Ils remplissaient la cellule et la rue de la crypte. Et l'un des démons, qui prenait le nom du Christ, dit : « Prenez des chalumeaux, des tambours et des lyres et jouez-en qu'Isaac se mette à danser. » Et ils firent retentir les chalumeaux, les tambours et les lyres, et ils se mirent à se jouer du vieillard et après l'avoir épuisé de fatigue, ils le laissèrent à demi-mort, et s'en allèrent après l'avoir bafoué. Le lendemain, quand vint l'aube, et que ce fut l'heure de manger le pain, Antoine vint suivant sa coutume à la cellule et dit : « Que le Seigneur nous bénisse, père Isaac ! » Mais Isaac restait muet et sourd. Et Antoine dit : « Voici qu'il est déjà mort. » Et il envoya au monastère chercher Théodose et ses frères. Et après avoir ouvert l'entrée qui était murée ils entrèrent, le prirent, estimant qu'il était mort, l'emportèrent et le posèrent devant la crypte et alors

---

(1) On montre encore des cellules de ce genre dans les catacombes de Kiev, Voir mon volume *Études slaves*, chap. I. (Paris, Leroux, 1875.)

ils s'aperçurent qu'il était en vie. Et l'hégoumène Théodose dit : « Ceci est le fait du démon. » Et ils le mirent sur un lit, Antoine le soigna. A ce moment Iziaslav revint de la terre des Lekhs : il s'irrita contre Antoine à cause de Vseslav ; Sviatoslav pendant la nuit fit emmener Antoine à Tchernigov. Antoine vint à Tchernigov et la colline de Boldiny lui plut, il y creusa une caverne et s'y établit. Le monastère de la Mère de Dieu, sur la colline de Boldiny, subsiste encore aujourd'hui. Théodose ayant appris qu'Antoine était parti à Tchernigov, vint avec ses frères, prit Isaac et le mit dans sa cellule, et le soigna : car il était tellement affaibli de corps et d'âme qu'il ne pouvait ni se tourner sur le côté, ni se lever, ni s'asseoir, mais il était couché sur le flanc, et lâchait sous lui ; ses urines et ses excréments engendraient des vers sous ses reins. Théodose de ses propres mains le lavait et l'habillait. Il le soigna pendant deux ans. Chose étonnante et miraculeuse, il resta pendant ces deux ans sans goûter ni pain ni eau, ni aucune nourriture, ni aucun fruit ; il resta ainsi deux ans sourd et muet. Théodose priait Dieu pour lui et lisait sur lui des prières nuit et jour ; enfin la troisième année il commença à parler, à entendre, à se tenir sur ses pieds comme un enfant et à marcher. Et il négligeait d'aller à l'église ; il fallait qu'on l'y menât par la force. On l'instruisit peu à peu et ensuite il apprit à aller au réfectoire, on l'y asseyait à part, on lui donnait du pain : il ne le prenait pas à moins qu'on ne lui mît dans la main. Théodose dit alors : « Mettez le pain devant lui, et ne le lui mettez pas dans la main ; qu'il mange de lui-même. » Et il resta toute une semaine sans manger. Peu à peu il s'aperçut qu'il y avait du pain et le mangea. C'est ainsi que Théodose le sauva des embûches du démon. Et Isaac reprit le cours de ses rudes abstinences. Quand Théodose fut mort et qu'Étienne eut pris sa place, Isaac dit : « Tu m'as déjà trompé, démon, tandis que je reposais dans ma cellule solitaire ; maintenant je ne veux plus me renfermer dans ma crypte, mais je veux te vaincre en allant au monastère. » Et il revêtit une haire et sur cette haire une chemise grossière et il se mit à faire des choses étranges : il aidait les cuisiniers, faisait cuire les aliments des moines, il allait aux matines avant tous les frères et restait grave et immobile. Quand venait l'hiver et qu'il y avait de grandes gelées, il n'avait que des souliers troués de façon que ses pieds gelaient sur la pierre, et il ne remuait pas les pieds jusqu'à ce que l'on eût fini de chanter matines. Après les matines il allait à la cuisine, préparait le feu, l'eau et le bois et d'autres frères cuisiniers arrivaient. Un certain frère cuisinier appelé lui aussi Isaac, dit en riant à Isaac : « Vois, il y a là-bas un corbeau noir : va et prends-le. » Il s'inclina devant lui, alla prendre le corbeau et l'apporta en présence de tous les cuisiniers : ils eurent peur et dirent cela à l'hégoumène et aux autres frères. Les frères commencèrent à l'honorer, mais lui, ne voulant pas de la gloire humaine, se mit à faire des folies et à jouer des tours tantôt à l'hégoumène, tantôt aux frères, tantôt aux laïques, si bien que les autres lui donnaient des coups. Et il se mit à courir le monde, faisant le fou. Puis il s'établit dans la crypte où Antoine avait vécu (car Antoine était mort). Et il réunit autour de lui des jeunes gens et les revêtit de l'habit monacal, ce qui lui valut des coups de la part de l'hégoumène Nikon ou des parents de ces enfants. Il endurait tout cela, souffrant les coups, la nudité, et le froid jour et nuit. Une nuit il alluma un poêle dans une chambre de la crypte ; le poêle échauffé qui était déjà vieux, éclata et la flamme s'échappa par les crevasses ; n'ayant pas de quoi le boucher, il mit ses pieds nus sur la flamme, les laissa jusqu'à ce qu'elle fût éteinte et sortit ensuite. On raconte encore de lui beaucoup de choses dont j'ai

moi-même été parfois témoin. C'est ainsi qu'il prit le dessus
sur les forces démoniaques, comme sur des mouches ; il
n'avait aucune peur de leurs épouvantes et de leurs fantômes ;
car il leur disait : « Vous m'avez trompé une première fois
dans la crypte parce que je ne connaissais pas vos embûches
et vos perfidies, maintenant que j'ai pour moi le Seigneur
Jésus-Christ et mon Dieu et les prières de Théodose, notre
père, j'espère au nom du Christ que je vous vaincrai. » Car
souvent les démons le persécutaient, et lui disaient : « Tu es
à nous ! Tu as rendu hommage à notre chef et à nous ! » Il
répondait : « Votre chef est l'Antechrist, et vous, vous êtes
des démons. » Et il faisait sur son visage le signe de la croix
et ils disparaissaient ; d'autres fois ils venaient près de lui la
nuit, l'effrayant par des visions, lui faisant voir, comme une
grande foule avec des pioches et des pelles ; ils disaient :
« Faisons ébouler cette crypte et enterrons cet homme
ici ! » D'autres disaient : « Sauve-toi, Isaac, ils veulent
t'ensevelir. » Il leur répondait : « Si vous étiez des hommes,
vous viendriez en plein jour ; mais vous êtes des ombres, vous
venez dans l'ombre et l'ombre vous reprendra. » Il se signait
et ils disparaissaient. D'autres fois ils l'effrayaient sous la
forme d'un ours ; d'autres fois sous celle d'une bête féroce,
ou d'un bœuf, ou bien des serpents venaient en rampant vers
lui ; d'autres fois c'étaient des crapauds, des rats, des reptiles. Et ils ne pouvaient rien lui faire et ils lui disaient :
« Isaac, tu nous as vaincus. » Il leur dit un jour : « Vous
m'avez vaincu autrefois sous la forme du Christ et des anges
dont vous n'êtes pas dignes, et maintenant vous vous mon-
trez sous votre forme réelle : bêtes féroces, bétail, serpents,
reptiles, voilà ce que vous êtes, laids et répugnants à voir. »
Alors ils disparurent et depuis ce temps ils ne le tentèrent
plus. Comme il le disait lui-même : « J'ai soutenu cette lutte

pendant trois ans. » Alors il se mit à vivre plus austèrement, observant l'abstinence, le jeûne, les veilles. Vivant ainsi il arriva au terme de ses jours. Il devint malade dans sa grotte. On le porta au monastère ; le huitième jour il s'endormit dans le Seigneur. L'hégoumène Ivan et ses frères le mirent dans le cercueil et l'ensevelirent. Tels étaient les moines du monastère de Théodose. Après leur mort ils brillent comme des flambeaux et ils prient Dieu pour leurs frères qui sont ici et pour leurs frères laïques, et pour les bienfaiteurs du monastère. Et les frères mènent encore aujourd'hui une vie pleine de vertus, vivant en commun, dans les chants, la prière et l'obéissance, en l'honneur du Dieu tout-puissant, protégés par les prières de Théodose, à qui la gloire soit dans les siècles des siècles. Amen.

LXIX. — Les ambassadeurs allemands chez Sviatoslav (1075).

Année 6583. L'église du monastère Petchersky fut continuée par l'hégoumène Étienne sur les fondements antérieurs ; car les fondements avaient été jetés par Théodose et elle fut reprise sur ces fondements par Étienne, et terminée au bout de trois ans, le 11 juillet. Cette année vinrent des ambassadeurs d'Allemagne auprès de Sviatoslav. Sviatoslav leur montra avec orgueil ses richesses ; en voyant cette masse innombrable d'or, d'argent et d'étoffes, ils dirent : « Tout cela ne sert rien ; ce sont des choses mortes ; les hommes valent mieux ; car ce sont les hommes qui procurent toutes ces richesses et de plus grandes encore. » C'est ainsi qu'Ezéchias, roi des Juifs, se loua devant les ambassadeurs du roi d'Assyrie, et toutes ses richesses furent emmenées à Babylone. De même, après la mort de Sviatoslav, tous ces biens furent dispersés de différents côtés.

Année 6584. Vladimir, fils de Vsévolod et Oleg, fils de Sviatoslav, allèrent secourir les Lekhs contre les Tchèques. Cette
année mourut Sviatoslav, fils d'Iaroslav, le 27 décembre, d'un
ulcère qui se déchira. On l'enterra à Tchernigov dans l'église
du Sauveur. Après lui Vsévolod monta sur le trône le 1ᵉʳ janvier. Cette année naquit à Vladimir un fils, Mstislav, petit-fils
de Vsévolod (1076).

Année 6585. Iziaslav déclara la guerre, avec l'alliance des
Lekhs. Vsévolod marcha contre lui ; Boris s'établit à Tchernigov le quatrième jour du mois de mai : il y régna huit jours
et s'enfuit à Tmoutorakan auprès de Roman ; Vsévolod marcha
contre son frère Iziaslav en Volhynie et ils conclurent la paix.
Iziaslav vint s'établir à Kiev le 15 juillet. Oleg, fils de Sviatoslav, était alors chez Vsévolod à Tchernigov (1077).

LXX. — Guerre contre les Polovtses. Mort d'Iziaslav (1078).

Année 6586. Oleg, fils de Sviatoslav, se réfugia à Tmoutorakan, fuyant Vsévolod, le 10 du mois d'avril. Cette année
Gleb, fils de Sviatoslav, fut tué à Zavolotchié. Gleb était compatissant envers les pauvres, bienveillant pour les étrangers,
zélé pour les églises, ardent dans sa foi, aimable et beau. On
enterra son corps à Tchernigov auprès de l'église du Sauveur,
le 23 juillet. Tandis que Sviatopolk, fils d'Iziaslav, régnait à sa
place à Novogorod, Iaropolk à Vychégorod, Vladimir à Smolensk, Oleg et Boris amenèrent les païens contre la terre
russe, et marchèrent contre Vsévolod avec les Polovtses.
Vsévolod marcha contre eux sur la Sojitsa et les Polovtses
battirent les Russes et un grand nombre d'entre eux furent
tués dans ce combat. Là périrent Ivan Iaroslavitch et Touki,
frère de Tchoudin, Poréï et beaucoup d'autres, le 25 août.
Oleg et Boris entrèrent à Tchernigov en vainqueurs et firent

beaucoup de mal à la Russie en versant le sang chrétien, sang que Dieu vengera sur eux : car ils lui répondront de la mort des âmes chrétiennes. Vsévolod alla trouver son frère Iziaslav à Kiev : ils s'embrassèrent et s'assirent ensemble, et Vsévolod raconta tout ce qui s'était passé. Iziaslav lui dit : « Frère, ne t'afflige pas ! n'as-tu pas vu tout ce qui m'est arrivé ? D'abord ne m'a-t-on pas chassé ? N'a-t-on pas pillé mes biens ? Et, une seconde fois, quoique je n'eusse fait rien de mal, ne m'avez-vous pas chassé, vous mes frères ? N'ai-je point erré exilé dans les terres étrangères ? On m'a pris mon bien quoique je n'eusse fait rien de mal. Aujourd'hui, frère, ne nous affligeons pas ! Si nous devons avoir quelque part à la terre russe, nous l'aurons ensemble ; si nous devons la perdre, nous la perdrons ensemble. J'exposerai ma vie pour toi ! » Il consola Vsévolod par ces paroles et ordonna aussitôt de rassembler ses guerriers des plus jeunes aux plus vieux. Et Iziaslav marcha avec son fils Iaropolk, et Vsévolod avec Vladimir, son fils, et ils allèrent contre Tchernigov et les habitants de cette ville s'enfermèrent dans leurs remparts. Mais Oleg et Boris n'étaient point dans cette ville. Les habitants n'ouvrant pas, les assiégeants s'avancèrent sous la ville. Vladimir s'avança vers la porte orientale, prit la porte du côté de la Stréjen, occupa la partie extérieure de la ville et la brûla ; le peuple se réfugia dans l'intérieur de la ville. Iziaslav et Vsévolod ayant appris qu'Oleg et Boris se dirigeaient contre eux, les prévinrent et sortirent de la ville contre Oleg. Oleg dit à Boris : « Ne marchons pas contre eux, nous ne sommes pas capables de tenir tête à quatre princes ; mais envoyons des messagers à nos oncles. » Boris lui dit : « Toi, conserve seulement nos avantages ; moi, je résisterai à tous. » Il se flattait et il ne savait pas que Dieu est contraire aux orgueilleux et aime les humbles, afin que le fort ne s'enorgueillisse point de sa force. Ils marchèrent donc les uns contre les autres et se rencontrèrent près d'un village dans la plaine de Niéjatynia. Quand les deux armées en furent venues aux mains il y eut un combat acharné. D'abord fut tué Boris, fils de Viatcheslav, celui qui s'était tant enorgueilli. Iziaslav se tenait au milieu de l'infanterie : un soldat survint tout à coup et le frappa avec une lance à l'épaule; ainsi périt Iziaslav fils d'Iaroslav. Et comme le combat continuait, Oleg s'enfuit avec une petite droujina, et il s'enfuit avec peine jusqu'à Tmoutorakan. Le prince Iziaslav fut tué le 3 octobre. On enleva son corps, on l'emporta sur un bateau, et on le déposa en face de Gorodets. Toute la ville de Kiev sortit au-devant de lui, on mit son corps sur un traîneau ; les prêtres et les moines le conduisirent à la ville en chantant, et on ne pouvait entendre les chants au milieu des pleurs et des gémissements ; car toute la ville de Kiev le pleurait. Iaropolk marchait derrière lui pleurant avec toute sa droujina; « Mon père, mon père, tu n'as pas vécu sans souffrances dans ce monde ; tu as souffert beaucoup d'injures de la part de ton peuple et de tes frères et voici que tu péris. Tu es mort, non pas de la main de son frère, mais en exposant ta vie pour ton frère. » Ils apportèrent son corps dans l'église de la Mère de Dieu où il fut déposé dans un cercueil de marbre. Iziaslav était beau de visage, haut de taille, de mœurs irréprochables ; il haïssait l'injustice, aimait la justice ; il était exempt de ruse et de dissimulation, il était bienveillant et ne rendait pas le mal pour le mal. A quels excès les habitants de Kiev ne se livrèrent-ils pas contre lui ! Ils le chassèrent, ils pillèrent sa maison et il ne leur rendit pas le mal pour le mal. Si quelqu'un vous dit : « Ce bourreau a fait périr tel et tel, » ce n'est pas lui qui a fait cela, mais bien son fils. Puis ses frères le chassèrent encore et il alla en exil dans la terre étrangère. Et quand il fut rétabli sur le trône et que Vsévolod vaincu vint à lui il ne lui dit pas : « Que de maux vous m'avez fait souffrir! » Il ne lui rendit pas le mal pour le mal, mais il le consola disant : « Frère, tu m'as montré ton affection ; tu m'as établi sur mon trône et tu m'as reconnu pour ton ancien, je veux bien oublier ton ancienne offense, tu es mon frère, je suis le tien et j'exposerai ma vie pour toi. » C'est en effet ce qu'il fit. Il ne dit pas : « Combien vous m'avez fait de mal! et maintenant on t'en fait à ton tour. » Il ne dit pas : « Ceci ne me regarde pas. » Mais il partagea la tristesse de son frère, et lui montra une grande affection, réalisant les paroles de l'apôtre : « Consolez les affligés. » En vérité, s'il a commis quelque faute en ce monde, elle lui sera pardonnée; car il a perdu la vie pour son frère, non pas pour avoir plus de puissance ou plus de biens, mais pour faire réparer le tort fait à son frère. Il est de ceux dont le Seigneur a dit : « Offrez votre vie pour celle de vos amis (1). » Salomon a dit : « Les frères dans le malheur s'aident mutuellement, car l'amour est plus fort que tout (2). » De même Jean dit : « Dieu est l'amour; qui vit dans l'amour vit en Dieu et Dieu vit en lui. L'amour nous fait obtenir son héritage au jour du jugement, et nous fait être ici-bas tels que Dieu lui-même. Dans l'amour il n'y a pas de crainte. L'amour parfait repousse la peur ; car la peur apporte le tourment ; celui qui a peur n'est point parfait dans l'amour. Si quelqu'un dit : J'aime Dieu et qu'il haïsse son frère, c'est un menteur ; car celui qui n'aime pas son frère qu'il voit, comment pourra-t-il aimer Dieu qu'il ne voit pas? » C'est lui qui nous a dit : « Que celui qui aime Dieu aime son frère. Car tout devient parfait par l'amour. Les péchés euxmêmes sont effacés; c'est par l'amour que Dieu descendit sur la terre et fut crucifié pour nous pécheurs; il prit nos

(1) Jean, XV, 13. (2) Salom., *Cant.* VIII.

péchés et fut attaché à la croix, et il nous donna sa croix pour nous secourir et nous défendre contre la haine du démon. C'est par amour que les martyrs répandirent leur sang, c'est par amour que ce prince répandit le sien, pour son frère accomplissant le précepte divin (1). »

Commencement du règne de Vsévolod à Kiev. Vsévolod s'établit à Kiev sur le trône de son père et de son frère. Il régna sur la Russie ; il établit son fils Vladimir à Tchernigov et Iaropolk à Vladimir lui ayant donné en outre Tourov.

LXXI. — Guerres civiles. Mort d'Iziaslav (1079-1080).

Année 6587. Roman vint avec les Polovtses sur la rivière Voïne ; Vsévolod s'établit à Péréïaslavl et conclut la paix avec les Polovtses, et Roman retourna en arrière avec les Polovtses, et les Polovtses le tuèrent le 2 août. Et les restes de ce fils de Sviatoslav, petit-fils d'Iaroslav, reposent encore dans ces contrées. Les Kozares prirent Oleg et l'emmenèrent par mer à Constantinople. Vsévolod établit Ratibor comme posadnik à Tmoutorakan (1079).

Année 6588. Les Torks de Péréïaslavl entrèrent en Russie. Vsévolod envoya contre eux son fils Vladimir. Vladimir marcha contre eux et les vainquit (1080).

Année 6589. David fils d'Igor, s'enfuit avec Volodar, fils de Rastislav le 18 mai ; ils vinrent à Tmoutorakan, prirent Ratibor et s'établirent à Tmoutorakan (1081).

Année 6590. Osen, prince des Polovtses, mourut (1082).

Année 6591. Oleg vint de Grèce à Tmoutorakan, prit David et Volodar, fils de Rastislav et s'établit à Tmoutorakan ; il fit périr les Kozares qui avaient conseillé la mort de son frère et

---

(1) Jean, *ep.* IV. *Passim.*

s'étaient déclarés contre lui, et relâcha David et Volodar (1083).

Année 6592. Iaropolk vint chez Vsévolod à Pâques. A ce moment les deux fils de Rastislav s'enfuirent de chez Iaropolk, puis ils revinrent et le chassèrent. Vsévolod envoya son fils Vladimir, chassa les fils de Rastislav et établit Iaropolk à Vladimir. Cette année David prit les Grecs dans Oléchié et prit leur bien. Vsevolod l'envoya chercher, le fit venir auprès de lui et lui donna Dorogoboujd (1084).

Année 6593. Iaropolk voulut marcher contre Vsévolod, ayant écouté de mauvais conseillers. Vsévolod ayant appris cela envoya contre lui son fils Vladimir, Iaropolk laissa sa mère et sa droujina à Loutchesk et s'enfuit chez les Lekhs : Vladimir vint à Loutchesk et les habitants de cette ville se rendirent ; Vladimir établit alors David à Vladimir à la place d'Iaropolk, amena sa mère, sa femme et sa droujina à Kiev et prit ses biens (1085).

Année 6594. Vsévolod fonda l'église de Saint-André du très saint métropolitain Ivan : il bâtit près de cette église un monastère, où sa fille se fit religieuse ; elle s'appelait Ianka ; elle réunit beaucoup de religieuses et vécut avec elles suivant les règles de la vie religieuse (1086).

LXXII. — Événements divers (1087-1088).

Iaropolk revint de chez les Lekhs, conclut la paix avec Vladimir ; Vladimir retourna à Tchernigov et Iaropolk s'établit à Vladimir. Quelques jours après, il alla à Zvénigorod ; avant d'arriver à la ville, il fut tué par un misérable appelé Néradets qui était inspiré du démon et conseillé par de mauvaises gens. Le prince Iaropolk était assis dans sa voiture, Néradets, qui était à cheval, le tua d'un coup d'épée, le 22 novembre. Iaropolk se leva, jeta au loin l'épée et cria à haute voix : « Ah! misérable, tu m'as tué. » Le misérable Néradets s'enfuit à Prémysl auprès de Rurik. Les serviteurs d'Iaropolk, Radko, Voïkina et beaucoup d'autres le mirent sur un cheval devant eux et le conduisirent à Vladimir et de là à Kiev. Le pieux prince Vsévolod sortit au-devant de lui avec ses fils Vladimir et Rostislav et tous les boïars et le bienheureux métropolitain, Jean, avec les moines et les prêtres, et tous les habitants de Kiev pleurèrent sur lui, et l'accompagnèrent avec des psaumes et des chants au monastère de Saint-Dimitri ; et ils prirent son corps et le déposèrent avec honneur dans un cercueil de marbre dans l'église du saint apôtre Paul, qu'il avait lui-même commencé de bâtir, le 5 décembre.

Il avait beaucoup souffert, chassé quoique innocent par ses frères ; offensé, dépouillé enfin tué par une main criminelle, il méritait bien la paix et le repos éternel. Car ce bienheureux prince Iaropolk était doux et modeste ; il aimait ses frères et les pauvres, il payait la dîme chaque année à la bienheureuse Mère de Dieu et il priait toujours disant : « Seigneur Jésus-Christ, reçois ma prière, donne-moi une mort telle que celle que mes frères Boris et Gleb ont reçue d'une main étrangère ; puissé-je laver tous mes péchés dans mon sang et échapper aux vanités de ce monde plein de troubles, aux embûches du démon. » Le Seigneur dans sa bonté n'a point rejeté ses prières ; il l'a fait participer à ces biens que l'œil n'a point vus, que l'oreille n'a point entendus et que Dieu a préparés à ceux qui l'aiment (1).

Cette année Vsévolod alla à Prémysl.

Année 6596. L'église de Saint-Michel du monastère de Vsévolod fut consacrée par le métropolitain Ivan et les évêques Lucas et Isaïe ; à ce moment Lazare était hégoumène de ce

(1) Paul, I. *Cor*. II. 9

monastère. Cette année Sviatopolk quitta Novorogod et alla régner à Tourov. Cette année mourut Nikon, hégoumène du monastère Petchersky. Cette année les Bulgares prirent Mourom (1088).

LXXIII. — Evénements divers (1088-1090).

Année 6597. L'église de la Mère de Dieu, au monastère Petchersky, de Théodose, fut consacrée par le métropolitain Jean et Lucas, évêque de Bielgorod, Isaïe, évêque de Rostov, Ivan, évêque de Tchernigov, Antoine, évêque de Iouriev, sous le règne du très pieux prince Vsévolod et de ses enfants Vladimir et Rostislav : le voïévode des mille hommes de Kiev était Jean et Ivan était hégoumène. Cette année mourut Ivan le métropolitain : Ivan était versé dans les livres et les sciences et compatissant pour les pauvres et les veuves, affable pour les pauvres comme pour les riches, humble et bon, sachant se taire et parler, usant bien des livres saints pour consoler les affligés. On n'a pas vu son pareil avant lui en Russie ; on ne le verra point après. Cette année Ianka alla en Grèce ; c'est la fille de Vsévolod ; on en a parlé plus haut.

Année 6598. Ianka amena le métropolitain Jean, eunuque ; le peuple en le voyant disait : « Voici qu'un fantôme est venu ! » Il vécut encore une année et mourut. C'était un homme sans instruction, mais simple et franc. Cette année fut consacrée l'église de Saint-Michel de Péréïaslavl par Éphrem, métropolitain de cette église, qui ajouta à sa magnificence : car il y avait déjà une église métropolitaine à Péréïaslavl ; il y ajouta de grands ornements ; il l'agrandit, l'embellit de diverses manières et lui donna des vases d'église. Or cet Éphrem était eunuque et de haute taille. Il éleva beaucoup d'édifices, termina l'église de Saint-Michel, fonda une église

à la porte de la ville en l'honneur du saint martyr Théodore,
puis une autre en l'honneur de saint André auprès de la porte,
et bâtit des bains en pierre, ce qu'on n'avait pas encore vu en
Russie, une enceinte de pierre autour de l'église du saint
et embellit la ville de Péréïaslavl d'édifices religieux et autres
(1090).

LXXIV. — Invention des reliques de saint Théodose (1091).

Année 6599. L'hégoumène et les religieux tinrent conseil,
disant : « Il n'est pas bien que notre père Théodose repose
hors du monastère et de son église ; car c'est lui qui a fondé
l'église et rassemblé les religieux. » Après avoir tenu conseil
ils ordonnèrent de préparer une place où l'on déposerait ces
reliques. Trois jours avant l'Assomption de la Mère de Dieu,
l'hégoumène ordonna de creuser là où reposent les reliques
de notre père Théodose, et moi, pécheur, je fus par son ordre
le premier témoin de ce que je vais rapporter ; je ne l'ai pas
seulement entendu dire, mais je l'ai moi-même accompli.
L'hégoumène vint me trouver et me dit : « Allons à la crypte
chercher Théodose. » Je vins alors avec l'hégoumène et
personne ne savait rien de cela ; nous regardâmes où il fallait
creuser et nous désignâmes l'endroit où il fallait creuser
auprès de l'entrée. Or l'hégoumène me dit : « Ne dis cela à
personne de nos confrères ; que personne ne sache rien :
mais prends qui tu voudras afin qu'il t'aide. » Je préparai
ce jour là des hoyaux pour bêcher : et le mardi soir
au crépuscule je pris avec moi un frère et sans que personne en sût rien nous nous rendîmes à la grotte et com-
mençâmes à creuser, après avoir chanté les psaumes. M'étant
fatigué je fis creuser l'autre frère et nous creusâmes jusqu'à
minuit ; nous nous fatiguions et ne trouvions rien, et je com-
mençai à m'affliger craignant de creuser à côté de la place.

Je pris de nouveau le hoyau et me mis à creuser énergiquement et mon compagnon se reposait devant la crypte et il me
dit : « On vient de sonner la cloche. » A ce moment je trouvai
les reliques de Théodose ; et comme il me disait : On vient de
sonner la cloche, je lui répondis : « J'ai atteint les reliques. »
Mais quand je les eus atteintes la peur me saisit et je me mis à
crier : « Seigneur, aie pitié de moi. » A ce moment étaient
assis dans le monastère deux frères ; ils regardaient vers la
crypte, épiant le moment où l'hégoumène et quelques frères
apporteratent en secret les reliques. Au moment où la cloche
sonnait ils virent trois colonnes comme des arcs-en-ciel brillants qui vinrent se poser sur l'église où Théodose devait être
enseveli. Dans le même temps Etienne qui fut ensuite hégoumène, et qui était en ce temps-là évêque, vit de son monastère
à travers les champs une grande lueur sur la crypte. Il pensa
qu'on apportait Théodose. Car cela lui avait été révélé le jour
précédent. Il s'affligeait qu'on l'apportât sans lui ; il monta
donc à cheval et courut à la hâte, ayant pris avec lui Clément
qu'il établit hégoumène après lui, et tous deux en allant virent une grande lueur et, s'étant approchés, ils virent beaucoup de lumière au-dessus de la crypte et quand ils furent
arrivés à la grotte ils ne virent plus rien et ils entrèrent dans
la crypte où nous étions assis auprès de ces reliques. Après
les avoir déterrées j'envoyai dire à l'hégoumène : « Viens, que
nous les enlevions. » L'hégoumène vint donc avec ses deux
frères. J'agrandis la fosse ; nous y descendîmes et nous vîmes
les reliques. Les membres ne s'étaient point détachés et les
cheveux tenaient encore à la tête. On les déposa dans un
manteau, on les prit à bras et on les apporta devant la crypte.
Le lendemain se rassemblèrent les évêques Ephrem de Péréïaslavl, Etienne de Vladimir, Ivan de Tchernigov, Marin de
Iouriev ; les hégoumènes vinrent de tous les monastères avec

leurs religieux, ainsi que les fidèles et ils prirent les restes de Théodose avec de l'encens et des torches et on le déposa dans son église, sous l'arcade de droite, le jeudi 14 août, à une heure, la quatorzième année de l'indiction. Et on célébra ce jour solennellement. Et maintenant je dirai en quelques mots comment s'est accomplie une prédiction de Théodose. Au temps où il vivait, étant hégoumène, paissant le troupeau que Dieu lui avait confié, il avait soin des âmes non seulement des religieux, mais aussi de celles des laïques, veillant à leur salut, surtout au salut de ses fils spirituels, consolant et réprimandant ceux qui venaient auprès de lui. Il en est chez qui il allait aussi parfois, leur donnant sa bénédiction. Or un jour il était venu chez Jean et sa femme Marie ; car il les aimait beaucoup parce qu'ils vivaient suivant les commandements de Dieu et qu'ils s'aimaient entre eux. Il se mit à les instruire sur l'aumône, sur le royaume des cieux auquel arriveront les justes, sur le supplice des pécheurs, sur l'heure de la mort. Comme à ce propos il parlait aussi de l'ensevelissement des corps, la femme de Jean lui dit : « Qui sait où on m'enterrera ? » Théodose lui dit : « En vérité, là où je serai enseveli, là tu reposeras. » Cela s'accomplit, dix-huit ans après la mort de l'hégoumène. Cette année là mourut la femme de Jean appelée Marie, le 16 août et les moines vinrent en chantant les chants accoutumés, l'apportèrent et la déposèrent dans l'église de la sainte mère de Dieu, en face du tombeau de Théodose, à gauche. Théodose fut enterré le 14 et elle le 16. Ainsi s'accomplit la prédiction de notre bienheureux père Théodose, ce bon pasteur qui sut paître ses brebis intelligentes, plein de bonté et prudence, les veillant et les protégeant, priant pour le troupeau qui lui était confié, pour les chrétiens, pour la Russie. Et maintenant après avoir quitté ce monde, tu pries pour les peuples fidèles, pour tes disciples qui en regardant ton cercueil, se souviennent de ta science et de ta tempérance ; et louent Dieu. Pour moi, pécheur, ton serviteur et ton élève, je ne sais comment louer dignement ta vie et ta tempérance, je ne dirai donc que quelques mots. Réjouis-toi, notre père et notre maître Théodose, tu as renoncé au bruit du monde, tu as aimé le silence, tu as aimé Dieu dans la paix, dans la vie religieuse, tu as réuni en toi tous les dons de Dieu, tu t'es élevé par le jeûne, tu as haï les passions et les plaisirs corporels ; tu as rejeté les beautés et les désirs du monde pour suivre les traces des sublimes pères ; tu t'es élevé par le silence, embelli par l'humilité, faisant ta joie des Écritures. Réjouis-toi ! affermi par l'espérance, tu es arrivé aux biens célestes ; tu as mortifié les désirs du corps qui sont la source des méfaits, tu as échappé aux embûches et aux ruses du diable ; tu t'es reposé avec les justes, ayant reçu pour ta peine une récompense ; tu es devenu l'héritier des pères dont tu as suivi les doctrines, les mœurs, les abstinences et accompli les lois. Mais surtout il voulait vivre à l'exemple du grand Théodose, rivalisant avec lui dans ses mœurs, sa vie et sa tempérance, avançant chaque jour dans la perfection, envoyant à Dieu les prières accoutumées, il avait devant lui comme un parfum de reconnaissance, l'encensoir embaumé de ses prières ; il a vaincu les désirs du monde et le démon, ce maître du siècle, il a résisté à ses coups, il s'est opposé à ses orgueilleux desseins, il s'est fortifié avec l'armure de la croix, avec une foi invincible et l'aide de Dieu. Prie pour moi, vertueux père, afin que je sois sauvé des embûches du démon et préserve-moi de l'ennemi par tes prières.

Cette année il y eut un signe dans le soleil, comme s'il avait été près de disparaître. Il n'en resta qu'une petite partie et il ressembla à la lune, le 21 mai à 2 heures.

Cette année Vsévolod étant à la chasse auprès de Vychégo-

rod, comme on tendait les filets et que les rabatteurs criaient,
il tomba un immense dragon du ciel ; tout le monde eut peur. A
ce moment la terre résonna et beaucoup entendirent ce bruit.
Cette année se montra à Rostov un magicien qui mourut
après peu de temps.

LXXV. — Miracles de Polotsk (1092).

Année 6600. Cette année il y eut un prodige très singulier
à Polotsk ; on entendait la nuit des gémissements et des
bruits dans la rue : des démons couraient comme des hommes, et quand quelqu'un sortait pour voir de sa demeure il
était blessé aussitôt par un démon invisible. On mourait de
ces blessures et personne n'osait sortir de sa demeure. Puis
les démons se mirent à se manifester en plein jour à cheval ;
on ne les voyait pas eux-mêmes, mais on ne voyait que les
sabots de leurs chevaux et ils blessèrent aussi des gens à Polotsk et dans les environs. Aussi disait-on : « Voilà que des
fantômes tuent des habitants à Polotsk. » Ces apparitions
commencèrent à Droutchesk. Vers ce temps un signe parut
dans les cieux. Un très grand cercle fut vu au milieu du ciel.
Cette année il y eut une sécheresse telle que la terre s'en-
flamma et que beaucoup de forêts de pins et même des marécages brûlèrent. Il y eut beaucoup de signes dans le ciel et
les Polovtses firent de tous côtés une grande guerre. Ils prirent
trois villes, Piesotchen, Pérévoloka et Prilouk, et ils ravagèrent beaucoup de villages sur les deux rives du Dneper. Cette
année, les Polovtses combattirent les Lekhs avec Vasilko
fils de Rastislav. Cette même année mourut Rurik fils de
Rastislav. En ce temps beaucoup de gens moururent de
diverses maladies, et ceux qui vendaient des cercueils di-

saient : « Depuis la Saint-Philippe (1) jusqu'au carême nous
avons vendu sept mille cercueils. » Or, ces maux étaient cau-
sés par nos péchés, parce que nos péchés et nos injustices s'é-
taient multipliés. Aussi Dieu les déchaîna contre nous, voulant
nous faire repentir et nous faire renoncer aux péchés, aux
jalousies, et aux autres actions mauvaises et funestes.

LXXVI. — Mort de Vsévolod. Ravages des Polovtses. Réflexions pieuses (1093).

Année 6601. La première année de l'indiction mourut le
grand prince Vsévolod fils d'Iaroslav, petit-fils de Vladimir,
le 13 avril, et il fut enterré le 14 avril, jour du jeudi saint. Il
fut enterré dans la grande église de Sainte-Sophie. Ce pieux
prince Vsévolod aima Dieu dès sa jeunesse ; il aimait la justice ; il soulageait les pauvres, il rendait honneur aux évêques
et aux prêtres. Il aimait par-dessus tout les religieux et leur
donnait ce dont ils avaient besoin. Il s'abstenait des excès de
l'ivresse et des passions. Aussi son père l'aimait et lui disait :
« Mon fils ! Mon fils ! sois béni ; j'entends parler de ta douceur
et je me réjouis de voir que tu me fais une paisible vieillesse. Si
Dieu te permet d'arriver au pouvoir après tes frères suivant
la loi et non par la violence, quand Dieu t'enlevera de ce monde,
tu reposeras auprès de moi dans mon tombeau, parce que je
t'aime par-dessus tous tes frères. » Et les paroles de son père
se sont accomplies, lorsque enfin après tous ses frères il a régné sur le trône de son père. Lorsqu'il régnait à Kiev il eut
des soucis bien plus grands que lorsqu'il régnait à Péréïaslavl, car pendant son séjour à Kiev il eut des soucis à cause
de ses neveux qui l'importunaient pour qu'il leur donnât

---

(1) Le 11 octobre.

des domaines, demandant l'un celui-ci, l'autre celui-là ; il les apaisa en leur en distribuant. A ces soucis s'ajoutèrent les maladies, puis la vieillesse. Et alors il se mit à aimer la société des jeunes gens et les appela à son conseil. Ils l'égarèrent, et l'éloignèrent de sa droujina ; le peuple n'obtint plus de justice du prince, et les juges se mirent à piller et à vendre les hommes ; et lui au milieu de ses maladies ne savait rien de tout cela. Étant devenu très malade, il envoya chercher son fils Vladimir à Tchernigov. Vladimir vint, et le voyant très malade, il pleura. Ses deux fils Vladimir et Rastislav le cadet étaient assis près de lui et quand vint l'heure il mourut silencieux et tranquille et se réunit à ses pères, après avoir régné quinze ans à Kiev, une année à Péréïaslavl et une année à Tchernigov. Vladimir et son frère Rastislav l'enterrèrent en pleurant. Les évêques, les hégoumènes, les religieux, les prêtres, les boïars et le peuple se rassemblèrent. On porta son corps avec les chants accoutumés, et on l'enterra dans l'église de Sainte-Sophie, comme nous l'avons dit plus haut. Vladimir alors se mit à réfléchir, disant : « Si je m'établis sur le trône de mon père j'aurai à combattre Sviatopolk. » Car le trône appartenait d'abord à son frère. Et ayant ainsi réfléchi il envoya chercher Sviatopolk à Tourov et alla lui-même à Tchernigov et Rastislav alla à Péréïslavl. Et quand la Pâques fut passée et que fut venu le dimanche de l'Antipâques (1) le 24 avril, Sviatopolk vint à Kiev. Les habitants de Kiev sortirent au-devant de lui, le saluèrent et l'accueillirent avec joie. Il s'établit sur le trône de son père et de son oncle. En ce temps les Polovtses vinrent attaquer la Russie. Ayant appris que Vsévolod était mort, ils envoyèrent des ambassadeurs à Sviatopolk pour traiter de la paix. Svia-

_____

(1) De la Quasimodo.

topolk, sans prendre conseil de la droujina plus nombreuse
de son père et de son oncle, consulta seulement ceux qui
étaient venus avec lui, saisit les ambassadeurs et les jeta en
prison. Les Polovtses vinrent alors en grand nombre et assiégèrent la ville de Tortchesk. Sviatopolk relâcha les ambassadeurs polovtses, voulant avoir la paix. Les Polovtses ne voulurent point la paix, et ils se répandirent dans le pays en le
ravageant. Sviatopolk rassembla son armée pour marcher
contre eux. Et les hommes les plus avisés lui dirent : « Ne les
attaque pas, tu n'as qu'une petite armée. » Il répondit : « J'ai
huit cents (1) jeunes gens qui peuvent se mesurer avec eux. »
D'autres moins sensés se mirent à dire : « Va, prince. » Les
sages répliquèrent : « Si tu avais huit mille hommes ce ne serait pas de trop ; la guerre a appauvri notre pays ; on a vendu
les habitants ; envoie demander du secours à ton frère Vladimir. » Sviatopolk les ayant écoutés envoya demander du secours à son frère Vladimir. Alors Vladimir rassembla son
armée et envoya dire à son frère Rastislav à Péréïaslavl
de porter secours à Sviatopolk. Quand Vladimir fut arrivé à
Kiev ils se rassemblèrent à Saint-Michel, arrangèrent leurs
querelles, déposèrent leurs inimitiés et s'étant réconciliés,
baisèrent entre eux la croix. Or, comme les Polovtses ravageaient la terre, les sages dirent : « Pourquoi vous disputez-
vous entre vous, tandis que les païens ravagent la terre russe ?
Vous réglerez vos affaires plus tard ; maintenant, allez au devant des païens leur offrir la paix ou leur faire la guerre. »
Vladimir voulait la paix ; Sviatopolk voulait la guerre. Sviatopolk, Vladimir et Rastislav allèrent à Trépol. Ils arrivèrent sur la Stougna. Alors Sviatopolk et Rastislav appelèrent
en conseil leur droujina voulant passer le fleuve. Et ils se mi-

_____

(1) Cinq cents ou sept cents suivant les divers mss.

rent à délibérer. Vladimir dit : « La situation est dangereuse ; restons devant la rivière et concluons la paix avec eux. » Et les sages, Jean et les autres s'arrêtèrent à cette opinion. Elle ne plut pas aux Kieviens et ils dirent : « Nous voulons nous battre, passons la rivière ! » Ce conseil prévalut, ils passèrent la Stougna : or elle était très haute en ce moment ; Sviatopolk alors et Vladimir et Rastislav rangèrent leurs troupes et s'avancèrent. Sviatopolk était à droite, Vladimir à gauche, Rastislav au centre. Après avoir dépassé Trépol ils franchirent le rempart. Les Polovtses arrivèrent alors contre eux, précédés par leurs archers. Nos guerriers s'établirent au milieu des remparts, plantèrent leurs étendards et les archers sortirent du rempart, les Polovtses y arrivèrent et plantèrent leurs étendards, attaquèrent d'abord Sviatopolk et dispersèrent son corps d'armée. Sviatopolk se maintint énergiquement ; mais son armée ne pouvant supporter les attaques de l'ennemi, s'enfuit ; Sviatopolk s'enfuit le dernier. Ensuite ils attaquèrent Vladimir et il y eut un combat acharné. Vladimir s'enfuit aussi avec Rastislav et son armée. Ils s'enfuirent vers la rivière Stougna et Vladimir la passa à gué avec Rastislav. Rastislav allait se noyer sous les yeux de Vladimir. Celui-ci, voulant sauver son frère, faillit se noyer lui-même. Rastislav, fils de Vsévolod, se noya. Vladimir passa la rivière avec une petite droujina. Car beaucoup de ses soldats et de ses boïars avaient péri. Et après avoir passé le Dniepr, il pleura son frère, et sa droujina, et partit pour Tchernigov très triste. Sviatopolk s'enfuit à Trépol, s'y enferma, y resta jusqu'au soir, et la nuit il arriva à Kiev. Les Polovtses voyant cela se répandirent dans le pays, ravageant tout, et d'autres marchèrent contre Tortschesk. Ce malheur arriva le jour de l'Ascension de Notre Seigneur Jésus-Christ, le 26 mai. On chercha Rastislav et on le retrouva dans la rivière ; on l'enleva, on l'apporta à Kiev. Sa mère le pleura, tout le peuple pleura sur lui en raison de sa jeunesse. Les évêques, les prêtres, les religieux se rassemblèrent ; et chantant les chants accoutumés, ils l'ensevelirent dans l'église de Sainte-Sophie auprès de son père. Les Polovtses assiégeaient Tortchesk, mais les habitants de cette ville résistèrent et, se défendant énergiquement, tuèrent un grand nombre d'ennemis. Alors les Polovtses bloquèrent la ville, la privèrent d'eau et les assiégés tombaient épuisés par la faim et la soif. Les habitants de Tortchesk envoyèrent vers Sviatopolk disant : « Si tu ne nous envoies pas des vivres, nous nous rendrons. » Sviatopolk alors leur en envoya ; mais il était impossible de les introduire dans la ville à cause de la multitude des ennemis. Les Polovtses restèrent sous les murs de la ville pendant neuf semaines ; puis ils se divisèrent en deux parties, les uns restèrent sous la ville se battant, les autres allèrent vers Kiev, en ravageant le pays entre Kiev et Vychégorod. Sviatopolk alors marcha vers le pays de Jélan. Les deux armées se rencontrèrent et il y eut un combat acharné. Nos soldats s'enfuirent devant les étrangers, tombèrent blessés devant nos ennemis et beaucoup d'entre eux périrent ; et le nombre des morts fut plus grand encore qu'à Trépol. Sviatopolk rentra lui troisième à Kiev et les Polovtses retournèrent sous Tortchesk. Cette défaite eut lieu le 23 juillet.

Le lendemain 24, fête des saints Boris et Gleb, il y eut beaucoup de larmes et de tristesse dans la ville en raison du fardeau de nos péchés et de la multitude de nos iniquités. Car Dieu a envoyé les païens sur nous, non pas qu'il les aime, mais pour nous punir afin de nous faire renoncer à nos méfaits. C'est pour cela qu'il nous punit par des invasions de païens (car ils sont le fléau de Dieu,) afin que nous revenions au bien, abandonnant la voie mauvaise. C'est pour cela que Dieu nous envoie des peines à l'époque des fêtes, ainsi que cela est arrivé cette année ; c'est à l'Ascension que survint le premier désastre auprès de Trépol, l'autre arriva à la fête des saints Boris et Gleb qui est nouvelle en Russie. Aussi le prophète dit-il : « Je changerai vos fêtes en larmes et vos chants en gémissements (1). » Car des larmes nombreuses ont été versées dans notre pays ; nos villages et nos villes ont été ravagés et nous avons dû fuir devant l'ennemi. C'est ainsi que le prophète a dit : « Vous tomberez devant vos ennemis ; ceux qui vous haïssent vous poursuivront et vous fuirez même quand ils ne vous poursuivraient pas ; je briserai l'impudence de votre orgueil, votre force sera vaine, l'épée de l'étranger vous fera périr ; votre pays sera désert et vos palais désolés ; car vous êtes méchants et misérables, et moi dans l'excès de ma colère je marcherai contre vous. » Ainsi parle le Seigneur le Dieu d'Israël (2). Les méchants fils d'Ismaël ont brûlé nos villages, nos granges et la plupart de nos églises ; que personne ne s'en étonne, car là où il y a beaucoup de péchés, là éclatent beaucoup de châtiments. C'est pour cela que tout le pays s'est rendu, c'est pour cela que la colère de Dieu s'est étendue sur lui, c'est pour cela que la contrée a été désolée ; les uns sont emmenés en captivité, les autres massacrés, les autres, livrés à la vengeance, supportent une mort amère. D'autres tremblent en regardant les victimes, d'autres meurent de faim ou de soif. Il n'y a qu'une menace et qu'un châtiment, le peuple est frappé de blessures innombrables, de tristesses diverses, de tortures affreuses ; les chrétiens sont liés et foulés aux pieds, exposés au froid et blessés. Et ce qu'il y a de plus terrible, de plus étrange, c'est que ce soit sur le peuple chrétien que sont tombés

(1) Amos., VIII, 10.
(2) Lévit., XVI, passim.

cette horreur, ces désastres, ce fléau. Il est juste et raisonnable que nous soyons ainsi punis, croyons bien que c'est un châtiment. Nous avons mérité d'être livrés aux mains d'une nation étrangère, de la nation la plus impie du monde entier. Disons à haute voix : « Tu es juste, Seigneur, et tes jugements sont justes (1). » Disons avec ce brigand : « Ce qui nous est arrivé est juste et nous avons reçu le prix de nos actions (2). » Disons avec Job : « Ce qui a plu au Seigneur s'est accompli ; que le nom du Seigneur soit béni à jamais (3). » Ainsi envahis par les païens, tourmentés par eux, reconnaissons le Seigneur que nous avons irrité. Glorifiés par lui, nous ne l'avons pas glorifié ; honorés, nous ne l'avons pas honoré ; consacrés, nous n'avons pas compris notre consécration ; rachetés, nous n'avons pas bien servi ; engendrés, nous n'avons pas respecté notre père. Nous avons péché et nous sommes punis ; nous souffrons en raison de que nous avons fait ; toutes les villes, tous les villages sont désolés. Nous traversons les champs, où paissaient naguère des troupeaux de chevaux, de moutons et de bœufs ; nous les voyons maintenant abandonnés, les champs couverts d'herbes sont devenus la demeure des bêtes féroces. Cependant nous mettons notre espérance dans la miséricorde de Dieu ; car c'est un maître gracieux et bon qui nous punit. Il ne nous a pas traités en raison de nos iniquités ; il ne nous a pas punis en proportion de nos péchés. C'est ainsi qu'il convient à ce bon maître de nous punir, sans tenir compte de nos nombreux péchés. C'est ce qu'a fait le Seigneur ; il a créé, il a relevé ceux qui étaient tombés, il a pardonné à Adam son crime, il nous a offert un bain de purification, il a versé son sang pour nous. Quand il nous a vu vivre dans l'iniquité, il a déchaîné contre nous cette

(1) Ps. CXIX, 137. (2) Luc, XXIII, 41. (3) Job, I, 21.

guerre, ces humiliations, afin que, bon gré, mal gré, nous
trouvions pleine et entière miséricorde dans la vie à venir ;
car l'âme punie ici-bas, trouvera dans la vie à venir toute
espèce de miséricorde et d'adoucissements à ses maux,
car le Seigneur ne se venge pas deux fois. O ineffable amour
de Dieu pour l'homme, lorsqu'il nous voit revenir pénible-
ment à lui. O abîme d'amour pour nous ! volontairement
nous avons transgressé ses commandements ; maintenant
nous souffrons sans le vouloir, et par force. Mais sachons
souffrir de bon gré. Aussi quand y a-t-il eu chez nous de la
contrition ? Et maintenant tout est plein de larmes. Quand y
a-t-il eu chez nous des soupirs ? Et maintenant dans toutes les
rues on verse des larmes sur les victimes tuées par les païens.
Les Polovtses ravagèrent beaucoup d'endroits, puis ils vinrent
sous Tortchesk, prirent les habitants par la famine, de sorte
qu'ils se rendirent. Les Polovtses, après avoir pris la ville, la
brûlèrent, se partagèrent les habitants et les emmenèrent
dans leurs tentes, à leurs parents et à leurs amis. Beaucoup
de chrétiens furent pris ; torturés, engourdis par le froid.
accablés par la faim, la soif et la misère, le visage pâle, la peau
noircie, nus ils allèrent dans les pays étrangers chez des
peuples sauvages, écorchant leurs pieds aux épines. Ils se
parlaient les uns aux autres avec larmes, disant : « Moi je
suis de cette ville, moi de ce village. » Ainsi ils s'interro-
geaient les uns les autres avec larmes, se disant leur origine,
soupirant et levant les yeux vers le Très-haut qui connaît les mystères de l'avenir. Que personne n'ose dire que
Dieu nous hait, car il n'aime personne autant que nous. Qui
a-t-il honoré, autant qu'il nous a glorifiés et élevés ? Personne.
C'est pourquoi il a tourné sur nous sa colère avec d'autant
plus de force parce que nous avons été plus honorés que tous
les autres, que nous avons commis plus de péchés que tous

les autres, nous qui, plus éclairés qu'eux, et connaissant la
volonté de notre Seigneur, l'avons méprisée. Pour nous cor-
riger nous sommes donc plus punis que les autres. Pour moi,
pécheur, j'irrite souvent Dieu, et vivement, je pèche souvent
tous les jours. Seigneur, sauve-nous dans ta miséricorde.

Cette année mourut Rastislav, fils de Mstislav, petit-fils
d'Iziaslav, le 1er octobre, et il fut enterré le 16 novembre dans
l'église de la Mère de Dieu, appellé *Désiatinnaïa* (1).

LXXVII. — Ravages des Polovtses (1094).

Année 6602. Sviatopolk conclut la paix avec les Polovtses.
Et il prit pour femme la fille de Tougorkan, prince des Polovtses. Cette année Oleg vint avec les Polovtses de Tmoutorakan à Tchernigov; Vladimir s'enferma dans la ville. Oleg vint
sous la ville, brûla les environs, incendia les églises et monastères. Vladimir conclut la paix avec Oleg et alla s'établir dans
la résidence de son père à Péréïaslavl, et Oleg alla à la ville de
son père. Les Polovtses se mirent à ravager autour de Tchernigov. Oleg ne les empêcha pas ; car lui-même les avait appelés. Ainsi pour la troisième fois Oleg amena les païens en
Russie. Puisse Dieu lui pardonner ce péché. Car beaucoup de
chrétiens périrent, d'autres furent envoyés en captivité, d'autres furent dispersés dans les pays étrangers. Cette année les
sauterelles fondirent sur la terre russe, le 26 août, mangèrent toutes les herbes et beaucoup de blé et on n'a jamais entendu parler dans la Russie d'un fléau tel que celui que nous
avons vu de nos yeux pour nos péchés. Cette année trépassa
l'évêque de Vladimir Etienne, le 27 avril, à 6 heures de la
nuit; il avait été avant hégoumène du monastère Petchersky.

(1) De la Dîme. Voyez l'Index.

Année 6603. Les Polovtses marchèrent contre les Grecs avec Devgénévitch, ravagèrent la Grèce ; l'empereur prit Devgénévitch (1) et lui fit crever les yeux. Cette année les Polovtses Itlar et Kytan vinrent trouver Vladimir pour conclure la paix. Itlar alla à la ville de Péréïaslavl et Kytan resta dans l'enceinte des remparts avec son armée. Vladimir donna à Kytan son fils Sviatoslav en otage et Itlar resta dans la ville avec une droujina d'élite. En ce temps Slaviata était venu de Kiev auprès de Vladimir de la part de Sviatopolk pour une certaine affaire. Et les compagnons de Ratibor se mirent à comploter avec le prince Vladimir la perte de la troupe d'Itlar. Mais Vladimir ne voulait pas faire cela disant : « Comment pourrais-je faire cela, quand je me suis engagé par serment avec eux ? » Sa droujina lui répondit : « Prince, il n'y a point en cela de péché, Dieu les a mis entre tes mains. Pourquoi eux font-ils toujours des serments et après détruisent-ils la terre russe et versent-ils sans relâche le sang chrétien ? » Vladimir les écouta et cette nuit même il envoya Slaviata avec une petite droujina et des Torks au milieu des remparts. Ils enlevèrent d'abord Sviatoslav puis ils tuèrent Kytan et massacrèrent sa famille. C'était le soir du samedi et cette nuit là Itlar reposait avec sa droujina dans le palais de Ratibor et ne savait pas ce que devenait Kytan. Le lendemain dimanche à l'heure des matines, Ratibor arma ses officiers et ordonna de faire du feu dans la salle. Puis Vladimir envoya son serviteur Biaïdouk auprès des gens d'Itlar et Biaïdouk leur dit : « Le prince Vladimir vous appelle disant : Quand vous vous serez chaussés et

(1) Le fils de Devgen, c'est-à-dire Diogène. Voy. l'Index.

que vous aurez bien déjeuné dans une chambre chaude chez Ratibor, vous viendrez auprès de moi. » Et Itlar dit : « Qu'il en soit ainsi. » Quand ils entrèrent dans la chambre, on les enferma : puis on monta sur le toit, on y fit une ouverture. Alors Olbieg Ratiboritch prit son arc, décocha une flèche et frappa Itlar au cœur ; ils tuèrent toute sa droujina. C'est ainsi qu'Itlar termina tristement sa vie avec sa droujina, le premier dimanche du carême, à une heure, le 24 février. Alors Sviatopolk et Vladimir envoyèrent vers Oleg, lui ordonnant d'aller avec eux contre les Polovtses. Oleg promit d'aller avec eux et partit, mais par une autre route. Sviatopolk et Vladimir arrivèrent au camp des ennemis, le prirent, emportèrent le bétail et les chevaux, les chameaux et les domestiques et les emmenèrent dans leur pays, et ils commencèrent à s'irriter contre Oleg, parce qu'il n'était pas venu avec eux contre les païens. Et Sviatopolk et Vladimir envoyèrent dire à Oleg : « Tu n'es pas venu avec nous contre les ennemis qui ont ravagé la terre russe et tu as entre tes mains le fils d'Itlar. Tue-le ou livre-nous-le, car c'est notre ennemi et l'ennemi de notre terre. » Oleg ne les écouta point ; et la haine s'éleva entre eux.

Cette année les Polovtses vinrent devant Iouriev, ils restèrent tout l'été autour de la ville et faillirent s'en emparer. Sviatopolk les décida à faire la paix. Les Polovtses alors passèrent la Ros ; les habitants de Iouriev émigrèrent et allèrent à Kiev. Sviatopolk ordonna de bâtir une ville sur la colline de Vitetch, l'appela de son nom la ville de Sviatopolk et ordonna à l'évêque Marin de s'y établir avec les habitants de Iouriev, ainsi que ceux de Zasakov et d'autres villes. Les Polovtses brûlèrent Iouriev abandonné. A la fin de cette année, David Sviatoslavitch alla de Novogorod à Smolensk. Les habitants de Novogorod allèrent à Rostov chercher Mstislav, fils de Vladimir ; ils le prirent, l'amenèrent à Novogorod et dirent à David : « Ne viens pas chez nous. » David, après être venu, retourna à Smolensk et s'établit à Smolensk et Mstislav s'établit à Novogorod. En ce temps Iziaslav, fils de Vladimir, vint de Koursk à Mourom ; les habitants de Mourom le reçurent et il fit prisonnier le posadnik d'Oleg. Cette année vinrent les sauterelles (le 28 août) et elles couvrirent toute la terre : c'était affreux de les voir ; elles se dirigèrent vers le nord dévorant les herbes et les grains.

LXXIX. — Nouvelles invasions des Polovtses. Les Polovtses devant Kiev (1096).

LXXIX. Année 6604. Sviatopolk et Vladimir envoyèrent dire à Oleg : « Viens à Kiev ; que nous tenions conseil sur la terre russe en présence des évêques, des hégoumènes, des officiers de nos pères, des gens de la ville, afin d'être en état de défendre la Russie contre les païens. » Oleg eut une idée insensée et répondit en termes orgueilleux : « Il n'est pas convenable que l'évêque, ou les hégoumènes, ou la plèbe me jugent. » Et il ne voulut pas venir auprès de ses frères, ayant écouté de mauvais conseillers. Sviatopolk et Vladimir lui dirent : « Tu ne vas pas avec nous contre les païens, tu ne prends point part à nos conseils ; mais tu médites quelque chose de mal contre nous et tu veux aider les païens, mais Dieu sera entre nous. » Alors Sviatopolk et Vladimir marchèrent contre Oleg à Tchernigov. Oleg s'enfuit de Tchernigov, le samedi 3 mai. Sviatopolk et Vladimir le poursuivirent. Oleg s'enfuit à Starodoub et s'y enferma. Sviatopolk et Vladimir l'assiégèrent dans la ville ; les assiégés se défendirent énergiquement ; on monta à l'assaut ; il y eut beaucoup de blessés de deux côtés et le combat fut acharné. Le siège dura trente-trois jours et les assiégeants commençaient à faiblir. Oleg sortit de la ville demandant la paix et ils la lui accordèrent, disant : « Va trouver ton frère David et vous viendrez à Kiev où est le trône de nos pères et de nos aïeux, Kiev la plus ancienne ville du pays. C'est là qu'il convient de nous rassembler pour faire la paix. » Oleg promit d'agir ainsi et ils baisèrent la croix. En ce temps Boniak vint avec les Polovtses sous les murs de Kiev, le dimanche soir, et il ravagea le pays autour de Kiev et brûla à Bérestov, le palais du prince. Dans le même temps Kourya ravageait avec les Polovtses le pays de Péréiaslavl et brûlait Oustié le 24 mars. Oleg sortit de Starodoub et vint vers Smolensk, et les habitants de Smolensk ne le reçurent pas et il alla à Riazan. Sviatopolk et Vladimir rentrèrent chez eux. Cette année Tougorkan, beau-père de Sviatopolk, marcha contre Péréiaslavl, le 31 mai, s'établit autour de la ville, et les habitants de Péréiaslavl s'enfermèrent dans la ville. Sviatopolk et Vladimir marchèrent contre lui de ce côté-ci du Dniepr et arrivèrent à Zaroub, passèrent le fleuve et les Polovtses ne soupçonnèrent pas leur arrivée, car Dieu protégeait les Russes, et, une fois rangés en bataille ils s'avancèrent sous la ville. Les habitants les ayant vus se réjouirent et allèrent au devant d'eux. Les Polovtses s'établirent en bataille de l'autre côté de la Troubèje : Sviatopolk et Vladimir franchirent à gué la Troubèje et marchèrent contre les Polovtses. Vladimir voulait ranger sa droujina en bataille ; ils ne l'écoutèrent pas, mais éperonnant leurs chevaux, s'élancèrent contre les ennemis. Les Polovtses, voyant cela s'enfuirent, et nos soldats les poursuivirent et les égorgèrent. Dieu nous accorda ce salut d'un grand danger le 19 juillet ; les étrangers furent vaincus, leur prince Tougorkan tué, ainsi que son fils et d'autres princes ; beaucoup de nos ennemis tombèrent là. Le lendemain on trouva Tougorkan tué ; Sviatopolk recueillit le corps

13

de son beau-père et ennemi. On l'amena à Kiev et on l'enterra près de Bérestovo entre la route qui va à Bérestovo et celle qui va au monastère. Le 20 de ce mois, le vendredi à une heure, Doniak l'impie, l'immonde, le brigand, arriva secrètement et à l'improviste sous les murs de Kiev avec les Polovtses et peu s'en fallut qu'ils n'entrassent dans la ville ; ils brûlèrent les faubourgs de la ville, puis ils retournèrent contre les monastères et brûlèrent le monastère d'Étienne, les villages et Germany. Et ils vinrent sous le monastère Petchersky où nous reposions dans nos cellules après les matines ; et ils poussèrent des cris autour du monastère et ils plantèrent deux étendards devant les portes du monastère, tandis que quelques-uns d'entre nous s'enfuyaient du monastère et que d'autres se cachaient dans les greniers. Les fils impies d'Ismaël brisèrent les portes du monastère et se jetèrent dans les cellules, brisant les portes et emportant ce qu'ils trouvaient dans les cellules. Ensuite ils brûlèrent la maison de notre sainte protectrice, la mère de Dieu, vinrent à l'église et brûlèrent les portes qui regardent le midi et le nord et ils entrèrent dans la chapelle où est le tombeau de Théodose, prirent les images, brûlèrent les portes et blasphémèrent Dieu et notre foi. Dieu souffrit cela, car leurs péchés et leurs iniquités n'étaient pas encore comblés. Aussi ils disaient : « Où est leur Dieu ? Qu'il les sauve et les délivre de nous ! » Et ils disaient d'autres blasphèmes se moquant des saintes images et ne sachant pas que Dieu punit ses serviteurs par des invasions et des guerres afin qu'ils se montrent comme de l'or éprouvé au feu. Car les chrétiens, à travers beaucoup de souffrances et de misères, iront au royaume du ciel, et ces païens insulteurs ont dans ce monde joie et richesses, et dans l'autre ils iront avec le diable au feu et aux tourments éternels. Alors ils brûlèrent le Palais Rouge fondé par le pieux

prince Vsévolod sur la montagne de Vydobytch. Les maudits Polovtses anéantirent tout cela par le feu. Aussi nous,
imitant le prophète David, nous disons : « Seigneur mon
Dieu, rends-les semblables à une boule et au chaume qui sont
chassés par le vent, poursuis-les dans ta colère ; remplis leur
visage de honte (1). » Car ils ont pillé et brûlé ta sainte
demeure, ainsi que le monastère de ta mère et les reliques
de tes serviteurs. Or ces impies fils d'Ismaël déchaînés pour
la perte des chrétiens tuèrent quelques-uns de nos frères.
Ils sont sortis du désert d'Iatreb pour marcher sur l'Orient
et le Midi. D'eux sont venus quatre peuples : Les Torkmens et les Pétchénègues, les Torks et les Polovtses. Méthode (2) atteste que de leurs peuples huit s'enfuirent quand
Gédéon les battit ; huit de ces peuples s'enfuirent dans le
désert, et quatre furent massacrés. D'autres disent qu'ils
sont les fils d'Amon. Mais cela n'est pas ; car les fils de Moab
sont les Khvalises et les fils d'Amon sont les Bulgares, et les
Sarazins descendent par Ismaël de Sara et se sont donné
le nom de Sarakin, ce qui veut dire : nous sommes nés de
Sara. Les Khvalises et les Bulgares sont nés des filles de Loth
qui conçurent de leur père. Aussi leur race est-elle impure.
Et Ismaël engendra douze fils, d'où viennent les Torkmens,
les Pétchénègues, les Torks, les Koumans, c'est-à-dire les
Polovtses qui sortent du désert, et à la suite de ces huit tribus sortiront à la fin du monde les gens impurs, murés dans
la montagne par Alexandre de Macédoine (3).

(1) Ps. LXXXII, 14, 17.
(2) Méthode de Patare. Voy. l'Index.
(3) Ici figure, dans le mss. de Laurent et dans les éditions de Miklosich et de
la commission archéographique, un chapitre qui n'est pas évidemment à sa place :
l'*Instruction* de Vladimir monomaque. A l'exemple d'Erben j'en ai reporté la
traduction à la fin de la Chronique.

LXXX. — Digression sur les peuples impurs.

Je veux raconter ce que j'ai entendu dire il y a quatre ans.
Gourata Rogovitch de Novogorod me raconta alors ce qui
suit : « J'avais envoyé mon serviteur chez les Petchériens, ce
peuple qui paie tribut aux Novogorodiens. Mon serviteur y
alla et partit ensuite chez les Iougriens. Iougra est le nom
d'un peuple étranger qui touche au Samoièdes dans les contrées du Nord. Les Iougriens dirent alors à mon serviteur :
« Nous avons été témoins d'un miracle étrange, dont nous
n'avions pas encore entendu parler. Il y a déjà trois ans que
ce miracle a commencé. Il y a des montagnes qui entourent
un golfe de la mer et s'élèvent jusqu'aux cieux. Dans ces
montagnes il y a de grands cris, des disputes de gens qui
scient la montagne pour en sortir, et dans cette montagne
est taillée une petite ouverture et ils parlent par cette ouverture ; on ne peut comprendre leur langue, mais ils montrent
du doigt du fer et font des signes avec leurs mains pour
demander du fer ; et quand on leur donne du fer, un couteau,
ou une hache, il vous donnent des peaux en échange. Il y a
une route qui conduit à ces montagnes, mais elle est inacces-
sible en raison des précipices, des neiges ou des bois ; c'est
pourquoi nous n'arrivons pas toujours chez ce peuple ; il est
d'ailleurs loin vers le Nord. » Et je dis à Gourata : « Ce sont
les peuples murés par Alexandre de Macédoine, dont parle
Méthode de Patare. Alexandre de Macédoine vint aux pays
de l'Orient sur le bord de la mer, au pays appelé pays du
soleil et y vit des peuples impurs de la race de Japhet ; et il
vit leurs impuretés ; les habitants mangeaient des abomina-
tions, des cousins, des mouches, des chats, des serpents ; ils
n'enterraient pas les cadavres mais ils les mangeaient ainsi

que les fœtus avortés, et toute espèce d'animaux impurs.
Alexandre voyant cela, craignit que s'ils se multipliaient, ils
ne souillassent la terre. Il les repoussa vers les pays du Nord,
vers de hautes montagnes, et, sur l'ordre de Dieu, les montagnes du Nord les entourèrent ne leur laissant qu'une ouverture
de douze coudées. Puis s'élevèrent des portes de cuivre qui
furent recouvertes d'un métal infusible (1), de sorte qu'ils ne
puissent ni les enlever ni les brûler ; car ce métal a pour
propriété de n'être ni brûlé par le feu, ni entamé par le fer.
Or aux derniers jours du monde les huit tribus sortiront du
désert d'Yatreb et les nations immondes qui sont dans les
montagnes du Nord en sortiront par l'ordre de Dieu. » Mais je
reviens aux choses antérieures dont nous avons déjà parlé.

LXXXI. — Guerres civiles.

Oleg avait promis d'aller trouver son frère David à Smolensk et de revenir avec son frère à Kiev pour rétablir l'ordre ;
il ne voulut pas cependant faire cela, mais il alla à Smolensk
et ayant réuni son armée marcha contre Mourom. A Mourom
résidait alors Iziaslav, fils de Vladimir. Quand Iziaslav apprit
qu'Oleg marchait contre Mourom, il envoya chercher ses
troupes à Souzdal et à Rostov, à Biéloozéro et rassembla
une nombreuse armée. Et Oleg envoya des ambassadeurs à
Iziaslav, disant : « Va à Rostov, c'est le domaine de ton père ;
ce pays est le mien, je veux m'y établir et régler mon compte
avec ton père. Car il m'a chassé de la ville de mon père, et
toi, ne veux-tu pas me donner mon pain (2) ? » Iziaslav n'é-
couta pas ces paroles, comptant sur sa nombreuse armée ;

(1) Dans le texte *asounkhit* ; c'est le grec ἀσύγχυτον.
(2) Cf. le mot français apanage.

Oleg comptait sur son droit et savait que ce droit était juste. Et il alla avec son armée contre la ville. Et Iziaslav se rangea dans la plaine devant la ville. Oleg alors marcha contre lui avec son armée et tous deux en vinrent aux mains ; le combat fut terrible ; Iziaslav, fils de Vladimir, périt le 6 septembre. Le reste de l'armée s'enfuit, les uns dans les bois, les autres à la ville. Oleg y entra et fut reçu par les habitants. On enleva le corps d'Iziaslav, on le déposa au monastère du Saint-Sauveur, de là on le porta à Novogorod et on l'ensevelit dans l'église de Sainte-Sophie du côté gauche. Oleg après avoir pris la ville, prit les habitants de Rostov, de Biéloozéro, les mit aux fers et marcha contre Souzdal. Et quand il arriva devant la ville de Souzdal, elle se rendit. Oleg après avoir pacifié cette ville, mit quelques habitants en prison, chassa les autres et prit leurs biens. Il alla à Rostov et les habitants de Rostov se rendirent à lui et il prit tout le pays de Mourom et de Rostov, établit des posadniks dans les villes et en reçut les tributs. Mstislav de Novogorod lui envoya des députés disant : « Viens, retourne de Souzdal à Mourom et ne t'établis pas dans le domaine d'autrui. Quant à moi j'irai avec ma droujina prier mon père et je te réconcilierai avec lui, quoique tu aies tué mon frère ; cela n'est pas étonnant, car dans la guerre les rois périssent comme les autres hommes. » Oleg ne voulut pas écouter ces paroles ; mais il méditait de prendre aussi Novogorod. Et Oleg envoya son frère Iaroslav avec l'avant-garde et il resta lui-même dans la plaine de Rostov. Mstislav tint conseil avec les habitants de Novogorod et ils envoyèrent en avant Dobrynia Ragouïlovicth avec l'avant-garde et Dobrynia saisit d'abord ceux qui payaient tribut à Oleg. Iaroslav ayant appris que Dobrynia les avait faits prisonniers (il était alors sur la Medvéditsa avec l'avant-poste) s'enfuit cette nuit même auprès d'Oleg et lui dit que Mstislav arrivait,

que les avant-postes étaient pris. Il alla à Rostov et Mstislav passa le Volga. On lui dit qu'Oleg était retourné à Rostov, il
le poursuivit. Oleg alors arriva à Souzdal et apprenant que
Mstislav le poursuivait, il ordonna de brûler la ville de Souzdal ; il ne resta que le bâtiment du monastère Petchersky et l'é-
glise de Saint-Dimitri qu'avait donnée Éphrem avec plusieurs
villages. Oleg s'enfuit à Mourom. Mstislav arriva à Souzdal, et
pendant qu'il s'y trouvait envoya prier Oleg de faire la paix
disant : « Je suis plus jeune que toi, va trouver mon père,
rends ma droujina que tu as prise je t'obéirai en tout. » Oleg lui
envoya dire cela, offrant la paix par ruse et Mstislav se laissa
prendre à sa ruse et dispersa sa droujina dans les villages. Et
arriva la semaine du jeûne de saint Théodose, et le samedi
de saint Théodose. Comme Mstislav était à dîner, il apprit
qu'Oleg était sur la Kliazma ; il était arrivé à l'improviste. Car
Mstislav ayant confiance en lui n'avait pas mis de sentinelles.
Mais Dieu sait comment sauver ses fidèles de la ruse. Oleg
s'était établi sur la Kliazma pensant que Mstislav le craignant
s'enfuierait. Mais la droujina de Mstislav arriva ce jour même,
et le suivant arrivèrent des habitants de Novogorod, de Rostov et de Bialo-ozero. Mstislav s'établit devant la ville après
avoir rangé son armée en bataille. Mais, ni l'un ni l'autre
n'attaqua et ils restèrent quatre jours en face l'un de l'autre.
Et Mstislav reçut la nouvelle que son père lui envoyait son frère
Viatcheslav avec les Polovtses. Viatcheslav arriva le jeudi qui
suivit la semaine du jeûne de saint Théodose, et le vendredi
Oleg vint se ranger en bataille devant la ville. Mstislav marcha
contre lui avec les habitants de Rostov et de Novogorod. Et
Mstislav donna l'étendard de Vladimir à un des Polovtses appelé Kounouï, il lui donna de l'infanterie et le plaça à l'aile
droite ; Kounouï attaqua avec son infanterie après avoir dé-
ployé l'étendard de Vladimir et Oleg ayant vu l'étendard de

Vladimir eut peur ; la terreur s'empara de lui et de son armée.
Les deux armées se mirent à combattre, Oleg contre Mstislav,
et Iaroslav contre Viatcheslav. Mstislav traversa avec les Novogorodiens un espace enflammé et les fit descendre de cheval, et il y eut sur la Kolatchytsa un combat sanglant. Et Mstislav commença à vaincre. Et Oleg voyant que l'étendard de
Vladimir s'avançait et allait le tourner, s'enfuit plein de crainte
et Mstislav fut vainqueur. Oleg s'enfuit à Mourom et enferma
Iaroslav à Mourom, puis il alla lui-même à Riazan. Mstislav
vint devant Mourom et conclut la paix avec les habitants de
cette ville, puis il réunit les gens de Rostov et de Souzdal et
alla poursuivre Oleg à Riazan. Oleg alors s'enfuit de Riazan et
Mstislav étant venu, conclut la paix avec les habitants de Riazan et emmena ceux des siens qu'Oleg avait emprisonnés. Et
il envoya dire à Oleg : « Ne fuis pas, mais envoie prier tes
frères de ne pas te dépouiller de la terre russe et j'irai prier
mon père pour toi. » Oleg promit de faire cela. Mstislav retourna alors à Souzdal ; de là il alla à la ville de Novogorod
grâce aux prières du saint évêque Nikita. Et ces faits eurent
lieu vers la fin de l'année 6604, vers la moitié de la quatrième
indiction (1).

LXXXII. — Histoire de Vasilko (1096-1097).

Année 6605. Sviatopolk, Vladimir, David Igorovitch et Vasilko Rastislavitch et David Sviatoslavitch et son frère Oleg
se réunirent à Loubetch pour préparer la paix et dirent :
« Pourquoi ruinons-nous la terre russe par nos querelles
mutuelles ? Les Polovtses ravagent le pays de diverses

---

(1) Certains mss. placent ici l'instruction de Vladimir Monomaque à ses
fils.

manières et se réjouissent en nous voyant combattre les uns
contre les autres. Unissons-nous donc maintenant comme un
seul homme et défendons la terre russe. Que chacun garde
son héritage ; Sviatopolk, Kiev à la place d'Iziaslav, Vladimir
[Péréïaslav] à la place de Vsévolod ; David, Oleg et Iaroslav
[Tchernigov] à la place de Sviatoslav et que les autres gardent
aussi les villes que Vsévolod leur a données ; Vladimir a été
donné à David ; quant aux fils de Rostislav, Prémysl a été
donné à Volodar, Térébovl à Vasilko. » Et ils convinrent de
cela en baisant la croix. « Si quelqu'un, dirent-ils, s'élève
contre un autre arrangement, nous serons tous contre lui et
la croix sainte aussi. » Et tous dirent : « Que la croix et toute
la Russie soient contre le transgresseur. » Ils s'embrassèrent
et allèrent chez eux. Et Sviatopolk vint avec David à Kiev et
tout le peuple se réjouit. Le diable seul s'affligea de cette concorde. Et Satan s'insinua dans le cœur de quelques hommes
qui dirent à David, fils d'Igor : « Vladimir s'est uni avec
Vasilko contre Sviatopolk et contre toi. » David ayant prêté
l'oreille à ces menteuses paroles, se mit à parler contre
Vasilko, disant à Sviatopolk : « Qui a tué son frère Iaropolk ?
Maintenant il complote contre moi et contre toi et a fait
accord avec Vladimir ? Prends garde à ta tête. » Sviatopolk
fut troublé et dit : « Cela est-il vrai ou faux. Je ne sais. » Sviatopolk ne sachant pas ce qui en était, dit à David : « Si tu dis
vrai, que Dieu t'entende ! Si tu parles par jalousie, Dieu te
punira. » Sviatopolk s'affligea sur son frère et sur lui-même
et commença à penser : Ainsi cela serait donc vrai ! Et il crut
David ; ainsi David trompa Sviatopolk et ils commencèrent à
former des projets contre Vasilko. Et ni Vasilko ni Vladimir
ne savaient rien de tout cela. Et David se mit à dire : « Si
nous ne nous emparons pas de Vasilko, tu ne resteras pas
prince à Kiev, ni moi à Vladimir. » Et Sviatopolk l'écouta. Et

le 4 novembre Vasilko vint ; il se rendit à Vydobycht, alla au
monastère prier saint Michel, il soupa et établit son camp sur
la Rouditsa. Quand le soir arriva, il entra dans son camp. Le
lendemain matin Sviatopolk vint lui dire : « Ne t'en va pas
avant ma fête. » Vasilko refusa, disant : « Je ne puis attendre :
il y aura la guerre chez moi. » Et David lui envoya dire : « Ne
t'en va pas, mon frère, ne refuse pas à ton frère aîné ce qu'il
te demande. » Vasilko ne voulut pas faire cela ni l'écouter.
Et David dit à Sviatopolk : « Tu vois, il ne fait nul cas de toi,
quoiqu'il soit entre tes mains ; qu'il s'en aille maintenant
dans ses États et tu verras s'il ne prendra pas tes villes de
Tourov et de Pinsk et tes autres villes : alors tu te rappelleras
mes paroles. Invite-le donc maintenant, saisis-le et livre-le
moi. » Sviatopolk l'écouta et envoya chercher Vasilko disant :
« Puisque tu ne veux pas attendre jusqu'à ma fête, viens maintenant m'embrasser. Nous nous rencontrerons avec David. »
Vasilko promit de venir ne sachant pas le piège que lui tendait David. Vasilko monta à cheval et partit ; un de ses serviteurs le remonta et lui dit : « Prince, n'y va pas. Ils veulent
te prendre. » Vasilko ne l'écouta pas, se disant : « Comment
voudraient-ils me prendre ? Ils ont avec moi baisé la croix
en disant : Si quelqu'un se met contre un autre, tous les
autres et la croix sainte seront contre lui. » Ayant ainsi
pensé, il se signa et dit : « Que la volonté de Dieu soit faite. »
Et il vint à la tête d'une petite droujina à la cour du prince.
Et Sviatopolk sortit au-devant de lui et ils entrèrent dans la
salle. David entra et ils s'assirent. Sviatopolk commença à
dire : « Reste pour ma fête. » Vasilko dit : « Je ne puis rester,
mon frère. J'ai déjà ordonné à mes soldats de partir. » David
restait assis sans rien dire. Et Sviatopolk dit : « Alors, mon
frère, déjeune avec nous. » Vasilko promit de le faire. Sviatopolk dit : « Restez assis ici, j'irai et je ferai préparer le

repas. » Et il sortit ; et David resta avec Vasilko. Et Vasilko
se mit à parler à David ; et David ne répondait ni n'entendait.
Car il avait peur et son artifice lui pesait sur le cœur. David
après être resté assis quelques instants, dit : « Où est mon
frère ? » On lui dit : « Il est dans le vestibule. » David se leva
et dit : « J'irai le trouver ; frère reste assis. » David se leva et
sortit et dès qu'il fut sorti on enferma Vasilko (le 5 novembre) ; on lui mit des chaînes doubles et on lui donna des
gardes pour la nuit. Le lendemain Sviatopolk convoqua les
boïars et les habitants de Kiev et leur rappela ce que David
lui avait dit : « Vasilko a tué son frère et il a comploté contre
toi avec Vladimir, et ils veulent te tuer et prendre tes villes. »
Les boïars et le peuple dirent : « Il t'appartient, prince, de
veiller sur ta vie. Si David a dit la vérité, que Vasilko soit
puni ; si David a menti, qu'il en soit châtié par Dieu et réponde
à Dieu de son mensonge. » Les hégoumènes apprirent ce qui
s'est passé et se mirent à demander à Sviatopolk la grâce de
Vasilko. Et Sviatopolk leur dit : « C'est David [qui l'a voulu ».]
David informé de ce qui se passait, insista pour qu'on crevât
les yeux de Vasilko : « Si tu ne fais pas cela et si tu le relâches, ni toi ni moi ne pourrons régner. » Sviatopolk voulait
le relâcher, mais David ne le voulait pas, et il le gardait. Et
cette nuit ils le conduisirent à Zvénigorod (1). C'est une
petite ville à dix verstes de Kiev. On l'emmena enchaîné sur
un chariot, on le fit descendre du chariot et on le fit entrer
dans une petite chaumière. Quand Vasilko fut assis, il vit un
Tork aiguiser son couteau, et il comprit qu'on voulait lui
crever les yeux et il invoquait Dieu avec des pleurs abon-
dants et des gémissements ; alors survinrent les envoyés de
Sviatopolk et de David, Snovid Tzetchevitch, écuyer de Sviato-

(1) Certains mss. portent Biélogorod.

polk, et Dmitri, écuyer de David ; et ils se mirent à étendre un tapis, et après l'avoir étendu, ils saisirent Vasilko voulant le renverser ; mais il lutta énergiquement, et ils ne purent le renverser. D'autres entrèrent, le renversèrent, le lièrent, prirent une plaque du poêle et la lui mirent sur la poitrine. Snovid et Dmitri s'assirent des deux côtés à ses pieds, et ils ne pouvaient le maintenir. Alors entrèrent deux autres hommes, et ils prirent au poêle une autre plaque, s'assirent dessus et la serrèrent si vigoureusement que la poitrine de Vasilko craquait. Puis survint un Tork appelé Berendi, berger de Sviatopolk : il tenait un couteau et voulut frapper l'œil de Vasilko, mais il le manqua et lui blessa le visage. Vasilko porte encore aujourd'hui cette balafre. Puis il lui enfonça de nouveau le couteau dans l'œil et en arracha la pupille ; il frappa ensuite l'autre œil et en arracha l'autre pupille. Vasilko était comme mort. Ils le prirent et le mirent sur un tapis dans un chariot comme un cadavre et l'emmenèrent à Vladimir. Pendant le trajet ils s'arrêtèrent après avoir passé le pont de Zdvijen, sur le marché, ôtèrent à Vasilko sa chemise ensanglantée et la donnèrent à laver à une femme de pope. Après l'avoir lavée, elle la lui remit pendant qu'ils dînaient. Et elle pleura ; car il était comme mort. Il entendit ses sanglots et demanda : « Où suis-je ? » On lui dit : « Dans la ville de Zdvijen. » Il demanda de l'eau, on lui en donna. Il la but et l'esprit lui revint ; il se rappela ce qui était arrivé, tâta sa chemise et dit : « Pourquoi me l'avez-vous ôtée ? J'aurais voulu mourir et paraître devant Dieu dans cette chemise ensanglantée. » Quand ils eurent achevé leur dîner ils partirent à la hâte par un froid glacial : car c'était alors le mois de Grouden (1) (c'est-à-dire novembre). Ils arri-

(1) Nom slave du mois de novembre. Il désigne aussi le mois de décembre et veut dire *rigoureux*.

vèrent le sixième jour à Vladimir. David vint avec eux, comme un chasseur qui a pris quelque bête féroce, et il l'enferma dans le palais de Vakii et il commit à sa garde trente hommes et deux officiers, Oulan et Koltcha.

Vladimir, quand il eut appris que Vasilko avait eu les yeux crevés, eut peur, pleura et dit : « Il n'y a jamais eu de tel méfait en Russie, ni du temps de nos aïeux, ni du temps de nos pères. » Et aussitôt il envoya dire à David et à Oleg, les deux fils de Sviastoslav : « Venez à Gorodets réparer le mal qui s'est accompli en Russie, et entre nous qui sommes frères. Un glaive a été jeté entre nous. Si nous ne réparons ce méfait, un plus grand mal s'élèvera chez nous. Le frère se mettra à égorger son frère, la Russie périra, nos ennemis les Polovtses viendront s'en emparer. » David et Oleg entendant cela s'affligèrent vivement et pleurèrent, disant : « Cela n'est pas encore arrivé dans notre famille. » Et aussitôt rassemblant leur armée, ils se rendirent auprès de Vladimir. Vladimir se tenait avec son armée dans une forêt. Vladimir, Oleg et David envoyèrent leurs hommes auprès de Sviatopolk, disant : « Quel crime as-tu commis dans la terre russe ? Quel glaive as-tu jeté parmi nous ? Pourquoi as-tu aveuglé ton frère ? S'il t'avait fait tort, il fallait l'accuser devant nous. Après l'avoir convaincu, tu pouvais le punir. Maintenant, dis-nous pour quelle faute tu l'as ainsi maltraité. » Sviatopolk dit : « David Igorovitch m'a dit : « Vasilko a tué ton frère Iaropolk, il veut te tuer et s'emparer de tes villes, Tourov, Pinsk, Bérestié et Pogorina ; il a juré, lui et Vladimir, que Vladimir s'établiera à Kiev, et Vasilko à Vladimir (1). J'ai dû malgré moi défendre ma vie. Du reste, ce n'est pas moi, mais David qui l'a aveuglé et emmené avec lui. » Alors les hommes de Vladimir, de David et

(1) Nom de ville.

d'Oleg lui dirent: « Ne t'excuse pas en déclarant que c'est
David qui l'a aveuglé. Ce n'est pas dans une ville de David,
mais dans la tienne qu'il a été privé de la vue. » A ces mots
ils se dispersèrent. Or le lendemain il voulut passer le Dniéper
pour marcher contre Sviatopolk, et Sviatopolk voulut s'enfuir
de Kiev. Les habitants de Kiev ne le permirent pas; mais ils
envoyèrent la femme de Vsévolod et le métropolitain Nicolas
à Vladimir, disant : « Nous te prions, prince, toi et les frères
de ne pas désoler la terre russe : car, si vous vous mettez à
vous faire la guerre entre vous, les païens se réjouiront et envahiront cette terre conquise par les travaux et la vaillance de
vos pères et vos ancêtres. Ils ont en défendant la terre russe
acquis d'autres pays, et vous voulez ruiner la terre russe! » La
femme de Vsévolod et le métropolitain vinrent auprès de Vladimir, le prièrent et lui remirent la supplique par laquelle les
habitants de Kiev l'engageaient à conclure la paix, à défendre
la terre russe et à faire la guerre aux païens. Vladimir entendant cela, pleura et dit : « Il est vrai! nos pères et nos aïeux
ont défendu la terre russe, et nous, nous voulons la ruiner. »
Et il accueillit favorablement la prière de la princesse ; car
il la vénérait comme une mère, à cause de son père ; or il
avait été très aimé de son père ; ni de son vivant, ni après sa
mort il ne fit rien contre sa volonté. C'est pourquoi il écouta
la princesse comme une mère ; il écouta le métropolitain ; car
il honorait le clergé et ne rejeta point sa prière. Vladimir en
effet était un prince humain. Il aimait les métropolitains et
les évêques et les hégoumènes. Il aimait par-dessus tout les
religieux. Quand ils venaient le voir, il leur donnait à boire et
à manger, comme une mère à ses enfants ; s'il en voyait un
s'enivrer ou commettre quelque excès, il ne le condamnait
pas, mais le reprenait affectueusement et le consolait. Mais
revenons à notre sujet.

La princesse, après avoir été chez Vladimir, vint à Kiev et dit à Sviatopolk et aux habitants de Kiev tout ce qui avait été dit et qu'il y aurait la paix. Ils s'envoyèrent réciproquement un délégué et s'accordèrent pour dire à Sviatopolk : « Si c'est David qui a fait ce mal, toi Sviatopolk, marche contre lui et prends-le, ou chasse-le. » Sviatopolk se chargea de cet office et ils baisèrent la croix et conclurent la paix. Or, tandis que Vasilko était à Vladimir à l'endroit que j'ai dit, aux approches du carême je m'y trouvais aussi. Une nuit le prince David m'envoya chercher. Je vins, sa droujina était assise autour de lui. Il me fit asseoir et me dit : « Vasilko a parlé cette nuit à Oulan et à Koltcha et a dit : J'apprends que Sviatopolk et Vladimir vont marcher contre David : si David m'écoutait, j'enverrais un officier à Vladimir pour le faire retourner. Je sais ce qu'il a dit : il abandonnerait l'expédition. Va donc Basile (1) trouver Vasilko ton homonyme avec ces serviteurs et dis-lui : « Si tu veux envoyer un de tes hommes et si Vladimir retourne sur ses pas, je te donnerai la ville que tu voudras, Vsévlajd, Térébovl ou Prémysl. » J'allai donc trouver Vasilko et lui rapportai tout ce qu'avait dit David. Il répondit : « Je n'ai pas dit cela, mais j'ai bon espoir en Dieu. J'enverrai auprès de Vladimir, le prier de ne pas verser de sang à cause de moi. Une chose m'étonne : c'est que David me donne une de ses villes; quant à Térébovl, elle m'appartient maintenant et à jamais » (2). C'est en effet ce qui arriva ; car il fut bientôt remis en possession de ses biens. Il me dit : « Va trouver David et dis-lui de m'envoyer Koulmieï ; je l'enverrai à Vladimir. » David ne l'écouta point ; mais il me renvoya de

(1) Sur ce personnage qui substitue brusquement son récit à celui du chroniqueur, voir l'Index.

(2) J'adopte ici les corrections et l'interprétation d'Erben. V. sa traduction tchèque, p. 196.

nouveau, disant : « Koulmieï n'est point ici. » Et Vasilko me
dit : « Assieds-toi un instant. » Il ordonna à son serviteur de
sortir, s'assit auprès de moi et me dit : « J'apprends que
David veut me livrer aux Lekhs. Ne s'est-il donc pas assez
rassasié de mon sang, et veut-il encore s'en rassasier en me
livrant à eux? J'ai fait aux Lekhs beaucoup de mal, et j'avais
le dessein de leur en faire beaucoup encore et de venger la
terre russe. S'il me livre aux Lekhs, je n'ai pas peur de la
mort; mais je te dirai la vérité : c'est que Dieu aura voulu me
punir de mon orgueil. Quand m'est arrivée la nouvelle que
les Bérenditches, les Petchénègues et les Torks marchaient
contre moi, je me suis dit en moi-même : Quand arriveront
les Bérenditches, les Petchénègues et les Torks, je dirai à
mon frère Volodar et à David : « Donnez-moi vos plus jeunes
soldats et vous-mêmes, buvez et réjouissez-vous. » Je pensais
encore : Hiver comme été j'envahirai le pays des Lekhs, je
l'écraserai et je vengerai la Russie. Ensuite je comptais
envahir le pays des Bulgares du Danube et les soumettre.
Ensuite j'aurais prié Sviatopolk de me laisser marcher contre
les Polovtses. J'irai, pensai-je, contre les Polovtses acquérir
de la gloire ou sacrifier ma vie pour la terre russe. Je ne
nourrissais aucun dessein ni contre Sviatopolk ni contre
David. Je jure par Dieu et son jugement suprême que je ne
méditais rien contre mes frères : mais à cause de mon orgueil,
parce que je m'étais trop réjoui à l'arrivée des Bérenditches
et que je m'étais trop exalté dans ma superbe, Dieu m'a
humilié et rabaissé. »

Quand arriva le jour de Pâques, David vint pour s'emparer
du pays de Vasilko ; et Volodar, frère de Vasilko, le rencontra
à Boujesk et David n'osa pas livrer bataille à Volodar, frère de
Vasilko, et il s'enferma dans Boujesk et Volodar assiégea
cette ville. Et Volodar se mit à dire : « Tu as fait le mal et tu

ne t'en repens pas ; rappelle-toi combien de crimes tu as
commis. » David se mit à rejeter la faute sur Sviatopolk
disant : « Est-ce moi qui ai fait cela ? Est-ce dans une ville qui
m'appartint ? Moi-même je craignais qu'il ne me prît et ne me
fît subir un pareil traitement. » J'ai dû me conformer à ce
qu'ils ont décidé : car j'étais entre leurs mains. Volodar dit :
« Dieu sait ce qui en est ; maintenant, relâche mon frère et
je conclurai la paix avec toi. » David se réjouit, envoya chercher Vasilko, le remit à son frère et ils conclurent la paix et
s'en allèrent chacun de son côté. Vasilko s'établit à Térébovl
et David retourna à Vladimir. Quand vint le printemps
Volodar et Vasilko marchèrent contre David, et ils vinrent
devant la ville de Vsévlajd et David s'enferma à Vladimir. Ils
assiégèrent Vsévlajd, prirent cette ville d'assaut et la brûlèrent. Vasilko ordonna de tuer les habitants qui s'enfuyaient.
Il satisfit sa vengeance sur des innocents et versa le sang
innocent. Ensuite il marcha contre Vladimir. Et David s'enferma à Vladimir ; ils bloquèrent la ville et envoyèrent dire
aux habitants de Vladimir : « Nous ne sommes pas venus
contre votre ville, ni contre vous, mais contre nos ennemis
Touriak, Lazare et Basile ; car ce sont eux qui ont conseillé
David et lui ont fait faire le mal qu'il a fait. Si vous voulez vous
battre pour eux, nous sommes prêts à combattre, sinon
livrez-nous nos ennemis. » Les habitants ayant entendu cela
se rassemblèrent et dirent à David : « Livre ces hommes :
nous ne nous battrons pas pour eux ; nous pouvons nous
battre pour toi et non pour eux. Si tu ne les livres pas, nous
ouvrirons les portes de la ville ; songe alors toi-même à ton
salut. » Il fut forcé de les livrer. Mais alors il dit : « Ils ne sont
pas ici : » car il les avait envoyés à Loutchesk. Quand ils arrivèrent à Loutchesk Touriak s'enfuit à Kiev ; Lazare et Basile
retournèrent à Touriisk. Quand le peuple apprit qu'ils étaient

14

à Touriisk, le peuple cria contre David disant : « Livre ceux
qu'on demande, sinon nous nous rendrons. » David envoya
chercher Basile et Lazare et les livra. On conclut la paix le
dimanche et le lendemain matin, on pendit Basile et Lazare ;
les gens de Vasilko les criblèrent de flèches ; puis ils levèrent
le siège de la ville. Ce fut la seconde vengeance de Vasilko,
vengeance qu'il eut le tort de prendre. Il eût mieux valu en
laisser le soin à Dieu. Il aurait dû charger Dieu de sa vengeance ; car comme dit le prophète : « Je me vengerai de mes
ennemis et de ceux qui me haïssent (1). » En effet il venge le
sang de ses enfants et fait tomber sa vengeance sur ses ennemis et sur ceux qui le haïssent. — Quand les assiégeants furent
partis, on détacha les pendus et on les enterra.

Sviatopolk ayant promis de chasser David, marcha contre
Bérestié, chez les Lekhs. Quand David eut appris cela, il alla
chez les Lekhs demander du secours à Vladislav. Les Lekhs
promirent de le secourir et reçurent de lui cinquante grivnas
d'or, disant : « Viens avec nous à Bérestié; car Sviatopolk
nous invite à une entrevue ; là-bas nous te réconcilierons
avec Sviatopolk. » David les ayant écoutés alla jusqu'à Bérestié
avec Vladislav ; Sviatopolk était dans la ville, et les Lekhs sur
le Boug. Sviatopolk s'entendit avec les Lekhs et leur donna
de grands présents pour qu'il lui livrassent David. Et Vladislav dit à David : « Sviatopolk ne m'a pas écouté ; retourne
chez toi » et David alla à Vladimir. Et Sviatopolk s'étant
entendu avec les Lekhs marcha contre Pinsk, ayant envoyé
chercher son armée. Il s'avança jusqu'à Dorogobouje où il
attendait son armée ; puis il marcha contre David jusque sous
les murs de la ville. David s'y enferma espérant le secours des
Lekhs. Car ils lui avaient dit : « Si les princes russes viennent,

(1) Deut., XXXII, 41.

nous irons à ton secours. » Et ils l'avaient trompé, ayant reçu de l'or de David et de Sviatopolk. Sviatopolk entoura la ville et resta devant elle pendant sept semaines. David commença à le prier : « Laisse-moi sortir de la ville. » Sviatopolk y consentit ; ils baisèrent la croix. David sortit de la ville et alla à Tcherven. Sviatopolk entra dans la ville le samedi saint, et David s'enfuit chez les Lekhs. Sviatopolk après avoir chassé David se mit à méditer des projets contre Volodar et Vasilko disant : « Ceci est le bien de mon père et de mon frère. » Et il marcha contre eux. Quand Volodar et Vasilko entendirent ces paroles, ils sortirent contre lui, ayant pris la croix qu'il avait baisée avec eux, disant : « Je suis venu contre David et je veux avoir paix et amitié avec vous. » Sviatopolk viola ce serment, comptant sur le nombre de ses troupes. Et ils se rencontrèrent dans la plaine de Rojen. Quand les deux parties en vinrent aux mains, Vasilko éleva la croix en disant : « Voici la croix que tu as baisée : Tu m'as déjà arraché les yeux ; tu veux maintenant m'arracher la vie : que cette croix soit entre nous ! » Et le combat commença : les bataillons en vinrent aux mains et beaucoup d'hommes pieux virent une croix qui s'élevait au-dessus de l'armée de Vasilko. Le combat fut terrible ; beaucoup d'hommes tombèrent des deux côtés. Sviatopolk voyant l'acharnement du combat, s'enfuit à Vladimir. Volodar et Vasilko vainqueurs s'arrêtèrent, disant : « Il nous suffit de rester dans nos frontières. » Et ils n'allèrent pas plus loin. Sviatopolk s'enfuit à Vladimir ; il avait avec lui ses deux fils et les deux fils d'Iaropolk et Sviatocha fils de David Sviatoslavitch et le restant de sa droujina. Sviatopolk établit à Vladimir son fils Mstislav qu'il avait eu d'une concubine ; et il envoya Iaroslav en Hongrie, pour exciter les Hongrois contre Volodar, et il alla lui-même à Kiev. Alors Iaroslav fils de Sviatopolk vint avec les Hongrois ; avec lui était le roi

Koloman, et deux évêques, et ils s'établirent autour de Prémysl, le long du Viagr, et Volodar s'enferma dans la ville.
Vers ce temps David arriva de chez les Lekhs laissa sa femme
auprès de Volodar et alla lui-même chez les Polovtses. Boniak
le rencontra. David revint et ils marchèrent ensemble contre
les Hongrois. Pendant leur route ils s'arrêtèrent pour passer
la nuit. A minuit Boniak se leva, quitta l'armée et se mit à
hurler comme un loup. Un loup lui répondit et beaucoup
de loups se mirent à hurler. Boniak revint alors et dit à
David : « Demain nous vaincrons les Hongrois. » Le lendemain Boniak rangea son armée en bataille. David avait cent
soldats, Boniak trois cents ; il les divisa en trois colonnes et
marcha contre les Hongrois. Et il mit à l'avant-garde Altounopa avec cinquante hommes ; il confia l'étendard à David et
divisa son corps en deux parties, mettant cinquante hommes
à chaque aile. Les Hongrois se mirent en bataille en divers
corps ; ils étaient au nombre de huit mille. Altounopa attaqua le premier corps, et après avoir fait une décharge il recula
devant les Hongrois. Les Hongrois le poursuivirent et dans
leur course dépassèrent Boniak. Boniak alors attaqua les
Hongrois par derrière. Altounopa se retourna et ils ne permirent pas aux Hongrois de battre en retraite. Ainsi ils en
tuèrent un grand nombre. Boniak divisa sa troupe en trois
corps et ils battirent les Hongrois à plate couture, pareils au
faucon qui poursuit les choucas. Les Hongrois s'enfuirent :
beaucoup se noyèrent dans le Viagr, d'autres dans le San.
En fuyant le long du San ils s'y faisaient tomber les uns les
autres ; pendant deux jours le vainqueur les poursuivit en les
massacrant. Là fut tué leur évêque Koupan avec beaucoup de
leurs boïars. On dit que quatre mille périrent. Iaroslav s'enfuit
chez les Lekhs et arriva à Bérestié, David ayant pris Soutieisk
et Tcherven arriva tout à coup et fit prisonniers des gens de

Vladimir. Mstislav s'enferma dans la ville avec une garnison ;
car il avait avec lui des habitants de Pinsk, de Bérestié, de
Vygochov. David entoura la ville et lui livra de fréquents
assauts. Une fois, il s'avança sous les tours de la ville. Or les
habitants lançaient des flèches qui tombaient plus épaisses
que la pluie. Mstislav au moment où, monté sur la palissade,
il se préparait à tirer fut atteint d'une flèche à un défaut de sa
cuirasse, sous l'aisselle. On l'emporta et il mourut cette nuit
même. On cacha sa mort pendant trois jours et le quatrième
on l'annonça à l'assemblée. Le peuple dit : « Voici que le
prince est mort : si nous nous rendons, Sviatopolk nous fera
tous périr. » Il envoyèrent dire à Sviatopolk. « Ton fils est
mort et nous, nous sommes pressés par la famine. Si tu ne
viens pas, le peuple se rendra, ne pouvant supporter la faim. »
Sviatopolk envoya Poutiata son général. Poutiata arriva avec
une armée à Loutchesk chez Sviatocha fils de David. Les
hommes de David étaient chez Sviatocha. Car Sviatocha avait
juré à David : « Si Sviatopolk vient contre toi, je te le ferai
savoir. » Sviatocha ne fit pas cela : mais il s'empara des
hommes de David et marcha lui-même contre David. Sviatocha et Poutiata arrivèrent le cinq août. Tandis que l'armée
de David assiégeait la ville, et que David faisait la sieste, ils
tombèrent sur cette armée et se mirent à la massacrer. Les
assiégés sortirent de la ville et se mirent à égorger l'armée de
David; et David s'enfuit ainsi que Mstislav son neveu. Sviatocha et Poutiata prirent la ville et y établirent Basile comme
posadnik de Sviatopolk. Et Sviatocha alla à Loutchesk et
Poutiata à Kiev. David s'enfuit chez les Polovtses. Boniak le
rejoignit. David et Boniak marchèrent contre Sviatocha, à
Loutchesk, assiégèrent Sviatocha dans sa ville et conclurent
la paix. Sviatocha sortit de la ville et alla trouver son père à
Tchernigov ; David s'empara de Loutchesk, de là il alla à Vla-

dimir. Alors le posadnik Basile s'enfuit de la ville. David prit Vladimir et s'y établit.

L'année suivante, les princes Sviatopolk, Vladimir, David et Oleg se réunirent et décidèrent David Igorovitch à accepter non pas Vladimir, mais Dorogobouje où il mourut. Sviatopolk prit Vladimir et y établit son fils Iaroslav.

LXXXIII. — Négociations entre les princes (1098-1100).

Année 6606. Vladimir, David et Oleg marchèrent contre Sviatopolk ; ils s'arrêtèrent à Gorodets et conclurent la paix, comme je l'ai dit au chapitre précédent. Cette année Vladimir bâtit une église de pierre en l'honneur de la sainte mère de Dieu dans le palais du prince à Péréïaslavl. Cette année Vladimir Monomaque fonda une ville sur l'Ostr (1098).

Année 6607. Sviatopolk marcha contre David à Vladimir et chassa David chez les Lekhs. Cette année un signe parut au-dessus de Vladimir au mois d'avril : on vit deux cercles, et dans ces cercles, comme deux soleils jusqu'à la sixième heure. Et la nuit, on vit comme trois étendards lumineux jusqu'à l'aube. Cette année Mstislav, fils de Sviatopolk, fut tué à Vladimir le 12 juin (1099).

Année 6608. Mstislav, fils de David, partit sur mer, le 10 juin. Cette même année la paix fut conclue entre les frères Sviatopolk, David, Vladimir, Oleg, à Ouviétitchi, le 10 août. Le 30 du même mois se rassemblèrent en cet endroit les frères Sviatopolk, David, Oleg, Vladimir'; David Igorovitch, vint à eux et leur dit : « Pourquoi m'avez-vous fait venir ? Me voici. A qui ai-je fait tort ? » Et Vladimir lui répondit : « Tu nous as envoyé dire : Frères, je veux venir et me plaindre des torts qu'on m'a faits. Te voici ; tu es assis sur le même tapis que tes frères : pourquoi ne te plains-tu pas ? Qui t'a fait tort ? » Et David ne répondit rien. Tous ses frères se mirent à cheval ; Sviatopolk était à cheval avec sa droujina. David et Oleg avec la leur, à une certaine distance l'un de l'autre ; et David Igorovitch se tenait à l'écart ; ils ne l'admirent pas auprès d'eux, mais ils délibérèrent sur lui en particulier ; après avoir délibéré, ils envoyèrent leurs hommes à David. Sviatopolk envoya Poutiata, Vladimir Orogost et Ratibor : David et Oleg envoyèrent Tortchin. Les envoyés arrivés auprès de David lui dirent : « Voici ce que disent tes frères : nous ne voulons pas te donner le siège de Vladimir, parce que tu as levé ton poignard sur nous, ce qui n'avait pas encore eu lieu dans la terre russe. Cependant, nous ne te prendrons pas : nous ne te ferons aucun mal, mais nous te donnerons ce qui suit : va t'établir à Boujesk, c'est un lieu fortifié ; Sviatopolk te donne Doubno et Tchertorysk ; Vladimir te donne deux cents grivnas ; David et Oleg, deux cents grivnas. » Ensuite ils envoyèrent leur messagers à Volodar et à Vasilko : « Prends ton frère Vasilko avec toi et que Pérémysl vous appartienne en commun. Demeurez ensemblent si cela vous convient, sinon laisse ici Vasilko nous le nourrirons ici ; rends-nous nos esclaves et nos sujets. » Ni Volodar, ni Vasilko n'acceptèrent cela et David s'établit à Boujesk. Sviatopolk donna à David Dorogobouje où il mourut, et il donna Vladimir à son fils Iaroslav (1100).

LXXXIV. — Nouvelles négociations (1101).

En l'année 6609 mourut Vseslav prince de Polotsk, le mercredi 14 avril, à neuf heures. Cette année Iaroslav Iaropolkovitch de Bérestié déclara la guerre ; Sviatopolk marcha contre lui, le bloqua dans sa ville, le prit, le chargea de chaînes et l'emmena à Kiev. Le métropolitain et les hégoumènes intercédèrent pour lui, obtinrent sa grâce de Sviatopolk ; ils le conduisirent au tombeau de saints Boris et de Gleb, lui ôtèrent ses chaînes et lui rendirent la liberté. Cette année tous les frères, Sviatopolk, Vladimir, David et Oleg ainsi qu'Iaroslav se réunirent sur la Zolotetch. Et tous les princes de Polovtses envoyèrent des députés à tous ces frères pour demander la paix. Les princes russes leur dirent : « Si vous voulez la paix nous nous réunirons à Sakov. » Et les Polovtses envoyèrent des messagers et la réunion eut lieu à Sakov et ils conclurent la paix avec les Polovtses et ils prirent des otages, le 15 septembre. Cette année Vladimir éleva une église cathédrale en l'honneur de la sainte mère de Dieu à Smolensk (1101).

Année 6610. Iaroslav, fils d'Iaropolk, s'enfuit de Kiev le 1er octobre. A la fin de ce mois Iaroslav, fils de Sviatopolk attira dans un piège Iaroslav, fils d'Iaropolk, le prit sur les bords de la Noura et l'amena à son père Sviatopolk : ils l'enchaînèrent. Cette année, le 20 décembre, Mstislav, fils de Vladimir vint avec les Novogorodiens. Car Sviatopolk avait fait avec Vladimir un pacte en vertu duquel Sviatopolk devait prendre Novogorod et y établir son fils, et Vladimir établir son fils à Vladimir. Mstislav vint à Kiev et ils se réunirent dans une maison. Les hommes de Vladimir dirent : « Voici que Vladimir a envoyé son fils ici ; et les habitants de Novogorod sont assis là-bas, qu'ils prennent ton fils et aillent à Novogorod, et que Mstislav aille à Vladimir. » Les habitants de Novogorod dirent à Sviatopolk : « Prince, nous sommes envoyés vers toi. On nous a dit : nous ne voulons ni Sviatopolk ni son fils. Si ton fils a deux têtes envoie-nous le. Vsévolod nous a donné ce prince et nous l'avons élevé comme notre prince et toi tu nous as quittés. » Sviatopolk eut une longue contestation avec eux. Et comme ils ne voulaient pas céder, ils prirent Mstislav et allèrent à Novogorod (1102).

Cette année un signe parut dans le ciel, le 29 janvier pendant trois jours ; on vit une sorte d'aurore enflammée à l'orient, au midi, à l'occident et au nord, et il y eut pendant toute la nuit une lumière pareille à celle de la pleine lune. Cette même année il y eut un signe sur la lune, le 5 février. Le 7 du même mois, il y eut un signe dans le soleil ; il fut entouré de trois arcs-en-ciel : et il y avait d'autres arcs-en-ciel adossés les uns aux autres. En voyant ces signes, les fidèles prièrent Dieu avec des larmes de les changer en heureux présages. Car parmi les signes, les uns sont réputés bons et les autres mauvais. L'année suivante Dieu inspira une heureuse pensée aux princes russes ; ils résolurent de faire la guerre aux Polovtses et d'envahir leur pays. Ce projet s'effectua comme nous le dirons à l'année suivante. Cette année mourut Iaroslav, fils d'Iaropolk, le 11 août. Cette année la fille de Sviatopolk, Zbyslava, alla en Pologne se marier avec Boleslav, le 16 novembre. Cette année naquit à Vladimir un fils qui fut appelé André (1102).

LXXXV. — Victoire sur les Polovtses (1103).

Année 6611. Dieu inspira une bonne pensée aux princes russes Sviatopolk et Vladimir : et ils se rassemblèrent à Dolobsk pour tenir conseil. Sviatopolk s'assit avec sa droujina, Vladimir avec la sienne dans la même tente. Et la droujina de Sviatopolk se mit à délibérer et à parler ainsi : « Au printemps il n'est pas temps de combattre ; nous ruinerions les paysans et leurs champs. » Vladimir dit : « Je m'étonne, ô droujina de vous voir tant de souci pour les chevaux avec lesquels on laboure. Comment ne réfléchissez-vous pas que dès que le paysan commencera à labourer le Polovtse arrivera, le frappera de ses flèches, prendra son cheval, pénétrera dans le village, prendra sa femme et ses enfants et tous ses biens. Ainsi vous avez peur pour les chevaux et vous n'avez pas peur pour le paysan lui-même. » Et la droujina de Sviatopolk ne put rien lui répondre. Et Sviatopolk dit : « Frère, je suis déjà prêt, » et il se leva et Vladimir lui dit : « Frère, tu rends à la Russie un grand service. » Et ils envoyèrent dire à Oleg et à David : « Marchez contre les Polovtses : nous vivrons ou nous mourrons. » David les écouta. Oleg ne voulut pas ; il s'excusa en disant : « Je ne suis pas bien portant. » Vladimir embrassa son frère et alla à Péréïaslav ; et avec lui Sviatopolk et David Sviatoslavitch et David Vseslavitch et Mstislav petit-fils d'Igor et Viatcheslav Iaropolkovitch et Iaropolk Vladimirovitch. Ils partirent à cheval et en bateau : ils arrivèrent au-dessous des cataractes et restèrent sur les basfonds près de l'île de Khortytch. Ils se mirent à cheval : les fantassins sortirent des bateaux, marchèrent pendant quatre jours et ils arrivèrent à Soutien. Les Polovtses ayant appris l'arrivée des Russes se rassemblèrent en grand nombre et tinrent conseil. Ourousoba dit : « Demandons la paix aux Russes : car ils se battront contre nous avec acharnement, parce que nous avons fait beaucoup de mal à la terre russe. » Les plus jeunes dirent à Ourousoba : « Si tu as peur des Russes, nous nous ne les craignons pas : nous les battrons, nous irons dans leur pays, nous prendrons leurs villes. Qui les sauvera de nous ? » Les princes russes et toute l'armée faisaient des vœux à Dieu et à sa mère très pure. Les uns offraient des aliments(1), les autres des aumônes aux pauvres, les autres des dons aux monastères. Et tandis qu'ils priaient ainsi les Polovtses marchèrent contre eux ; ils avaient mis à la tête de leur avantgarde Altounapa qui était renommé chez eux par sa vaillance.

---

(1) Dans le texte *Koutia*, c'est-à-dire les aliments qu'on offrait à l'église, en l'honneur des parents morts, et qu'on distribuait au clergé.

Les princes russes envoyèrent aussi leur avant-garde : elle
surprit l'avant-garde d'Altounapa, fondit sur lui, le tua lui
et les siens ; pas un de ceux qui étaient avec lui n'échappa.
Tous furent massacrés. Les bataillons de Polovtses arrivèrent
drus comme les arbres de la forêt. On ne pouvait les embrasser du regard. Les Russes marchèrent contre eux. Et
le grand Dieu inspira une grande terreur aux Polovtses. Ils
furent pris d'effroi et de tremblement en présence des troupes russes, s'avancèrent mollement. Leurs chevaux même
n'avaient plus de vitesse dans les pieds. Les nôtres, cavaliers
et fantassins se précipitèrent sur eux avec ardeur ; les Polovtses voyant l'acharnement des Russes contre eux s'enfuirent avant même d'en être venus aux mains, devant les
princes russes ; nos soldats les poursuivirent et les massacrèrent. C'est le 4 avril que Dieu envoya ce grand salut aux
fidèles princes russes, à tous les chrétiens, et qu'il infligea
à nos ennemis cette grande défaite. Dans ce combat périrent
vingt princes ; Ourouba, Ktchii, Aroslanapa, Kitanopou,
Kuman, Asoup, Kourtk, Tchénégrépa, Sourbar et d'autres ;
Beldouz fut pris. Ensuite les frères se reposèrent après la
victoire. On conduisit Beldouz chez Sviatopolk. Il se mit à
offrir pour sa liberté de l'or, de l'argent, des chevaux, du
bétail. Sviatopolk l'envoya à Vladimir. Et quand il arriva,
Vladimir lui dit : « Vous êtes punis de vos parjures, car vous
avez souvent juré ; et cependant vous avez fait la guerre à la
Russie ; pourquoi n'as-tu pas appris à tes fils et à ta famille à
ne pas violer leurs serments ? Pourquoi avez-vous versé le
sang chrétien ? Que ce sang retombe sur ta tête. » Et il ordonna de le tuer, et on le coupa en morceaux. Ensuite tous
les frères se rassemblèrent et Vladimir dit : « Voici le jour
que le Seigneur nous a donné. Il faut nous égayer et nous
réjouir en lui. Car le Seigneur nous a sauvés de nos ennemis :

il les a humiliés, il a écrasé la tête des reptiles, et il a donné
leur butin en pâture au peuple russe. » En effet ils prirent les
moutons et les bœufs, les chevaux, les chameaux, les tentes,
avec les ustensiles et les esclaves ; ils prirent des Petchénègues et des Torks avec leurs tentes ; et ils revinrent en
Russie avec un riche butin, avec de la gloire et une grande
victoire (1103).

Cette année survinrent les sauterelles au 1er août. Le
18 de ce mois, Sviatopolk alla rebâtir la ville de Iouriev
qu'avaient brûlée les Poloytses. Cette année Iaroslav se battit
avec les Mordvines, le 4 mars et il fut vaincu.

LXXXVI. — Evénements divers (1104-1107).

Année 6612. On conduisit la fille de Volodar le 20 juillet à
Constantinople, où elle devait épouser le fils de l'empereur
Alexis. Cette même année on y conduisit Predslava, fille de
Sviatopolk, au fils du roi de Hongrie qu'elle épousa (le 21
août). Cette année le métropolitain Nicéphore vint en Russie
le 6 décembre. Le 13 du même mois mourut Viatcheslav, fils
d'Iaropolk. Le 18 du même mois le métropolitain Nicéphore fut établit sur son siège. A la fin de cette année,
Sviatopolk envoya Poutiata contre Minsk et Vladimir envoya
son fils Iaropolk et Oleg lui-même marcha contre Gleb après
avoir pris David Vseslavitch, et ils revinrent sans avoir rien
fait. Un fils naquit à Vladimir et on l'appela Briatcheslav.
Cette année il y eut un signe dans le ciel : le soleil fut entouré
d'un cercle, et au centre du cercle, il y avait une croix, et
au centre de cette croix était le soleil ; en dehors du cercle
des deux côtés il y avait deux soleils, et au delà du soleil un
arc-en-ciel dont les cornes étaient au nord. Il y eut un signe
analogue dans la lune le 4, 5 et 6 février. Or ce signe fut pen-

dant trois jours sur le soleil, et pendant trois nuits sur la lune (1104).

Année 6613. Le couronnement de Saint-André s'écroula. Le métropolitain établit Amphiloque évêque de Vladimir le 27 août. Cette même année, le 12 novembre, il établit Lazare à Péréïaslavl ; il établit Mina à Polotsk le 18 décembre. Cette année une étoile à queue se montra à l'occident et y resta un mois. Cette année Boniak alla l'hiver à Zarouba, battit les Torks et les Bérenditches (1105).

Année 6614. Les Polovtses firent la guerre autour de Zarietchesk et Sviatopolk envoya contre eux Jean Vychatitch et son frère Poutiata et Ivan Zacharietch le Kozare et ils repoussèrent les Polovtses au delà du Danube, leur prirent du butin et les égorgèrent. Cette année mourut Jean, un bon vieillard qui avait vécu jusqu'à quatre-vingt-dix ans dans une belle vieillesse. Vivant suivant la loi du Seigneur, il égalait les plus justes. J'ai appris de lui beaucoup de choses et les ai inscrites dans ces annales. Car c'était un homme vertueux, affable, modeste et qui s'abstenait de toutes choses. Son tombeau subsiste dans le monastère Petchersky, dans une chapelle où son corps a été déposé le 24 juin. Cette année Eupraxie, fille de Vsévolod, se fit religieuse le 6 décembre. Cette année il y eut au mois d'août un obscurcissement du soleil. Cette année Zbygniev s'enfuit chez Sviatopolk (1106).

Cette année, Sviatoslav, fils de David, petit-fils de Sviatoslav se fit moine le 17 février. Cette année les Zimégoles (Semigalles) vainquirent tous les fils de Vseslav et tuèrent neuf mille de leurs soldats (1107).

LXXXVII. — Victoire sur les Polovtses. Traités et mariages ,1107).

Année 6615. Quinzième. indiction, quatrième année du

cycle lunaire, et huitième du cycle solaire. Cette année mourut
la princesse fille de Vladimir, le 7 mai. Ce même mois, Boniak
fit une expédition et prit des chevaux à Péréïaslavl. Cette année
Boniak et Charoukan le vieux et beaucoup d'autres princes vinrent mettre le siège autour de Louben. Sviatopolk, Vladimir,
Oleg, Sviatoslav, Mstislav, Viatcheslav, Iaropolk marchèrent
contre les Polovtses auprès de Louben. A six heures du soir,
ils passèrent à gué la Soula et crièrent contre eux. Les Polovtses
furent épouvantés, et dans leur effroi, ils ne purent même
déployer leurs étendards, mais ils s'enfuirent, les uns se
cramponnant à leur chevaux, les autres à pied. Nos soldats se
mirent à les poursuivre en les égorgeant. Ils en prirent quelques-uns et poursuivirent les autres jusqu'à la rivière Khorol.
Ils tuèrent Taz, frère de Boniak, ils prirent Sougr et son frère.
Et Charoukan s'enfuit à grand'peine. Sviatopolk vint alors au
monastère Petchersky, le jour de l'assomption de la sainte
Mère de Dieu, à l'heure de matines. Et les frères l'embrassèrent avec une grande joie parce que nos ennemis avaient été
vaincus par les prières de la sainte Mère de Dieu et de notre
saint père Théodose. Car Sviatopolk avait cette habitude.
Quand il partait pour la guerre ou pour quelque voyage il
s'agenouillait d'abord au tombeau de Théodose, recevait la
bénédiction de l'hégoumène, priait et partait ensuite (1107).

Cette année mourut la princesse mère de Sviatopolk le
4 janvier. La même année, dans le même mois, Vladimir,
David et Oleg allèrent trouver les deux Aïépia et conclurent la
paix. Vladimir maria son fils Georges avec la fille d'Aïépia,
petite-fille d'Asen et Oleg maria son fils avec la fille d'Aïépia,
petite-fille de Girgen le 12 janvier.

Le 5 février, il y eut un tremblement de terre la nuit avant
l'aurore.

Année 6616. L'église de Saint-Michel à la coupole d'or fut fondée par le prince Sviatopolk le 11 juillet, et on acheva le réfectoire du monastère Petchersky, Théoktiste étant hégoumène, il le bâtit sur l'ordre de Gleb, et à ses frais. Cette année l'eau monta beaucoup dans le Dniéper, dans la Desna et dans le Pripet. Cette année Dieu inspira Théoktiste, hégoumène du monastère Petchersky, et il révéla à Sviatopolk qu'il fallait inscrire Théodose dans le synodik(1), attendu que cela plaisait à Dieu. Sviatopolk se réjouit à cette idée et promit de faire cela aussitôt qu'il connaîtrait la vie de Théodose. Sviatopolk étudia donc la vie de Théodose et ordonna de l'inscrire dans le synodik. Tous les évêques l'inscrivirent avec joie et déclarèrent qu'ils le mentionneraient dans tous leurs conciles. Cette année mourut Catherine, fille de Vsévolod, le 11 juillet. Cette année on acheva la coupole de l'église de la Sainte-Mère de Dieu à Klov, église fondée par l'évêque Étienne, qui fut avant hégoumène du monastère Petchersky.

Année 6617. Eupraxie, fille de Vseslav mourut le 10 juillet. On l'enterra dans le monastère Petchersky près de la porte du midi. On éleva à cet endroit une chapelle où repose aujourd'hui son corps. Cette même année, au mois de décembre, le 2, Dimitri Ivorovitch prit les tentes des Polovtses sur le Don.

Il en prit mille. C'est Vladimir qui l'avait envoyé (1109).

Année 6618. Au printemps Sviatopolk, Vladimir et David

(1) Sur ce mot, voy. l'index.

marchèrent contre les Polovtses, allèrent jusqu'à la rivière Voïn et revinrent.

Cette année les Polovtses vinrent et firent la guerre dans les villages autour de Péréïaslavl. Cette année les Polovtses en retournant chez eux prirent beaucoup de villages (1).

Cette année il y eut un signe dans le monastère Petchersky le 11 février. Une colonne de feu s'éleva allant de la terre aux cieux; des éclairs illuminaient toute la terre et le ciel; il tonna à une heure de la nuit et tout le monde vit cela. Cette colonne s'éleva d'abord au-dessus du réfectoire de pierre; on ne voyait plus la croix; puis la colonne après s'être arrêtée un instant s'éleva au-dessus de l'église et alla se poser sur la tombe de Théodose. Ensuite elle s'éleva dans l'air comme se dirigeant vers l'Orient et disparut. Ce n'était pas une colonne de feu, mais un ange qui apparaissait ainsi. Car les anges se manifestent sous la forme d'une colonne de feu, ou d'une flamme, comme dit David: « Il fait des anges, ses esprits et ses serviteurs, un feu qui brûle (1). » Ils sont envoyés par l'ordre de Dieu là où veut le créateur de toutes les créatures angéliques et humaines. Car l'ange vient dans les lieux bénis, dans les maisons de prière, et là il montre quelque chose de sa personne, sous la forme d'une colonne, d'une flamme ou sous quelque autre forme accessible à l'homme. Car l'homme ne peut pas voir la figure des anges : le grand Moïse ne put pas voir la figure de l'ange. Car c'était une colonne de nuées qui le conduisait le jour et une colonne de feu la nuit. Or ce n'était pas une colonne qui conduisait les Hébreux, mais un ange qui marchait devant eux nuit et jour.

(1) Ces lignes ne figurent pas dans le ms. Hypatievsky.
(2) Ps. CIII, 4. La version d'Osterwald traduit : « Il fait des vents ses messagers et du feu brûlant ses serviteurs. »

Le signe annonçait ce qui devait avoir lieu, et cela avait lieu. Et l'année suivante, ne fut-ce pas un ange qui conduisit les Hébreux contre les étrangers et les ennemis ? Comme il est dit : « Un ange marchera devant toi » (1), et encore : « Ton ange sera avec toi» (2). Comme dit le prophète David(3) : Il ordonne à ses anges de veiller sur toi. » Voilà ce qu'écrit le très sage Épiphane : « A chaque créature, il a été donné un ange, un ange aux nuages et aux brouillards, à la neige et à la grêle, à la gelée, aux bruits et aux tonnerres, à l'hiver et à la chaleur, à l'automne, au printemps, à l'été ; tout esprit a sa créature sur la terre ou dans les abîmes mystérieux. Cachés sous la terre et dans les ombres infernales, et dans les abîmes, ils étaient autrefois à la surface de la terre, et ce sont eux qui font l'ombre, le soir et la nuit, et la lumière et le jour. Toute créature a un ange. Un ange a été donné à chaque contrée pour veiller sur elle, fût-elle même occupée par les païens. Si la colère de Dieu s'élève contre un pays, il ordonne à l'ange de ce pays de se mettre en guerre contre un pays. Et l'ange du pays ne s'oppose pas à l'ordre de Dieu. Cela a eu lieu chez nous. Dieu a envoyé contre nous, en raison de nos péchés, nos ennemis païens et ils nous ont vaincus par l'ordre de Dieu. Si quelqu'un prétend qu'il n'y a pas d'anges chez les païens, qu'il écoute comment Alexandre de Macédoine ayant réuni son armée et marché contre Darius vainquit tous les pays de

---

(1) Exode, XXIII, 23.
(2) Ps. XC, 11.
(3) Ici s'arrête la chronique dans le manuscrit du moine Laurent. Dans les éditions de MM. Miklosich et Basistov et dans la traduction de Smith, elle se termine par les lignes suivantes :
Moi, Sylvestre, hégoumène de Saint-Michel, j'ai écrit ces livres d'annales espérant obtenir la grâce de Dieu, le prince Vladimir régnant à Kiev et moi étant hégoumène de Saint-Michel, l'an 6624 (1116) le neuvième de l'indication. Que ceux qui liront ces livres prient pour moi.

l'Orient à l'Occident, battit les Égyptiens, battit Aram et arriva jusqu'aux îles maritimes. Et il résolut de s'emparer de Jérusalem, et de battre les Juifs parce qu'ils avaient vécu en paix avec Darius, et il marcha contre eux avec toute son armée, et il établit son camp et se reposa. La nuit vint, il était couché dans son lit sous sa tente. Ayant ouvert les yeux, il vit un homme debout au-dessus de lui, une épée nue dans la main et cette épée flamboyait comme un éclair, et il la brandissait au-dessus de la tête du roi. Et le roi eut grand peur et dit : « Seigneur, ne me fais pas périr ! » Et l'ange lui dit : « Dieu m'a envoyé pour humilier devant toi de grands rois et beaucoup de peuples. Je marche donc devant toi et je t'aide ; mais maintenant sache que tu mourras, parce que tu as résolu de conquérir Jérusalem, de faire tort aux prêtres et au peuple de Dieu. » Et le roi dit : « Je t'en prie, Seigneur, pardonne maintenant les péchés de ton serviteur. Si cela ne te convient pas, je retournerai chez moi. » Et l'ange lui dit : « Ne crains rien, va à Jérusalem, et tu verras à Jérusalem un homme qui me ressemble ; tombe le visage contre terre, agenouille-toi devant cet homme et fais tout ce qu'il te dira et ne viole pas ses commandements ; car au jour où tu les violeras, tu mourras. » Le roi se leva, alla à Jérusalem et y étant entré, il demanda aux prêtres s'il devait marcher contre Darius. Ils lui montrèrent les livres du prophète Daniel, et ils lui dirent : « Tu es le bélier et il est l'agneau, tu le détruiras et tu prendras son royaume. » Alexandre ne fut-il pas conduit par un ange ? N'a-t-il pas vaincu tous les païens et tous les Grecs adorateurs des idoles ?

C'est ainsi que ces païens ont été lâchés sur nous en raison de nos péchés. Qu'on sache donc que chez les chrétiens, il n'y a pas seulement un ange, mais autant d'anges qu'il y a d'hommes baptisés, surtout chez nos pieux princes. Ils ne

peuvent pas s'opposer aux volontés divines, mais ils prient
Dieu avec ferveur pour les chrétiens. C'est ce qui est arrivé,
grâce aux prières de la sainte mère de Dieu et des saints
Anges. Dieu eut pitié de nous, et il envoya ses anges au
secours des princes russes contre les païens. C'est ainsi qu'il
a dit à Moïse : « Mon ange marchera devant ta face, » ainsi
que nous l'avons déjà vu. (1) Or ce signe arriva le 11 février.

XC. Expéditions contre les Polovtses (1111).

Année 6619. Dieu inspira Vladimir et il se mit à parler à
son frère Sviatopolk, l'excitant à marcher au printemps
contre les païens. Sviatopolk transmit à sa droujina le discours de Vladimir. Ils lui dirent : « Il n'est pas encore temps
d'arracher le paysan à ses champs. » Sviatopolk envoya dire
à Vladimir : « Il serait bon de nous réunir et de nous entendre
avec la droujina. » Les envoyés de Sviatopolk allèrent chez
Vladimir et lui rappelèrent les paroles de Sviatopolk. Vladimir vint donc, ils se rencontrèrent à Dolobsk et s'assirent
dans la même tente, Sviatopolk avec sa droujina, et Vladimir
avec sa droujina. Et quand le silence se fut établi, Vladimir
dit : « Frère, tu es l'aîné : commence à dire ce que nous
devons faire pour la terre russe. » Sviatopolk répliqua :
« Frère, commence. » Et Vladimir dit : « Si je parle ta droujina et la mienne vont m'objecter que je ruine les paysans et
leurs champs. Mais ce qui m'étonne, frère, c'est que vous
ayez regret aux paysans et à leurs chevaux et ne pensiez pas
qu'au printemps, quand les paysans commenceront à labourer
avec leurs chevaux, les Polovtses viendront, tueront le
paysan à coup de flèches, prendront son cheval, prendront

_____

(1) Exode, XXXII, 34.

sa femme et ses enfants et brûleront sa chaumière (1). Pourquoi donc ne songez-vous pas à cela? » Et toute la droujina dit : « Ceci est vrai. » Et Sviatopolk dit : « Frère, je suis prêt à aller avec toi. » Et ils envoyèrent chez David Sviatoslavitch lui ordonnant d'aller avec eux. Vladimir et Sviatopolk se levèrent, s'embrassèrent et marchèrent ensemble contre les Polovtses. Sviatopolk était avec son fils, Iaroslav et Vladimir avec leurs fils, David avec son fils. Et ils mettaient leur espérance en Dieu, en sa sainte mère, et en ses saints Anges. Ils partirent le second dimanche de carême et le vendredi ils arrivèrent sur la Soula, le samedi ils la passèrent, et arrivèrent sur la Khorol ; là ils laissèrent leurs traîneaux ; ils continuèrent leur marche le dimanche où on baise la croix, puis ils arrivèrent sur la Psel. Arrivés à la rivière Golta, ils s'arrêtèrent, attendirent l'armée, puis ils arrivèrent à la Vorskla. Le mercredi, ils baisèrent la croix avec beaucoup de larmes, mettant en elle toutes leurs espérances. Puis ils passèrent beaucoup de rivières et le sixième dimanche du carême, et le mardi ils arrivèrent au Don. Ils préparèrent leurs armes, mirent les troupes en bataille et avancèrent sous la ville de Scharoukan. Le prince Vladimir ordonna aux prêtres de marcher devant les troupes en chantant des hymnes en l'honneur de la croix sainte et le cantique de la sainte Mère de Dieu. Ils arrivèrent sous la ville le soir ; le lundi des envoyés sortirent de la ville, saluèrent les princes russes et leur apportèrent des poissons et du vin ; ils passèrent la nuit dans ce pays. Le mercredi ils arrivèrent à Sougrov et brûlèrent cette ville. Le jeudi ils s'éloignèrent de Don. Le vendredi matin, 24 mars, les Polovtses se réunirent, rangèrent leur armée en bataille et le combat s'engagea. Nos princes mirent leur espoir en

---

(1) Ceci a déjà été dit plus haut.

Dieu et dirent : « Dussions-nous périr ici, combattons énergiquement. » Et ils s'embrassèrent, et ayant levé les yeux au
ciel ils invoquèrent le Très-Haut. Et le combat s'engagea et
devint acharné. Dieu regarda les étrangers avec colère et ils
tombèrent devant les chrétiens. Ainsi furent vaincus les
étrangers, et il en tomba un grand nombre de la main des
princes et de l'armée russe, près du fleuve Dégéïa et Dieu
vint au secours des princes russes. Et on rendit gloire à
Dieu en ce jour et le lendemain samedi on célébra les fêtes de
la résurrection de Lazare et de l'Annonciation. Ils passèrent
ainsi le samedi et le dimanche à rendre gloire à Dieu. Mais
le lundi de la semaine de la Passion les étrangers rassemblèrent leurs troupes en grand nombre, et ils s'avancèrent
comme une grande forêt, et par milliers ils attaquèrent les
troupes russes. Dieu envoya un ange au secours des princes
russes ; les Polovtses et les Russes en vinrent aux mains et
au premier choc des boucliers, un bruit retentit égal au tonnerre, le combat fut acharné et les soldats tombèrent des deux
côtés. Et Vladimir s'avança avec ses soldats et David avec les
siens, et les Polovtses à leur aspect tournèrent le dos et s'enfuirent : ils tombèrent devant les troupes de David frappés
par un ange invisible, ainsi que l'ont vu beaucoup de gens ;
les têtes coupées sans qu'on sût comment tombaient à terre.
Ils furent battus le lundi saint, le 27 mars. Un grand nombre
d'ennemis périrent sur la rivière Salnitsa et Dieu délivra
son peuple. Sviatopolk, Vladimir et David louèrent Dieu qui
leur avait accordé une telle victoire sur les barbares et ils
prirent beaucoup de butin, de grandes richesses, des chevaux, des bœufs, des brebis et firent beaucoup de prisonniers.
Et ils demandèrent aux prisonniers : « Comment se fait-il
qu'étant si forts et si nombreux vous n'ayez pu résister, et que
vous vous soyez enfuis tout d'abord? » Ils répondirent : « Com-

ment pouvions-nous nous battre avec vous quand d'autres
chevauchaient devant vous, couverts d'armes brillantes et
terribles, et vous portaient secours ? » Ne sont-ce pas là des
anges envoyés par Dieu au secours des chrétiens? Ce fut un
ange qui inspira à Vladimir d'exciter ses frères contre les
barbares. On vit, comme nous l'avons dit, un signe dans le
monastère Petchersky; c'était une colonne de feu qui se
tenait au-dessus du réfectoire et qui ensuite se dirigea vers
Gorodets. Vladimir était alors à Radosyn et dès que l'ange
l'eut inspiré il se mit à exciter les autres, ainsi que nous l'avons
dit. Aussi est-il juste de louer les anges, comme dit saint
Jean Chrysostôme ; car, chantant sans cesse devant le Seigneur, ils le rendent miséricordieux et bon pour les hommes.
Les anges, dis-je, sont nos défenseurs et combattent nos ennemis. Parmi eux est l'archange Michel qui disputa au diable le
corps de Moïse : il combattit le roi de Perse pour assurer la
liberté de son peuple. Les anges divisèrent les créatures par
ordre de Dieu et donnèrent des chefs aux nations. Et Dieu
chargea un ange de protéger les Perses, et il confia à Michel
la garde des circoncis, et il établit leurs limites non pas dans
un accès d'implacable colère, mais par une parole miséricor-
dieuse. Cet ange réduisit les Juifs à l'esclavage des Perses :
cet ange aussi les conduisit à la liberté et éleva une prière
ardente vers Dieu disant : « Dieu tout-puissant, quand auras-
tu pitié de Jérusalem et des villes Israélites que tu as rejetées
depuis soixante-dix ans ? » Daniel le vit : Sa face était brillante comme l'éclair, ses yeux étaient comme des lumières :
ses bras et ses jambes brillaient comme du cuivre ; sa voix
retentissait comme celle d'un peuple entier. C'était aussi un
ange qui fit retourner l'âne et détourna Balaam d'un enchan-
tement impie. Et aussi celui qui se tint l'épée nue devant
Josué, fils de Noun, lui donna des ordres sous forme humaine,

pour le secourir contre ses ennemis. Et celui qui tua en une
nuit cent quatre-vingt mille Assyriens et changea en mort le
sommeil de ces barbares. Et celui qui emporta le prophète
Habakuk en un instant à travers les airs jusqu'au prophète
Daniel et le nourrit au milieu des lions. Ce sont aussi ces
anges qui battent les démons. Tel est aussi le bel ange
Raphaël qui arracha les entrailles d'un poisson et guérit une
jeune fille possédée du démon et rendit la vue à un vieillard
aveugle. Ne sont-ils pas dignes d'honneur, ceux qui protè-
gent notre vie ? Mais les anges n'ont pas seulement reçu
l'ordre de défendre les peuples comme nous l'avons dit. Quand
le Très-Haut partagea la terre entre les nations et dispersa le
fils d'Adam, il détermina les frontières des peuples suivant
le nombre des anges (1). Chacun des fidèles reçut un ange.
Quand la jeune vierge Rodi dit aux apôtres que Pierre était à
la porte ayant fui devant Hérode, ils dirent ne croyant pas :
« C'est son ange. » C'est ce qu'atteste le Seigneur lui-même
disant : « Prenez garde de mépriser un seul de ces petits ; car
je vous le dis : leurs anges voient sans cesse la figure de notre
père qui est dans le ciel (2). » En outre Dieu a donné à chaque
église un ange gardien ainsi qu'il l'a révélé à Jean, disant :
« Dis à l'ange qui veille sur l'église de Smyrne : J'ai vu ta
misère et ton abaissement : mais tu es riche (3). » Car on sait
bien que les anges nous aiment, qu'ils prient pour nous le
Seigneur ; car ils sont ses serviteurs. Ainsi que l'a dit l'Apôtre, ils sont envoyés pour seconder ceux qui veulent être
sauvés (4) Ils sont aussi leurs défenseurs, comme nous l'avons
vu dans Daniel qui vit l'ange Michel s'avancer contre les Persans pour délivrer le peuple de Dieu. Car il était réduit par

---

(1) Deut., XXXII, 8. Le texte biblique ne parle pas des anges.
(2) Math., XVIII, 10. (3) Apoc., II, 8, 9. (4) S. Paul *ad Hebr.* I, 14.

les Persans en servitude, ainsi que nous l'avons dit, et cet
ange travailla à les délivrer. Et Michel vainquit son adversaire. Les Juifs ayant passé l'Euphrate reçurent leur patrie et
bâtirent une ville et un temple. Le grand Epiphane dit aussi :
« A chaque nation il a été donné un ange. » Et dans l'Ecriture il
est dit à Daniel : « Il y a un ange à la tête des Hellènes et Michel
à la tête des Hébreux ; » et plus loin : « Il a distribué les rangs
selon le nombre des anges. » Et Hyppolite commentant Daniel
dit : « La troisième année du règne de Cyrus, moi, Daniel, j'ai
pleuré trois semaines : au bout du premier mois je me suis
calmé, j'ai prié Dieu vingt et un jours et je lui ai demandé de
nous découvrir les mystères, et le Père m'ayant entendu a
laissé échapper sa parole, annonçant ce qui devait arriver, et
ce qui devait arriver était d'une grande beauté ; car les péchés
devaient être pardonnés. Et ayant levé les yeux, je regardai
et je vis un homme vêtu de pourpre. On eût dit au premier
aspect que c'était l'ange Gabriel qui volait ; mais non, c'était
l'apparition du Seigneur lui-même, apparition qui n'était pas
tout à fait celle d'un homme, mais d'un être se manifestant
sous une forme quasi-humaine, comme il est dit : et cet
homme était revêtu d'une couleur bigarrée et ses reins
étaient ceints d'or pur, et son corps était comme Tharsis et
son visage comme un éclair, et ses yeux comme des flambeaux éclatants, ses bras et ses épaules pareils à du cuivre
jaune, sa voix comme celle d'une multitude d'hommes (1). Et
je tombai à terre, et il me prit par la main comme un homme,
et il me dit : Ne crains rien, Daniel : sais-tu pourquoi je suis
à toi ? C'est que je veux combattre avec le roi de Perse. Mais
je te dirai ce qui est écrit dans le livre de vérité : il n'y a personne qui me soutienne dans cette tâche, si ce n'est Michel

(1) Daniel, X, 5, 6.

votre prince. Or je l'ai laissé ici. Depuis le jour qu'il s'est mis
à prier ton Dieu, il a entendu la prière et je suis envoyé combattre le prince de Perse. Il y avait un dessein arrêté de ne
pas laisser partir les Hébreux, mais dès que la prière a été
terminée, je me suis opposé à ce dessein et j'ai laissé ici
Michel votre prince. » Qu'est-ce que Michel, si ce n'est un
ange donné aux hommes? Comme il a été dit à Moïse : « Je
n'irai pas avec vous parce que vous êtes un peuple à tête
dure (1). Mais mon ange ira avec vous. »

Et maintenant, avec l'aide de Dieu, grâce aux prières de
sa sainte mère et des saints anges, les princes russes sont
revenus chez eux avec une grande gloire, chez leur peuple.
Dans tous les pays étrangers, chez les Grecs, les Hongrois,
les Lekhs, les Tchèques et jusqu'à Rome, le bruit de leur
victoire s'étend pour la gloire de Dieu, maintenant et toujours,
et dans les siècles des siècles. Amen.

Cette année mourut la princesse, fille de Vsévolod, le 7
octobre, et on l'enterra dans le monastère de Saint-André.
Cette année mourut Jean, évêque de Tchernigov, le 12 novembre.

XCI. — Événements divers.

Année 6620. Iaroslav, fils de Sviatopolk, marcha contre
les Iatviagues et les vainquit; au retour de cette guerre, il
envoya une ambassade à Novogorod et prit pour femme le
12 mai la fille de Mstislav, petite-fille de Vladimir : on la lui
amena le 29 juin. Cette même année on conduisit Euphémie,
fille de Vladimir, au roi de Hongrie (2) qui l'épousa. Cette

---

(1) Exod., XXXIII, 3. Il n'est point question des anges dans le texte.
(2) Koloman.

année mourut David Igorovitch le 25 mai et on l'enterra le
29 dans l'église de la Sainte-Mère de Dieu des Blaquernes à
Klov. Cette année mourut Ianka, fille de Vsévolod, sœur de Vladimir. Le 3 novembre elle fut enterrée dans l'église de Saint-
André qu'avait bâtie son père, où elle s'était faite religieuse
étant encore jeune fille. A la fin de cette année fut nommé
évêque de Tchernigov Théoktiste, hégoumène du monastère
Petchersky, le 12 janvier, et il fut installé le 19. Le prince
David s'en réjouit, la princesse aussi ; car il était son parrain.
Les boïars et tout le peuple se réjouirent, car avant lui il y
avait un évêque maladif qui ne pouvait dire l'office et qui fut
souffrant pendant vingt-cinq ans. Or les princes et le peuple
désiraient assister à l'office épiscopal, et se réjouirent, louant
Dieu. Quand cela arriva, les moines se voyant sans hégoumène se rassemblèrent tous et choisirent pour hégoumène
le prêtre Prokhor ; ils prévinrent de ce choix le métropolitain
et le prince Sviatopolk, et le prince ordonna avec joie au
métropolitain de l'établir hégoumène et il fut installé le jeudi
de la première semaine du Carême, le 9 février. Ainsi les
frères commencèrent le carême avec un nouvel hégoumène.

XCII. — Signes dans le ciel. Mort de Sviatopolk. Anarchie à Kiev (1113).

Année 6621. Il y eut un signe dans le soleil à une heure,
signe qui fut vu de tout le peuple. Il ne resta de visible du
soleil qu'une partie comme un croissant de lune, les cornes
tournées en bas, le 19 mars, dans le dix-neuvième cycle
lunaire. Or de tels signes n'indiquent rien de bon. Ils ont
lieu dans le soleil, dans la lune ou dans les étoiles : mais ils
n'ont pas lieu sur toute la terre et seulement dans certains
pays : un pays les voit, et un autre ne les voit pas. C'est ce
qui arriva jadis au temps d'Antioche ; il y eut des signes au-

dessus de Jérusalem, il arriva que dans l'air se montrèrent des cavaliers qui brandissaient leurs armes. Mais cela n'eut lieu qu'à Jérusalem, et non pas dans les autres contrées. Or ce signe dans le soleil annonçait la mort de Sviatopolk ; la fête de Pâques arriva, après qu'on l'eut célébrée, le prince devint malade et mourut ; le pieux prince Michel, nommé Sviatopolk, mourut le 16 avril à Vychégorod et on l'emmena en bateau jusqu'à Kiev. On le revêtit de ses vêtements, on le mit sur un traîneau, et tous les boïars et toute sa droujina pleurèrent sur lui, chantant les chants accoutumés. Et on le déposa dans l'église de Saint-Michel qu'il avait fondée. La princesse distribua de grandes richesses entre les monastères et les prêtres, si bien que tout le monde s'étonna. Car nul ne peut faire une telle aumône. Le lendemain 17 les Kieviens tinrent conseil et envoyèrent dire à Vladimir : « Viens, prince, sur le trône de ton père et de ton aïeul. » Vladimir entendant cela pleura beaucoup et ne vint pas, s'affligeant à cause de son frère. Les habitants de Kiev pillèrent la maison du capitaine Poutiata, se jetèrent sur les Juifs et les pillèrent. Les Kieviens envoyèrent de nouveau vers Vladimir disant : « Prince, viens à Kiev : si tu ne viens pas, sache que beaucoup de mal arrivera. Ce ne sera pas seulement la demeure de Poutiata ou des officiers, mais des Juifs qu'on pillera : après on se jettera sur ta belle-sœur et sur les boïars et sur les monastères, et tu auras un compte à rendre, prince, si on pille les monastères. » Vladimir ayant entendu cela vint à Kiev.

XCIII. — Événements divers (1113).

Commencement du règne de Vladimir, fils de Vsévolod. Vladimir Monomaque s'établit à Kiev le dimanche. Le métropolitain Nicéphore, les évêques et tous les Kieviens allèrent

au devant de lui avec de grands honneurs. Il s'assit sur le siège
de son père et de ses ancêtres : tout le peuple fut joyeux et
les désordres s'apaisèrent. Les Polovtses ayant entendu parler
de la mort de Sviatopolk se rassemblèrent et vinrent sur le
Vyr. Vladimir réunit ses fils et ses neveux allèrent sur le
Vyr. Il se réunit à Oleg et les Polovtses s'enfuirent. Cette
année il établit son fils Sviatoslav à Péréiaslav et Viatcheslav
à Smolensk. Cette année mourut l'hégoumène du monastère de Lazare, femme d'une grande sainteté, le 14 septembre.
Elle avait vécu soixante ans religieuse et était âgée de quatre-
vingt-douze ans. Cette année Vladimir fit épouser à son fils
Roman, la fille de Volodar, le 11 septembre. Cette année
Mstislav fonda l'église de pierre de Saint-Nicolas près le palais
du prince, sur le marché de Novogorod. Cette année il établit
son fils Iaropolk à Péréiaslav, et cette même année il établit
Daniel comme évêque à Iouriev, et à Biélogorod Nikita.

INSTRUCTION DE VLADIMIR MONOMAQUE

INSTRUCTION, LETTRE A OLEG

ET

PRIÈRE DE VLADIMIR MONOMAQUE

Au chapitre LXXX de la Chronique, d'après les divisions adoptées par M. Miklosich, le récit du chroniqueur s'interrompt brusquement pour reprendre au chapitre LXXXI. Par suite d'une erreur ou d'une distraction difficile à expliquer, le copiste a introduit au beau milieu de son texte des documents qui lui sont absolument étrangers et qui ne pouvaient lui appartenir que sous forme d'appendice. Ces documents sont au nombre de trois, une instruction du prince Vladimir Monomaque à ses fils, une lettre du même à Oleg, enfin une prière à Dieu. Ils ne figurent que dans le texte Laurentin. Le texte en est d'ailleurs très corrompu et souvent fort obscur. J'ai mis à profit les corrections de MM. Miklosich, Vahylevicz, Erben.

La lecture de ces trois morceaux est au premier aspect assez pénible; M. Smith, dans son édition danoise (p. 314, remarque 114), déclare qu'il n'a pas eu le courage de les traduire. Je crois cependant qu'ils en valent le peine; ils éclairent certains passages du texte de la Chonique; ils font mieux comprendre l'influence toute puissante que le christianisme exerçait alors sur les princes, ils présentent un tableau curieux des mœurs russes et de la vie princière au début du XIIe siècle.

Vladimir Monomaque, né en 1053, régna de 1093 jusqu'à
1125, c'est-à-dire jusqu'à une époque postérieure à celle où se
termine la Chonique. Il n'est pas inutile de rappeler briève-
ment sa biographie. Il était fils de Vsévolod Iaroslavitch,
grand prince de Kiev et d'une princesse grecque. C'est sans
doute cette circonstance qui lui valut au baptême le nom grec
de Monomaque. Sa vie toute entière se passa dans des expéditions soit contre les princes russes dont l'ambition livrait
la Russie à l'anarchie, soit contre les peuples païens, les Polovtses, les Torks. C'est en 1099 dans un voyage qu'il entre-
prit d'écrire l'Instruction. Appelé deux fois par la volonté
populaire au trône de Kiev, il refusa et ne consentit à accepter qu'en 1113; il fut donc grand prince pendant treize ans.
Il s'efforça de faire régner en Russie l'ordre et la paix; les
entreprises belliqueuses des princes de Minsk et de Volynie
furent sévèrement réprimées; les Polovtses, les Finnois, les
Bulgares de la Kama furent à diverses reprises vaincus par les
fils de Vladimir ; en 1121 il envoya une armée en Thrace contre Alexis Comnène. Il entoura de remparts les villes de Ladoga et fonda dans les forêts du pays de Souzdal la ville de
Vladimir Zaliesky (d'outre forêts) ou Vladimir sur la Kliazma qui existe encore aujourd'hui ; il bâtit un pont sur le
Dniéper et établit des lois contre l'usure. Sa réputation s'étendit au delà des limites de la Russie : l'empereur Alexis Comnène lui envoya des insignes royaux, entre autres la fameuse
couronne — ou comme on l'a appelée plus tard bonnet —
(schapka) encore aujourd'hui conservée au Musée des ar-
mures de Moscou. Elle est devenue le symbole de la monarchie russe : « Je lègue à mon fils en le bénissant, l'empire
russe, le bonnet de Monomaque et tous les insignes tsariens, »
dit le testament du tsar Ivan IV, le Terrible.

L'Instruction de Monomaque à ses fils a été l'objet d'un cer-

tain nombre de travaux parmi lesquels il faut citer celui de
M. Protopopov publié, en 1874, dans la *Revue* (russe) *du Ministère de l'instruction publique* (1) : L'instruction de Vladimir
Monomaque, considérée comme document des idées religieuses et morales et de la vie en Russie pendant la période
antérieure à la domination tatare.

Ce document ne saurait, ainsi que le fait remarquer M. Protopopov, être considéré comme absolument original. Vladimir
en a puisé les éléments religieux et moraux dans des écrits
antérieurs, notamment dans une instruction d'un certain
Xénophon à ses fils, document sans doute traduit du grec et
qui faisait partie du *Sbornik* (recueil) de Sviatoslav. Les
idées morales qu'il exprime se rencontrent encore presque
mot pour mot dans d'autres recueils : on les retrouve d'ailleurs dans les prédicateurs russes du xiiᵉ siècle. L'étude de
ces rapprochements intéressante pour les lecteurs russes
nous entraînerait beaucoup trop loin.

(1) Journal Ministerstva Narodnago Prosviestchénia. Février 1874.

INSTRUCTION DE VLADIMIR MONOMAQUE

Moi pauvre, par mon oncle Iaroslav, le béni, l'illustre appelé au baptême Basile, de mon nom russe Vladimir, appelé par mon père bien-aimé et par ma mère Monomaque . . .

. . . . (1)
et à cause du peuple chrétien, tant qu'il [Dieu] me préservera dans sa miséricorde et à cause des prières paternelles de tous les maux. Étant assis dans mon traîneau, j'ai médité dans mon âme et j'ai loué Dieu qui m'a conduit pécheur, jusqu'à ces jours. Oui, mes enfants, ou quiconque entendra cette écriture, ne riez point, mais quiconque de mes enfants prendra cet écrit à cœur, qu'il ne soit point paresseux et qu'il se mette à l'œuvre. D'abord, pour l'amour de Dieu et de votre âme, ayez la crainte de Dieu dans votre cœur, faites largement l'aumône ; car c'est le commencement de tout bien. Si cet écrit ne plaît pas à quelqu'un, qu'il ne s'en moque point et qu'il ne dise point : « Durant un lointain voyage, assis sur ton traîneau, tu as dit des sottises. »

Or des ambassadeurs de mes frères sur le Volga me rencontrèrent et il me dirent : « Hâte-toi vers nous que nous chassions les fils de Rastislav et prenions leurs biens ; si tu ne viens

---

(1) Ici il manque cinq lignes environ dans l'original.

pas avec nous, nous vivrons chacun de notre côté, nous pour nous, toi pour toi. » Et je leur dis : « Quand même vous vous mettriez en colère je ne puis aller avec vous, ni violer mon serment. » Et les ayant renvoyés, je pris le psautier ; je l'ouvris et voici ce que je lus : « Pourquoi es-tu triste mon âme ? Pourquoi m'affliges-tu ? » Je rassemblai ces bonnes paroles, je les mis en ordre et je les écrivis. Si les dernières ne vous plaisent pas, vous accueillerez certainement les premières. « Pourquoi es-tu triste ô mon âme ? Pourquoi m'affliges-tu ? Espère en Dieu ; car je le célébrerai encore(1). Ne t'irrite point à cause des gens malins. Car les méchants seront retranchés, mais ceux qui s'attendent à l'Éternel hériteront la terre. Encore un peu de temps et le méchant ne verra plus ; tu considéreras son lieu et il n'y sera plus.

« Mais les débonnaires posséderont la terre et jouiront à leur aise d'une grande prospérité. Le méchant machine contre le le juste et grince des dents contre lui. Le Seigneur se rira de lui ; car il a vu que son jour approche. Les méchants ont tiré l'épée, ils ont bandé leur arc pour abattre l'affligé et le pauvre et pour égorger ceux qui marchent droit ; mais leur épée entrera dans leur propre cœur et leurs arcs seront rompus. Le peu du juste vaut mieux que l'abondance de biens de plusieurs méchants. Car les bras des méchants seront rompus, mais l'Éternel soutient les justes. Les méchants périront.... le juste a compassion et il donne. Ceux qui le béniront hériteront la terre, mais ceux qui le maudiront seront retranchés. Les pas de l'homme de bien sont dirigés par l'Éternel. S'il tombe il ne sera point abattu, car l'Éternel lui soutient la main. J'ai été jeune et j'ai atteint la vieillesse ; mais je n'ai pas vu le juste abandonné, ni sa postérité mendiant son pain. Il est

(1) Ps. XLII, 12,

toujours ému de pitié et il prête et sa postérité est en bénédiction. Retire-toi du mal et fais le bien et tu auras une habi-
tation éternelle (1). Si les hommes se levaient, ils nous dévo-
reraient tout vivants ; si leur fureur s'irritait contre nous, l'eau
nous engloutirait. Aie pitié de moi, ô Dieu ! car l'homme mortel m'a englouti et m'opprime, m'attaquant tous les jours (2).
Le juste se réjouira quand il aura vu cette vengeance ; il
lavera ses mains dans le sang du méchant, et chacun dira :
Si l'homme de bien réussit, il y a un Dieu qui juge sur la terre (3).
Mon Dieu ! délivre-moi de ceux qui s'élèvent contre moi.
Délivre-moi des artisans d'iniquité et sauve-moi des hommes
sanguinaires. Car ils m'ont dressé des embûches (4). La colère
est dans sa vivacité et la vie dans sa volonté ; le soir l'homme est
dans les larmes et le matin dans la joie ; ton amour est plus
fort que ma vie et mes lèvres te louent. Je te bénis tant que je
vis et en ton nom j'élève mes mains (5). Mets-moi à couvert
des desseins secrets des malins et de la conjuration des artisans d'iniquité (6). Réjouissez-vous, vous tous qui avez le cœur
juste ; je bénirai l'Éternel en tout temps ; gloire en tout temps
à lui (7)... »

C'est ainsi que Basile a enseigné ; il a rassemblé ici ces
jeunes gens, des âmes pures, sans tâche, des corps vierges.
Il leur a appris à parler modestement, à répéter les paroles
du Seigneur, à se taire devant les vieillards, à écouter les sages, à s'humilier devant les anciens, à avoir de la charité

---

(1) Ps. XXXVII, 1, 9-17, 20-27. Pour cette citation et les suivantes, j'emprunte en général la traduction d'Osterwald.
(2) Ps. LVI, 2.
(3) Ps. LVIII, 11, 12.
(4) Ps. LXIV, 1, 4.
(5) Ps. ??
(6) Ps. LXIV, 3.
(7) Ps. XXXIV pas

pour les égaux et les inférieurs, à parler sans artifice, à bien comprendre, à ne pas élever le voix, à ne pas injurier, à ne pas rire avec excès, à avoir du respect pour les vieillards, à ne pas parler aux femmes impudiques, à tenir les yeux baissés et l'âme élevée, à ne pas exciter les imprudents, à ne pas rechercher la domination, même si tout le monde vous honore. Si quelqu'un d'entre vous peut rendre service à un autre [disait Basile] qu'il attende sa récompense de Dieu et il jouira des biens éternels... O souveraine mère de Dieu, ôte de mon cœur l'orgueil et l'arrogance pour que je ne me laisse pas entraîner par la vanité de ce monde. Dans cette vie passagère, apprends, ô fidèle, à être pieux, apprends, d'après la parole de l'Évangile, à diriger tes yeux, à tenir ta langue, à modérer ton esprit, à soumettre ton corps, à dompter ta colère, à avoir une pensée pure ; applique-toi aux bonnes œuvres au nom du Seigneur. Dépouillé, ne vous vengez pas ; haï ou persécuté, souffrez, insulté, priez ; tuez le péché, sauvez les offenses, jugez en faveur de l'orphelin. Rendez justice à la veuve. Venez et débattons nos droits, dit le Seigneur ; quand vos péchés seraient comme le cramoisi, ils seront blanchis comme la neige (1), etc .. Le printemps du jeûne et la fleur de la pénitence brillent également ; purifions-nous, mes frères, de toute souillure corporelle et spirituelle et élevons la voix vers Celui qui donne la lumière, disant : Gloire à toi qui aime les hommes. En vérité, mes enfants, comprenez combien Dieu qui aime les hommes est gracieux et miséricordieux. Nous hommes, pécheurs et mortels, si quelqu'un nous offense, nous voulons aussitôt le sacrifier et verser son sang. Et Notre Seigneur de qui dépend la vie et la mort souffre nos péchés [que nous mettons] sur nos têtes et cela pendant toute notre vie, comme

(1) Isaïe, I, 18.

un père qui aime son enfant, le frappe et le rappelle à lui.
C'est ainsi que le Seigneur nous a indiqué le moyen de vaincre
l'ennemi, par trois moyens, la pénitence, les larmes et l'aumône. Ainsi, mes enfants, ce n'est pas un commandement
pénible que celui qui nous permet d'effacer nos péchés par
ces trois œuvres et de ne pas perdre le royaume du ciel. Pour
l'amour de Dieu, ne vous relâchez pas, je vous en supplie,
n'oubliez pas ces trois œuvres; car elles ne sont pas difficiles ;
la vie solitaire, la vie monacale, le jeûne que d'autres justes
s'imposent [ne sont pas indispensables]; on peut par un léger
effort obtenir la grâce de Dieu. Qu'est-ce que l'homme [ô Sei-
gneur] pour que tu te souviennes de lui (1)? Tu es grand et tes
œuvres sont merveilleuses; aucune intelligence humaine ne
peut raconter tes merveilles. Disons encore : Tu es grand,
Seigneur, et tes œuvres sont merveilleuses ; ton nom est
béni et digne de gloire dans les siècles par toute la terre.
Qui ne louerait pas et ne célébrerait pas tes forces, tes grands
miracles et tes bienfaits accomplis dans ce monde? Comment
le ciel est établi, comment le soleil, comment la lune, comment les étoiles, l'ombre, la lumière et la terre posée sur les
eaux, ô Seigneur, par ta Providence. Les différents animaux,
les oiseaux, les poissons sont ornés par ta Providence, ô Seigneur. Et nous admirons ce miracle, comment avec de l'ar-
gile tu as fait l'homme, combien tu lui as donné de figures ; si
tout l'univers se réunissait ensemble, il n'y aurait pas deux
figures semblables, mais chacun a son visage particulier en
vertu de la sagesse divine. Et nous admirons aussi comment
les oiseaux du ciel arrivent au printemps et viennent d'abord
chez nous, et ne s'arrêtent pas sur un seul pays, mais faibles
ou forts se répandent par tous les pays par l'ordre de Dieu

_____

(1) Ps. VIII, 5.

pour peupler les bois et les champs. Tout cela a été donné par Dieu pour le plaisir de l'homme, pour sa nourriture, pour sa réjouissance.

Grande est, ô Seigneur, ta miséricorde à notre égard, d'avoir créé ces agréments pour l'homme pécheur. Ces oiseaux du ciel instruits par toi, Seigneur, chantent quand tu l'ordonnes et réjouissent les hommes et quand tu l'ordonnes, bien qu'ils aient une langue, ils se taisent. Tu es béni, Seigneur, et glorifié, d'avoir fait tous ces miracles et ces bienfaits. Celui qui ne te loue pas, ô Seigneur, et ne croit pas de tout son cœur et de toute son âme au Père, au Fils et au Saint-Esprit, qu'il soit maudit !

En lisant ces paroles pieuses, mes enfants, louez Dieu qui nous a donné sa grâce, et qui vous donne cette instruction de mon humble intelligence. Écoutez-moi et si vous n'acceptez pas tous mes conseils acceptez-en au moins la moitié. Si Dieu attendrit vos cœurs, versez des larmes sur vos péchés disant : « Comme tu as pitié de la pécheresse, du voleur et du publicain, aie aussi pitié de nous, pécheurs. » Faites cela dans l'église et en vous couchant. Ne manquez pas un seul soir, si vous le pouvez, de vous incliner jusqu'à terre (1) au moins trois fois, si vous ne pouvez pas plus. N'oubliez pas cela, ne soyez pas négligents, car par ces adorations nocturnes, et par ces chants l'homme est vainqueur du démon ; il rachète ainsi ses péchés de la journée. Et quand vous allez à cheval, si vous n'avez affaire à personne, et que vous ne sachiez pas d'autre prière, répétez sans cesse en secret : «Seigneur, aie pitié.» Car c'est la meilleure de toutes les prières. Et cela vaut mieux que de penser à de mauvaises choses. Par-dessus tout n'oubliez pas les pauvres, mais autant que vos moyens le permettent, nour-

---

(1) C'est, comme on sait, une façon de prier très usitée dans l'Église orientale.

rissez-les, donnez à l'orphelin, protégez le droit de la veuve,
et ne permettez pas aux puissants de perdre leur prochain. Ne
tuez pas aucun homme juste ou criminel et ne permettez pas
de le tuer; si un homme doit être condamné à mort, gardez-
vous de perdre l'âme d'un chrétien.

Quand vous racontez quelque chose de bien ou de mal, ne
jurez pas par Dieu, ne vous signez point; il n'en est nul besoin.
Si vous baisez la croix pour faire un serment à votre frère ou
à quelqu'un d'autre, sondez bien votre cœur pour voir si vous
êtes disposé à tenir votre parole; alors baisez-la et ensuite
prenez bien garde de perdre votre âme par une transgression.
En ce qui concerne les évêques, les popes, les hégoumènes,
recevez leur bénédiction avec amour, ne vous éloignez pas
d'eux; aimez-les suivant vos forces et tâchez d'obtenir qu'ils
prient Dieu pour vous. Surtout n'ayez pas d'orgueil dans le
cœur ni dans la pensée, mais dites : Nous sommes mortels.
Aujourd'hui nous vivons; demain nous sommes dans le tombeau; tout ce que tu nous as donné n'est pas nôtre, mais tien :
tu nous l'as confié pour peu de jours. Ne cachez pas [de trésors]
dans la terre; c'est un grand péché. Honore les anciens
comme un père et [aime] les jeunes comme des frères. Ne
soyez point négligents dans votre maison, mais voyez tout par
vous-même; ne comptez ni sur votre intendant ni sur votre
serviteur, de peur que les hôtes qui vous visitent ne rient de
votre maison ou de votre festin. A la guerre ne soyez pas négligents; ne vous fiez pas à vos voïévodes. Ne vous abandon-
nez ni à la boisson, ni au manger, ni au dormir; mettez vous-
même les sentinelles; ne vous couchez le soir que quand vous
les aurez placées de tous côtés autour de l'armée; levez-vous de
grand matin; n'ôtez pas votre armure en hâte, sans avoir tout
examiné; car l'homme périt tout à coup. Évitez le mensonge,
l'ivrognerie et la débauche; car c'est là que périssent le corps

et l'âme. Dans vos voyages, partout où vous passez dans vos domaines, ne permettez pas à vos serviteurs, ni à ceux des autres de faire des dommages, ni dans les villages, ni dans les champs, pour qu'on ne vous maudisse pas. Partout où vous allez, où vous vous arrêtez, donnez à boire et à manger au mendiant. Surtout honorez l'hôte, d'où qu'il vienne, pauvre, noble, ambassadeur ; si vous ne pouvez lui faire de présent, offrez-lui à boire et à manger. Car les voyageurs vous feront connaître dans tout pays pour bons ou pour mauvais. Visitez les malades, accompagnez les morts, car nous sommes tous mortels. Ne passez pas devant un homme sans le saluer et lui donner une bonne parole. Aimez vos femmes, mais ne leur donnez pas de pouvoir sur vous. Enfin, ce qui est au dessus de tout, ayez par-dessus tout la crainte de Dieu. Si vous craignez d'oublier [mes préceptes], relisez souvent cette instruction. Je n'aurai pas de honte et cela sera bon pour vous. Ce que vous savez de bon, ne l'oubliez pas, et ce que vous ne savez pas, apprenez-le ; mon père tout en restant chez lui avait appris cinq langues ; cela fait honorer [un homme] dans les autres pays. Car la paresse est la mère de tous les vices ; ce qu'on savait, on l'oublie ; et ce qu'on savait pas, on ne l'apprend point. Quand on fait le bien, on ne doit négliger rien du bien, surtout en ce qui concerne l'église. Que le soleil ne vous trouve pas au lit. Ainsi faisait feu mon père et font tous les gens vraiment bons. D'abord rendez à Dieu l'action de grâces du matin, ensuite quand le soleil se lève, dès que vous le voyez louez Dieu, disant avec joie : « Éclaire mes yeux, Seigneur Christ, qui m'as donné ta belle lumière ! Seigneur ajoute encore une année à la présente année afin qu'après m'être repenti de mes péchés et avoir rectifié ma vie, je puisse louer Dieu. » [Ensuite] vous [pourrez] vous asseoir pour délibérer avec votre droujina, ou juger le peuple ou aller à la chasse et ensuite faire la sieste ; car Dieu a établi le sommeil de midi ; c'est l'heure où se reposent les animaux, les oiseaux et les hommes.

Je vous dirai maintenant, mes enfants, les fatigues que j'ai supportées durant treize années de voyages et de chasses. D'abord j'allai à Rostov par le pays des Vialitches ; mon père m'y envoya et alla lui-même à Koursk. J'allai ensuite à Smolensk avec Stavek Skordetisch ; lui alla ensuite à Bérestié avec Iziaslav et m'envoya à Smolensk ; puis de Smolensk j'allai à Vladimir. Le même hiver ils m'envoyèrent mon frère à Bérestié pour visiter des bois qu'on avait brûlés [pour en faire du charbon] et je les fis entourer d'une enceinte. Ensuite j'allai à Péréïaslavl chez mon père et après Pâques j'allai de Péreïaslavl à Vladimir faire la paix avec les Lekhs à Souteïska. De là ensuite je revins pendant l'été à Vladimir. Ensuite Sviatoslav m'envoya chez les Lekhs ; je dépassai Glogov vers la forêt de Bohême et je voyageai pendant quatre mois dans leur pays. Cette même année me naquit un fils [Mstislav] de Novgorod. J'allai ensuite à Tourov, de là au printemps à Péréïaslavl ; puis encore à Tourov ; Sviatoslav mourut et j'allai encore à Smolensk ; de Smolensk, le même hiver à Novogorod. Au printemps j'allai au secours de Gleb ; l'été j'allai avec mon père à Polotsk : et l'autre hiver j'allai avec Sviatopolk contre Polotsk qui fut brûlé ; il alla à Novogorod et moi avec les Polovtses jusqu'a Odresk, en faisant la guerre. Ensuite à Tchernigov et de Smolensk, j'allai chez mon père à Tchernigov. Et Oleg vint amené de Vladimir et je l'invitai à dîner avec mon père à Tchernigov dans le Palais Rouge et je donnai à mon père trois cents grivnas d'or. Puis en revenant de Smolensk je me frayai un chemin à travers l'armée polovtse jusqu'à Péréïaslav et je trouvai mon père qui revenait d'une expédition. Puis nous marchâmes cet été avec mon père et avec Iziaslav nous battre contre Boris à Tchernigov

et nous battîmes Boris et Oleg ; puis nous retournâmes à Péréïaslavl et restâmes dans nos retranchements. Et Vseslav brûla
Smolensk, et moi je partis avec les Tchernigoviens, avec deux
chevaux, mais nous ne l'atteignîmes point à Smolensk ; je le
poursuivis ; je brûlai le pays et le ravageai jusqu'à Loukoml
et Logosk, puis je marchai sur Droutchesk et sur Tchernigov. Cet hiver les Polovtses pillèrent tout Starodoub et
moi je marchai avec les gens de Tchernigov contre les Polovtses (1) et sur la Desna nous prîmes les princes Asadouk
et Saouk et nous vainquîmes leurs troupes ; le lendemain au
delà de Novogorod nous dispersâmes l'armée considérable de
Belkatgin ; nous leur prîmes des sabres et beaucoup de butin.
Nous marchâmes pendant deux hivers contre les Viatitches,
[leur prince] Khodota et son fils ; le premier hiver je marchai
contre Kordno ; ensuite contre les fils d'Iziaslav au delà de
Mikoulin, mais nous ne les atteignîmes point. Ce même printemps nous réunîmes avec Sviatopolk à Brody ; l'été suivant
nous poursuivîmes au delà du Khorol les Polovtses qui avaient
pris Gorochin ; à l'automne nous allâmes avec les Tchernigoviens, les Polovtses, et les Tchitéiévitches, contre Minsk ;
nous prîmes la ville et n'y laissâmes ni un esclave, ni une tête
de bétail. L'hiver suivant nous allâmes nous réunir à Iaropolk
à Brody et nous conclûmes une ardente amitié. Au printemps
mon père m'établit à Péréïaslavl en présence de mes frères
et nous allâmes au delà de la Soupoï. En approchant de la
ville de Prilouk nous fûmes tout à coup rencontrés par des
princes polovtses à la tête de huit mille hommes ; nous au-
rions bien voulu nous battre avec eux, mais nous avions envoyé nos armes en avant sur des voitures et nous dûmes
entrer dans la ville ; ils ne prirent en vie que Semtsa et quel-

(1) Je suis ici la correction d'Erben, p. 268.

ques paysans; mais les nôtres prirent et tuèrent un certain
nombre de Polovtses; ils n'osèrent même pas prendre leurs
chevaux en main et s'enfuirent sur la Soula cette même nuit.
Le lendemain, jour du Seigneur, nous allâmes à Biéla Viéja
et Dieu nous vint en aide ainsi que sa Sainte Mère; nous battîmes neuf cents Polovtses et nous prîmes deux princes, les
frères de Bagoubars, Asen et Sakz et deux hommes seulement échappèrent; ensuite nous poursuivîmes les Polovtses
vers Sviatoslavl, vers la ville de Tortchesk et vers Iouriev; et
encore de ce côté nous vainquîmes les Polovtses à Krasno; et
avec Rostislav à Varin nous prîmes leurs tentes (1). Ensuite
j'allai à Vladimir et j'y rétablis Iaropolk et Iaropolk mourut. Et
après la mort de mon père et celle de Rostislav nous nous battîmes sur la Soula avec les Polovtses jusqu'au soir, nous nous
battîmes à Khalep et ensuite nous fîmes la paix avec Tougorkan et les autres princes polovtses (2). Et nous enlevâmes
aux gens de Gleb toute leur droujina.

Ensuite Oleg marcha contre moi à Tchernigov avec les
Polovtses et ma droujina lui disputa pendant huit jours un
petit retranchement, ne les laissant pas pénétrer dans l'enceinte. J'eus pitié des âmes chrétiennes, des villages incen-
diés et des monastères et je dis : « Les païens n'auront pas à
se louer de ceci, » et je donnai à mon frère [Oleg] la part qui
lui revenait et j'allai moi-même dans le domaine de mon père
à Tchernigov. Nous sortîmes de Tchernigov le jour de la Saint-
Boris et nous passâmes à travers les bataillons des Polovtses.
Nous n'avions pas cent personnes de droujina en comptant
les femmes et les enfants. Les Polovtses nous guettaient
comme des loups dans les passages et dans les montagnes;

(1) Année 1087.
(2) 1094.

mais Dieu et saint Boris ne me livrèrent point à eux; nous arrivâmes sans dommage à Péréïaslavl.

Je restai à Péréïaslavl trois hivers et trois étés avec ma droujina et nous souffrîmes beaucoup de la guerre et de la faim; nous allâmes attaquer les Polovtses au delà de Rimov et Dieu nous vint en aide et nous en tuâmes et en prîmes un certain nombre. Et nous vainquîmes de nouveau la troupe d'Itar et nous prîmes ses tentes étant allés au delà de la Goltava. Et nous marchâmes vers Starodoub contre Oleg parce qu'il s'était allié aux Polovtses (1) et nous allâmes sur le Boug et avec Sviatopolk nous marchâmes contre Boniak au delà de la Russie. Nous allâmes jusqu'à Smolensk, nous étant réconciliés avec David. Ensuite nous revînmes une seconde fois des bords de la Voronitsa. Alors des Torks vinrent me trouver et des Tchitéiévitches vinrent de chez les Polovtses, et nous marchâmes contre eux sur la Soula et nous allâmes à Rostov passer l'hiver et après trois hivers nous revînmes à Smolensk, et ensuite j'allai à Rostov. Et ensuite nous poursuivîmes Boniak d'accord avec Sviatopolk, mais ils nous échappèrent et nous ne les atteignîmes point. Ensuite nous atteignîmes Boniak au delà de la Ros, mais nous le laissâmes échapper. L'hiver j'allai à Smolensk et je partis de Smolensk après Pâques. Et la mère de Georges mourut. Étant venu passer l'été à Péréïaslavl je rassemblai mes frères. Boniak vint avec tous les Polovtses à Kosniatin et nous marchâmes contre lui nous dirigeant de Péréïaslavl vers la Soula et Dieu nous vint en aide; nous vainquîmes les Polovtses et prîmes leurs princes les plus importants. Et après Noël nous fîmes la paix avec Aïépa (2); il nous donna sa fille [pour mon fils] et nous allâmes

(1) 1096.
(2) 1107.

à Smolensk. Ensuite j'allai à Rostov. Venant de Rostov je marchai de nouveau avec Sviatopolk contre Ourousoba chef des Polovtses, et Dieu nous vint en aide ; ensuite contre Boniak vers Loubno (1). Ensuite nous allâmes sur la Voïn avec Sviatopolk. Ensuite nous marchâmes vers le Don avec Sviatopolk et David et Dieu nous vint en aide. Aïépa et Boniak étaient venus sur la Vyr et voulaient s'établir sur cette rivière ; et je marchai sur Romno avec Oleg et mes enfants et les Polovtses apprenant cela s'enfuirent. Ensuite nous marchâmes sur Miensk contre Gleb parce qu'il avait fait quelques-uns de nos hommes prisonniers et Dieu nous vint en aide et nous accomplîmes notre dessein. Ensuite nous marchâmes sur la ville de Vladimir contre le fils d'Iaroslav ne voulant pas supporter sa perfidie. Et j'allai de Tchernigov à Kiev à bride abattue ; je fis cette course en un jour et j'arrivai avant les vêpres.

J'ai fait en tout quatre-vingt-trois voyages ; je ne mentionne même pas les petits, et j'ai conclu avec les Polovtses dix-neuf traités, avec mon père ou sans son concours et j'ai donné beaucoup d'argent et beaucoup de mes vêtements. Et j'ai délivré des fers les principaux princes des Polovtses : deux frères de Charoukan, trois frères de Bagoubars, quatre frères d'Ovtchin et cent autres. Et d'autres princes que Dieu a mis vivants en mon pouvoir, Kosksous et son fils, Aklan, Bourtchevitch, Azgoulouï prince de Tarov et quinze autres jeunes chefs. Je les emmenai vivants, je les massacrai et je les jetai dans la rivière Slavlia. Et on tua par séries à ce moment deux cents des prisonniers des plus considérables.

Et je me fatiguai beaucoup dans mes chasses, à cause de mon séjour à Tchernigov ; aux environs de cette ville j'ai dans le courant d'une année tué non sans grands efforts jusqu'à

(1) 1110.

cent taureaux sauvages (1), sans compter les autres animaux
que je chassais avec mon père. Voici encore ce que j'ai fait
à Tchernigov: j'ai dans les steppes enlacé de mes mains jusqu'à dix ou vingt chevaux, et j'ai aussi le long de la Ros saisi
de mes mains des chevaux sauvages. Deux taureaux sauvages
m'ont renversé avec leurs cornes moi et mon cheval ; un cerf
m'a frappé de ses cornes ; un élan m'a foulé aux pieds, un autre frappé de ses cornes. Un sanglier m'a arraché mon sabre
du flanc, un ours m'a mordu au genou, un animal furieux a
sauté sur mes reins; mais Dieu me préserva de tout mal ;
je suis tombé souvent de cheval ; je me suis brisé deux fois la
tête, je me suis blessé les mains et les pieds dans ma jeunesse ;
je n'épargnais pas ma vie et je ne ménageais pas ma tête.
Ce que j'aurais dû faire faire à mon serviteur, je le faisais moi-
même, à la guerre et à la chasse, la nuit et le jour, dans la
chaleur et dans le froid, sans me donner de repos. Je ne me
reposais ni sur les posadniks (2) ni sur les hérauts, je surveillais
tout moi-même dans ma maison et dans les chasses, je mettais
les chasseurs en ordre, je m'occupais de mes écuries, des
faucons et des éperviers.

De même je n'ai pas laissé offenser par les puissants le
pauvre paysan et la veuve et j'ai surveillé moi-même les rites
de l'Église et le service divin. Ne me blâmez pas [de ce que
je dis] mes enfants, ni quiconque lira ceci ; je ne me loue point
de ma bravoure, mais je loue Dieu et je loue la miséricorde
de celui qui m'a, misérable pécheur, protégé de la mort pendant tant d'années, qui m'a créé actif, moi, pauvre, pour toutes
les œuvres humaines. En lisant cet écrit, rendez-vous propres
à toutes les bonnes œuvres, louant Dieu et ses saints. Mes en-

---

(1) Le MS. présente une lacune et tout ce passage est fort corrompu. Je
suis le texte restitué par Erben.

(2) Chefs des villes.

fants, n'ayez pas peur de la mort, ni à la guerre, ni à la chasse, mais faites œuvre virile selon que Dieu le permettra. Si ni la guerre, ni la chasse, ni l'eau, ni les chutes de cheval n'ont pu me faire de mal, personne d'entre vous ne peut subir de dommage, ni perdre la vie, sans l'ordre de Dieu. Si la mort vient de Dieu, ni père, ni mère, ni frère ne pourront l'empêcher. S'il est bon de se protéger soi-même, la protection de Dieu est meilleure que celle de l'homme.

Oh! misérable et pauvre que je suis! Tu luttes beaucoup avec mon cœur et tu triomphes, ô mon âme, car sachant que tu es immortelle (1) je pense que nous aurons à nous présenter au jugement dernier, si nous ne faisons pas pénitence et si nous ne nous réconcilions pas entre nous. Car si quelqu'un dit : « J'aime Dieu, mais je n'aime pas mon prochain, c'est un mensonge. » Et encore. « Si vous ne pardonnez pas l'offense de votre frère, votre père céleste ne vous pardonnera pas non plus (2). » Le prophète dit : « Ne t'irrite point à cause des gens malins ; ne sois point jaloux de ceux qui s'adonnent à la perversité! »

LETTRE A OLEG.

Qu'il est beau et bon pour des frères de vivre unis. Mais le démon nous inspire! Il y a eu des guerres sous nos sages ancêtres, sous nos bons et bienheureux pères ; car le diable, qui ne veut pas le bien de la race humaine, nous pousse à des querelles. Je t'ai écrit ceci parce que j'y ai été invité par mon fils [spirituel] que tu as baptisé (3) et qui est auprès de toi. Il m'a

(1) Je suis ici le texte de Miklosich qui me paraît fort heureusement corrigé.
(2) Math. VI. 15.
(3) Mstislav, fils de Vladimir, avait eu Oleg pour parrain.

envoyé un de ses hommes avec une lettre disant : « Arrangeons-nous et réconcilions-nous. Mon frère (1), il est vrai a péri: mais nous deux ne soyons pas ses vengeurs ; mais reposons-nous sur Dieu ; il jugera les coupables. Nous ne perdrons pas la terre russe. » Et moi, voyant l'humilité de mon fils j'ai eu pitié et peur de Dieu, et j'ai dit : « Lui si jeune et si peu développé, se prête à la conciliation, et compte sur le Seigneur et moi je suis un homme plus pécheur que tous les autres. J'ai écouté mon fils et je t'ai écrit cette lettre ; la recevras-tu avec de bons sentiments ou des injures ? c'est ce que je verrai dans ta réponse. Car par ces paroles je t'ai prévenu en humilité et en pénitence, ce que j'attendais de toi, voulant que Dieu me pardonne mes anciens péchés. Car notre Seigneur n'est pas un homme, mais un Dieu de toute la terre, qui en ce moment fait tout ce qu'il veut. Il a supporté les injures, les crachats, les coups ; il s'est livré à la mort, lui qui domine la vie et la mort ; et nous que sommes-nous, hommes pécheurs et méchants ? Aujourd'hui nous vivons, demain nous sommes morts, aujourd'hui dans la gloire et les honneurs et demain dans le tombeau. On nous oublie et d'autres se partagent ce que nous avons amassé. Vois, mon frère, nos pères ; qu'ont-ils pris avec eux ? Quels vêtements ont-ils emportés ? Rien autre chose que ce qu'ils ont fait pour leurs âmes ? Plût à Dieu, mon frère, que tu m'eusses prévenu et que tu m'eusses écrit le premier ces paroles. Quand on a tué mon enfant qui était aussi le tien (2) devant toi, quand tu as vu son sang et son corps flétri comme une fleur nouvelle, comme un agneau égorgé, tu aurais dû dire devant ce cadavre en rentrant dans tes pensées : « Malheur à moi ! Qu'ai-je fait ? J'ai profité de son inno-

---

(1) Iziaslav. Voir la chronique chap. LXXXI.
(2) Mstislav qui était le filleul d'Oleg, c'est-à-dire son fils spirituel.

cence. A cause de la perversité de ce monde fugitif, j'ai
commis un péché, causé des larmes à un père et à une mère.
Tu aurais dû dire avec David : « Je connais mon péché ; il est
toujours devant moi. » Ce n'était pas pour avoir versé le sang,
c'était pour avoir commis un adultère que David l'oint du Seigneur couvrit sa tête de cendres et pleura amèrement ; et
Dieu lui remit ses péchés. Tu devais te repentir devant Dieu,
m'adresser une lettre de consolation et me renvoyer ma bru
qui ne t'avait fait ni bien ni mal, afin que je puisse l'embrasser, pleurer son mari et son mariage dont les chants se sont
changés en gémissements. Car je n'ai pas vu leurs premières
joies, ni leurs noces pour mes péchés. Pour l'amour de Dieu
envoie-moi la bientôt avec ton premier messager afin que,
cessant de pleurer avec elle, je l'établisse dans la place qui lui
convient. Elle s'asseoira comme une tourterelle sur un arbre
desséché et moi je me consolerai en Dieu. D'après les lois
qu'ont suivies nos pères et nos ancêtres la mort aurait dû lui
venir de Dieu et non pas de toi.

Si tu avais alors réalisé ta volonté, si tu avais pris Mourom
et laissé Rostov et si tu avais envoyé vers moi, nous nous serions arrangés ; mais réfléchis bien, était-il convenable que
tu envoyasses vers moi, ou moi vers toi ? Si tu avais dit [mon]
enfant : « Envoie vers ton père » N'ai-je pas envoyé dix fois
vers toi ? Est-ce que tu t'étonnais de ce qu'un de tes hommes
est mort à la guerre ? De meilleurs sont morts, même de notre
race. Mais tu ne devais pas chercher le bien d'autrui, ni me
faire cette honte et ce chagrin. Des esclaves ont parfois enseigné à prendre le bien d'autrui : mais cette fois-ci leur leçon a
été mauvaise.

Si tu commences à te repentir devant Dieu tu feras du bien
à mon cœur, envoie-moi un messager ou un évêque et écris-
moi une lettre avec équité. Tu prendras le domaine qui te re-

vient, tu réconcilieras nos cœurs et nous serons [ensemble] mieux qu'auparavant. Je n'ai pour toi ni sentiments de haine, ni de vengeance. Je n'ai pas voulu voir ton sang à Starodoub, mais que Dieu ne me donne pas de voir de sang [versé par] tes mains ni par l'ordre d'un de mes frères. Si je mens que Dieu me juge et la Sainte Croix. J'ai peut-être commis un péché quand j'ai marché contre toi à Tchernigov à cause des païens; mais je m'en repens; je l'ai répété de vive voix à mes frère, à deux reprises; c'est que je suis homme. Si tu te trouves bien ainsi, reste comme tu es, si tu te trouves mal, que ton filleul reste avec son frère mangeant le pain qui vient de son aïeul, et toi reste établi dans tes domaines; entends-toi [avec eux] à ce sujet. Si tu veux les tuer, tu les as en ton pouvoir. Pour moi je ne veux point le mal, mais le bien de la terre russe; si tu veux employer la violence, [souviens-toi] que nous t'avons donné ton domaine à Starodoub étant pleins de bonté pour toi. Mais Dieu nous est témoin que nous nous sommes entendus avec ton frère; nous n'avons aucun intérêt à nous entendre sans toi. Nous n'avons rien fait de mal, mais nous avons dit : « Envoie vers ton frère, afin que nous nous entendions. » Si quelqu'un d'entre vous ne veut pas le bien, ni la paix des chrétiens, que dans l'autre monde son âme ne voie pas la paix divine. Ce n'est pas par nécessité ni par besoin que je te parle ainsi; Dieu m'en est témoin; mais mon âme m'est plus chère que tout ce monde. Au jugement dernier je ne redouterai pas mes adversaires, etc... (1)

---

(1) Le etc... figure dans le texte original. L'édition de la Commission archéographique fait remarquer que la fin de cette lettre est peu claire. Il est certaines phrases qu'il m'a été plus facile de deviner que de traduire.

PRIÈRE.

Maître de la sagesse, donateur de l'intelligence, toi qui
punis les insensés et qui défends les humbles, confirme mon
cœur dans l'intelligence, ô Seigneur; accorde-moi une parole
paternelle, car cela n'empêche pas mes lèvres de crier vers
toi : « Gracieux Seigneur, aie pitié de celui qui est tombé. »
Le Seigneur est mon espérance, le Christ est mon refuge, le
saint Esprit est mon abri. Mon espérance et mon abri, ne me
rejette pas, très sainte [Trinité]. Car je t'ai pour aide dans
le chagrin, dans la maladie, dans tous les maux, et je te célèbre, ô glorifiée. Comprenez et sachez que je suis Dieu, qui
sonde les cœurs, connais les pensées, dévoile les actions, juge
les orphelins, les pauvres et les humbles. Incline-toi, ô mon
âme, médite les actions que tu as faites, apporte-les devant tes
yeux et fais couler les gouttes de tes larmes, confesse ouvertement tes actions et toutes tes pensées au Christ et purifie-
toi.

Saint André (1) père bienheureux, pasteur du Christ, ne
cesse pas de prier pour nous qui t'honorons afin que nous
mettions de côté toutes colères, tous chagrins, les souillures,
les péchés et les misères, honorant fidèlement ta mémoire.
Protège, ô Vierge, mère pure, ta ville [de Kiev] qui règne par
toi, afin que nous nous fortifiions en toi, que nous espérions
en toi, que nous surmontions tous les obstacles, que nous
terrassions nos adversaires et que nous soyons obéissants [au
Seigneur]. O glorieuse mère de Dieu qui as engendré le très-
saint Verbe de tous les saints, reçois notre offrande et protège

---

(1) Cette dévotion spéciale à saint André atteste la popularité dont ce saint
jouissait à Kiev, où suivant la légende il était venu. Voir la chronique. Ch. V.
et l'index au mot André.

de tout danger, de tout tourment à venir ceux qui t'implo-
rent. Nous te prions, nous, tes serviteurs, et nous plions devant toi les genoux de notre cœur. Incline ton oreille, ô pure,
et sauve-nous dans les soucis où nous sommes plongés et préserve des ravages ennemis ta ville, ô Mère de Dieu. Protège,
Seigneur, ton héritage, ne tiens pas compte de nos péchés,
aie pitié de nous qui te prions, toi qui par pitié pour la terre
est né sans œuvre de l'homme, et as daigné te revêtir de l'humanité. Épargne-moi, Seigneur, engendre-toi et conserve
celle qui t'a enfanté pure après l'enfantement, et quand tu
siégeras pour juger mes œuvres, Dieu impeccable et sans tache [juge-moi] comme un Dieu qui aime les hommes. Vierge
très pure qui n'as point connu le mariage, aimée de Dieu, toi
qui diriges les fidèles, sauve-moi quand je péris et que je crie
vers ton fils. Aie pitié de moi, Seigneur, aie pitié ; quand tu
me jugeras, ne me condamne pas aux flammes et ne m'accuse
pas dans ta colère. C'est la prière que t'adresse la Vierge pure
qui t'a enfanté, ô Christ, la foule des anges et le chœur des
martyrs. Par Jésus-Christ Notre Seigneur auquel appartient
l'honneur, et la gloire par le Père, le Fils et le Saint-Esprit,
toujours, maintenant et dans tous les siècles à venir.

INDEX

CHRONOLOGIQUE ET CRITIQUE

DES NOMS

CITÉS DANS LA CHRONIQUE DE NESTOR

————————

Les chiffres arabes indiquent les dates, les chiffres romains les paragraphes.

INDEX

CHRONOLOGIQUE ET CRITIQUE

DES NOMS CITÉS DANS LA CHRONIQUE DE NESTOR

A

AARON (Аронъ), frère de Moïse, XI.

ABEL, personnage biblique, XL, LI. Le récit de la manière dont Adam et Ève l'ensevelirent (XL) ne figure pas dans la Genèse et est emprunté à un texte apocryphe.

ABIMELECH, personnage biblique, XXXI, LI.

ABRAHAM, personnage biblique, XIII, XXXI, XL, XLVI. Le récit où Abraham est représenté comme détruisant les idoles (XL) fabriquées par son père Thara est emprunté à un texte apocryphe.

ACHAB, personnage biblique, XLVII.

ADAM, personnage biblique, XIII, XXXV, XL (voy. *Abel*), LXVIII, XC.

ADRIEN, empereur romain, XXV. La ville d'Adrien, ib. Voy. *Andrinople*.

ADRIEN, pape, XLII. La chronique le cite comme ayant pris part au VII⁰ concile avec Taras de Constantinople, Politien d'Alexandrie, Théodorite d'Antioche et Élie de Jérusalem. Il fut pape de 772 à 799.

ADRIATIQUE (Mer), I.

ADOULB (Адоулбъ), marchand russe, 945, XXVII. Il figure dans le traité conclu avec les Grecs, par Igor. Nom scandinave. Ancien norse Audulfr, latin Adulfris. Cf. Anglo-saxon Eadwulf, ancien allemand Audulf (Thomsen).

ADOUN (Адоунъ), marchand russe, 945, XXVII. Il figure dans le même traité. Nom également scandinave. Ancien norse Audunn, Udun, Odinnus, áng.-sax. Eádwine, ancien all. Audowin (Th.).

AFRIQUE (Prodiges en), LX.

AGAMEMNON, père d'Oreste, XXV.

AGAR, personnage biblique, XXXIX.

AGARÉENS, 866, XVI, LXXIX. C'est le nom des Sarrazins descendants d'Ismael et d'Agar. Ainsi qu'il résulte de la comparaison de deux textes du Paterik (§ 4 et 5), il doit s'appliquer aux Polovtses.

AGATHON, pape, XLII. Son pontificat se place entre les années 979-682.

AÏÉPA (Аиепа), fils d'Asen, prince des Polovtses, 1107, LXXXVII. Sa fille épouse Georges, fils de Vladimir. Un autre Aïépa est fils de Girgen ; sa fille épouse le fils d'Oleg, 1107.

AKTEVOU (Актевоу), ambassadeur d'Oleg, 912, prend part au traité conclu avec les Grecs. Ce nom paraît scandinave. M. Thomsen le rapproche de l'ancien norse Angantyr. Toutefois l'identification est douteuse.

AKOUN (Акоунъ, Якоунъ), prince russe, neveu d'Igor, 945, prend part au traité de paix avec les Grecs. Nom normand. Ancien norse Hakun(n). Il se rencontre très souvent dans les inscriptions runiques suédoises. Voy. *Iakoun*.

ALBANIE, I ; citée dans la description du partage du monde entre Sem, Cham et Japhet, d'après le texte grec de Georges Hamartolos (Ἀλἔανία)

ALDAN (Алданъ), marchand russe, 945, envoyé à Constantinople, XXVII. Nom scandinave. Ancien norse, Halfdanr ; très commun dans les inscriptions suédoises runiques où il est écrit Halftan, Haltan, Alftan. Haldanus dans les diplômes latins. Anglosaxon Healfden.

ALEXANDRE, roi de Macédoine, XIII, LXXIX, LXXX, LXXXIX. L'histoire des peuples impurs enfermés par Alexandre dans les montagnes du nord (LXXX) est empruntée à Méthode de Patare.

(Voy. ce nom). — Le roman d'Alexandre traduit en slavon a pénétré de bonne heure en Russie. (Voir mes *Études slaves*, p. 160.) — Alexandre à Jérusalem, voy. *Anges*. — Alexandre, père de l'empereur grec Léon, règne avec lui, 887, XIX; ib. 907,912, XXI-XXII.

ALLEMANDS (Нѣмцы). Font partie de la race de Japhet, I; ils sont cités entre les Romains et les Korliazes; Allemands chrétiens venus de Rome suivent le texte hyp. pour proposer à Vladimir d'embrasser le catholicisme, 986, XL; Vladimir envoie chez eux voir comment ils célèbrent la liturgie, 987, XLI; ambassadeurs allemands chez Sviatoslav, 1075, LXIX. Je traduis par Allemands le mot Niemtsy; il est possible que cette traduction ne soit pas absolument exacte. Les Slaves désignaient volontiers par ce nom tiré de l'adjectif *niem*, muet, les peuples voisins dont ils ne comprenaient pas la langue. Pendant longtemps dans la bouche du peuple russe ce mot a désigné toute espèce d'étrangers : « les Niemtsy allemands, anglais, hollandais, etc., ».

ALVAD ou ALVARD (Алвадъ, Алвардъ), 945, XXVII, envoyé de Goudy à Constantinople. Ancien norse Hallvardr, Alvard, Halwardus.

AMAZONES (Les), XI. Il en est question dans une citation de Georges Hamartolos.

AMPHILOQUE (Амфилохiй), évêque de Vladimir, 1105, LXXXVI.

AMON, AMMON (Амонъ), personnage biblique, LXXIX. Fils de Loth et père des Ammonites. Les Bulgares sont rattachés par le chroniqueur à sa race; cette race est impure par suite de l'inceste de Loth.

AMOUND (Амоундъ, Ямппьдъ), 945, XXVII, boïar russe. Ancien norse Amundi, Amundus, ou Hamundr, Eymundr.

ANASTASE (Анастасъ), 988, XLII, nom de l'habitant de Kherson qui indiqua à Vladimir où se trouvaient les sources qui alimentaient la ville. — 1018, collecteur d'impôts du roi de Pologne Boleslav. Ce personnage est inconnu aux chroniques polonaises. — de la ville de Dieu, XXIV, cité à propos d'Apollonius de Tyane. Il est appelé dans le texte grec ὁ μέγας Ἀναστάσιος θεουπόλεως. — évêque de Kherson, 991, 996, XLIV, XXLV. Vladimir lui confie l'église de la Dime à Kiev.

ANATOLE (Анатолиɪ), XLII, est cité comme ayant pris part au IVᵉ concile.

ANDRÉ. D'après les Évangiles, saint André, frère de saint Pierre, était né à Bethsaïde. Il assista aux noces de Cana et fut témoin du premier miracle de J.-C. Après la mort du Sauveur on ne sait rien de positif sur cet apôtre. Un certain nombre d'auteurs ecclésiastiques veulent qu'il ait évangélisé la Scythie. (Origène, *Commentaires sur la Genèse,* ap. Migne, t. XII, p. 92 ; Eusèbe, *Histoire ecclésiastique* , livre III , chap. Isidore de Séville , *De Ortu et Obitu Patrum qui in scriptura laudibus efferuntur,* ch. LXX ; saint Hippolyte, *Livre des douze apôtres,* cité par Mamachi ; *Origines et antiquitates christianæ,* Rome, 1845, t. II, p. 162, et les autres écrivains cités par M. Goloubinsky, *Histoire de l'Église russe,* t. I, p. 12, 13). Étant donnée cette tradition, il est tout naturel que les chrétiens russes aient voulu rattacher leur pays à la mémoire d'un des apôtres de J.-C. Mais il y a loin de Kiev et surtout de Novgorod aux rives de la mer Noire. On supposa donc que l'apôtre se trouvant à Kherson avait eu l'idée d'aller regagner Rome en traversant toute la Russie pour rejoindre la terre des Varègues. L'inventeur de ce singulier itinéraire n'avait évidemment aucune idée de la valeur des distances. Il est d'ailleurs assez naturel de supposer à un apôtre l'esprit d'aventure qui fait entreprendre de grands voyages dans les pays inconnus. M. Goloubinsky prétend démontrer que ce récit n'appartient pas à l'auteur de la chronique et qu'il est d'origine postérieure. En effet, on lit plus loin dans la chronique (ch. XXXIX) : « Le démon pensait : « C'est ici ma « demeure ; les apôtres n'ont point enseigné ici, les prophètes n'y « ont point prophétisé. » Mais si les apôtres n'ont point été ici en personne, leur enseignement y retentit...., etc. » Il ne faut pas être trop rigoureux et exiger d'un moine chroniqueur l'esprit de suite ou la logique que nous demandons à un historien contemporain. Quoi qu'il en soit, le récit imaginé à Kiev a évidemment un double but : 1° celui d'exalter les origines chrétiennes de cette ville ; 2° de tourner légèrement en ridicule les Novgorodiens. L'apôtre André se moque de leurs bains, inconnus dans la Petite-Russie (voir *Bains*). Mais les Novgorodiens ne restèrent pas en reste avec Kiev. Les chroniques de Novgorod affirment que l'apôtre prêcha l'Évangile dans cette ville, qu'il y baptisa, qu'il y laissa son bâton pastoral en souvenir.

Dès 1086 on trouve à Kiev une église de Saint-André. Peut-être même est-ce l'existence de cette église qui aurait donné l'idée d'imaginer la légende Kievienne. En 1212 le prince Mstislav Romanovitch fit élever près de l'endroit où aurait été plantée la croix de Saint-André une église de l'Exaltation de la Croix qui fut en 1240 détruite par les Tartares. En 1744 l'impératrice Elisabeth, pendant son séjour à Kiev, ordonna de construire en cet endroit un nouveau temple en l'honneur de saint André. Cette église, en style rococo, est l'œuvre de l'architecte Rastelli; elle s'élève sur une terrasse d'où l'on domine le Dniéper et les plaines environnantes et peut être considérée comme une des plus remarquables de la Russie. Aujourd'hui encore le quartier le plus ancien de Kiev s'appelle le quartier Saint-André.

A dater du xve siècle, les Russes, se fondant sur la chronique de Novgorod, rattachèrent directement les origines chrétiennes de la Russie à la prédication de saint André. Ivan le Terrible, dans ses controverses avec le jésuite Possevin, arguait de cette tradition pour déclarer que le christianisme était aussi ancien en Russie qu'en Italie (voir Herberstein, Guanini, Oderborn). La critique moderne considère ce voyage d'André comme une invention pure et simple. André porte en russe l'épithète de *Pervozvanny*, le premier appelé, par ce qu'il est considéré comme le premier apôtre appelé par le Seigneur (πρωτόκλητος). C'est en son honneur que Pierre le Grand institua l'ordre de Saint-André, le premier des ordres russes. Dans l'ordonnance sur les ordres russes de 1797, André est qualifié de Protecteur de la Russie (Покровитель Россіи), *Sanctus Andreas Russiæ Patronus.*

ANDRIATIE (d'où vient le nom de la mer Adriatique, Анъдрiянкiя). Il y a dans le texte grec de Georges Hamartolos reproduit par la chronique Ἀδριακή. Remarquer la nasalisation de la forme slave. Il s'agit sans doute des environs de la ville d'Adria, ou Hadria, ville de la Vénétie qui a donné son nom à la mer Adriatique.

ANDRINOPLE (Одрѣнъ), prise par les Bulgares, 915, XXV. Elle avait d'abord porté le nom d'Orestias. Les Bulgares l'appellent encore aujourd'hui Odrin.

ANDRONIQUE (Андроникъ), apôtre des Slaves, disciple de saint-Paul, XX. Il est mentionné comme ayant été évêque de Pannonie, c'est-à-dire des Slaves que la Chronique suppose avoir existé dans ces régions dès le premier siècle de l'ère chrétienne. Il y a là une erreur évidente, mais consacrée par une tradition dont on trouve l'écho ailleurs que dans la Chronique. La Chronique dans les indications qu'elle fournit ici suit évidemment la Vie de Méthode, écrite en slavon sans doute par un des disciples de l'apôtre slave et souvent citée sous le nom de légende Pannonienne. (Voir mon ouvrage *Cyrille et Méthode*, introduction p. xxxvi sq. et ch. VI, p. 117). Mais l'assertion de la Vie de Méthode se retrouve dans Hésychius, *Vita Clementis*, ap. Farlati Illyricum sacrum, II, 83; dans le *Chronicon pascale* éd. Ducange, p. 427. Andronique ne nous est connu que par un passage de saint Paul, Ep. aux Romains, XVI, 7 : « Saluez Andronique et Junias, mes parents, qui ont été prisonniers avec moi, qui sont considérables parmi les apôtres et qui ont même cru en Jésus-Christ avant moi. » Même en admettant l'authenticité des traditions concernant la fondation de l'évêché de Syrmium dont Andronique aurait été le premier titulaire, on ne peut admettre avec Nestor que ce disciple eût été l'instituteur de la nation slave. Les Slaves n'apparaissent en Pannonie et en Syrmie que plusieurs siècles après l'ère chrétienne.

ANGES. Digression sur les anges, XC.

ANGLAIS (Pays des —, Земля Ангълянъская, Англянс), I, XV. Dans le premier passage il s'agit évidemment des Angles, antérieurement à l'invasion de l'Angleterre par cette population. Remarquer dans le second passage la précision avec laquelle la Chronique, identifiant les Angles aux Varègues, affirme l'origine normande des uns et des autres.

ANNA (Анна), sœur des empereurs grecs, Basile et Constantin, épouse Vladimir, 988, LXII; sa mort, 1011, XLVII. Nestor appelle cette princesse Цѣзарица (tsiézaritsa), l'impératrice, c'est-à-dire le princesse impériale, fille et sœur des empereurs. La traduction de M. L. Paris rend improprement ce mot une fois par celui de tzarine, et une autre fois (p. 146) par ces mots : épouse du tzar Vladimir. Elle ajoute en note (p. 152): « Nestor donne ici la qualité de tzar à Vladimir. Cependant, ainsi que je l'ai dit dans une précédente note, les grands princes de Russie ne commencèrent à prendre ce titre qu'à dater d'Ivan Vasilievitch, au xv° siècle (*sic*). » Il serait curieux de voir la Chronique donner par avance à un prince russe un titre qui ne sera connu de ses successeurs que quelques siècles plus tard. Le sens du mot Цѣзарица est suffisamment expliqué par les deux passages du chap. XLII où l'on voit la princesse porter ce titre avant son mariage.

ANTIOCHUS, personnage biblique, LX, XCII.

ANTIOCHE (Miracles d'Apollonius de Tyane à), XXIV. — Mélèce, patriarche d'Antioche, XIII. — Patriarchat d'Antioche, *ib.*

ANTIPA, voyez *Antoine.*

ANTOINE (Антоній), fondateur du monastère des Cryptes, 1054, 1069, 1073, LVII, LXVI, LXVIII. Sa biographie est longuement racontée dans les chapitres en question. Il s'appelait dans le monde Antipa et était né à Lioubetch (gouvernement de Tchernigov, district de Gorodnia). Le nom d'Antoine qu'il prit dans la vie monastique commence, suivant un usage fréquemment observé dans l'Église orientale, par la première lettre de son nom laïque. L'Église russe honore sa mémoire le 10 juin. — Antoine, évêque de Iouriev, 1089, LXXIII.

APOLLINAIRE, évêque d'Alexandrie, XLII; mentionné comme ayant pris part au V° concile.

APOLLONIUS de Tyane (Аполоній Тіяннъ), XXIV; le récit de ses miracles est traduit mot pour mot de Georges Hamartolos (voy. édit. Mikl, p. 185, un extrait d'un ms. de Vienne et *Georgii Hamartoli chronicon*, ed. Muraltus, III, 132-133).

ARABIE, heureuse, ancienne (Аравія сильная, — старѣйшая), l. Le slavon traduit εὐδαίμων par *silna* qui veut dire primitivement, forte, par suite prospère.

ARAM, personnage biblique, LXXXIX; c'est le cinquième fils de Sem dont les descendants peuplèrent la Mésopotamie. Son nom est employé ici pour désigner la population de cette contrée.

ARÈS (Арѣй, Арній), nom du dieu de la guerre qui interprète celui de Baal (p. 80), adoré par les Israélites; c'est le grec Ἄρης. Voy. *Baal.*

ARFAST (Арфастъ), XXVII, nom d'un boïar russe qui prend part au traité de 945 avec les Grecs. Nom scandinave. Ancien norse

Arnfastr, particulièrement usité en Suède et en Danemarck. Formes latines Aruastus, Arnfastus.

ARCADIE (Аркадія), I.

ARIUS (Арпй), célèbre hérésiarque, XLII; mentionné dans l'exposé de la foi chrétienne.

ARMÉNIE, grande et petite (Аръменія), I.

ARON. Voy *Aaron*.

AROSLANAPA (Аросланапа, Аръсланапа), 1113,LXXXV,prince des Polovtses, vaincu par les Russes.

ASADOUK (Асадоукъ), prince des Polovtses, pris par les Russes, 1078, I. V.

ASEN (Аспнъ, Осенъ, Асѣнъ), I. V. Prince des Polovtses fait prisonnier par Vladimir Monomaque.—Autre prince des Polovtses mentionné dans la *Chronique*, p. 1107, LXXXVI, père d'Aïépa, dont la fille épousa Vladimir en 1107. Ce nom se rencontre fréquemment dans l'histoire de Bulgarie. Vers la fin du xne siècle c'est un Asen qui restaure la monarchie bulgare (vers 1186). On rencontre après lui Jean Asen II, 1218-1241, Michel Asen III, 1246-1251, le Serbe Constantin Asen, 1258-1277, le prétendant byzantin Jean Asen III. Voy. *Osen*.

ASER (Аспръ), XL, personnage biblique, fils de Jacob; on sait qu'il donna son nom à une des douze tribus.

ASIE (Аспйская страна), mot à mot la contrée asiatique, I.

ASKOLD, voy. *Oskold*.

ASMOUD (Асмудъ),945,XXXIX, 946, ib. Tuteur du jeune Sviatoslav, fils d'Igor. Nom scandinave. Ancien norse Asmundr, très commun dans les inscriptions runiques suédoises, et dans tous les pays scandinaves.

ASPOUBRAN (Аспоубранъ, ou Апоубъкаръ), 945, XXVII; nom d'un marchand russe qui prend part au traité avec Constantinople. Sous ces formes évidemment corrompues, il est assez difficile de reconnaître le véritable nom qui, à coup sûr, n'est pas slave. M. Thomsen suppose que ce peut être l'ancien norse Ospakr.

ASOUP (Асоупъ), 1103, LXXXV; prince des Polovtses, tué par les Russes.

ASSYRIE, ASSYRIENS, I. Les Hébreux captifs en Assyrie, XL.
Eséchias et les envoyés du roi d'Assyrie, LXIX. Cent dix-huit mille
Assyriens tués la nuit par un ange, XC.

ATHANASE, évêque d'Alexandrie, XLII, prend part au premier concile.

ATHOS, voy. *Sainte Montagne.*

AVARES, voy. *Obres.*

AZGOULOUI (Азгоулоуй), 1111, I, V, prince de Tarov, l'un des
princes polovtses, fait prisonnier par Vladimir Monomaque.

B

BAAL (Валъ), XL, identifié au dieu grec Arès (voy. ce mot) dans
l'exposé de l'histoire de la foi chrétienne fait par les Grecs à Vladimir.

BABYLONE (Вавилонъ) Βαβυλωνία, I, II, LXIX. Tour de Babylone,
tour de Babel, II. La Chronique ne reproduit jamais le texte biblique dans toute sa pureté. C'est ainsi qu'elle donne le nombre
d'années (40) pendant lequel on travailla à la construction de la
tour. Ce nombre n'est pas dans la Genèse. La Genèse ne donne
pas non plus le nombre des nations (72) entre lesquelles Dieu
dispersa l'humanité primitive.

BABYLONIENS, XI. Leurs mœurs, d'après une citation de Georges
Hamartolos. Voy. *Chaldéens.*

BACTRIANE (Вактръ, Βάκτριον), I, Bactriens (Вактріянс,
Овктріяпс, Βακτριάνοι), XI, assimilés aux Brahmanes dans
un extrait de la chronique de Georges Hamartolos.

BAGOUBARS (Багоубарсъ), 1085, IV, et ses frères, princes polovtses, vaincus par Vladimir Monomaque.

BAINS. V. La description des bains russes que Nestor met dans la
bouche de l'apôtre saint André est encore exacte aujourd'hui.
Cette description atteste l'étonnement qu'inspirait aux nations

voisines la mode des bains en usage chez les Russes. Aujourd'hui encore les Bouriates ne peuvent comprendre comment leurs voisins russes se soumettent volontairement à une pareille torture. Les verges dont parle saint André sont tout simplement de petites vergettes de bouleau très souples et destinées à activer la circulation du sang. Nulle part on n'emploie l'eau de tan, dont parle notre texte. Il existe dans les moindres villages russes des bains de vapeur pour les deux sexes. Ce sont en effet de petites maisons en bois pourvues d'un énorme four en briques sur lequel on jette de l'eau qui se vaporise. M. Goloubinsky fait remarquer dans son *Histoire de l'Église russe* (I, p. 7), que les Petits-Russiens ne pratiquent pas les bains de vapeur, comme les Grands-Russes. Il y a donc dans le récit de la Chronique une intention ironique vis-à-vis des Grands-Russes. L'usage de ces bains, inconnu aux autres peuples slaves, paraît avoir été importé par les Normands de Novgorod. Il est encore fait mention des bains dans le chapitre relatif au meurtre des envoyés drevlianes. M. Goloubinsky suppose qu'il s'agit de bains de baignoire, à la mode occidentale. Le texte me paraît désigner un bain de vapeur. Du reste on peut avec vraisemblance admettre l'existence dans ce palais princier d'une installation inconnue aux masses populaires.

BALAAM (Валаамъ), XXIV, XC. Personnage biblique.

BARLAAM (Варлaмъ), LVII, négoumène du monastère Petchersky. Il était fils d'un boïar de Kiev appelé Jean. Il se fit moine en 1056 et fut établi hégoumène par Antoine. Ses restes reposent dans la partie des cryptes dites Cryptes d'Antoine. On célèbre sa mémoire le 16 novembre.

BASILE (Василий), saint, XLII, est cité comme ayant raconté l'histoire du portrait de Jésus-Christ peint par saint Luc et envoyé à Rome; maître de la jeunesse, I. V.

BASILE (Василь), moine envoyé par David Igarovitch à Vasilko, 1097, LXXXII; ce personnage prend tout à coup la parole et se substitue à l'annaliste; peut-être l'annaliste (voy. l'Introduction), avait-il écrit simplement sous sa dictée, ou copié son récit; peut-être aussi était-ce le nom de baptême du chroniqueur. — serviteur de David Igorovitch, id. — lieutenant de Sviatopolk à Vladimir, id.

BASILE, empereur grec, 868, XVII; 887, XIX. La Chronique indique
simplement le commencement et la fin de son règne. Il s'agit de
l'empereur Basile le Macédonien. Les dates données par la Chronique ne sont pas d'accord avec la chronologie généralement adoptée qui fait régner cet empereur de 866 à 886. — Basile II, ses
guerres avec Sviatoslav, 971, XXVI; son traité avec lui, id; reçoit
les ambassadeurs de Vladimir chargés d'étudier la religion grecque, 987, XLII; guerre avec Vladimir, il lui donne sa sœur en
mariage, 988, X4II. Voy. *Constantin* et *Anna.*

BASILE (Églises de Saint-), à Kherson, où fut baptisé Vladimir, 988,
XLLII. — A Kiev, construite sans doute en mémoire de celle de
Kherson à l'endroit même où s'élevaient les idoles, XXXVIII. —
Autre église à Vychégorod, où furent ensevelis Boris et Gleb,
1015, XLVII.

BELDIOUZ (Бельдюзъ, Бельдоузъ), 1103, LXXV, prince des Polovtses, fait prisonnier par les Russes.

BELKATGIN (Белкатгинъ), prince polovtse battu en 1078 par
· Vladimir Monomaque, I. V.

BELZ (Белзъ), ville prise par Iaroslav, 1036, LIII. Elle appartient
aujourd'hui à la Galicie (arrondissement de Zolkiew) et compte
environ 2,500 habitants.

BENJAMIN (Веньяминъ), personnage biblique, XL.

BÉRENDII. Voy. l'art. suivant.

BÉRENDITCHES ou Bérendieï (Берендичи, Берендѣи), 1097,
LXXXII; 1105, LXXXVI. Peuple nomade de race turque. Ils vivaient
sur la rive gauche du Dniéper et jouèrent un certain rôle dans les
luttes intestines des princes russes au xiᵉ siècle. Ils furent vaincus par Vladimir Monomaque et devinrent tributaires des princes
russes. Leur nom disparaît à partir du xiiiᵉ siècle . Le personnage
appelé Bérendii (berger de Sviatopolk, qualifié de Turc, qui fut
chargé de crever les yeux à Vasilko) appartenait évidemment à ce
peuple.

BÉRESTOVO (Берестово, Берестовое), colline et village, 980,
XXXVIII; 1015, XLVII. Sviatoslav et Vsévolode y résident, 1073,
LXVII; leur palais est brûlé par les Polovtses, 1069, LXXIX; Tou-
gorkan y est enterré, id. Nom d'une colline boisée qui dominait
Kiev; il vient des ormes (*berest*), dont elle était plantée. Les princes

russes y eurent pendant longtemps leur résidence d'été. Vladimir y mourut en 1015.

BERN (Бериц), boïar russe, l'un des signataires du traité de 945, XXVII. Nom scandinave très commun, ancien norse Bjorn; angl.-sax. Beorn; anc. allem. Bero.

BETHEL (Веѳильъ), XL, ville de Palestine où Jeroboam, roi de Samarie, établit comme idole une vache d'or.

BETHLÉEM (Виѳлеомъ), XL, ville de Palestine.

BIALOBÉREG[1], plus exactement Biélobéréjie (Бѣлобережіе) 945, XXVII; 971, XXXVI, localité située vers l'embouchure du Dniéper. Son nom signifie le *Rivage blanc*. Dans le traité conclu en 945 avec les Grecs, il est 'dit que les Russes ne pourront passer l'hiver à Biélobéréjie, qui alors appartenait aux Grecs, ni à Saint-Éthérius (voy. ce mot), mais qu'ils devront retourner dans leur pays. D'après Schlœtzer (IV, 83) certaines cartes latines désignent cet endroit sous le nom de *Littus album*. C'est dans ces contrées que s'élève encore aujourd'hui la ville d'Akkermam (en tartare et en turc ville blanche) que les Romains appelaient Alba Julia, les Grecs Leukopolis, les Slaves Belgrad (la ville blanche). C'est non loin de cet endroit que Sviatoslav fut tué par les Petchénègues, 972.

BIALOGOROD, BIELGOROD (Бѣлъградъ, Бѣлъ городъ). Petite ville aux environs de Kiev, résidence des concubines de Vladimir, XXXVIII; fortifiée par Vladimir en 992, XLIII; assiégée par les Petchénègues, 997, XLVI; Vseslav s'y réfugie, 1069, LXIV; Vasilko y est emmené enchaîné, 1097, LXXXII; Nikita, évêque de Bielgorod, XCIII. Cette ville était, ainsi que le dit la Chronique, située à dix verstes environ de Kiev (onze kilomètres). Elle fut détruite au xiiie siècle par le Khan tartare Baty, mais restaurée par le prince lithuanien Gédimin. Elle compte aujourd'hui environ 1,600 habitants. On a la prétention d'y montrer les trous qui servirent de réservoir pour la bouillie et l'hydromel dont il est question dans notre Chronique (XLVI).

BIANDIOUK (Бяндюкъ), serviteur du prince Vladimir, 1095, LXXVIII, envoyé par lui à Itar.

---

1. C'est par erreur qu'on a imprimé Bialobéreg et Bialogorod, lisez Biélo.

BIÉLAVIÉJA (Бѣла Бѣжка), 965, XXXII, 1684, t. V, forteresse des Kozares, prise en 965 par Sviatoslav et attaquée en 1082 par les Russes. On a supposé que c'était la forteresse de Sarkel, mentionnée par Constantin Porphyrogénète (De adm. imperii, XLII), et dont il traduit le nom par ἄσπρον ὁσπίτιον. Biélaviéja veut précisément dire en slavon la tour blanche. On ne sait pas exactement où était située cette ville. La forme vieille de Sarkel est d'après M. Berezine Charkil (la ville jaune). Dans un mémoire publié par l'Académie impériale de Pétersbourg (appendice au tome XXXII, 1878), M. Rosen a fait remarquer que chez les Vogoules sar veut dire blanc et kel maison.

BIÉLOOZÉRO, BIELOÉZÉRO (Бѣлое озеро, Бѣлоозеро), le lac Blanc; sur les bords de ce lac habitent les Ves, VII; Sinéous s'y établit, XV. C'est aussi le nom d'une ville. Des devins y sont tués, 1071, XLV. Habitants de — fait prisonniers par Oleg, 1096, LXXXI. Le lac Blanc ou, comme on l'appelle souvent, le lac Biélo est situé dans le gouvernement actuel de Novgorod (pays des anciens Ves). C'est de ce lac que sort la rivière Scheksna, affluent du Volga. La ville qui s'appelait autrefois Biéloozéro s'appelle aujourd'hui Biélozersk, c'est la forme de l'adjectif; aux environs de cette ville s'élèvent encore aujourd'hui de vastes kourganes (tumuli) que les gens du pays appellent Kourganes de Sinéous; des fouilles effectuées en 1859 n'ont donné aucun résultat intéressant. Biélozersk, après avoir été le siège d'une des trois premières principautés russes, fit ensuite partie des principautés de Novgorod et de Rostov. C'est aujourd'hui un chef-lieu de district sans importance. Elle ne compte guère que 6,000 habitants.

BITYHNIE, I, ravagée par les Russes, 941, XXVI.

BLAQUERNES (Église des) (Церкъвь св. Богородицѣ Влахернѣ). On écrit aussi Blachernes. C'était le nom d'un quartier de Constantinople où s'élevait le grand palais byzantin et l'église du même nom qui servait de chapelle au palais. Une source sacrée (Hagiasma) qui existe encore aujourd'hui était douée de propriétés miraculeuses. C'est dans ce sanctuaire qu'avait été déposée la robe indestructible, Imaton ou Maphorion de la Vierge, retrouvée, suivant la tradition en 469, chez une Juive de Jérusalem. Cette précieuse relique accomplit dans l'histoire byzantine une foule de miracles. Romain Lecapène allant conférer avec Siméon, tsar des Bulgares, s'en revêtit. L'image de la Vierge jouait un rôle analogue. « Cette image, dit M. Schlumberger (article publié dans le *Temps* du 25 janvier 1882) était le talisman même de Constantinople ; généralement représentée de face, les mains levées dans l'attitude consacrée de l'oraison, implorant son Fils en faveur de sa chère et dévote capitale, la poitrine le plus souvent cachée sous un énorme médaillon représentant la tête du Rédempteur sous le nimbe crucigère, elle apparaît dès le xie siècle, sur une foule de monnaies impériales ; aucun type n'y figure plus communément dans la suite... Sur les besants d'or de Michel Paléologue, vainqueur des païens et restaurateur de l'empire, elle est représentée debout au milieu de la grande muraille de sa patrie d'adoption ; les mains étendues, la grande Theotokos semble vouloir les protéger à jamais. »

Après la conversion de la Russie au christianisme, la Vierge des Blaquernes révérée dans tout l'Orient devint chez elle l'objet d'un culte spécial. C'est ainsi que nous trouvons dans la Chronique même de Nestor (XCI) une église de la Mère de Dieu des Blaquernes à Kiev. Il y a également un village des Blaquernes aux environs de Moscou (Влахерпское Село). L'Église russe célèbre encore aujourd'hui, le 2 juillet, la translation de la robe miraculeuse au sanctuaire de Constantinople.

Le quartier des Blaquernes était situé entre la sixième colline et la Corne d'or. L'étymologie du mot βλαχέρναι est douteuse. Les uns le font venir des fougères (ἀπὸ τῶν βλάχνων) qui croissaient dans cet endroit, d'autres d'un Scythe appelé Βλαχέρνα qui aurait été assassiné dans ce quartier, d'autres du latin *lacunæ* à cause des marécages qui s'étendaient aux alentours. Théophylacte appelle cet endroit Λακέρνα et le fait venir du latin *lucerna* (thon) parce que ce poisson était fréquent dans ces parages.

La transcription exacte du mot grec et slavon serait Vlakhernes. Si j'ai donné la forme Blaquernes, c'est parce qu'elle se rencontre dès le xiiie siècle dans Villehardouin.

BLOUD (Блоудъ), voïévode de Iaropolk, 986, XXXVIII, trahit son maître et aida Vladimir à le faire périr. Nom slave. Bloud veut dire faute, erreur, crime. Ce nom ne se rencontre qu'une seule fois dans les annales russes; peut-être faut-il le considérer comme symbolique.

BOIARS. L'orthographe habituelle *boyard* doit être absolument rejetée; elle a été calquée sur celle des mots usuels *gaillard*, *richard*, *vieillard*; mais elle n'est nullement conforme à l'étymologie. La forme la plus ancienne du mot est *boliarin* qui veut dire le meilleur, de la racine *bolj*, mieux. *In* est un suffixe qui désigne l'individualité (voir ma *Grammaire russe*, p. 40). Boliarin a cessé d'être en usage à dater du règne de Pierre le Grand, et a été remplacé en russe moderne par la forme abrégée *barin*, mot qu'emploient les gens du peuple en parlant de leurs supérieurs. Le dernier boïar fut Ivan Iourievitch Troubetskoï, mort en 1750. Les boïars apparaissent dès les premiers temps de la conquête de Rurik; le prince les établit dans les villes et leur assigne certains revenus; c'est parmi eux qu'il choisit ses principaux fonctionnaires, les posadniks ou baillis des villes, les voïévodes ou chefs d'armée. Ils ne forment point une classe fermée; le prince fait de qui il veut un boïar. Tant que la Russie ne fut pas arrivée à l'unité, les boïars eurent la faculté de passer d'un maître à un autre, en abandonnant toutefois les domaines ou les revenus qui leur avaient été concédés. L'empire une fois concentré dans les mains du tsar moscovite, ils se groupèrent autour de lui, devinrent ses conseillers, ses ministres, ses ambassadeurs ou ses généraux. Le peuple russe appelle encore aujourd'hui boïars tous les hôtes invités à une noce. Cette circonstance s'explique par ce fait que les jeunes mariés reçoivent le titre de prince et princesse, d'où le proverbe : A la noce tous boïars.

BOLDINY (monts) (Блѣдины, Болдины Горы), 1075, LXVIII; monts situés près de Tchernigov où Antoine se creusa une crypte; du temps de Nestor il y avait encore sur cette montagne une église de la Mère de Dieu.

BOLESLAV, Boleslav Ier, roi de Pologne (Болеславъ). Il est appelé Boleslav le Lekh par la Chronique; Vladimir vit en paix avec lui, 996, XLV; allié avec Sviatopolk, il attaque Iaroslav et le bat sur le Boug, 1018, L; il marche sur Kiev, s'y établit et en est chassé, ib; sa mort, 1030, LIII; Kazimir de Pologne rend aux Russes huit

cents prisonniers emmenés par Boleslav en captivité, 1023, LVI.
Ce roi porte dans l'histoire de Pologne le [nom de Boleslav le
Grand ou le Vaillant. Les historiens polonais le font mourir en
1026. Il était fils de Mieszko Ier et de la princesse tchèque Dom-
browka. Il agrandit la Pologne vers l'Occident aux dépens des
États voisins (Acquisition de la Silésie, de la Poméranie alors
slave, de la Lusace, de Cracovie, etc.). Vers la fin de sa vie il
tourna son ambition du côté de la Russie. Il avait antérieurement
à 1013, au témoignage de Thietmar, donné sa fille en mariage à
Sviatopolk, neveu de Vladimir. Son expédition contre Kiev, mentionnée rapidement dans notre Chronique, est racontée avec plus
de détails par le chroniqueur allemand Thietmar (Pertz, t. III), et
par la chronique polonaise vulgairement attribuée à Martin Gallus (Id., t. IX). Les auteurs postérieurs n'ont guère fait que puiser
dans ces trois écrivains. D'après Thietmar, qui paraît le plus véri-
dique des trois annalistes, Boleslav aurait dès 1013, sous le règne
de Vladimir, fait une expédition en Russie et ravagé le pays.
Nestor ne parle pas de cette expédition. La relation de Gallus,
représentant Boleslav entrant à Kiev avec des Polovtses auxiliaires
et frappant de son sabre la *Porte d'or*, est évidemment erronée.
Gallus a confondu notre expédition avec une guerre de Boleslav II
contre la Russie, guerre qui eut lieu en 1069. Nestor a fait de
même. Voir la dissertation de M. Jean Karlowicz : *Quæstiones ex
historia polonica sæculi XI. I. De Boleslai primi bello Kiovensi.* Berlin (sans date). Des historiens modernes russes ou tchèques ont
prêté à Boleslav l'idée de fonder, pour l'opposer à l'Allemagne,
une grande monarchie slave. C'est peut-être exagérer. Il faut se
défier de ces assertions et ne pas prêter aux hommes du xe siècle
les idées du nôtre. (Voy. Krizek, *Dejiny Narodu Slovanskych*,
Histoire synchronique des peuples Slaves, Tabor, 1871 ; Ous-
pensky, *Les premières monarchies slaves* (en russe), Saint-Pétersbourg, 1872.)

L'expédition de Boleslav le Vaillant contre Kiev fut le premier
choc de la Pologne et de la Russie au moyen âge. « Ces guerres,
dit un historien polonais, détournèrent peut-être l'attention de
la Pologne des bords dè l'Elbe et de la Baltique vers lesquels on
aurait dû diriger toutes les forces du pays ; mais elles furent riches

en conséquences; non seulement elles étendirent vers l'Orient les frontières de l'influence polonaise, mais encore elles servirent au rapprochement de deux grands peuples et à l'établissement de rapports commerciaux. C'est de ce temps sans doute que date le grand mouvement commercial qui se développa sur la route de Breslau, Cracovie, Sandomierz, vers Kiev et les bords de la mer Noire... Les rapports avec la Russie durent aussi influer sur la civilisation en Pologne. C'est par l'intermédiaire de la Russie que se firent sentir en Pologne les influences byzantines; dans l'organisation de la monarchie absolue, dans ses rapports avec l'Église, dans les premières modes polonaises, dans la structure des églises, elles ont laissé de nombreuses traces. » (Michel Bobrynski, *Dzieje polskie w Zarysie, Esquisse de l'histoire de Pologne*, Varsovie, 1880.)

BOLESLAV II, roi de Pologne, se mêle aux querelles intestines des princes russes, 1069, LXIV; il s'allie avec Iziaslav contre Vseslav et est obligé de retourner dans la terre des Lekhs. (Voir l'art. précédent.) Ce prince, qui porte dans l'histoire de Pologne le surnom de Smialy (Hardi), régna de 1057 à 1080. Après un règne des plus belliqueux (expéditions en Hongrie, en Russie, en Bohême, etc.) il fut détrôné pour avoir assassiné Stanislas, évêque de Cracovie, et mourut en exil.

BOLESLAV III, roi de Pologne, époux de Sbyslava, fille de Sviatopolk, 1102, LXXXIV. Ce prince joue un rôle important dans l'histoire de Pologne, où il porte le surnom de Krzywousty (à la bouche torte).

BOLOUCH, BLOUCH (Болоушь , Блоушь) , chef des Polovtses, 1055, L.

BONIAK (Бонякъ) chef des Polovtses, ravage les environs de Kiev, 1096, LXXIX ; bat les Hongrois, 1097, LXXXII; s'allie au prince russe David, id. ; il assiège la ville de Loubno et est obligé de prendre la fuite, 1107, LXXXVII; mentionné également dans le testament de Vladimir Monomaque. La carrière de ce chef polovtse se prolongea longtemps encore après la période comprise dans la Chronique; il est mentionné pour la dernière fois en 1166; il fut battu cette année-là par le prince de Tchernigov, Oleg Sviatoslavitch.

BOR (Боръ), localité mentionnée dans le récit des malheurs de Va-

silko, 1097, XXXII. Ce n'est peut-être pas un nom propre; *bor* désigne en slavon-russe un bois de sapin.

BORIS et GLEB (Борисъ , Глѣбъ) ; Boris, fils de Vladimir et d'une
Bulgare, 988; lieutenant de son père à Rostov, 988; Boris envoyé par son père contre les Petchénègues, 1015, XLVII ; il revient
après la mort de son père et refuse de prendre le pouvoir au dé-
triment de Sviatopolk, id. ; il est assassiné par Sviatopolk, id. ;
son nom est encore mentionné, XLXVII, LI; ses restes sont trans-
portés dans l'église construite par Iziaslav, 1072, LXVI; son nom
invoqué par Iaropolk, 1087, LXXII; sa fête est la fête de la terre
russe, 1093, LXXVI; Iaroslav, fils de Iaropolk, mis en liberté auprès
de son tombeau, 1101, LXXXIV; le jour de sa fête, 1094. I. V.

Le nom de ce prince et de son frère Gleb est un des plus populaires de l'histoire russe. Ce nom ne paraît pas être d'origine
slave; il est difficile, sinon impossible, de lui trouver une interprétation satisfaisante. Il se rencontre déjà dès le ix⁰ siècle dans
l'histoire de Bulgarie; le prince Boris, le premier prince chrétien
de Bulgarie (852-907), fut mis au nombre des saints; c'est de la
Bulgarie sans doute que ce nom fut apporté en Russie avec la
littérature chrétienne. — Il ne faut pas oublier d'ailleurs que la
mère des deux princes était bulgare. — Un ms. slavon du xiii⁰
siècle, conservé à la bibliothèque synodale de Moscou, représente
le portrait de ce prince sur un fond d'or. (Jireczek, *Histoire des
Bulgares*, chap. vii.)

Le meurtre des princes Boris et Gleb, assassinés par leur frère
Sviatopolk, présente un des épisodes les plus fréquents de l'histoire du moyen âge. Ce qui est sans exemple peut-être, c'est la
popularité à laquelle les deux frères sont arrivés, grâce à leur
triste destinée; s'ils étaient morts de leur mort naturelle, leurs
noms seraient probablement oubliés aujourd'hui. L'intérêt qui
s'est attaché à eux en a fait en quelque sorte les saints nationaux
de la Russie. Ce n'était en somme qu'un assassinat politique; on
en a fait un martyre; il semble que l'Église russe, qui appelle leur
père Vladimir l'égal des apôtres, ait voulu prendre possession de
la famille princière en y glorifiant deux confesseurs de la foi.

Quatre-vingts ans à peine après leur mort leur fête est déjà la
fête de la terre russe. Leur culte était si populaire dans la Russie

occidentale, qu'après l'union religieuse de ces pays avec la Pologne
et l'Église romaine, les hagiographes catholiques comprirent les
deux saints dans leur martyrologe sous les noms de saint Romain
et de saint David. (Le P. Verdière, *Origines catholiques de l'Église
russe*. Études de théologie publiées par les PP. Daniel et J. Gaga-
rin, Paris, Lanier, 1857.) Ils avaient en effet, ainsi que l'attestent
des textes russes, reçu ces noms au baptême . (Сказаніе о св.
Борисѣ и Глѣбѣ, récit concernant les saints Boris et Gleb,
édition Sreznevsky, Saint-Pétersbourg, 1860, p. 8.)

BORIS, fils de Viatcheslav, prince de Tchernigov, s'établit dans cette
ville et s'enfuit à Tmoutorakan, 1077, LXIX; revient à Tchernigov,
1078; périt en combattant, id., LXX, et I. V.

BORIS et GLEB (Église des SS.), construite par Iziaslav à Vychégorod lors de la translation de leurs reliques, 1072, LXVI.

BORITCH (Défilé de) (Боричевъ Увозъ), endroit situé auprès de
Kiev où Kii s'établit d'après la légende, VI; XLIII.

BOSPHORE (Восфоръ), I. Il porte en slavon-russe le nom de *Soud*
(Судъ); c'est la transcription du norse *sund* qui, comme on sait,
veut dire détroit.

BOUDY (Боуды), voïévode et précepteur de Iaroslav, insulte Boleslav de Pologne, 1018, L. La forme ancienne de ce nom est Bondy,
le même caractère ayant désigné successivement *a* nasal et
ou. Nom scandinave. Ancien norse Bondi, Buanti, Bunta, Bondo.

BOUG (Боугъ), fleuve; les Boujanes ainsi nommés parce qu'ils où
sont établis sur le —, VII; les Doudlèbes habitaient sur le —,
où sont aujourd'hui les Volhyniens, IX; combat entre Boleslav le
Vaillant et les Russes sur le —, 1018, L; Sviatopolk et les Polonais sur le —, 1097, LXXXII; expédition de Vladimir Monomaque
sur le —, 1096, I. V. Le Boug prend sa source en Galicie dans
les Carpathes et, après un cours d'environ 700 kilomètres, se jette
dans la Vistule sur la rive droite. Il trace sur la partie supérieure
de son cours la limite ethnographique entre les Russes et les
Polonais. Il ne doit pas être confondu avec le Bog, l'ancien Hypa-
nis, affluent du Dniéper.

BOUIEFAST (Боуефастъ), envoyé de Sviatoslav, fils d'Igor,
prend part au traité conclu en 945 avec Constantinople. Nom

scandinave; l'identification n'est pas certaine. Anc. norse Vefastr, Vyfastr ou Bofester, Bofastus.

BOUJANES, peuple slave établi sur les bords du Boug et qui lui doit son nom, VII. Ce nom n'apparait qu'une seule fois dans les chroniques russes.

BOUJSK (Боужьскъ), ville fortifiée auprès de laquelle Volodar rencontra David, 1097, LXXXII; David s'y établit, 1100, LXXXIII. Cette ville doit sans doute être identifiée à celle de Busk située en Galicie près du confluent de la Piltwa, dans le Boug. Boujsk est un ad·jectif géographique dérivé du nom du fleuve Boug.

BRAHMANES (Врахмане), mentionnés au chap. XI dans un passage traduit de Georges Hamartolos; ils sont assimilés aux Bactriens; le grec dit : νόμος δὲ παρὰ Βακτριανοῖς ἤτοι Βραχμάνοις.

BREST (Берестий), ville; Sviatopolk s'y réfugie, 1019, LI; attaquée par Iaroslav, 1022, LII; 1097, LXXXII; passim, 1101, LXXXIV, 1074, T. V; habitants de — , 1097, LXXXII. Cette ville s'appelle aujourd'hui en russe Brest Litovsk, en polonais Brzesc Litewsky (Brest en Lithuanie). L'étymologie de ce nom se rattache au mot *Berest*, orme, c. f. Bérestovo. Longtemps disputée par les princes russes, Brest finit par être rattachée à la Lithuanie et par suite à la Pologne. C'est à Brest que fut signé à la fin du XVIᵉ siècle (1596) le fameux acte d'union entre l'Église catholique et l'Église orthodoxe. Cette ville, située sur la frontière ethnographique des nationalités russe et polonaise, compte aujourd'hui environ 20,000 habitants (sur lesquels 10,000 israélites). On n'y rencontre d'ailleurs, — je l'ai visitée, — aucun monument de son antique histoire.

BRETAGNE (Ile de) (Вретанія), mentionnée comme faisant partie de l'héritage de Japhet, I; usages de ses habitants d'après une citation de Georges Hamartolos, XI. Dans ce dernier passage la traduction de M. L. Paris, p. 13, a fait de la Bretagne la Vitanie ! à l'instar de Scherer qui écrit *Witanien*.

BRIATCHISLAV (Брящиславъ, Брячиславъ), prince, fils d'Iziaslav, petit-fils de Vladimir, 1001, XLVII; prend Novgorod et est battu par Iaroslav, 1021, LI, et meurt en 1044, LVI; il a pour fils Vseslav. — Un autre Briatchislav, fils de Sviatopolk, est mentionné à l'année 1104, LXXXVI; le palais de Briatchislav, à Kiev,

1668, LXIII. Ce nom se retrouve dans les chroniques tchèques sous la forme Bracislav, Bretislav.

BRODY (Броды), les princes russes se réunissent auprès de Iaropolk dans cette ville, 1084. I. V. Le nom *Brod*, *Brody*, le gué, les gués, se rencontre fréquemment dans les pays slaves. La localité désignée par Vladimir Monomaque ne peut être identifiée avec la ville polono-juive de Brody dans la Galicie actuelle qui n'a été fondée qu'à la fin du XVIᵉ siècle.

BROUNY (Броуны), marchand russe, prend part au traité conclu avec les Grecs, 945, XXVII. Nom scandinave. Il est, dit M. Thomsen, très fréquent dans les documents suédois, rare ailleurs.

BULGARES, BULGARIE (Блъгаре, Болгаре, Болгарьская земля). La Bulgarie occupée par les Slaves, III; la Bulgarie du Volga, IV; la Bulgarie danubienne baptisée, 869, XVIII; l'empereur Léon, allié aux Hongrois, ravage la Bulgarie, 902, XXI; elle est ravagée par les Petchénègues, 944, XXVII; Sviatoslav s'engage à ne pas ravager la Bulgarie, 971, XXXVI; il attaque les Bulgares, dans Péréïaslavets, 971, XXVI; Sviatoslav attaque les Bulgares du Danube, 967, XXXII; blé importé de la Bulgarie du Volga, 1024, LIII; les Bulgares du Volga, nation scythe, envahissent le pays des Slaves danubiens, VIII; expédition de l'empereur Michel contre ces Bulgares, 858, XIV; Constantin (Cyrille), apôtre des Bulgares, 898, XX; les Bulgares commandés par Siméon battent les Grecs, 915, XXV; les Bulgares informent l'empereur que les Russes marchent contre lui, 949, XXVI; mort de Siméon; son fils Pierre règne sur les Bulgares, 942, XXVI; les Bulgares informent les Grecs de l'arrivée des Russes, 449, XXVII; expédition de Vladimir contre les Bulgares et traité avec eux, 985, XL; les Bulgares mahométans chez Vladimir, 986, ib.; 987, XLI; les Bulgares du Volga occupent Mourom, 1088, LXXII; l'écriture slave commune aux Russes et aux Bulgares du Danube, XIX. Projets de Vasilko contre eux, 1097, LXXXIII.

Le prince russe, dans le traité de 945 avec Constantinople, doit empêcher les Bulgares noirs de ravager la Chersonèse, 945, XXVII; les Bulgares sont les enfants d'Ammon, issus des filles de Loth qui conçurent de leur père, c'est-à-dire un peuple impur, LXXIX.

Il faut bien se garder de confondre les Bulgares danubiens, nation slave et chrétienne, avec les Bulgares du Volga, nation finnoise et mahométane. Les Bulgares du Danube constituent une nation slave établie en Mésie, au vi° siècle, qui fut organisée par des Bulgares finnois arrivés dans cette province au vii° siècle. A partir du ix° siècle les deux nations se fondirent en une seule et c'est de leur fusion qu'est résultée la nationalité bulgare qui subsiste encore aujourd'hui sur la rive droite du Danube et sur les deux versants du Balkan. Ils devinrent chrétiens vers la fin du ix° siècle; c'est chez eux que fleurit pour la première fois la littérature slavonne ecclésiastique qui passa depuis en Russie. La Chronique indique leurs relations avec les princes russes et l'empire byzantin. Elle nous apprend que Vladimir eut pour concubine une Bulgare qui lui donna deux de ses fils, Boris et Gleb. (Voir ces noms.)

Les Bulgares du Volga appartiennent à la même race que ceux qui organisèrent la Bulgarie danubienne; mais ils ne se croisèrent pas comme eux avec des Slaves et ne devinrent pas chrétiens. C'est pourquoi la chronique les appelle des Bulgares noirs, des Scythes ou des enfants d'Ammon. Leur principal établissement était situé entre le Volga et la Kama. Ils parlaient un idiome turc et avaient embrassé l'islamisme qu'ils s'efforcèrent de propager à la cour de Vladimir. Leur premier prince musulman avait été le khan Almos (922). Lors de la conquête tartare leur nom disparut. Il subsiste cependant encore aujourd'hui dans celui du village de Bolgary (gouvernement de Kazan). Ce village s'élève auprès de l'emplacement de la capitale bulgare qui fut détruite par Tamerlan. Il ne reste que quelque débris de ces ruines qui, au temps de Pierre le Grand, étaient encore fort considérables. Elles ont été décrites par un grand nombre de voyageurs.

BYZANCE (Визаптія). Ce nom n'est employé qu'une seule fois dans la Chronique, dans un morceau sur les magiciens, traduit du grec de Georges Hamartolos, XXIV. Le nom slave est Tsiesar-Grad (Цѣзарь Градъ), la ville impériale. Voy. *Constantinople*.

C

CAIN, personnage biblique XLI, XLXII, LI. Dans ce dernier passage, il est dit que Caïn subit sept châtiments pour avoir tué Abel, et Lamech soixante-dix. Cette assertion ne figure pas dans la Bible et doit être empruntée à un texte apocryphe.

CAIPHE, personnage biblique, est signalé comme ayant prophétisé avec la permission du Seigneur comme Balaam et Saül, XXIV; je ne sache pas qu'il figure dans le texte officiel de l'Écriture.

CAMALIE (Камалія), région qui fit partie de l'héritage de Cham, I. Il faut lire Cabalie (Καϐαλίαν). C'était une contrée méridionale de l'Asie-Mineure sur les confins de la Lycie et de la Pamphylie.

CAPPADOCE, fait partie de l'héritage de Cham, I.

CARIE, ib.

CATHERINE (Катерина), fille de Vsévolod, morte en 1108, LXXXVIII.

CAUCASE (Кавькаспйскія горы). Les monts du Caucase sont désignés comme monts de Hongrie, II. Les anciens géographes s'imaginaient que les monts Caucase s'étendaient sans interruption à travers l'Asie jusqu'aux Indes, en Europe jusqu'à l'Illyrie, Il y a sans doute ici une confusion entre les monts Caucase et les Carpathes.

CELESTIN, pape de Rome cité dans l'exposé de la foi présenté à Vladimir (988, XLII) comme ayant pris part au troisième concile. Il s'agit de Célestin I, qui fut pape de 422 à 432.

CÉPHALONIE (île de), fait partie de l'héritage de Japhet, I.

CHALCEDOINE (Калкедонъ), concile de --, XLII.

CHALDÉENS. Ont leurs mœurs particulières, XI. (Passage extrait de Georges Hamartolos.)

CHAM, personnage biblique; son héritage, I; ses fils occupent le Midi, II; fils de Noé, XL; attentat des fils de Cham contre l'héritage de Seth, LXVII.

CHANAAN, terre de --. Abraham arrive dans la terre de Chanaan auprès d'un grand chêne, Dieu lui donne ce pays, XL; il n'est point question du grand chêne dans la Genèse; ce détail est, comme beaucoup d'autres, emprunté à un texte apocryphe; le peuple de — vaincu par Josué, ib.; vaincu par les Hébreux, LXVII.

CHIO (Хіонъ), île, fait partie de l'héritage de Japhet, I.

CHOSROÈS (Хоздрой), roi de Perse, attaqué par les Ougres (Hongrois), alliés avec l'empereur Héraclius, VIII. Voy. *Ougres*.

CHYPRE, fait partie de l'héritage de Cham, I.

CILICIE, fait partie de l'héritage de Cham, I.

CLÉMENT(saint)(Климентъ); Vladimir, converti au christianisme, prend avec lui les reliques de saint Clément et de saint Theb, XLIII. Il s'agit évidemment des reliques du pape Clément, quatrième évêque de Rome qui, suivant certains auteurs, exilé en Chersonèse par Trajan, aurait subi le martyre. D'après les légendes slaves et romaines (voir les textes cités dans mon *Cyrille et Méthode*, p. 68) ses reliques longtemps perdues auraient été découvertes par saint Cyrille, lors de son séjour dans la péninsule, et transportées par lui à Rome, où elles auraient été déposées dans l'église dite de Saint-Clément, sur le mont Celius. (*Ib.*, p. 102. Voir dans les Bollandistes, Mars, tome II, la vie des deux saints connue sous le nom de *legenda italica, Vita cum translatione sancti Clementis*.) Cette translation aurait eu lieu vers 860. Évidemment la tradition locale n'avait point admis que les précieuses reliques eussent été enlevées en Italie, puisque la Chronique nous montre en 988 le prince Vladimir les emmenant avec lui. La Chronique ne nous dit pas où il les aurait transportées. En tout cas elle confirme les traditions qui veulent que saint Clément ait péri en Crimée.

CLÉMENT, abbé du monastère de Saint-Étienne sur Klov, fut établi abbé par Étienne, 1091, LXXIV.

CŒLÉSYRIE, fait partie de l'héritage de Japhet, I. Dans le texte slavon elle est appelée Коулисоурія, transcription assez exacte du grec Κοίλη Συρία. L'édition allemande de Scherer (Leipzig, 1774), faite sur un texte défectueux, traduit ce mot par *Kilia*. M. Louis Paris, qui traduisait l'allemand de Scherer, a mis le Chili (sic).

COLCHIDE, fait partie de l'héritage de Japhet, I.

COMAGENE, fait partie de l'héritage de Sem, I.

CONSTANTIN (Константинъ), frère de Méthode, apôtre des Slaves, est envoyé par l'empereur de Constantinople chez les princes Rastislav, Svatopluk et Kotsel. Il est plus connu sous le nom de Cyrille. Voy. *Méthode*.

CONSTANTIN LE GRAND, XIII; époque de son avènement, 318 ap. J. C.; Vladimir comparé à lui, XLVII.

CONSTANTIN V, empereur grec, iconoclaste, fils de Léon; miracles arrivés sous son règne, LX; c'est Constantin Copronyme, 741-775.

CONSTANTIN VII, empereur grec, fils de Léon VI (c'est le fameux Constantin Porphyrogénète); il règne conjointement avec Léon, Alexandre et Constantin et traite avec les Russes, 912, XXII; il commence à régner, 913, XXV; il est fils de Léon (VI) et gendre de Roman, id; il établit Roman empereur en Grèce, 920, XXV; il traite avec les Grecs, 945, XXVII; il est surnommé Tsimiscès; Olga vient sous son règne se faire baptiser à Constantinople, 955, XXXI. Sur cet épisode voy. *Olga*. C'est par erreur qu'il est surnommé Tsimiscès. Certains mss. disent simplement Constantin fils de Léon; l'annaliste ou le copiste se sera laissé influencer par le nom plus récent de l'empereur Jean Tsimiscès qui régnait un siècle plus tard, 969-975.

CONSTANTIN IX, empereur grec; règne avec Basile et traite avec les Grecs, 971, XXXVI; reçoit avec Basile les envoyés de Vladimir et leur fait montrer les pompes du culte byzantin, 987, XLI; ils donnent leur sœur en mariage à Vladimir à condition qu'il se fasse chrétien, 988, XLII.

CONSTANTINOPLE (Цѣсарь Градъ) attaquée par les Russes, 852, XLII; (le chroniqueur déclare raconter ce fait d'après des annales grecques; cette date est en contradiction avec celle qui figure au chapitre suivant, les Russes n'étant arrivés qu'en 862); expédition d'Oskold et Dir, 866, XVI; expédition d'Oleg, 907, XXI; expédition de Siméon de Bulgarie, 914, XXV; id., 929, XXV; expédition des Hongrois, 934, XXV; expédition des Russes, 941, XXXVI; voyage d'Olga, 955, XXXI; expédition de Sviatoslav, 671, XXXVI; Varègues à Constantinople, 980, XXXVIII; séjour des envoyés de Vladimir, 987, XLI; expédition des Russes, 1043, LVI; Oleg à Constantinople, 1079, LXXI; la fille de Volodar s'y marie, 1104, LXXXVI; conciles, XLII. Les traités fournissent quel-

19

ques détails sur la topographie de cette ville. Le nom slavon de
cette ville est *tsiesar grad*, nom qui s'est conservé en serbe et en
bulgare. Ce nom, qui veut dire simplement la ville impériale, a
donné lieu à de fâcheuses confusions. On s'imagine qu'il veut
dire la ville des tsars russes. M. C. Rousset par exemple, dans
son *Histoire de la guerre de Crimée*, écrit : « L'antique Byzance,
la cité promise, que la vieille langue russe nommait déjà *Tsargrad*, la cité des tsars. » C'est oublier que du temps de Nestor il
n'y avait point de tsars russes ; d'ailleurs ce nom de Tsargrad,
créé par les Bulgares, se rencontre dans les premiers textes de
leur littérature.

CORCYRE (Керькоура) fait partie de l'héritage de Japhet, I.

CORNELIUS, personnage des Actes des apôtres, XLVII.

CRÈTE, fait partie de l'héritage de Cham, I.

CROATES (Хрьваты, Хорваты; la forme russe est identique à la
forme indigène Hrvat). Croates dans l'armée d'Oleg, 907, XXI ; Siméon de Bulgarie est vaincu par eux, 942, XXVI ; Vladimir marche contre eux, 993, XLV ; Croates blancs, appartiennent aux
slaves du Danube, III. Ces Croates blancs, au témoignage de
Constantin Porphyrogénète, demeuraient sur le Vag, affluent de
la rive gauche du Danube, qui prend sa source dans les Carpathes ; c'est d'eux que s'étaient détachés les Croates proprement
dits qui au VII° siècle étaient allés s'établir dans les régions
comprises entre le Drave et la mer Adriatique. Les Croates
blancs Βελοχρωβάτοι ήγουν άσπροι Χρωβάτοι, restés au pied des
Carpathes, avaient conservé le paganisme tandis que les autres
se convertirent de bonne heure au christianisme. (*De adm. imp.*
ch. III.) C'est des Croates blancs qu'il est constamment question
dans notre Chronique, sauf au chap. XXVI ; il s'agit là des Croates illyriens, mais le chroniqueur s'est évidemment trompé de
date, Siméon étant mort en 927. Les Croates (blancs) sont encore
mentionnés comme voisins de la Silésie dans la Chronique de
Kosmas de Prague à l'année 1086. (*Fontes rerum bohemic.*, t. II, p.
116.) Ils durent se fondre peu à peu avec les peuples voisins. Il
n'en reste plus de trace aujourd'hui.

CUMANS. Voy. *Polovtses*.

CYR, hérétique, condamné par le sixième concile de Constantinople, XLII.

CYRÉNAIQUE (Коурнния), fait partie de l'héritage de Cham, I.

CYRILLE, évêque d'Alexandrie, fait partie du troisième concile, XLII.

CYRILLE, évêque de Jérusalem, prend part au neuvième concile, XLII.

CYRUS, roi de Perse; Daniel vit sous son règne, XC.

CYTHÈRE, île, fait partie du domaine de Japhet, I.

D

DAJBOG (Даждьбогъ, Дажьбогъ), divinité païenne dont Vladimir établit l'idole sur une colline à Kiev, 980, XXXVIII. L'existence de cette divinité slave nous est attestée par d'autres textes que par la *Chronique de Nestor*, par la chronique dite *Hypatienne* (année 1114), et par la traduction slavonne de Malala, qui l'identifie au soleil (il traduit le grec ἥλιος). M. Jagic lui a consacré une importante monographie dans l'*Archiv fur Slavische Philologie*, T. V, p. 1-14.

Il y démontre que la forme primitive du nom est Даждь Богъ, le dieu donnant. Il le considère comme analogue au dieu Khors (voy. ce mot). Un conte serbe publié par M. Novakovitch et commenté par M. Jagic, mentionne un dieu *Dabog* qui représente le chef des puissances infernales. Mais en admettant l'authenticité de ce personnage mythique, il n'est pas sûr qu'on puisse l'identifier avec Dajbog. Dans un ancien poème russe, le *Chant de l'Expédition d'Igor*, les Russes sont appelés petits-fils de Dajbog; mais le texte de ce poème (dont l'original est perdu) est trop peu sûrement établi pour qu'on puisse le considérer comme une autorité en matière mythologique. Remarquer que l'idole de Dajbog était située sur une colline; il n'est question ni de temples ni de prêtres dans le peu que nous savons de la mythologie russe.

DALMATIE, fait partie de l'héritage de Japhet, I.

DAMASE, pape, assiste au deuxième concile, XLII; il fut pape de 366 à 384 et lutta énergiquement contre l'hérésie arienne.

DAMIEN, moine du monastère Petchersky, célèbre par ses austérités et ses miracles, LXVIII.

DAN, fils de Jacob, XL, donne son nom à une tribu d'Israël où Jeroboam établit une idole, id.

DANIEL, prophète, XXXI, LXVIII, XC. — évêque de Iouriev, 1113, XCIII. Ce personnage joue un rôle considérable dans l'histoire littéraire russe. Il a laissé un récit de pèlerinage à Jérusalem qui a été plusieurs fois réimprimé et traduit en français par M. Norov.

DANUBE (Доунай), se jette dans le Pont-Euxin, II; Slaves établis sur le Danube à l'endroit où sont aujourd'hui la Hongrie et la Bulgarie, III; les Bulgares s'établissent sur ce fleuve et attaquent les Slaves, VIII; peuples établis sur le Dniester, près du Danube, IV; les Bulgares Danubiens, XIX (voy. *Bulgares*); expédition des Petchénègues sur le Danube, 915, XXV; expédition d'Igor, 944, XXVII; expédition de Sviatoslav contre les Bulgares, 967, XXXII; Péréiaslavets sur le Danube, 969, XXXIV; expédition de Vladimir, 1048, LVI. Il n'est jamais question dans notre texte que du Danube inférieur. La Chronique l'appelle Dounaï; c'est le nom usité chez tous les peuples slaves. Les Slovènes le donnent même à la ville de Vienne.

DARIUS, roi de Perse, cité dans la digression sur les anges, LXXXIX.

DAVID, personnage biblique; son avènement cité pour établir la chronologie, XIII; citations XXXI, XXXIV, XXXVIII, XL; ses prophéties, id.; les moines doivent avoir sur les lèvres son psautier pour déjouer les embûches du démon, LXVIII; citation, LXXIX; id., LXXXIX; id., lettre de Vladimir à Oleg. Les nombreuses citations du psautier attestent la popularité de ce livre dès les premières années du christianisme russe.

DAVID IGOROVITCH ou fils d'Igor, s'enfuit devant Oleg avec Volodar Rostislavitch, 1081, LXXI; fait prisonnier, 1082, id.; David fait des Grecs prisonniers et reçoit Dorogobouje, 1084, id.; Vladimır l'établit à Vladimir, 1085, id. David fait la paix avec Sviato-polk, Vladimir, Vasilko Rostislavitch, 1097, LXXXII; il fait assassiner Vasilko (voy. ce nom) et cherche à s'emparer de ses biens, il est assiégé à son tour dans Vladimir, s'enfuit, s'allie avec les Polovtses, ses guerres, id. et 1098-1100, LXXXIII; sa mort, le 25 mai 1112, XCI. Il est encore mentionné (année 1096) dans le testament de Vladimir Monomaque.

David Igorovitch est ce que les historiens russes appellent un prince *isgoï* ou *bezmiestnyi*, c'est-à-dire sans héritage, un prince sans terre comme Jean d'Angleterre; il erre de domaine en domaine et ne doit un lambeau de territoire qu'à la bonne volonté de ses frères ou à des courses aventureuses; ainsi s'expliquent son ambition, ses perfidies, ses cruautés envers Vasilko, son alliance avec les Polovtses, contre lesquels on le voit marcher plus tard avec ses frères.

DAVID SVIATOSLAVITCH, fils de Sviatoslav II, grand prince de Kiev. Il s'établit à Smolensk, 1095, LXXVIII; Oleg se rend auprès de lui, 1096, LXXIX; 1096, LXXIX et LXXXI; il se réunit à Lioubetch, avec Sviatopolk, Vladimir, David Igorovitch, etc. pour conclure la paix, 1097, LXXXII; il s'allie avec Vladimir et Oleg pour délivrer Vasilko, 1097, LXXXIII; il marche avec eux contre Sviatopolk, 1098, LXXXIII; il traite avec David Igorovitch, 1100, LXXXIII; il se réunit avec ses frères à Zolotetch, 1101, LXXXIV; il prend part à leur expédition contre les Polovtses, 1103, LXXXVIII; fait la paix avec eux, 1107, LXXXVII; nouvelle expédition, 1110, LXXXIX et 1111, XC et I. V.; il est le filleul de Théoktiste, évêque de Tchernigov, XCI.

DAVID VSESLAVITCH, fils de Vseslav, prend part à l'expédition contre les Polovtses, 1103, LXXXV; prend part à une expédition contre Gleb, 1104, LXXXVI. Ce prince, fils de Vseslav Briatchislavitch (voy. ce nom) avait son siège à Polotsk; sa vie aventureuse se prolonge bien au delà des limites de notre Chronique; il fut chassé de Polotsk en 1129, par les habitants.

DÉGIÉIA, ruisseau sur les bords duquel les Polovtses furent battus par les Russes, 1111, XC.

DERBICES (Дерьвꙹ), leur pays fait partie de l'héritage de Japhet, I. C'était, d'après Strabon, un peuple d'Hyrcanie.

DERESTER (Дерестър), ville Bulgare; Siméon s'enfuit à —, 902, XXI; l'empereur grec y réside et y reçoit les envoyés russes, 971, XXXVII. Cette ville est située sur la rive droite du Danube, vers le 45° degré de longitude. Les géographes anciens l'appellent Durostorum; elle faisait autrefois partie de la Mœsie inférieure. C'est aujourd'hui Silistrie.

DESNA (Десьна), rivière, arrose l'héritage de Japhet, I; Slaves établis sur ses bords, III; Olga établit des poids publics sur la Desna, XXX; Vladimir construit sur ses bords des villes fortifiées, XLIII; inondation, 1108, LXXXVIII; les Polovtses vaincus sur la —, 1078, T. V. Cette rivière prend sa source dans le gouvernement de Smolensk, traverse ceux d'Orel et de Tchernigov et se jette dans le Dniéper, sur la rive gauche, au-dessus de Kiev.

DEVGENIEVITCH (Девгеневичь), chef des Polovtses, marche contre les Russes, 1095, LXXVIII. La terminaison en *itch* est, comme on sait, une terminaison patronymique. Il s'agit donc d'un personnage fils de Devgéni. Devgéni représente le grec Diogène. C'est un aventurier byzantin qui s'était fait passer pour Constantin, fils de Roman Diogène, mort en combattant les Turcs. Il s'était mis à la tête d'une troupe de Polovtses ou Cumans; il se fit prendre en Thrace au siège d'Anchiale et eut les yeux crevés (*Annæ Comnenæ Alexias*, éd. Petrus Possinus, Venise, 1769, p. 213-223.)

DIOSKORE, hérétique condamné par le concile de Chalcédoine, XLII.

DIR (Диръ). Voy. *Oskold*.

DIMITRI (Дмитръ), écuyer de David Igorovitch, 1097, LXXXII; chargé du meurtre de Vasilko. Dimitri Ivorovitch, officier russe, bat les Polovtses sur le Don, 1109, LXXXVIII.

DIMITRI (Saint). Les Grecs, effrayés par la hardiesse d'Oleg, le comparent à ce saint, 907, XXI. Saint Demétrius, patron de Thessalonique, était un des saints les plus populaires parmi les Slaves méridionaux. C'était un saint guerrier par excellence. Un couvent de Saint-Dimitri est plusieurs fois mentionné dans la Chronique. Il est fondé en 1051 à Kiev par Iziaslav qui en nomma Barlaam hégoumène, LVII; Iaropolk y est enterré, 1087, LXXII; un couvent de Saint-Dimitri s'élève également dans la ville de Souzdal où il est brûlé en 1096, LXXX. Aujourd'hui encore une des églises les plus remarquables de la Russie est celle de Saint-Dmitri à Vladimir sur la Kliazma. Voir mes *Études slaves*, p. 149 et suivantes.

Saint Démétrius naquit à Thessalonique au IIIe siècle, y remplit les fonctions consulaires et y mourut martyr de la foi. D'après les légendes, il prit plus d'une fois part après sa mort à la défense de sa cité natale attaquée par les Avares ou les Slaves. Monté sur un cheval blanc, couvert d'une armure éclatante, il repoussa plusieurs assauts des barbares. Suivant certains hagiographes, la terreur que ses miraculeux exploits avaient répandue parmi les Slaves contribua à préparer leur conversion au christianisme. On retrouve l'impression de la terreur qu'il inspirait dans la comparaison que les Grecs établissent entre Oleg et saint Démétrios.

DNIÉPER (Днѣпръ, Дънѣпръ), fleuve, fait partie de l'héritage de Japhet, I; sort de la forêt d'Okov et coule vers le midi, IV; se jette dans la mer du Pont par trois bouches, id.; saint André a prêché sur ses bords, id.; bac sur le Dniéper auprès de Kiev, VI; les Krivitches établis à Smolensk sur le haut Dniéper, VII; les Drevlianes établis sur le Dniéper, XII; Oskold et Dir le long du Dniéper, 898, XV; les Hongrois sur le Dniéper, 898, XIX; le traité de 945 avec Constantinople permet aux habitants de Kherson de pêcher à l'embouchure du Dniéper et défend aux Russes d'y passer l'hiver, XXVII; poids publics établis par Olga sur le Dniéper, 947, XXX; première rencontre des Russes et des Petchénègues, sur le Dniéper, 968, XXXIII; Péroun jeté dans le Dniéper, 988, XLIII; Sviatopolk et Iaroslav sur le Dniéper, 1015, XLIII; le Dniéper sert de limite aux possessions de Mstislav et de Iaroslav, 1026, LIII; Bérestov sur le Dniéper, 1051, LVII; Vseslav passe le Dniéper 132, LXII; prédiction concernant le Dniéper, 1071, LXV; les villes du Dniéper ravagées par les Polovtses, 1092, LXXV; Vladimir sur le Dniéper, 1093, LXXVI; Sviatopolk et Vladimir attaquent les Polovtses sur le Dniéper, 1096, LXXIX; les princes russes passent le Dniéper, 1097, LXXXII; inondations, 1108, LXXXVIII.

Cataractes du Dniéper (Днѣпрьскы прагы ou порогы). Les Petchénègues attendent les Russes auprès de ces cataractes, 971, XXXVI; l'idole de Péroun franchit les cataractes, 988, XLIII. Ces cataractes (*porogy*) ont donné leur nom plus tard aux Cosa-

ques Zaporogues, ainsi nommés parce qu'ils vivaient au delà des
cataractes du Dniéper.

Ce fleuve joue un rôle considérable dans l'histoire primitive de
la Russie ; il en est pour ainsi dire la grande artère. Il met Kiev
en communication avec la Russie du Nord d'une part, avec la mer
Noire et le monde byzantin de l'autre. Il prend sa source dans les
marais de la forêt Volkovisk (la même sans doute que Nestor appelle Okov), dans le gouvernement de Smolensk, à peu de distance
des sources du Volga et de la Dvina occidentale; sa longueur est
d'environ 1,800 kilomètres et son bassin comprend aujourd'hui
douze millions d'âmes. Il baigne Smolensk, Orcha, Kiev, Péréiaslav, Kherson et reçoit un grand nombre d'affluents dont quelques-
uns navigables. L'embouchure du Dniéper s'appelle *Dnieprovsky
liman* (le *liman* du D.).

Les cataractes auxquelles la Chronique fait allusion se rencontrent sur une étendue de 70 verstes entre les villes d'Ekaterinoslav
et d'Alexandrov. On en compte dix principales. Elles étaient déjà
connues du temps de Constantin Porphyrogénète qui nous a laissé
sur elles de précieuses indications. Au neuvième chapitre de son
ouvrage sur l'administration de l'empire byzantin, il trace l'itinéraire des *Rhos* (Russes) qui descendaient le fleuve pour aller attaquer Constantinople. Il reproduit les noms slaves (Σκλαβινιστί)
des cataractes et il y joint les noms en langue *rhos*, c'est-à-dire
scandinave. Les noms slaves sont parfaitement reconnaissables
pour les slavistes ; les noms scandinaves, ainsi que l'a démontré
M. Thomsen, sont également faciles à interpréter. C'est là un
argument très important en faveur de l'origine normande des Varègues.

La première cataracte, suivant Constantin Porphyrogénète,
s'appelle ἐσσουπῆ en russe et en slave, ce qui veut dire : *ne dors
pas*. Constantin se trompe pour le russe ; pour le slave son interprétation est exacte, en corrigeant toutefois ἐσσουπῆ en νεσσου-
πῆ, *ne sùpi* (не съпи) « ne dors pas. » La forme scandinave a
été omise.

La seconde cararacte s'appelle en russe : Οὐλβορσί; en slave,
Οστροβουνίπραχ. Ce dernier mot représente *ostrovnyi pragu* (ост-

ровный прагъ) le rapide de l'île. Οὐλβορσι = scandinave *holm*, île, *fors*, rapide.

La troisième cataracte, sans doute par erreur comme la première, ne porte qu'un seul nom, Γελανδρί, qui, suivant le texte grec, veut dire le bruit du rapide. M. Thomsen reconnaît dans ce mot, qui assurément n'est pas slave, l'ancien participe norse : *gellandi*, le résonnant. C'est le sens du mot slave *zvonets* (la clochette) qui, chez les Russes d'aujourd'hui, désigne encore cette cataracte.

La quatrième cataracte, d'après un manuscrit de Paris récemment collationné par M. Cobbet, s'appelle en rhos ἀειφόρ, ce qui correspondrait à l'ancien finnois *ieforr*, le toujours violent, en slave νεασή, qui doit être pour *nenasyt*, l'insatiable.

Les dénominations de la cinquième cataracte sont parfaitement claires dans les deux langues : en slave *vulny i pragu*, le rapide houleux, en rhos βαρυφόρος, qui correspond à l'ancien norse *barufors*, chute de la vague.

La sixième cataracte est appelée en slave βερούτζη, c'est-à-dire le bouillonnant (*vrustchy*). La forme rhos est Λεάντι. M. Thomsen voit dans ce mot l'ancien norse *hloejandi*, ancien suédois *leiande*, *leande* qui veut dire riant. Il faut remarquer que cette épithète n'a rien d'invraisemblable appliquée à une eau tumultueuse; il rappelle à ce propos le vers de Longfellow : *The laughing Water Minnehaha*. On lit dans Eschyle, (*Prométhée*) :

Ποταμῶν τε πηγαί, ποντίων τε κυμάτων
Ἀνηρίθμον γέλασμα....,

et dans Plutarque : Καὶ βυθοί ποταμῶν διαγελῶσιν. (Voir le *Thesaurus* d'H. Etienne, *sub voce* γέλασμα.)

Les deux noms du septième rapide sont ainsi donnés par les éditeurs de Constantin Porphyrogénète : Ῥωσιστί μὲν Στρούβουν, Σκλαβινιστί δὲ Ναπρεζή ὁ ἑρμενεύεται μικρὸς φραγμός. Il faut, d'après le ms. de Paris, restituer Στρούκουν qui paraît bien se rattacher au norse *strok* ou *stryk*, courant rapide. M. T. hésite sur l'interprétation du slave. J'ai présenté il y a quelques années dans la *Revue Critique* (1878, I, 126), une explication qui me paraît s'accorder parfaitement avec celle de Constantin. Ναπρεζή répond au slave *na-*

bruzyi (Набръзый) qui veut dire : le peu rapide ; *adjectivo proefixum minnendi vim habet*, dit le *Dictionnaire* de Miklosich (*sub voce*).

Le Dniéper était connu des anciens sous les noms de *Borysthénes* et chez les Romains de *Danapris*. Ce nom n'est pas slave.

DNIESTER (Днѣстръ), fleuve, fait partie de l'héritage de Sem, II ; Slaves établis le long du Dniester et qui y vivent encore au temps de Nestor, IX. Ce fleuve, sur lequel s'élèvent peu de cités historiques, n'est mentionné que deux fois ; il prend sa source en Galicie (Autriche) et se jette dans la mer Noire après un cours de 1,400 verstes.

DOBRYNIA, fils de Malek de Lioubetch et oncle de Vladimir, 970, XXV ; il est établi par Vladimir à Novogorod, 980, XXXVIII ; il marche avec lui contre les Bulgares, 985, XL. M. Smith (p. 274) fait remarquer que ce personnage est le premier portant un nom slave (racine *dobr*, bon) qu'on rencontre jouant un rôle un peu important auprès du prince. Jusqu'à lui tous ses conseillers ou ses officiers sont des Scandinaves.

DOBRYNIA RAGILOVITCH, général de Mstislav Vladimirovitch, 1096, LXXXI.

DOLOBSK (Долобьскъ), localité où Sviatopolk et Vladimir se réu. nissent pour traiter de la paix, 1103, LXXXV, et 1111, XC.

DOMESTIQUE, chantre. C'étaient dans les anciennes églises grecques les deux chefs des chœurs qui chantaient en même temps que le protopsaltiste ; ils appartenaient au clergé. (Voy. Ducange, *sub voce*.)

DOMITIEN, empereur romain ; magiciens sous son règne, XXIV.

DOMIN, évêque d'Antioche, participe au cinquième concile, XLII.

DON (Донъ), rivière ; combat contre les Polovtses sur ses rivages, 1111, XC et 1111, I. V. Le Don n'est cité qu'une seule fois dans la Chronique quand les princes russes vont attaquer les Polovtses. C'est que dans cette période il n'appartient à la terre russe que pour une faible partie de son cours ; la plus grande partie appartient aux Torks, aux Petchénègues, aux Polovtses.

DOROGOBOUJD (Дорогобоуждъ), ville donnée à David, 1084, LXXII ; assiégée par Sviatopolk, 1097, LXXXII ; David y meurt, 1097, ib. et LXXXIII. Ville située sur le Dniéper ; elle appartint au moyen âge à la Lithuanie et fait aujourd'hui partie du gouvernement de Smolensk.

DOROGOJITCH (Дорогожичь), position où Vladimir se fortifia, 986, XXXVII; localité située à l'est de Kiev entre cette ville et Vychégorod.

DOUBNO (Дубно), ville donnée par Sviatopolk à David, 1100, LXXXIII. Elle appartient aujourd'hui au gouvernement de Volhynie (7,000 habitants).

DOUDLÈBES (Доудлебы), peuple slave, opprimé par les Avares (Obres), VIII; habitent le long du Boug à l'endroit occupé depuis par les Volhyniens, IX; ils marchent avec Oleg contre les Grecs, 907, XXI. Ce nom, dont l'étymologie est inconnue, se retrouve chez un grand nombre de peuples slaves : en Pannonie au neuvième siècle, entre la Drave et la Mur, dans l'état de Pribina (Schafarik, *Antiquités slaves*, édition tchèque, t. II, p. 514); en Bohème, où existent encore plusieurs villages de ce nom (Doudleby), notamment dans le cercle de Kralove-Hradec (Kœniggratz) et dans celui de Budejovice (Budweiss). Le géographe arabe Masoudy les appelle Dulabe.

DREGOVITCHES (Дръговичи), peuple slave, établi entre la Pripet et la Dvina et mentionné dans la description des peuples slaves, III; ils avaient leurs princes, VII; ils sont mentionnés comme vivant sur le sol russe, id. Ce peuple est mentionné par Constantin Porphyrogénète (*De adm. imperii*, ch. IX), qui les appelle τῶν Δρουγουβιτῶν. On trouve également un peuple de ce nom chez les Slaves de Bulgarie aux environs de Salonique. (Jireczek, *Histoire des Bulgares*, édition russe, p. 149.) Les Byzantins les appellent Δρουγοβίται; le métropolitain de Philippopoli s'appelait ὲ ξαρχος τῆς Θρακίας Δραγοβιτίας. On a découvert récemment en Bulgarie les ruines de la cité de Dragovet (Jireczek, id.) Certains ethnographes slaves croient retrouver ce nom chez les Slaves baltiques (Dragawiz, Drogawizi, aujourd'hui Drogenez, Dnez (Brandebourg) en Bohème et en Styrie (notice de M. Perwolf dans le *Naucny Slovnik*, tome II, 270). M. Élysée Reclus dit que ce nom de Dregovitches (*Géogr. universelle*, t. V. p. 485), veut dire « les gens des marais tremblants » (de Дръгати, trembler). Je ne sais qui lui a suggéré cette explication qui me parait contestable. Il faudrait constater

que tous les peuples du même nom ont habité des localités maré-
cageuses.

DREVLIANES (Дрѣвляне, Дерева), peuple slave, ainsi nommé
parce qu'il vivait dans les bois, III ; ils avaient leurs princes, VII ;
faisaient partie des peuples slaves établis en Russie, id., IX ; soumis par Oleg, 885, XIX ; marchent avec Oleg contre les Grecs, 907,
XXI ; ils sont vaincus par Igor qui leur impose un tribut plus lourd
que celui d'Oleg, 914, XXV ; Igor est tué par eux, 945, XXVIII ;
vengeance d'Olga, 945-946, XXIX-XXX ; Oleg établi dans leur
pays, 970, XXXV ; 977, XXXVII. Leur nom collectif est Déréva.

L'étymologie du nom de ce peuple n'est pas douteuse, elle doit
en effet être rattachée au mot дрѣво (*drievo*) bois ; les Drevlianes, ce sont les hommes des forêts. Constantin Porphyrogénète les
mentionne (ch. XXXVII) sous le nom de Δερβλενίνοι et les rattache
à la nationalité slave. Le même nom a été porté chez les Slaves de
l'Elbe par une des branches les plus importantes de la famille des
Obotrites. (Voy. *Hanusch* dans la *Slawische bibliothek* de M. Miklosich, tome II, Vienne, 1858, et le travail de Schleicher, *Laut und For-
menlehre der Polabischen Sprache*, Pétersbourg, 1871.)

DROUJINA (Дроужина). J'ai fréquemment, au lieu de le traduire,
cité ce mot dans sa forme originale. Il dérive du mot Другъ
(*droug*) ami, compagnon ; il ne peut se traduire exactement ni par
suite, ni par cour, ni par état-major, ni par un pluriel (les officiers, ou les soldats).

La droujina se compose de l'ensemble des boïars, ou hommes libres qui servent volontairement le prince en vertu d'un
contrat débattu. Ils le servent surtout en vue de s'associer à
ses expéditions et d'en partager les bénéfices. Ils se réservent
le droit de passer au service d'un autre prince s'ils y trouvent des
avantages plus considérables. Il n'est pas nécessaire d'être Russe
(Slave ou Varègue) pour faire partie de l'association. On y trouve
des étrangers comme Tchoudin, le Finnois, Tortchin, le Turc,
Vladislav le Lekh, etc. Les principaux membres de la droujina
(*droujinniki*) recevaient des villes du prince et se constituaient à
leur tour une droujina particulière. Quand la période des guerres continuelles fut terminée, la droujina perdit son caractère ;
les droujinniks finirent par n'être plus que les conseillers du

prince. En 1812 et en 1854 la milice russe a été constituée en bataillons appelées droujinas. Ce nom désigne également les bataillons dans l'armée bulgare.

DROUTCHESK (Дрючьскъ), ville de la Russie occidentale. Miracle,
1092, LXXV; attaquée par Vladimir Monomaque, I. V. 1078. Elle
tire son nom de la rivière Drout, affluent du Dniéper, sur laquelle
elle est située. C'est de cette ville qu'est originaire la famille des
princes Drucki qui a donné à la Pologne plusieurs personnages
de distinction. Les Polonais l'appellent Druck ou Odrucko.

DVINA (Дъвина), rivière qui se jette dans le Pont-Euxin, I ; elle
sort de la forêt d'Okov, coule vers le nord et se jette dans la mer
des Varègues, III ; c'est sur le cours supérieur de cette rivière
que vivent les Krivitches, VII. Le chroniqueur ne paraît pas avoir
d'idée bien nette sur la Dvina. Il y a en Russie deux rivières de ce
nom ; l'une, la Dvina occidentale (Düna des Allemands), prend sa
source dans le gouvernement de Pskov sur le plateau où nais-
sent le Dniéper et le Volga et va se jeter dans le golfe de Riga.
L'autre, la Dvina du Nord (Съверная) se jette dans la mer Blanche. C'est celle-ci que la Chronique envoie dans la mer des Varègues ; quant à l'autre, si elle l'envoie dans la mer Noire, c'est par
imitation des géographes de l'antiquité. Hérodote, qui l'appelle
Erodon (Roubon chez Ptolémée) la confond avec le Dniéper.

E

ÉDEN (Іедснъ), XL.

ÉGRI, envoyé d'Evlisk, prend part au traité conclu avec les Grecs,
944, XXVII; nom scandinave Hegri, Hegerus (voir la traduction
suédoise de Thomsen, p. 117).

ÉGYPTE (Еюптъ, Егоупстъ), Moïse en Égypte, épisode rap-
porté d'après les apocryphes, XII ; histoire de Moïse dans l'exposé
de la foi, XL; Joseph en Égypte, ib.; l'Égypte conquise par
Alexandre, LXXXIX.

ÉLIE, prophète cité comme exemple, LXVIII; — évèque de Jérusalem, est cité comme ayant pris part au septième concile, XLII.

L'église de Saint-Élie à Kiev, existe déjà dans cette ville en 945, XXVII, et c'est dans cette église que les Russes jurent le traité de paix avec les Grecs. Ce détail est fort important; s'il atteste d'une part l'existence de Russes chrétiens longtemps avant la conversion officielle du pays, il indique d'autre part par quel procédé le culte chrétien se substitua aux rites du paganisme. Dans la Bible Élie a la puissance de faire tomber le feu du ciel sur les criminels; il est enlevé au ciel sur un char de feu. Ce détail avait vivement frappé l'imagination des païens nouvellement convertis. Élie (Илія), devint pour eux le substitut de Péroun, le dieu du tonnerre. (Afanasiev, *Vues poétiques des Slaves sur la nature*, tome I, ch. IX.) Il est donc tout naturel que le premier temple chrétien élevé à Kiev ait été placé sous son invocation. Encore aujourd'hui les paysans russes s'imaginent que c'est Élie qui produit le tonnerre en se promenant dans le ciel sur un char de feu.

ÉLYMAIS, Élymaïde, contrée d'Asie (entre le golfe Persique et la Médie), citée comme faisant partie de l'héritage de Sem, I.

ÉMIG (Емигъ), marchand russe, mentionné dans le traité de 945, XXVII; nom scandinave très commun. Ancien norse Hemingr, dans les inscriptions runiques Himinkr, Himikr, Henmikr.

EMMANUEL, nom du Sauveur, XL.

ÉOLIDE (Еолида), contrée de l'Asie Mineure, fait partie de l'héritage de Cham, I.

ÉPHÈSE (Ефесъ), mentionnée dans l'exposé de la foi à propos du concile de 431 (IIIe concile œcuménique), XLII.

ÉPHRATE (Ефраитъ), personnage biblique, XL.

ÉPHREM (Ефремъ), eunuque, métropolitain de l'église Saint-Michel à Péréïaslavets, 1090, LXXXIII; assiste au transport des reliques de Théodose. Ch. XXXI, il est question d'un autre personnage du même nom qui avait donné une église à la ville de Souzdal. Voy. *Eunuques*.

ÉPIPHANE, cité à propos des anges, LXXXIX, XC. Il s'agit de saint Épiphane, l'un des Pères de l'Église au ive siècle.

ÉPIRE (Иппротія), fait partie de l'héritage de Japhet, I.

ÉSAU, personnage biblique, LXVII. La Chronique raconte qu'il fut tué pour avoir violé les ordres de son père. La Bible ne dit rien de ce fait. Nestor, ainsi que l'a déjà fait remarquer M. Smith, l'a emprunté à Georges Hamartolos. D'après ce chroniqueur Isaac et Rebecca avant leur mort appelèrent leurs fils auprès d'eux et leur recommandèrent de vivre en paix. Ésaü, excité par son fils Amalek, désobéit à ses parents ; il leva des troupes et marcha contre Jacob; celui-ci s'enferma dans une ville fortifiée et fut assiégé par son frère. Du haut des murs il interpella son frère et lui rappela les prescriptions paternelles. Ésaü répondit par des injures et des menaces. Jacob le tua d'un coup de flèche (*Chronique de Hamartolos*, édition Muralt, p. 79.) Hamartolos s'appuie sur le témoignage de Joseph chez qui on ne trouve rien de pareil.

ÉTHERIUS (Saint) (Етерпй святый), localité située sur la mer Noire, où les Russes, d'après le traité de 945, n'ont pas le droit de passer l'hiver, XXVII. Cette île qui doit son nom à un monastère placé sous le patronage de saint Étherius, est mentionnée par Constantin Porphyrogénète comme située à l'embouchure du Dniéper. (*De Adm. imp.*, IX, 61.)

ÉTHIOPIE, fait partie de l'héritage de Cham, I; la reine d'Éthiopie chez Salomon, XXX ; ce serait la reine de Saba; il y a en effet une ville de Saba en Éthiopie.

ÉTIENNE ou Stéphane, empereur grec, conclut un traité avec les Russes, 945, XXVII. Il était fils de Romain Lecapène et régna quelque temps avec son père, ses frères Christophe et Étienne et Constantin Porphyrogénète. D'après les usages de la cour de Byzance, plusieurs princes pouvaient être à la fois associés à l'empire. (Voir Rambaud, *Constantin Porphyrogénète et l'empire byzantin*, ch. IV.). — Étienne roi de Hongrie, vit en paix avec Vladimir. C'est Étienne le Saint, 997-1038. — Étienne domestique, c'est-à-dire chantre du monastère Petchersky, ensuite hégoumène, 1074, LXVIII. — Étienne, évêque de Vladimir, assiste à la translation des reliques de Théodose, 1091, LXXIV; sa mort, 1094, LXXVI. — Église de Saint-Étienne à Kiev, brûlée par les Polovtses, 1096, LXXX. Voy. *Klov*.

ÉTON (Етоиѓ), boïar russe, prend part au traité de 945, XXVII.

Ce nom n'est pas slave; mais on ne peut affirmer qu'il soit scandinave.

EUBÉE, fait partie de l'héritage de Japhet, I.

EUNUQUES. Ils n'apparaissent dans la Chronique que comme membres du clergé et sont originaires de la Grèce. Dans les couvents russes de femmes le directeur spirituel devait être eunuque (Goloubinsky, II, 592). En principe un eunuque ne pouvait pas être consacré évêque. Il y a cependant des exemples d'eunuques métropolitains. Voy. *Ephrem*.

EUPHÉMIE (Евфимія), fille de Vladimir, mariée à Koloman, roi de Hongrie, 1112, XCI. Koloman avait été l'allié de Vladimir contre Volodar, prince de Premysl. Ainsi naquirent sans doute leurs relations.

EUPHRATE, I.

EUPRAXIE (Евпраксія), fille de Vsévolod, se fait religieuse, 1106, LXXXVI; sa mort, 1109, LXXXVIII. Cette princesse sur laquelle la Chronique ne donne que des détails sans importance, avait eu de tragiques destinées; elle avait été l'épouse de l'empereur Henri IV et figure dans les chroniques allemandes sous le nom de Praxedis. Ce mariage ne fut pas heureux et la princesse retourna en Russie. Voir la dissertation de Krug. (*Eupraxia*, etc. *Forschungen*, t. II, p. 582 et suivantes.) Notons à ce propos le grand nombre de princesses russes qui épousent des princes étrangers (voir art. *Euphémie*, *Predslava*). Il ne semble pas que la différence des religions ait jamais constitué un empêchement à ces mariages. Les princesses russes adoptent sans difficulté le culte de leurs époux étrangers. Nous n'avons point à parler ici de la princesse Anna, femme du roi de France, Henri Ier, qui ne rentre pas dans le cadre de la Chronique.

EUSTACHE (Еустахий, Евстафий), fils de Mstislav, mort en 1033, LIII. Ce prince n'est mentionné qu'à l'occasion de sa mort.

EUTHYME, Père de l'Eglise grecque, cité comme un exemple de la vie ascétique, LXVIII.

EUTYCHIUS, hérétique condamné par le quatrième concile de Chalcédoine, XL. Eutychius, évêque de Constantinople, id.

ÉVAGRE, hérétique condamné avec Origène par le cinquième concile de Constantinople, XL.

ÈVE (Іевьга), tentée par le serpent, XL; ensevelit son fils Abel, id. Récit apocryphe. Voy. *Abel* et *Adam.*

EVLISK (Евлискъ), boïar russe, prend part au traité de 945, XXVII. Les mss. donnent trois formes Erlisk, Evlisk, Ermisk; la plus vraisemblable est Erlysk (cod. hypat.) nom scandinave; ancien norse Erlingr, ou Herleikr.

EZDRAS, prophète, prédit la venue du Christ, XL. Je suis pour ce nom (Esdras) l'orthographe de l'original.

ÉZÉCHIAS, roi des Juifs, se vante devant les ambassadeurs du roi d'Assyrie, LXIX.

EZÉCHIEL, prophète, XL.

F

FARLOF, ambassadeur d'Oleg auprès des Grecs, 907, XXI; 912, XXII. Nom scandinave; il est, dit M. Thomsen, commun en Suède et inconnu dans le reste des pays scandinaves. On trouve Farulfr dans les inscriptions runiques, Faraulf en ancien allemand.

FOST (Фостъ), ambassadeur d'Oleg auprès des Grecs, 912, XI; nom scandinave, très fréquent en Suède. M. Thomsen en cite de nombreux exemples. Inconnu dans les autres pays scandinaves.

FOURSTEN (Фоурьстѣнъ) id. ib. Nom scandinave, ancien norse Dursteinn, nom très répandu.

FRANCS (Фрягове), sont cités comme faisant partie de la race de Japhet, I.

FRASTEN (Фрастѣнъ), marchand russe, prend part au traité de 945 avec Constantinople, XXVII; nom scandinave très fréquent dans les documents suédois (Franstain, Fraistain, Frustin, Frysten.)

FRELAF (Фрелафъ), ambassadeur d'Oleg, 912, XXII; nom scandinave. Ancien norse: Fridleifr, Frilleifr, très commun en Danemark. Se rencontre aussi en Islande.

FROUDY (Фроуди), ambassadeur russe, prend part au traité de 945, XXVII; nom scandinave; ancien norse Frodi, Fruda.

FROUTAN (Фроутанъ), ib. ib. Le nom n'est assurément pas slave et doit être scandinave; mais on ne lui a pas trouvé d'analogues.

G

GAD, nom biblique; fils de Jacob, XL.

GADES (Гадира), ancien nom de Cadix, I.

GALATIE, appartient à l'héritage de Japhet, I.

GALICIENS (Галичане), I. Il ne s'agit point des habitants de la Galicie, mais bien de la Galice espagnole. Ce sont les Espagnols ; on sait que les géographes arabes les nommaient ainsi.

GÉDÉON, personnage biblique; au chap. XL il est cité comme le héros d'un récit apocryphe; l'histoire de la toison, symbole du baptême, n'est pas dans la Bible; les fils de Gédéon tués par Abimelech, LI; d'après une citation de Méthode de Patare, huit tribus se sont enfuies après les victoires de Gédéon, LXXIX.

GÉLÆENS (Гилѣи, Γηλαιοί), leurs mœurs, d'après un extrait de la chronique de Georges Hamartolos, XI. Le passage de Georges Hamartolos est lui-même une citation d'un ouvrage syrien de Bardesan. Voy. Miklosich, p. 184 de son édition. Les Gélæens vivaient au nord de la Médie près de la mer Caspienne.

GEORGES HAMARTOLOS ou Georges le pêcheur (Георгiй); Nestor ne cite qu'une fois ce chroniqueur au chap. XI où il lui emprunte la description des mœurs de certains peuples (voy. *Gélæens*); mais il lui a fait d'autres emprunts : le chap. I où il décrit le partage du monde entre les fils de Noé, le chapitre XXIV où il raconte les miracles d'Apollonius de Tyane. La chronique de Hamartolos avait été traduite deux fois, en slavon bulgare et en slavon serbe. Le chroniqueur avait évidemment eu sous les yeux une de ces versions (cf. l'Introduction). (Pypine, *Hist. des Lit.*

slaves, traduction française, p. 82). Le texte grec de Georges Hamartolos a été publié par M. de Muralt à Pétersbourg, dans le tome VI des Mémoires de l'Académie des Sciences. La chronique de Hamartolos qui va jusqu'en 867 a été prolongée jusqu'à 944 par un anonyme. Les traductions slavonnes ont été étudiées à diverses reprises en Russie. (Voir la bibliographie dans Goloubinsky, t. II, p. 722.)

GEORGES, évêque de Constantinople, prend part au cinquième concile, XL.

GEORGES de HONGRIE, serviteur de Boris, tué avec lui, 1015, XLVII.

GEORGES, métropolitain de Russie, assiste au transport des reliques de Gleb, 1072, LXVI ; son voyage en Grèce, LXVII.

GEORGES, fils de Vladimir Monomaque, épouse la fille d'Aïépa, prince des Polovtses, 1107, LXXXVII ; id. I. V.

GEORGES (Eglise de Saint-), 1063, LIX, couvent de Saint-Georges à Kiev, 1037, LX. Ce saint mythique, vainqueur du dragon, est, comme on sait, devenu le patron de la Russie.

GIHON (Гіона), nom donné au Nil dans la description de la terre, d'après Georges Hamartolos (Γειών), I.

GIRGEN (Гпргенъ), père d'Aïépa, prince des Polovtses et aïeul de la princesse qui épousa le fils d'Oleg, 1107, LXXXVIII.

GLEB (Глѣбъ), fils de Vladimir et d'une Bulgare, 980, XXXVIII ; lieutenant de son père à Mourom, 988, XLIII. Sur sa mort et les honneurs rendus à sa mémoire, voy. *Boris*.

GLEB, fils de Sviatoslav, prince à Tmoutorakan, chassé de cette ville, 1065, LX; prince de Novogorod, 1071, LXV; confond un magicien, id; visite Théodose mourant, 1074, LXIX; sa mort, 1078, LXX; il est secouru par Vladimir Monomaque, 1076, I. V.

GLEB, fils de Vseslav, 1094 et 1111. I. V; en guerre avec Oleg, 1104, LXXXVI; fondation pieuse, 1108, LXXXVIII.

GLOGOVY (Глоговы), ville de la Silésie traversée par Vladimir Monomaque en 1074, I. V. La forme tchèque est Hlohov, la forme polonaise Glogow. La partie de la Silésie où se trouve cette ville est depuis longtemps complètement germanisée. Les Allemands l'appellent aujourd'hui Glogau.

GOLIADES (Голядь), peuple vaincu par Iziaslav, 1058, LIX. Son nom n'est cité qu'une fois dans la Chronique. La forme ancienne de ce nom est Golindi. Karamzine place ce peuple dans la vieille Prusse; Artsibychev sur la rivière Protva, entre Mojaïsk et Giatsk. On lit en effet dans une chronique ultérieure que Sviatoslav Olgovitch prit la ville de Goliad dans le pays de Smolensk sur la rivière Protva. Leur nom disparaît à partir du xiiie siècle. On prétend le trouver encore aujourd'hui dans celui de certaines localités. Il faut se défier de ces identifications. Par exemple on a cité le village de Golandry (Holandry) non loin de Kiev. Mais ce village doit tout simplement son nom à une colonie de Memnonites hollandais. (Voy. Schafarik, *Antiquités Slaves*, tome Ier, § 19.)

GOLOTITCHESK (Голотичьскъ), localité auprès de laquelle Iaroø polk vainquit Vseslav, 1071, LXV; elle était située dans la provinc- de Polotsk et n'existe plus aujourd'hui.

GOLTA, GOLTAVA (Голъта, Голътава), rivière près de laquelle campèrent les princes russes, 1111, XC; 1095, I. V. Elle s'appelle aujourd'hui Goltva et arrose le gouvernement de Poltava; c'est un affluent du Psel; sa longueur n'est que de 110 kilomètres.

GOMOL (Гомолъ), marchand russe, prend part au traité avec Constantinople, 925, XXVII; nom scandinave; ancien norse Gamal, fréquent en Suède, rare en Norvège, se retrouve en Islande sous la forme Gamli.

GOMORRHE, nom biblique, XL.

GORDIATIN (maison de), à Kiev, 945, XXIX.

GORIASER (Горясѣръ), assassin de Gleb, 1015, XLVII; ce nom n'est pas slave, mais il n'a pas été, que je sache, expliqué.

GOROCHIN, ville prise par les Polovtses, 1078, I. V. Elle existe encore aujourd'hui et est située sur la Soula, gouvernement de Poltava.

GORODETS (Градьцъ, Городьци), localité située près de Kiev; Iaroslav y fait la paix avec son frère Mstislav, 1026, LIII; on y apporte le corps d'Iziaslav, 1078, LXX; les princes russes s'y réunissent après l'attentat commis sur Vasilko, 1097, LXXXII; Vladimir, David et Oleg s'y réunissent, 1098, LXXXIII; une colonne de féu plane sur Gorodets, 1111, XC. Ce nom est un diminutif de *gorod, grad* qui veut dire enceinte fortifiée. Gorodets est identique à Gradetz, qui a donné en allemand Gratz.

GOTHS (Готе), 862, XV; c'est un des noms que la Chronique donne aux Varègues; elle l'emploie comme nom de tribu à côté de ceux de Suédois, Normands et Angles. C'est un argument indiscutable en faveur de l'origine scandinave des Varègues.

GOUD, GOUDY (Гоуд, Гоуды), envoyé d'Oleg à Constantinople, 912, XXII; boïar russe envoyé à Constantinople, 945, XXVII; nom scandinave; runique *kudi* qui représente *godi*, bon, ou islandais *godi*, prêtre.

GOUNAR (Гоунаръ), boïar russe, 945, XXVII; nom scandinave; ancien norse Gunnar, très répandu dans les pays scandinaves.

GOUNASTR (Гоунастръ), marchand russe, 945, XXVII; nom scandinave; ancien norse Goimfastr, en suédois Gudfastr, Guthfast chez Saxo Grammaticus.

GOURATA ROGOVITCH, citoyen de Novgorod, LXX.

GRÈCE (Грекы), chemin qui conduit de chez les Varègues en Grèce, IV; marchands russes allant en —, 882, XVIII; expédition d'Igor, 907, XXI; Roman empereur, 920, XXV; voyage d'Olga, 955, XXXI; expédition des Varègues, 980, XXXVIII; Russes envoyés en Grèce pour observer la religion, 987, XLI; Michel, moine venu de —, 1051, LVII; 1069, LXIV; Oleg revient de —, 1083, LXXI; Ianka, fille de Vsévolod va en —, 1090; ravagée par les Polovtses, 1095, LXXVIII.

GRECS (Грьцы), nom qu'ils donnent à la grande Scythie, XIII; battent les Bulgares, 858, XIV; expédition d'Askold et Dir, 866, XVI; guerre des Hongrois, 898, XIX; traité avec les Russes, 907, XXI; 912, XXII; ils sont battus par les Bulgares, 915, XXV; expédition d'Igor, 941, XXXI; deuxième expédition d'Igor, 944, XXVII; traité de 945, XXVII; Sviatoslav leur impose tribut, 967, XXXII; expédition de Sviatoslav, 971, XXXVI; ambassade des Grecs à Vladimir, 986, XL; envoyés de Vladimir chez eux, 987, XLI; siège de Kherson, mariage de Vladimir, 988, XLII; Kherson restitué, 988, XLIII; architectes grecs, 991, XLIV; expédition de Vladimir, 1043, LVI; histoire du Katapan, 1066, LXI; Grecs pillés par David, 1884, LXXII; expédition des Polovtses, 1095, LXXVIII.

GRÉGEOIS (feu), est mentionné, année 941, XXXIV.

GRIM (Гримъ), ambassadeur de Sfirk, prend part au traité de 945 avec Constantinople, XXVII; ancien norse Grimr; très commun dans toute la Scandinavie. Comparer le suédois Krim, Krimbr, Kirimr.

GRIVNA (Гривъна). Ce mot désigne d'abord un bijou, un collier ou un bracelet (de грива crinière, ornement entrelacé à la crinière du cheval) puis une pièce de monnaie. La Grivna vaut aujourd'hui dix kopeks.

H

HÉGOUMÈNE (Игоуменъ, grec ἡγούμενος, conducteur, guide). C'est le nom de l'abbé dans l'église grecque. Dans les monastères libres il était élu par les moines. C'est ce qui se produit au monastère Petchersky; dans les monastères dits de fondation (Ktitorskie) il était nommé par le fondateur ou par son héritier et n'était en quelque sorte que son délégué.

HONGROIS. Voy. *Ougres.*

I

IAM (Ямь, 'Ιαμοί), peuple finnois établi dans l'héritage de Japhet, I; tributaires des Russes, VII; vaincus par Vladimir, 1042. On écrit aussi Iem (Емь). Cette population est encore mentionnée par la chronique de Souzdal (année 1227), par la chronique dite de Laurent (année 1256). A l'année 1226 la même chronique dit que le prince Iaroslav alla de Novgorod par delà la mer, chez les *Iems* (*Letopis po lavrent. spisku.* St.-Petbg., 1872). Ce dernier passage indique que les Iams étaient situés en Finlande sur la côte méridionale de cette province. En effet, le pays de Tavasthus s'appelle en finnois : Hämeenmaa et Hämäläiset. (Sjogren, *Mémoires de l'Académie, imp. de St-Pétbg.*, série VI, tome I.) Ce peuple est encore mentionné chez Etienne de Byzance ('Ιαμόι) et chez 'Adam de Brême (Gest. Hamb. III, 14, *Iami.*)

IAKOUN (Якоунъ), prince varègue, allié de Iaroslav, 1024, LIII ; pour l'étymologie de ce nom scandinave, voyez *Akoun*. J'ai suivi dans ce paragraphe une correction d'Erben : « Iakoun était beau » (Якоунъ сь лѣпъ). D'autres lisent слѣпъ, aveugle. Du reste on peut admettre également cette leçon : l'histoire présente plus d'un exemple de guerriers aveugles, témoins Jean de Bohême et Jean Zizka.

IAROPOLK (Яроплъкъ, Ярополкъ), fils de Sviatoslav, petit fils d'Olga, mentionné dans l'établissement de la chronologie, XIV ; il est assiégé avec Olga par les Petchénègues, 968, XXXIII ; il s'établit à Kiev, 970, XXXV ; il y reçoit la visite de Sviénald, 572, XXXIII ; marche contre les Drevlianes, 976, XXXVII ; épouse une religieuse grecque, id. ; guerre avec Vladimir, 980, XXXVIII ; il est assiégé dans Rodnia et tué, id. ; ses ossements sont déterrés et baptisés, 1041, LVI.

IAROPOLK, fils d'Iziaslav, bat Vseslav à Golotitchesk, 1071, LXV ; s'établit à Vychégorod, 1878, LXX ; guerres intestines, id. ; établi à Vladimir, 1084, LXXI ; il fait la paix avec Vladimir, et est tué, 1087, LXXII ; son éloge, id. ; Vasilko accusé de l'avoir tué, LXXII ; il rencontre ses frères à Brody, I. V. — fils de Vladimir Monomaque, marche contre les Polovtses, 1103, LXXXVI ; envoyé par son père contre Minsk, 1104, LXXXVI ; nouvelle expédition contre les Polovtses, 1107, LXXXVII ; établi par son père à Péréïaslav, 1113, XCIII.

IAROSLAV, fils de Vladimir et de Rogniéda, cité dans la chronologie, XIII ; tribut payé aux Varègues jusqu'à sa mort, XVIII ; sa naissance, XXXVIII ; établi à Rostov, XLIII et à Novgorod, id. ; il refuse le tribut à son père et s'allie aux Varègues, 1015, XLVII ; il prévient Gleb des intrigues de Sviatopolk, 1015, XLVIII ; désordres à Novgorod, id. ; il marche contre Sviatopolk, id ; il le bat et s'établit à Kiev, 1016, XLIX ; guerre contre Boleslav de Pologne et Sviatopolk ; Iaropolk est battu et s'enfuit de Kiev, 1018, il bat

Sviatopolk, id.; nouvelle guerre, 1019, LI; il bat Briatchislav et va à Brest, 1022; il retourne à Novgorod, guerre contre Mstislav, LIII, 1024; il s'empare de Kiev, naissance de son fils Iziaslav, 1024; il prend Belz, 1031; expédition contre les Tchoudes, id.; contre les Tchèques, 1031, id.; il succède à Mstislav et devient maître de toute la Russie, 1036, LIV; guerre contre les Petchénègues, id.; il fortifie Kiev, 1037, LV; son goût pour les livres et les moines, id.; expédition contre les Iatviagues, 1038; il envoie son fils Vladimir contre les Grecs et marie sa fille au roi de Pologne, 1043, LVI; sa mort, 1054, LVIII. Il avait eu six fils, Vladimir, Iziaslav, Sviatoslav, Vsévolod, Igor, Viatcheslav. Ce prince est l'un des plus grands de l'histoire russe au moyen âge; la Chronique ne donne qu'une idée incomplète de la splendeur de son règne. (Voir Rambaud, *Hist. de Russie*, collection Duruy.) C'est de son règne que date une partie du code connu sous le nom de Rouskaïa Pravda, (le droit russe). Il fut allié par des mariages à la plupart des familles régnantes de l'Europe. Une de ses filles, Anne, épousa même Henri I, roi de France. Notre Chronique ignore ce détail. Je ne sache pas d'ailleurs qu'aucune chronique russe ait signalé ce mariage. On trouvera sur cette princesse des détails intéressants dans le Nestor de M. Louis Paris. (Tome I, appendice, p. 300-316.) La différence de religion, ou plutôt de culte, n'empêchait pas à cette époque, les princesses russes d'épouser des souverains catholiques; toutes paraissent avoir embrassé sans aucune résistance la religion des peuples sur lesquels elles étaient appelées à régner.

IAROSLAV, fils de Vsévolod, prince de Vladimir, 1078, LXX; — fils de Sviatoslav, frère d'Oleg, lutte avec lui contre Mstislav, 1096, LXXXI; prend part à l'assemblée de Lioubetch, 1097, LXXXII; — fils de Sviatopolk, envoyé par son père contre Volodar, 1097, LXXXIII; établi par son père à Vladimir, id.; battu par les Mordvines, 1113, LXXXVI; bat les Polovtses, 1111, XC; bat les Iatviagues, 1112, XCI; épouse la fille de Mstislav, id.; — fils de Iaropolk, fait prisonnier par Sviatopolk, 1101, LXXXIV; sa mort, 1102, id.; — un fils de Iaroslav (Iaroslavitch) est mentionné à l'année 1111 dans l'Instruction de Vladimir Monomaque.

IAROSLAVL (Ярославль), devins originaires de cette ville, LXI.

Cette ville, qui existe encore aujourd'hui (sur le Volga au nord de Moscou), fut construite par Iaroslav I qui lui donna son nom. C'est à tort qu'on l'écrit en français Iaroslaff, ou Iaroslav. L'orthographe est tout autre. Ярославль (*Iaroslavli*) est l'adjectif possessif du nom Iaroslav. L'*i* bref qui termine le mot peut être négligé dans les transcriptions françaises; *l* est appelée par cet *i* en vertu d'une loi phonétique.

IASES (Яси), peuple vaincu par Sviatopolk, 965, XXXII. D'après le Dictionnaire encyclopédique de M. Berezine, ils doivent être assimilés aux Ossètes actuels du Caucase. Ils vivaient encore au XIIIe siècle entre la mer Noire et la mer Caspienne. Ils furent conquis en 1359, par Tamerlan.

IASTIAG, IAVTIAG (Ястягъ, Явтягъ) envoyé de Gounar à Constantinople 945, XXVII. Étymologie douteuse. M. Thomsen n'a pas admis ce nom dans son édition anglaise. L'édition suédoise signale l'ancien norse *Hofdingi*. Il vaut peut-être mieux rapprocher ce nom de celui du peuple, les Iatviagues. Un certain nombre des noms d'hommes cités dans la Chronique sont tout simplement des dénominations ethniques, Tchoudin, Tortchin, etc. (voy. ces noms).

IATREB (Етривъ), peuples impurs originaires du désert de —. LXXIX, LXXX.

IATVIAGUES (Ятъвязи), peuple vaincu par Vladimir, 983, XXXIX; attaqués par Iaroslav, 1038, LV; par Iaroslav, fils de Sviatopolk, 1112, XCI. Les Polonais les appellent Iadzwingi. On suppose qu'ils sont déjà mentionnés dans Jornandès sous la forme *Inaxungi*. (*De bello gothico*, 23). Peuple lette, absorbé peu à peu par les Lithuaniens, les Polonais et les Russes.

IÉLOVITCH, assassin de Boris, 1015, XLVII.

IGNACE (Игнатій), moine du couvent Petchersky, LXVIII.

IGOR (Игоръ), fils de Rurik, grand prince de Kiev, cité pour établir la Chronologie, XIII ; succède encore mineur à son père, 879, XVI, XVII; son avènement, 913, XXV; expédition contre les Drevlianes et les Petchénègues, id. ; contre les Grecs, 941, XXVI ; nouvelle expédition contre les Grecs, 944, XXVII; traité avec eux, 945, id. Expédition contre les Drevlianes, il est tué, 945, XXVIII. Un autre

Igor, neveu du précédent, est cité dans le traité de 945, XXVII ; la Chronique signale encore Igor, fils de Iaroslav (1058, LIX), prince de Vladimir et de Smolensk.

Le nom d'Igor, grec Ἴγγωρ, Ἴγγορ, chez Liudprand Inger, n'est pas un nom slave ; ancien norse Ingvarr très répandu en Suède ; on le rencontre dans les textes sous la forme Inknar, Ingnar, Ikuar ; le nom d'Ingvar reparait d'ailleurs au xiiie siècle en Russie ; il est porté par deux princes Ingvar Igorevitch et Ingvar Iaroslavitch. Liudprand raconte tout au long comment Inger chef des Russes (Ῥούσιος), c'est-à-dire des Normands, fut repoussé devant Constantinople par le feu grégeois.

ILMEN (Ильмеръ), lac ; Rurik fonde Novgorod sur ses bords, XV. Il communique par le Volkhov avec le lac Névo ou Ladoga.

ILLYRIE (Людорикъ), fait partie de l'héritage de Japhet, I. Dans le texte de Georges Hamartolos il n'est question que de l'Illyrie. La traduction slave a ajouté ensuite les Slaves, sans doute pour indiquer qu'elle considérait comme slave dès le temps de Japhet ce pays occupé depuis le viie siècle par les Serbes et les Croates. C'est ainsi que au § XXI il est question de l'Illyrie où vivaient les Slaves et dont saint Paul fut l'apôtre.

INDE, fait partie de l'héritage de Sem, I ; mœurs de ce pays d'après Georges Hamartolos, XI.

INDICTION, période de 15 ans dont la succession commence à courir du règne de Constantin à partir de l'année 313.

INGELD (Инъгелдъ), envoyé d'Oleg à Constantinople, 912, XXII ; marchand russe, 945, XXVII ; ancien norse Ingialdr, très répandu dans les pays scandinaves ; suédois Inkialtr, Ingeldus dans les diplomes.

INGIVLAD (Иггивладъ), marchand russe, 945, XXVII ; nom scandinave ; ancien norse Ingivaldr ; en Suède Inkivaltr ; Ingivaldus dans les diplômes.

IONIE, fait partie de l'héritage de Japhet, I.

IOUGRA, Iougriens (Югра), peuple du nord voisin des Samoïèdes, I, LXXX. Dans les Chroniques russes ce nom désigne généralement les Vogouls et les Ostiaks. Les écrivains arabes les appellent Ioura. La partie septentrionale de l'Oural s'appelle encore lougorsky Khrebet. Voy. *Ougra*.

IOURIEV (IОріевъ, Гюргевъ), c'est-à-dire la ville de Georges, ville fondée par Iaroslav, dont le nom de baptême était Georges, dans le pays des Finnois, 1030, LIII; attaquée par les Polovtses, 1095, LXXVIII; ses habitants s'enfuient à Kiev, id.; la forteresse brûlée par les Polovtses est reconstruite par Sviatopolk, 1103, LXXXV; Daniel, évêque à Iouriev, 1113, XCIII; et 1084. I. V. C'est la ville appelée aujourd'hui Dorpat (Derpt).

IRÈNE, église de Sainte —; le tombeau de Dir situé auprès d'elle, XVII; couvent du même nom fondé par Iaroslav.

ISAAC, personnage biblique, XL; — moine du monastère Petchersky, originaire de Toropets; ses exercices ascétiques; ses tentations; il tombe en enfance, LXVIII. Ce personnage est dans l'église orientale l'un des plus curieux spécimens de la folie engendrée par l'abus des exercices ascétiques (sur les pratiques ascétiques voir dans mes *Études slaves* le travail sur les catacombes de Kiev.); — cuisinier du monastère Petchersky cité dans le même épisode.

ISACHAR, un des fils de Jacob, XL.

ISAIE; citations du prophète —, XL, XLVIII.

ISKAL ou SOKAL (Искалъ, Сокалъ) princes des Polovtses, commande la première invasion de ce peuple en Russie, 1069, LIX.

ISKOROSTEN (Искорѣстѣнь), ville des Drevlianes; Igor est tué sous ses murs, 945, XXVIII; son tombeau, id.; est assiégée et brûlée par Olga, 946, XXX. Cette ville existe encore aujourd'hui en Volhynie sous le nom d'Iskorost (cercle d'Ovroutch). L'histoire d'une ville brûlée par des oiseaux se rencontre dans d'autres récits d'origine scandinave. C'est par une ruse analogue que Gurmund à la tête des Saxons, s'empare de la ville de Cyrescestria (Chichester). — Le même artifice est employé par Harald en Sicile. Voy. Kruse, *Chron. Nordm*, pp. 171 et 445 et P. A. Munch *Norges kongesagaer af Snorre Sturlasson*, Christiana, 1859, p. 375. Au surplus il ne faut pas oublier qu'un fait analogue est déjà mentionné dans la Bible : Samson attache des matières enflammées à la queue de trois cents renards et brûle ainsi les récoltes et les vignes des Philistins.

ISKOUSOV (Искоусовъ), envoyé de la reine Olga à Constantinople, 945, XXVII; ce nom n'a point d'analogue dans les langues scandinaves; il paraît plutôt slave.

ISMAEL, personnage biblique, fils d'Abraham, XL; les Polovtses appelés fils d'Ismael, 1093, LXXVI; 1096, LXIX; on sait que d'après la Bible Ismael est le père des Arabes auxquels la Chronique identifie les Polovtses. (Voy. ce mot.)

ISRAEL, ISRAÉLITES (Израилъ), les Israélites en Égypte, XII; id., XL, LXXVI, XLVII.

ISTR (Истръ), envoyé d'Amund à Constantinople, 945, XXVII; nom scandinave. Ancien norse Aistr.

ITALIE, troublée par les hérétiques, XLII.

ITHAQUE, fait partie de l'héritage de Japhet, I.

ITLAR (Итларъ), prince polovtse, fait la paix avec Vladimir, 1095, LXXVIII; sa mort, id.; une défaite de ce prince est également mentionnée, I. V; — son fils, LXXVIII.

IVAN (Иванъ) Tvorimiritch, général de Iaroslav, prend part à une expédition contre les Grecs, 1043, LVI. — Jiroslavitch tué par les Polovtses, 1078, LXX; — métropolitain de Russie, 1086, LXXI; 1088, LXXII; sa mort et son éloge, 1089, LXXIII; — évêque de Tchernigov, 1089, LXXIII; assiste à la translation des reliques de Théodose, 1091, LXXIV; — abbé du monastère Petchersky, 1074, LXXVIII; 1091, LXXIV; — métropolitain amené de Grèce, 1090, LXXIII. Ce dernier personnage était eunuque. Voy. *Eunuques*. Ivan est, comme on sait, la forme russe de Jean.

IVANEK ZAKHARITCH (Иванъкъ Захаричъ), kozare au service de Sviatopolk, bat les Polovtses, 1106, LXXXVI.

IVOR (Иворъ), envoyé d'Igor à Constantinople, 945, XXVII; nom scandinave, ancien norse Ivarr, très usité.

IZBORSK (Изборскъ), ville où s'établit Trouvor, 862, XV. C'est aujourd'hui un village du gouvernement de Pskov; on y montre encore un tumulus sous lequel, suivant la tradition, Trouvor aurait été enseveli.

IZIASLAV (Изяславъ), fils de Vladimir et de Rogniéda, 980, XXXVIII; établi par son père à Polotsk, XLIII; sa mort, 1001, XLVII; son fils Briatchislav, LVI; — deuxième fils de Iaroslav, 1024, LIII; demande la bénédiction d'Antoine, LVII; donne une colline aux moines

J

JAPHET, personnage biblique. I, XL; peuples du Nord de sa race, VII; peuples impurs de sa race, LXXX.

JELAN (Желанъ), localité où une bataille eut lieu entre les Polovtses et les Russes, 1093, LXXVI; elle était située au nord de Kiev, près du monastère de Saint-Cyrille.

JÉRÉMIE, citation, XL. — Moine du monastère Petchersky, doué du don de prophétie, LXIII.

JÉROBOAM, XL.

JÉRUSALEM (Иероусалимъ), la prise de Jérusalem, citée pour établir la chronologie, XIII; citée par les Juifs Kozares comme leur ancienne patrie, XL, id. passim : XLVIII; miracles au temps d'Antiochus, LX et CII; Alexandre le Grand devant Jérusalem, XLIII.

JÉSUS, XL.

JIDIATA (Жидята), évêque de Novgorod, établi par Iaroslav, 1036, LIV. Ce personnage mort en 1060, est l'un des premiers représentants de la littérature russe. Il a laissé une instruction (Поучение) fort remarquable pour le temps. Il traduisit un certain nombre d'écrits grecs.

JOSEPH, personnage biblique, XL.

JOSUÉ, fils de Noun (Исоусъ Навьгинъ) XL, et XC. L'ange qui tire l'épée contre Josué appartient à un récit apocryphe.

JOURDAIN, XL.

JUDA, fils de Jacob, XL; citations des prophètes, id. Voy. *Ezéchias*.

JUIFS (Жидове, Iодѣи.) Les Juifs de l'Ancien Testament sont plusieurs fois cités dans l'exposé de la foi chrétienne, XL; Alexandre et les Juifs, à propos des anges, LXXXIX et XC; — Juifs Kozares venus pour convertir Vladimir, 986, XL. Ce ne sont pas des Juifs établis chez les Kozares, mais des Kozares convertis au judaïsme; cette religion avait pénétré chez plusieurs peuples, ainsi que l'a démontré M. Renan (*Le judaïsme considéré comme race et comme religion*, Paris, Calmann Lévy, 1883). Nulle part peut-être, elle n'avait jeté de racines plus profondes que chez les Kozares. Joseph, roi des Kozares, dans sa célèbre lettre au rabbin de Cordoue Khazdaï (publiée dans Bielowski, *Monumenta historica Poloniæ*) dit en termes positifs : « Nos pères ont reçu la foi israélite; Dieu a ouvert leurs yeux » et il raconte qu'un de ses prédécesseurs s'est

converti après un songe où un ange lui était apparu, et une sorte
d'enquête comparative sur les religions analogue à celle de Vladimir. Il expose comment les Kozares avaient accepté la circoncision, construit des synagogues, donné des noms juifs à leurs
enfants, etc. Il existe certainement encore aujourd'hui des descendants des Kozares parmi les Juifs Karaïtes de la Russie méridionale. Dans les inscriptions hébraïques de la Crimée, on trouve
dès le huitième siècle, des noms tartares et turcs (Toktamich par
exemple). Juifs de Kiev, pillés par les habitants de cette ville,
1113, XCII. Comme on le voit par ce texte, les excès antisémi
tiques en Russie ne datent pas d'hier. On suppose que les Juifs
avaient pénétré à Kiev avant la période russe, du temps de la
domination Kozare. Ils durent se recruter ensuite, parmi leurs
coreligionnaires de Crimée et de Pologne. Ils devaient y occuper
un quartier à part, car une des portes s'appelait la porte des
Juifs (*Jidovskie Vorota*). Cf. *Kozares.*

JUSTINIEN, empereur de Constantinople; miracles accomplis sous
son règne, LX.

JUVÉNAL (Оувеналiй), évêque de Jérusalem, prend part au troisième Concile, XLII.

K

KANIMAR ou KANITSAR, envoyé de Predslava à Constantinople,
945, XXVII, nom douteux.

KAPITCH (Капичъ), pays situé non loin de Kiev auprès de Dorogojitch, 980, XXXVIII; la Chronique signal un retranchement fait
par Vladimir et encore existant à cet endroit.

KARCHEV (Каршевъ) envoyé de Tourd, 945, XXVII; nom scandinave; ancien norse Karlsefni. La terminaison en *ev* a peut-être
été slavisée.

KARN (Карнъ) envoyé d'Oleg à Constantinople, 912, XXII; nom scandinave; Karni en Ostgothie.

KARY (Кары), envoyé de Stoudek, 945, XXVII; nom scandinave; ancien norse Kari; très répandu en Suède.

KASOGUES (Касози), peuple soumis par Sviatopolk, 965, XXXII; Mstislav marche contre leur prince Rédédia, 1022, LII; Rostislav lève un impôt sur eux, 1066, LXI. Les renseignements précis manquent sur ce peuple, au nom duquel on a voulu à tort rattacher celui des Cosaques. Erben d'après Bergé les identifie avec les *Keggach*, tribu tcherkesse.

KATAPAN (Котопанъ), personnage byzantin envoyé par les Grecs, fait périr Rostislav en l'empoisonnant, 1066, LXI. Tous les traducteurs précédents ont pris ce nom (Katapan dans l'original) pour un nom propre. — On sait qu'il n'y a point d'article dans les langues slaves. — Le Katapan est tout simplement un fonctionnaire bien connu de l'empire byzantin. « Ita appellantur, dit Ducange (*Glossarium manuale mediæ latinitatis, sub voce*), qui in Italiam ab Imperatoribus byzantinis mittebantur provincias ac urbes recturi. » Le mot vient peut-être de κατεπάνω; peut-être n'est-ce qu'une corruption par étymologie populaire de *capitaneus*. Notre texte prouve en tout cas que le titre de Katapan était connu ailleurs que dans l'Italie méridionale.

KAZIMIR, roi de Pologne, époux de Marie, sœur de Iaroslav, prince de Kiev, 1043, LVI; Iaroslav l'aide à réprimer une insurrection des Mazoviens, LVI. Les historiens polonais appellent ce prince Kazimierz Karol; il régna de 1036 à 1058. Par son mariage avec une fille de Iaroslav, ce prince se trouve être le beau-frère du roi de France, Henri Ier. Le nom de cette princesse ne nous a été conservé que par les textes polonais. (V. *Bielowski*, p. 857.)

KHERSON (Корьсоунъ, Korsoun), ville grecque située près de l'embouchure du Dniéper, visitée, suivant la légende, par saint André (voy. *André*), V; — ville de Crimée assiégée et prise par Vladimir, 988, XLII; Vladimir y est baptisé, id. Cette ville est mentionnée à diverses reprises dans le traité avec les Grecs, 945, XXVII. C'est l'ancienne Cherson fondée au vi[e] siècle avant J.-C. par une colonie d'Héraclée; elle fut occupée un instant par Mithridate, délivrée par les Romains, et tomba au pouvoir

de l'empire grec ; aussi dans le traité cité plus haut certaines
obligations sont imposées à ses habitants. Cette ville, qui joue un
rôle si important dans l'histoire russe, n'existe plus ; elle a été
ruinée au moyen âge par lesTatares. On en voit encore les ruines
près de Sébastopol. D'après l'un des premiers documents de
l'histoire russe, le *Récit du moine Jacob*, cette ville aurait été
assiégée par Vladimir, non pas avant son baptême, mais quatre
ans après. Tout le récit du siège de Kherson porte d'ailleurs un
caractère fabuleux.

KHODOTA (Ходота), prince des Viatytches, 1078, I. V.

KHORIV (Хоривъ), l'un des fondateurs de Kiev, frère de Kii. (Voy.
ce nom.)

KHORIVITSA (Хоривица), colline près de Kiev, doit son nom au
précédent, VI. Une rue de Kiev s'appelle encore aujourd'hui Khorivaïa. Mais il est difficile d'établir si elle doit son nom à une tradition constante ou à la fantaisie de quelque savant de cabinet.

KHOROL (Хоролъ), rivière sur laquelle les Polovtses sont battus,
1107, LXXXVIII ; 1111, XC, et I. V. C'est un affluent du Psiol (Psel),
qui se jette dans le Dniéper (rive gauche). Elle arrose le gouvernement de Poltava. Une ville de ce gouvernement s'appelle aujour-
d'hui Khorol.

KHORS (Хръсъ, Хоръсъ), Dieu des Russes païens dont Vladimir éleva la statue à Kiev, XXXVIII. Le nom de cette divinité se
trouve reproduit dans d'autres textes russes, notamment dans le
poème d'Igor ; mais on n'a aucun détail précis sur ses attributions.
On a essayé de l'identifier à Dajbog. (Voy ce mot et la discussion
de M. Jagich, *Archiv für slavische Philologie*, tome V, p. 7 et suivantes.)

KHORTITCH (Хортичъ островъ), île sur le Dniéper, 1103,
LXXXV.

KHVALISES (Хвалиси), peuple situé à l'Orient vers l'héritage de
Sem, III ; ils sont considérés comme un peuple impur descendant
des filles de Loth, LXXIX ; ce détail permet de conclure qu'ils
étaient, comme les Bulgares, de race touranienne. Ce peuple a disparu de bonne heure. La mer Caspienne est appelée mer des
Khvalises ; le nom de ce peuple a été conservé dans celui

de la ville de Khvalynsk, gouvernement de Saratov, sur la rive
gauche du Volga.

KIEV (Кыевъ). Donner par le menu le sommaire des événements
accomplis dans cette ville ou autour d'elle, ce serait résumer la
Chronique tout entière. Voir V, VI, VIII et années 867, 882, 898,
907, 912, 944, 945, 946, 955, 965, 968, 969, 970, 972, 975, 980, 983,
985, 988, 993, 996, 1014, 1015, 1016-1018, 1019, 1021, 1024, 1026,
1036, 1037, 1051, 1054, 1055, 1065, 1067, 1058, 1069, 1071, 1072,
1073, 1077, 1078, 1085, 1087, 1093, 1095, 1096, 1097, 1101, 1102,
1013, 1116. Il est question des Kieviens aux années 945, 968, 980,
1015, 1024, 1036, 1068, 1069, 1078, 1087, 1093, 1097, 1113. Les
grands princes de Kiev sont Oleg, Igor, Sviatoslav, Iaropolk, Vladimir, Sviatopolk I, Iaroslav, Iziaslav, Vseslav, Vsévolod, Sviatopolk II, Vladimir Monomaque. (Voy. ces noms.) Les métropolitains,
Théopompe, Hilarion, Georges, Ivan, Jean l'eunuque, Nicolas,
Nicéphore. (Voy. ces noms.)

Kiev a été élevée sur les collines qui dominent la rive droite du
Dniéper; plus tard elle est descendue jusqu'au fleuve. Dans les
Chroniques le plus souvent l'ancienne ville est tout simplement
appelée *gora* (la montagne). On ne sait rien de précis sur l'histoire de la ville jusqu'au ix⁵ siècle. A partir de cette époque on la
trouve mentionnée chez les écrivains étrangers. Constantin Porphyrogénète l'appelle τὸ καστρὸν τὸ Κιοάβα τὸ ἐπονομαζόμενον Σαμ-
βατάς, le château surnommé Sambatas. Ce nom, qui a beaucoup
exercé la sagacité des chroniqueurs, représente probablement l'ancien norse *sand bakki*, le banc de sable. Constantin Porphyrogénète, même chapitre (*De adm. imp.*, IX) écrit aussi Κίαβον. Thietmar
écrit Kitava (Chron., ann. 1088), Gallus, le chroniqueur polonais
(Bielowski, *Mon.*, p. 402) écrit Chyou. Adam de Brème (Pertz, tome
VII, année 1072) écrit Chiwe et l'appelle la rivale de Constantinople. D'après Thietmar, la ville, au début du xⁱᵉ siècle possédait déjà
plus de 400 églises. Kiev a été l'objet dans la littérature russe de
nombreuses monographies; il faut citer notamment celles de
Zakrevsky, de Sementovsky, et un très utile volume publié par la
commission archéographique : *Sbornik materialov dlia istorit-
cheskoï topografii Kieva* (Kiev, 1874). On trouvera une description
de la ville actuelle et de ses antiquités dans mes *Études slaves*.

KIEVETS. Voy. *Kii.*

KII ou Kyi (Кый), personnage légendaire, fondateur de Kiev, VI ; discussion sur ses qualités ; son voyage à Constantinople, id., XV. L'histoire ne fournit aucun renseignement positif sur ce personnage. Le nom de la ville de Kiev est bien en effet un adjectif possessif qui pouvait vouloir dire ville de Kii. D'autre part, il est à remarquer, et Erben, p. 294, l'a déjà fait observer, que ce nom se rencontre en différents endroits dans les pays slaves. On trouve en Moravie Kyjov, all. Gaja, Kyjovice dans la Silésie autrichienne, Kyje en Bohême, un village de Kije dans le gouvernement de Kielce (royaume de Pologne), etc. L'étymologie du mot Kii est d'ailleurs inconnue. La ville de Kievets sur le Danube, mentionnée par notre Chronique, a depuis longtemps disparu, si toutefois elle a jamais réellement existé. La ville de Kiev n'a pas gardé seulement le nom de son mystérieux fondateur, mais aussi celui de ses deux frères Stchek et Khoriv et de sa sœur Lybed ; une des collines s'appelle Stchékavitsa, une rue Khorivaïa, un quartier important Lybedskaïa. Resterait à savoir si ces dénominations sont bien anciennes.

KISEL (Кысел), XLVI. Sorte de bouillie qui se sert aigre ou non fermentée. La racine est *kis* (aigre).

KITANAPA, prince des Polovtses tué par les Russes, 1103, LXXXVI.

KLEK (Клекъ), boïar russe, 945, XXVII ; nom scandinave, Klakki, Klakl.

KLIAZMA, rivière, 1096, LXXXII. C'est un affluent de l'Oka, qui se jette dans le Volga.

KLIECHTINO (Клѣщино), lac sur les bords duquel vivent les Mériens, VII. Voy. *Mériens.* J'ignore si les géographes russes ont pu identifier ce nom.

KLOV (Кловъ), quartier de Kiev ; Étienne, abbé du monastère Petchersky, y bâtit une église en l'honneur de la Vierge, 1108, LXXVIII ; cette église s'appelait l'église de la mère de Dieu des Blaquernes en souvenir de celle du même nom à Constantinople.

KOKSOUS (Коксоусь), prince polovtse, tué par Vladimir Monomaque, 1111, I. V.

KOL (Колъ), envoyé de Klek, 945, XXVII ; nom scandinave ; ancien

norse Kolr, fréquent sous la forme Kolo, Kool dans les textes
suédois.

KOLOMAN, roi de Hongrie, assiège Volodar dans Premysl de con-
cert avec Iaropolk, 1097, LXXXII; épouse la princesse Euphémie,
fille de Vladimir, 1102, XCI. (Voy. ce nom.) Il régna de 1095 à 1114;
ses relations avec les princes russes sont attestées par la chronique polonaise de Dlugosz.

KOLTCHA (Колъча), serviteur de David Igorovitch, chargé de
garder Vasilko, 1097.

KORDNO, ville citée dans J. V. ann. 1078.

KORDOUNA (Кордоуна), fait partie de l'héritage de Sem. C'est la
Gordyène ou Corduène, contrée de l'Asie centrale.

KORLIAZES (Корълязи, Корлязи), peuple qui fait partie de l'héritage de Japhet; il est cité entre les Allemands et les Vénètes, I.
Ce nom a fort embarrassé les commentateurs. M. Bielowski lit
Forliazi et l'identifie aux Forojulienses, Frioulans, ce qui paraît
justifié par le rapprochement avec les Vénètes. Erben adopte cette
opinion. Krug (*Forschungen*, I, p. 152 et suivantes) croit qu'il
s'agit des peuples *Carolingiens*. (La forme ancienne du mot est
Korlinzi.) Il est vrai que les Francs sont aussi cités dans notre
ethnographie. Krug veut que les Francs soient les Allemands de
l'Est (les Franconiens) et les Korliazi les habitants de la France.
La question reste fort obscure.

KOROSTEN. Voy. *Iskorosten*.

KOROUTANES (Хороутане), rattachés aux Slaves établis sur le
Danube, III. La forme ancienne est Korontani; latin *Carantani*,
slovène Korosko pour primitivement Koronchko, al. Kärten. Ce
sont les Slaves de Carinthie qui appartiennent à la famille slovène.

KORS (Крьсь, Корсь), peuple qui fait partie de l'héritage de Japhet; il est nommé à côté des Sémigalles, I, VII; ce peuple paraît
avoir été de race lithuanienne. On l'identifie aux Chori mentionnés
par Adam de Brême (*Gest. Hamb.*, III, 16). Ce sont sans doute les
Kures qui ont donné leur nom à la Courlande.

KOSNIATIN (Коснятинъ), fils de Dobrynia, lieutenant à Novgorod, 1018, L.

KOSNIATCHEK, voïévode de Kiev, 1068, LXIII.

KOTCHII (Къчий), prince polovtse, tué par les Russes, 1103. LXXXVI.

KOTSEL (Къцьлъ, Коцелъ), prince de Pannonie cité dans la biographie des apôtres Cyrille et Méthode, XX. Ce prince est connu par d'autres documents; voir mon *Cyrille et Méthode*. La Chronique est le seul texte qui raconte qu'il envoya des ambassadeurs à l'empereur Michel.

KOULATCHITSA (Коулачьца), rivière, sur laquelle un combat eut lieu entre les princes russes, 1096, LXXXI.

KOULMIÉI (Коулъмѣй), homme de confiance du prince David, 1097, LXXXII.

KOUMAN (Коуманъ), prince des Polovtses tué par les Russes. 1103, LXXXVI. Ce nom veut dire tout simplement le Cuman; les Polovtses s'appelaient également Cumans. Voy. *Polovtses.*

KOUNOP, magicien, LXX. Ce personnage est mentionné dans une vie de saint Jean l'évangéliste.

KOUNOUI (Коуноуй), Polovtse au service de Vladimir, 1096, LXXXI.

KOUPAN, évêque hongrois tué par les Russes, 1097, LXXXIII.

KOURIA (Коуря), prince des Pétchénègues, attaque et tue Sviatoslav, 972, XXXXVI; prince des Polovtses, 1096, LXXXIX.

KOURSK (Коуръскъ), ville de la Russie méridionale, 1055, LXXIX; I. V.; existe encore aujourd'hui; c'est le chef-lieu du gouvernement de ce nom.

KOURTEK (Коуртъкъ, Коуртыкъ), prince des Polovtses tué par les Russes, 1103, LXXXVI.

KOUTSI (Коуци), marchand russe, envoyé à Constantinople, 945, XXXII; ce nom paraît scandinave. Kussi, veau (ancien norse), fréquemment employé comme sobriquet et par suite comme nom.

KOZARES (les) (Козаре, Козари), peuple scythique; les Bulgares en sont originaires, VII; ils imposent un tribut aux Drevliánes, XII; aux gens de Kiev, XV; aux Polianes, aux Sévériens, aux Viatitches, 859, XIV; Oleg empêche les Sévériens et les Radimitches de leur payer tribut, 884, XIX; ils sont battus par Sviatoslav qui prend leur forteresse Biéla Viéja, 695, XXII; ils s'allient à Mstis-

Iav contre Iaroslav, 1023, LII; Oleg pris par eux, 1079, LXXXI; sa vengeance, ib. Ce peuple paraît avoir été de même race que les Bulgares du Volga. (Voir la lettre de Joseph au rabbin Khazdai.) Ils apparaissent pour la première fois vers le IIe siècle de notre ère. Jornandes (*Hist. goth.*, ch., V) les appelle « *Aggaziri, gens fortissima* , dit-il, *frugum ignara quæ pecoribus et venationibus victitat;* » ils séjournent dans les steppes de la mer Noire et de la mer Caspienne, luttent avec les rois de Perse et les empereurs Byzantins. A partir du xe siècle leur puissance s'affaiblit, ils se cantonnent en Crimée et au Caucase et finissent par disparaître. Leur chef suprême avait le titre de Khan (kagan); mais le gouvernement était réellement aux mains d'un beg. Leurs villes principales étaient Itil et Sarkel. On a remarqué que, avec la chute de l'empire Kozare coïncide l'arrêt de la circulation des monnaies orientales en Russie. C'est eux évidemment qui, faute de monnaie nationale, les introduisaient. Les Kozares offrent le spectacle assez rare d'un peuple chez qui la propagande judaïque avait fait des progrès considérables. Au témoignage de Nestor se joint celui de documents fort curieux. Telle est par exemple la lettre du roi kozare Joseph au rabbin espagnol Khazdaï. Voir les textes cités dans mon *Cyrille et Méthode*, et Bielowski, *Monumenta historica Poloniæ*, t. I, p. 50 et suivantes et l'article *Juifs*. Consulter sur l'histoire de ce peuple : Fræhn, *Excerpta de Chazaris*, Saint-Pétersbourg, 1821, du même *Ibn. Foszlan*, Cassel; *Magyarische Altherthümer*, Berlin, 1841; Carmoly, *Des Khozars*, Bruxelles, 1833, et les divers travaux cités par M. Bestoujev Rioumine, dans son *Histoire de Russie*, t. I, p. 78 et suivantes. (Les textes fort intéressants des géographes arabes sont trop longs pour être rapportés ici.)

KRASNO, localité où les Russes vainquirent les Polovtses, I. V., 1084.

KRIVITCHES (Кривичи), peuple slave, établi sur le cours supérieur du Volga, de la Dvina et du Dniéper avec Smolensk pour capitale, XII; leurs coutumes, X; deviennent tributaires des Varègues, 859, XIV; les Krivitches de Polotsk soumis à Rurik, 862, XV; Smolensk pris par Oleg, 882, XVIII ; Oleg emmène des Krivitches contre Constantinople, 907, XXI ; id. 944, XXVII ; Vladimir en a dans son armée, 980, XXXVIII; il en établit comme colons aux environs de Kiev, 988, XLIII. Ce peuple est déjà mentionné dans Constantin Porphyrogénète. (*De adm. imp.*, ch. 9, sous la. forme Κριένταιενοί et Κριϊιτζῶν.) Leur nom évidemment slave se rattache à la racine *Kriv*, courbé, boiteux, tortu. C'était peut-être un sobriquet. Il disparaît de l'histoire à dater de xiv° siècle. (Voir Schafarik, *Antiquités slaves*, tome II, chap, II, § 28). Je ne sais où l'*Encyclopédie russe* de M. Bérézine a pris que le mot *Krivitchi* veut dire « source d'un fleuve! » Aujourd'hui encore les Lettes appellent les russes Kreewi.

KYTAN (Китанъ), prince des Polovtses, tué par les Russes, 1095. I, XXVIII.

L

LADOGA (Ладога), ville construite par les trois frères, Rurik, Sineus, et Trouvor, où Rurik s'établit, 862, XV. Parmi les différents mss. de la Chronique, les uns font de cette ville déjà existante la résidence de Rurik, les autres lui en attribuent la construction. Il y a aujourd'hui dans le gouvernement de Saint-Pétersbourg trois villages de ce nom. Celui dont il est question ici est Staraïa Ladoga (la vieille Ladoga), où Rurik se serait établi. Au temps de Vladimir Monomaque, ses fortifications de pierre existaient encore ; il n'en reste plus que des ruines insignifiantes. Cette antique cité n'est plus qu'un village de pêcheurs (cinq cents habitants). Le lac Ladoga est appelé dans notre Chronique lac Nevo. (Voy. ce nom.)

LALAN, personnage biblique, XL.

LAMECH, personnage biblique, LI. Les détails que donne la Chronique sur son châtiment ne figurent pas dans la Bible et sont empruntés à un texte apocryphe. Voy. *Genèse*, IV, 23, 24.

LATINS, 898, XX.

LAZARE, gardien de l'église de Vychégorod, 1072, LXVI ; — abbé du monastère fondé par Vsévolod, 1088, LXXII ; — serviteur de

David, Igorovitch, 1097-1098, LXXXIII ; — évêque de Péréiaslav,
1105, LXXXVI ; — monastère de Saint-Lazare, 1113, XCIII.

LEKHS (Ляхове), peuple slave, établi dans l'héritage de Japhet.
La Chronique les place entre les Lives et les Prussiens, I ; ils s'é-
tablissent entre la Vistule, III ; les uns s'appellent Polianes, les
autres Lioutitses, les autres Mazoviens ou Pomoriens, id. ; les
Radimitches et les Viatitches sont d'origine lékhite, IX ; ils sont
mentionnés comme slaves entre les Tchèques et les Polianes,
XIX ; Vladimir marche contre eux et leur prend les villes de Prémysl et de Tcherven (dans la Galicie actuelle), 981, XXXVIII ;
les Radimitches de la race des Lekhs, 984, XL ; Sviatopolk s'enfuit chez eux, 1016, XLIX ; Boleslav marche à leur tête contre
Sviatopolk, 1018, L ; Sviatopolk va mourir entre le pays des Lekhs
et celui des Tchèques, 1019, LI ; Iaroslav et Mstislav marchent
contre eux, 1031 ; LIII. Iziaslav s'enfuit chez eux, 1068, LXIII ; il
s'allie avec leur roi Boleslav, 1069, LXIV ; Iziaslav est dépouillé et
renvoyé par eux, 1073, LXVII ; Vladimir et Oleg s'allient avec eux
contre les Tchèques, 1076, LXIX ; Iziaslav allié avec eux, 1077,
ib. ; Iaropolk s'enfuit chez eux, 1085, LXXI ; cités dans l'épisode
de Vasilko comme alliés de David, 1097, LXXXII ; Sviatopolk et
David chez eux, 1097, LXXXII ; David se réfugie chez eux, 1099 ;
Sbyslava mariée à leur roi Boleslav, 1102, LXXXV ; Vladimir
envoyé par Sviatoslav chez eux, 1074, IV. Il importe d'établir
avant tout la véritable forme de ce mot. La Chronique écrit Liakh ;
si j'ai transcrit Lekh, c'est parce que ce mot a été mis à la mode
chez nous par les écrivains polonais. Liakh suppose une forme
plus ancienne Lenkh. La nasale nous est attestée par des langues
voisines où le mot s'est conservé sous sa forme la plus ancienne ;
lithuanien *lenkas,* magyar *lengyel.* La Chronique de Thomas,
archidiacre de Spalato, les appelle *Lingones* (Bielowski, *Mon. Hist.
pol.*), les chroniques polonaises de Mierzva et de Vincent *Len-
chitæ, Linchitæ.* Le polonais a, contrairement à ses lois phonéti-
ques, perdu la nasale sans doute sous l'influence de la prononciation russe. Au XIII° siècle, l'historien Kadlubek a imaginé un
personnage légendaire, Lekh, qui aurait été le père des Polonais.
On le retrouve dans un certain nombre de textes poétiques ou
légendaires, où il est mentionné, comme le frère de deux autres

personnages mythiques, Tchekh et Rous. Il n'est pas douteux que les Lekhs de la Chronique ne doivent être, avec les Polianes, considérés comme les ancêtres des Polonais actuels. Ce qui est singulier, c'est que la Chronique ne mentionne jamais la différence religieuse qui les distinguait des Russes. On a beaucoup discuté sur l'étymologie de leur nom ; personne n'est encore arrivé à une solution satisfaisante. (Voir *Archiv für Slawische Philologie*, tome III, *Uber die namen für Polen und Lechen* par M. W. Nehring et tome IV, *Polen, Ljachen, Wenden* par M. Perwolf.)

LÉON (Леонъ), empereur grec, père de Constantin l'Iconoclaste ; LX. C'est Léon l'Isaurien, 717-741, — empereur grec, fils de Basile et d'Alexandre; son règne est signalé en passant, XIX ; il excite les Hongrois contre les Bulgares, 902, XXI ; conclut le premier traité avec les Grecs, 907, XXI; le deuxième traité, 912, XXII ; reçoit les ambassadeurs, XXIII; Constantin, son fils, commence à régner, 913. C'est Léon VI, dit le Sage (886-911); — de Thessalonique, père des apôtres slaves (voy. *Méthode*) ; — Pape, prend part au quatrième concile. C'est saint Léon, dit le Grand (440-461).

LESBOS (Лѣзвонъ), île, fait partie de l'héritage de Japhet, I.

LETÉTS (Летьцъ), monastère, 1074, LXVIII.

LETTES (Лѣтигола), peuple qui habite l'héritage de Japhet, I. Il habite entre les Kors et les Lives. Ce sont les Lettes ; peuple de race lithuanienne. Ils sont appelés dans l'original *Lietigola*, de *gal's*, lithuanien *galas*, frontière. Comparez le nom des Semigalles. Ils existent encore dans les gouvernements de Courlande, Livonie, Vitebsk et Kovno. Leur nombre dépasse aujourd'hui un million.

LÉVI, personnage biblique, XL.

LIA, personnage biblique, XL.

LIACHKO (Ляшько) meurtrier de Boris, 1015. Ce nom est évidemment un diminutif de Liakh (Le Lekh). Cf. Variajko.

LIBI (Либи), envoyé d'Arfast à Constantinople, 945, XXVII. Forme douteuse; peut-être ancien norse Leifr?

LIBYE (Ливія), fait partie de l'héritage de Cham.

LIDOUL (Лидоулъ), envoyé d'Oleg à Constantinople, 912, XXII ; nom scandinave, ancien norse Lidufr.

LISTVEN (Лиственъ), localité où Iaroslav et Mstislav se rencontrent, 1024, LIII; c'est maintenant un village au sud-est de Tchernigov.

LITHUANIE (Литва, Litva) citée comme appartenant à l'héritage de Japhet, I; tributaire des Russes, VII; expédition de Iaroslav contre cette province, 1040, LV. La Chronique fait remarquer (ch. VII) que les Lithuaniens ont une langue à eux et que cette langue n'est pas slave. Ceci est exact. On sait que le lithuanien est d'ailleurs très proche parent des langues slaves (famille letto-slavo-germanique.) Le nom indigène de la Lithuanie est Lietuva. L'idiome lithuanien est encore parlé par un million et demi à deux millions d'hommes. Voy. Kurschat, *Grammatik der lithanischen sprache*, Halle, 1876.

LIVES, font partie de l'héritage de Japhet, I; payent tribut à la Russie, VII. Pour les Lives comme pour la Lithuanie, la Chronique fait remarquer qu'ils ont une langue à eux, c'est-à-dire différente du slave ou du russe. Ce peuple, qui occupait cette partie des côtes de la Baltique, était de race finnoise. Ils ont été peu à peu absorbés par les Lettes. En 1867 on en comptait à peine 2,500. Ils ont laissé leur nom à la Livonie.

LIOUBETCH (Любьчь), ville de la Russie méridionale, prise par Oleg, 882, XVII; tribut payé par les Grecs au prince de cette ville, 917, XXI, 1015; Sviatopolk marche contre elle, 1015, XLVIII; patrie d'Antoine, LVII; les princes russes s'y réunissent pour faire la paix, 1097, LXXXII. Voy. *Malek*. Cette ville existe encore aujourd'hui; elle est située sur le Dniéper dans le gouvernement de Tchernigov et compte 3,000 habitants. C'est l'une des plus anciennes de la Russie, puisqu'elle existait déjà avant l'arrivée d'Oleg.

LIOUT (Лютъ), fils de Sviénald, tué par Oleg, 975, XXXVII. Ce nom est douteux; ce peut être l'ancien norse Liutr, ou le slave *liout* (le farouche).

LOCRIE, fait partie de l'héritage de Japhet, I.

LOGOJSK (Логожьскъ), ville des Krivitches, ravagée par Vladimir Monomaque, 1078, I. V. Elle s'appelle aujourd'hui Logoïsk et est située dans le gouvernement de Minsk, district de Borisov, sur la Goïna, affluent de la Bérézina.

LOTH, personnage biblique, XXXI, XL; les Khvalises et les Bulgares

sont les enfants des filles de Loth qui conçurent de leur père,
LXXIV. D'après la Bible Loth est le père des Moabites et des Am-
monéens, c'est-à-dire des peuples impurs auxquels la Chronique
rattache ces deux nations.

LOUBNO, LOUBEN (Лоубьнъ), ville de la Russie méridionale assiégée par les Polovtses, 1107, LXXXVII ; et I. V. C'est aujourd'hui
Loubny dans le gouvernement de Poltava sur la rivière Soula
(5,000 habitants).

LOUGA (Луга), rivière sur laquelle Olga établit des péages, 947,
XXX ; elle se jette dans le golfe de Finlande et a donné son nom
à la ville de Louga.

LOUKOML (Лоукомль), localité ravagée par Vladimir Monomaque,
1098, I. V. ; elle est située aux environ de Loubny.

LOUTCHESK (Лоучьскъ), ville. Iaropolk y laisse sa femme et ses
enfants, 1085, LXXII ; les assassins de Vasilko s'y réfugient, 1097,
LXXXIII ; c'est aujourd'hui Loutsk dans le gouvernement de
Volhynie (12,000 hab., dont près de 8,000 juifs).

LOUTITSES (Лютичи), nom d'une tribu des Lekhs, IV. C'est le
peuple des Loutitches et des Vélètes, l'un des plus importants des
peuples slaves de l'Elbe. (Schafarik, *Antiquités slaves*, § 43, 44.)

LOVOT (Ловоть), rivière citée dans l'itinéraire du pays des Varègues en Grèce, IV. Elle s'appelle aujourd'hui Lovat (Ловать) ;
elle prend sa source dans le gouvernement de Vitebsk, traverse
celui de Pskov et va tomber dans le lac Ilmen. Ses sources ne
sont pas fort éloignées du Dniéper et à l'aide des portages on faisait passer les barques d'un fleuve à l'autre. La traduction de
M. L. Paris a pris les Lovotes (*sic*) pour un peuple. « Il existait un
chemin pour aller de la Grèce chez les Lovotes. » (P. 5.)

LUC, évangéliste, XL.

LUCAS, évêque de Bielgorod, 1089, LXXIII.

LYBED (Лыбедь), sœur de Kii et de ses deux frères, VI. En l'honneur de ce personnage plus ou moins authentique un quartier de
Kiev s'appelle encore aujourd'hui Lybedskaïa ; mais il faut remarquer que Lybed est aussi le nom d'un cours d'eau qui coule
auprès de cette ville. Cf. 968, XXXIII ; Rogniéda établit sa demeure
sur cette rivière, 980, XXXVIII. A propos du rôle que les femmes
jouent dans l'histoire primitive des Slaves, M. Bestoujev Rioumine

fait dans son histoire de Russie (p. 42) une remarque ingénieuse :
« Vu la douceur des mœurs slaves, la femme a chez les Slaves
une indépendance considérable ; à l'origine de presque tous les
peuples slaves on trouve une femme reine, en Russie Lybeda puis
Olga, chez les Tchèques, Libussa ; chez les Polonais, Wanda ; chez
les Croates, Tuga et Buga. »

LYCAONIE, fait partie de l'héritage de Japhet, I.

LYDIE, fait partie de l'héritage de Cham, I.

LYDIE, id., ib.

LYCHNITIE, contrée qui fait partie de l'héritage de Japhet, I ; dans
le texte grec Λυχνῖτις. Une ville d'Illyrie, capitale des Dassarètes,
s'appelait Lychnide.

M

MACÉDOINE, fait partie de l'héritage de Japhet, I ; ravagée par les
Hongrois, 898 ; les Macédoniens combattent les Russes, 941, XXXI.
Voy. *Alexandre*.

MACÉDONIUS, hérétique iconoclaste, XL.

MADIAN (pays de), XL.

MAHOMET, XL. Il est appelé dans le texte Bogmitch.

MAL (Малъ), prince des Drevlianes, XXXIX. Ce nom est évidemment slave ; mal, maly, petit.

MALALA. Voy. l'*Introduction*.

MALEK, de Lioubetch, père de Dobrynie, 976, XXXV.

MALFRIDA (Малъфридъ), sa mort, 1000, XLVII ; nom scandinave.
Ancien norse Malmfridr, Malfridr. C'était, probablement, comme
le suppose M. Smith, p. 101, une des nombreuses femmes de
Vladimir. Elle n'est nommée qu'une seule fois dans la Chronique.

MALOUCHA (Малоуша), fille de Malek, sœur de Dobrynia, chambrière d'Olga et mère de Vladimir, nom évidemment slave, diminutif de *mala*, petite.

MAMA (saint-) (Мама), endroit où les marchands russes doivent résider quand ils viennent à Constantinople, traité de 987, XXI; traité de 945, p. XXXIV. Les clauses relative au séjour des Russes à Saint-Mama sont fort curieuses; les Grecs craignaient évidemment que sous prétexte de commerce ils n'entrassent dans la ville en grande masse et ne réussissent à s'en emparer par surprise. Ils sont donc parqués hors de la ville, à Saint-Mama, sont d'abord inspectés par un agent impérial, et ne peuvent entrer dans la ville que par petits groupes et sans armes. Le monastère de Saint-Mama était situé en dehors de Constantinople près de la porte appelée Hyloporta, non loin de l'endroit appelé aujourd'hui Aïvan Seraï Kapi. C'est là qu'était le port où abordaient les vaisseaux russes.

MAMBRIÈS. Voy. *Jannès.*

MANÉTHON, magicien, XXV.

MARIE, mère de Dieu, XL, — sœur de Iaroslav mariée à Kazimir de Pologne, 1043, LVI. Voy. *Kazimir.*

MARIN, évêque de Iouriev, assiste à la translation des reliques de Théodore, 1019, LXXIV; 1095, LXXVIII.

MARMARIE, pays qui fait partie de l'héritage de Cham, I. Dans le texte grec Μαρμαρίς. Contrée d'Afrique, entre l'Égypte et la Cyrénaïque.

MASSYRIE (Μασσυρίς), fait partie de l'héritage de Cham, I. Elle est située entre la Numidie et la Mauritanie. C'est proprement la Massylie.

MATHIEU, moine du monastère Petchersky, ses visions, LXVII.

MAURICE, empereur de Constantinople; miracles sous son règne, LX.

MAURITANIE, fait partie de l'héritage de Cham, I.

MAZOVIE, MAZOVIENS (Мазовьшане), peuple slave de la famille des Lekhs, c'est-à-dire des Polonais, III; Iaroslav fait contre eux une expédition en bateaux, 1041, LV; il les bat et tue leur prince Moïslav, et les soumet à Kazimir, roi de Pologne, 1047, LVI. La Mazovie s'appelle en polonais Mazowsze; elle comprenait les provinces de Mazovie, de Plock et de Rawa. A l'époque dont parle la Chronique, la Mazovie avait un prince indépendant et n'était pas encore absorbée dans l'unité polonaise. Voy. *Moïslav*. Les Mazoviens ou *Mazurs* se distinguent de leurs compatriotes polonais par certaines particularités ethniques et linguistiques. Elles ont été étudiées par quelques écrivains polonais, notamment par M. Ketrzynski. (*O Mazurach*, 1872.)

MÉDIE, fait partie de l'héritage de Sem, I; dans le même chapitre elle fait également partie de celui de Japhet. Voir le texte grec de Georges Hamartolos.

MEDVIÉDITSA (Медьвѣдица), rivière, 1096, LXXXI. Ce mot veut dire rivière de l'ours. Il y a en Russie deux cours d'eau de ce nom, l'un affluent du Volga (rive gauche), l'autre du Don (rive gauche). C'est du premier qu'il s'agit.

MELETIUS, évêque d'Antioche, cité comme ayant pris part au deuxième concile, 988, XLII.

MÉNANDRE, magicien, XXIV; c'est un disciple de Simon et l'un des premiers gnostiques.

MÉOTIDE, fait partie de l'héritage de Sem, I. Μαιῶτις dans le texte grec; elle était habitée par les Scythes.

MÉRA, MÉRIENS (Мера, Меряне), peuple tributaire des Russes, VII; tributaire des Varègues, 859, XIV; ce sont les premiers habitants de Rostov, XV; tributaires d'Oleg, 882, XVIII; ils servent dans son expédition contre Constantinople, 907, XXI. Ce peuple d'origine finnoise a entièrement disparu aujourd'hui. Il était établi sur le cours supérieur du Volga. Il est connu de Jornandès qui l'appelle *Merens* (*Hist. goth.* 23), et d'Adam de Brême qui l'appelle *Mirri*. (*Gesta Hamb.*, III, 14.) Le comte Ouvarov lui a consacré une monographie importante au point de vue archéologique (traduite en français, Moscou, 1872). M. Korsakov a donné en russe l'histoire des Mériens et de la principauté de Rostov. (Kazan, 1872.)

MEREN, l'endroit où les Juifs trouvent des eaux amères, XL.

MÉSOPOTAMIE, fait partie de l'héritage de Sem, I.

MÉTHODE, apôtre des Slaves, frère de Constantin; sa mission chez les Slaves, XX; il est nommé évêque de Moravie et fait traduire l'Écriture en langue slave, id. Les détails que la Chronique fournit sur Méthode et son frère Constantin (ou Cyrille), sont conformes aux renseignements généraux qu'on a sur la vie des deux apôtres. Il est intéressant de voir une Chronique spécialement russe leur consacrer une digression particulière. Les détails que donne Nestor paraissent empruntés à la vie de Méthode connue sous le nom de légende pannonienne. Certains passages sont presque littéralement reproduits. (Voy. Bielowski, *Monumenta* p. 86 et suiv., et mon ouvrage *Cyrille et Méthode*, essai sur la conversion des Slaves au christianisme. Paris, 1868.)

MÉTHODE DE PATARE, cité à propos des peuples impurs, LXXIX, LXXX. Méthode, évêque de Patare en Cilicie, vivait dans la seconde moitié du IIIᵉ siècle ; il a souffert le martyre en 1103. Il a laissé entre autres écrits un ouvrage : περὶ τῶν ἀπὸ συστάσεως κόσμου συμβάντων καὶ τῶν μελλόντων συμβαίνειν εἰς τὸ ἑξῆς (Des choses qui sont arrivées depuis la création du monde et de celles qui arriveront désormais.) Cet ouvrage, traduit en latin dans les *Monumenta S. Patrum orthodoxographa*, Basileæ, 1569, avait été de bonne heure traduit en slavon. Un autre ouvrage a pour titre : Λόγος ἠκριβωμένος περὶ τῆς βασιλείας τῶν ἐθνῶν καὶ εἰς τοὺς ἐσχάτους καιροὺς ἀκριβῆς ἀπόδειξις. (Voir la note de l'édition Miklosich, p. 187.) Un certain nombre d'ouvrages de Méthode avaient été traduits en slavon. M. Goloubinsky en donne la liste (tome I, p. 745.) C'est sur une traduction slavonne de cet ouvrage que Nestor a probablement copié cet extrait. Il est d'ailleurs abrégé et laisse de côté un certain nombre de détails répugnants. Les œuvres de Méthode figurent dans la collection Migne, tome XVIII.

MICHÉE, personnage biblique, XL.

MICHEL (III), empereur grec; c'est sous son règne que les Russes attaquent pour la première fois Constantinople, 852, XIII ; son expédition contre les Bulgares, 858, XIV ; sa mort, 868, XXII ; — l'archange Michel, XC; — évêque de Iouriev, assiste à la translation des reliques de Boris et Gleb, 1072, LXVI ; église du monastère Petchersky fondée par lui, 1072, id. — Tolbekovitch, moine du monastère Petchersky, LXVIII. — L'empereur Michel dont il est question en premier est Michel dit l'Ivrogne qui fut l'associé de Basile le Macédonien, lequel le fit périr en 868.

MIKOULIN, personnage cité dans l'Instruction de V. M.

MINA, évêque de Polotsk, 1105, LXXXVI.

MINSK (Мѣньскъ), ville prise par Iziaslav, Sviatoslav et Vsévolod, 1067, LXII ; Poutiata envoyé contre elle, 1104, LXXXVI ; prise
et pillée par Vladimir Monomaque, 1096, I. V. ; 1111, id. Aujour-
d'hui Minsk ; elle appartenait au xi° siècle à la principauté de
Polotsk et fut au xii° capitale d'une principauté ; elle passa au
xiii° au pouvoir de la Lithuanie et ensuite de la Pologne. An-
nexée par la Russie en 1793. Actuellement chef-lieu de gouvernement (35,000 hab.)

MITROPHANE, évêque de Constantinople, envoie ses évêques au
premier concile, XL.

MOAB ; les Khvalises sont cités comme étant ses fils, LXXIX ; Moab
est dans la Bible le père des Moabites, peuple impur, attendu
qu'il est né de l'inceste de Loth avec une de ses filles.

MOISLAV (Мойславъ), prince de Mazovie, tué par Vladimir, 1047,
LVI. L'existence de ce personnage est également attestée par les
Chroniques polonaises. (Gallus, liv. I, § 20 ap. Bielowski.) Il avait
été échanson du roi Mieczislav II. Après sa mort il se mit à la tête
des Mazoviens et tenta de se créer une principauté indépendante.
« In tantum superbiæ fastum conscenderat quod obedire Kazi-
mero renuebat, insuper etiam ei armis et consiliis resistebat. »
Le chroniqueur polonais Gallus, par patriotisme ou par ignorance,
ne parle pas des secours fournis par Iaroslav.

MOISE ; prédiction des anciens à Pharaon concernant le jeune Moïse
(n'est pas dans la Bible et vient sans doute d'un texte apocryphe),
XII, XXXIII, XL passim, LXVII ; ne peut pas voir les anges (apocryphe), LXXXIX ; lutte de l'archange Michel avec le diable pour le
corps de Moïse (apocryphe), XC ; citation de l'Exode, id.

MOKOCH (Мокошь), dieu des Russes païens dont Vladimir établit l'idole sur une colline, 980, XXXVIII ; le nom de cette divinité a fort embarrassé les commentateurs. M. Jagich (Arch. fur.
Slav. Philologie, t. V., p. 7), suppose qu'il traduit le mot grec
Μαλακία. Ce serait donc une divinité obscène.

MOLOSSES, peuple, fait partie de l'héritage de Japhet, I.

MONOMAQUE, empereur grec, repousse une attaque des Russes,
1043, LVI ; c'est Constantin X, Monomaque (1042-1054).

MONY (Моны), marchand russe, 945, XXVII. Nom scandinave :

Manni très usité en Suède et en Danemark ; Mani dans les inscriptions runiques.

MORAVA (Морава), rivière sur laquelle s'établissent les Slaves qui s'appellent les Moraves, III ; c'est la rivière appelée par les Allemands March, affluent de la rive gauche du Danube. On sait qu'une rivière du même nom arrose la Serbie.

MORAVIE, évangélisée par Cyrille et Méthode. Voy. *Méthode*, XX. C'est la Grande Moravie, beaucoup plus vaste au IX° siècle que ne l'est aujourd'hui la province de ce nom. (Voir mon livre *Cyrille et Méthode*.)

MORDVINES (Морьдва), peuple finnois, vivant dans le pays de Japhet, I (ils sont cités entre les Ves et les Tchoudes d'au delà des Portages) ;. tributaires des Russes, VII ; Iaroslav, vaincu par eux, 1103, LXXXV. Ce peuple est connu par Jornandès (qui l'appelle *Mordens*, il le cite à côté des Mériens, *Merens*), par Constantin Porphyrogénète (*De adm. Imp.* 37), qui l'appelle Μορδία. Il existe encore aujourd'hui. Il compte environ 70,000 représentants dans la Russie du centre et de l'est. Ils sont chrétiens. Une famille célèbre d'hommes d'État, les Mordvinov, est d'origine mordvine.

MSTA (Мьста), rivière sur laquelle Olga établit des maisons pour les marchands et des péages, 947, XXXI ; affluent du lac Ilmen, (400 kilom. de longueur).

MSTICH (Мьстишь), fils de Svienald, 945, XXIX. Ce nom parait slave (*msta*, la vengeance) ; mais le nom de Svienald est encore scandinave.

MSTISLAV (Мьстиславъ), fils de Vladimir et de Rogniéda, XXXVIII ; établi par son père à Tmoutorakan, XLIV ; fait une expédition contre les Kassogues et se bat en duel avec leur chef Rédédia, 1122, LII ; marche contre Iaroslav, 1024, LIII ; fait la paix avec lui, id. ; marche contre les Lekhs, 1031, id. ; sa mort, son portrait, 1036, LIV. Ce prince a été surnommé le Vaillant.

MSTISLAV, fils d'Iziaslav, prince de Polotsk, établi dans cette ville par son père, 1069, LXIV ; son fils Rostislav, 1093, LXXVI.

MSTISLAV, fils de Sviatopolk établi par son père à Vladimir, 1097, LXXXIII ; sa mort pendant le siège de cette ville, id., 1097 ; sa mort est de nouveau rapportée en 1099, le 12 juin (LXXXIII). Il y a évidemment dans le récit une interpolation; la seconde date qui indique le jour même de la mort doit être la plus exacte.

MSTISLAV, fils de Vladimir Monomaque, sa naissance, 1076, LXIX; les Novgorodiens le prennent pour prince, 1095, LXXVIII; lutte contre Oleg; victoire, 1096, LXXXII; il vient à Kiev, 1102, LXXXIV; il bat les Polovtses, 1107, LXXXVII; il marie sa fille à Iaroslav, fils de Sviatopolk, 1112, XCI; fonde une église à Novgorod, 1113. Ce prince a été surnommé le Grand; son règne dépasse de beaucoup les limites de la Chronique; il devint en 1125 grand prince de Kiev, et mourut en 1132. Un privilège de lui à un monastère de Novgorod est le plus ancien document de ce genre connu en Russie.

MSTISLAV, neveu de David Igorovitch, s'enfuit avec son oncle, 1097, LXXXII; s'embarque sur la mer, 1100; marche contre les Polovtses, 1108, LXXXVI.

MOUROM (Моурома, Mouroma, nom collectif), peuple, fait partie de l'héritage de Japhet (cité entre les Méniens et les Ves, I; tributaire des Russes, VII; XV). Les Mouromiens étaient un peuple finnois établi sur les rives de l'Oka; ils sont depuis longtemps assimilés aux Russes; ils ont donné leur nom à la ville de

MOUROM (Моуромъ). Gleb, fils de Vladimir établi prince dans cette ville, XLIV; elle est prise par les Bulgares (du Volga), 1088, LXXII; Iziaslav va à Mourom, 1095, LXXVIII; Oleg marche contre lui, 1096, LXXXI et s'empare de tout le pays de Mourom; Iaroslav s'y enferme, 1096, LXXXII, et *Lettre à Oleg*. Cette ville est aujourd'hui dans le gouvernement de Vladimir (10,000 hab.). Depuis 1262, la principauté de Mourom a été réunie à celle de Moscou. Elle est célèbre pour avoir donné le jour au fameux héros légendaire Ilia Mouromets. (Voy. Rambaud, *La Russie épique*. Paris, Maisonneuve, 1876.)

MOUTOUR (Моутоуръ), envoyé d'Oustin, 945, XXVII. Nom douteux Il n'est pas slave, mais il n'est pas certain qu'il soit scandinave.

MYSIE, fait partie de l'héritage de Cham, I.

N

NIÉIATIN, champ de Niéiatin où se livre un combat, 1078, LXX ; adjectif possessif de Niéiata, nom propre. C'est une localité située près de Tchernigov.

NIKITA (Никыта), évêque de Biélogorod, médiateur de la paix entre les princes, 1096, LXXXI; établi à Biélogorod, 1112, XCIII.

NIL, fleuve, I.

NINIVE (habitants de), LXVIII.

NOÉ, personnage biblique; la terre partagée entre ses fils, I; dans l'arche, XXXI; le déluge, XL; intérprétation du déluge. Le baptème renouvelle l'homme par l'eau parce que Dieu avait perdu l'homme par l'eau. J'ignore d'où vient cette interprétation.

NORICIENS (Норьци), de la race de Japhet qui sont Slaves, II. La Chronique, qui ne se rend pas un compte exact des migrations des peuples, suppose que les habitants de la Norique étaient de tout temps Slaves. C'est une erreur; la Norique n'a été occupée par les Slaves que vers le vᵉ siècle. Voir mon *Histoire d'Autriche*, ch. III. Certains chroniqueurs slaves se sont imaginés, à tort, que la Pannonie était slave de toute antiquité : *Quod Pannonia sit mater et origo omnium Slavorum. (Chronic. Polonorum* ap. Bielowski, p. 838.)

NORMANDS (Ноуръмане, Оурмане), sont de la race de Japhet (cités entre les Suédois et les Goths), I; l'un des noms des Varègues, XV. « Ces Varègues se nommaient Russes, comme d'autres se nomment Suédois, et d'autres Normands. » On ne comprend pas comment, en présence d'un texte si positif, il peut encore se trouver en Russie des historiens pour essayer d'établir que les Varègues étaient des Slaves. Voir l'art. *Varègues*.

NOROVIENS, peuple, dans le texte *Norova* (Норова), dans un manuscrit *Neroma*, VII. M. Bielowski suppose que ce sont les descendants des anciens Νευροί que Hérodote place près des sources du Dniester (*Hist.*, IV. 22). Il me paraît plus exact d'identifier ce nom à celui de la Norova, rivière qui coule entre le lac de Tchoude et le golfe de Finlande. Les Noroviens cités entre les Kors (Kours) et les Lives sont évidemment de même race que ces deux peuples. Voy. *Kors* et *Lives*.

NOURA, rivière, 1102, LXXXIV. Aujourd'hui inconnue.

NOVGOROD ou NOVOGOROD (Новъ Градъ, c'est-à-dire la nouvelle ville), ville située sur le lac Ilmen, fondée par les Slaves,
III; saint André (voy ce nom) y voit les bains des Slaves; Rurik
s'y établit, 862, XV; les Varègues en deviennent tributaires, 882,
XVIII; institutions d'Olga, 947, XXX; Vladimir y devient prince,
970, XXV; il s'enfuit et Iaropolk s'y établit, 977, XXXVIII; Vladimir y établit Dobrynia qui élève une idole sur le Volkhov, 980,
XXXVIII; Vycheslav prince, XLIII; Vladimir vient y chercher des
troupes pour combattre les Petchénègues, 997, XLVI; tribut payé
par Iaroslav quand il était à Novgorod, 1014, XLVII; Iaroslav s'y
enfuit, 1018, L; Briatchislav s'en empare, et en est chassé, 1021,
LI; Iaroslav à Novgorod, avec les Varègues pour alliés, 1024, LIII;
il y établit son fils Vladimir, Jidiata comme évêque, 1036, LIV;
mort de Vladimir, 1052, LVII; prodige, 1065, LIX; Ostromir voïévode, 1064, LX; Briatchislav s'en empare, 1067, LXII; magicien,
LXV; Sviatopolk à Novgorod, 1078, LXX; il quitte cette ville pour
Tourov, LXXII; Mstislav s'y établit, 1095, LXXVIII; Iziaslav y est
enterré, 1096, LXXXI; message de Mstislav, id.; Sviatopolk re-
fusé par les habitants, 1102, LXXXIV; arrivée de Iaroslav, fils
de Sviatopolk, 1112, XCI, Mstislav y construit une église, 1113,
XCIII; Vladimir Monomaque à Novgorod, 1076, I. V.

Les princes de Novgorod indiqués par la Chronique sont Rurik, Vladimir, Vycheslav, Iaroslav, Iziaslav, Gleb, Sviatopolk;
elle nomme en outre un voïévode (commandant militaire), Ostromir, et un évêque, Jidiata. Novgorod-la-Grande (qu'il ne faut
pas confondre avec Nijny-Novgorod au confluent de l'Oka et du
Volga) est aujourd'hui un chef-lieu de gouvernement (20,000 habitants). Elle est située sur les deux rives du Volkhov près de
l'endroit où ce fleuve débouche dans le lac Ilmen. On y a élevé
en 1862 un monument en l'honneur du millénaire de l'arrivée de
Rurik. Elle possède un certain nombre de monuments anciens,
notamment l'église cathédrale de Sainte-Sophie dont il est question dans la Chronique. Cette ville est le point de départ de
l'histoire russe. Mais dans la Russie, pays de plaines sans
limites, les hommes se déplacent aisément et dès la fin du IXe
siècle le centre de l'État est reporté à Kiev dont Novgorod devient
tributaire. A dater du XIIe siècle, Novgorod profita des que-

relles des princes russes pour constituer une sorte de république indépendante. Cette période dépasse le cadre de notre Chronique. Le conseil des bourgeois ou Vietché (le mot n'est pas cité dans Nestor) joua de bonne heure à Novgorod un rôle analogue à celui des communes flamandes. Cette ville avait imposé sa domination à des populations lointaines, aux Permiens, aux Ougriens; un passage curieux de notre Chronique nous atteste qu'elle faisait commerce même avec les Samoïèdes. (Voy. *Gourata.*)

NUMIDIE, fait partie de l'héritage de Cham, I.

O

OBRES (Объре), nom slave des Avares; ils oppriment les Doudlèbes (voy. ce mot) et disparaissent, VIII. Proverbe russe: « Ils ont péri comme les Obres » pour parler de personnages disparus sans laisser de trace. Les Avares, peuple mongol dont le principal établissement était, comme on sait, en Hongrie, ont en effet, à dater de 826, complètement disparu de l'histoire. On suppose que leur nom est resté dans le tchèque *Obr* qui veut dire géant et dans le polonais *Olbrzym* qui a la même signification. Frédégaire, qui identifie les Avares aux Huns, s'exprime presque dans les mêmes termes que notre Chronique : « Tous les ans, les Huns venaient passer l'hiver chez les Esclavons; ils prenaient pour leur lit leurs femmes et leurs filles et les Esclavons (Slaves) subissaient en outre des tributs et bien d'autres vexations. »

ODRESK (Одрьскъ), localité citée par Vladimir Monomaque, 1076, I. V.

ODRIEN, nom slave d'Andrinople, qui s'appelle encore aujourd'hui Odrin en bulgare.

OKA (Ока), rivière affluent du Volga; peuples établis sur ses rives, VII; Viatko s'établit sur l'Oka, IX; expédition de Sviatopolk sur l'Oka, 964, XXXII. Affluent de la rive droite du Volga (1,500 kilom. de longueur).

OKOV (Оковскый Лѣсъ), forêt de — où le Dniéper prend sa source, IV. Ce nom a aujourd'hui disparu. Les géographes russes appellent cette forêt Volkovisk. Elle est située dans le pays de Smolensk.

OLBIEG Ratiboritch ou fils de Ratibor (Ольбегъ), nom du Russe qui tue Itlar, 1095, LXXVIII.

OLDRICH (Ольдрихъ), prince tchèque, vit en paix avec Vladimir, XLV. Oldrich (de l'allemand Ulrich), prince de la dynastie des Premyslides, régna en Bohême de 1112 à 1037.

OLEB (Олѣбъ), marchand russe, 945, XXVII; nom scandinave; ancien norse Oleifr, Olafr, plus tard Olaf; très répandu.

OLÉCHIÉ, localité inconnue aujourd'hui, 1084, LXXI.

OLEG (Олѣгъ), prince russe, VIII; son avènement cité pour établir la chronologie, XIII; succède à Rurik, 879, XVII; bat les Drevlianes, 883, XIX; les Sévériens, 884, id.; les Radimitches, etc., 885, id.; Igor sous sa tutelle, 903, XXI; expédition contre Constantinople, 907, id.; tribut imposé aux Grecs, id.; traité avec les Grecs, 912, XXII; histoire de son cheval, sa mort, son tombeau, 912, XXIII; Igor son successeur, 913, XXV; l'empereur grec offre de renouveler le tribut payé à Oleg 944, XXVII.

Ce prince est appellé *Viastchy* (Вящій), le Grand. C'est en effet un des plus remarquables de la dynastie de Rurik. C'est le premier prince russe qui s'attaque à Constantinople; il rattache Novgorod à Kiev, il entoure le monde russe d'une ceinture de forteresses; ses exploits avaient dû évidemment être le sujet de *byliny* (épopées populaires) dont la Chronique semble parfois l'écho. Sa mort est certainement un souvenir d'une saga scandinave. Un récit analogue se retrouve presque textuellement dans la saga d'Oerwar Odde, fils de Grim, auquel on avait prédit qu'il mourrait tué par son cheval. Il revient après une longue absence, retrouve son cheval enseveli dans un marécage et est tué par un lézard qui sort de sa tête. (Bielowski, p. 849; Rafn, *Nordiske Fortids sagaer*, II, p. 150 et 233, etc.)

OLEG, fils de Sviatoslav, petit-fils d'Olga, assiégé par les Petchénègues avec sa grand'mère, 968, XXXIII; son père l'établit chez les Drevlianes, 970, XXXV; il tue le fils de Sviénald, 975, XXXVII; sa mort, 977, id.; on déterre ses os et on les baptise, 1044, LXI. Ce personnage ne joue qu'un rôle très secondaire.

OLEG, fils de Sviatoslav, petit-fils de Iaroslav, prince russe, secourt les Lekhs contre les Tchèques, 1076, LXIX; s'enfuit à Tmoutorakan, il s'allie avec les Polovtses, id.; il est battu, id.; il est pris par les Kozares et envoyé à Constantinople; 1079, LXXI; son retour, id.; il occupe Tchernigov avec le secours des Polovtses, 1094, LXXVII; il refuse de marcher avec les autres princes russes contre les Polovtses, 1095, LXXVIII; son lieutenant pris dans Mourom, id.; il refuse de s'entendre avec ses frères et s'enfuit à Starodoub, 1096, LXXIX; ils font la paix, id.; nouvelles guerres; il s'empare de Rostov et de Mourom, 1096, LXXXI; il est de nouveau battu, ib.; paix de Lioubetch, 1097, LXXXII; son intervention en faveur de Vasilko, 1097, LXXXII; guerre contre Sviatopolk, 1098, LXXXIII; traité avec David Igorovitch, id.; traité avec les Polovtses, 1101, LXXXIV; il refuse de marcher contre eux, 1103, LXXXVI; expédition contre Gleb, 1104, LXXXVI; expédition contre les Polovtses, Oleg marie son fils à la fille d'Aïepa, 1107, LXXXVII; nouvelle expédition, 1113, XCIII. Voy. aussi I. V. années 1078-1111, et la lettre à Oleg. Ce personnage ambitieux et batailleur mourut en 1115; sa vie dépasse donc les limites de la Chronique. Les princes de Tchernigov et de Riazan, ses descendants, prirent d'après lui le nom d'Olegovitches.

Le nom d'Oleg est incontestablement scandinave; ancien norse Helgi. La forme primitive a dû être Ielg. I a été changé en O en vertu d'une loi phonétique propre au russe.

OLGA (Ольга) femme d'Igor, originaire de Pskov, 903, XXI; représentée par Iskousev au traité avec Constantinople, 945, XXVII; vengeance qu'elle tire des Drevlianes, 945, XXIX; 946, XXX; ses institutions, id.; sa visite à Constantinople; son baptême, 955, XXXI; guerre avec les Petchénègues, 968, XXXIII; sa mort et son panégyrique, 969, XXXIV; allusion à sa sagesse, 987, XLI. Cette princesse, mise par l'église russe au rang des saints, conserve dans l'histoire un caractère légendaire. Voy. art. *Iskorosten*. Il y a des erreurs évidentes dans les récits qui concernent sa visite à Constantinople et son baptême. L'empereur régnant n'était point à ce moment-là Jean Zimisces, mais Constantin Porphyrogénète. L'année de cette visite n'est pas 955, mais 957. Elle nous est d'ailleurs attestée par divers écrivains byzantins. Le Porphyrogénète décrit le cérémonial qui fut employé pour la réception (*De cerimoniis aulæ bysantinæ*, II, 15), les cadeaux faits à ses gens et le banquet qui lui fut offert. Il ne parle point de son baptême. Cédrénus, Zonaras et Kylitsès l'attestent. Mais il n'était pas nécessaire d'en parler dans un ouvrage consacré surtout à des questions d'étiquette. M. Goloubinsky, dans son *Histoire de l'église russe*, prétend démontrer que la princesse dut être baptisée à Kiev. La demande en mariage faite à une princesse de soixante-dix ans par un prince déjà marié peut être rejetée au rang des fables. Ce qui importe au chroniqueur, c'est de faire valoir l'intelligence d'Olga, la ruse étant à ces époques barbares une des formes les plus élevées de l'intelligence.

Les Byzantins appellent cette princesse Ἔλγα; c'est l'ancien norse Helga. Nous avons fait remarquer (art. *Lybed*) le rôle considérable que les femmes jouent dans l'histoire primitive des peuples slaves. Olga possède une ville, Vychégorod, elle envoie, ainsi que Predslava, son ambassadeur (Iskousev) traiter avec Constantinople. Il a paru récemment à Paris un ouvrage intitulé : *Histoire de l'introduction du christianisme sur le continent russe et vie de sainte Olga,* par L. d'Elissalde Castremont (*Douniol*, 1879); c'est une compilation sans critique.

OLIVIERS, mont des, XL.

OLJITCHI (Ольжичи), le village d'Olga, fondé par cette princesse 947, XXX. Il était sur la rive gauche du Dniéper et est souvent mentionné dans les Chroniques du xiie et du xiiie siècle. Il a disparu aujourd'hui.

OLMA (Ольма), maison d'Olma à Kiev, XVIII; cette maison est appelée dans le texte Olmin Dvor. Certains lisent *Oljin*, la maison d'Olga. Olma peut d'ailleurs être regardé comme un nom varègue suédois : *Holmi*.

ORESTE. Voy. *Andrinople.*

ORIGÈNE, hérétique, XL.

OROGOST, serviteur de Vladimir, 1100, LXXXIII.

ORONTES, fleuve qui coule près d'Antioche, XXIV.

OSEN (Осѣнь), prince des Polovtses, sa mort, 1082, LXXI ; ce nom
paraît devoir être rapproché du nom bulgare Asen et du Turc
Hassan. Voy. *Asen.*

OSKOLD et DIR (Осколдъ, Диръ), boïars de Rurik ; s'établissent
à Kiev, XVI ; marchent contre Constantinople, 866, XVI ; ils sont
tués par Oleg, leurs tombeaux, 882, XVIII. Aux détails donnés par
notre Chronique sur ces deux personnages, le texte dit de Nikon
en ajoute quelques autres. En 864, le fils d'Oskold fut tué par les
Bulgares ; en 867, Oskold et Dir tuèrent beaucoup de Pétchénè-
gües. Une éminence située près de Kiev s'appelle encore le tombeau
d'Oskold. L'existence de ces deux personnages, surtout du premier, n'en est pas moins fort douteuse. M. Bestoujev Rioumine
(*Hist. de Russie,* I, p. 99) suppose que leur histoire a été inventée
uniquement pour établir dès le début un lien entre Kiev et Novgorod et expliquer l'occupation de Kiev par Oleg. Le nom d'Oskold ou Askold, comme on dit aujourd'hui, ne se rencontre dans
un aucun texte étranger. L'interprétation de ce nom proposée
par Bielowski (*Oskylld,* étranger) n'est pas admise par M. Thomsen qui compare simplement Oskold à l'ancien norse Hoskuldr.
Dir figure dans Maçoudy : « De tous les rois slaves le plus puissant est le roi Dir : il a de grandes villes, un pays bien cultivé,
beaucoup de troupes. Les marchands mahométans fréquentent sa
capitale. » (D'Ohsson, *Les peuples du Caucase,* p. 88.) Dir est l'ancien norse Dyri.

OSTR (Острь), rivière ; Vladimir établit sur elle des villes fortifiées,
988, XLIII ; Vladimir Monomaque fonde une ville, 1098, LXXXIII ;
affluent de la Desna, coule dans le gouvernement de Tchernigov.

OSTROMIR, voïévode de Novgorod, père de Vychata, 1064, LX ; c'est
probablement le même personnage pour qui fut écrit en 1056 et
1057 le célèbre manuscrit connu sous le nom d'Évangile d'Ostromir, le plus ancien de la Russie. Il est aujourd'hui conservé à la
Bibliothèque impériale de Saint-Pétersbourg.

OUGRES, OUGRIENS (Oyrpa), peuple qui habite dans l'héritage
de Japhet, I ; ils sont voisins des Iams et des Petchériens, et
évidemment apparentés au peuple Iougra (voy. ce nom), voisin
des Samoïèdes (voy LXXX). Une rivière affluent de l'Oka porte
encore le nom d'Ougra. Mais le peuple auquel la Chronique fait

allusion est beaucoup plus septentrional. On fait venir son nom d'un mot ostiak, *ogor*, qui désigne une montagne (celle de l'Oural) dont les populations ougriennes paraissent originaires. Les géographes arabes parlent d'un pays appelé Ioura, pays de l'obscurité, terre de Gog et de Magog.

OUGRES ou HONGROIS (Оугрп, Оугрє), passent près de Kiev sur une colline qui garde leur nom, 898, XIX; ils chassent les Slaves, les Vlokhs et s'établissent en Hongrie; cette date coïncide assez exactement avec celle qu'assignent les historiens hongrois; (l'invasion des Magyars ne se fit d'ailleurs pas d'un seul coup et naturellement tous ne passèrent pas par Kiev); ils ravagent la Bulgarie, 902, XXI; ils attaquent Constantinople, 934, XXXV; et 943, XXVII; commerce de la Hongrie, 969. XXXIV; Sviatoslav s'enfuit, 1015, XLVIII; Iaroslav et Koloman (voy. ces noms) assiégent Prémiysl, 1097, LXXXIII; défaite des Hongrois, id. Sur les Hongrois au moyen âge, voir l'*Histoire des Hongrois* de M. Sayous (2 vol. in-8, Paris, Didier). Les textes slaves ne connaissent que le nom des Ougres et point celui des Magyars. Ougri correspond à une ancienne forme Ongri; cf. la forme allemande Ungarn, polonais Wengri.

OUGRES blancs, occupent, au temps de l'empereur Héraclius, les pays slaves du bassin du Danube, VIII; Ougres noirs, passent auprès de Kiev au temps d'Oleg, id.; ces derniers, d'après ce qu'on a vu au mot précédent, sont les Hongrois proprement dits; les premiers sont probablement des Huns. Le Caucase est appelé montagne des Ougres, sans doute par confusion avec les Karpathes.

OULAN (Оуланъ), serviteur de David Igorovitch, 1097, LXXXII. Ce mot est peut-être le turc Oglan; les princes russes avaient des serviteurs de toute nationalité. Voy. Tortchin.

OULB (Оульбъ) envoyé de Vladislav à Constantinople, 945, XXVII; — marchand russe, id., ib. Voy. *Oleb*.

OULITCHES, OUGLITCHES (Оуглпчп), peuple slave établi le long du Dniester, IX; en guerre avec Oleg, 885, XIX; ils devaient probablement leur nom à la rivière Ougol (appelée aujourd'hui Orel) qui arrose le gouvernement d'Ekaterinoslav. C'est une colonie de ce peuple qui a donné son nom à la ville d'Ouglitch (gouvernement d'Ekaterinoslav). On rencontre aussi un peuple de ce nom en Bulgarie. Cf. Jireczek, *Histoire des Bulgares*, édition russe, p. 158.

OUROUSOBA (Оуроусоба), prince polovtse tué par les Russes, 1103, LXXV et I. V.

OUSTIÉ (Оустие), ville brûlée par les Polovtses, 1096, LXXIV; on ignore où elle était située. Le mot veut dire : embouchure, confluent.

OUSTIN, OUTIN (Оустинъ), boïar russe, représenté au traité de Constantinople, 945, XXVII; nom douteux. Peut-être ancien norse Eysteinn?

OUVIÉTITCHI (Оувѣтичи), ville où se réunissent les princes russes, 1110, LXXXIII. « On ignore la situation exacte de cette localité, dit M. Bestoujev Rioumine ; elle était certainement située dans la province de Kiev. »

OVTCHIN (Овьчинъ), prince des Polovtses, 1111. I. V.

OZÉE, prophète, citations, XXXIX, XL.

P

PALESTINE, LX.

PAMPHILE, domestique (c'est-à-dire chef de la garde du corps des empereurs Byzantins), repousse les Russes, 941, XXVI.

PAMPHILIE, fait partie de l'héritage de Cham, I.

PANNONIE (Méthode, évêque de), XXI.

PAPHLAGONIE, fait partie de l'héritage de Japhet, I ; ravagée par les Russes, 944, XXVI.

PASINETCH (Пасынча бесѣда), place de Kiev ; les archéologues russes ont beaucoup discuté sur son emplacement et son étymologie. Je ne puis que renvoyer les curieux à l'édition tchèque d'Erben, p. 305.

PATARE. Voy. *Méthode*.

PAUL (Павлъ), apôtre; a prêché les Slaves en Illyrie, XX; c'est
le maitre et l'apôtre des Slaves et des Russes, XX. Citations diverses, XXXIX, LX. « Usque ad Illyricum repleveram evangelium
Christi, » dit Paul, *ad Rom.*, XV, 19. Inutile de faire observer que
l'Illyrie n'était pas encore occupée par les Slaves. Mais les Russes
et les Polonais tenaient à se rattacher aux origines mêmes du
christianisme. Les chroniqueurs polonais Mierzwa et Vincent
commettent la même erreur. La curie romaine acceptait cette
doctrine et le pape Jean X (914-928) écrivait à Tomislav, prince
de Croatie : « Quis enim ambigit Sclavinorum regna in primitiis
apostolorum et universalis eccclesiæ esse commemorata cum a
cunabulis escam prædicationis apostolicæ ecclesiæ perceperunt
cum lacte fidei? » (Farlati, *Illyr. sacr.*, III, 95.)
PÉLOPONNÈSE, fait partie de l'héritage de Japhet, I.
PÉRÉIASLAV (Переяславъ), ville sur la Troubèje; tribut payé
par les Grecs à cette ville, 907, XXI; hôtes de cette ville à Cons-
tinople, id.; stipulation identique, 945, XXVII; combat avec les
Petchénègues, nom de la ville, 993, XLV; Péréiaslav donné à Vsévolod, 1054, LVIII: Pierre, évêque, fait la paix avec les Polovtses,
LXXI; église consacrée, 1090, LXXIII; Éphrem, évêque, id., et
1091, LXXIV; mort de Vsévolod, 1093, LXXVI; Vladimir Monomaque s'y établit, 1094, LXXVII; siège par les Polovtses, 1096,
LXXIV; les premiers Russes s'y réunissent pour combattre les
Polovtses, 1103, LXXXV; Lazare, évêque, 1105, LXXXVI; Boniak
ravage les environs, 1107, LXXXVII; les Polovtses reviennent,
1110, LXXXIX; Sviatoslav établi prince, 1113, XCIII; Iaroslav, id.,
id., et 1074-1107, I.V. La Chronique tombe à propos de cette ville
dans une contradiction: à l'année 907, elle la suppose déjà existante, à l'année 993, elle nous apprend sa fondation et l'étymologie peu vraisemblable d'ailleurs de son nom. Ici encore, on voit
clairement combien le chroniqueur s'est peu soucié de relier l'un
à l'autre les fragments qu'il copie à droite et à gauche. Cette
ville est aujourd'hui située dans le gouvernement de Poltava
(9,000 habitants).
PÉRÉIASLAVETS, ville sur le Danube en Bulgarie, résidence du
prince, conquise par Sviatoslav, 967, XXXII; il veut s'y établir,
969, XXXIV; nouvelle expédition contre cette ville, il est repoussé,

971, XXXVI ; il y revient encore, 971, XXXVI. Cette ville est appelée par les Bulgares Maly Péréiaslav; on en voit encore les traces à l'est de Toultcha, près du village de Prislav.

PERM, PERMIENS (Пермъ, nom collectif), peuple finnois établi dans l'héritage de Japhet, tributaire des Russes, VII. Ce peuple existe encore aujourd'hui et compte environ 75,000 représentants. Leur pays était appelé Biarmeland dans les chroniques scandinaves.

La ville de Perm, chef-lieu du gouvernement de ce nom sur la rive gauche de la Kama, a gardé leur nom primitif. Ils s'appellent aujourd'hui Permiaki.

PÉROUN (Пероунъ), dieu des Russes païens; les Russes jurent par lui le traité avec Constantinople, 907, XXI; ils jurent devant sa statue à Kiev sur une colline, 945, XXVII; autre traité juré en son nom, 971, XXXVI; idole élevée par Vladimir à Kiev et à Novgorod, 980, XXXVIII; elle est renversée, 988, XLII. Péroun était le dieu du tonnerre; il semble répondre à ce dieu suprême fabricateur de la foudre, dont parle Procope (*De bello Goth*, III, 14). Il correspond au Thor scandinave et cette circonstance a peut-être contribué à établir son crédit chez les Varègues. Détrôné officiellement par Vladimir, ce dieu a continué de vivre dans l'imagination populaire sous le nom du prophète Élie qui est resté le saint du tonnerre (voy. ce mot), et peut-être du héros Ilia Mouromets. Voy. mon *Esquisse sommaire de la Mythologie slave* (Paris, 1882). Remarquons que Péroun n'a point de temple ; ses statues s'élèvent sur des collines; il n'y a point de temple dans la religion des Russes païens.

PHALEG, personnage biblique, II.

PHRYGIE, fait partie de l'héritage de Cham, I.

PIERRE, frère de saint André, IV; apôtre, XC; —, moine d'Alexandrie, XL, — le Bègue, hérétique, XLII. M. Bielowski suppose que ce personnage est Pierre, évêque de Pavie et chancelier d'Othon II. Élu pape après la mort de Benoît VIII, il prit le nom de Jean XIV. Il ne resta sur le trône pontifical que quelques mois. L'antipape Boniface VII qui s'était réfugié à Constantinople, revint, le renversa et le fit pendre. On ne voit pas très bien ce que ce personnage vient faire dans un exposé de la foi; M. Goloubinsky, plus versé dans l'histoire religieuse, propose une explication beaucoup plus vraisemblable (*Hist. de l'égl. russe*, tome II, p. 693). Pierre dit le Bègue (Πέτρος Μόγγος) était, dans la moitié du v⁰ siècle, patriarche d'Alexandrie ; il partageait l'hérésie des monophysites. Mais M. Goloubinsky ne peut s'expliquer pourquoi ce personnage est représenté comme le chef d'une hérésie romaine ; —, prince de Bulgarie, fils de Siméon, 942, XXXI; —, évêque de Péréiaslav, 1072, LXVI.

PERSE (Khozroës, roi de) attaqué par les Ougres, VIII. — Lutte de l'archange Michel contre leur roi, XC (d'après des textes apocryphes. Voy. *Michel*).

PETCHÉRA, PETCHÉRIENS (Печера, nom collectif); peuple établi dans l'héritage de Japhet, I; tributaire des Russes, VII; id., LXXX. Le nom de ce peuple, aujourd'hui disparu, est resté dans celui du fleuve Petchora qui arrose les gouvernements de Perm, Vologda, Arkhangel et se jette dans l'Océan glacial.

PETCHÉNÈGUES (Печенѣзи), peuple ; leur passage auprès de Kiev, VIII; première invasion, 915, XXV; guerre d'Igor contre eux, 920; Petchénègues au service d'Igor contre les Grecs, 944, XXVII; ils ravagent la Bulgarie, id. ; assiègent Olga, 968, XXXIII; en guerre avec les Russes, 971, XXXVII; Variajko s'enfuit chez eux, 980, XXXVIII; ils sont battus par Vladimir, 988, XLIII; nouvelle guerre ; un combat singulier, 993, XLV; 996, id. ; siège de Bielgorod, ruse des habitants, 997, XLVII; expédition de Boris contre eux, 1015, XLVII, Petchénègues au service de Sviatopolk, 1015, XLVIII; id., 1019, LI; ils assiègent Kiev, 1036, LIV; ils descendent d'Ismaël ainsi que les Turkmenes, les Torks et les Polovtses, LXXIX; 1097, LXXXII; ils sont battus en même temps que les Polovtses, 1103, LXXXV.

Les Petchénègues sont bien connus des historiens byzantins. Constantin Porphyrogénète les appelle Πατζινακίται (*De adm. imp.*, ch. 9) et leur consacre un chapitre spécial (ch. 37); Saint Bruno, dans sa lettre à l'empereur Henri II, en 1008 (ap. Bielowski, p. 223 et seq.), les appelle *poganorum crudelissimos*, Pezenegos; Thietmar, Pezinegos, le chroniqueur polonais Gallus, Pincinakiti (ap. Bielowski, passim). D'après Hammer Purgstall (*Geschichte der gold. Orde*, p. 25), le nom de cette nation turque vient d'une de ses tribus, les Bedjnak. Les Petchénègues furent détruits au xiiiᵉ siècle par les Byzantins. (Voy. Rambaud, *Const. Porphyr.*, livre II, ch. vi.) Notre Chronique dit à trois reprises différentes que les Petchénègues ont envahi pour la première fois la Russie. Il est probable que l'auteur avait sous la main des Chroniques antérieures qu'il copiait sans s'inquiéter de les collationner ou de les coordonner entre elles.

PETCHERSKY (Пещерскый), monastère à Kiev, son histoire, LVII; Etienne abbé, LXXVII; les Polovtses autour du monastère, 1096, LXXIX; 1106, LXXVI; Sviatopolk au monastère, 1107, LXXXVII; Théoktiste hégoumène, 1108, LXXXVIII; signe céleste, 1110, LXXXIX; id., XC. Le nom de ce monastère vient du mot *petchera* qui veut dire crypte ou grotte; les cryptes en question sont de longs corridors creusés dans le sable. Le monastère Petchersky existe encore aujourd'hui. (J'en ai donné une description dans mon volume, *Études slaves*, Paris, 1875.) Il a toujours été pour les Russes l'objet d'une grande vénération. « Le monastère Petchersky, dit un écrivain russe du xiiᵉ siècle, est comme la mer; il ne garde pas ce qui est impur, mais le rejette. » On prétend montrer dans les catacombes actuelles le corps de l'annaliste Nestor. Sur l'histoire de ce monastère consulter les différents historiens de l'église russe (notamment Goloubinsky), le *Paterik* de Kiev et l'ouvrage aujourd'hui très rare d'Herbinius, *Religiosæ Kiovienses Cryptæ*, Ienæ, 1665. Herbinius, originaire de Silésie, était pasteur de l'église réformée en Pologne. Son ouvrage manque de critique, mais il est encore aujourd'hui précieux à consulter.

PIESOTCHEN (Пѣсочьнъ), endroit fortifié, pris par les Polovtses, 1092. LXXV. Aujourd'hui inconnu; l'étymologie indique un endroit sablonneux (de *pesok*, sable).

PIESTCHANA (Пѣсъчана, Пѣщана), rivière dans le pays des Radimitches. Voy. ce nom, 984, XL.

PILATE (Ponce), son inscription sur la croix, XX, XL.

PINSK (Пиньскъ), ville appartenant à Sviatopolk, 1097, LXXII, passim; gens de Pinsk dans l'armée de Mstislav, id.; c'est aujourd'hui un chef-lieu d'arrondissement du gouvernement de Minsk. Elle doit son nom à la rivière Pina.

PISIDIE, fait partie de l'héritage de Cham, I.

POGORINA, ville de Sviatopolk, 1097, LXXXII. Situation inconnue.

POLIANES (Поляис) peuple; font partie des Lekhs, III; s'établissent sur le Dniéper, id.; vivent dans les montagnes, IV; leurs mœurs, VI; il ont leurs princes à eux, VII; ils sont comptés parmi les peuples qui vivent parmi les Russes, id.; ils vivent en paix, IX; éloge de leurs mœurs, X; paient tribut aux Kozares, XII; Oleg règne sur eux, 885, XIX; des Polianes l'accompagnent dans son expédition contre Constantinople, XXI; ils accompagnent également Igor, 944. A dater de cette époque, leur nom ne reparaît plus dans la Chronique. Au point de vue étymologique, ce nom veut dire habitants des Plaines (*pole*, champ), et est identique à celui des Polonais (Poloni). Les historiens polonais considèrent cette identité comme ayant toujours existé. M. Bielowski dans l'Index alphabétique du premier volume des *Monumenta historica Polonicæ*, réunit les Polonais et les Lekhs sous une même rubrique. Les divisions entre les peuples slaves étaient naturellement beaucoup moins rigoureuses qu'aujourd'hui dans des pays d'immenses plaines, à une époque où il n'y avait encore ni dynasties héréditaires, ni distinctions religieuses bien tranchées, comme celles qui se sont établies plus tard entre les Russes et les Polonais. Les Poloni de la Varta et de l'Oder sont incontestablement les Polonais d'aujourd'hui et ont donné leur nom à tout le peuple; les Polianes du Dniéper peuvent être une colonie de ce peuple; mais on peut supposer aussi qu'il y avait tout simplement deux peuples du même nom. (Voy. *Doudlèbes, Dregovitches.*) C'est là un phénomène qui se rencontre assez souvent. La Chronique rattache tour à tour les Polianes au système des nations russes et des nations lèkhes. (Voir les histoires de Pologne, de Russie, et Schafarik, *Antiquités slaves*, § 38, 4, et 28, 10.) Cf. *Lekhs.*

POLOTA (Полота), rivière affluent de la Dvina, donne son nom aux Polotchanes, III, VII.

POLOTCHANES. Voy. *Polota.*

POLOTSK (Полотьскъ, Плътьскъ), ville; Rurik y établit un des siens, 862, XV; princes à Polotsk, 907, XXI; Rogvold et sa fille Rogniéda, 980, XXXVIII; Iziaslav y est établi par son père Vladimir, XLIII; Briatchislav à —, 1021, LI; Vseslav s'y enfuit, 1069,

23

LXIV ; Mstislav y est établi, id. ; prodiges, 1092, LXXV; mort de Vseslav, 1101, LXXXIV; Mina, évêque, 1105, LXXXVI; brûlée par Vladimir Monomaque, 1070, I. V. Cette ville, située à l'embouchure de la Polota (qui lui donne son nom), dans la Dvina occidentale, est aujourd'hui chef-lieu d'arrondissement dans le gouvernement de Vitebsk (12,000 hab). Ne pas la confondre avec la ville polonaise de Plock sur la Vistule.

POLOVTSES (Половьци), peuples; leurs mœurs, XI; peuple nomade, XIX; Vsévolod fait la paix avec eux, 1055; invasion victorieuse, 1068, LXIII; ils ravagent les environs de Tchernigov, 1078, LXX; Roman allié avec eux, 1079, LXXI; ils pillent le pays des Lekhs, 1092, LXXV; ravagent la Russie, 1093, LXXVI; siège de la ville de Tortchesk, id. ; expédition en Grèce, 1095, LXXVIII ; environs de Kiev ravagés, le monastère Petchersky menacé, 1096, LXXIX; discussion sur l'origine des Polovtses, id. (ils s'appellent aussi Cumans) ; un Polovtse au service de Mstislav, 1096, LXXXII; ils se réjouissent des discordes des princes russes, 1097, LXXXIV; projet de Vasilko contre eux, id. ; David s'enfuit chez eux, 1097, LXXII; ils demandent la paix, 1101, LXXXIV; les princes russes préparent une expédition contre eux, id. ; grande victoire, 1103, LXXXV; ils ravagent le pays de Zariétchesk, 1101, LXXXV; victoire sur la Soula, 1107, LXXXVII; leur camp pris par Dmitri Ivorovitch, 1109, LXXXVIII; expédition des princes russes, victoire sur le Don, 1111, XC; voysz aussi I. V. de 1077 à 1111. Les princes polovtses cités dans la Chronique s'appellent Iskal (Sokal), Asadouk, Saouk, Belkatgin, Osien, Bagoubars, Sakz, Tougorkan, Ittar, Kytan, Boniak, Kouria, Scharoukan, Ourousoba. Kolchii, Aroslanapa, Kitanapan, Kouman, Asoupa, Kourtek, Tchénégrépa, Sourbar, Beldjouz, Ovtchin, Koksous, Aklan, Bourtchovitch, Azgoulouï (voyez ces noms). Une grammaire et un vocabulaire polovtses ont été publiés par Klaproth. M. Berezine a expliqué par le turc les noms des Khans.

Les princes polovtses, peuple de race turque, étaient parents des Petchénègues ; les historiens byzantins les appellent aussi Koumans (*Cumans*), nom qu'ils prennent une fois dans la Chronique. La Chronique polonaise de Gallus les appelle Plauci et les confond avec les Petchénègues. Ils apparaissent pour la première fois en

Russie en 1054. Refoulés au xiii⁰ siècle par les Tatars, ils passèrent en Hongrie et y reçurent les territoires désignés encore aujourd'hui sous le nom de grande et petite Cumanie (*Nagy Kunsag, Kis Kunsag*). Leurs descendants existent encore aujourd'hui entre le Danube et la Tisza et se confondent avec la nation magyare.

POMORIENS (Поморяне), slaves de la race des Lekhs, III. Le mot veut dire qui habite le long de la mer (Поморие). Ce nom subsiste encore aujourd'hui dans la forme Pommern (Poméranie).

PONT (Понътъ), Pont-Euxin, ravagé par les Russes, 941, XXVI; régions voisines, I; fait communiquer la Russie avec Constantinople, IV; appelé mer russe, id. Noter ce détail qui donne une idée de l'importance des Russes dans ces régions au xi⁰ siècle.

POREI, serviteur de Rostislav, 1064, LX; tué, 1078, LXX.

POROMON, maison de, 1015, XLVIII.

PORTAGES. Au chapitre I sont mentionnés les Tchoudes d'au-delà du portage. Le texte dit *Zavolotchskaïa Tchoud* (Заволочская Чоудь). On appelle proprement portage « l'action, dit Littré, de porter par terre le canot et tout ce qui est dedans quand la navigation d'un fleuve est interrompue par quelque obstacle. » Par suite, partie d'un fleuve où la navigation est interrompue et où l'on est obligé de faire le portage. En Russie les portages servaient à mettre en communication les rivières, séparées par des faîtes de partage presque insignifiants. On les appelait *volok* d'une racine *vlek*, tirer. « Malgré leur faible importance comme relief ils avaient, remarque M. Elisée Reclus, pris un rôle historique considérable; ils étaient choisis naturellement comme limites entre les populations qui peuplent les terres de chaque versant. Toute la région du nord-est de la Russie, jadis tributaire de la république de Novgorod, portait le nom de pays des Tchoudes au-delà des portages. » Les portages ont moins d'importance depuis qu'il y a des canaux en Russie; cependant aujourd'hui encore les portages, au témoignage de M. Maximov, sont des endroits sacrés, et sur plusieurs d'entre eux les passants sont tenus de jeter en amas des branches, des herbes ou des pierres. L'ancien nom *Volok* se retrouve encore dans celui de certaines localités, par exemple Vychny Volotchok (le Portage supérieur), gouvernement de Tver.

POSADNIK (Посадникъ), magistrat municipal, établi par le prince dans une ville.

POTCHAINA, petit cours d'eau affluent du Dniéper à Kiev, 955, XXXI; la statue de Péroun y est jetée. C'est dans cette rivière que, d'après la tradition, les Russes chrétiens auraient été baptisés.

POUTICHA (Поутьша), assassin de Boris, 1015, XLVII.

POUTIATA (Поутята), voïévode de Sviatopolk, envoyé par lui en mission, 1097, LXXXIII; 1110, LXXXIII; envoyé contre les Polovtses, 1106, LXXXVI; —, commandant de mille hommes à Kiev, 1113, XCII.

POZVIZD (Позвиздъ), l'un des douze fils de Vladimir, XLIII. Ce nom semble un sobriquet (de zvizd, siffler).

PRASTIEN (Прастѣнъ), envoyé d'Akoun à Constantinople, 945, XXVII; un autre du même nom est envoyé de Bern, et un autre de Tourd, id. Nom scandinave; ancien norse Freystenn; très commun dans les documents suédois.

PREDSLAVA (Передъслава), fille de Vladimir, sœur d'Iaroslav, 1015, XLVII et XLVIII; —, fille de Sviatopolk mariée au prince royal de Hongrie, 1104, LXXXVI.

PREDSLAVINO (Прѣдъславино), le village de Prédslava; sur la Lybed, XXXVIII.

PREMYSL (Прѣмышль), ville qui appartenait aux Lekhs; conquise par Vladimir, 981, XXXII; Rurik (II) y réside, 1087, LXXII; donné à Volodar par Vsévolod, 1097, LXXXII; Volodar y est assiégé, 1097, id.; les Hongrois sont défaits sous ses murs, 1099, LXXXIII; offerte par les princes russes à Volodar et à Vasilko, 1100, LXXXIII. Cette ville, ainsi que le dit la Chronique, fut d'abord fondée et occupée par les Polonais; elle appartient aux princes russes depuis 981 jusqu'au xive siècle où elle fit retour à la Pologne; elle fait partie aujourd'hui de la Galicie autrichienne. Environ 10,000 habitants. Les Polonais l'appellent Przemysl.

PRÉVOLOKA (Прѣволока), localité fortifiée, prise par les Polovtses, 1092, LXXII.

PRIÉTITCH (Прѣтичь), voïévode russe, 968, XXXIII.

PRILOUK (Прилоукъ), endroit fortifié pris par les Polovtses, 1092, LXXII, et l. V. Comp. le nom de la ville tchèque Preloucz et peut-

R

RACHEL, personnage biblique, XL.

RADIM (Радимъ), personnage d'origine lékhite ; il s'établit sur la Soja et devient le père des Radimitches. Voyez ce nom, IX.

RADIMITCHES (Радимищи), peuple slave de la race des Lekhs, IX, leurs mœurs, X ; soumis par Oleg, XIX ; ils sont vaincus par Vladimir, 984, XL. La Chronique représente ce peuple comme établi sur la Soja (aujourd'hui Soj), affluent du Dniéper (rive gauche) qui arrose le gouvernement de Mogilev. Elle le fait d'origine lékhite, c'est-à-dire polonaise ; à dater du xᵉ siècle ce peuple disparaît de l'histoire. Il ne figure, que je sache, dans aucune des Chroniques polonaises.

RADOSYN, localité, 1111, XC ; aujourd'hui inconnue.

RATIBOR, lieutenant de Vsévolod à Tmoutorakan, 1079, LXXI ; fait prisonnier, 1081, id. ; — personnage de Péréïaslav, 1095, LXXVIII ; serviteur de Vladimir, 1100, LXXXIII.

RCHA (Рьшь), rivière, 1067, LXII ; elle s'appelle aujourd'hui Orchitsa. C'est un affluent du Dniéper (rive gauche). Les Polonais l'appellent Orsza.

RÉDÉDIA, prince des Kassogues, tué par Mstislav, 1022, LII.

RHODES, île de l'héritage de Japhet, I.

RIAZAN (Рязань), Oleg dans cette ville, 1096, LXXIV ; Mstislav l'en chasse, 1096, LXXXII ; ce n'est pas la ville actuelle de Riazan, mais un village appelé Riazan stary (Riazan le Vieux), dans le district de Spask (gouvernement de Riazan). Il fut détruit par Baty, kan des Tatares, en 1237.

RIMOV (Римовъ), localité où les Polovtses sont vaincus, 1095, I. V. Elle était située dans le gouvernement actuel de Poltava.

RINOKOUROURA (Ринокоуроури, Ρινοκούρουροι), I. C'est Rhinocoloura dans l'Égypte inférieure. La traduction de M. Paris l'appelle Nirokurie.

ROALD (Роалдъ), marchand russe, prend part au traité de 945, XXVII. Nom scandinave; ancien norse Hroaldr, danois Hroald.

ROBOAM, personnage biblique, XL.

RODI, personnage biblique, 1111, XC.

RODNIA (Родьнъ), ville assiégée par Vladimir, 980, XXXVIII; cette ville, qui faisait partie de la principauté de Kiev, n'existe plus aujourd'hui.

ROGNIÉDA (Рогънѣдь), fille de Rogvold épousée par Vladimir, 980, XXXVIII; ses quatre fils, id.; sa mort, 1000. Nom scandinave : ancien norse Ragnheidr. D'après le continuateur de notre Chronique, elle reçut le nom russe de Gorislava; Vladimir voulut la répudier, puis la tuer; il lui pardonna sur les prières de leur fils Iziaslav et elle se fit religieuse sous le nom d'Anastasie. Le nom de Gorislava paraît vouloir dire « célèbre par ses chagrins. »

ROGVOLD (Рогъволдъ), prince de Polotsk, père de Rogniéda, refuse de marier sa fille à Vladimir et est tué par lui, 980, XXXVIII. La Chronique dit expressément que ce prince était venu d'au delà de la mer; son nom est naturellement scandinave : ancien norse Ragnvaldr, dans les textes latins *Ragnaldus*.

ROJEN (Рожьнь), plaine où Vasilko se rencontre avec son frère, 1097, LXXXII.

ROKOM (Рокомъ), endroit où Iaroslav avait un palais près de Novgorod, 1015, XLVIII.

ROMAN ou ROMAIN (Романъ) Lécapène, beau-père de l'empereur Constantin Porphyrogénète, 913, XXV; règne concurremment avec lui, 920, id.; traite avec les Hongrois, 943, XXVII; traite avec les Russes, 945; il est cité dans ce traité comme régnant concurremment avec Constantin et Étienne. On sait que pendant cette période du moyen âge, on voit fréquemment plusieurs empereurs régner à la fois; — fils de Sviatoslav, petit-fils de Iaroslav, prince de Tmoutorakan, 1077, LXIX; allié des Polovtses et tué par eux, 1079, LXXI; — fils de Vladimir Monomaque, marié à la fille de Volodar, 1113, XCIII.

ROME (Рымъ); itinéraire jusqu'à Rome par la mer des Varègues, IV; Apollonius de Tyane à —, XXIV; Allemands de —, XL (voy. *Allemands*); papes et conciles, id.; Vladimir appelé Constantin de la grande Rome, c'est-à-dire de Byzance, 1111, XLVII; victoire dont le bruit ira jusqu'à Rome, XC. Après avoir tracé la géographie et l'ethnographie des pays slaves, la Chronique expose à sa façon les routes qui mettent le peuple russe en communication avec le monde civilisé, notamment avec Rome; or les Varègues avaient appris aux Slaves du Dniéper qu'on pouvait aller à Rome de deux manières : par le Dniéper, la mer Noire et la mer Egée et aussi par la mer des Varègues (Baltique), l'océan Atlantique et la Méditerranée. Ces deux itinéraires sont combinés et confondus dans le chapitre IV.

ROMNO (Ромно), localité citée (vers 1111) dans l'Instruction de Vladimir Monomaque; aujourd'hui Romny ou Romen dans le gouvernement de Poltava (5,000 hab.). Station importante des chemins de fer russes.

ROS (Рьсь, Рось), rivière affluent de la rive gauche du Dniéper où elle se jette près de Kanev; Rodnia située sur elle, 980, XXXVIII; Lekhs établis sur la Ros, 1031, LIII; les Polovtses sur la Ros, 1095, LXXVIII; 1096, 1111, I. V. On affirme que les riverains descendants des colons Lekhs de 1031, se distinguent encore par les mœurs et le costume des Petits Russiens qui les environnent. (*Encyclopedyja powszechna*, *Encyclopédie polonaise*, Varsovie; *sub voce Ros*.)

ROSTILAV (Ростиславъ), ou Rastilav, prince slave, envoie demander des missionnaires à Constantinople, XX (voy. *Méthode*). C'est le prince de Moravie appelé Rastiz par les historiens occidentaux (voir mon livre *Cyrille et Méthode*); — fils de Vladimir, petit-fils de Iaroslav, prince de Tmoutorakan, 1064, LX; s'enfuit de cette ville et s'y rétablit, id., id.; histoire du Katapan, 1066, LXI; mort de Rostislav, id.; ses fils, voy. *Volodar*, *Rurik*, *Vasilko*; ils sont appelés les Rostislavitches, I. V.; — fils cadet de Vsévolod, né en 1070, LXV; assiste aux funérailles de Iaropolk, 1087, LXXII; assiste à la mort de son père, 1093, LXXVI; est envoyé par Vladimir à Péréïaslav, id., id.; se noie dans un combat, id., id.; cité année 1087, I. V.; — fils de Mstislav, petit-fils d'Iziaslav; sa mort, 1093, LXXVI.

ROSTOV (Ростовъ), ville habitée d'abord par les Mériens, 862, XV; tribut payé par Constantinople, 907, XXI; Vladimir établit son fils

Iaroslav à Rostov, 988, XLIV ; magicien, 1091, LXXIV ; les Novgorodiens viennent y chercher un prince, 1095, LXXVIII ; Iziaslav refuse de s'y rendre, 1096, LXXXI ; Oleg marche sur Rostov, id., et I. V. passim.

Cette ville est aujourd'hui un chef-lieu d'arrondissement (10,000 habitants) du gouvernement de Iaroslavl ; elle est située sur le lac Nero ou lac de Rostov. C'est la plus ancienne cité de la Russie du nord-est. On l'appelait au moyen âge le Grand Rostov et elle fut le chef-lieu d'une principauté importante qui comprenait les gouvernements actuels de Iaroslavl et une partie de ceux de Vladimir, de Novgorod et de Vologda. On a quelquefois prétendu démontrer que la Chronique de Nestor ne présentait que les annales de la petite Russie ; on peut voir par ce qui est dit de Riazan, de Rostov, de Mourom, qu'elle embrasse réellement tout le sol russe et qu'elle ne fait aucune distinction entre les Grands ou les Petits Russiens. Le grand Rostov ne doit pas être confondu avec la ville toute moderne de Rostov sur le Don.

ROSTOVETS (Ростовьць), localité près de Néïatin ravagée par les Polovtses, 1071, XLV. C'est un nom diminutif, le petit Rostov. On ne sait exactement aujourd'hui où cet endroit était situé.

ROUALD (Руалдъ), envoyé d'Oleg, 912, XXII ; marchand russe, 945, XXVII. Nom scandinave ; ancien norse Hroald, Hroaldr, ap. Saxo grammaticus.

ROUAR (Роуаръ), envoyé d'Oleg, 912, XXII ; nom scandinave. Ancien norse Hroarr.

ROUDITSA (Рудица), rivière, 1097, LXXII.

ROULAV (Роулавъ), envoyé d'Oleg, 907, XXI ; 912, XXII ; nom scandinave ; ancien norse, Hrodleifr, Hrodleifr, Hrodlevus dans les diplômes suédois.

ROUSALIAS (Роусальи), fêtes où le diable se manifeste, LXIII. C'est une fête populaire qui avait lieu au printemps et qui s'est conservée sous le christianisme. Elle consistait en jeux et en danse. M. Miklosich considère ce nom comme emprunté : grec ῥουσάλια, latin *rosalia*, c'est-à-dire *pascha rosarum*. Cette fête se célèbre dans la plupart des pays slaves le septième dimanche après Pâques. Voy. Miklosich, *Die Rusalien*, tome XLVI des mémoires de l'Aca-

démie impériale de Vienne et *Die Christliche Terminologie der Sla-
wischen Sprachen,* sub voce *rusalja.* Vienne, 1875.

RURIK (Рюрикъ, prononcez exactement *Riourik*). Ce nom, étant
généralement connu sous la forme *Rurik*, j'ai suivi l'orthographe
habituelle, qui est défectueuse. Chef des Varègues russes, vient
s'établir à Novgorod, 862, XV ; sa mort, 879, XVII ; — fils de Rostislav, établi à Prémysl, 1087, LXXII ; sa mort, 1092, LXXV. Le
nom de Rurik (Ρούρικος chez Nicetas), est évidemment scandinave,
ancien norse Hrærikr, Rœrik dans les diplômes suédois. D'après
une Chronique postérieure, les Novgorodiens sous la conduite
d'un nommé Vadim auraient essayé de se révolter contre Rurik,
mais ils auraient été vaincus. On ne sait rien de plus sur ce
personnage légendaire. Dois-je ajouter que son nom n'a rien ·
de commun avec celui des Roxolanes, ou des Russes comme on
l'imaginait naguère ?

RUSSIE, RUSSES (Роусь, *Rous*, nom collectif d'une tribu : Роу-
сьская земла, la terre russe). Il n'y a pas lieu de donner ici la
liste détaillée des dates et des chapitres où il est question des Russes. Autant voudrait résumer la Chronique tout entière. Ce qui
est indispensable, c'est de présenter quelques notions exactes sur
le nom authentique des Russes et sur la forme sous laquelle il se
rencontre dans la suite des siècles. Русь, *Rousi* est d'abord,
comme la plupart des noms de peuple, un nom collectif : Чюдь,
Tchoudi, la collectivité des Tchoudes ; Меря la collectivité des
Mériens ; Пермь, *Permi*, la collectivité des Permiens. (Voir
dans le texte original tous les noms de peuples cités au chapitre I.) Ces noms collectifs désignent d'abord le peuple, ensuite le pays qu'il occupe ; dans ce dernier cas on emploie plus
volontiers une périphrase, la terre russe. Роусь engendre l'adjectif possessif роусьскъ (*rousisk*), par contraction русскъ. Chez
les écrivains byzantins le mot Роусь devient Ῥῶς, la terre russe,
Ῥωσία. A dater du milieu du xᵉ siècle ils disent Ρούσιοι, Masoudi
les appelle *Rus*. Les écrivains latins disent *Ruzi* (*Lettre de Saint-
Bruno*, ap. Bielowski, *Monumenta*, p. 224), *Ruszi* (Thietmar, id.,
p. 309), plus tard *Rutheni* (*Chronique de Gallus*, id. ; p. 403.)
C'est ainsi que dans les Chroniques germaniques *Prusi* devient

Pruteni (Fontes rer. bohemic. tome III, p. 492, etc...) Plus tard sous l'influence de certains écrivains byzantins, par exemple Maxime le Grec, on transforme les mots indigènes et on leur donne une physionomie hellénique. Русь devient Россія (*Rossia*) et *Rossia* engendre à son tour le substantif *Rossianin*, un Russe, et l'adjectif possessif *rossiïsky*.

A cette forme nouvelle on cherche une étymologie savante et l'historien Gisel écrit au xviiᵉ siècle que le nom de la Russie vient du verbe *rossieïati*, disperser, parce que les Russes sont dispersés sur un grand espace. (Voy. Bouslaïev, *Chrestomathie historique*, Moscou, 1860, p. 1162.) C'est ainsi que Procope expliquait le nom grec des Serbes (Σπόροι ὅτι σποράδην τήν χώραν οἰκοῦσι.) Des écrivains polonais, dans un but facile à comprendre, ont essayé d'établir une distinction entre le peuple *rousky* qui serait slave et le peuple *rossiisky* qui serait moscovite, touranien, etc. On voit où tendent ces distinctions qui n'ont aucune base scientifique.

Maintenant d'où vient le mot *Rous?* L'étymologie la plus probable est celle qui a été proposée par M. Thomsen, *The relations,* etc., p. 92 de l'édition anglaise, 83 de l'édition suédoise : « C'est le nom donné à la Suède par tous les peuples finnois groupés autour du golfe de Bothnie et de la Baltique : en finnois la Suède s'appelle *Ruotsi* (*Ruotsalainen,* un Suédois), en esthonien *Rôts* (et *Rôts-lane*); dans la langue des Votes (dans le gouvernement de Pétersbourg près de Narva) *Rôtsi* et *Rôtsalaine* ; en livonien *Ruotsi* et *Ruotsli.* Non seulement ceci doit être le même nom que le slave *Rous,* mais on ne peut douter que ce nom doive son origine à l'appellation finnoise. Il faut se rappeler que des tribus finnoises séparaient complètement les Slaves de la mer. Quand les Scandinaves passèrent la mer Baltique, ils durent entrer tout d'abord en contact avec les Finnois; mais les Slaves ne purent faire leur connaissance qu'après ce passage chez les voisins finnois. Il est donc naturel que les Slaves aient donné aux Scandinaves le nom qu'ils entendaient appliquer par les Finnois. » Maintenant comment expliquer le mot *Ruotsi?* Il n'a pas plus de sens en finnois qu'en russe. Il faut donc lui chercher une origine scandinave. Cette origine, M. Thomsen la trouve dans l'ancien suédois *roder.* « Une remarquable coïncidence, dit-il, c'est que dans les temps anciens Roder, Rodin était le nom des parties de la Suède que les noms d'hommes signalent comme la patrie primitive des Russes. Nous pouvons aisément imaginer que les Suédois qui vivaient sur les côtes et traversaient la Baltique s'appelaient eux-mêmes — non point en tant que nation, mais vu leur mode de vivre — *rods-menn* ou *rods-karlar*... c'est-à-dire suivant le sens primitif du mot, rameurs, navigateurs. (Dans la Norvège septentrionale, Rossfolk — *Rors* ou *Rods folk* — signifie encore aujourd'hui des pêcheurs qui se rassemblent sur la côte pendant la saison de la pêche). En Suède même, ce mot, et même le substantif abstrait *roder*, arriva graduellement à être traité comme un nom propre. Cette explication du finnois *Ruotsi* n'est qu'une hypothèse, mais une hypothèse qui présente à tous égards de la netteté, de l'harmonie et de la cohérence. » On s'est demandé ce qu'était devenu le *t* de *Ruotsi* ; cette difficulté, soulevée par M. G. Paris dans la *Revue critique* (année 1878, art. 42), n'a point arrêté M. Thomsen qui reproduit dans l'édition suédoise de 1883 son texte de 1877. Le problème inverse serait de savoir d'où vient le *t* dans *Ruthenus* et *Pruthenus*.

Les documents occidentaux mentionnent pour la première fois les Ros en 839 (*Annales Bertiniani*, ap. Pertz, I, 484) : « Rhos vocari dicebant... Comperit eos gentis esse Sueonum. » Liudprand (*Pertz*, III, p. 331), les identifie très nettement aux Normands : « Gens quædam est sub aquilonis parte constituta quam a qualitate corporis Græci vocant Russios (jeu de mot sur le grec ρούσιος), nos vero a positione loci nominamus Normannos. »

En ce qui concerne l'arrivée de la Rous, le récit de la Chronique manque évidemment de vraisemblance. Il entasse sous l'année 862 une foule d'événements qui n'ont pas pu se passer en si peu de temps. D'autre part il suppose que les Slaves appelèrent volontairement les Scandinaves. Ceci est certainement une légende imaginée plus tard par les vainqueurs pour légitimer leur domination. C'est ainsi que dans sa Chronique saxonne Widukind (ap. Pertz, III, 419), représente les Bretons invitant les Saxons à venir les commander : « Terram latam et spatiosam et omnium rerum copia refertam vestræ mandant ditioni parere. » Les Russes une fois établis chez les Slaves, leur nom s'impose et se généralise comme celui des Francs dans notre pays. Cependant la fusion ne s'opéra que lentement. Ce n'est que peu à peu qu'on voit les noms scandinaves disparaitre pour faire place aux noms slaves. Sous la date de 1018, Thietmar écrit encore en parlant de Kiev que la population de cette ville est surtout composée de Danois : « Ex velocibus Danis. »

S

SAMUEL, personnage biblique, XL, LXVIII.

SAOUK, prince des Polovtses, pris par Vladimir Monomaque, 1078, I. V.

SARAH, personnage biblique, XL ; c'est d'elle que descendent les Sarrazins (LXIX), et qu'ils ont pris leur nom. Inutile de faire remarquer que cette étymologie est fausse. Sarrazin vient de l'arabe *scharkiin*, oriental.

SARDAIGNE (Саръдани), fait partie de l'héritage de Cham, I.

SARMATES, habitent dans l'héritage de Japhet, I.

SARRAZINS, leur invasion en Palestine, LX ; descendent de Sarah, LXIX. Voy. ce nom.

SAUL, personnage biblique, prophétise, XXIV ; David et Saul, XXI ; XL.

SAVA ou SABBAS (Сава), saint de l'église grecque, LXVIII. Il vivait au vᵉ siècle et fonda un monastère près de Jérusalem.

SAN (Санъ), rivière sur laquelle les Hongrois sont battus par les Polovtses, 1067, LXXXIII ; rivière de la Galicie affluent de la Vistule (rive droite). Elle prend sa source dans les Karpathes.

SBYSLAVA (Събыслава), fille de Sviatopolk, mariée à Boleslav, roi de Pologne, 1102, LXXXIV ; ce Boleslav est connu dans l'histoire de Pologne sous le nom de *krzywousty* (bouche tordue). Il y avait parenté entre Sviatopolk et lui. La Chronique de Gallus nous apprend que le roi de Pologne dut demander une dispense à la cour de Rome. (*Monumenta hist. Pol.*, I, 444.)

SCÉVA (Скева, Σκεύα), personnage biblique, XXIV. Tout ce chapitre sur Apollonius de Tyane est copié dans Georges Hamartolos.

SCHAROUKAN (Шароуканъ), prince des Polovtses, attaque les Russes, 1107, LXXXVII ; ses frères 1111, I. V. Il faut évidemment décomposer ce nom en Scharou-khan.

SCHEKSNA (Шексна), rivière, 1071, LXV ; prend sa source dans le lac Blanc (*Biéloozero*), arrose les gouvernements de Novgorod et de Iaroslavl et se jette dans le Volga près de Rybinsk.

SCHIBRID (Шибридъ), envoyé d'Aldan à Constantinople, 945, XXVII ; nom scandinave : ancien norse Sigfridr.

SCHIKHBERN (Шихъбернъ), id., id. ; nom scandinave ; ancien norse Sigbjorn, Sigbernus dans les textes latins.

SCYTHIE (Скоутія), fait partie de l'héritage de Japhet, I ; les contrées habitées par les Doudlèbes et autres peuples slaves le long du Dniester étaient appelées par les écrivains grecs, la grande Scythie, IX ; une assertion analogue se trouve à l'année 907, XXI. Les Grecs donnaient volontiers le nom de Scythes aux peuples du nord-est sans trop s'inquiéter de leur nationalité. Le continuateur de Porphyrogénète, Cedrenus, Zonaras appellent les Russes, ἔθνος σκυθικόν. C'est sous l'influence des Byzantins que les deux paragraphes en question ont été rédigés. Au chap. VIII, les Kozares sont appelés Scythes.

SEM, personnage biblique, son héritage, I, IV ; ses fils, II, XL.

SEM (Семь), rivière sur laquelle les Slaves s'établissent, III ; rivière qui arrose les gouvernements de Koursk et de Tchernigov, affluent de la rive gauche de la Desna.

SEMIGALLES (Симѣгола), peuple qui vit dans l'héritage de Japhet, I ; tributaires des Russes, XII ; ils battent Vsévolod et ses frères, 1106, LXXVI ; en latin *Semigalli*, en lithuanien *Zeme gol* (fin du monde), peuple lithuanien dont l'histoire se confond avec celle de la Courlande.

SEMETS (Семецъ), soldat russe, I. V.

SENNAAR, plaine de, II.

SERBES (Сербь, nom collectif ; cf. Русь, *Rous*) appartiennent aux Slaves du Danube, III. Les Serbes ne sont point originaires des régions danubiennes, comme le croit le chroniqueur, mais au contraire de la région des Carpathes d'où ils furent appelés au VIᵉ siècle par Heraclius (Const. Porph., *De adm. imperii*, ch. 31) pour former une marche contre les Avares. Le nom des Serbes se retrouve dans celui des Sorabes aujourd'hui disparus et des Wendes de Lusace qui s'appellent encore en leur langue Serbi. Les Serbes sont de même race que les Croates et parlent la même langue. Voyez *Croates*.

SÈRES, ou Chinois, leurs mœurs, I.

SERGE, hérétique, condamné par le sixième concile, XLII.

SEROUCH, personnage biblique, XL.

SETH, personnage biblique, XL, LXVII.

SÉVÉRIENS (Сѣверъ), peuple slave établi sur la Desna et la Sem,

III ; peuple slave en Russie, VII ; vivent en paix, IX ; leurs mœurs,
X ; tributaires des Kozares, 859, XIV ; tributaires d'Oleg, 884, XIX ;
accompagnent Oleg à Constantinople, 907, XXI ; combat contre
les Varègues, 1024, XLIII. Le nom de ce peuple parait vouloir
dire gens du Nord (de *siever*, nord). Il n'est pas justifié par la situation des contrées qu'ils occupaient. Ce nom ne se rencontre
pas, que je sache, chez les écrivains étrangers. Théophane cite
dans les régions du Danube (vers la Dobroudja) un peuple des
Sévériens (Σεϐέρεις). Ce sont des Slaves bulgares.

SFANDA (Сфанъда, Сфанъдра), femme d'Ouleb, représentée au
traité de 945, XXVII ; forme douteuse, mais qui parait avoir pour
base Svan qui se rencontre fréquemment dans les noms de femmes, chez les Scandinaves. Comparez ce que nous avons dit plus
haut du rôle politique des femmes chez les Russes. Voy. *Olga*.

SFIRK (Сфпрькъ), boïar russe, 943, XXVII. Nom scandinave, ancien norse Sverkir ; fréquent en Suède, Sœrkvir en Islande.

SFIRKA, envoyé russe, 945, XXVII. Voy. le nom précédent.

SIMARGL (Спмарглъ), 980, p. 64. Nom d'une divinité des Russes
païens dont Vladimir aurait établi l'idole à Kiev, XXXVIII. Ce nom
est difficile à identifier. Bielowski l'interprète par *Svarog* ; voy. ce
mot. Mais tous les manuscrits protestent contre cette identification. Preis a proposé une autre interprétation ingénieuse, mais
peu défendable. Voir la discussion de M. Jagich, *Archiv für slavische Philologie*, tome V, p. 6.

SIMÉON, personnage biblique, XL ; — prince de Bulgarie, vaincu
par les Hongrois, 902, XXI ; marche contre Constantinople et fait
la paix, 914, XXV ; ravage la Thrace et prend Andrinople, 915, id. ;
nouvelle expédition, 929, id. ; battu par les Croates, sa mort, 945,
XXVI. C'est le tsar Siméon, l'un des princes les plus remarquables
de la Bulgarie ; il mourut en 927 et non pas, comme le dit à tort
la Chronique, en 942 ; les faits postérieurs à 927 appartiennent au
règne de son fils Pierre. (Voir sur ce prince l'*Histoire des Bulgares*
de M. Jireczek, chap. VIII.)

SIMON le magicien, personnage cité dans les Actes des apôtres, LXV.

SINAI (mont), XL, LXVIII.

SINÉOUS (Спнеоусъ), frère de Rurik (voy. ce nom), 862, XV. On ne

sait sur lui que ce que nous apprend la Chronique. Nom scandinave : ancien norse Signiutr.

SINKO BORITCH ou SIN KOROBITCH (Синъ Коробичъ, ou
Синѣко Боричь), marchand russe, 945, XXVII. Il est difficile
d'établir la forme primitive de ce nom évidemment corrompu.

SINOPE, ville d'Asie-Mineure, V.

SITOML (Ситомль, Сѣтомль), rivière, 1036, LIV; 1065, LX.

SLAVE, je traduis par ce mot le mot russe Словѣньскый qui
pourrait se rendre exactement par Slovène, si Slovène ne
désignait aujourd'hui les populations de la Carinthie, de la Car-
niole, etc. (Voy. *Koroutanes.*) Les Slaves cités à côté de l'Illyrie
(voy. ce mot), I; Slaves à Novgorod, VII; Slaves descendants
de Japhet, II; Slaves sur le Danube, d'où viennent les Moraves,
les Tchèques, les Croates blancs, les Serbes, les Koroutanes, les
Lekhs, etc., etc., III; pays slave où est aujourd'hui Novgorod, V;
Slaves à Novgorod, VII et XX; Slaves sur le Danube, dépossédés
par les Bulgares, VIII; Slaves convertis au christianisme, XX;
Andronique et Paul, apôtres des Slaves; le peuple slave et le
peuple russe ne font qu'un, id.; distinction entre les Russes (les
Varègues) et les Slaves dans l'expédition contre Constantinople
907, XXI; Slaves dans l'expédition de 944, XXVII; Slaves dans l'armée de Vladimir, 980, XXXVIII; colons slaves envoyés par Vladimir, 988, XLIV; Iaroslav prend dans son armée des Russes, des
Varègues, des Slaves, 1018, L; id., 1036, LIV. Écriture slave, XX.

La Chronique a en somme une idée fort nette de l'ethnographie
générale des Slaves, et de leur histoire primitive. (Sur les Slaves
du Danube, voy. *Vlokhs.*) Mais elle emploie le mot Slave dans
deux sens différents; il désigne d'abord la race tout entière; ensuite une population spéciale établie dans les environs de Novgorod la Grande. Cette population, probablement par contraste avec
ses voisins les Tchoudes et les Normands, avait gardé le nom de
la race. Ce nom disparaît à partir du XIᵉ siècle. (Voy. Schafarik, *Antiquités slaves,* tome II, § 28.) C'est ainsi qu'autour de la
Hongrie magyare nous trouvons trois peuples de familles diverses qui ont gardé le nom de la race slave, les Slovaques au nord,
les Slovènes à l'ouest, et les Slavons (de la Slavonie) au midi. La
Chronique suppose que le bassin du Danube est la patrie primi-

tive des Slaves (IV). Cette hypothèse n'est pas confirmée par la toponomastique de ces contrées avant le vᵉ siècle de notre ère. D'après les données les plus probables, la patrie primitive de la race slave paraît avoir été dans les bassins de la Vistule et du Dniéper. Remarquer l'intérêt que la Chronique porte à ces origines de la race, les détails qu'elle donne sur l'introduction du christianisme par Cyrille et Méthode. Sans doute le moine du monastère Petchersky écrit pour son couvent; mais il n'écrit pas que pour son couvent. Il s'élève jusqu'à la conception de la nationalité et même de la race.

SLAVIATA (Славята), serviteur de Sviatopolk, prince de Kiev, 1095, LXXVIII. Ce nom, très rare en Russie, se retrouve plus tard sous une forme presque identique dans l'aristocratie tchèque (Slavata).

SLOUDY (Слоуды), envoyé d'Igor, 945, XXVII. Nom scandinave, Slodi, très usité dans le Sœdermanland et l'Upland.

SMIÉDIN (Смѣдинъ), localité, 1015, XLVII; aujourd'hui inconnue.

SMOLENSK (Смольньскъ), ville des Krivitches, VII; prise par Oleg, 882, XVIII; Gleb à —, 1015, XLVII; Viatcheslav prince, 1055, LIX; Vseslav fait prisonnier, LXII; Vladimir prince, 1078, LXX; David, 1093, LXXVIII; Oleg repoussé par les habitants, 1096, LXXX; il y revient, 1096, LXXXI; église fondée par Vladimir, 1101, LXXXIV; Vladimir Monomaque y établit son fils Viatcheslav, 1113, XCIII; et 1074-1107, I. V. Smolensk situé sur le Dniéper aujourd'hui chef-lieu du gouvernement de ce nom (25,000 habitants). Cette ville doit probablement son nom à la fabrication du goudron (Smola).

SNIATIN (Сънятинъ), localité près de laquelle les Polovtses furent battus, I. V.

SNOVA (Снова), rivière près de laquelle les Polovtses sont vaincus, 1068, LXIV; affluent de la Desna, arrose le gouvernement de Tchernigov.

SNOVID IZETCHEMITCH (Сновидъ), écuyer de Sviatopolk, 1097, LXXII; M. Thomsen n'a point relevé ce nom qui ne présente pas une physionomie slave.

SNOVSK, localité située snr la Snova. (Voy. ce mot.)

SODOME (Bibl.) XXXI, XL.

SOKAL. Voy. *Iskal.*

SOJ (Съжъ), rivière sur laquelle s'établissent les Radimitches, IX ; affluent de la rive gauche du Dniéper, arrose les gouvernements de Smolensk et de Mogilev.

SOJITSA, rivière sur laquelle les Polovtses sont vainqueurs, 1078, LXX ; ce nom est certainement un diminutif du précédent ; mais je ne crois pas qu'on puisse identifier les deux rivières.

SOPHIE (église de Sainte) à Kiev, 1037, 1051, 1054, 1093 ; à Novgorod, 1045, 1052, 1096.

SOPHRONI, hégoumène du monastère de Saint-Michel, à Kiev, 1072, LXVI.

SOUDISLAV (Соудиславъ), l'un des douze fils de Vladimir, XLIV ; emprisonné par son frère Iaroslav, 1026, LIV ; il se fait moine, 1059, LIX ; sa mort, 1063, id.

SOUDOMIR (Соудомиръ), rivière, 1121, LI.

SOUGR (Соугръ), prince polovtse, fait prisonnier par les Russes, 1107, LXXXVII.

SOUG ROV (Соугровъ), ville brûlée par les Polovtses, 1111, XC.

SOULA (Соула), rivière ; les Sévériens établis sur ses bords, III ; villes fortes établies par Vladimir, 988, LXIII ; attaques des Petchénègues, 993, XLIV ; combat avec les Polovtses. Voy. *Gorochin*

SOUPOI (Соупой), rivière, 1111, I. V., affluent de la rive gauche du Dniéper, arrose le gouvernement de Poltava.

SOUTIEISKA (Соутѣйска), localité occupée par David, 1097 LXXXIII ; I. V. 1074. Erben regarde ce mot comme un nom commun et le traduit par défilé (de *s*, avec, et *tisk*, presser). Il se rencontre avec ce sens dans différents pays slaves.

SOUTIEN (Соутѣнь), 1103, LXXXV ; localité citée dans les guerres entre les Russes et les Polovtses.

SOURBAR (Соурбаръ), prince polovtse, tué par les Russes, 1103, LXXXV.

SOUZDAL (Соуздаль), ville ; magiciens, 1024, LIII ; Oleg III s'en empare, 1096, LXXXI ; gens de Souzdal au service de Mstislav,

id. ; c'est aujourd'hui un chef-lieu d'arrondissement du gouvernement de Vladimir (9,000 hab.); elle devint vers le milieu du xii⁰
siècle le chef-lieu d'une principauté indépendante réunie vers
1390 à celle de Moscou.

STANISLAV (Станиславъ), fils de Vladimir et d'une Tchèque,
XXXVIII; XLIII. Ce personnage ne joue qu'un rôle secondaire dans
l'histoire de Russie. Il fut prince de Smolensk. Ce nom de Stanislav, plus répandu chez les Slaves occidentaux que chez les Orthodoxes, lui avait sans doute été donné par sa mère.

STARODOUB (Стародоубъ), ville où Oleg est assiégé, 1096, LXXIX;
ravagée par les Polovtses, 1098, I. V; attaquée par Vladimir Monomaque, 1096, I. V. 1096. Lettre à Oleg; ville située sur la
Kliazma dans le gouvernement actuel de Vladimir.

STAVEK SKORDETITCH (Ставъкъ Скордятичь), 1074, I. V.

STCHEK ou SCHTCHEK (Щекъ), frère de Kii, VI; établi à Kiev sur
la colline appelée Stchékovitsa, VI, XV; le nom de cette colline
subsiste encore aujourd'hui; les gens de Kiev prononcent Ska-
vika. (Description de Kiev par Sementovsky, Kiev, 1871.)

STCHÉKOVITSA. Voy. *Stchek*.

STEMID (Стемидъ), envoyé d'Oleg, 907, XXI; 912, XXII; forme
douteuse; le nom n'est pas slave, mais ne se rencontre pas dans ·
les langues scandinaves.

STENGI (Стенги), envoyé d'Eton, 945, XXVII; ancien norse Stein-
geirr.

STIR (Стиръ), marchand russe, 945, XXVII; nom scandinave.
Ancien norse Styrr.

STÉPHANE. Voy *Étienne*.

STOUDEK (Стоудькъ, Тоудькъ), boïar russe, 945, XXVII; nom
scandinave : *Stædingr* n'est connu que dans l'Upland et le Gotland
oriental.

STOUDION (Стоудийскый монастыръ), monastère de —. Les
traducteurs antérieurs ne se sont guère préoccupés de savoir ce
que pouvait être l'établissement religieux qui fournit la règle
du monastère Petchersky. Ils se sont contentés de reproduire
l'adjectif slavon *Stoudiisky*; *Studianske*, dit Smith, *Studijsky*, dit
Erben, *Studyjski*, dit Bielowski. Les éditeurs russes ont fait de

même. Ce monastère, établi à Constantinople, est appelé tour à tour par les Byzantins, μονὴ τοῦ Στούδιου, τοῦ Στουδίτου, τῶν Στουδίων. Il fut fondé au vᵉ siècle par un personnage appelé Στούδιος. Ce Stoudios était d'origine romaine. Les moines du monastère jouissaient à Constantinople d'une influence considérable. L'église existe encore aujourd'hui ; devenue mosquée, les Grecs l'appellent *Mirakhor mestzedi*, les Turcs *Imrahor djami* (la mosquée de l'écuyer). La description accompagnée d'une notice historique se trouve dans l'ouvrage de M. Pazpati, Βυζαντιναὶ μελεταί (Constantinople, 1877). L'écrivain grec ignore l'influence considérable que ce monastère a exercée sur la vie religieuse de la Russie. (Voir aussi le *Guide en Orient* d'Isambert, p. 553.) La règle du monastère a été reproduite par Migne, *Patrologie*, tome 99, p. 1704 et suivantes. Cette règle est fort sévère ; les frères ne mangent jamais de viande ; pendant le carême ils s'abstiennent de poissons, d'œufs et de fromage et ne boivent que deux fois par jour. Elle interdit aux moines de posséder des esclaves ; aucune femelle d'animal ne peut appartenir au monastère. Elle ne leur prescrit d'autres exercices que l'assiduité aux offices, la prière et le chant des psaumes.

STOUGNA (Стоугна), rivière ; villes fortifiées établies par Vladimir, 988, XLIV ; combats sur ses bords, Rostislav s'y noie, 1093, LXXVI. Affluent de la rive droite du Dniéper.

STRIBOG (Стрибогъ), Dieu des Russes païens dont Vladimir établit l'idole à Kiev, 980, XXXVIII. Le nom de ce dieu ne nous a été conservé que par la Chronique de Nestor et par le *Poème de l'Expédition d'Igor* qui l'appelle l'aïeul des vents. M. Jagich, *Arch. für Slawische Philologie*, explique ainsi l'étymologie de Stribog : *Stireti*, lith. *styreti*, *starr*, *steif*, sein, *erstarren*, se roidir. Ce serait le dieu du froid.

STRIJEN (Стрижень), faubourg de Tchernigov, 1078, LXX.

SUÉDOIS (Свеи, Свеie) ; certains Varègues s'appellent Suédois, XV. Noter ce passage où le chroniqueur affirme l'identité des Suédois et des Varègues.

SVIATOCHA (diminutif de Sviatoslav), fils de [David Sviatoslavitch ; son rôle dans les guerres intestines, 1097, LXXXII ; devient moine, 1103, LXXXVI.

SVIATOPOLK (Святополкъ), prince de Moravie, appelle les apôtres Slaves, XX ; les Tchèques l'appellent Svatopluk. Voir sur ce personnage mon livre *Cyrille et Méthode*, chap. vi et suivants. Il joue un rôle considérable dans l'histoire des Slaves occidentaux.

SVIATOPOLK (I), fils illégitime de Vladimir et d'une religieuse grecque, XXXXIII ; lieutenant de son père à Tourov, XLIII ; son séjour à Kiev, 1015, XLVII ; il s'y établit, ib. ; il fait périr Boris et Gleb, id. ; Iaroslav marche contre lui, 1016, VIII-IX ; il s'enfuit en Pologne, id. ; s'allie avec Boleslav, 1018, L ; avec les Petchénègues ; est vaincu par Iaroslav et meurt dans sa fuite, 1019, LI. Ce personnage ambitieux et cruel a été surnommé par les Russes Okaïanny (le maudit). Il est désigné, sans être nommé, dans la Chronique de Thietmar (livre VIII,16) ; d'après Thietmar il avait épousé une fille de Boleslav ; Vladimir l'avait de son vivant jeté en prison à cause de ses relations avec le roi de Pologne (*hortatu Bolizlavi reluctaturum sibi*).

SVIATOPOLK (II), baptisé sous le nom de Michel, fils d'Iziaslav, établi par son père à Polotsk, 1069, LXIV ; chassé de cette ville par Vseslav, 1071, LXV ; devient prince de Novgorod, 1078, LXX ; de Tourov, 1088, LXXII ; de Kiev, 1093, LXXVI ; s'associe son frère Vladimir Monomaque, id. ; guerre contre les Polovtses, Sviatopolk est vaincu, id. ; il fait la paix avec eux, 1094, LXXVII, et épouse la fille de leur khan, id. ; il les bat, 1055, LXXVIII ; il marche avec Vladimir contre Oleg, 1096, LXXIX ; il bat les Polovtses sur la Troubèje, 1096 ; il fait la paix à Lioubetch avec les princes russes, 1097, LXXXII ; il fait crever les yeux de Vasilko, id. (voir sur cet épisode le chap. LXXXII tout entier) ; il chasse David chez les Lekhs, 1099, LXXXIII ; réunion des princes russes à Zolotetch, 1101, LXXXIV ; expédition contre les Polovtses, 1103, LXXXV ; Sviatopolk envoie Poutiata à Minsk, 1104, LXXXVI ; les Polovtses vaincus, 1107, LXXXVII ; Théodose inscrit dans le synodik, 1108, LXXXVIII ; nouvelle expédition contre les Polovtses, 1110, LXXXIX ; 1111, XC ; mort de Sviatopolk, 1113, XCII. Cf. I.V. années 1110 et 1111. Ce prince est sévèrement jugé par les historiens russes ; il paraît avoir attiré les Juifs à Kiev, car on voit le peuple piller leurs maisons après sa mort ; il ne nous est connu que par les chroniques russes ; son nom ne figure pas dans les historiens étrangers.

SVIATOSLAV (I) (Святославъ), fils d'Igor ; sa mort citée pour l'établissement de la chronologie, XIII ; sa naissance, 942 ; représenté au traité avec Constantinople, 945, XXVII (noter qu'à cette époque il n'avait que trois ans) ; reste à Kiev avec sa mère Olga, XXIX ; l'accompagne dans une expédition contre les Drevlianes, 946, XXX ; refuse de se faire baptiser, 955, XXXI ; ses expéditions contre les Kozares, les Iases, les Kassogues, 965 ; les Bulgares, 967, XXXII ; il repousse les Petchénègues, 968, XXXIII ; il veut s'établir à Péréïaslavets. 969, XXXIV ; il établit des princes à Kiev, chez les Drevlianes, à Novgorod, 970, XXXV ; guerre avec les Bulgares, les Grecs ; hommages des Grecs ; traité, 971, XXXVI ; guerre avec les Petchénègues, sa mort, 972, XXXVI. L'expédition de Sviatoslav contre les Grecs est racontée par Léon le Diacre (IV, 5). Le récit de cet historien n'est pas identique à celui de la Chronique. D'après lui l'empereur Nicéphore Phocas avait déclaré la guerre aux Bulgares ; il sollicita l'alliance de Sviatoslav. Le patricien Kalokyres qu'il avait chargé d'une mission auprès du prince russe, lui offrit le trône de Byzance ; Léon le Diacre ignore que Sviatoslav fit deux expéditions contre les Bulgares. Il est aussi question de ce prince dans Cedrenus et dans le récit de la visite d'Olga à Constantinople par Constantin Porphyrogénète. Les Byzantins l'appellent Σφενδοσθλάβος. Cette orthographe parait prouver que le nom se prononçait encore en russe avec le son nasal ou que les Byzantins avaient adopté la prononciation des Bulgares qui avaient ce son dans leur langue.

SVIATOSLAV (II), fils de Vladimir et d'une Tchèque, XXXVIII ; établi par son père prince chez les Drevlianes, XLIII ; tué par Sviatopolk, 1015, XLVIII ; — Sviatoslav Iaroslavovitch (III), troisième fils de Iaroslav, né en 1027, LIII ; prince de Vladimir, puis de Tchernigov, 1054, LVIII, 1055, LIX ; établit son fils à Tmoutorakan, 1063, LX ; guerre contre Vseslav, 1067, LXII ; expédition malheureuse contre les Petchénègues, 1068, LXIII ; Sviatoslav s'enfuit à Tchernigov, 1068 ; victoire sur la Snova, id. LXIII ; guerres intestines, 1069, LXIV ; histoire de magiciens, 1071, LXV ; Sviatoslav assiste à la translation de Boris et de Gleb, 1072, LXVI ; guerres

intestines ; il s'établit à Kiev, 1073, LXVII ; il visite Théodose mourant, 1074, LXVIII ; ambassadeurs allemands, 1075, LXIX ; sa
mort, 1076, id. ; son fils Roman, 1079, LXXI ; et I. V. (1074-1076).
Ce Sviatoslav fut grand prince de Kiev de 1073 à 1076. Il reste de
son règne un curieux monument littéraire, le *Sviatoslavov Sbornik*, recueil de Sviatoslav ; c'est une compilation de textes de l'écriture rédigée sur son ordre par un diacre nommé Jean. Le manuscrit est précédé d'une miniature représentant le prince entouré
de sa famille.

SVIATOSLAV IV, fils de Vladimir Monomaque, donné en otage
aux Polovtses, 1095, LXXVIII ; il marche contre eux avec son père,
1107, LXXXVII ; établi prince à Péréiaslav, 1113, XCIII ; ce personnage ne joue qu'un rôle effacé.

SVIATOSLAVL (Святославлъ), localité où les Polovtses sont
vaincus par les Russes, 1084, I. V. Aujourd'hui inconnue. Les
noms terminés en *avl* (авль) sont des noms de ville ; il faut bien
se garder de les confondre avec les noms terminés en *av*. Cf.
Iaroslavl.

SVIEN (Свѣнъ), marchand russe, 945, XXVII. Nom scandinave ;
ancien norse Sveinn ; très usité dans tous les pays scandinaves.

SVIÉNALD (Свѣнальдъ), boïar russe, au service d'Igor, 945,
XXVIII ; voïévode de sa veuve Olga, XXIX ; prend part à l'expédition contre les Drevlianes, 946, XXX ; cité dans le traité de 971
avec Constantinople, XXXVI ; nom scandinave ; Sviénald, Sve-
naldus ne se rencontre qu'en Suède. Ce Sviénald a un fils Mstich
(nom déjà slave, voy. ce mot.)

SVIÉNALD, boïar d'Igor, 971, XXVI ; 975, XXXVII ; père de Liout
(voy ce nom).

SYLVESTRE, pape ; prend part au premier concile, XLII ; —, abbé
du monastère de Saint-Michel à Kiev, LXXXIX. Ce personnage
devint évêque de Péréiaslav et mourut en 1123. Voy. *l'Introduction*.

SYNODIK. On appelle ainsi dans l'Église orientale le livre où sont
inscrits les noms des personnes qui doivent être mentionnées
dans la liturgie.

SYRIE, fait partie de l'héritage de Sem, I ; prodiges, LX.

SYRTES (Соурьти), dans l'héritage de Cham, I.

T

TALETS (Тальцъ), assassin de Boris, 1015, XLVII.

TARAS (Тарасій), évêque de Constantinople, prend part au septième concile, 988.

TAROV. Voy. *Azgouloui*.

TAURIDE (Таврияни), fait partie de l'héritage de Japhet, I.

TAZ (Тазъ), frère de Boniak, prince des Polovtses, tué par les Russes, 1107, LXXXVII.

TCHÉNÉGRÉPA (Ченегрепа), prince des Polovtses, tué par les Russes, 1103, LXXV.

TCHÈQUES (Чеси), peuple slave, originaire des Slaves du Danube, III; font partie de la race slave, XIX; guerre des Hongrois contre eux, 898, id.; les princes russes prêtent leur concours aux Polonais contre les Tchèques, 1076, LXIX; la Bohême citée, 1111, XC; commerce d'orge et de chevaux, XXXIV; Sviatopolk meurt sur ses frontières, 1019; Vladimir vit en paix avec Oldrich (voy. ce nom). Des rares passages où il est question de ce pays on peut conclure que les relations étaient assez fréquentes entre les Russes et leurs congénères de Bohême. Vladimir avait épousé deux femmes tchèques dont on ignore les noms; il en eut trois fils, Vycheslav, Sviatoslav et Stanislav. Il est d'ailleurs inexact que les Tchèques soient originaires du Danube; c'est par l'est et non par le midi qu'ils sont arrivés en Bohême. Voy. *Slaves*.

TCHÉRÉMISSES (Черемиси), peuple tributaire des Russes, VII; ils sont d'origine finnoise et existent encore aujourd'hui dans les gouvernements de Viatka, de Kazan, de Perm et d'Orenbourg. On évalue leur nombre à environ 250,000 âmes.

TCHERMNA (Чрьмна), rivière d'Éthiopie qui coule vers l'Orient. Ce mot est la traduction du grec Ἐρυθρά (rouge).

TCHERN (Чрьнь), nom que portait dans le monde le moine Isaac. Voy. *Isaac*. Ce mot veut dire noir.

TCHERNA RIÉKA (Чрьная), rivière noire, 866, XVI.

TCHERNIGOV (Чърниговъ), ville; les Grecs lui paient tribut (traité de 907), XXI; marchands de Tchernigov à Constantinople; id.; et traité de 945, XXVII; Mstislav prince 1024, LIII; légué par Iaroslav à son fils Sviatoslav, 1054, LIX; Sviatoslav s'y renferme fuyant les Polovtses, 1068, LXIII; environs ravagés par eux, id.; le moine Antoine visite la ville, LXVIII; Sviatoslav enterré à — 1076, LXIX; Boris prince, 1077, id.; il est remplacé par Vsévolod, id.; il y est assiégé, 1078, LXX; Vladimir prince, 1078, LXX; 1087, LXXII; 1093, LXXVI; il est assiégé par Oleg et les Polovtses, 1094, LXXVII; Oleg, après s'y être établi, s'enfuit, 1096, LXXIX; Sviatocha à Tchernigov, 1097, LXXXIII; voy. aussi I. V. 1076, 1111.

Tchernigov est citée pour la première fois dans un traité de commerce; c'est en effet une ville essentiellement commerçante. C'est aujourd'hui le chef-lieu du gouvernement de ce nom dans la Russie méridionale (25,000 habitants). La principauté de Tchernigov disparut durant les invasions tatares.

TCHERTORYSK (Чърторыйскъ), ville de la Russie méridionale, 1110, LXXXIII; aujourd'hui petite ville du gouvernement de Volynie, arrondissement de Loutsk (2,000 hab.). C'est elle qui a donné son nom à la famille des Czartoryski. Les Polonais l'appellent Czartorysk. La famille des Czartoryski n'apparaît dans l'histoire qu'au xv⁰ siècle.

TCHERVEN (Чрьвень), ville appartenant aux Lekhs qui leur fut enlevée par Vladimir, 981, XXVIII; villes du pays de Tcherven, conquises par Boleslav le Grand, 1018, L; reprise par Iaroslav et Mstislav, 1031, LIII; Sviatopolk s'y établit, 1097, LXXXII. Le mot *tcherven* (rouge) désigne probablement dans l'origine un château bâti en briques rouges. La ville dont il est question est aujourd'hui le village de Tchervenogrod (Czerwonogrod), arrondissement de Czartkow (Galicie). C'est probablement elle qui a donné son nom à la Russie Rouge (royaume de Galicie et Lodomérie ou Vladimirie.)

TCHITEIOVITSI (Читѣевичи), tribu polovtse, I. V. 1084-1096.

TCHOUDES (Чюдь), le nom russe *Tchoud* est collectif (voy. *Russes*); établis dans l'héritage de Japhet, au delà du portage et près de la mer des Varègues, I; tributaires des Russes, VII; tributaires des Varègues, 859, XIV; appellent les Russes, 862, XV; Tchoudes dans l'armée d'Oleg, 882, XVIII; prennent part à l'expédition contre Constantinople, 907, XXI; dans l'armée de Vladimir, 980, XXXVIII; colons tchoudes envoyés par Vladimir, 988, XLIV; la ville de Iouriev établie par Iaroslav en pays tchoude, 1030, LIII; magicien chez les Tchoudes, LXV. Ce nom paraît avoir désigné d'abord les Estes (Esthoniens) et différents peuples finnois. Ils sont appelés Thiudi par Jornandès (*Hist. Goth.*, XXIII), Scuti par Adam de Brême (*Gesta Hamb. Eccl. Pont.*, III, 14). Leur nom a pris dans les langues slaves le sens de géant, d'étranger. (Voy. Miklosich, *Lexicon palæo-slovenicum sub voce.*) Les Tchoudes au delà des Portages sont ceux qui vivaient dans la contrée de Zavolotchie (gouvernement de Novgorod). Voy. *Portages.*

TCHOUDIN (Чюдинъ), frère de Touky, 1068, LXIII; gouverneur de Vychégorod, 1072, LXVI; 1078, LXX; sa maison à Kiev, XXIX. Ce nom est évidemment ethnique et veut dire le *Tchoude*. Cf. *Liachko, Variajko*, etc.

TÉRÉBOVL (Теребовль), ville assignée par Vsévolod à Vasilko, 1097, LXXXII; il y est rétabli, id., id. C'est aujourd'hui Trembowla en Galicie dans le cercle de Tarnopol (4,000 habitants).

THARA, mère d'Abraham, XL.

THARSIS (Bible), XC.

THÉB (Тивъ), disciple de saint Clément, XLIII.

THÉODORE (Теодоръ, Тедоръ), chef des Grecs, 941, XXVI.

THÉODORISTE, évêque d'Antioche, prend part au septième concile, XLII.

THÉODOSE, père de l'Église, imité par Théodose, moine du couvent Petchersky, LXXIV.

THÉODOSE, moine, ensuite abbé du monastère Petchersky, établi hégoumène par Antoine, 1051, LVII; prend part à la translation des reliques de Boris et Gleb, 1072, LXXI; fonde l'église du monastère, 1073, LXVII; sa mort et son éloge, 1074. LXVIII (détails sur la vie du couvent); le monastère prend son nom, LXXIII; translation de ses reliques, 1091, LXXIV; prophétie réalisée, id.; son tombeau violé par les Polovtses, 1096, LXXIV; hommages rendus par Sviatopolk, 1107, LXXXVII; inscrit dans le synodik, 1108,

LXXXVIII (voy. ce mot); prodige sur son tombeau, 1110, LXXXIX.
Il reste de Théodose plusieurs ouvrages de littérature religieuse,
deux instructions populaires sur les châtiments divins et l'ivrognerie, dix instructions aux moines, deux épîtres au grand
prince Iziaslav sur la loi des rites et la foi latine, enfin deux
prières.

THÉOKTISTE (Теоктистъ), hégoumène du couvent Petchersky,
1108, LXXXVIII; nommé évêque de Tchernigov, 1112, XCI.

THÉOPHANE (Теофанъ), chef des Grecs, repousse les Russes avec
le feu grégeois, 941, XXVI. Liudprand, qui raconte cette défaite, ne
nomme pas Théophane. — Évêque d'Antioche cité comme ayant
pris part au sixième concile.

THÉOPHILE, syncelle, c'est-à-dire secrétaire de l'empereur de Constantinople, 971, XXXVI.

THÉOPOMPTE (Теопемптъ), métropolitain, 1137, LV; personnage
d'ailleurs inconnu.

THERMOUTHI (Феръмоуфи), fille de Pharaon, XL; son nom
n'est pas cité dans la Bible. Il figure dans l'histoire de Flavius
Josèphe, d'où il aura passé dans les textes apocryphes. On ne
connaît aucune traduction slave complète de Flavius Josèphe.
Mais on a des fragments considérables. Cf. Iagich, *Archiv für slav.
Phil.*, I, p. 17.

THESSALIE, fait partie de l'héritage de Japhet, I.

THRACE, Thraces. (Тракія, Трачская земля), fait partie du
domaine de Japhet, I; ravagée par les Hongrois, 898, XIX; ravagée par Siméon, roi de Bulgarie, 915, XXV; 929, id.; Thraces dans
l'armée grecque, 941, XXVI.

TIGRE, fleuve, I.

TIMOTHÉE, évêque d'Alexandrie, prend part au deuxième concile, XLII.

TIREI (Тирей, Тирий), marchand russe, prend part au traité de
945, XXVII; nom incertain.

TIVERTSIENS (Тиверьци), peuple slave établi sur le Dniester,
IX; en guerre avec Oleg, 885, XIX; figurent dans l'armée d'Oleg,
917, XXI; dans celle d'Igor, 944, XXVII; ce peuple paraît être le
même que Constantin Porphyrogénète appelle Βερβιάνων. Les invasions des Petchénègues le firent disparaître dès le xie siècle.

TMOUTORAKAN (Тмоутораканъ), ville chef-lieu d'une principauté; Mstislav, fils de Vladimir, y est établi prince par son père,
988, XLIV; il y règne encore en 1022, LII; 1024, LIII; Gleb en est
chassé par Rostislav et rétabli, 1064, 1065, LX; Rostislav y
revient, 1066, LXI; Oleg s'y enfuit, 1076, LXX; id., 1078, LXX; cette
ville paraît être d'origine kozare. Les Grecs l'appelaient τὰ
Ματάρχα. On la trouve aussi désignée sous les noms de Tama-
tarkha, Matarkha, Metrakha; elle fut occupée en 1111 par les Polovtses. Les voyageurs italiens l'appellent Matreca, Matrega.

TORKS (Торъци) peuple; auxiliaires de Vladimir dans sa campagne
de Bulgarie, 985, XL; battus par Vsévolod, 1055, LIX; et 1060,
id.; fils d'Ismael, apparentés aux Turkmènes, aux Petchénègues
et aux Polovtses, LXXIX; Torks auxiliaires de Vladimir Monomaque, 1095, LXXXVIII; 1096, I. V.; 1097, LXXXII; battus par les
Russes, 1103, LXXXV; battus par Boniak prince des Polovtses,
1105, LXXXVI; Torks de Péréiaslav vaincus par les Russes, 1080,
LXXI; Torks au service de Vladimir, 1095, LXXVIII. Ce peuple
nomade vivait sur les frontières de la Russie Kiévienne. Son nom
disparaît à partir du XIIe siècle. Il est difficile de ne pas le rapprocher de celui des Turcs que les Russes appellent aujourd'hui
Турки. Constantin Porphyrogénète (De adm. Imp., chap. XIII)
appelle les Magyars Τοῦρκοι.

TOROPETS (Торопецъ), ville d'où le moine Isaac était originaire.
Il y a une ville de ce nom dans le gouvernement de Pskov, sur
la rivière Toropa, affluent de la Dvina.

TORTCHESK (Торъческый Градъ), ville; assiégée et prise par
les Polovtses, 1093, LXXVI; et I. V. (Sans date entre 1084 et 1087.)
Cette ville devait évidemment son nom aux Torks; c'est aujour-
d'hui le village de Tortchitva sur les bords de la Tortcha, affluent
de la Ros, affluent de la rive droite du Dniéper. Le nom de la
Tortcha rappelle également celui des Torks.

TORTCHIN (Торчинъ), cuisinier de Boris et son meurtrier, 1015,
XLVII; —, envoyé de David, 203, LXXXIII. Ce nom est évidemment
un nom ethnique comme Tchoudin (le Finnois), Liachko (le Lekh),
Variajko (le Varègue). Voy. ces noms.

TOUGORKAN (Тоугорканъ) prince des Polovtses; Sviatopolk

épouse sa fille, 1094, LXXVII; tué devant Péréiaslav par les
Russes sous la conduite de son gendre, 1096, LXXIV et 1094. I.
V. Ce nom doit être ainsi décomposé : Tougor-Khan.

TOUKY (Тоукы), frère de Tchoudin, 1068, LXIII; tué par les Polovtses, 1078, LXX; ce nom parait être l'ancien norse Toki,
fort répandu en Suède et en Danemark. Il y a cependant une
petite difficulté; le frère de ce personnage s'appelle Tchoudin,
nom évidemment ethnique qui veut dire Finnois (voy. ce nom).

TOUR (Тоуръ), prince de Tourov, à qui il donne son nom (Tourov est en effet l'adjectif possessif de Tour), 980, XXXVIII; cette
ville, aujourd'hui peu importante, est située dans le gouvernement de Minsk, arrondissement de Mozyrsk.

TOURBERN (Тоуръбьнъ, Тоуръбернъ), marchand russe, prend
part au traité de 945, XXVII ; nom scandinave ; ancien norse
Dorbjœrn, très usité dans tout le Nord.

TOURD (Тоурдъ), boïar russe, prend part au traité de 945, XXVII,
nom scandinave; ancien norse Dordr; très usité dans tout le
Nord.

TOURIAK (Тоурякъ), serviteur de David Igorovitch, 1097, LXXXII,

TOURIISK (Тоурийскъ), ville, 198, LXXXIII; aujourd'hui petite
ville de l'arrondissement de Kovel, Volynie, sur la rivière
Toura.

TRAITÉS (Entre les Russes et les Grecs, XXI,XXII, XXVII,XXXV).
Les traités mentionnés ou cités par la Chronique sont au nombre
de quatre. Le premier est attribué à Oleg, après l'expédition
contre Constantinople racontée avec des détails légendaires.
Nous n'en avons pas le texte précis. Il est de 907 (XXI). Le
second traité est de 912 (XXII). La Chronique le donne intégra-
lement. Le troisième est de 945 (XXIII); le quatrième de 970
(XXVI). Le texte du traité de 907 parait fort douteux et peu en
rapport avec les événements relatés auparavant. Il est peu probable qu'un traité de commerce ait été conclu au moment même
où les Russes victorieux étaient devant Constantinople. Il ne
pouvait y avoir à ce moment que des préliminaires de paix. Le
traité de 912 nous est évidemment arrivé dans une rédaction
altérée; c'est ce que prouvent les renvois à un texte antérieur qui
figurent dans le traité de 945, lequel *renouvelle* le traité précédent.

On a essayé de contester l'authenticité de ces traités et de prouver qu'ils avaient été fabriqués après coup. Mais cette authenticité est absolument hors de doute aujourd'hui. Ainsi que l'a fait justement remarquer M. Miklosich (*Introduction*, p. IX sq.) il eût été impossible d'inventer après l'époque de Nestor les noms scandinaves qui abondent dans ces documents. Or au temps de Nestor, ou de l'auteur, quel qu'il soit, on n'avait pas encore imaginé d'inventer en matière d'histoire russe des documents apocryphes. D'ailleurs un certain nombre d'hellénismes relevés par M. Miklosich attestent l'existence d'un texte grec malheureusement perdu aujourd'hui. S'il existait, les passages obscurs des traités seraient plus faciles à interpréter qu'ils ne le sont actuellement. Tels que nous les avons, ils ajoutent une page curieuse à l'histoire byzantine. Ils ont été l'objet de nombreux commentaires. Le plus récent est celui de M. Sergievitch : *Le droit grec et le droit russe* dans les traités du Xᵉ siècle avec les Grecs. Ce travail a paru dans la Revue du ministère de l'Instruction publique de janvier 1882. L'académie impériale de Pétersbourg a mis récemment au concours une étude sur ces documents qui réclament un commentaire détaillé. Je les signale particulièrement à l'attention des byzantinistes.

Il existe une dissertation de M. Lavrovsky sur l'élément byzantin dans la langue des traités ; je ne l'ai pas eue entre les mains. Remarquer les noms qui figurent dans ces textes. Dans le premier, celui de 912, il n'y a pas encore un seul nom slave ; dans celui de 945 on n'en trouve encore que trois (Sviatoslav, Vladislav, Predslava).

TREPOL (Трепол), ville près de laquelle les Polovtses sont vaincus, 1093, LXXVI ; sur la rivière Stougna (voy. ce nom), aujourd'hui Tripolié, village de l'arrondissement de Kiev.

TRIZNA (Тризна), fête funéraire des Slaves païens, X. Le mot veut dire proprement combat, lutte ; c'était donc des jeux guerriers en l'honneur des défunts. Voyez Kotliarevsky, *Les Rites funéraires des Slaves* (Погребальные обычаи Славянъ, Moscou, 1868, p. 131.). M. Kotliarevsky confirme l'existence des tryznas par une glose tchèque de la *mater verborum*. On ignorait alors que les gloses mythologiques de ce ms. étaient apocryphes. Voir mon *Equisse de la mythologie slave*, p. 10.

TROADE, fait partie de l'héritage de Cham, I.

TROUAD (Троуадъ), boïar russe, prend part au traité de 945, XXXII. Ce nom paraît scandinave, mais M. Thomsen n'en donne pas l'explication. Peut-être l'identifie-t-il avec le suivant.

TROUAN (Троуанъ), envoyé d'Oleg à Constantinople, 912, XXII. Ancien norse Droandr, Drondr.

TROUBÈJE (Троубежъ), rivière; Vladimir construit des places fortes sur ses rives; gué où est aujourd'hui Péreiaslav, 993, XLV; combat livré aux Polovtses, 1096. Affluent de la rive droite du Dniéper, prend sa source dans le gouvernement de Tchernigov.

TROUVOR (Троуворъ), frère de Rurik, appelé avec lui, s'établit à Izborsk, 802, XV. On ne sait rien sur ce personnage que ce qu'en dit la Chronique : un tumulus aux environs d'Izborsk, est appelé tombeau de Trouvor, mais cela ne prouve rien. Nom scandinave, ancien norse Dorvadr.

TURKMÈNES, Turcomans (Торкъмени), de la race d'Israël, apparentés aux Petchénègues, aux Torks et aux Polovtses, 1096, LXXIX. Ils ne sont nommés qu'une fois dans la Chronique.

TVORIMIR (Творимиръ), père d'Ivan, 1043, LVI.

V

VAKY (maison de), (Вакыевъ дворъ), à Vladimir, 1097, LXXII.

VARÈGUES (Варязи). Ils sont de la race de Japhet, I ; chemin qui mène de chez eux en Grèce et à Rome, IV; la mer des Varègues, id. ; visités par Saint André, V; ils imposent tribut aux Finnois et aux Slaves, 859, XIV; ils sont repoussés au delà de la mer, 862, XV ; les princes varègues chez les Slaves, id. ; Varègues dans l'armée d'Oleg, 882, XVIII ; les Novgorodiens leur payent tribut, 882, id.; des Varègues prennent part à l'expédition de 907 contre Constantinople, XXI ; Igor en envoie chercher dans leur pays, 941, XXVI ; ils prennent part à l'expédition de 944, XXVII ; Vladimir vient avec des Varègues à Novgorod, 980, XXXVIII ; leurs exigences, id., ib. ; histoire du Varègue chrétien, 983, XXXIX ; Iaroslav appelle des Varègues d'au delà de la mer, 1015, XLVII ; deux Varègues achèvent Boris, 1015, XLVII ; violences à Novgorod, 1015, XLVIII ; Varègues russes et slaves dans l'armée de Iaroslav, 1018, L; Iaroslav en envoie chercher au delà de la mer, 1024, LIII (voy. *Akoun*); Varègues dans l'armée de Iaroslav, 1036, LIV. Le nom des Varègues en slavon russe est au singulier, Варягъ (*Variag*), au pluriel *Variazi*. Mais ces formes représentent une forme antérieure avec nasale, *Varang*, *Varanzi*. Les Russes dans la Chronique sont tantôt identifiés avec les Varègues, tantôt décrits comme appartenant au peuple varègue. Il est évident que Varègue, dans notre Chronique, veut dire scandinave. Les Varangues (Βάραγγοι), qui servaient dans l'empire byzantin et dont je n'ai pas à m'occuper ici, étaient évidemment des Scandinaves. (Voir *Thomsen*, édition anglaise, p. 107-110.) On a voulu faire de leur nom celui d'une corporation militaire ; mais ce nom s'applique à un peuple tout entier, de même que le nom des Suisses qui servaient nos rois représentait celui d'une nation. Notre Chronique appelle la mer russe, la mer Baltique, la mer des Varègues ; les géographes arabes lui donnent le même nom (Bahr-Varank, ap. Fræhn, *Ibn Foszlans... Berichte über die Russen*, p. 177). Ce nom se retrouve plus tard dans la géographie turque de Hadji Kalfa (xviiᵉ siècle), et dans d'autres écrivains orientaux (Thomsen, p. 114). Un savant russe, bien connu par d'excellents travaux sur l'histoire byzantine, M. Vasilievsky a récemment découvert à Moscou un manuscrit grec fort important, dont il a rendu compte dans la Revue russe du Ministère de l'Instruction publique (livraisons de juillet et d'août 1881). J'ai le premier, dans la *Revue critique*, (année 1882, 1ʳᵉ semestre, p. 214), signalé cette découverte. Dans ce manuscrit, qui date du xiᵉ siècle, il est question du séjour de Harald le Sévère à Constantinople. Harald, frère de Saint Olaf, et fils du Scandinave Sigurd Syr, est appelé Ἀράλτης βασιλέως Βαραγ-

25

γίας,... υἱος, ἔχων δὲ ἀδελφὸν τὸν Ἰούλαβον. Dans ce texte le mot Varangie est pris dans un sens purement géographique. Cette découverte porte le dernier coup à l'école d'historiens qui s'obstine à ne point reconnaitre les Varègues pour des Scandinaves, et qui veut faire de leur nom celui d'une simple corporation militaire. La Varangie du manuscrit byzantin découvert par M. Vasiliesky n'est autre que la Norvège. On voit toute l'importance de ce texte.

Je ne m'arrêterai point ici à énumérer toutes les polémiques auxquels les historiens russes se sont livrés à propos de la nationalité des Varègues. On trouvera la bibliographie de cette Varangomachie (le mot n'est pas de moi) dans l'histoire de Russie de M. Bestoujev-Roumine, p. 90 et dans le livre souvent cité de M. Thomsen. Humiliés de voir leur pays organisé par des étrangers, des historiens russes ont voulu faire des Varègues, des Slaves, des Lithuaniens, etc.... En général cette école a montré un profond dédain pour la méthode sévère et les rigoureux résultats de la linguistique. C'est pour permettre au lecteur de contrôler ces résultats que j'ai donné dans cet Index l'analyse de tous les noms scandinaves, d'après l'édition suédoise de M. Thomsen (*Ryska Rikets grundlæggning genom Skandinaverna*, Stokholm, 1883). Ce travail, déjà paru en trois langues, n'a point été publié en russe et c'est grand dommage. Il est vrai que l'école anti-normande est difficile à convaincre : « Il y a dans la science, dit la *Revue critique* russe, des terrains réservés sur lesquels tout patriote se croit appelé à travailler. Sur ces terrains l'esprit occidental n'a pas droit de pénétrer; ici règne l'esprit russe ; ici expirent les vaines combinaisons de la philologie. Ici toutes les questions sont résolues par le sentiment russe non encore corrompu par la science occidentale, et par le bon sens du Russe pur sang. Cet instinct lui apprendra ce qu'étaient non seulement les Varègues et les Russes, mais bien d'autres choses encore. » (Article sur le livre de M. Thomsen, Критическое обозрѣніе, Moscou, année 1879, n° 20); l'auteur de cet article demande que l'ouvrage soit traduit; M. Vasilievsky, dans l'article auquel nous venons de faire allusion a rendu pleine justice au savant danois. A côté des arguments tirés de la linguistique, de la géographie, il ne faut pas négliger ceux qui nous sont fournis par l'histoire comparée. Ce qui est le propre des Normands, c'est le caractère maritime de leurs expéditions, c'est la soudaineté avec laquelle on voit leurs vikings apparaître tout à coup sur les rivages les plus éloignés. Nous retrouvons ce caractère dans toutes les expéditions des Russes contre l'empire byzantin.

VARIAJKO (Варяжко), serviteur d'Iaropolk, 980, XXXVII. Nom ethnique (le Varègue). Cf. *Tchoudin*.

VARIN, localité où les Polovtses sont vaincus, 1087. I. V.

VASILIEV (Васильевъ), ville où, d'après certaines traditions, Vladimir avait été baptisé, 988, XLII; attaquée par les Petchénègues; Vladimir y bâtit une église, 996, XIV. C'est aujourd'hui Vasilkov; elle est située sur la Stougna à trente-six verstes de Kiev. M. Goloubinsky, dans son *Histoire de l'église russe*, soutient que Vladimir avait d'abord dû s'y faire baptiser en secret.

VASILKO (Василько), fils de Rostislav, ravage le pays des Lekhs, 1092, LXXV; prend part à l'assemblée de Lioubetch, 1097, LXXXII; David Igorovitch lui fait crever les yeux, 1097, LXXXIII; sa vengeance, id.; prince de Prémysl, 1100; il vivait encore en 1123. On ne sait en quelle année il mourut. Ses malheurs avaien vivement frappé l'imagination populaire; le récit qu'en donne la Chronique est l'une des pages les plus remarquables de l'ancienne littérature russe. C'est évidemment un morceau interpolé. Voy. *Basile*.

VELES, VOLOS (Волосъ), dieu des troupeaux; les Russes jurent par lui le traité de 907, XXI, et le traité de 971, XXXVI. Ce dieu a survécu à l'introduction du christianisme et il est devenu saint Blaise, patron des troupeaux. M. Joseph Jireczek a essayé de démontrer l'existence d'un dieu analogue en Bohême; mais dans les textes qu'il cite, Veles veut dire le diable, et il n'est pas certain qu'on puisse l'identifier au dieu russe. (Cf. mon *Esquisse sommaire de la Mythologie slave*, Paris, 1882.) Voir aussi les observations sur Peroun.

VÉNÈDES (Венедщи), peuple de la race de Japhet, I.

VERMOUD (Верьмоудъ), envoyé d'Oleg, négocie avec les Grecs le traité de 907, XXII; c'est probablement le même qui figure dans le traité de 812, XXII; nom scandinave; ancien norse Vermundr.

VES (Вьсь, Весъ, nom collectif) peuple finnois habite dans l'héritage de Sem, I; établi sur le lac Blanc, VII, XV; ils servent dans l'armée de Rurik, 882, XVIII; ce peuple fut promptement assimilé par les Russes. Il était connu de Jornandès qui l'appelle Vasina (*Hist. Goth.*, 23) et d'Adam de Brême qui l'appelle Vizzi (*Gesta Hamb.*, III, 14). Ibn Foszlan (ap. Fræhn, *Ibn Foszlan*, etc., p. 207) parle d'un peuple appelé Visa chez lequel parfois la nuit ne dure qu'une heure. (Voir les textes d'autres géographes arabes réunis par Bestoujev Roumine, p. 67.)

VIAGR (Вягръ), rivière sur laquelle les Polovtses sont vaincus, 1097, LX. Ce cours d'eau peu important doit être un affluent du San (voy. ce nom). Bielowski l'appelle Wiar.

VIATCHESLAV (Вячеславъ), fils de Iaroslav, né en 1036, LIV; établi par son père à Smolensk, 1054, LVIII et 1055, LIX; sa mort, 1057; — fils de Iaropolk, prend part à une expédition contre les Polovtses, 1103, LXXV; sa mort, 1104, LXXXVI; — fils de Vladimir Monomaque, prend part aux guerres civiles, 1096, LXXXI; à l'expédition contre les Polovtses, 1107, LXXXVII; établi par son père à Smolensk, 1113, XCIII. Aucun de ces personnages n'a joué un rôle important. Le nom de Viatcheslav (anciennement Ventcheslav) est devenu en latin Wenceslaus, en allemand Wenzel, en tchèque Vacslav.

VIATITCHES (Вятичи), peuple, descend d'un Lekh appelé Viatko qui se serait établi sur l'Oka, IX; leurs coutumes grossières, X; tributaires des Kozares, 859, XIV; soumis par Sviatoslav, 964-966, XXXII; révoltés et soumis par Vladimir, 982, XXXIX; colons viatitches envoyés par Vladimir, 988, XLIII; visités par Vladimir Monomaque, 1074-1878, I. V. Bielowski suppose que les Viatitches (primitivement Antitches) sont les descendants des Antes, peuple slave mentionné par Jornandès et Procope (voir Schafarik, *Antiquités Slaves, sub voce*). Au point de vue de la phonétique slave, cette étymologie n'a rien d'invraisemblable. Les mots commençant par une voyelle nasale appellent volontiers un V prosthétique. Peut-être peut-on retrouver dans le nom de la rivière Viatka le souvenir de ce peuple établi d'après la Chronique même à la marche orientale du monde russe.

térieure, due sans doute à quelque membre du clergé grec désireux d'établir sur la Russie l'influence de l'Église byzantine. Il
attribue la conversion du prince à l'influence des Varègues chrétiens qui avaient aussi probablement provoqué celle de sa mère.
D'ailleurs le récit de cette conversion, ainsi que celle du siège de
Kherson, fourmille d'invraisemblances.

VLADIMIR, fils de Iaroslav, né en 1020, LI; établi par son père
prince à Novgorod, 1036, LIV (noter qu'à cette époque il n'a encore
que seize ans); expéditions contre les Iams, 1042, LV; fonde une
église, 1045, LVI; sa mort, 1052, LVII.

VLADIMIR MONOMAQUE, fils de Vsévolod, né en 1053; LVII; expédition contre les Tchèques, 1076, LXIX; il s'établit à Smolensk,
1078, LXX; expédition contre Tchernigov; Vladimir y est établi
id., id.; il bat les Torks, 1080, LXXI; expédition contre les fils de
Rostislav, 1084, id., id; paix avec Iaropolk, 1087, LXXII; guerres
civiles, 1093, LXXVI, 1093, LXXVII; guerre avec Oleg, 1096,
LXXIX; les Polovtses vaincus, id., id., et 1096, LXXXI; Vladimir
allié à Vasilko, 1097, LXXXII; expédition contre Sviatopolk, 1098,
LXXXIII; paix conclue, 1110, LXXXIII; expédition contre les Polovtses, 1103, LXXXV; négociations, 1104, LXXXVI; Vladimir marie son fils à une princesse polovtse, 1107, LXXXVII; expédition
manquée, 1110, LXXXIX; nouvelle expédition, victoire, 1111, XC;
commencement du règne de Vladimir à Kiev, 1113, XCIII. Voir
sur ce prince l'Instruction de Vladimir Monomaque à ses enfants
et la préface de ce morceau, pp. 239-241.

Le nom de Vladimir se rencontre en russe sous deux formes :
Vladimir, qui est la plus ancienne, et Volodimer. C'est à tort qu'on
a voulu le faire venir du scandinave Voldemar qui est au contraire
un emprunt fait au Russe. C'est de Volodimir qu'est venu le nom
du royaume de *Lodomérie*, nom imaginé par les rois de Hongrie
pour certaines contrées russes et appliqué depuis à la Galicie.

VLADIMIR (Владимѣрь), ville; Vsévolod, prince, XLIII; Sviatoslav,
1054, XLVIII; Igor, 1055, XLIX; Iaroslav, 1078, LXX; David, 1085,
LXXI; id., LXXXII; il est chassé par Sviatopolk, 1099, LXXXIII;
le fils de Vladimir Monomaque 1102, LXXXIV; Amphiloque, évêque, 1105, LXXXVI; I. V. passim. C'est aujourd'hui une ville
sans importance du gouvernement de Volynie (5,000 hab.). Les

Polonais l'appellent Wlodzimierz wolinska. Elle ne doit pas être confondue avec Vladimir sur la Kliazma, chef-lieu d'un gouvernement de la Russie centrale.

VLADISLAV, boïar russe, prend part au traité de 945, XXVII. — Roi des Lekhs, allié de Sviatopolk, 1097, LXXXIII ; c'est Vladislav I dit Herman, roi de Pologne de 1080 à 1102.

VLOKIIS (Влахове, Волъхва), peuple, descendants de Japhet, I. (Ils sont cités entre les Galiciens-Espagnols et les Romans.) Ce sont ici les Italiens. Vlokhs établis parmi les Slaves du Danube, III. (Ce sont les colons romains ou valaques.) Le manuscrit hyp. ajoute au § VIII une phrase où il est dit qu'ils furent chassés par les Bulgares. Le nom de Vlokhs dans toutes les langues slaves désigne les peuples latins (l'Italie se dit encore aujourd'hui Vlachy en tchèque, Vlochy en polonais). Ce nom est resté, comme on sait, aux Valaques de Roumanie. On admet généralement que le mot a passé dans les langues slaves par l'intermédiaire des langues germaniques. (Matzenauer, *Cizi slova ve slovanskych recech*, *Les Mots étrangers dans les langues slaves*, Brno (Brünn), 1870). « Romanus, dit M. Gaston Paris (*Romania*, tome I, p. 12) se traduisait en allemand par Walah, mais jamais les Romains n'ont pris eux-mêmes cette dénomination ; elle s'est maintenue en allemand (où Romanus est inconnu) pour désigner les peuples romans pendant le moyen âge, et n'a pas encore tout à fait disparu ; elle s'est particulièrement attachée aux deux peuples qui ont gardé le nom de Romains, aux *Churwelschen* et aux *Walachen*. » A ce nom de walah se rattachent *welche*, ag. s. *vealh*, anc. nor. *vali*... et *wallon*.

M. d'Arbois de Jubainville, dans son *Introduction à l'étude de la littérature celtique* (Paris, 1883), fournit sur l'étymologie première de notre mot Vlokh les indications suivantes (p. 10 et sq.). « Un autre nom (que celui de celte) d'une branche de la famille celtique a été employé pour désigner la famille entière, c'est celui de *Volcæ*. Ce nom appartenait en propre à une tribu celtique établie au nord du haut Danube dans la région qui, à partir de César, porte dans la géographie ancienne le nom de Germanie : (« Loca circa Hercyniam sylvam Volcæ Tectosages occupaverunt, atque ibi consederunt : quæ gens ad hoc tempus his sedibus sese continet. « C. Cœsar, *De bello gallico*, lib. VI, cap. XXIV.) Cette tribu envoya, probablement au commencement du III° siècle avant notre ère, une colonie dans le bassin du Rhône.... (Tite-Live, XXI, ch. XXVI, § 6). Plus tard elle s'avança davantage à l'ouest, et, sous la domination romaine, cette tribu, établie tout entière sur la rive droite du Rhône, était divisée en Volcæ Tectosages à l'ouest, en Volcæ Arecomici, à l'est. (Οὐόλκαι, Ptolémée, livre II, chap. X, § 10). Mais les Volcæ de la Germanie ont joué un rôle beaucoup plus considérable. Leur nom, dont la forme germanique est Valah, devient, chez les Germains, le nom générique de la race celtique; et quand la domination romaine se fut substituée à celle des Celtes dans les pays qu'ils avaient occupés au sud du Danube et à l'ouest du Rhin, les Germains transportèrent aux Romains le nom par lequel ils désignaient les Celtes. De là le nom de Valaques, un de ceux que portent les populations de langue latine de l'Europe orientale. Ce nom est identique à Valah. Welsch, nom allemand des Italiens et des Français, Welsh nom anglais des populations celtiques du midi de la Grande-Bretagne, Wales, nom du pays habité par ces populations, sont des dérivés de Valah et par conséquent de Volca. On doit ces rapprochements à M. Gaston Paris. » La forme slave Vlokh (Влохъ, Волохъ, forme collective Волъхва) paraît se rapprocher plus de Volcæ, Οὐόλκοι que du germanique Valah. Il est possible qu'elle soit venue directement aux Slaves(il n'y a point si loin du Danube aux Carpathes) sans passer par l'intermédiaire germanique.

A propos des Slaves Danubiens et des Vlokhs, M. Bielowski a exposé dans son ouvrage : *Introduction critique à l'histoire de Pologne* (Wstep kryticzny, etc...) une théorie assez ingénieuse. Les Vlokhs seraient les Celtes qui, d'après Trogue Pompée, s'établirent au VI° siècle avant Jésus-Christ dans la Pannonie et qui furent rencontrés dans ces contrées par Alexandre. Cette hypothèse suppose les Slaves établis à cette époque sur les bords du Danube ; malheureusement elle n'est pas confirmée par les documents linguistiques (noms géographiques etc...)

VOIÉVODE, chef d'armée, de *voï*, armée, *voditi*, conduire.

VOIKYNA (Войкина), serviteur de Iaropolk, 1087, LXXII.

VOIN (Воинъ), rivière; combat avec les Polovtses, 1055, LIX; autre combat, 1079, LXXI; expédition, 1110, LXXXIV et I. V. même année. C'est aujourd'hui la Viounka; elle arrose le gouvernement de Tchernigov.

VOIST (Воистъ), envoyé à Constantinople, 945, XXVII, nom douteux.

VOLGA, fleuve, coule vers l'Orient, vers l'héritage de Sem, I; se jette par soixante-dix bouches dans la mer khvalisienne, IV; Krivitches établis sur ses bords, VII; Viatitches, XXXII; Gleb sur le Volga, XLVII; conduit chez les Bulgares, LIII; magiciens, 1071, LXV; expédition de Mstislav, 1096, LXXXI. Le nom de ce fleuve est en russe du féminin; on dit *la Mère Volga*, comme les Allemands disent *le Père Rhin*.

VOLKHOV (Влъховъ), rivière, I; sort du lac Ilmen et se jette dans le lac Nevo, IV; idole à Novgorod sur le —, XXVIII; prodige, 1063, LIX; magicien, 1076, LXV; le Volkhov coule en effet du lac Ilmen au lac Ladoga (autrefois Névo); il arrive parfois que l'embouchure, dans le lac Ladoga, est barrée par les glaces et que le fleuve coule réellement en arrière.

VOLODAR (primitivement *Vladar*, Владарь, le puissant), fils de Rostislav, s'établit à Tmoutorakan, 1081, fait prisonnier par Oleg, 1033, LXXI; prince de Prémysl, 1097, LXXII; il fait mettre son frère Vasilko en liberté, id., id.; guerre contre Sviatopolk, id., id.; négociations, 1100, LXXXIII. La forme la plus ancienne est Vladar; M. Miklosich l'a restituée avec raison; j'ai adopté, pour ce nom comme pour un certain nombre d'autres, celle qui est en usage chez les historiens russes.

VOLYN (Волынь), ville sur le Boug, 1018, L; 1077, LXX; Volyniens, peuple slave, VII; établis sur le Boug, IX. La ville de Volyn n'existe plus aujourd'hui; on suppose qu'elle était bâtie à l'embouchure de la rivière Goutchva et du Boug; un archéologue polonais, Czarnocki, a découvert en cet endroit les débris d'une enceinte en terre et de nombreux *tumuli*. Elle a donné son nom à la province, aujourd'hui gouvernement de Volynie (on écrit à tort Volhynie). Cette province est déjà mentionnée dans Masoudy qui l'appelle Volinana et raconte (ceci paraît peu exact) que son roi commandait à tous les Slaves.

VORONITSA (Воронница), rivière, 1096. I. V.

VORSKLA (Врьскла), rivière, 1111, XC; prend sa source dans le gouvernement de Koursk, arrose ceux de Kharkov et de Poltava et se jette dans le Dniéper (rive gauche).

VOUZLEB (Воузьлѣбъ), marchand russe, prend part au traité de 945, XXVII. Probablement un nom scandinave en *leifr*; mais la forme réelle est inconnue.

VROUTCHIÉ (Вроучиіе), localité dans le pays des Drevlianes, 977, XXXVII; aujourd'hui Ovroutch en Volynie (5,000 habitants, dont la moitié de Juifs). Polonais Owrucz.

VSESLAV (Вьсеславъ), fils d'Iziaslav, petit-fils de Vladimir; sa mort 1103, XLVII; — fils de Briatchislav, petit-fils d'Iziaslav, succède à son père, 1044, LVII. (Le chroniqueur fait ici allusion à un signe « que Vseslav porte encore aujourd'hui »; or comme Vseslav, mourut en 1101, ceci donne une date intéressante pour l'époque où fut compilée la Chronique); expédition contre les Torks, 1060, LIX; commence la guerre contre les fils de Iaroslav, 1065, LX; il est prince de Polovtsk et s'empare de Novgorod, 1367, LXII; il est jeté en prison et devient prince de Kiev, pendant sept mois, 1068, LXIII; chassé de Polovtsk, 1069, LXIV, brûle Smolensk, 1078. I. V; sa mort, 1101, LXXXIX. Ce prince est célébré dans un vieux poème russe, *Le Chant d'Igor*. (Voir Rambaud, *la Russie épique*.)

VSEVLAJD (Вьсевлаждь), ville prise par Volodar et Vasilko, 1097, LXXXII. Cette ville, aujourd'hui disparue, était située dans la Volynie actuelle, nom loin de celle de Kovel. Vsevlajd est la ville de Vsévolod (Vsevlad), comme Vladimir est celle de Vladimir, Iaroslavl, de Iaroslav (voy. ces noms).

VSÉVOLOD, primitivement VSEVLAD (Вьсевладъ, Вьсеволодъ), fils de Vladimir et de Rogniéda, XXXVIII; établi par son père à Vladimir, XLIII. — Quatrième fils de Iaroslav, né en 1030, LIII; établi par son père à Péréïaslav, 1054, LVIII; expédition contre les Torks, 1055, LIX; guerre contre Vseslav, 1067, LXII; guerres civiles, 1069, LXIV; naissance d'un fils, 1070, id.; il assiste à la translation des Saints Boris et Gleb, 1072, LXVI; guerre contre Iziaslav, 1073, LXVII; il devient prince de Tchernigov, 1076, LXIX; guerre contre Oleg, Boris et les Polovtses, 1078, LXX; Vsévolod

Z

ZAKHARIE LE KOZARE (Захарий Козаринъ), officier de Sviatopolk, 1106, LXXXVI.

ZARIÉTCHESK (Зарѣчьскъ), localité ravagée par les Polovtses.

ZAROUB (Зароубъ), localité, 1096, LXXIV; 1105, LXXXVI; c'était
un endroit fortifié sur la rive droite du Dniéper, au-dessus de
Kiev.

ZASAKOV, ville, 1095, LXXVIII. Aujourd'hui inconnue.

ZBYGNIEV (Избыгнѣвъ), ce personnage n'est cité qu'une fois,
1106, LXXXVI. A en juger d'après le nom ce paraît être un Polonais.

ZDVIJEN (Здвиженъ), ville, où on amène Vasilko, 1097, LXXII.

ZLATETCH (Золотьчь), rivière, 1101, LXXXIV; affluent du Dniéper. Son nom semble indiquer qu'elle roulait de l'or (Золото).

ZVÉNIGOROD (Звенигородъ), ville, 1087, LXXII, 1097, LXXXII.
C'est aujourd'hui un petit village du district de Borszczow en
Galicie; les Polonais l'appellent Dzwinogrod. Ne pas confondre
cette ville avec les Zvénigorod qui existent encore aujourd'hui aux
environs de Kiev et de Moscou.

FIN.

TABLE DES MATIÈRES

ANGERS, IMPRIMERIE BURDIN ET Cⁱᵉ RUE GARNIER, 4.

TABLEAU GÉNÉALOGIQUE DES PRINCES DE LA FAMILLE DE RURIK CITÉS DANS LA CHRONIQUE

www.ingramcontent.com/pod-product-compliance
Lightning Source LLC
Chambersburg PA
CBHW070545030726
47505CB00001B/171